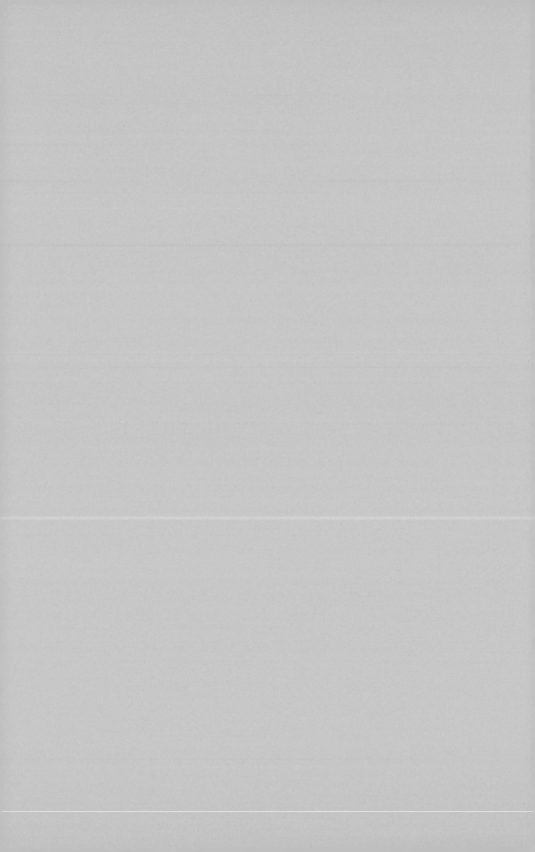

지혜서

몹시
비틀거리는 그대에게
Part 3

4/4   겨울
a 시인 묵상 시 에세이집

시와정신

지혜서

몹시
비틀거리는 그대에게
Part 3

4/4 겨울

a 시인   묵상 시 에세이집

시와 정신

프롤로그

그대 삶을 돌아보시지요.
그대의 흑역사. 비틀거렸던 수많은 누런 기억들.

뒤를 돌아본다
그 곳
그 일
그 인간

뒤를 돌아본다

그 곳에 없었다면
그 일을 안했다면
그 인간 아니라면
　ㅡ「그때 비틀거리지 않았을 것을」

그런데, 과거에 그리 많이 비틀거려놓고도 지금도, 비틀거리고 있
습니다.　　　　　　　　　　　　　　　　　　　　몹시.
이렇게 살다가는 당연히 ☞ 미래도 계속 비틀거릴 것입니다.

　　　　　　　　　　　　　　　　　　　　　　　　몹시.

⊙ 이유는

1.지금 그대가 알거나, 믿고 있는 것이 잘못되었기 때문이고

2. 장소, 일, 사람, 시간을 잘못 보는 그대의 판단 수준 때문입니다.

⊙ 그대가 그릇된 판단으로 몹시 비틀거리며 잘못 살고 있음을 바로 잡기 위하여

▶ 이 책은

1. 그대가 '맞다고 생각하는'

　예를 들면, 데카르트의 오류를 근거 있게 제시합니다. 그리고

　　매슬로 욕구단계설의 오류

　　폴린 효과의 오류

　　임제 선사의 오류

　　아리스토텔레스의 오류

　　헬렌 켈러의 오류

　　프로이트 꿈 이론의 오류

　　심리학자 데이비드 루이스(David Lewis) 교수의 오류

　　푸시킨 시 '삶이 그대를 속일지라도'의 오류

　　식물분류학자 칼 폰 린네(Carl von Linné)의 오류

　　쇼펜하우어의 오류

　　에이브러햄 링컨의 오류

　　적극적 사고방식의 오류 등에다가

　　여러 종교 지도자들의 오류 들을 논리적으로 지적합니다.

　2. 그대에게 좋은 사람, 좋은 일, 좋은 장소, 시간을 제대로 보는 지혜를 줍니다. 이 책에 수록된 방대하고도 기록적인 '2,100편의 짧은 묵상시들이

1) 깊은 묵상에 이르게 합니다.
2) 외우기 쉽게 중복되어서 읽어나가다 보면 '반복 각인 효과'가 있습니다.
3) 그대의 나쁜 습관이 저절로 교정됩니다.
4) 그대는 신중하고 담담하며 평온한 성격의 현자가 됩니다.

◉ 사람이 살아가는 것은 장애물 경주와 같습니다.

소리도 겁주는 총소리에
일제히 튀어 나가 달린다

누구는 금신발로 달리고
누구는 맨발바닥 달린다

그냥 달리기도 벅차건만
높은 장애물 낮은 장애물

장애물 넘어 딛는 땅은
수렁도 있고 낭떠러지도

사력 다했는데 꼴찌 되고
포기하려 하다 선두 서고

온몸 성한 데 없게 달려
왔더니 종착지 없으니
　　―「삶은 장애물 경주」

그리고 전쟁터입니다.

학교
직장
이웃
저들과 전쟁

시간
장소
그일
이들과 전쟁
　―「가만히 보면
　　실제로 보면 전쟁터에서 살아남기」

◉ 그대는 잘못된 길 위에서, 엉뚱한 판단을 하며 살아가고 있습
니다.

이 길 걷다가 보니
저 길이어야 했다
　　　　　다시 걷다 돌아보니
　　　　그 길 그냥 있을 걸
　―「휘휘 돌아가는 이정표」

거기에다가 이정표가 잘못되어 있으니 삶의 미로에서
담벼락을　　　　　　　만나고,
툭하면 절벽에 서게 되는 것　입니다.

내가 문제가 있고, 내 문제에 더하여 이정표 문제까지 있으니
내가 비틀거립니다.　　　　　몹시 비틀거립니다.

비틀거리니 어찌 행복할까요?
비틀거리니 계속 불행하지요. 걱정과 문제가 끊이지 않습니다.

우왕좌왕.
은들 비틀 은들 비틀
어질어질.
아이들도 비틀거리고, 청년들, 장년들 그리고 노인들까지
모두 몹시 비틀거립니다.

국내에서, 국제적으로
산전, 수전, 공중전, 사막전, 상륙작전, 화생방전, 시가전 그리고
대테러전까지 겪고 이 수많은 전쟁에서 얻은, 깊고도 깊은 상처들
을 간직한 채
처절히 살아남은 백전노장의 글.

어떻게 많은 전쟁을 실제로 겪어보지 않은 사람이
전쟁터에서 살아남는 법을 전수할 수가 있겠습니까.

그리고 사막 유목민/노마드 같은 미국 이민 40년 넘은 생활 동안,
손가락으로 꼽기에도 넘치는 절대 위기 상황/장애물을 넘고.
국제적으로　　　　　장렬하고도 찬란히 살아남은 노련한 선수의
가슴으로 쓴 글을 읽으시고 묵상하시면서
삶의 반짝거리는 지혜를 터득하시길 바랍니다.

〈거꾸로 거꾸로 행복 혁명〉을 발간한 지, 10년이 넘었습니다. 312편의 시를 엮어 소설같이 써 내려간 희귀한 **'시 소설책'**입니다.

책 발간 이후, **중앙일보(미주)에 행복 성찰 고정 칼럼**을 써오면서, 지면 관계상 쓰지 못하였던 내용과 신문에 싣지 못한 내용들을 묶어 〈 진정 살아남고 싶은 그대에게 — Part 3 〉
지혜서 — * 몹시 비틀거리는 그대에게 * 를 책으로 내게 되었습니다. 〈거꾸로 거꾸로 행복 혁명〉에서 썼던 시도 인용하며 해설을 붙여 에세이로도 써 보았고요. 책의 성격은 시와 묵상을 혼합한 흔치 않은 〈시 묵상 에세이집〉입니다.

이 책의 많은 부분이 코로나 바이러스 19 팬데믹 기간에 쓰였습니다. 팬데믹은 전 세계, 온 인류에게 닥친 최대의 위기였습니다. 바이러스 앞에 인간이 그동안 추구해온 모든 것은 먼지 같아 보였습니다. 인간들은 티끌이었고요. 현대과학은 무기력했고, 인간이 그동안 매달려 왔던 모든 종교는 자기 종단의 선량한 사람들이 비참하게 죽어 가는데도 속수무책이었습니다. 이 기간에 인류 약 6백 9십만 명의 소중한 목숨이 처참히 꺾여 나가는 동안 사람들은 '우왕좌왕하고 비틀거리는 모습'만 보여 주었습니다. 동서양 세계 모두에서 몹시 비틀거리는 사람들을 보며 그동안 생각한 것을 정리하여야겠다며 책을 쓰기 시작하였는데, 나쁜 시력으로 글을 쓰다 보니 시간이 오래 걸렸습니다. 글을 쓰면 쓸수록 두 눈에 맺혀지는 Image들은 점점 흔들리고 보이지를 않아서 책 쓰는 것을 도중에 여러 번 그만두어야 할 정도였습니다.

하지만, 마음을 다스리고 몸을 추슬러 책상에 앉아 시를 쓰고, 수필을 쓰며 기존 글들을 정리하였습니다. 고통을 속옷같이 입고 생활

해 왔기에 가능한 일이었습니다. 책이 완성되었습니다.

▶지혜서의 2,100편의 묵상시를 가슴에 품고 사는 이와 그렇지 않은 이의 차이는

행복과 불행

현자와 우자

평온과 불안 　　　　정도 됩니다.

봄, 여름, 가을, 겨울로 되어 있는 이 책의 한 페이지 한 페이지를 읽어 나가시다 보면, **자연이 보이실 것입니다.** 그 자연 속에서 **짧은 시 2,100편을 곰곰이 묵상하시다가 보면, 서서히 마음속에 지혜가** 등불로 밝게 빛나게 되는 것을 느끼실 것입니다.

▲ 지예로운 사람이 되는 놀라운 경엄 ▲

비법이라면 비법이라고 할 수 있는 그 경험의 이야기를
지금 책장에 고운 눈길을 주시는
사랑하는 그대에게 바칩니다.

a 시인
낮게 엎드림

* 이 책 저자의 모든 책 수익은 검증할 수 있게
100% 불우이웃에게 기부됩니다. *

겨울

눈싸움하지 마시라
너희 손으로 뭉쳐 놓은 세상
하얗게 풀어 놓으려
하늘 은총으로 내려지는 것을

모질기만 한 너희들
그 두 손 힘주어 꽁꽁 뭉치어
상대방에게 던지는가

눈싸움 하지 마시라
장난으로라도 그러지 마시라
   —「너희 인생 장난 되니」

첫눈으로 눈 뭉치는 이 있다
너도 나도 모두 쓰러진 세상
하얀 담요 소리 없이 덮으려
신화 때부터 달려온 은총을
첫 서설로 눈싸움하는 이 있다

첫돌 아이 눈에 놀라움으로

노인 마지막 망막 기쁨으로
절망 익숙한 이에겐 희망인
　－「첫눈으로 그러지 마시라」

눈은 하늘 은총입니다. 옛날에는 하늘에서 먹을 것도 떨어져서 허기진 사람들을 살렸다고 하는데, 지금은 그런 일을 기대하는 사람은 거의 없습니다. 그런 하늘에서 이 세상을 축복하듯이 내려주는 것은 비, 무지개, 눈(눈의 변종 우박 포함)입니다. 그 중에 추워서 세상의 만물이 오들오들 떨 때…. 그리고 어두운 소식만 가득할 때 사람들의 마음을 하얗게 채색하여 주는 것은 〈눈〉뿐이지요.

인간들은 이런 환희의 단어 뒤에 〈싸움〉이라는 단어를 붙였습니다. 그리고 인간들은 어렸을 때부터, 눈싸움〈snowball fight〉을 하고 자라고요. 두 손으로 어설프게 눈덩이를 만들어서 서로에게 뿌리는 정도로 노는 것은 재미있기도 하겠지요. 하지만 아이들이 노는 모습을 보면, 나이가 들어갈수록 눈을 단단히 뭉쳐서 있는 힘을 다하여 상대방에게 던지고 있습니다.

아름다움으로 싸움을 하다니요.

세상의 온갖 더러운 것을 덮어 버리는
잠시나마 덮어 버리는
덮어질 때는 이 세상이 정결하기만 한 것을

그 순결함으로 싸움시키다니요.

사람들은 아이들에게 지금 무슨 교육하고 있는지
그 교육이 정말 살아가는 데 도움 되는 지혜의 교육인지 아닌지
잘 모릅니다. 모르는 게 항상 문제　　　가 됩니다.
모르면서 아는 것으로 착각하는 것이 더 문제　　이기도 하고요.

두꺼워야 하는 신발
몇 겹이어야 되는 옷
귀도 머리도 감싸고

뒤에서 따라오는 급한 발자국 소리에
심장은 떼어놓고 발만 재촉하여 오르니
뾰족한 돌 말고는 아무것도 보지 못했다

이름도
나이도
마음도 산꼭대기에 벗어두고 내려오다

그제야
줄기 잎 뿌리까지 약이 되는 금은화
눈 속에 붉은 모습으로 핀 걸 보다니
  ㅡ「그래야 보게 되나 보다」

인동초(忍冬草)는 겨우살이 넝쿨로 알려졌지요. 금은화(金銀花)라
고도 불리고요. 겨울철에도 말라 죽지 않고 살아 있습니다. 남쪽 지
방 따스한 지방에서는 얼지 않고 겨우내 푸른 잎을 간직합니다. 꽃
은 나무 한 마디마다 두 가지 송이의 꽃이 열리지요. 먼저 하얀 꽃을
피우는데 이 하얀 꽃은 시간이 지나면서 금색의 노란 꽃으로 변합
니다. 그 이후에 태어난 꽃은 은색의 하얀 꽃을 피우는데 이렇게 한
마디에서 노란 꽃과 하얀 꽃을 피운다고 하여 금은화라고 불립니다.
  하늘도 얼고 구름도 얼고 바람도 얼어 버려, 마음도 할 수 없이 따
라서 하얗게 얼어 버리고 만 이 세상에, 얼지 않고 금색과 은색으로

13

피어나는 금은화.

척박한 땅에서 고난을 이기는 인내의 상징으로 많은 사랑을 받아온 인동초의 줄기는 항상 오른쪽으로만 감아올려 가며 꽃을 피우는데 꽃 모양이 학이 나는 모양이라고 해서 노사등이라고도 불리는 등여러 이름을 갖고 있지요. 이 인동초는 잎, 줄기, 뿌리까지 약으로 씁니다. 열을 내리고 독을 푸는 작용을 한다고 하지요.

이 험한 세상을 살다 보면… 언제나 꽁꽁 언 채로 겨울만 있을 것만 같은 이 탁한 세상을 살다 보면… 열나는 일이 많습니다. 흔하게 일어나는 이 열나는 일에 일일이 화를 내다가 보면 몸에 아드레날린이나 코티솔 같은 스트레스 호르몬이 분비되어 독기가 퍼집니다.

독기가 핏속을 타고 돌아다니며

세포 하나하나를 망치는 것을 안다면

화나는 것을 조절하며 살아갈 터인데 조그만 일에도 화를 내며 살아가는 것이 우리입니다.

화는 씨앗이며 습관입니다.

화의 씨앗을 뿌리면 반드시 고통의 열매가 맺어지게

마련이지요.

나쁜 습관은 좋은 습관으로 고쳐질 수 있습니다. 먼저 나의 마음 세포가 지금 어떤지 항상 지켜보는 좋은 습관이 필요합니다. 이러한 지혜는 삶의 산을 오를 때는 떠오르지 않습니다. 내려놓고 비우고 내려올 때만 마음 깊은 곳에서 샘물처럼 맑게 떠오르게 됩니다. 세상이야 얼거나 말거나 마음속에, 찬란한 꽃을 피우는 인동초 한 그루 심어놓고 합장 한번 해 보시지요. 세상이 달리 보입니다.

뽑은 지 오래되지 않은 거친 못자리에
흰 대못 붉은 녹까지 슬어 박혀 있다

뽑으면 더 굽은 못 자리 잡아온 그곳에
흰 부활 나비 삼베 바람마저 가르나
　ー「녹 절고 흰 못 자리 하얀 나비」

숫자를 세어볼까요?
2,450,000. 2,400,000. 1,700,000. 2,000,000. 1,500,000.
1,200,000. 16,500,000. 49,000,000. 1,500,000. 350,000…
하나둘 셋… 백까지 세는 데도 한참 걸리지요? 천까지 세면 입에
침이 마른 지 오래되고 진이 빠집니다. 만까지 차례차례 꼬박꼬박 셀
수 있는 사람은 거의 없을 것입니다.
무슨 숫자일까요? 이것이 사람 숫자, 그것도 서로 죽이고 죽인 사
람의 숫자라면 어떨까요? 그 하나하나가 바로 나 또는 내 가족이 처
참하게 죽임당한 숫자라고 생각하며, 그 장소들까지 생생하게 떠올
리면 가만히 있어도 몸이 오돌오돌 떨려옵니다.
한국군, 유엔군 18만 명, 북한군 52만 명, 중공군 90만 명, 민간
인 포함 245만 명이 비참하게 죽어간 한국전쟁, 대한민국 젊은 청년
들이 오천 명이나 죽고 총 240만 명 이상이 죽어간 베트남 전쟁, 사
람 하나 죽이려고 만 명을 죽인 바르톨로메오 대학살, 캄보디아 국
민의 3분의 1인 170만 명이 학살당한 크메르루주 대학살, 아르메
니아인의 3분의 2인 200만 명이 학살당한 아르메니아 대학살, 후
투족과 투치족의 인종 학살로 150만 명이 죽은 르완다 대학살, 미
국의 트집으로 시작한 이라크전 희생자 수 120만 명, 170여 년간 8
차에 걸친 십자군 전쟁, 1,650만 명이 죽어간 1차 세계대전, 4,900

만 명이 죽고 만 2차 세계대전, 아우슈비츠 대학살 150만 명, 난징 대학살 35만 명…

이러고도 아직도 전쟁은 계속되고 있습니다. 전부가 그런 것은 아니지만, 인류가 자행한 전쟁 중 상당수가 종교가 배경이 되었습니다. 이런 사실을 깊이 생각해 보면 인간이라는 것이 부끄럽기만 합니다.

그래도 4월 첫날 가톨릭 남가주 한인 사목 사제 협의회와 남가주 한인목사회가 공동으로 발표한 "교회 부활 선언"이 있어 그나마 위안이 되지요. 그동안 말로만 외치던 것을 참회하고 이제는 행동으로 모범을 보일 때라며, 올해부터 부활절과 성탄절 때 교회에 들어오는 모든 헌금 전액을 불교와 이슬람교국과의 가난한 어린이들을 위해 보낸다고 합니다. 이런 발표 후에 미국교회 전체가 동참할 뜻을 보이고 있고요. 이런 놀라운 사실을 지켜보는 불교와 이슬람교의 지도자들은 석가탄신일의 시주금 전액과 라마단 단식 기간이 끝난 후 Zakat(희사)의 전액을 기독교 국가의 병든 어린이를 위한 기금으로 낼 것을 즉각 검토에 들어갔다고 하는군요.

확실히 사람은 위대한 면도 있지 않나 하는 희망을 품게 하는 일입니다. 마음 하나 잠깐 바꾸면 그렇게 세상이 달라지는 것을 보고 사람들은 서로 얼싸안고 눈물까지 흘리며 기뻐하고 있습니다.

그런데 쇠잔해져 그런가요. 이렇게 초겨울 낮에 졸다가 보면, 왜, 포근한 봄날로 느껴지나 모르겠습니다. 깜빡 잠깐 졸았는데도 여러 가지 꿈을 꾸게 됩니다.

〈이루어지지 않을 종교 간의 화합 장면〉이 나오고요. 〈사람들이 서로의 가슴에 못질을 심하게 하여 그 못이 휘기까지 하였고, 이 못을 뽑는 척하다가 이 못이 더 휘어져 버려서 더 이상 뽑을 수도 없는 장면〉도 나오고 〈사람들이 삼배 상복을 입고 춤을 스산하게 추는 그

위에 하얀 나비가 날아다니는 장면〉도 나옵니다. 그리고 다른 장면
들도 분명히 많았었는데, 이젠 지금 꿈을 정말 꾼 것인지 아니면 어
제 꿈을 꾼 내용인지 기억도 잘 안 납니다.

차라리 이런저런 기억이 안 나 주는 것이

다음 날 밤에 악몽과 안 마주치는 데 도움이 되기는 합니다.

평생 ○에 △를 넣고
△에 ○를 넣던
노인

이제야 조각을
제자리 하나씩
　－「노인과 퍼즐」

만약에 말야 ○를 ○에 넣어 가며
　　　　　　△를 △에 채워 가며
만약에 말야
　　　　그렇게 사람을 만나고
　　　　그렇게 일들을 했다면
　　　　　－「비틀거리는 이유」
　　　　　　（○퍼즐과 ○지혜）

아이 다섯 조각으로 시작하더니
점점 크며 열 조각 백 조각으로
늙어 가며 모양도 다 다른 조각

맞추고 또 맞추어도 틀려지기만
　－「삶은 퍼즐 맞추기」

　　　　　　그때 그 사람 만나지 않았다면
　　　　　　지금 나는 어떻게 되어 있을까
　　　　　　만약에 말이지
　　　　　　그때 그 일들을 하지 않았다면
　　　　　　지금 난 어떤 모습 되어 있을까
　　　　　　만약에 말이지
　　　　　　　　　　　그냥 해 본 말이야 만약에 말야
　　　　　　　　　　　그냥 주절거린 거야 만약에 말야
　　　　　　그때 그 말을 하지 않았더라면
　　　　　　지금 와 이게 무슨 소용 있을까만
　　　　　　만약에 말이지
　　　　　　그때 그곳에 가지 말았더라면
　　　　　　이제 와 후회 너무 비참해지지만
　　　　　　만약에 말이지
　　　　　　　　　　　그냥 해 본 말이야 만약에 말야
　　　　　　　　　　　그냥 한숨 쉬어 봤어 만약에 말야
　　　　　　　－「만약에 말이지」

퍼즐은 삶 그 자체입니다.

아이가 어려서는 세모를 네모에, 원을 세모에 넣어 가며 틀리다가 몇 번 만에 제 장소에 퍼즐을 집어넣기 시작합니다. 아이가 나이가 들어가면서 이 난이도는 점점 심화하여 가지요. 숫자에 로고, 색, 그림, 크기를 달리하여서 맞추기가 쉽지 않아집니다.

사람의 인생도 마찬가지입니다.

처음에는 부모의 보호 아래 자라면서, 사는 것이 그리 어렵지 않습니다. 짜인 제 자리에 제 삶의 형태를 그저 짜맞추며 살아가면 됩니다. 그러나 나이가 들어가면서 '퍼즐의 변이'가 다양하고 복잡해져서 퍼즐 맞추기가 점점 어려워집니다. 퍼즐을 잘못 맞추면 그에 대한 책임은 자기와 자기의 가족이 책임을 냉철하고도 무겁게 지어야 합니다. 평생을 엉뚱한 자리에 퍼즐을 집어넣어서 맞추지 못하는 사람들 참 많지요. 못 맞추면 그림이 안 나옵니다. 삶의 그림이 안 나오게 되면, 사람들은 몹시 어지럽고 비틀거리게 되지요.

그림이 안 나온다
삶의 그림   방향이 안 잡힌다
삶의 방향

이 조각이 저곳에
저 조각이 이곳에
─「그대는 퍼즐 바보」

한 조각만 안 맞아도
그림이 안 나온다
두 조각만 어긋나도
무엇인지 모르고
─「정신집중(NC; Mind concentration) 퍼즐 삶」

하나 정도는 괜찮겠지 하며
그 많은 중에 말이지

바로 그것이 결정적 실수니
　　삶 그림 안 나오는 것
　　　　─「퍼즐 하나가 마인드풀니스(Mindfulness)」

　　퍼즐 보네
　　눈가 빠져 누구 모습인지 모르는
　　퍼즐 보네
　　입가 빠져 무슨 상태인지 모르는
　　모나리자
　　분실 퍼즐조각 다빈치 가져갔을까
　　　　─「내 삶 퍼즐 조각 소실은 나 스스로」

그게 아니다 그게
그걸 거기다 끼우려 아무리 돌려가며 힘주어도
거긴 아니다 그게
안 맞는 걸 억지로 이리저리 옮겨 맞추어 봐도
　　─「그러면 삶의 퍼즐 그림이 나오나」

　나이가 부스러지는 노인이 되어서도 퍼즐 못 맞추는 이들은 평생 '삶이 무엇인지' '자기가 어떤 인간인지' 모르고 그냥 삶을 마감합니다. 자기의 그림, 자기의 모습, 즉 자기의 정체성, Identity가 존재치 않는 삶.　　　**자기의 그림이 없는 삶**

　하지만, 늦게나마 여기저기 제 자리를 못 찾고 흩어져 있는 퍼즐들을 제자리에 하나씩 차곡차곡 집어넣어서 '아름다운 퍼즐' '아름다운 삶'으로 끝을 맺는 사람들도 제법 됩니다.

　우선, 흩어진 퍼즐을 찾아야 합니다.　　사람마다 흩어진 퍼즐은 다 다릅니다.

가족, 사랑, 인간관계, 용서, 철학, 신념, 종교 등 다양하지요.
그리고 자기의 퍼즐들을 자리에 돌려 집어넣으면서
'아름다운 조화'를 느껴야 하지요. 자연과 나와의 조화. 사람들
과 나와의 조화. 나와 참 나와의 조화,
참으로 아름다운 하모니.

그대 정수리 위 회오리바람
하루 종일 호두알 속 떠돌던
그 많은 잡동사니 휘돌리니

그것도 매일 매일
　　－「바람 잦을 리가 있나」

달그락 달그락
그대와 같이 있으면 들리는 소리
팅 팅 티각 딱
그대 호두알 속 부속 빠져나가는
　　－「달그락거리는 당신」

바스락 바스락 엉키는 모습
엉키었는데도 더 엉켜대는
　　－「그런 것만 골라서 하는 당신」

없는 게 없는 만물상 그대 두뇌 속
진작 주인인 그대만 없는 희한한 속
　　－「요상한 그대 두뇌 속」

21

코로 느끼는 후각은 쉽게 피곤해지는 기관입니다. 인류의 조상은 다른 맹수에 비하여 유약하여서 강한 적들로부터 공격당하지 않으려면, 싸우기보단 미리 도망갈 수밖에 없었을 것입니다. 이빨이 날카롭고 강한 것도 아니고, 손(톱) 발(톱)이 변변한 무기도 못 되었기 때문입니다. 눈을 감고 자는 시간에 적으로부터 습격받으면 대책이 전혀 없었겠지요. 그래서 자는 동안에도 소리를 들어야 하는데, 잠이 곤하게 들면 소용이 없을 가능성이 크니 이의 보완책으로 후각이 발달하여야 했을 것입니다. 민감하게 깨어 있는 후각은 발달할수록 피로도가 심하여 코는 버티기 힘들었을 것이고요. 그렇게 진화가 되다 보니, 인간의 코는 냄새를 맡는데, 2시간을 버티기 힘들어합니다.

왼쪽
흐으으으음   이번엔
오른쪽
흐으으으음
  ─「콧김 하나에 절대 평온」

그래서 사람은 오른쪽, 왼쪽 콧구멍이 약 2시간 간격으로 임무를 교대하여 냄새를 맡습니다. 콧구멍 2개가 서로 바꾸어 가면서 좌우 허파와 공조하면서 말이지요. 즉, 오른쪽 콧구멍은 오른쪽 허파와 왼쪽 콧구멍은 왼쪽 허파와 짝을 이루어 호흡합니다. 오른쪽이 유쾌한 느낌을 잘 느끼고, 왼쪽 코는 오른쪽보다는 냄새를 더 정확히 구분하는 것으로 되어 있습니다.

콧구멍은 냄새를 맡는 것 말고도 '인간 생명에 Key'를 쥐고 있습니다. 숨을 쉬지 않으면, 호흡은 멈추면서 생명을 '쓱삭' 거두어 가버리고 맙니다. 숨은 곧 생명을 상징하지요. 이런 내용은 기독교 성경의 시작부터 언급이 되어 있습니다. 성경의 시작인 창세기 2장 7절에 '그 코에 생명의 숨을 불어넣으시니, 사람이 생명체가 되었다.' 라고 되어 있고요.

불가에서도 〈사십이장경〉에 숨에 관한 이야기가 나옵니다. 부처님이 사문에게 묻습니다. "사람의 목숨이 얼마 사이에 있는가?"라고요. 사문은 첫 번째, 두 번째 엉뚱한 대답을 하였고, 세 번째 되어서야 올바른 답을 합니다. **"예, 숨 한 번 쉬는 오흡 사이에 있습니다."** 이런 답으로 부처님은 **"장하다. 그대는 도를 바로 알았구나."** 라고 칭찬하지요. 숨을 쉬면 그냥 저절로 쉬어지는 것이지, **여기에 목숨이 있고, 도가 있다니!**

숨은 무엇입니까? 숨, 호흡은 들이마시는 숨을 통해 공기를 빨아들여, 폐포의 모세혈관에 있는 혈액에 산소를 공급하지요. 그리고 허파꽈리 모세혈관 혈액에 스며들어 있는 이산화탄소를 내쉬는 숨으로 배출하고요. 인간에게 이 숨이 멈추면 더 이상 생물이 아닌 죽음의 상태를 맞이하게 됩니다.

이 호흡이 쉽게 되기 때문에 사람들이 별로 신경을 안 쓰지만, 이 호흡에는 종류도 많고, 또한

올바른 오흡은 건강을   잘못된 오흡은 질병을

가지고 오기 때문에 숨에 대하여 제대로 알아야 합니다.

호

흡 종류를 알아보기로 합니다.

* 흉식 호흡(Chest breathing)은 가슴의 윗부분으로 숨을 쉬는 것입니다. 가슴을 팽창시켜 공기를 흡입하는 방법인데, 호흡이 얕아 호흡량이 적게 되지요. 오랫동안 흉식 호흡을 하면 가슴 부분과 목까지 통증이 올 수가 있습니다.

* 복식호흡(腹式呼吸:abdominal breathing, 횡격막호흡 : dia-

23

phragmatic breathing) 심호흡 : deep breathing, 또는 단전호흡은 숨을 들이마실 때 배의 아랫부분을 부풀리고 숨을 내쉴 때는 배가 들어가게 하는 호흡법입니다. 횡경막, 늑골, 쇄골 그리고 가슴 근육이 모두 활발하게 움직여 폐로 들어가는 산소량이 극대화되면서 몸 구석구석으로 산소를 공급하고 체내 독소를 체외로 배출하며 자율 신경 중 부교감 신경 활성화를 이루어 면역력이 강화되는 것으로 되어 있습니다.

  * 풀무호흡은 고대 힌두교의 전통 의학인 아유르베다(Ayurveda : 산스크리트어 - 장수 지식이라는 뜻)에서 불의 호흡으로 부르고 있습니다. 대장간의 풀무가 움직이듯 배를 움직여 빠른 호흡을 하는 것인데 이행하기도 어렵고, 신경을 안정시키는 데에도 도움이 되질 않습니다.

  * 정뇌호흡(Skull-shining Breath, 카발라바티, Kapalabhati)은 두개골을 빛나게 하는 즉, 뇌를 맑게 하는 호흡으로 알려져 있습니다. 숨을 들이쉰 후에 갑자기 배에 힘을 주어 모든 숨을 뱉는 방법입니다. 그 다음은 배에 힘을 빼서 저절로 공기가 들어오게 하는 것이지요. 심장, 혈압에 문제가 생길 수가 있습니다.

  * 우자이 호흡법(Conqueror Breath : Ujjayi)은 정복자처럼 가슴을 펴서 호흡하는 방법입니다. 다른 호흡법과는 다르게 소리를 지르게 됩니다. 코로 숨을 마시고 목구멍에서 '하' 소리를 내면서 입을 벌려 숨을 내 쉽니다. 성대로 소리를 내지 말고 목 깊숙한 뒷부분을 지나면서 소리가 나게 해야 합니다. 스타워즈의 '다스 베이더' 소리를 내야 하는데 자주 습관적으로 하면, 위험할 수도 있습니다.

  * 교호흡(Channel-Cleaning Breath, 나디 소다나, Nadi Shodhana)은 좌측, 우측 콧구멍을 번갈아 가며 숨을 쉬기 위하여 코를 막아가며 숨을 쉬는 것인데, 콧구멍은 원래 자연적으로 좌우를 교대로

숨 쉬게 되어 있으니 이를 억지로 더 막아가며 숨을 쉬는 것은 바람직하지 않을 것입니다.

이 외에도 다른 호흡법이 더 있습니다. 호흡을 기본/기초로 중요시하는 요가에서는 여러 호흡법 이외에, 숨쉬기(쁘라나야마)를 사마누(Samanu), 수리야 베다(Surya Bheda), 싯카리(싯소리호흡), 시탈리(냉각호흡), 브리마리(벌소리호흡), 비쉬누 무드라 등으로 구분하고 있고요. 이 외에 지식법(止息法)도 있지요. 들숨을 한 뒤 멈추고, 날숨을 하고 또 호흡을 정지시키는 것입니다. 이는 의학적으로 문제가 될 소지가 크다고 하지요.

왜 이렇게 호흡 방법이 많을까요?

그만큼 호흡 방법은 중요하다며 나름대로 여러 주장을 펴기 때문입니다. **오흡 아나 다스리면 나를 다스리는 껏이며**

숨 아나 잘 다스리면 세상을 다스리는 껏

사람들이 호흡의 중요성을 알기는 합니다.

무섭거나 화를 낼 때 또는 급할 때 숨은 얕고, 거칠며 빠르게 되고 이는 과도한 스트레스와 어지러움을 일으킵니다. 반대로 평온하고, 조용하며, 깊은 명상에 들 때는 숨이 조용하고 느리며 고르고요. 이런 것을 거의 모든 사람이 경험으로 느끼고 있습니다. 가슴이 답답하게 되면, 자기도 모르게 심호흡부터 하는 것이 바로 이런 이유이기도 하고요.

그래서 여러 가지 호흡법에 관하여 관심도 두고 수련도 하지요.

그런데 문제는 이 호흡법들을, 내 속 내의를 입고 있듯이 항상 하지를 못한다는 것입니다. 대다수의 호흡법이 어렵고, 부자연스러우며, 습관화하기에 수월하지 못하지요. 호흡법을 배우다가, 어려우니까 도중에 그만두어 버리기 일쑤이고요.

그냥 '천천이' 숨 쉬면 됩니다.

호흡의 들숨과 날숨의 비율은 어떻게 하라는 규정도 '어느 정도 강압적 분위기'로 되어 있어, 오히려 숨을 부자연스럽고 거칠게 만듭니다.   그냥 들숨은 신경 쓰지 마시고

그냥 내 보내는 숨만 보며 '길게' 내쉬면 됩니다.

숨을 길게 내쉬는 것이 습관 되어 가면, 들숨이 저절로 느려져 있는 것을 알게 되지요. 그래서 욕심을 내지 말고, 처음 초보 단계에서는 그저 날숨을 길게 지켜내면 되는 것이고요.
모든 수행의 기초/기본은 숨을 지켜보는 것 입니다.

특히 날숨을 길게 하며 마음의 온갖 쓰레기들을 비워버리는 것입니다. 비워야 보입니다. 내가 보이고 남이 보이고 세상이 보입니다.

그리고 숨을 잘 다스리면 감사하게도 깊은 휴식이 찾아옵니다. 한자로 휴식은 쉴 휴(休)에 숨 쉴 식(息)의 합성어이지요.
나무속에서 숨을 쉬는 것이 휴식이라는 것입니다. 사람에게는 휴식 자체가 평온이고, 행복입니다.
그 행복과 평화는 숨, 오흡에 달려 있습니다.

시시하게 사시지요

수수하고
소소하게

―「이제라도 신선(神仙)」

겨울이 되면 말이지요.

삶에 하얀 눈이 내려앉아서 포근해 보일 때쯤 말예요.

남은 달랑 여생은　　　　매사에 비틀거리는 인간이 아닌

신선으로 살아가세요.

시시하게　　**수수하게**　　**소소하게**

그렇게만 살아도 구름 정도는 타고 산, 바다, 숲속, 들판을 날아다

닐 수 있답니다.　　　　　　못 믿으시겠다고요?

　　　　　　거창하게 살려 하고　　　　화려하게 살려 하며

　　　　　　크고 많게 살아온 분들은 이해가 전혀 안 되시겠네요.

그렇지만, 한번 해 보시지요. 시시/수수/소소한 삶. - 신선

글자도 산모양의　　ㅅ ㅅ ㅅ ㅅ ㅅ ㅅ ㅅ ㅅ

글자도 웃는 모습　　ㅅ ㅅ ㅅ ㅅ ㅅ ㅅ ㅅ ㅅ

적어도, 꿈속에서만이라도 신선이 된답니다.　　그게 어딥니까.

물

병에 담으면 병 모양

그릇에는 그릇 모양

행복

감사하는 모양대로

감사하는 그만큼

　－「물 그리고 감사」

행복은 감사할 때 찾아오는데

누구한테 감사해야 하나

신에게 감사하면 신에게 가고

감사 대상에게 하면 그곳으로

— 「감사는 어디로」

추수 감사절.

추수 감사절(Thanksgiving Day)은 글자 그대로 일 년 노력하여 추수한 것에 대하여 감사하는 날입니다.

영국국교회(잉글랜드 성공회 : Church of England)와의 분쟁으로, 미국 플리머스로 이주한 청교도(개신교) 신자들이 원주민 인디언으로부터 옥수수 경작법을 배워 농사하였습니다. 가을에 수확하면서, 감사하는 마음으로 인디언들을 초대하여, 1621년에 3일 동안 감사의 축제를 벌였던 것이 미국의 추수 감사절 시초입니다. 미국 축제 중에 제일가는 날이기도 합니다. 축제에는 터키(칠면조 요리 : 오븐에 3시간 정도 구워내야 함), 매시포테이토, 옥수수, 펌킨 파이, 크렌베리 소스 그리고 고구마가 단골로 식탁에 오르지요.

흩어졌던 가족이 모두 모여서 요리를 같이하는 소중한 미국 명절입니다. 이날, 사람들은 모두 만나서 서로에게 감사합니다. 그리고 신에게 감사하지요. 그런데, 모두가 모인 식탁 자리에서

신에게만 감사하면

오랜 시간 요리를 준비한 사람에게 진정한 감사가 가질 못합니다.

종교에 열심히 하는 사람들은 대개 모든 감사를 자기의 신에게만 전적으로 하는 경향이 있습니다. 이럴 경우, 은혜와 배려 또는 용서를 직접적으로 베풀어 준 사람에게 진실한 감사가 가질 못하지요. 이렇게 되면,   **감사가 가진 Magic이 사람들에게 사랑으로 변화** 가 되지 않습니다. 모든 감사는 신에게 가야 한다고 믿는 사람은 그렇게 하면서 살면 됩니다. 반면에, 감사는 그 은혜를 베푼 이에게 돌려야 사랑이 된다고 믿고, 가족, 친구, 친지, 지인들에게 수시로 감사하는 사람도 그렇게 살면 되고요.

자기가 믿는 대로 살면 되는데 중요한 것은 '꼭 감사하며 살아야' 한다는 것입니다. 왜냐하면 **'감사의 질량에 비례하는 것이 행복'** 이기 때문입니다.

어려서부터 집에서 개를 키웠습니다. 옛날에는 동네에 도둑들이 많아서 개를 키우기 시작하였지만, 개는 집지킴이 이상의 '가족 구성원/식구'였지요. 어린 시절의 따스한 기억 상당 부분에 개가 함께 하여 주었습니다. 대를 이어가며 우리 식구와 함께 한 진도견은, 막내인 나에게 항상 곁에 있는 내 동생들이 되었고요.

엄마 개가 귀여운 강아지들을 많이 낳을 때면 어찌나 예쁜지 학교에서 갔다 오자마자 강아지 집으로 향했던 기억이 생생합니다.

강아지. - 강아지/개들의 눈동자를 가만히 들여다 보신 적이 있나요? 그리고 그 눈동자와 사람들의 눈동자를 비교해 보신 적은요?

사람들의 눈 하나하나를 깊숙이 들여다보면 그 심연이 항상 '보글 보글 부글 부글 바글 바글' 끓고 있는 것이 보입니다. 탐욕, 분노, 고약함으로 탁하기만 한 그 눈동자의 원천. 그런데 견공 님들 눈을 보고 있으면 그냥 평화롭기만 합니다.

강아지 **마음이 착하기 때문입니다.**

눈이 어질다
눈이 어지러운데

몸까지 꼬리까지 흔들며 반갑단다
겉으로만 반가운 척 하는데

볼 때마다 여기저기 핥아댄다

건성으로 어쩌다 키스하곤 하는데

밥그릇 밑까지 핥아댄다 매번
먹을 때마다 투정하는데
　―「강아지보다 못한」

견공님들께서는 사람을 보면 볼 때마다 반가워서 온몸을 떨어가면서 꼬리마저 흔들며　　　　　**열렬하게 사랑을 합니다.**
　못된 사람이 발길질을 해도 하루도 안 지나서,

　　　　용서를 하고　　　온몸으로 사랑합니다.
　성질 더러운 인간 종은 절대로 흉내 내지 못하는

　　　성스러운 일이 몸에 배어서　자연스럽게 그렇게 합니다.
　연인들끼리도 부부들끼리도 나이가 들면, 아니 나이가 들기 전에도 아니면 결혼 후 얼마 되지 않아서 부터 건성으로 키스하는데
　개들은 볼 때마다 더러운 사람의 몸을 여기저기 핥아 댑니다. 번번이 말이지요.　　　　**순수하고 순진하기까지 합니다.**
　인간들은 밥을 먹으면서도 다른 생각을 하며 투정합니다. 맛이 없다느니 어느 것이 더 맛있다느니 해 가면서 말이지요. 이 음식을 먹으면서 몇 시간 뒤 무엇을 더 먹을까 고민하기까지 하면서 말입니다.
　그런데 개들은 개밥을 다 먹고는 개밥그릇을 빨아댑니다. 얼마나 끼니 끼니가
　고마운지 그렇게 밥그릇 밑바닥을 뚫어져라. 핥고 핥아 댑니다.
　　　　감사가 몸에 배었습니다.

자 - 이래도 -
개떡. 개꿈. 개뿔. 개새끼, 개 같은, 개죽음, 개만도 못한….

이렇게 무슨 나쁜 말 앞에다 또는 뒤에다가
      '개'를 갖다가 붙이는 이유는 무엇인지요?
    자기의 생각과 행동이 개보다 못하니
      개를 쫓아갈 수가 없으니
    못된 시기 심리가 작용하는 것입니다.
이런 험한 말을 쓰면서 견공들을 모독하는 인간들이 너무나 많습
니다.   정말 강아지 발바닥보다 못한 인간들.

  손톱 깎을 때가
  벌써 또 되었나

  보름 전 같은 날
  또각 깎은 발톱도
  두 달 전쯤 그날
  싹 자른 머리털도

  자라지 않는
  맑은 마음은
    —「온통 자를 것만」

손끝과 발끝은 신경 다발이 모여 있는 곳이라고 합니다.
  동맥과 정맥이 서로 얽혀져 신체에서 매우 민감한 부분이라지요.
사람이 살아가기 위해서, 매우 분주한 손끝과 발끝을 보호하기 위해
서 손톱과 발톱은 존재합니다. 사람에 따라서 차이는 있지만, 손톱
은 대체로 하루 0.13mm 정도 자란다고 하지요. 발톱이 자라는 속
도는, 손톱보다 두 배 또는 세 배가 늦는다고 합니다.

엊그제 깎은 것 같은데 벌써 일주일이 되었나 봅니다. 그냥 놓아두
어도 사는 데 아무 지장이 없건만, 무엇을 움켜쥐려 하면 불편한 기
분이 드는 것을 조금도 못 참고 손톱깎이를 들이댑니다.

내가 살아가는 데 도움을 주던 나의 신체 일부가 용도 폐기가 되어,
무지막지하게 잘려 나가는 데도 외마디 비명 한번 못 질러보고는
'또각'   신체와 분리되어 무참히 버려집니다.

낮에 잠깐 놀러 나온 반달같이 예쁘게 생겼는데

눈길 한 번 더 받지도 못하고 쓰레기통에 쓸려나갑니다.

손톱, 발톱, 머리털 이런 것들을 자를 때는 -   나의 못된 습관들도

딱 그만큼 싹이라도 잘려 나갔으면 좋겠는데.….

손톱, 발톱, 머리털 이 무심코 빨리 자라는 것을 보면서

나의 착한 심성들도

딱 그만치라도   자라 주었으면 얼마나 행복할까 하는데….

자랄 것은 안 자라고

깎일 것은 자라기만

－「마음/손톱」

깎일 것은 자라고   자랄 것은 깎이니   어쩌면 좋단 말입니까

눈이 내린다

하얀 함박눈

눈이 내린다

거짓말처럼

　　　　　날벼락만
　　　　　쳐대더니
　　　　　　ー「눈이 내린다 거짓말처럼」

　너 거짓말이지! ー 상대방에게 다그치는 말투이지요. 내가 지금 처
한 상황을　　　　　　이해 못하겠다는 분위기입니다.
　에이 ー 너 거짓말이지? ー 그럴 리가 없다. 네가 그냥 장난으로 그
러는 거지?　　　　　하는 분위기의 말투이고요.
　다그치는 투에서 거짓말은 나의 보호 기제가 발동한 말입니다.
　　　　　　　　너에게 속지 않겠다.
　장난으로 보는 분위기에서는 나도 그리 피해를 볼 상황은 아니고
요.　　　　　　　　아니기를 바랄게.
　하늘을 봅니다.　　ー 겨울 하늘.
　삶을 돌아봅니다.　ー 혹독한 삶의 굴레.
　　　　　　　하늘에서는 벼락만 쳐 주었습니다.
　　　　　익이지도 않은 '쌩 날벼락.'

　　　　하늘에서 벼락 쳐댄다
　　　　하늘에서도 미처 익히다 말아버린
　　　　날벼락을

　　　　그게 어제 그제 일인데
　　　　하늘에서 하얀 함박눈이 쏟아진다
　　　　거짓말처럼
　　　　　ー「하늘의 거짓말」

그 날벼락들은 저번 주에 나에게 쏟아졌고, 그 전주에는 내 주위에 떨어졌습니다. 그래서 나와 나의 주위 사람들, 일들은 차례차례로 박살이 나고 말았습니다.

그러니, 하늘이 얼마나 무섭고 믿기 어려운 존재입니까.

그런데 그 하늘에서 하얀 함박눈이 '거짓말처럼' 쏟아집니다.

분명 거짓말.

저리도 찬란한 순백 함박눈

거짓말처럼 하늘서 내린다

언제 날벼락 쳐댔냐 하며

세상 모든 더러움 덮어버린

순수함 거짓말처럼 녹아버려

예전보다 더 더러워지는데

　　　　　　－「세상은 온통 거짓말」

그런데 이 세상의 모든 더러움을 덮어 주었던 순백 함박눈이 녹아버려서　　　　　　　　　　　　전보다, 더욱더 지저분해집니다.

분명 거짓말.

정말 세상은 온통 거짓말.

빨간 뱀에 쫓기어 다다른

첩첩산중 밧줄 출렁다리

뒤로 갈 수 없어 건너가다

아래 내려보니 다리는 후덜덜

위를 올려보니 머리가 어질질
옆을 돌려보니 머리카락 쭈뼛
　─「삶은 출렁다리 건너기」

　출렁다리 건너기
　외줄타고 지나기
　세상살이 맛보기
　어질어질 예고편
　　─「삶, 그 흔들리는」

　옛날 시골에 가면 흔하게 보이던 것이 있습니다. 출렁다리.
　자재가 흔치 않던 시대에, 물이 흐르거나 깊은 계곡이 있어서 사람 왕래가 힘들었던 곳을 서로 연결하는 것은 출렁다리였습니다. 말뚝을 박던가, 아니면 큰 나무나 바위에 밧줄을 묶고 발을 딛는 발디딤 부분은 넓적한 나무로 처리하였지요. 이 다리는 다리 이름대로 출렁거립니다. 발길을 한 발 두 발 디딜 때마다 밑에 흐르는 물도 아찔한 데다가, '깊은 계곡으로 몸이 떨어질 수도 있다'라는 공포도 더해져 덜덜 떨어가며 겁을 잔뜩 먹고 건넜던 기억이 납니다.
　군대 갔다 오신 분들은 다 아시는, 유격장 훈련코스 산악 장애물 과정 중 줄타기가 있지요. '두 줄 타기' '석 줄 타기'는 그리 어렵지 않은데, '외줄 타기'는 모두가 힘들어합니다. '외줄 타기'는 조교들이 매달린 교육생의 줄을 일부러 흔들어 대지요. 가뜩이나 전진하기가 힘든데 줄을 흔들어 대니 교육생은 거꾸로 '통닭' 신세 모양으로 대롱대롱 매달리게 되고요. 아래에 안전망을 하여 놓았지만, 아찔한 기분은 어쩔 수가 없는 훈련입니다.

출 뒤에서는, 반은 빨갛고 반은 누런 뱀이 혀를 날름거리며 쫓아옵니다. 사력을 다하여 도망을 가다가 낭떠러지를 만납니다. 다시 뱀이 달려든 뒤로 갈 수도 없고, 앞으로 가면 절벽이니

'이러지도 못하고 저러지도 못하는 명안 상황' 이 됩니다.

'아무리 생각해 보아도 딱이 방법이 없는 상황' 이지요.

이때, 바로 모든 것을 내려놓았을 때, 눈에 탁 들어오는 것이 있기 마련입니다. '밧줄 다리'입니다. 그리 멀지 않은 곳에 계곡을 넘을 수 있는 밧줄이 있습니다. '구원의 다리'

이 다리를 건너는데, 출렁거립니다. 다리를 건너며 아래를 보니 아찔하여 다리가 저절로 후들후들 떨려옵니다. 그 아찔함을 잠시라도 잊을까 위를 보니, 머리가 핑하고 어지럽습니다. 옆을 보면 괜찮으려니 했더니 쭈뼛! 머리털, 다리털이 다 서 버리고 맙니다. 이렇게라도 잘 건너면 좋으련만, 갑자기 바람이 불어

다리가 더 출렁출렁거립니다.

후덜덜과 어질질 그리고 쭈뼛은 $\times 2 + \times 3$ 로 늘어납니다.

삶은 출렁 외줄타기
건너면서 휘청 휘청

실눈으로 건너보아도
아찔하기는 마찬가지

죽을힘으로 건넜으나
앞에는 다른 출렁다리
        ―「삶은 끝없는 출렁다리」

이런 다리를 하나만 건너면 어떻게 하든 견디어 내며 살 것 같지만, 두 번째 세 번째 그리고 이후에도 계속되는 출렁다리를 건너야 하는 것이 인생살이라는데 망연자실(茫然自失)하게 됩니다.

언제부터인가 이 줄다리가 세계 곳곳에 건설되기 시작하였습니다. 특히 동양권을 여행하다가 보면 이 줄다리를 많이 만나게 됩니다. 한국도 지자체별로 경쟁하듯 이 줄다리를 건설하여 이 '어질어질 다리'를 다양한 모습으로 건너게 되었습니다.

지난 10년간 산, 바다, 호수, 하천의 전망 좋은 곳에 설치된 출렁다리는 170개가 넘지요. 최근에 만들어진 다리들은 '마치 유행'처럼 밑을 더 아찔하게 보이도록 유리로 해 놓아서 한발 한발 디딜 때마다 발바닥이 '찌릿찌릿' 간질거리고요.   가뜩이나 -

사는 것에 현기증이 나는데 여행 가서도 울렁거려야 하나?

할 수도 있지만

삶이라는 것이 그야말로 출렁다리들을 건너는 것과 같으니

아찔함 속에 긴장감도 있고 어지럼 속에 왕올감도 있어

그러니 바람이 출렁다리 은들지라도 노아거나 당황하지도

▲ 짚라인(Zipline)

짚라인은 하와이 또는 코스타리카 열대우림 정글지역 원주민들이 땅바닥에 있는 독충, 뱀이나 독초 등을 피하면서 이동하기 위해, 큰 나무들 사이에 로프를 걸어 이동하는 교통수단으로 유래되었습니다. 나이가 육십하고도 중반을 넘어서 처음 이 짚라인을 해 보았습니다. 이 짚라인의 원조인 코스타리카를 여행할 때 처음 시도해 본 것이지요. 주위 일행들이 나이 생각하라며 만류하였지만 평상시에 삶은 외줄 타기라고 생각해 왔었기에 강행해 보았습니다.

머리에는 어설픈 안전모를 쓰고 양다리에 쇠고리와 가죽으로 된

장비를 차고 첫 번째 코스에 섰었지요. 속도 조절은 오로지 손에 달린 가죽 장비로 하였습니다. 다리는 꼬아야 했고요. 다리를 꼬는 이유는 주행 중 방향과 밸런스를 잡기 위해서입니다. 큰 나무와 나무 사이를 코스를 달리하며 산꼭대기에서 나무 사이사이 여러 산 중턱을 걸쳐, 땅으로 내려오는 데 30분이나 걸렸습니다. 제법 긴 시간 동안   자연 속에서 하늘을 나는 새의 자유로움

정글 속에서 마치 타잔이 된 것 같은 다이나믹 감정

아련하게 내려다보이는 계곡 위로 전속 질주하는 짜릿함

처음 시작할 때의 두려움을 날려 버리는 스릴과 황홀함

그 이후로 기회만 되면, 외줄 타기 짚라인을 즐기고 있지요. 짚라인 매력에 '폭' 빠진 셈입니다.

왜 진작 외줄을 타면서 스릴과 황홀함을 느끼지 못했을까?

왜 외줄 타기 삶에서 다이나믹하고 짜릿함을 즐기지 못했을까?

어차피 타야 하는 외줄 타기인데.

삶의 외줄을 타고 내려오며 바람이 불어 몸이 휘청거리면 그저 고민하고 잠을 못 자고, 몸도 마음도 '파김치'처럼 절여지고 축축 쳐지기만 했었습니다. 나름대로 터득한 '명상' 으로 이리저리 튀는 마음을 평정하기 전까지의 삶은 그야말로 전쟁이었지요.

피할 수 없는 외줄 타기 인생인데, 젊었을 때부터 삶 속에 파고드는 어지로움, 아찔함, 구역질 속에서도 스릴과 황홀감을 찾았어야 했었습니다.

오늘도 건너가는 출렁다리

오랫동안 건넜는데도 아직도 아찔해

다리를 건너지 않아보려고

묵주도 굴려보고 염주도 굴려보지만

삶은 이곳에서 저곳으로 건너는 것
뒤돌아 갈 수 없는 출렁다리 건너기
−「출렁다리 건너 무엇을」

　누구나 출렁다리, 외줄 타기를 하며 삶의 강을 건너고 있습니다.
이 지경의 나이에도 밧줄을 누가 마구 흔들어 대면 잠시라도 어지럽
기는 합니다. 그래서 인간은 하찮은 존재인가 봅니다.

토악질 나는 줄 알면서도 건너야 아는 그런 존재.

매일 매일
하루 이십 번
삼천 번
여기까지

그도 모자라
엊그제까지
수백 번
여기까지
　−「넘어지는 동물 인간」

　어린 아기가 걸음마를 배우기 위해서는 먼저 앉고, 무엇을 잡고 서
야 합니다. 아니면 비틀비틀 거리며 혼자 서 보고, 그런 다음에 한발
자국 옮기고 또 한 발자국 옮기는 과정을 겪게 됩니다. 아기의 차이
에 따라 다르지만, 한 발자국을 걷기 전에 무려 2천 번이나 3천 번 정
도를 넘어져야 하고요. 걸음마를 배운 다음에 아이가 제일 많이 넘어
지는 것은 자전거 배울 때이고, 그 다음은 아이마다 다르지만, 스키,

스케이트, 스노보드, 인라인을 배울 때일 것입니다. 이렇게 몸은, 수 없이 넘어지고 일어나는 과정으로 단련이 되어

어른이 되고,   **사람이 됩니다.**

그럼 이 몸을 실제로 움직이는 마음은 어른이 되기까지 얼마나 넘어질까요?   수만 번, 수십만 번은 될 것입니다.

실패하고, 배반당하고, 수치스럽고, 후회되고, 괴롭고, 힘들며 혼란스럽고. — 너무 심하게 넘어져서 일어나는데 '한참이라는 시간'이 걸리는 숫자도 몇십 번은 될 것이고요.

이렇게 마음도 넘어지면서 다시 걸을 수 있게 단련되면서

사람이 되고,   **성숙하게 됩니다.**

사람은 넘어지고 일어나면서 살아가도록 창조되었습니다.

꽃들이 흔들리는 외오리바람 속에서 신화처럼 탄생 하였듯이

안 넘어지는 것은 사람이 아닌 괴물입니다.

안 흔들리는 꽃은 꽃이 아닌 조화이듯이

사람 볼 때
하나만 보시라

그이 얼마나
넘어진 흉터가
　　 —「넘어짐과 지혜의 함수관계」

꽃에서 향기가 안 나나요?   ☞ 플라스틱 조화이기 때문입니다.

사람에게서 인간미가 안 나나요? ☞ 많이 안 넘어져 보았기 때문입니다.

길섶 오물 뒤집어쓴
들꽃이
꽃일까 아닐까
산길 등산객 발 밟힌
야생화
살까 죽어버릴까
　－「빗방울에 그리고 너 자신에게 물어볼」

　궁금한 것이 있을 때 제대로 답을 하여줄 곳에 가서 물어보아야 합
니다. 엉뚱한 곳에 가서 물어보면 계속 그저 그런 같은 답만 하고 돌
아서 나올 때 찜찜하고 허탈하기만 합니다.

　아름다운 들꽃이 더럽혀졌습니다. 야생화가 무지막지하게 밟혔습
니다. 비 한 번 오면 깨끗이 씻기어 들꽃에서는 다시 향기가 나게 됩
니다. 비 한 번 오면 꾸겨진 야생화도 다시 활짝 피어날 수가 있게 됩
니다. 비는 하늘에서도 내리지만

마음속에서도 스스로 만들 수 있습니다.

말끔이 되는 소나기 빗줄기를 말이지요.

　그래서 마음공부가 중요합니다.　　　　　그리고 마음공부는
시원한 빗줄기가 쏟아지는 자연에 물어보아야 합니다.

하늘 별
어찌 저리 많을까

나의 별
언제 저리 빛날까
　－「마음 속 별」

별 볼일 없는 사람　　　별 볼일 없는 일들
　　　　　같이하다
머리 위 별이 없고　　　마음 속 별도 없어
　　　―「별 없이 살아가기」

　하늘의 별이 몇 개나 될까요? 그 별은 왜 도시에서는 잘 안 보이고, 자연으로 돌아가 보면 많이 보일까요? 이런 질문들은 과학적으로 모두 아는 내용입니다.　하지만,
　'가슴속에 별이 몇 개' 나 되고 '마음속에 별이 언제 밝게 빛날까'를 아는 사람이 몇이나 될까요?
　어쩌면　'하늘에 별이 몇 개 인가' 라는 것은
　　　'세상에 별 볼 일 없는 일들 숫자만큼' 아닐까라는
　　　　　'슥 - ' 그럴듯한 생각이 들 때가 있었습니다.
　살다가 보면 중요하게 그리고 급하게 처리해야 할 일처럼 보였던 일들이 시간이 제법 지나서 정신 차리고 보면 황당하게도 '아무 일도 아니다'라는 것 앞에 망연자실할 때가 누구에게나 있습니다.
　　　　깨달은 자는　　그것을 미리 압니다.
　　　　미리 알기에　　깨달은 지혜자이고요.
　중요하지 않은 일을 미리 알아차리는 것은 대단한 능력이지만
　　　또 연습으로, 습득할 수 있는 삶의 기술 중의 하나이기도 합니다.

꽃 같은 시간을
오늘도 참담히 쓴 것을
내년 어찌하면
피지 못할 그 시간들을
　―「향기롭지 못한 삶의 이유」

향기가 없는 꽃이 어디 있으랴
나비 찾지 않는 꽃 어디 있으랴

향기 짙지 않은 꽃 어디 있으며
벌 찾지 않는 꽃들 어디 있으랴
　－「향기 없는 그대」

향기가 없는 꽃이 어디 있을까요? 존재 이유인데요.
　향기가 짙고 옅고의 차이일 뿐이지, 꽃들에서는 다 고유의 향기가 날 것이라고 생각됩니다. 자연적으로 흙에 뿌리를 깊게 하고 꽃을 피운 꽃들의 향기하고 인공적으로 만들어진 화학 흙에 잠시 뿌리 내려준 꽃들의 향기하고는 확실히 다른 것은 사실입니다.

전설에 말이지요. 아주 옛날이야기에 나오는, 신화에는 말이지요.
종교를 열심히 신봉하는 신앙인들이, 그렇지 않은 비신자들보다 양심적이고 도덕적이라고 - 하였던 시대가 있기는 했었습니다.

그러나 지금은 종교인들이 더 사악하다는 것에 고개를 끄덕이는 사람이 더욱 많다는 것에 동감하시지요? 그 많은 반짝거리는 통계가 말해주는 것 말고도 말입니다.

왜 삶에 꽃이 피질 않고 왜 나의 인생에 향기는 없을까요? **꽃보다 아름다운 나의 시간을 내년이면 피지 못할지도 모르는 나의 금싸라기 시간을 처참하게 쓰기 때문입니다.**

세상이 이렇게 어지럽게 황폐해 가는 것은 사람 하나하나가 꽃 시간을 순간순간 허무하게 탕진해 행복하지 않기 때문입니다. 세상의 시간 꽃을 향기롭게 하여 준 스승들의 뜻과 정반대로 사는 종교 지도자들 이, 그를 따르는 종교인들이, 시간을 사악하게 쓰기 때문입니다.

가까운 산과 들을 찾아 꽃향기를 맡으시며 꽃 명상하여 보시지요.
정신이 맑아지며   **마음속에 시간 꽃이 활짝**   핌을 보게 됩니다.

작아진다
작아진다
점점 줄어들다 - 티끌 된다

가벼워진다
가벼워진다
점점 가벼워진다 - 날린다
　　―「괜찮은 주문」

　주문(呪文)은 인류의 원시종교부터 도입되었습니다. 주문은 언어
나 문자가 확고한 자리를 못 잡은 시대에, 어떤 의미가 담기지 않은
언어에 인간의 혼과 영을 넣은 언혼(言魂), 언령(言靈)화하여 만들어
졌습니다. 부족에 만연하는 전염병, 다른 부족과의 전쟁, 사냥, 추
수, 각종 재난으로부터의 보호 또는 개인적인 소원을 얻으려고 시작
되었지요. 사람의 언어가 정립되면서부터는 주문에 뜻이 담기기 시
작하여 각종 종교의 도구로 사용되었습니다. 주문에 신비한 효험이
있다고 믿기 때문입니다.

　　　　　요험이 있는 주문 하나.
　　　　작아진다　－　　　작아진다

　－ 점점 줄어들며 작아지다 드디어 내가 티끌 된다
　　　가벼워진다　－　　가벼워진다
　－ 점점 가벼워지더니 결국 자유롭게 날아다닌다

매일 중얼거려 보시지요.   정말 작아집니다.
작아지다 없어지고
수시로 주문 걸어 보세요. 정말 가벼워지고
훨훨 날려 다니고
원하는 대로 내 몸과 마음은 자유로워지니

바람은 어디로 부나
바람 마음대로

바람 왜 나를 치나
나의 마음대로
　 ―「나 바람」

바람은 어디서 와서 어디로 갈까요?
사람은 어디서 와서 어디로 갈까요?
　　　　바람은 자기 마음대로
　　　사람도 자기 마음대로　　　**그래서 나는 바람이니**

어린 까만 머리털에
껌 붙었다
푸른 풍선껌 불다가
탁 붙었다
팍 떼어내려 하다가
더 번졌다
결국 가위로 머리칼
싹둑 잘라
　 ―「머리 달라붙은 생각」

껌은 천연수지 또는 합성수지에 고무질, 무기질을 배합하여 질긴 맛을 조작하고 색소, 향료 그리고 조미료를 넣어 반죽한 후에 컨베이어 벨트 위에서 성형하여 만듭니다. 사포딜라 나무의 수액으로 만든 치클을 이용한 천연수지는 씹는 껌(chewing gum)이 되고요. 합성수지인 초산수지를 사용하면, 풍선 껌(bubble gum)이 됩니다. 풍선껌은 더 질겨야 풍선을 만들 수 있기 때문에 합성수지로 만드는 것이지요.

먹거리 특히 단 것이 부족했던 시대에는 껌을 씹는 사람이 많았습니다. 아이들도 포함해서요. 단물이 빠질 때까지 '질겅질겅' 씹었지요. 츄잉껌을 씹다가, 버블껌이 등장하였을 때, 참 신기했습니다. 입으로 풍선을 만들어 마음껏 부풀리다가 어느 정도 질감이 떨어지면 '퍽' 하고 풍선이 꺼졌지요. 조그만 아이들이 서로 큰 풍선을 분다고 경쟁을 하고, 부풀어 오르는 풍선을 손으로 '팍' 꺼트려 버리는 장난을 하고 놀았습니다. 아이들은 **씹다가 단물이 떠나가면**, 턱도 이빨도 아프게 되면 **아무 미련 없이 '퉷' 하고 뱉어** 버렸습니다.

> 너는 나를 씹었어
> 쪽 쪽 단물 빠질 때까지
>   그러다가 퉷 -
> 너는 나를 뱉었지
> 아무 미련없이 말이지
> ─「그러는 나도」

아무 곳에나 버리니, 이 버려진 껌들은 책상에도 붙고, 걸상에도 붙고, 거리 곳곳에 붙어 있다가, 근처에 있는 사람들에게 살려달라는 듯, '착' 붙어 버렸지요. 붙어 버린 껌이 머리에 붙는 경우도 종종 있게 되는데, 이럴 때 이 껌이 떨어지질 않습니다. 잡아떼려고 하면, 다른 머리칼에도 번져 머리칼이 서로 엉클어져 더 달라붙어 있게 되었습니다. 방법은 가위로 붙어 버린 머리칼을 싹둑 잘라 내는 방법밖에는 없었습니다. 잘린 부위의 머리는 움푹 파인 동네길 웅덩이 같은 흉한 모습을 하게 되어, 머리가 풍성히 자랄 때까지 험한 모습을 유지하였지요.   껌을 씹는 모습을 보면 곱씹는 모양새입니다.

질 기 게 씹 어 대 는 마 음 모 습 이 기 도 하 고 요 .
머리에 달라붙은 상념은 껌 딱지 입니다.   떨어지질 않지요.
머리털 손상처럼 마음의 넓은 부분까지 도려내야 합니다.
오염되지 않도록.

■
십자가 위. -   예수님의 마지막 일곱 유언 중의 하나이지요.
        "저들은 자기들이 무슨 일을 하는지 모릅니다."

그만 해라
그쯤 해서

지치지도 않느냐
주위를 쓰러트리는 일

힘들지도 않느냐

너 서서히 죽이는 일
  ―「아직도 무슨 일을 하고 있는지도 모른다」

지금 내가 하는 일, 어제 내가 생각하던 일, 열심히 내일도 할 일들.
이것들이 남을 쓰러트리고   나를 서서이 죽이는 일인지를
                           아는 사람이 얼마나 되겠습니까.

뿔이 솟구치는구나
정수리에

겨드랑에도 날개 대신
드디어
  ―「뿔 보는 자 날개가」

뿔 있는 짐승은 많지요. 전설 속에 나오는 뿔 짐승도 제법 되고요. 그중에 유니콘은 말 그대로 뿔이 하나입니다. 코뿔소가 유럽에 소개되는 과정에 와전되어 전해진 것이 유니콘이라는 주장도 있습니다. 동양에서는 신령한 네 가지 동물 사영수(四靈獸-용, 봉황, 거북, 기린)가 있지요. 그중에 태평성대의 시기에 나타나는 길한 동물로 여겨지는 기린이라는 전설적 동물이 있습니다. 서양에서 말하는 긴 머리의 점이 온몸에 있는 기린이 아니고요, 동양 기린은 머리에 뿔이 나고 다섯 가지 색의 털을 지닌 신화적 동물입니다. 수컷을 기(麒), 암컷을 린(麟)라고 하며 암수를 합쳐 기린이라고 부릅니다. 사영수 중에는 용과 기린만 뿔이 있는 셈입니다.

동물에 뿔이 난 것은 전설 속이거나 실제상황이거나 이상해 보이지 않습니다. 그러나 사람의 머리에 뿔이 난 모습은 어떨까요? 사람의 몸에 뿔이 난 모습은 도깨비입니다. 방망이를 든 무서운 도깨비.

인간의 신화에서는 날개를 빼놓을 수가 없습니다.

하늘을 날고 싶은 사람들은 새가 나는 모습을 보고 부러워하기도

48

하고, 신성시하기도 하였기 때문입니다. 신화 같은 존재의 날개를 상상하며 자기도, 갈비뼈 옆구리 쪽으로 간질간질하며 날개가 돋는 모습을 상상하는 것만으로도 행복하였을 인간.

　머리에는 후광 - 옆구리엔 날개 - 이랬으면 얼마나 좋으련만

　머리 - 그것도 머리 정중앙 정수리에 뿔이 돋습니다.

　옆구리에도 얼굴에도 다리에도 용가리처럼 뿔이 돋습니다.

　거짓말을 아무렇지도 않게 하고, 사기를 치고, 탐욕이 탐욕인지도 모르고 툭하면 화내고, 뻘건 불길이 급한 마음속에 이글거리며

　겉으로는 겸손한 척해도 실제로는 교만으로 찌들어 있으니

어찌 온몸에 뿔이 돋지 않겠습니까?

　신화 속 동물의 뿔은 상서롭기만 하건만, 현실 속 인간의 뿔은 징그럽기만 합니다. 자기의 뿔을 보는 자의 몸에서는 금세 그 뿔이 뽑혀 나가지만 뿔이 난 줄도 모르는 자들의 몸에서는 뿔이 점점 퍼져나가게 됩니다.　　**괴물이 되는 것이지요.**　　**Just a monster.**

　질척이는 곳
　꿈틀거리는 개체 있었다

　혈관 속으로
　녹색 피가 줄줄 흘러대는
　　-「지렁이보다 못한 그가 있었다」

　피는 산소를 운반하는 화학 물질에 따라 색이 변합니다. 동물의 피가 하는 역할 중의 하나가 산소를 운반하는 것이지요. 산소를 운반하는 화학 물질에 따라 피의 색이 결정되고요. 척추동물의 대부분은 빨간색이지만, 갑각류, 거미 종류와 오징어 문어들은 파란색의 피를

갖고 있고 지렁이 거머리 등은 녹색의 피를 갖고 있고, 보라색 피를 가진 동물도 있습니다. 곤충의 피는 산소를 운반하는 것이 아니고 영양분을 운반하기 때문에 곤충이 먹는 식물에 따라 노란색이 되기도 하고 초록색이 되기도 한답니다.

사람과 사람 사이에 무엇이든지 다 될 것 같지만

안 되는 것이 더 많은 것이 세상살이입니다.

사람들이 많이 모이는 그곳에 가면 따스할 것 같지만

싸늘한 암투, 시기와 음모 그리고 협잡만 있는 곳들도 있
습니다.

그런 사람들을 지켜보면, 그 질척거리는 음산한 그곳을 지켜보면 지렁이들이 꿈틀거리는 것 같습니다.

끈적대는 녹색 피가 혈관으로 흐르는 그런 지렁이 같은 사람들.

안구 테러, 고막 테러, 성대 테러가 난무   하는

그런 곳   나와 안 맞는 그곳은

그냥 멀리하는 것이   얼씬거리지 않는 것이

나를 살리고

내 곁의 사람들도 살리는 길입니다.

옆 밀치며 헉헉 높이 올라와 보니

얼마 안 있어 내려가야만 하네

다른 산은 더 좋은가 또 올라보니

역시 잠시 머물고선 내려오네

산은 원래 그렇다는 걸

석양 질 때야 알게 되네

  ─「그걸 왜 올라가는지」

우리는 삶을 살아가며 주로 결과에 치중하면서 살아갑니다.

문제는 바로 여기에 있습니다.

결과의 속살은 얼음장 숫자   입니다.

학교에서는 등수와 점수로

그래서 취직하면 실적으로, 사업을 하면 금액 숫자로/ 결혼하고 가정을 가지면 타인들과 비교하여 직위 그리고 연봉 숫자로/ 노인들은 얼마나 오래 살다 갔나의 숫자로/ 이렇게 인생의 골격은 숫자로 되어 있습니다. 그리고 결과는 외적인 것에 많은 영향을 받는 속성이 있지요. 결과는 언제나 단기의 속성을 갖기도 합니다. 결과는 짧습니다.   결과는 실망 또는 희생을 강요하는 특성도 있고요.

결과보다는 과정에 집중하지 않는 한,

인생은 피폐 그 자체에서 벗어날 수가 없습니다.

과정의 속내는 즐기는 것   입니다.

산에 오르기 위해 무거운 등산 장비를 지고, 두꺼운 양말, 신발, 알펜스톡까지 하여, 옆에 오르는 사람들을 이렇게 저렇게 뒤로 처지게 만들고 숨을 헐떡이고 땀을 '주루룩' 흘려가며 산 정상에 오르면 ….

그곳에 얼마나 머무시나요?

내려와야 합니다. 어두워지면 산에서 실족합니다.

명예의 산에, 권력과 부의 산에 올라….

그곳에 얼마나 머무시나요?

내려와야 합니다. 안 내려오면 남이 끌어내립니다.

명예와 권력은 그냥 거품 산, 그 자체입니다.

돈은 내가 쓸 수 있는 돈만이 나의 돈이고요.

결과에 비하여, 과정은 즐겨야 하는 속성 이 있습니다.

산이 가진 신비한 선물들은,

과정에 치중하는 사람에게만 주어집니다.

한발 한발 옮길 때마다, 한발 옆에 피어난 야생화와 산 풀들, 그리고 여러 모양의 나무들. 불쑥불쑥 나타나 주어, 경이로움을 안겨 주는 산속의 동물들. 바람에 실려 오는 태고의 기운과 향기들이, 세포까지 전달되는 신비감.

이런 과정을 즐기는 사람이 참다운 등산가이고

인생의 승리자입니다.

이런 과정을 즐기다가 산 정상에 못 오른다고 하여도

분명히 이런 이들이   진정한 등반가이고

삶의 정복자이자, 메스터입니다.

공부를 즐기는 사람   일을 즐기는 사람   운동을 즐기는 사람
예술을 즐기는 사람   봉사를 즐기는 사람

이런 사람이 당신이라면 좋겠습니다.

공부를 즐기지 못하는 박사   사업을 즐기지 못하는 회장
운동을 즐기지 않는 올림픽 금메달리스트

예술을 즐기지 않는 연예인   봉사가 즐겁지 않은 봉사자
성직자   이런 사람이 당신이 아니라면 좋겠습니다.

과정을 즐기지 못하면서 어떻게 좋은 결과가 나오겠습니까?

억지로 그 결과가 나온다고 해도 그 결과를 오래 유지 못하는 것은 당연합니다.

과정에서 행복을 느끼는 것 – 오로지 오늘 과정에만 집중하는 것.
과정이 놀이라는 데에 확신을 갖는 것.

그래서 과정에서 스트레스를 전혀 받지 않는 것.

오늘 즐겁지 않으면 내일도 즐겁지 않다   는 것을 확실히 아는 것.

지금 행복하지 않으면 내일, 모레 그리고 나의 여생이 절대 행복
하지 않다는 것
　　　　이것을 골수, DNA까지 새겨 넣는 것.
　　　　바로 그것이　　**삶의 진수**　　입니다.

오랫동안 돌돌 말려져 올라가
때가 배어 굳어 버린
한참이나 뒤로 질끈 매어져서
잘 풀어지지도 않는

이젠 내리고
그만 풀어질
　ー「소매와 머리 끈」

〈인내는 쓰다. 그러나 열매는 달다〉라는 구절을 책상 앞에 한두 번
씩은 붙이고 공부했던 시절이 있었습니다. 물론, 어떤 분들은 좌우
명으로 삼고 가슴에 품고 다녔던 분도 계시겠지요.
　굳은 각오를 하고 전의를 불태우는 인내의 상징으로는 두 가지가
있습니다. 하나는 소매를 걷어붙이는 것이고 다른 하나는 머리에 끈
을 질끈 동여매는 것이지요. 젊었을 때는, 길을 잘못 들어도 별일 아
닙니다. 다시 제대로 된 길을 찾아가면 되는 시간이 있기 때문입니
다. 갈 지 자(之)로 우왕좌왕해도 괜찮습니다. 많은 경험을 하는 과
정으로 삼고, 팔 걷어붙이고, 머리 끈 동여매고 집중에 집중하면 못
해낼 것이 없습니다. 시간이 많지 않습니까. 그러나 늙어서, 아직도
소매 걷고 있고, 머리 끈 동여맨 채로 목소리 높이고 머리 핏대 줄
튀어나오는 사람 보면 참으로 안타깝습니다. 왜냐하면, 시간이 별로

없기 때문입니다. 늙으신 동료 여러분. 소매 그만 내리고, 머리 끈 인제 그만 푸시고 눈가의 힘 그만 빼고, 입가 조금만이라도 올려 보시지요.

세상이 확 변하게 됩니다. 여생이라도 살 만한 세상이 내 앞에 펼쳐짐을 금세 느끼시게 됩니다.

빨간 원수
내 속 가운데
가부좌 틀고 앉았다

또 다른 적
금세 나 밀고
내가 되어 서 있는데
─「언제나 나는 내가 되려나」

내가 지금, 나를 구렁텅이에 집어넣은 원수를 생각하고 있으면
그 철천지원수가 내가 되는 것입니다. 원수가 떡하니, 가부좌를 틀고 나를 비웃으며 나의 마음 가운데에 들어앉았는데
내가 어찌 존재할 수가 있습니까!
원수가 들어온 순간   나는 사라지는 것입니다.
간신히 정신 차리고 나를 잠시 찾았으나 - 나를 배신한 적, 또 다른 원수가 또 나를 밀어 버리고 우뚝 서 있습니다.
이 순간 나는 또 사라지고 말았습니다
원수들이 번갈아가며 내가 되어 버리는 기가 막힌
어찌 수수방관하고 계시는지요.
나를 찾는 일. - 내가 나가 되는 일은
나의 생명과 직접 연관된 참으로 중요한 문제입니다.

소소함이 하나둘 쌓여 우아함 되고
수수함이 소복이 쌓여 세련됨 되며
시시함 모이게 되면 기품 있게 됨을
─「모른다는 참담함」

나이가 들며 영특한 현대 문명 생활에 경계심을 품고
　　시시함에서 삶의 기쁨을 알게 되면 기품 있는 사람이 되지요.
　　수수함을 사랑하여 수수함이 쌓인 사람은 세련되어 보입니다.
　　소소함에 가치를 두고 살아가다 보면 우아한 인간이 되는데
이런 것을 아는 사람이 얼마나 되겠습니까. 그러니
이 세상은
　　　소란하고 교활한 사람만 보이고 진정성 있는 사람은 찾기가
힘이 듭니다. 　　　　　　　　　　　　　그러니
살아가는 것이 힘들기만 한, 질퍽한 현대 문명 분탕 생활입니다.

락
락
타닥
타다닥　　지금은 아프게 잘려 나가지만

락
락
타닥
타다닥　　안 잘리면 어찌 되나 잘 알기에
　─「일 년에 한 번씩이라도 나무처럼」

장미가 그냥 여왕일까
포도나무 그냥 부활일까

가지치기 없이
생각치기 없이
　－「여왕 부활 꿈꾸는 그대에게」

투닥
전지가위 날에 잔가지 내주는
쓱쓱
톱 이빨에 굵은 가지 잘려져

병 안 들려고
열매 맺으려고
　－「나무 그리고 사람도」

가지치기 시기입니다. 다음 해에 새싹이 나기 전 - 추운 겨울 날
나뭇가지를 잘라내도 덜 아픈 시기인
　　　　　12월이나 새해 1월 정도에 가지치기하여 줍니다.
나뭇가지에 수분이나 영양분이 가지를 않아서, 나무가 자기네들
이파리를 모두 내려놓고, 감각이 무뎌진 그 시기 말이지요.
　과일나무나 꽃나무에서 가지치기하는 이유는
나무를 가꾸는 사람들의 편의를 위한 면도 있기는 하지만,
더 중요한 이유는 다음 봄의 건강한 나무를 위한 것입니다.
　가지와 가지 사이 그리고 옆 나무들과의 간격이 서로 너무 가깝게
되면 시원한 바람도 잘 안 들고 따스한 햇볕도 잘 안 들어서 병충해

노출도 많아지고 나무가 잘 자라지 않게 됩니다. 꽃의 여왕이라고 불리는 장미 가지치기를 보면 여왕이라고 칭송받기 위해서는 어떠한 과정을 거쳐야 하는지 알 수 있지요.

꽃나무 가지치기 중에서 제일 깊숙하게 해 주는 것이 장미입니다.거의 나무 본체만 남겨 두고 웬만한 가지는 다 잘라 줍니다. 과일나무 중에서는 포도나무에 깊숙한 가지치기를 해 줍니다. 역시 나무 본체만 남기어 두고 올해 한 해 왕성하게 가지를 뻗어 냈던 거의 모든 가지를 처절하게 '싹둑' 잘라 냅니다. 이렇게 잘라 내고도 다음 해에 살아날 수 있나 할 정도로 걱정이 되지만, 다음 해 봄에 보면 - 포도나무도, 장미 나무도

J.S. 바흐의 부활절 칸타타 들으면서 찬란한 부활을 합니다.
포도나무의 가지는 하늘을 찌를 듯이 하루가 다르게 번져 나갑니다. 그러다가 가지가지마다 지탱할 수 없을 정도의, 상큼하고도 달고 단 포도를 주렁주렁 달지요. 포도나무를 보고 있으면, '부활' 그 자체임을 느끼게 됩니다. 장미 나무는 어떻습니까? 다른 꽃들은 일주일을 못 버티고 색을 내어주고 향기를 빼앗기다가 땅에 떨어져 흙이 되고 맙니다. 그러나 장미는 피고 또 피면서 끈질기게, 우아하게 자기를 빛내고 주위를 황홀하게 합니다. 장미를 보고 있으면 그야말로 '꽃의 여왕'입니다.   사람들 사이도 마찬가지입니다.사람과 사람들 사이 그리고 옆 단체들에 너무 깊숙이 관여하게 되면

정말 나에게 중요한 것들을 잃게 되고

온갖 연대의 문명 해악에 노출되게 되어

진정한 자아의 발견에 지장   을 주게 됩니다.

세상사에 너무 휘말리지 않고 사람들과 적당한 간격을 두면서 나를 잃어버리지 말아야 합니다. - 이제부터라도요. 그럼 사람에게는, 잘라내도 덜 아픈 시기는 언제일까요? 사람마다, 상황마다 다 다르겠지만 공통적으로는   시간이 어느 정도 지난 시기입니다.

사람에게도 휴면기가 필요하고요. 사람에게도 서로의 간격이 필
요하지요. 사람에게는 햇빛도 필요하지만, 인간이 그렇게나 피하는
바람도 당연하게 꼭 필요 합니다.

사람들은요. 매년 천방지축으로 자라는 자기 가지를
얼마나 자주 쳐 내야 건강한 인간이 될까요?

사람은 확실이 • • • •   • • • • 나무에게서 배워야 합니다.

한 포기
두 포기
김장배추 세는 소리가 아니다

세 포기
네 포기
삶이 맛깔나게 익어가는 소리
　　ー「포기하는 겨울」

　김장 역사의 기록은 이규보의 『동국이상국집』, 열두 달 24절기 농
사를 어떻게 하여야 하는가를 적은 『농가월령가』 - 다산 정약용의
차남 정학유 지음 - 그리고 34가지의 절임 채소와 고추를 이용한 김
치에 관한 기록이 있는 『증보산림경제』가 있다고 하지요. 3000년
이전부터 김치가 있었다는 이야기입니다. 먹을거리를 찾기가 힘든
겨울 그 긴 겨울을 살아남기 위한 선조들의 현명한 생활형 발명입
니다. 겨울은 춥습니다. 추운 데다가 바람까지 불고요. 우박도 쏟아
지고, 눈도 옆으로 마구 닥칩니다. 게다가 이런 잔인한 겨울은 길기
까지 합니다.

겨울은 견디어 내는 시기입니다. **억지로 말이지요.**

언 땅 위에서 따스하게 목숨을 잘 지키면서 견디어 내려면 현명하여야 합니다. 그렇지 않아도 힘든 환경인데 현명하지 못하다면 겨울이 얼마나 혹독하겠습니까.   비참하겠습니까.

손에 쥔 것을 덜덜 떨며 놓지 못하고   **지금 두 손에 쥔 것에 더 임만 주며 어찌 저 얼고 먼 동토를 건너려 하시나요.**   선조들은 추위로 갈라지는 몸을 살리기 위한 현명한 발명을 하였습니다.

포기. 한 포기 두 포기 셀 수 있는 것. - 김장입니다.

그리고 숙성.   - 김장은 숙성의 상징이지요.

겨울에 언 손을 '호호' 불어도 더 얼어가며 갈라지는 손으로

'한 포기' '두 포기' '다섯 포기' 배추를 세어 가며 어쩌면 '한 번 포기' '두 번 포기' '다섯 번 포기'했을 것이라는 비약이 됩니다.

안 포기 하면 안 행복   두 포기 하면 세 행복

세 포기 하면 열 행복

몇천 년 전부터 우리 조상님들은 이렇게 '불어나는 행복'에 대한 묵상을 깊이 했었는지도 모른다는 상상이 즐겁습니다.

이렇게 선조들은 몸과 마음을 살리기 위하여 '숙성과 포기' 김치를 발명하였는데 문명이 발달하였다고, 첨단 기술을 발전시키고 있다는 현대 인류는   **어떤 숙성과 포기**   를 하고 있는지요?

제자 수녀 E에게 편지를 쓴다

오십이 넘었는데도 마음 속

파도도 일고

바람 잘 날 없는 그녀에게

파란 편지를 쓴다

아니 시를 쓴다

수녀님 그냥
나무 하나 보시며 사시면 좋겠네요

하루 종일
팔 벌려 기도만 하는 나무 한 그루
자기머리 속
허락 없이 새들이 짹짹 들락거리며
못생긴 둥지 틀어도 아무 말 없는
나무 한 그루

봄이면 그냥 꽃들 만발하고
여름이면 그냥 잎 무성하다가
가을이면 그냥 잎 떨구고는
겨울이면 그냥 앙상히 존재하는

그런 나무 그냥 보시며
그런 나무 끝에
매달린 그 사람 보시며
그냥 사시지요
　　－「수녀님에게 그냥 글을 보낸다」

　주일학교 교사를 오래 하다 보면 느낌이 오는 학생들이 있지요. 이 학생은 '신학교를 가겠구나.' '수도원을 가겠구나.' 하는 감각입니다. 명문대학을 다니는 여학생이었는데, 항상 불만이 '왜? 여자는 미사를 집전하는 사제가 될 수가 없는가?'였습니다. 그 질문에 저의 대답은 항상 같았습니다. 교회의 입장과는 다른 답이었지요. '정말, 인류의 미래, 교회의 미래를 위해서, 남녀 차별은 없어져야 한다.' 성서의 내용과는 맞지 않는 대답이었지만, 솔직하게 저 자신도 이 차등에 불만이 많았습니다. 왜 신부는 '갑'이고 왜 수녀는 '을'이어야 하는가?

성서에서도, 예수님을 배반하고 도망간 제자들은 다 남자였고, 예수님을 끝까지 곁에서 지켜본 사람들은 여자였습니다. 지금 시대에 성서가 구전으로 전래되다가 글로 쓰였다면, 이렇게 차등 있게 써지지는 않았을 것이라는 생각이 들 정도로 교회 내의 성차별은 막심합니다. 같은 생각과 신념을 가진 사람들끼리는 '공통분모'가 있어서 친해지기 마련입니다. 그 여학생은 대학을 졸업한 뒤에 바로 수녀원에 들어갔고, 남미의 오지에서 원주민을 상대로 선교하고 있습니다. 아직도, 이메일을 주고받지요. 이 수녀님은 자기의 고뇌를 가감 없이 옛날 주일학교 교사에게 털어놓고, 투정하기도 합니다.

수도원에서 남미 수녀님들과의 불협화음을 두 달 내내 전해 오길래, 글을 보낸 내용입니다. 이 내용은 나 자신에게도 해당하는 내용이기에, 글을 쓰면서 스스로 다짐하였던 기억이 나지요.

내 속에 나무 한 그루
자라고 있네
팔 벌려 기도만 하는
작은 나무

내 속엔 푸른 나무 한 그루
항상 하고 있다네
까만 새 못생긴 둥지 틀고
바람 거세게 맞는
　　―「내 속에는 항상 나무 한 그루」

61

나의 마음속에는 언제나 나무가 한 그루가 있습니다. 그 나무가 어떤 나무이냐는 내가 스스로 결정합니다.

시꺼먼 숯덩이 된 나무 한 그루
파란 새싹 돋아나는 나무 하나

벌레 파고 들어가는 누런 나무
향기로움 가득 열린 과일 나무
　　ㅡ「아무튼 마음속 나무 한 그루가 있다네」

그 나무에 하늘의 별빛이 별 모양으로 박혀 알알이 된 과일나무이던, 아니면 해충이 갉아 먹어 들어가 썩어가는 나무이던, 산불에 새까맣게 타 버린 숯덩이 나무이던

내 마음대로의 딱 한 그루의 나무만 있게 됩니다.

그 나무를 항상 보는 자는 이미 도(道)에 이르렀습니다.

사서(四書 ; 논어, 맹자, 대학, 중용) 중 공자의 손자 자사(子思 : 노나라(魯)의 유학자)가 지은 중용(中庸)의 제13장 13-1.에 보면, 子曰 : 道不遠人, 人之爲道而遠人, 不可以爲道 (자왈 : 도불원인, 인지위도이달인, 불가이위도)이라고 되어 있습니다. '공자께서 말씀하시었다 : 도는 사람에게서 멀리 있지 아니하다. 사람이 도를 실천한다고 하면서 도가 사람에게서 멀리 있는 것처럼 생각한다면 그는 결코 도를 실천하지 못할 것이다.'라는 뜻이지요. 이곳에서 사람 인(人)은 모두 나무 목(木)으로 바꾸어야 한다고 봅니다. 바꾸어 뜻을 보면,

'도는 나무에서 멀리 있지 아니하다. 사람이 도를 실천한다고 하면서 도가 나무(자연)에서 멀리 서 있는 것처럼 생각한다면 그는 결코 도를 이루지 못할 것이다.' 나무를 보면서 묵상하면, 길이 보입니다.

62

자연에 있으며 명상하면, 세상 열립니다.

어 - 벌써 깜깜해졌네
환했었는데
아 - 환해져 오는구나
어두웠는데
　　－「겨울밤과 마음」

고개 들어 보니 까맣구나
고개 숙일 땐 낮이었는데
　　－「고개 들지 못하는 그대」

　도시에서 삶을 하루하루 삶을 엮어 가야 하는 직장인들의 모습이
지요. 환한 낮에 일을 시작하다가, 기진맥진하기도 하고, 어깨가 뻐
근하기도 하고, 집중력이 떨어져서 정신을 차려 밖을 보니, 깜깜합
니다.

　　　　언제부터 어두워졌는지　　모릅니다.
　사람이 자기의 마음이 **언제부터 어두워지고 있는지**　모른다는 것
　　　　삶이 **언제부터 밝아질지**　　　　모른다는 것

　　　　고개를 묻어버리고 들지 못하다
　　　　고개를 들어버리니 밖이 어둡다
　　　　고개는 저절로 다시 떨어지는데
　　　　고개 들고 다니는 날 그런 날이
　　　　　－「꺾여 부러질 고개」

사람들의 고개를 보시지요. 아이나, 청년이나, 장년이나, 늙은이나 다 꺾어져 있습니다. 현대인들의 전형적인 고개 모습이지요. 스마트 폰을 전 세대가 항상 보는 것도 그렇지만, 현대인 업무처리의 많은 부분이 컴퓨터로 하고 있기 때문이기도 합니다. 아침에 출근하기 전부터 스마트폰을 보다가 컴퓨터 앞에 고개를 떨어뜨리고 있다가, 고개를 들어 보면, 점심 때이고 또 고개를 꺾다가 고개를 들어보니, 밖은 벌써 껌껌합니다.

겨울의 밖은 껌껌합니다.
마음이 껌껌하니 더 그렇습니다.
이렇게 고개 꺾고 살아가다가 보면
어느 순간 갑자기 고개가 꺾여져 부러지고 말 것 같아
가슴이 더 껌껌해집니다.
― 「마음은 언제나 꺾인 겨울」

백야를 겪어보지 않고 누가 밤을 이야기하랴
백야 겪어보지 않고 누가 황홀한 여름 말하랴
― 「알래스카의 백야(白夜)」

알래스카의 여름은 찬란 그 자체입니다. 하지(6월 22일)를 전후로 두 달간이 여름이지요. 종일 해가 지지 않습니다. 밤에도 환하기만 합니다. 백야 현상이지요. 백야는 하얀 밤이라고 한자로 흰 백(白), 밤 야(夜)를 씁니다. 영어로도 white night이라고 하지요. 어두움이 무엇인지 모르는 이 시기에, 지상 최대의 들꽃들의 향연이 펼쳐집니다. 이 들꽃들의 품격은 압도적이기까지 하지요. 이 들꽃들과 어울리며 밤을 생각합니다. 낮을 생각합니다.

64

낮이라 환한데 어둡다
밤이라 컴컴한데 환하고
　　ー「해 사냥 그리고 마음」

해가 있어서 환한데 마음은 어둡습니다. 해가 없어서 어두운데 마음은 밝습니다.　여기서 묵상의 화살로 애를 사냥애 떨어트려 버리면 **애는 사라지고 마음만 남습니다.**　　　**결국 마음이 애입니다.**

물은 물이고 불은 불이듯이
밤은 밤이고 낮은 낮이지만
낮이 밤에서 나오고
밤이 낮에서 나오니

낮과 밤은 그냥 하나
고통과 기쁨도 하나
　　ー「일체 유심조(一切唯心造)」

이렇게 뒷말 잇기도 전에
무슨 말 앞에 들이밀어도
왈칵 복받쳐 한 맺는 말
　　ー「하 ー 너무 늦어 버렸다」

한 맺히게 하는 말이
어디 하나 들이랴만
너무 후회되는 말은
하 너무 늦어 버렸네
　　ー「누구에게나 가슴 깊이 말뚝으로」

후회 없이 사는 사람이 있을까요? 있다면 그것은 사람이 이미 아니겠네요.

사람은 무엇일까? 에 대한 접근은 여러가지입니다. 〈생물학적 인간학〉에서는 인간을 그냥 동물로 보고 접근합니다. 동물의 습성과 비교하고, 뇌의 용적, 뼈대의 구조 같은 것을 비교하지요. 〈이성적 인간학〉은 인간을 이성적 동물로 규정을 합니다. 근대 철학자들은 인간의 열정, 감성, 감정 등을 놓고 이론을 내세웠습니다. 생각, 의식을 중시하였지요. 현대 실존주의는 고전철학에 대하여 반론을 제기 합니다. 니체에 의하여 시작되었고요. 인간 각자가 자기의 본질을 만들어 간다고 하였고, 개인을 중시하고 신을 거부하면서 인간은 자유로운 존재라고 주장하였습니다.이런 과정을 거치면서

인간이 인간의 정의를 정확히 내려서

자기 자신을 알았을까요?

대답은 당연히 아닙니다.

인간은 그리 자유로운 존재가 아니며, 자유를 간절히 추구하면서 자기 자신을 어느 곳이나 누구한테 스스로 얽매이게 하는 이상한 존재이며 신을 부정하다가도 신을 따르고, 신을 따르다가도 언제든지 배신하는 괴상한 변덕의 동물이기도 하고, 행복을 위해 산다고 하면서 행복과는 전혀 반대의 방향으로 질주를 단체로 하는 이상한 동물이기도 합니다.   그래서 인간의 정의는

요상안 동물   괴상안 동물   이상안 동물 입니다.

이 **이괴요 동물** 의 특성 중에 대표적인 것이 〈후회〉입니다. 하루에도 몇 번의 후회를 하면서도 후회할 짓을 골라서 꾸준히 지속해서 반복합니다. 이렇게 많은 후회를 하며 살아가니

'인간은 우회아며 사는 동물' 이라 정의해도 좋을 정도이지요.

자그마한 후회는 삶에 크게 문제가 되지 않기도 합니다. 습관만 아

니라면 말이지요. 하지만, 무릎이나 책상을 탁! 치면서 입으로 하 - !
하고 긴 한숨을 내쉬며 하는 후회는 자기 인생의 큰 싱크홀이 되고
맙니다. 그 뒤에 나오는 말은 한결 같습니다.

늦어 버렸다 . 아 - 너무 늦어 버렸어

사랑하기엔 내가 너무 늦어 버렸다. 내 몸 하나 지키기도 벅차다.
이별하기엔 이미 너무 늦어 버렸다. 그에게 발목을 잡히고 말았다.
사과하기엔 너무 늦어 버렸다. 그는 이미 등을 돌려 버렸고 다시는
돌아오지 않아. 고백하기엔 너무 늦어 버렸다. 그는 이미 딴 사람의
사랑이 되어 버렸다. 되돌리기엔 너무 늦어 버렸다. 일이 너무 커져
서 수습이 안 된다. 시작하기엔 너무 늦어 버렸다. 내가 가진 것 갖고
는 아무것도 다시 할 수가 없다. 포기하기엔 너무 늦어 버렸다. 그때
손을 놓아야 했는데 너무 손해가 막심하다. 건강 찾기엔 너무 늦어
버렸다. 병원에서도 치료하지 않으려 한다. 그것 갖기엔 너무 늦어
버렸다. 나이가 더 이상 아무것도 갖게 하지 못하게 한다.

그래서 너무 늦기 전에	지금 당장
닥치고 사랑합시다.	닥치고 이별합시다.
닥치고 사과합시다.	닥치고 고백합시다.

닥치고 되돌리고, 시작하고, 포기합시다.
닥치고 운동하고, 명상하고, 건강식 합시다.
닥치고 갖고 싶으면 갖고 먹고 싶은 것 있으면 잡쉬 줍시다.
닥치고 배우고 싶은 것 있으면 배우고 그렇게 좀 삽시다.
닥치고 다 내려놓아 버리고 이젠 좀 자유롭게 살다 갑시다.

〈아 - 너무 늦어 버렸다〉 라는 것은 '아닥지시'
〈아무튼 + 닥치고 지금 시작〉 하라는 마지막 기회를 뜻합니다.

딱 두 부류
이상한 인간
더 이상한 인간

딱 두 부류
수상한 일들
더 수상한 일들
　－「노인 눈엔」

노인들
모두 같은 안경 쓰고 살아간다

괴상한 인간
더 괴상한 인간
괘씸한 일들
더 괘씸한 일들만 보이는
　－「돋보기안경 깨기」

노인들을 보면　　그것도 스산한 겨울에 보면　　　그들이
하는 말과 생각 그리고 행동은 매우 비판적이고 배타적입니다.
　자기 주위에 보는 사람들을 저울에 올려놓고 순전히 자기의 생각
대로 평가합니다. 그러다가 보니, 노인들이 보는 부류는 단 두 가지
로 분류가 됩니다. 이상한 사람 그리고 더 이상한 사람 또는 좋지 않
은 인간 그리고 더 좋지 않은 인간. 세상 돌아가는 일도 그렇게 봅니
다. 수상하고 이상한 일. 그리고 더 수상하고 더 이상한 일들. 노인
들 만나서 하는 말들을 가만히 들어보면, 스트레스 지수가 쑥쑥 올

라갑니다. 건강이 나빠지니깐, 짜증이 나서 그러는 면도 있지만, 사실은 세상을 보는 능력이 저하되고, 정보의 분석도 한계가 있기 때문입니다.

자기 자신이 주위 사람들과 주위 환경을 보는 눈이 '부정적'이라는 것을 알아차리면 이 찜찜하기만 한 증상에서 슬쩍 벗어날 수가 있습니다. 세상의 사람과 일들을 이상하고 수상하게 말하는 모습들을 보고, 세상 사람들은 무엇이라고 할까요? 거꾸로 그 노인을 이상하고 수상하게 본답니다. '꼰대'라는 접두사, 접미어를 마구 달아가면서요. 이런 사실을 자각해야

여생이 이상하게 되지   않습니다.

한숨도 얼려 버리는 날 산장
마음속처럼 먼지 덕지덕지 창 비집고
반 줄기 빛 시야에 걸린다

그 말라버린 빛 속 보이는 것
꼬부라진 먼지 그나마 잘라진 조각들
그게 나인가 빛이 나인가
  ─「둘 다 같은데 무슨 소용」

일부러 몹시 추운 날 산을 찾은 것은 아니고, 산속에 짐을 풀었는데 날씨가 그냥 얼어 버리고 말았습니다. 말을 하는 것도 힘들게 턱까지 얼어 버렸습니다. 후─ 하는 한숨까지도 그 자리에서 얼어 버리고 마니, **한숨도 이곳에서는 사치**입니다.

한숨도 사치인 때가 있다
통곡 울음도 사치일 때가

한줌 한숨으로 인생 쫑 쳐지지 않으며
한술 눈물로 이대로 끝나는 게 아니니

어깨 쫘악 펴고
다시 또 다다시
　　ー「쏜살처럼 나아가라」

　오래된 곳이라 창문이 많이 낡았습니다. 이렇게 얼어 버린 날들을 얼마나 견디기 힘들었으면 저 지경이 되었을까 할 정도로 낡은 창유리. 그 창유리 사이로 한줄기도 아니고 반의 반 반 반 반 반 정도 되는 빛줄기가 억지로 비집고 방으로 기어들어 오는데 그래도 빛의 기개는 남아 있어서 '쭈ー욱' 들어오기는 합니다. 그 빛줄기 사이에 둥실둥실 떠다니는 것이 간신히 보입니다. 먼지. 먼지의 모양도 다양합니다. 꼬부라진 것, 그나마 그도 반은 부러진 것들. 티끌들.
　그것을 들여다보고 있으니,　　**내가 저 티끌이었구나**　　이런 생각도 들고
　그나마 열심히 살아왔으니　　**조각난 빛줄기는 되었나**　　이런 생각도 들지만
　그게 다 무슨 소용입니까?
다 소용없는 아파트 부지깽이 같은 망상이니
　◗ 부지깽이가 무엇인지 모르는 분들은 '창창'한 젊은이들이고요.
　'아ー추억의 부지깽이ー' 하는 분들은 '우중충'한 저 같은 사람들이지요.

'옛날에 어쩌구'하며 접두어를 붙이는 분들만 아는 것이 바로 부지
깽이인데, 화곤(火棍), 화장(火杖)이라고 합니다. 아궁이에 불을 넣
어가며 난방을 할 때, 불의 땔감 간격을 조절하여 불이 잘 일어나도
록 하거나, 불이 꺼진 후에 재를 빼어내고 청소할 때 쓰던 가느다란
나무 작대기입니다.

부스럭 부스럭
먼지 폴폴 나게 청소하다 보니
스으윽 수상한 모습 뭐가 나온다
투욱 쩌엉그렁
시멘트 바닥에 부지깽이 넘어져
이게 언제부터 여기 있었단 말임

아파트 부지깽이 같은
그 무엇 내 마음 속에
 ―「마음 속 부지깽이」

부지깽이를 찾습니다
세상불속 뛰어들어
자기 활활 살라가며
까맣게 재 되어가는

부지깽이 찾는답니다
종일 꼿꼿이 서다
뜨거운 밥 한 숟갈
그거 하나 만들려
 ―「내가 되면 되는 것을 찾는답니다」

처음에는 긴 나무 막대기로 썼었는데, 당연히 막대기 끝에 불이 타서 점점 줄어들고 새까맣게 그을음이 있었지요. 그래서 나중에는 인간들이 그 작아진 부지깽이를 불구덩이에 '휘 - 릭' 처넣어 버렸고요.

아낌없이 주는 부지깽이

이렇게 부지깽이의 생명은 오래가지를 못했습니다. 그래서 인간들은 나중에, 쇠로 된 재료로 부지깽이를 만들어 썼고요. 이것과 비슷한 기분의 것이 있지요. 연탄집게입니다. 아파트가 없던 시대에는 어느 집에나 시꺼먼 연탄을 집어내는 연탄집게가 있었습니다. 아파트도 연탄을 때는 곳이 있어서 연탄집게는 한 시대 '국민의 주방/난방 도우미'였습니다. 지금도 연탄을 쓰는 가구 숫자는 15만 정도라고 하지요. 나머지 국민의 어린이들은 이것이 무엇인지 잘 모를 것입니다. 이런 쇠 부지깽이/연탄집게가 청소하다가 갑자기 '툭' 튀어나옵니다. 그것도 현대식 아파트에서 말이지요. 그러면, 얼마나 황당할까요? 이것이 언제부터 우리 집 이 구석에 있었지? 어디서부터 이것이 나를 따라다녔던 것일까? 머리가 복잡해지겠지요.

그대는 아는가
　연약한 이파리로 찰바람 속
　딱딱한 흙 간신히 밀어내고
　한 두 모금 이슬로 꽃피우고
그대는 아는가
　그대는 그 꽃 잘라 병 꽂고
　열매들 다 따먹어 버리고는
　기진맥진한 나뭇가지 잘라내
그대는 아는가
　팔 다리 모두 쳐내어 버리고
　기다란 부지깽이로 써먹다가

빤질거리게 똑똑해 보이는 첨단고층 아파트 같은 나의 마음속에
이 부지깽이/연탄집게 같은 생소한 것이 있습니다. 전혀 쓸모가 없
는 것을   가지고 있는 줄조차 모르는
왜 그것이 나의 깊숙이 안 보이는 곳에 있었는지
내가 저 창가에 꼬무락거리는 먼지 티끌이거나 - 반짝이지도 않는
빛 반쪽이거나 아파트 부지깽이/연탄집게 같은 존재이거나 말거나
한숨도 쉬지 말고, 훌쩍거리며 서러워하지도 말고
　　　　　　　쏜살처럼 그저 살 수 있는 날까지　　Go Go

작대기 함부로 밟지 마시라

그 가느다란 작대기 하나가
불덩이들을 헤집기도 하고
모아 넣고 끌어내기도 하는
부지깽이 될 수도 있으니
　─「아이들 마음속 작대기」

부지깽이가 다른 용도로도 쓰였었습니다. 몽둥이.
　어르신들이 말을 잘 안 듣는 아이들을 혼내 줄 때 몽둥이로 요긴하
게 쓰였지요. 아이들을 키우며 아이들을 닦달할 때가 있습니다. '발
육이 늦느니, 공부가 뒤지느니, 성질이 어쨌느니' 해 가면서 말이지
요. 아이들은 시기가 조금 늦고 빠르고 할 뿐이지, 다 자기가 알아서
하도록 놓아두고 지켜보아야 합니다. 자기 스스로 길을 찾도록 참고

지켜보아야 하고요.

세상일처럼 뜨겁게 달아오르는 불을 다스릴 줄 아는 아이로 키우려면, 부지깽이 같은 아이로 자라기를 바란다면, 아이들을 함부로 밟으면 안 됩니다. 그런데 대개 **자기가 밟은 줄도 모르고 마구 밟아대는 부모들이 아이들 보다 더 문제** 입니다.

빠졌다 빠졌어
또 그 구렁텅이

빠졌니 빠졌어
또 이 멍텅구리
　－「또 빠지는 줄」

사람이 실수를 안 하면 그게 어디 사람입니까? 막대기이지.

실수하며 삽시다
인간이지 않습니까

잘못 좀 하십시다
막대기 아니잖습니까
　－「인간과 막대기 사이에서」

실수를 당당히 안면 하나 까딱 안 하고 살아간다면 그것은 실수가 아니고 범죄가 될 수도 있습니다. 그러나 실수를 안 하려고 조심하고, 노력을 기울였는데도 실수나 잘못한다면 그것은 인간이기 때문이고, 인간미가 풀풀 나는 행동입니다. 실수를 하나도 않는 인간. 실

74

수해 놓고도 실수 안한 척하는 인간. 그 인간이

바로 **막대기 같은 인간**　이고

짝대기 같은 인간　입니다.

　지금은 그렇게 많지는 않지만, 예전에는 걷다가 빠질 구렁텅이가 제법 있었습니다. 옛날 뉴스에는 밤늦게 술 먹고 귀가하다가 맨홀 뚜껑이 열린 곳에 떨어져서 사망했다는 보도가 종종 나왔던 기억이 납니다. 비가 많이 쏟아진 후에 이 구렁텅이가 많이 생겨서 이곳에 사람들이 빠져서 고생하는 예도 있었고요.

　　　　　사람의 인생에서도 이 구렁텅이는 있지요.

빠질 수 있습니다. 빠지니깐　　　　　　　인간이고요

그러나 **같은 구렁텅이에 또 빠지면** 안 됩니다.　　인간이니까요

등기가 내 이름으로 되어 있는 땅
내 것일까
명의 내 이름으로 되어 있는 통장
내 것일까
내가 기른 자식들 배우자 손자들
내 것일까
　－「숨 하나 건너면 다 남의 것」

시작이 어디서부터일까
뒤틀어지고 집착대는 게

나의 그리고 것
내 자식 내 배우자

내 재산 내 명예
내 권력 내 고향

죽어도 내 것일까
당신 집
그것 전세입니다
당신 돈
그것 종이이고요
당신 이름
아무도 신경 안 쓰고요
당신 직함
지나가는 개도 안 보고
　　ー「엄연한 현실」

목에 힘주지 마세요
당신은 월세이고요
그대도 전세입니다

아무리 큰 부동산도 남의 것
그 큰 동산도 결국 남의 것
　　ー「모두가 자기 것인 줄」

　내 명의로 등기를 내었으면 그것이 바로 나의 것으로 생각하시지
요?　이름으로 된 예금, 증권도 내 것이라고 자신하시고요.
　　　　　　　　큰 착각입니다.

내가 '덜커덕 -' 돌아가시면, 나의 집이건 땅이건 예금이던, 그것을 얻느라 식은땀 흘리며 잠 못 자고 고생하여 얻은 것을, 그저 잘 자가 면서 구경만 했던 사람들이 그냥 순식간에 '휙' 가지고 갑니다. '씨 - 익-' 낄낄거리면서요. 그러니 기간이 정해진 월세나 전세입니다.
　　　　　　　　내가 그저 잠시 맡아 두었던 것들입니다.

내 것도 아닌 것에

잠시 맡아 둔 것에

왜 그리 벌벌 떨며　　　잃어 버릴까 - 걱정에 걱정을 하시는지요?
자식들은 내 것일까요? 아들은 며느리 것, 딸은 사위 것, 손자들도
다 임자가 있지요.　　　내 것은 이 세상에 하나도 없습니다.
　　　　　　　그저, 잠시 내가 맡아 두었던 것들 뿐.

걸레를 보네
무슨 옷이 서립되었니
얼마나 오래 된 걸렌가
감도 오지 않는

걸레를 보네
돌돌 꼭 쥐여 짜여진
너무 짜다가 찢어진
가련한 걸레를
　－「나를 보네」

행주는 자기가 태어날 때의 색을 아직도 그런대로 유지하면
서 식탁 위에서 살아갈 때 행주라고 불립니다. 이 행주가
식탁의 음식 찌꺼기들을 닦아가며 행궈진 다음 쥐어 짜이고 또 쥐
여 짜이다가 보면

1.

1. 자기 본연의 정체성 '색'이 퇴색되어 버립니다.

2. 올이 서서히 찢어지기 시작합니다.

이렇게 되면, 식탁 위의 자리에서 바닥으로 격하 내지는 투하되어 던져지게 됩니다. 있는 위치도 바닥의 가장 안 보이는 곳에 처박혀 있게 마련이고요. 노인이 되다 보면, 가족을 부양하느라 온갖 고뇌와 고통 세파로 허우적거리다 쥐어 짜이기를 반복에 반복을 당하다 보면

1. 사람 본연의 정체성 '인성'이 퇴색되어 버립니다.

2. 얼굴 꼴, 마음 꼴이 서서히 찢어지기 시작합니다.

그러다가 보면, 세상의 어느 보이지 않는 구석에 꾸겨져 있는 자신을 보게 되지요.   **노인은 걸레가 되어 버립니다.**

무엇을 닦았길래

이 지경 되었나

얼마나 오랫동안

닦아 이리 되고

  ─「걸레를 보네 나를 보네」

내가 어떤 모습이었더라

내가 어떤 색깔이었더라

눈길과 손길에서 멀어져

해지고 찢어져 패대기

더러운 바닥이나 닦다가

그나마 쥐어짜지다 결국

  ─「내가 걸레였던가」

맑은 물 헹군다고
걸레가 행주 되냐
걸레만 그런 말을
  ―「누가 걸레고 누가 행주인가」

벌거숭이 몸 가려주고
매주 수없이 쥐어짜지다가
결국 여기 저기 잘려나가

식탁에서 끌려 다니다
끓는 물에 삶아지고 터지다
시커멓게 멍이 들어버리고

바닥에 내동댕이쳐져
이 세상 더러운 것은 모두
내 몸 문질러 깨끗하게
  ―「성(聖) 걸레 앞에 누가 감히」

　　　　　　　　마른 행주에 눈물을
　　　　　　　　수없이 적시다가 보면
　　　　　　　　걸레가 되어 가는데
　　　　　　　　―「바닥 닦는 성자가 된다는 것은」

성자는 걸레다
살짝 높은 식탁의 행주도 싫다
아래로 스스로 떨어져 바닥 닦는

성자의 스승이
침 뱉음 받고 못 박혀 죽여지고
지금도 피 살 먹히는 것 알기에
　―「성자는 걸레여야 한다」

날짜 세어보나 그 세월
그들과 휘둘려지면서
쥐어 짜여 뒤틀려지고
더러운 것 다독여 주며
외진 구석 항상 하느니
　―「걸레만 있고 성자가 없구나」

　　　　　　이 미친 세상 살아간 만큼
　　　　　　때가 타는데
　　　　　　어찌 때 찌든 걸레 아닌 이
　　　　　　누가 있으랴
　　　너도 너덜너덜 쥐어 짜인
　　　걸레 쪼가리
　　　나도 구석에 처박혀 버린
　　　전 행주 조각
　　　　　　　　　―「너도나도 걸레 쪼가리」

같이 눈물로 온몸 적시지 않고
어찌 걸레 될 수 있는가

하루 몇 번이나 뒤틀리지 않고

어찌 걸레 될 수 있는가

항상 구석 처박혀 보이지 않고
어찌 걸레 될 수 있는가
　－「어찌 성자 될 수 있는가」

이 세상이 왜 이리도 답답하고, 희망이 없어 보일까요?

모범이 없기 때문입니다. 모범이 없는 사회에는 믿음이 없습니다. 이 현대의 인류가 아찔하게 어질하게 돌아가는 이유는

　　　　아무도 믿을 사람이 없기 때문입니다. 믿을 사람이 있으면, 사람들의 눈은 지금보다는 더 반짝일 것입니다.　　더 행복하고요.

모범이 되는 이가 있으면, 사람들은 그를 따르겠지요.

지금, 누가 나서도 그를 전적으로 따르는 군중은 어디에도 없습니다. 그저, 똥에는 똥파리가 끼듯이 똥파리보다 못한 인간들만 몰려다닐 뿐 어느 정도의 상식, 인격이 있는 이들은 누구도 따르지 않습니다.　　　　**따를 만안 모범이 아무 곳에도 없기에.**

모범을 보일 수 있는 사람은 밑바닥에서 묵묵히 청소하는 사람입니다.　　　　스스로 걸레 되어 더러움과 같이하는.

이 세상에 스스로 걸레같이 자기를 낮추고　　　더러움을 깨끗이 하다가　　　보이지 않는 곳에 다소곳이 있는 성자가

　　　　어디 있습니까?

승복을 벗지 않고서
수도복 찢지 않고서
－「무슨 깨달음」

연세가 이렇게 너덜거리게 살면서, 제일 가깝게 지낸 사람들은 가족 다음으로 학교 친구여야 되는데, 그 2순위가 다른 사람들하고 다르게 성직자들이었습니다. 성직자 친구들은 가톨릭이 제일 많지만, 개신교 그리고 불교에도 있지요. 그만큼 파란 나이 때부터 온통 관심이 종교에 집중되었기 때문일 것입니다. 스님들은 출가하면서 모든 것을 떠납니다. 부모, 형제, 그리고 아내 자기 자식마저도. 그리고는 머리를 삭발하지요. 싯다르타가 출가를 결심하면서 허리에 찬 보검으로 치렁치렁한 머리칼을 자기 스스로 자른 것이 기원이 되어 석가모니의 모든 제자가 삭발하기 시작하였습니다. 머리칼은 무명초(無明草)라고 불리지요. 스님들은 이 무명초를 한 달에 두 번 서로서로 도와가며 면도기로 밀어냅니다. 무명초가 제대로 자랄 기회를 주지 않는 것이지요. 무명초와 함께 자라는 욕망을 잘라 내는 것입니다.

쑥 자란다
슬금슬금
또 자란다
야금야금

보름 전 자른 무명초
시꺼먼 수풀 사이로
욕망초
교만초
번민초
―「면도날보다 날카로운 무명초(無明草)」

그럼

보름 간격으로 잘라내면 모든 번민이 무명초와 함께 잘려 나가 줄까
요? 대답은 명료합니다.　　　　　**그러하지 아니하다**　　입니다.
보름은커녕, 하루에도 번민 초는 시시각각 쑥쑥 자라줍니다.

섬뜩한 날로 아침에도 밀고
낮에도 밤에도
밀고 또 밀라
ㅡ「무명초 번민초」

제초제를 치고, 잘라내고 발바닥에 있는 힘을 다하여 꽉꽉 다져가
며 밟아내어도 자라고, 자라고, 자라며, 또 자라고 쑥쑥 잘만 자랍니
다. 왜 그럴까요? 왜 열심히 수도를 하여도 이 지긋지긋한 번민초는
뿌리가 뽑히지 않고 자랄까요? 출가할 때, 모든 인연 그것도 시퍼런
가족의 연까지 잘라 내었지만, 회색 승복을 입는 순간
　　교만의 옷이 자기 자신을 휘위 감아 버렸기 때문입니다.
누더기 상징의 승복이 그만 성직자이니, 공인이니, 스님이니…
　　같은 특권층 의식으로 자리 잡게 된 것은 수도자에게는 아킬레스
건(Achilles tendon, calcaneal tendon : 치명적 약점)입니다. 남
자 비구는 대종사, 종사, 종덕, 대덕, 중덕, 견덕, 사미로, 여자 비구
니는 승랍에 따라 명사, 명덕, 현덕, 혜덕, 정덕, 계덕, 사미니로 나뉩
니다. 가톨릭에서는 남자는 교황·추기경·대주교·주교·몬시뇰·사제·
부제로 나누지만, 여자는 그냥 수녀로 칭하여 남녀 차별이 심하지
요. 명칭에서도 가톨릭 수도원은 제1회를 남자수도회(수사), 제2회
를 여자수도회, 제3회는 당 수도회의 영성을 살아가려는 모임으로
차별을 주고 있습니다. 왜 여자가 훨씬 더 많은 봉사활동을 하는데
왜 2회가 되어야 하는지 이해가 가질 않습니다. 아예, 1회, 2회라는

말을 철폐하여야 합니다.

개신교는 목사, 강도사, 전도사, 선교사, 장로, 집사 등으로 나뉘며 Uniform을 입지는 않으나, 가톨릭교회에서 쓰는 영대를 쓰거나, 사제복을 변형하여 입어서 권위를 표시하지요. 원불교에서는 종법사, 교무로 나누고 있습니다.

어찌하였든, 일반신자들과 다른 복장이나, 머리카락을 밀어버린다든지 하는 모습이 무슨 큰 특권의식, 차별의식으로 '도깨비로 변해라 뚝딱! 둔갑'을 하여 '그 모습 자체'가 수도자에게 독이 되어 더 큰 속박이 된다는 것입니다. 자기 자신을 '선민(選民思想)'으로 느끼게 되는 순간, 깨달음은 가물가물해지게 되지요. 여기다가, 만약 자기 자신만이 도덕적이고, 신앙이 깊다고 생각하거나, 인격적으로는 자신만이 정의롭고, 완벽하거나 문제가 없다고 생각하고 행동하게 되면 문제가 더 심각해집니다.

'망치를 든 철학자' 프리드리히 빌헬름 니체(Friedrich Wilhelm Nietzsche)의 말처럼 '자기 자신이 괴물과 싸우다가 자기가 괴물이 되는' 어리석음의 수렁으로 빠지게 되는 것이지요. 선민의식은 결국은 '자기와 구분해 버리는 타인들'에게 적개심을 품게 됩니다. 더 큰 문제는, 자기 자신의 마음이 '화가 부글부글 끓는 상태'가 되어 있는지를 파악하지 못하는 것은 물론이고 자기가 교만한지도 모르는 무지, 무감각의 인격으로

'마냥 우울한 상태' '항상 무거운 삶'을 살아가게 됩니다. 이런 상태에서 무슨 마음의 평화가 있고, 사랑이 있으며 자비가 존재하겠습니까?

승복을 찢어 버리고, 수도복을 벗어 걸레로 쓰지 않는 한 깨달음은 없습니다.   진정한 수도자는 없습니다.

절간 승복 싹둑싹둑 찢어
걸레 만들자
수도원 수도복 벗어 던져
걸레 만들자   밑바닥 싹싹 닦고
                                      오물과 하나 되게
    ―「수도자를 살려 보자」

 진정한 수도자가 되고 싶은, 유니폼 입은 사람들은
      자기 스승처럼 되고 싶은 사람들은
      자기도 행복하고 남들도 행복하게 만들고 싶은 사람들은
      자기 수도복과 자기가 걸레가 되어야   합니다.

▶ 살아있는 것들은 거의 모두가 괴롭고 쓰라린 겨울입니다.
 춥습니다. 보이는 것들은 다 덜덜 떨고 있고, 보는 주체는 더 달달
떨고 있습니다.

 겉으로는 근사한 하얀 겨울이다
 속으로는 오로지 싸늘하기만 한

 겨울이라 이리 추울까

 그럼 겉과 속 다른 겨울이 아니면
 매몰찬 바람 없이 춥지 않아질까

 그렇지는 그럴 리가
    ―「겨울일지라도 봄」

겨울이기에 춥습니까? 그럼 겨울이 아니었을 때는 춥지 않았을까요? 꽃이 피어도 춥고, 단풍이 져도 추웠습니다. 마음이 싸늘하면 세상만사가 추운 것이지요. 그럼 겨울이라 할지라도 마음이 싸늘하지 않도록, 잘 보듬어 주는 수련을 하면

겨울이라 할지라도 그리 춥지만은 않을 수도 있겠네요.

잃고 나면 소중함을 아는 것이
어디 하나 둘이랴

떠나가면 너무도 아쉬운 것이
어디 하나 둘이랴

사라져 버리면 그리 아찔한 것
어디 하나 둘이랴
　　　　　－「어디 하나 둘이랴」

인간들은 꼭 잃어가고, 사라져 가고, 떠나가 버려야 그 소중하고 고귀함을 압니다.

건강 - 사람 - 시간 - 기회 - 사랑
이 외에도 귀중한 것은 많기만 합니다.

몸이 괴롭다고, 너무 학대하지 말라고. 사정사정하면서 Warning을 주는 데도 무시하다가, 건강에 심각한 이상이 올 때야 정신을 차립니다. 사람과의 인연은 소중하기만 합니다. 식구와 친구와의 인연은 인간에게 최고의 가치 중에 하나를 선사하는 데도, 꼭! 그 사람이 떠나가야 그 자리의 중요함을 느낍니다. 그 사람이 '있을 때 잘해' 주

라는 그 말 하나를 꼭! 지키질 못합니다.

시간은 모두에게 공평하게 주어지지만, 쓰는 사람에 따라서 엿가락처럼 길게도 짧게도 쓰입니다. 어떤 일이나, 사람한테도 시간의 유통기간이 있는데, 이를 무시하게 되면

시간은 생선처럼 상해 버립니다.

사람에게 일생에 세 번의 큰 기회가 주어진다고 하는데, 그렇지 않습니다. 그 기회는 찾아오는 것이 아니고, 내가 그 기회가 오도록 환경을 조성하면 수시로 찾아 주게 되어 있습니다. 하지만, 기회가 올 때마다 기회를 놓치게 되면 기회는 서서히 뜸하게 찾아오다가 오는 순간, 뚝! 끊어져 절대로 찾아 주지 않습니다.

사랑을 주는 것은 내가 주체이니 아무 때나 줄 수 있다고 생각할 수가 있지만 그렇지 않습니다. 사랑은 사랑받는 객체가 떠나가 버리면 사랑을 줄 수가 없습니다. 사랑의 주체가 사람이던, 아니면 다른 대상이던 말이지요. 사랑이 사라져 버리면 다른 사랑이 그 자리를 쉽게 채워 줄 것 같지만, 그 사랑의 무게와 밀도가 클수록 대체 사랑은 찾기가 쉽지 않습니다.

잃고 나야 우외되는 일이 어찌 아나 둘 입니까.

눈빛이 맑아졌으면 좋겠다
겨울에는
봄이 또 아니 올지도 모르니

욕심 없어 맑혀진 한쪽 눈
만이라도
별도 눈도 나목도 보여지겠지
　―「겨울 아닌가 겨울」

겨울이 가고 다시 봄이 와서 꽃과 나비를 본다는 보장이 없는 나이입니다. 그런 나이가 아닌 모두에게도, 그런 보장이 없는 것이 현대 삶이지요. 한국 전체 사망자의 16.5%가 0세에서 39세 사이이고요, 36.5%가 40-59세 사이의 젊은 연령대입니다. 즉 반이 넘는 53% 사망자가 60세 미만이라는 것이고, 엄청나게 많은 사람이 봄을 못 보고 겨울 또는 겨울 같은 시기에 삶을 마감하고 있습니다.

어떤 보장도 없기에 불안한 시대입니다.

그래서 겨울에는 아니 이제 겨울이라도, 눈이 맑아졌으면 얼마나 좋을까요? 두 눈이 모두 맑아지는 것은 또 탐욕이 될 터이니, 그저 한쪽 눈이라도 맑아져서 하늘의 별도 다시 보고, 하얀 눈도 보고, 팔 벌리고 버티고 있는 나무도 보였으면 좋겠네요.

> 모두가 함박눈만 찾는 이 세상에
> 지저분해 뵈는 싸락눈 진눈깨비
> 그렇게나 좋아하는 성자 있었다
> ─「이 세상엔 성자가 없었다」

> 나는 싸락눈이 좋다
> 일반미 같은 함박눈보다
> 부서진 싸래기 눈이

> 나는 진눈깨비가 좋다
> 옹고집 한 모습 눈보다
> 비도 눈도 다 되는
> ─「하늘은 이런데 어찌」

약간도 부실해 보이는 것을 좋아하지 않는 사람들.
약간 다른 것과 섞여도 외면하는 세상인심이 지저분할까요?
　　　　　싸락눈, 진눈깨비가 지저분할까요?

　　　하늘에서 떨어지는 것은 다 아름답다
　　　　　부실해 보이는 싸락눈
　　　　　비와 섞이는 진눈깨비
　　　　　정신줄 잡는 번개까지도
　　　　　　ー「떨어지는 천사도 아름답다」

사람들은 하늘을 어떻게 쳐다보나요?　　　　　우러러봅니다.
　　　가볍게 보지 않고 자연스럽게 존경의 마음으로 보지요.
하늘에서 떨어지는 것들은 다 아름답습니다. 비, 눈, 천둥, 번개,
우박. ー　잠시 머무르다 떨어지는 것도 다 아름답습니다. 꽃잎, 낙엽

　　　　낙하하는 것은 다 아름답다
　하늘에서 떨어지는 비, 눈, 우박, 천둥, 번개, 천사날개
　잠시 머물다 떨어지는 꽃잎, 낙엽, 눈물, 사랑, 미움까지도
　　　ー「그대도 낙하할 때 제일 아름답다」

사람들은 함박눈만 좋아합니다. 그래서 첫눈이 싸락눈이면 찝찝
해하지요.　　　왜 찝찝해할까요?
　　　찝찝한 인격밖에 안 되기 때문입니다.

　모두가 조금은 아니 제법 많이
　부실해 보였으면 좋겠다

싸락눈처럼
세상이 약간은 아니 모두들
이도 저도 되면 좋겠다
진눈깨비처럼
　－「함박눈만 좋아하는 세상은 가라」

성직자들에게 묻습니다. 첫눈이 함박눈이 아니고 진눈깨비로, 비
로 눈으로 왔다 갔다 하면 떨떠름합니까?
　　　그대의 인성이 떨떠름하기 때문입니다.
떨떠름하고 찝찝한 삶이 되지 않으려면
　　　　부실하여야 합니다. 그래야 부실함을 포용하지요.
나만 곱게 하얗다. 고집부리지 마세요.
　　　　　　모든 이를 사랑하려면 그러면 안 됩니다.

희미한 가로등 불빛 사이로
헐벗은 나무 위 쌓이는 눈발

빽빽이 박아버린 검은 구름
사이 비집고 쏟아지는 햇빛

내일이면 그냥 말라 죽어질
야생 꽃 위로 퍼붓는 소나기

하늘에서 쏟아지는 것 모두
지극히 아름답고 공평한가
　－「날벼락까지도」

하늘에서 쏟아지는 것들은 다 아름답습니다. 날벼락 한 가지만 빼놓았으면 하는데　　　그렇게 되면 인생이 아닙니다.

오는 듯 안 오는 듯 슬슬 내리거나, 폭포처럼 퍼붓거나 시원한 빗줄기.　　　　이거나

쌀 도정 후 남겨진 싸라기 같거나, 아기 포대기에 넣은 솜 같은 함박눈.　　　이거나

목덜미가 따끔하게 내리쏴대거나, 먹구름 빼곡한 하늘 비집는 한 줄기 빛.　　　이거나　　　　　　　　　　　　다 아름답지요.

　　그런데　　　　날벼락은 가끔이거나
　　　　　　　자주이거나
　　　　왜 나에게만 쏟아질까요?
　　질문에 대한 답은 - 내가 사람이기 때문입니다.
　　　　　나에게만 쏟아지는 것으로 보이지만
　　　　　Fact는 '다른 이들도 다 날벼락을 맞는다.'입니다.
　　지금 맞고 있거나　　　　　　**조금 있다가 맞거나**

그러니 날벼락, 맑은 하늘에 쌩 또는 반숙 날벼락을 맞더라도
　　　너무 슬퍼하거나 노하지 마시지요. 너무 노하거나 슬퍼하면
지금 맞은 날벼락을 내일 또 맞을 확률지수 가 화-악 올라간답니다.
날벼락도 시간이 지나고 보면 지극이 아름다운
나의 삶의 한 추억 　　되거나　　**생각할수록 억울한 회한** 　이 되지만
저 아름다운 꽃이 피다가 지면 땅에 떨어져야 하고 모두가 경이롭게 쳐다보는 하늘을 나는 새도 때가 되면 땅에 떨어지는 것이 운명이듯. 정체성이듯. 인간도 나중에 추억이 되든 회한이 되든,
　　날벼락에 그슬리며 살아가는 것　　이 정체성이듯, 운명이듯.

서울 안 섬 있었다
아주 예쁜 모래사장 있는

장마 흙탕물 쓸린 들개들
섬 서쪽 들어서더니

미친 개들 되어
온통 멍멍 왈왈
　—「여의 섬 침몰되다」

　서울에는 민족의 자랑스러운 한강이 있습니다. 세계 어디를 가든
한강만큼 규모가 큰 강이 수도를 가르는 곳을 보기 힘듭니다. 유역면
적으로는 한반도에서 가장 넓은 강입니다. 너무 현대화되어 자연적
인 모습이, 외국에 비해 뒤지는 면 이외에는 나무랄 것이 없는 강이
지요. 이 강이 넓다 보니, 백사장까지 갖춘 큰 섬, 작은 섬들이 여럿
있습니다. 그중에 여의도가 규모가 제일 크지요. 농사가 되지 않는
쓸모없는 모래섬이었으나, 남 서북쪽에 낮은 언덕 산도 있고 섬이니
가축을 방목해도 도망갈 염려가 없어서, 조선왕조 초기부터 궁 직영
목장으로 사용되었습니다. 국립목장인 셈입니다. 1421년(세종 3년)
조선왕조실록에 양·돼지·닭·오리·기러기 등을 여의도에서 길렀다는
기록이 있고요. 이 도심의 아름다운 섬이 시멘트 콘크리트 벽 전시장
이 되어 버렸습니다. 지금의 모습하고 다르게 섬 전체를 '한국적 자
연 전시장'으로 하고, 연결되는 한강 다리도 한국 고유의 디자인으
로 하였었다면 얼마나 후세에게 자랑스러웠을까요? 전 세계에서 칭
송받는 유명한 도심 속의 자연관광지가 되었을 것입니다. 세계적 안
목이 없는 인간들이 그 좋은 기회를 흉물의 섬으로 만들어 버렸습니

다. 시멘트 성 전시장 인것도 모자라서, 하이에나들이 두 패로 나뉘어서, 잠시도 쉬지 않고 컹컹대며 싸워대는 소음을 매일 만들고, 국민은 그 비린내 나는 소리를 들어야 하는 장소도 들어섰으니, 이 얼마나 괴로운 일입니까?

국회는 강원도 고성군 현내면 대강리(북위 38° 36′ 40″)로 이른 시일 안에 옮겨야 합니다. 국민에게 제일 북단인 곳 말입니다.

살기 위해서 살려고 바둥거리지 말고
행복하기 위해서 행복 포기하여야 하며
평온을 원한다면 평온을 잊어야 하는데
　─「모두가 거꾸로 가면서 뭘」

자 ─ 한잔 받게나
돌돌돌돌
자 ─ 행복 받게나
복복복복
　─「술 따르는 소리에 취한 행복」

인간들이 제일 많이 이야기하고, 추구하는 것은 무엇일까요? 종교에 깊이 심취하신 분들은 당연히, 천국, 극락 가는 것이라고 답을 하시겠지요. 그 외에 대다수 사람은 '행복'을 이야기합니다. 그래서 어딜 가나 온통 행복 이야기입니다. **왜일까요?**

행복하지 않기 때문입니다. 자기가 불행하니 행복을 추구합니다. 행복이라는 단어가 화두로 되어 있으니, 이를 상업적으로까지 이용합니다. 행복 정부, 행복 도시. 행복 주택, 행복카드, 행복페이 등.

그래서 국민이 행복한가요?

행복 지수라는 것이 있지요. 유엔 산하 자문기구인 SDSN(The Sustainable Development Solutions Network; 지속가능발전해법네트워크)에서는 세계 행복의 날을 맞아 세계 행복 보고서를 발표합니다. 조사 대상은 146개국입니다. 한국은 그중에서 59위이고요. OECD(The Organisation for Economic Co-operation and Development ; 경제협력개발기구) 38개국 중 36위입니다. 세계 국력은 6위인데, 이런 비슷한 결과가 매년 나오고 있습니다. OECD 국가 중에는 핀란드, 덴마크, 스위스, 아이슬란드, 네덜란드 가 선두이고요. 독일은 13위, 영국은 16위, 미국은 18위이며, 한국보다 뒤지는 나라는 그리스와 터키입니다. 세계 행복 지수 발표는(World Happiness Report) 나라별 GDP(국내총생산), 기대수명, 자유, 소득수준, 부패 정도, 사회적 지원 등의 3년 자료를 고려하여 지수를 측정하기 때문에 권위를 인정해 주어야 하지요.

한국의 미세먼지 농도는 OECD 평균치 13.9㎍/㎥의 2배 수준인, 약 27.4마이크로그램(㎍)/㎥로 OECD 회원국 중 가장 좋지 않은 측에 들고요. 연간 근로시간은 1,967시간 정도 됩니다. OECD 평균 연간 근로시간(1,726시간)에 비하여 240시간 정도 더 일하고 있지요. OECD 회원국 중 멕시코(2,137시간) 다음으로 가장 긴 수치입니다. 노인의 빈곤율은 OECD 평균이 약 14.8%인데 이의 3배 정도나 되는 43.4%입니다. 유니세프(United Nations Children's Fund)에서 발표하는 어린이 참살이 지수는 34위, 최하위권입니다. 어린이들이 정신적, 육체적으로 스트레스를 많이 받는다는 것이지요. **이런 통계들은 무엇을 말아나요?** 당연히 국민 전 세대에 걸쳐 골고루 행복하여지고자 노력하긴 하는데, 그것이 마음대로 안 된다는 것입니다. 사람들은 행복에 대한 염원이 깊으니, 신조어를 만들어서 새로운 생각과 시도를 하지요. 즉, 행복을 강요하고, 강요당하지만, 행복하지 않으니, '소확행' '욜로' 같은 신조어도 만들어지고 있는 것입니다.

욜로.

욜로(Yolo: You Only Live Once)는 '당신 삶은 오로지 한 번뿐이다.' 그러니, 지금 당장 현재의 행복을 즐기라는 것이지요. 미래나 과거에 휘둘리기보다는 현재의 즐거움에 충실하지요. 그래서 현재에 집중하면서 현재의 행복에 대하여 All - in 하듯이 소비하고 시간과 노력에 대해 투자합니다. 미래에 대한 불안감이나 불만으로 장래에 희망이 없으니, 현재만이라도 지켜나가겠다는 심리라고 볼 수 있습니다.

소확행

소확행(小確幸 - 일본어)은 일본 소설가 무라카미 하루키(村上春樹)가 레이먼드 카버의 단편소설(A Small, Good Thing)에서 인용해 만든 신조어인데 '소소하지만 확실한 행복'을 지칭합니다. 작은 소비를 통하여, 그것에서 일시적인 기쁨이나 만족감을 꾸준히 추구해 나가는 것을 말합니다.

젊은이들 사이에 퍼진 이 개념들은 어디서 왔을까요?

미래에 대안 불안/불확실성 때문입니다.

힐링.

힐링(Healing)은 몸과 마음이 스트레스나 상처로 타격받은 것을 치유한다는 의미가 있는데, 힐링이 사람들 사이에서 많이 이야기되는 것은, 실제로 삶이 피폐하고 상처받으며 고단하다는 것을 증명하는 것이지요. 현대인들은 반질반질하게 겉으로는 멀쩡해 보이지만, 내면에는 '꺼칠꺼칠' 크고 깊숙한 상처를 다 가진 것이 사실입니다.

반질반질 번들번들
겉은 이렇고
　　찍히고 꿰매고 터져
속은 모두가
ㅡ「현대인 정의」

　한때는 '웰빙'이 대세였던 때가 있었습니다. 한마디로 '잘 먹고, 잘 쉬며, 잘 놀고, 잘 살자.' 정도 되는데, 이 웰빙이 '힐링'으로 넘어갔습니다. 그 이유는 '힐링'이 먼저 되지 않으면, 즉, 상처 위에 쌓은 모든 것은 다 '모래성'과 같다는 것이 증명되었기 때문입니다. '물질만능주의' '이기주의'의 웰빙 갖고는 한계가 있다는 것을 깨달은 것이지요. 그래서 힐링을 중요시하게 되었는데, 힐링은 당연히 상처를 기반으로 합니다. 상처는 중독을 일으키는 경향이 있습니다. 상처를 치유하지 않으면, 이 상처를 기반으로 하는 다양한 중독 현상이 복잡한 모습으로 나타나게 되지요.

　마약이 무엇인가요? 마약(痲藥, Drug)은 환각을 일으키는 중독성 향정신성 의약품(向精神性醫藥品, Psychotropic drug)입니다. 신경계에 마취, 진통을 나타내거나 각성효과 같은 반작용/부작용을 나타냅니다.

　세계에서 제일 오래된 문명은 수메르(Sumer) 문명이지요. 메소포타미아의 남부, 지금의 이라크의 남부 지역에서 발달 되었고요. 이 문명에서 아편의 원재료인 양귀비 가공 흔적이 발견될 정도로 마약은 인류문명과 같이하였습니다.

　마약으로 Popular한 것은 아편, 헤로인, 메스암페타민입니다. 아편(阿片)은 양귀비 꽃(Opium poppy)의 꽃씨와 덜 핀 꽃봉오리로 제조되지요. 꽃이 화려하여 보이지만, 그 것을 섭취하면 심각한 부작용이 인체에 작용합니다. 실존 인물인 양귀비는 당나라 현종의 후궁인데 당시 미모로 한 나라를 파탄시켰습니다. 양귀비가 사람 삶을 피폐하게 만들어 버리는 아편의 원료라는 것과 꽃의 아름다움이 잘 Mix된 역사적인 이름입니다. 헤로인은 아편을 정제하고 가공해서 만드는데 최초 제조사가 바이엘입니다. 모든 약 중에서 영웅이라는 뜻으로 헤로인이라 이름을 붙였지요. 중독성을 모르고 그런 것으로 보입니다. 메스암페타민은 히로뽕입니다. 필로폰, 뽕, meth 하고도 불리고요. 이 밖에도, 코카인, LSD, 펜시클리딘, 엑스터시, 유칼립투스, 뷰테인, 본드, 벤젠, 폴리페놀, 타닌, 톨루엔, 펜타닐(Fentanyl) 등 종류가 많기도 합니다.

마약이 왜 나쁠까요? 중독(中毒) 작용 때문입니다. 중독은 인간이 가지고 있는 몸과 정신에 독성을 가지고 오는 것을 말합니다. 몸에는 폐 손상, 호흡억제, 면역력 감소에 따른 감염, 금단현상, 피부 병변 같은 질병을 일으키는 신체적 이상반응(Intoxication, Poisoning), 그리고 정신적으로는 탐닉, 의존적 중독(Addiction)으로 인한 신경 예민, 난폭한 행동, 충동조절 장애, 환각, 환청, 망상을 초래하여 정상적 판단이 불가하게 만듭니다.

한국도 마약 청정국 타이틀을 내려놓은지 꽤 되었습니다. 연간 16만 명이 마약 새 중독자로 늘어나고 있고요. 매달 천 명 이상이 마약 사범으로 검거되고 있고, 매년 새로운 마약 초범이 8천 명씩 증가하고 있습니다. 이것은 통계이고요. 통계에 잡히지 않는 마약 중독자들은 이보다 약 30배~100배 정도 많다고 추정되고, 약 100만 명 정도가 마약을 상습투약한다고 합니다. 총인구의 2% 정도가 마약중독자이지요. 엄청난 숫자입니다. SNS를 통한 마약 구매가 쉬워지고 있어서 마약 사용자들은 점점 더 늘어날 것이고 조금 더 심하면 통제불능까지 되어, 한국 사회의 큰 문제가 될 것입니다.

이 많은 종류를 합해놓은 것, 더욱더 중독성과 해악성이 있는
것은   SNS입니다.

마약은 급성 중독증상을 나타내는 중독이고요.

만성중독증상을 나타내며 거의 전 국민에게 퍼져있는 중독이.

SNS(Social Networking Service) 입니다.

SNS 중독으로 일어나는 신체의 증상은 여러 가지이지요. 빠르고
자극적인 것에 익숙하게 되어서, 실제 현실에서 일어나는 저 속도의
일이나 약한 자극에는 두뇌가 반응하지를 못하는 팝콘브레인 증상
(Popcorn Brain : 팝콘이 익어서 튀어 오르는 것과 같이 오로지 즉
각적인 현상에만 반응)이 널리 퍼져 있습니다.

Pandemic 때처럼. 사람과 사람이 직접 만나서 소통하는 것보
다는 스마트 폰, 문자, 메신저 이용이 편하고, 앱으로 쇼핑과 주문
을 하는 것을 전통 매장 찾는 것보다 선호하는 디지털 격리 증후군
(Digital isolated syndrome). 기기에서 나오는 블루 라이트에 의
한 혈압, 식욕증진, 체중증가, 면역체계를 붕괴하며 인지장애, 우울
증, 당뇨병, 수면장애(sleep disorder, somnipathy), 각종 시력 저
하와 안구 건조증, 스마트 폰을 장시간 눈높이보다 아래인 기기를
보느라 C 자형 거북목 경추변경으로 허리 통증, 어깨 통증, 두통과
오랜 시간 기기 사용으로 인한 손목 수근관 증후군, 사람과의 교류
부족으로 청소년들의 감정 교감 저하 같은 실제적인 신체적 손해를
입게 됩니다.

약물 급성중독 현상은 자기가 중독되었다고 하는 '자각증상' 있는
반면에 SNS의 만성중독 현상이 무서운 것은,

ㅌㅏㅏ � 어ㅐㄱ어꾸ㅆ새새ㅌ 마새새자   라는 데에 있습니다.

자기가 중독되었으며, 그 폐해가 심각함을 자각하게 되면, 치료를
위한 노력을 하거나 중독에서 벗어나는 용단을 내리는 것과 같은 탈

98

출의 단서가 잡히는데 자기중독 자각이 없게 되면, 완전히 폐인이 되기까지는 탈출의 기회를 잡지 못하게 되는 것이지요. 페이스북·인스타그램 같은 SNS 소셜미디어는 누가 낳고, 누가 키워서 저리 무서운 용가리가 되었나요? 그 용가리가 불을 뿜으며 사람들을 뜨겁게 잡아먹고 있는데, 도망은 가지 않고, 오히려 달려들고 있습니다.

사람은 서로 비교하는 한, 절대로 행복애질 수 없습니다.

비교의 '불덩이 가마솥' 속에서 부글부글하니 평온아질 않고요.

페이스북·인스타그램의 내용이 무엇인가요? '자랑질' '분탕 짓'의 경연장입니다. '내가 이렇게 잘 나간다.' 그러면 '나도 잘나간다.' 내지는 '내가 제일 잘 나가.'로 ' 여유 자랑' '돈 자랑' '너 나쁜 놈' '척결하자' 등이지요. 이미 지나진 SNS 사용으로 전 연령층 특히 십대에서 심각한 병리 현상이 나타난 지 오래되었습니다.

노모포비아(Nomophobia)는 스마트폰이 가까이 있지 않거나, 사용을 자주 하지 않으면 불안감과 함께 공포감까지 느끼는 증상

포모(FOMO :Fear of missing out 고립공포감)는 심리학, 마케팅 용어로 이미 쓰였던 공포감입니다. '제외되거나, 그것을 놓치는 것에 대한 두려움' '남은 재미있고 가치 있어 보이는 것을 경험하고 있는데 자신은 하지 못하고 있다는 두려움'에 대한 막연한 또는 근거 있다고 확신하는 공포감을 겪는 증상 같은 병리 증후군을 겪고 있는 사람들을 주위에 목격하는 것은 그리 어렵지 않게 되었지요. - 그것도 모자라 또 있습니다. '우울증'과 '자살률' 증가.

매일 혼란 마약 파티의 병리 증상이 독버섯처럼 만연합니다.

지나친 SNS 사용은 마약 이라는 것을 교육하여야 합니다.

페이스북·인스타그램 같은 마약 중독이 인성과 신체에 미치는 영향 및 부작용 교육 그리고 치료 및 재활이 초등학교 때부터 체계적으로 이루어져야 합니다. 이런 교육이 이루어지지 않으면 유튜브나

카톡을 일단 보면 한 시간이 훅 – 지나가는 것을 자각하지 못하고

　SNS 운영 회사에서 '어떻게 하면 Sager가 많은 시간을 SNS에서 소비하게 할까 하며 연구한 덫'에서 벗어날 수가 없게 됩니다.

ⱕ

　1. 사람들 하나하나를 무제한으로 감시, 분석, 추적합니다.

　2. 사용자가 SNS에 최대한 오래 머물면서 광고를 보게끔 유저가 좋아할 만한 contents를 제공하면서 '사용이탈'에서 벗어나는 것을 최대한 막아 냅니다. 유저가 어떤 것을 오래 보았는지, 마우스 스크롤 속도가 느려지면 관심이 떨어지는 것을 알고 관심 갈 만한 다른 정보를 내어 보내기까지 하지요. 게다가 가짜 뉴스, 사회 파괴, 양극화 조장, 허위정보, 선동, 갈등 전파, 데이터 오용, 프라이버시 침해 같은 부작용이 심각하기만 합니다. 왜 이렇게 행복 총론, 각론 그리고 사회적 마약 중독에 대하여 길게 강조할까요?

　　　　그만큼 행복하기가 쉽지 않기 때문이지요. 현대인들은 행복하여지려고 발버둥을 치지만, 더욱더 불행하여 갑니다.

◎ ....

행복이 무엇인가요? 기분 좋음, 쾌감인가요?　　– 쾌락주의네요.

　　　　　무엇을 갖는 것인가요?　　　　– 물질주의네요.

온통 행복 타령입니다.

　타령은 취타(吹打 – 槪念)라고도 하지요. 행진곡입니다. 요란하고요. 왕 또는 고위관직, 군대가 자기의 위엄을 나타내기 위해서 악기 연주를 크게 하는 행진 음악입니다. 어떤 생각을 소리나 말로 계속해서 되풀이하는 것을 '타령한다.'라고 하지요. 아마도, 타령의 음조가 같은 곡조를 되풀이해서 내는 것에서 유래하지 않았나 생각됩니다.

　깊은 사고가 부족한 아리스토텔레스의 주장대로, '행복 추구가 삶의 궁극적 목표'가 되어 버렸고, 경제, 사회, 문화, 언론 그리고 정치

에서까지 '아무튼 행복, 닥치고 행복'이라고 못을 '탁' 치고 밀어붙이니, 온갖 행복 타령이고 행복 구호가 난무합니다.

'소확행'으로 맛있는 것을 먹고, 상품을 소비해야 행복합니다.
'욜로'로 돈을 소비하고 즐거움을 추구하는 것이 행복입니다.
─「그냥 물질주의이고 쾌락주의일 뿐」

그럼, 처음에 맛있던 그 음식을 계속 먹던가, 갖고 싶은 작은 것을 가지면 행복하던가요? 그렇지 않게 됩니다. 현재 탐닉한 그것으로는 만족을 못 하고, 더 맛있는 음식, 더 갖고 싶은 것, 더 가보고 싶은 여행을 추구하게 되어 있는데, 가진 시간과 가진 돈 그리고 여유가 점점 더 없게 되니 행복할 수가 없지요. 게다가 이런 것들은 한결같이 '짧은 유통기간'이 있어서 곧 모두 부패/망각됩니다.

도를 닦는다며 입, 귀와 눈을 꾹 닫고 지내다가 잠시라도 살짝 열기만 하면, 여기저기서 온갖 행복 타령이 눈, 입과 귀를 압박합니다.

이쯤 되니, 행복이 무슨 세상 권력이나 지식 최고봉 정도까지 되어 있어서, 오히려 행복을 등져야 행복해지지 않나 생각될 정도로

'행복은 소란합니다.'

행복은 조용하여야 합니다. 행복이 시끄럽고 요란하니, 행복이라는 단어를 써서는 진정한 행복의 개념이 떠오르지를 못하고 있기까지 하고요. **행복을 추구애서는 행복아지 않습니다.**

행복 추구에서 탈출아여 평온아도록 하십시오.

평온은 소란하지 않습니다. 평온은 어떠한 쾌락을 추구하지 않습니다. 평온은 고요합니다. 평온은 '그냥 평화롭고 따사로운 느낌의 지속'입니다. 잠깐/잠시의 기분 좋음이 행복인 줄 아는 착각의 늪에서 첨벙첨벙 벗어나지 못하고 있으니, 세상이 온통 시끌시끌합니다.

공룡이 삐삐 차고

코닥사진기 걸고

 ─「어찌 보면 교회는」

'공룡이 이 세상에 있었다.' 정도가 아니고, ' 이 지구를 지배하였었다.'라는 것을 실감이 나게 하는 것은 공룡에 관한 영화입니다. 그런 공룡이 지금은 박물관에 화석으로 남아 있을 뿐이지요.

이렇게 한때는 지구에서 Popular하다가 사라진 것이 하나 둘이 아니지만, 현대에 들어와서 없어진 그것 중에 Pager가 있습니다.

페이저(Pager)는 소리음을 따서 비퍼(Beeper)라고도 불렸습니다. 한국에서는 삐삐라고 했었지요. 수신만 되고, 송신은 안 되었던 손바닥 반 크기의 단방향 통신기기인데 수신이 되면 전화번호나 간단한 메시지가 표시되었었습니다. 수신한 사람은 가까운 공중전화로 가서 발신자에게 전화하는 식이었고요. 1983년부터 서비스가 제공되었는데 초창기에는 큰 도시에서만 이용할 수 있었습니다. 1990년대 중반에 국민의 반 정도가 이용할 정도로 생활에 밀접하게 관여한 작은 전자 제품이었습니다. 그러나 지금은 그것이 있었는지 기억하는 사람은 거의 없을 정도이지요. 없어진 것이 또 있습니다. 필름을 넣어 찍는 카메라입니다. 중요하고 소중한 순간을 사진을 찍어 남긴다는 '코닥 모멘트(Kodak Moment)'라는 말이 있을 정도로 카메라는 현대인들에게서 영원히 있을 것 같았습니다. 뉴욕 주 로체스터에 있는 '이스트만 코닥(Eastman Kodak)' 회사는 당시, 성장 면, 매출, 영업이익에서 최고의 기업이었습니다. 젊은이들이 지금 애플, 구글에 취직하고 싶어하는 것처럼 그때는 코닥이 꿈의 직장이었습니다. 그러던 회사가 2012년에 파산하였습니다. 디지털 시대에 아날로그 사고를 하고 있었기 때문입니다. 이렇게 디지털세대에서 없어진 것들이 한둘이 아니지요. 박물관에 가서나 볼 수 있는 공룡, 삐삐, 코닥. - 이 셋은 공통점을 지녔습니다. **진화에 대비를 못 하였다** 입니다.   교회를 보고 있으면, 거대한 공룡이 목에는 코닥 카메라를 걸고 팔에는 삐삐 pager를 차고 있는 것처럼 보입니다.

미국은 개신교로 시작한 나라입니다. 개신교는 장로교, 감리교, 침례교, 영국감독교회(성공회)이지요. 그런데, 개신교 나라 미국 인구의 20%만 교회에 출석하고 있습니다. 2050년에는 그나마 반 토막이 날 것이라고 하고요. 개신교는 천주교 못지않게, 오만과 독선 그리고 비민주화를 계속 고수하고 있지요.

진화에 대처를 못안다면 멸종 할 수도 있습니다.

■ 추락당하면서 '어디까지 떨어지려나.' 해 보신 적이 있는지요? 단 한 번이라도. - 내 나라가 아니고 남의 나라에서 이민 생활하다가 보면, 이런 경험이 한두 번이 아니게 됩니다. 떨어지고 있어서, 이제 '바닥이구나.' 했는데 더 떨어집니다. 이쯤 되면, 떨어지면서 생각까지 하게 됩니다.

그래 어디까지 떨어지나 좀 보자

이렇게 자포자기 상태에서 모든 것을 포기하다가 보면, 갑자기 밑바닥이 보이며 다시 솟구치는 경험을 하게 됩니다. 그러니 떨어지면서 너무 자신이나 주위의 가까운 사람을 학대하지 마시지요.

떨어진다
떨어지고 있다
아직도
바닥인 줄 알았는데
더 떨어지고 있다

멀어진다
멀어지고 있다
계속해　　　　　이다지 멀어졌는데
　　　　　　　　그런데 더 멀게
　　－「누구의 끝없는 추락」

　계속 떨어지는 상황이 전개되면, 피정을 권해 드립니다. 피정은 피세정념(避世靜念) 또는 피속추정(避俗追靜)을 줄인 말입니다.

　로욜라의 성 이냐시오(St. Ignatius of Loyola)가 영신 수련(靈身修鍊; The Spiritual Exercises,Exercitia Spiritualia) 저서에서 '기도 방법, 관상, 묵상, 영적 독서 같은 방법을 제시하면서 피정이 활성화되었습니다. 피정은 '세속을 떠나 고요함에 머무름'이라고 볼 수 있겠습니다. 현대인들은 들볶이고 있습니다. 집을 나서서 밖에 있어도, 집에 들어와서도 잠시도 뇌파가 안정적이질 못합니다. 이렇게 뇌파의 파고 높낮이가 변덕이 죽 끓듯이 '부글 보글'거리는데 어찌 마음이 평안하고 행복할 수가 있을까요.

　그러니 끝없는 추락이 되는 것이지요. 어차피 인생에서 추락은 피할 수가 없습니다. 너도나도 다 추락하면서 살아가는 것이 인간의 삶 그 자체입니다. 그러나 현자는 추락하면서도 어두움 속에서 밝음을 보고, 밝음 속에서도 그림자를 봅니다.

　　　　　찬 빗물 속에 햇빛 있고
　　　　　먹구름 무지개 같이하고
　　　　　오진 바람으로 꽃이 피며
　　　　　높은 파도로 배 나아가니
　　　　　－「엄살과 담담의 사이에서」

현대인들의 특징이 어디 하나 둘이겠습니까만,

　　　'일희일비(一喜一悲)' 와 '엄살' 을 들어 봅니다.

조금만 더우면 덥다고 '핵핵' 댑니다. 조금만 추우면 또 '핵 덜덜'
이고요.　조금만 괴로우면 '핵 죽상'이고요.

　　　조금만 아프면 '핵 엄살'입니다.

밤 속에는 새벽이
석양 속에는 별이
꽃 속에는 낙엽이
열매 속에 눈발이
　ㅡ「속에는 다른 속이」

보이는 것이 다가 아니지요. 잘 본다고 속까지 들여다 보았다고 정
확히 제대로 보는 것이 아닙니다.

　　　속에는 항상 다른 속이 있습니다. 그것까지 보아야 합니다.

날씨가 맑아서 가볍게 걷고 있는데, 갑자기 소낙비가 천둥과 함께
쏟아집니다. 그러면 인간들은 금세 기분이 왔다 갔다 하지요. 날씨
뿐 아닙니다. 조그마한 일에 기뻐하다가도 그것보다도 더 조그만 일
에 매우 화내고 한숨을 많이 쉬고 그럽니다. 하루 일이 잘 되었다고
'으쓱' 합니다. 내일은 금세 '음매 기죽어 ㅡ' 그럴 거면서 말이지요.
즐거울 낙(樂) 낙 속에는 고통의 고(苦)가 있고, 고 속에는 낙이 있게
마련입니다. 일희일비(一喜一悲)하면 발 디딘 곳이 울렁울렁하게 됩
니다.　　　　　어지럽게 되는 것이지요.

엄살도 떨면 안 됩니다. 세상은 어차피 고난/고생/고통이 동반합
니다.　　　　　그러니 담담하게 살아가시지요.

'Cool 하게 담담하게'를 책상 앞에 써 놓고 삶의 이정표로 삼아

보시지요. 주문같이 '쿨담'을 되뇌다 보면. 지금보다 훨씬 숨쉬기가
쉬어진답니다.

오늘은 너, 내일도 너
그러니 보일 리가 있나
　－「Hodie Mihi, Cras Tibi(오늘은 나, 내일은 너)」

나이가 들수록 자주 입는 옷이 있습니다. - 입기 싫은 옷
나이가 들수록 가기 싫은 곳이 있습니다. - 검은 옷 행렬
하지만 - 그곳, 장례식에 가면
고인이 누워 있는 곁에 내가 누워 있는 모습이 보입니다.
회를 발라 굳어진 나의 얼굴을 보면 한없이 낮아집니다. 이미 낮아
졌는데도 더 낮아지고 그리고 더더더 낮아지니,
　　　　　그동안 얼마나 올라서 있었단　　　말인지요.
라틴어로 흙(humus)은 겸손이란 말 그리고 인간이라는 단어의 어
원이 되고 있지요. 그만큼 인간에게서 흙과 겸손을 빼놓으면 '기본
이 안 된 벌레'입니다.

Human인간 - (겸손한 Humble + 흙(humus) = 벌레
　　－「수학은 과학이다」

흙으로 돌아갈 인간
　　　　안평생 겸손하게 살라　　　　는 말입니다.
장례식에 참석한 사람들은 모두 숙연합니다. 고인과의 인연과 정
을 생각하며, 마음 아파합니다. 그리고 '자기도 언젠가는 저렇게 죽
겠지'라고 문득 상념에 잠기게 됩니다. 그런데 사람들은 장례식 끝

나고 나오면서 금세 조금 전의 행동하고 **'왁 –' 달라집니다.**

　마치 자기가 죽은 이의 장례식에 참석하지 않았던 것처럼, 떠들고 마시고 먹고 죽음을 잊어버립니다.　이들의 행동을 보면,

　과연 이들이 바로 조금 전에 장례식에서 심각한 표정을 했던 사람들인가? 라는 의문이 가기까지 합니다.　인간은 그런 존재랍니다.

　　　　심각하다　　　　엄중하게
　　　　　장례식 주검을 보는 눈초리
　　　　　며칠 전까지 본 사람
　　　　　나도 저렇게 되려나
　　　　　섬뜩하기만 한 단절

　　　　심각실종　　　　엄중증발
　　　　　장례식장 나오는 순간부터
　　　　　죽은 이도 싹 잊고는
　　　　　나는 절대 안 죽지
　　　　　죽음은 다 남의 일
　　　　　　　－「새 대가리 인간」

　그들의 얼굴은 이렇게 말합니다. 죽음은 다른 이들의 것이라고…
나하고는 상관없는 먼 우의 일　또는　**막연한 일**　이리고요.

오늘은 너, 내일도 너
죽어가는 것은 모두 너
난 결코 죽지 않으리니
　－「그러니 보일 리가 있나」

보이지 않으니

움켜쥐고 있는 것을 놓지를 못합니다.

한 발자국
내 디디려 하는데
비집고 들어오는 게 있다

불쑥 들어오는
긴 칼날 끝
　—「쇼트트랙 같은 마음」

　쇼트트랙(Short track)은 111.12m의 아이스링크를 돌면서 우위를 다루는 스케이트 경주이지요. 대한민국이 독보적으로 세계 우위를 점하다가, 한국 메달리스트 선수들이 세계 각국의 지도자가 되고 이들이 각 나라 소속 팀 선수들의 실력을 '한국식 수준'으로 끌어 올리는 바람에, 한국의 독보적 지위가 흔들리고 있습니다.

　1988년 제 15회 동계 올림픽 캐나다 캘거리에서 시범경기로 열리다가, 1992년 제16회 프랑스 알베르빌 동계 올림픽에서 정식 종목으로 채택되었습니다. 한꺼번에 여러 선수가 좁은 아이스 링크를 돌다가 보니, 그 박진감이 경기를 거듭할수록 고조되어 인기 종목이 되었지요. 경기종목으로는 남녀 500m, 1,000m, 1,500m, 여자 계주 3,000m, 남자 계주 5,000m가 있습니다. 그런데 이 경기를 보고 있노라면 어릴 적 생각이 납니다.　　　　**새치기.**

　제한적인 물자 + 한정적인 기회를 두고 여러 사람이 생명을 걸고, 가족의 생계를 걸고 겨루어서 다른 사람을 제치고 자기가 원하는 것을 쟁취하여야 살아남는 한국 사회 구조에서 수단 방법을 가리지 않고, 삭막하게 살아남아야만 했던 그 시절에(물론 지금도 달라진 것은 별로 없지만요.) 새치기는 목숨을 걸고 싸우는 사람들의 처절한 몸부림이었습니다. 새치기를 하는 사람들 사이를 또 사이 치기 하는 것이 자연스럽게 보였던 그 시대.

이 쇼트트랙 경기는 바로 틈새 치기, 새치기 경기입니다. 한눈을 파는 틈을 타서 (딴청을 하지 않아도 틈을 내어서) 파고듭니다.

발에 단 긴 칼날을 들이대는 것이지요.

마음도 마찬가지입니다.

무엇에, 어떤 그것에 전념을 하고 있는데.

칼날 같은 잡념이 '쌔 액!' 비집고 들어옵니다.

금세 그 칼날에 내 생각을 - 나의 길을 - 나의 마음, 내 전체를 송두리째 내어 주고 맙니다. 아뿔싸! 당했구나! 당한 것을 안 순간, 아찔하지요. 이 나이에 당하다니. - 하지만, 내가 그 칼날에 새치기 당하였다는 것을 알아채기만 하면 됩니다. 다시, 나도 다시 비집고 들어가 나의 마음을 잡을 수 있으니까요.

비집고 들어오는 새 치기 조심하세요.

퍼런 멍 맛
어떤가
벌건 피 맛
어떻고

그걸 같이
오래 푸욱
우려낸 맛
　 ―「눈물은 짜지 않다」

호된 말을 들으며 울어서 나는 눈물, 멍이 나고, 상처를 입어서 아파서 나는 눈물/ 너무나도 억울해서 어깨를 들썩이며 격하게 울 때 나는 눈물/ 울어야 할 상황인데도 분을 삭이느라 슬픔을 참느라 속으로 울 때 나는 눈물 - 사람이라면 누구나 이렇게 여러 모습으로 울어 보았을 것입니다. 얼마나 자주 울면서 눈물을 얼마나 흘렸느냐 차이만 있을 뿐이지요.

눈물에는 리포칼린,락토페린, 무친, 리소자임, 락크리틴이라는 단백질 그리고 지질, 염분 등이 들어있다고 하지요. 울지 않아도 하루 동안 약 0.75에서 1.1그램 정도가 눈을 보호하기 위하여 분비된다고 합니다.

이 눈물의 맛이 어떨까요?

흔히들 이야기하는 단백질, 염분 등의 맛은 아닐 것 같네요.

퍼런 멍 맛, 벌건 피 맛이 우러난 맛   이겠지요.

그리고   **이 맛이 잘 숙성되어 몸에 깊숙한 곳까지 밴 사람** 만이

삶을 알고 - 사람을 알겠지요.

눈 감은 만큼

딱 그 정도

귀 막은 만큼

입 닫은 만큼

가슴까지도

딱 그 정도

－「열리는 게 바로 염력(念力)」

안문을 열어본다. 눈의 문
청문을 열어본다. 귀의 눈
구문을 열어본다. 입의 문
눈으로 귀로 들어오는, 마구 들이닥치는
입으로 마구 들락거리는 혼란, 혼돈,
　　　　어지러움의 Image & Sound 소용돌이.
　나이가 들수록 눈으로 들어오는 Image와 귀와 입으로 들어오고 나가는 Sound를 줄이고, 그 문들을 닫은 만큼 자연을 담으면 자연의 힘이 한군데로 응집되어 Powerful한 힘이 솟는 것을 느끼게 됩니다.

사람이란

몸과 마음의 힘을 통일하면 뜨거운 기운을 몸의 안군데에 집중

　시킬 수도 있고, 사지로 동시에 분산시킬 수도 있음은, 자기 최면을 하여 보면 초기 단계에서부터 쉽게 느낄 수 있습니다. 물론, 이러한 정신 통일의 힘은 호흡이 완전하여야 하며, 몸과 마음을 분산시키지 않고 완전 하나로 일치시키는 수련이 앞서야 합니다.

　절벽 위 비닐 싸인 꽃 무더기
　언 바람에 좀 쓰러졌지만
　아직 싱싱하다

　누가 몸 날리며 떨어졌을까
　그 누가 그렇게 만들었을까
　아직 피기 전에
　　ー「땅마저 쓰러진 곳 아직 절벽」

절벽
그것이 무엇일까
그냥
땅마저도 끊어져 떨어져 나간 자리일까

절벽
얼마나 절박하여
그냥
으스러지는 아픔까지도 마다하지 않을까
　　―「절벽 앞에 서 보았는가」

　절벽에 누가 꽃을 갖다 놓았습니다. 싱싱합니다. 이렇게 바람에 얼음이 섞인 것 같은 날씨인데 말이지요. 이렇게 무엇을 본다는 것조차도 눈이 시린 날에 꽃이 살아 있다니요. 어제도 그제도 매일 지나는 길인데, 오늘 본 꽃입니다. 단박에 알아차립니다. 숨이 가쁠 정도로 전율을 느끼면서 말이지요.　　　누가
　바로 어젯밤에　　몸을 날린 것입니다.　　바로 이 자리에서요.
　언제부터인가 사람들은 자기와 가까운 사람이 죽으면, 죽은 장소 바로 그곳에 추모의 의미로 꽃을 바칩니다. 그래서 길가에 꽃다발이 있으면, 바로 그곳에서 자기 자식이나 친구가 죽었기 때문이고　강가에 꽃 뭉치가 있으면, 바로 그곳에서 자기 어버이나 친척이 죽었기 때문이며, 절벽에 꽃묶음이 있으면　바로 그곳에서 자기보다 소중한 사람 죽었기 때문입니다.
　아찔한 아래를 자세하게 ― 어질하게 내려다보니 절벽 중간부터 바위투성이입니다. 떨어지며 세상 시선처럼 뾰족하기만 하고 삶의 무게만큼이나 딱딱하기만 한　이 바위 저 바위에 부딪히며 신체 구석

112

구석이 하나하나 부스러져 나갔을 것입니다.

얼마나 고통스러웠을까…. 죽어가는 순간에 – 그 시간이.

참아야 합니다. 죽을 용기가 있으면 살아갈 용기도 분명 있습니다.

그 살아갈 용기를 다시 찾아야 합니다. 그 절벽에서 모질게 찬바람에 바르르 떨던 꽃다발은 아름답지도, 향기롭지도 않았습니다.

세상의 무서움. 삶의 비정함

통곡과 절망이 　　　꽃잎 하나하나에서 느껴지기 때문입니다.

절벽은 그야말로

땅마저도 끊어져 떨어져 나가고 만 자리입니다.

얼쑤

어둠 휘휘 감아 버리는

모닥불 가운데 덩실대며

휘릭

장삼자락 고개 휘두르고

얼굴 가려 갑질 손가락질

　　－「이렇게도 못하는 누구」

기원전 1100년쯤 그리스에서도 탈춤이 있었습니다. 프랑스에서는 기원전 7000년이나 되는 때의 돌 가면이 발견되었고요. 한국의 가면은 삼국시대 때부터 역사적 기록이 있습니다. 그전에도 수렵의 목적으로 호랑이나 곰에게 접근하기 위하여, 이런 동물들의 얼굴 가면을 써서 만들어 쓰기 시작했다고 하지요. 신석기 때에 사용된 가면이 발견되기도 하였고요. 이런 면을 보면, 가면은 인류의 역사와 함께 한, 인류 문화의 소중한 한 축이라고 할 수 있겠습니다.

가면, 탈을 쓰고 풍자와 은유 그리고 유머를 구사하는 탈춤을 보노라면, 가면 속으로 슬쩍 숨어든 인간의 시꺼먼 그림자를 들추어낼 수가 있습니다.

한국 탈춤은 표정이나 감정 따위를 감추고, 사람 내면의 갈등이나 인간 삶의 이중적 모습을 직설적 표현이 아닌, 풍자와 은유라는 방법을 통하여 표출합니다. 어둠을 활활 살라 버리는 모닥불을 가운데 두고서 커다란 춤사위로 피리, 북, 꽹과리, 장고, 해금, 젓대 등의 악기에서 나오는 신나는 음악에 맞추어서 수십 명이 춤을 추지요.

얼쑤. 종교 지도자들의 이중성에 삿대질하고

얼쑤. 갑질하는 양반들에게

삿대질하며

휘릭. 부부간의 갈등

휘릭. 벗어나기가 너무 힘든 신분사회의 금수저 흙수저 사회상에

한탄을 쏟아냅니다.

가면을 쓰고라도 시원하게 울분을 토하고 정의/공정사회/평등사회

민주주의를 열망하였던 인류의 역사 앞에, 선조들 앞에

아무 소리도 못 내고 영원한 을로써, 병으로써 숨소리조차 죽이고 사는 사람이 나라면 이 얼마나 처참한 일입니까.

그 어마 무시무시한
바닷물 들었다 놓았다
하루에 두 번씩이나

놀라운 달 힘
완벽한 밸런스
　 ―「그 속 균형 잃는 놀라운 재주꾼 인간」

114

태양과 지구의 거리는 달과 지구의 거리보다 387배 떨어져 있어서, 태양의 질량이 달의 질량보다 27,000,000배 큼에도 불구하고, 지구의 조석을 일으키는 변동은 태양보다는 달의 영향을 더 많이 받고 있지요. 종교적으로 보면 그렇지 않지만, 과학적으로 보면 달, 태양 그리고 지구 운동의 인력과 관성이 자연을 만들어 내었으며 '자연은 바다의 거대한 물들을 하루에 두 번씩 밀었다 당겼다.'를 반복하고 있습니다.　　　　　자연은 완벽한 조화이고 밸런스

자연에 의지하는 한　자연을 정확히 이해하고 있는 한

인간은 비틀거리지 않게 되어 있습니다.

이렇게 완전한 밸런스 자체인 지구별에서 살면서

　　Unbalance 비틀거릴 짓을 스스로 골라가며 하면서

　　어질거리며 사는 인간들은 참 재주도 보통 재주가 아닙니다.

아들아 차마

기도만이 해답이라고 말 못하겠다

딸아 진정코

더 나은 내일만 있을 것이라고도

　 ─「얘들아 나의 아이들아」

지나온 삶의 나날들을 돌아보면 ─ 차마 아들에게 기도하라 그러면 　　　 ─ 기도한 대로 다 이루어질 것이라고 말 못하겠네요.

지금 기도가 이루어지지 않는 것은 기도가 부족하기 때문이니, 더 절실히　　 ─　하느님께 매달리라고도 말 못 하겠네요.

평생 40년 넘게 청년 대학생들에게 그렇게 말해 놓고서 말입니다.

　 ─ 차마 딸에게도

내일은 꼭 더 나아질 것이라고, 꿈은 반드시 이루어진다고도 말 못하겠고요. 그 많은 파란 젊은 청춘들 앞에서 당당히 말해 놓고서 말이지요.

부끄럽습니다. 그들 앞에서 그렇게 말한 것이 말이지요.

나의 딸 그리고 아들한테 최근에야 이야기하였던 식으로

삶

그것 절대로 만만치 않다.

그러니 안전벨트 꽉 매라.

삶

그것은 모든 것이 나안테 달려 있다

그러니 심은 대로 열매를 맺게 된다.

라고 말했어야 합니다.

우리가 지금 흔하게 보는 탑승자 좌석의 안전 벨트의 시초는 비행기였습니다. 1959년 스웨덴의 볼보에서 처음 발명하였는데, 특허 출원을 포기하였지요. 이유는 '사람의 생명을 살리기 위하는 것이니 특허를 내지 않겠다.'라는 것이었습니다. 이렇게 기업윤리가 살아 있는 기업이 얼마나 될까요? 이 특허 포기로 경쟁 자동차 회사들도 모두 안전 벨트를 차에 장착하여, 수많은 사람의 안전을 지켰지요.

2019년 말에 시작된, 코로나바이러스로 인류 역사상 최대의 인원이 사망하고, 입원하고, 고통을 받았습니다. 진행형이고요.

안전벨트

꽉 단단히 매라

삶이 그리 만만치 않으니

생명벨트

꽉 잡고 있어라

기도한다고 안전치 않으니
빨간 불에 달려들고
갑자기 튀어나오고
브레이크 고장 나고
핸들 갑자기 돌려도
호시탐탐 사고 나니
　─「삶이 파릇한 이(靑年)들이여」

지구별이 한 마디로 박살이 났습니다.
　　　　지구별 위의 모든 종교가 참으로 열심히 기도했으나
　　　소속 열심히 한 종교인들이 수도 없이 쓰러졌고요.
　　　　　　Prayers are not answered.
이러한 팬데믹 상황이 아니더라도, 유사한 고난과 고통은 수시로
호시탐탐 나의 삶에 갑자기 들이닥치게 되어 있습니다.
　　　　　삶이라는 것이 원래 그렇게 Design되어 있습니다.
파란 불이라는 약속에 안심하고 서행하고 있는데, 빨간 정지 쪽에
서 신호를 무시하고 달려들고, 아슬아슬한 노란 불 때마다, 조심스
럽게 살펴 운전하는데도 번번이 아찔한 경우를 당합니다. 새 차이거
나 바로 수리해서 브레이크와 핸들을 안심할 수가 없고, 보행자도
차 주행을 안심할 수 없으며, 차들도 보행자를 믿을 수가 없습니다.

가만히 가고 있는데
쿵 누가 들이받는다
횡단보도가 아닌데
갑자기 튀어 나오고
파란불 걷고 있는데
들이닥쳐 덮쳐버리고

그 좁은 공간 비집어
끼어들어 박고 만다
　　―「삶은 운전 같은 것」

　　　　한 마디로　　　**교통법규를 믿을 수가 없습니다.**
　　　　　　　　　　삶도 마찬가지입니다.
　　　　한 마디로　　　**인생 법규를 믿을 수가 없습니다.** 그러니,
안전띠 단단이 매시지요.　　　마음 벨트 단단이 매시라는 말씀입니다.

■

　지금은 그렇지 않지만, 가끔이라도 내 혀를 내가 깨문 적이 있습
니다. 인체 부위 중에 둥글게 했다가 길게 내뺐다가, 위아래 좌우 돌
돌 말려 돌릴 수 있는 부분은 혀가 유일하겠지요. 혀는 인간의 생명
과 밀접한 관계가 있습니다. 맛을 보는 것 , 간을 보는 것-. 먹고 사
는 데 제일 먼저 관여합니다. 씹는 데 도우미이고요.

콱
밥 먹다 또 내 혀가 내 이빨에 씹혔다
쎄한 기분에 거울 앞 입 벌려 혀 길게 내어 보니
선명한 피가 따끔한 아픔과 함께 흥건하다

왜
툭 아무거나 거짓말 당연한 듯하면서
내 편 아니면 앞 뒤 안 가리고 모함하는 이들이
밥 먹을 때마다 자기 혀 씹어야 하는데
　　―「정치 종교 지도자들 혀 씹히길」

혀는 인간의 마음과 직접적인 관계가 있지요.

진실을 말하게 합니다.   거짓말도 하게 합니다.

혀를 잘 다스리면 몸이 건강합니다. 마음도 건강하고.

왜 혀를 씹을까요? 혀는 밥을 먹을 때, 두뇌에서 턱을 움직이면서 씹는데 도움이 되게 움직이라고 명령을 내려서 이 명령에 따라 잘 움직이다가, 갑자기 다른 생각이 들어오면 혀를 씹게 됩니다. 두 가지 명령을 동시에 수행하지 못하는 과정에서 이런 험한 경우가 일어나는 것이지요. 또한, 피로, 스트레스, 수면 부족, 치열 부적합, 체중 증가 같은 건강상의 문제가 이유가 되기도 합니다. 혀를 깨물면, 이빨이 칼같이 날카로워서 찔려 피가 흥건하게 나기 마련입니다.

출혈로 인해 아픈 것도 그렇지만,

정신 줄을 놓았다는 자책감 이 더 아프게 됩니다.

거짓말과 모함, 막말을   밥 먹듯 하는 정치인

행동이 따르지 않는 혀 발린 말   밥 먹듯 하는 종교인

　　　　이들이   밥 먹을 때만이라도

　　　　꼬박 꼬박   혀를 깨물었으면 좋겠습니다.

그래서 서민들이, 우리들이   밥 벌어먹기가 얼마나 어려운지

　　좀 깨달았으면 좋겠습니다. 원이 없겠습니다.

칼날에 살 베고 피 내어 죽은 인간이 많을까

혀날에 목 베고 숨 막혀 죽은 사람이 많을까

　　―「이런 걸 생각하는 사람이 많을까」

돌돌 말렸다가

길게 퍼졌다가
천정 붙었다가
또 떨어졌다가
― 「혀에 휘둘리는 우주」

거울을 본다
입 벌려 혀 길게 내어서

거울 불길
혀로부터 온몸 사르니
― 「혀는 불길」

졸개 천사가 하느님께 까불다가
　　　　　가브리엘 천사에게 날개 한쪽이 잘렸다
남은 날갯죽지로 뱅그르 돌며
　　　땅으로 떨어지다가 대기권에서 끄슬리며 타 버린다
화끈하게 타다가 남은 조각이
　　　　　발그스름한 고기 한 점 혀가 되고 말았다
이 고기조각은 너무 억울하고 분하여 어떻게 복수를 할까
고민 고민 하다가 드디어 종교 지도자 입속에 쏙 들어갔다 들
어가 보니 괜찮았다
하느님에게 교활하게 복수하기 딱이었고 워낙 성질이 더러
운 이 덩어리는 그것으로 성이 차질 않아서 다른 곳 더 찾다
가 정치인들 입 속에도 확 들어갔다 들어가 보니 신이 났다
하느님 사랑하는 선량한 사람 골탕 먹이기에
― 「악귀 혀가 사는 곳」

삼촌지설(三寸之舌),

중국 전한(前漢) 시대의 역사가 사마천(司馬遷)이 쓴 사기(史記)에 나오는 말이지요. 삼촌설(三寸舌) 삼촌불란지설(三寸不爛之舌)'이라고도 하는데, 혀의 길이가 세 치 갖고 말의 재주를 잘 부리는 즉, 언변(言辯)이 탁월한 사람을 말합니다. 그러나 시간이 지나면서, 혀가 화법으로 상대를 설득하는 좋은 뜻보다는, 혀를 잘못 써서 큰 화를 입는 데에 인용되고 있지요.   혀/말에 관한 옛말은 많습니다. '가는 말이 고와야 오는 말이 곱다.' '말 한마디로 천냥 빚을 갚는다.' '같은 말이라도 "아" 다르고 "어" 다르다.' '세 치 혀가 백 명의 군사보다 낫다.' '혀 아래 도끼 들어있다.' '웃자고 한 말에 초상난다.' '세 치 혀가 사람 잡는다.' '가루는 칠수록 고와지고 말은 할수록 거칠어진다.' 부처도 입에 대하여 '모든 재앙은 입에서 나온다. 입을 지켜라, 맹렬한 불길이 집을 태워버리듯 입을 삼가지 않으면 입이 불길이 되어 온몸을 태우게 될 것이다.' '모든 사람의 불행한 운명은 그 입에서 생기는 것이다. 입은 몸을 치는 도끼요, 몸은 찌르는 칼이다.' 라고 했고요.

세상 밖에서
내 마음 속에서 늘 쏟아지는
외마디 소리   악 - 아악 -

들려도 안 들은 척
들어도 못 들은 척

세 치 검 찔려
피 콸콸 쏟아지는 것 보고서
탄식의 소리   하 - 내참 -

보여도 쓱 못 본 척
안 보이듯 휙 외면

칼 변천사 보고 있노라면 저절로 탄식이
인간을 더욱 효율적으로 자르기 위해
길게 둥글게 가운데 홈이 파지게
　－「이보다 섬뜩한 혀의 변천사는」

혀가 칼인 줄 하는 이는 행복하다
남도 자기도 베일 일 없으리니
혀가 불인 줄 아는 이도 행복하다
자기도 남도 재 만들 일 없으니
　－「불행하다 그대는」

　혀는 사람의 몸에서 작은 부분이지만 그 영향력은 칼보다 예리하
고 뜨거운 불길보다 더 사납게, 나의 몸과 마음을 잘게 잘게 잘라서
불살라 버릴 수 + 버리고 있는 것을 아는 사람이 바로 현자입니다.

　바람 심하게 분다고 엄살 피우지 마시라

　강풍 주의보 발령 속
　부러질 듯 흔들리면서도
　절대 부러지지 않는
　저 큰 나무들을 보라
　저 큰 나무들은 저렇게
　심하게 흔들려 왔기에

크게 자랐지 않느냐

삶 원래 심하게 흔들린다
너무 엄살 피우지 마라
　―「조그만 일 앞 뿌리째 흔들리는 그대에게」

안 날아가는 것 없을
몹시도 사나운 바람
흔들리는 팜츄리 밑에 섰다

우두둑 둑둑
분명 나무 부러지는 소리다

쉬지 않으며
자기 속을 부러트리는 소리
　―「저 긴 팜츄리 그냥 그렇게 자라는 것이 아니다」

강풍 주의보 발령 속
큰 나무도
작은 나무도
흔들린다

좌로 흔들리다가
중심으로 돌아가기 전
또 좌로 더 흔들리고

우로 흔들리다가

정신 좀 차리기도 전
우로 더욱 흔들린다

죽은 나무로 만든 담장
바로 밑 작은 나무만
안 흔들리고

그렇게
안 흔들리고
　ー「흔들리고 흔들리는 그대에게」

나무들은 어떻게 자랍니까.
흔들리기 때문에 자랍니다.

　　　　사람들은 어떻게 성장하나.
　　　　비틀거리며 성숙하여지니.

남가주에도 바람이 심하게 불어옵니다. 겨울바람은 유난히 소리
가 으스스하지요.
　바람이 세면 높은 나무가 더 흔들립니다.
　　　　　　　　　더 비틀거리고
　　　　　　　　　더 위청거리니
　　　　　　　　　더 높게 자랍니다.

40년 전 미국에 처음 발을 딛고 LA 공항을 나오면서, 제일 인상 깊었던 것은 바로 팜 트리, 야자나무입니다. 독재 군부정권의 답답함이 목을 넘어 정수리를 뚫고 나올 즈음에, 쫓기듯 밀리듯 미국에 와서 보았던 첫 장면이었지요. 길가에 두 줄로 우뚝하게 늘어서 있던 이 나무들의 모습은, 몸과 마음에 난 시꺼먼 멍 속 더 깊게 박힌, 시퍼런 뿌리 멍들을 치료하고 위로하기에 충분하였습니다.

야자나무는 종려 목(目), 야자나뭇과(科)로 분류되기 때문에 종려(棕櫚)나무라고 합니다. 성서에서 여러 번 거론되는 야자나무는 대추 야자나무인데 식물학적으로 불사조(phoenix dactylifera)라고 하고요.

불사조. 왜 이런 이름이 붙여졌을까요?

야자나무가 베어지면 그 그루터기에서 다시 새싹이 나서 자라는 모습을 쉽게 볼 수가 있습니다. 아마도 사람들은 이런 모습을 보고 불사조라고 이름을 지었겠지요. 하지만, 꼭 그런 것만은 아닌 것 같습니다.

* 강풍경보가 발령된 추운 겨울날 옷깃을 꽉 붙잡고 나가보면
　사나운 기사 실려, 겉이라도 빳빳했던 신문지도 가볍게 날아가고

　　　　신문지는 후들거린다
　　　　후덜대는 기사만 있기에

　　　　신문 속 안 빳빳하기만
　　　　이미 지난 빡빡한 내용에
　　　　　─「신문(新聞)이 구문(舊聞)된 시대에도」

인간 온갖 더러운 것 안아주고 보관하여 주던 쓰레기통도 날아가고 그걸 보고 있는, 가냘픈 사람들의 마음도 다 날아갑니다.

이런 험한 날 - 팜 트리 밑에 서서 - 그 큰 키 밑에 귀를 가까이하여 보면 **우둑 우둑 뚜두둑** 나무 부러지는 소리가 바람후려 칠 때마다 들립니다. 분명 나무 속에서 나무가 부러지는 소리입니다. 조금씩 몸이 갈라지는 소리.

그 정도 부러졌으면 그만하련만, 바람이 심하게 불 때마다 '뚜둑 - '거립니다. 계속 조금씩 부러져 나가는 것이지요.

얼마나 아프겠습니까? 그렇게 부러졌던 나무도, 아무는가 봅니다. 상처가 아무는가 봅니다. **부러지면서도 힐링되는가** 봅니다.

힐링되면서 저렇게 높게 자라는 것이었습니다.

인간은 조금도 부러지지 않으려, 절대로 내어놓지 않으려, 힘을 너무 많이 주고 있으니 온갖 스트레스에 쓸려 다니다 어느 순간

뿌리까지 뽑히거나
가운데가 팍 - 부러져 버립니다.

누가 부러트리려 하면
부러져 버리고

누가 꺾으려고 하면
꺾어져 주면서
─「그렇게 약한 척 살아가면」

모든 것을 내려다 볼 수 있지 않을까요?
높고도 높은 30m나 자라는 저 멋진 팜 트리처럼
팜 트리에 불사조의 이름이 그냥 붙여진 것이 아닙니다.

찬 바람이 분다
몹시 보다 심히

하늘이 날린다
땅도 흩어진다

나무란 나무는
이파리 다 내줄 참이다

어떤 나무가 많이 흔들리나
아보카도도 몸까지 꺾이고 있고
장미, 오렌지 나무들 모두 정신없다

팜츄리가 제일 흔들리나
머리털 다 뽑히도록 산발인걸 보니
　 ─「제일 많이 흔들리는 건 바로 너다」

태풍 밤에 모두 쓸어 갔다

뒷 마당
앞 마당
옆 마당

온통 부러진 가지들
뒹구는 작은 가지들
　 ─「어찌 팜츄리는 부러지지 않을까」

가만히 보니 - 지금, 이 세상에 - 바람 밖에는 아무것도 없는 이 세상에 제일 키가 작고   쪼그만 바람에도 은들리고 있는 것은
　　　　　　　나무들이 아닌　　바로 나였습니다.

겨울 폭풍우가 온다는 일기예보입니다. 7년만의 폭우가 될 것이라고 방송에서 신문에서 온통 겁을 주고 있습니다. 하늘은 온통 먹구름에 덮여졌습니다. 나무들이 흔들립니다. 그냥 흔들리는 것이 아니고, 뿌리가 안 뽑히는 것이 신기할 정도로 휘둘리고 있습니다.
　　　　저런데도 견디는 것을 보니, 과연 나무입니다.
　　　　　　　　나무 관세음 보살 나무.

남가주의 오렌지 같은 과일나무들은 겨울에도 이파리들이 무성하고 파랗습니다. 이 풍성한 나무들 이파리들이 저리도 맹렬한 바람에 나무에 꼭/아주 꼭 대롱대롱 안타깝게 붙어 있습니다.
파르르 흔들리기는 해도 절대로 떨어져 나가지는 않지요.

왜냐하면, 자기네들도 가지에서 떨어지면 죽고
　나무도 죽이는 것을 알기 때문입니다.

비가 오지도 않는데
바람이 분다
　　　　겁이 덜컥 난다

낮인데 하늘이 없다
바람 소리에
　　　　겁이 벌컥 난다
　─「차라리 비 퍼붓는 게 낫다」

비 소식　　　　　　　폭풍 소식이 있는데

　겨울 폭우 소식이 며칠 할 것이라는 소식은 있는데

　비는 안 오고 하늘은 아예 없고 바람 소리만 검게 '휘 – 휘' 감기고 있습니다. 소리가 겁이 날 정도로 이 세상 모든 것을 쥐고 흔들어 대고 있습니다.　　　　　　　차라리 비 맞는 게

　　　　　　폭우 쏟아지는 것이 마음이 편하겠습니다.

　비를 맞으면　　어떤 상황인지도 알 수 있고, 더 나빠질 것도 없으므로 시원합니다. 그런데 세상일이라는 것이, 앞으로 어떤 것이 올지 모르는 불안정한 상태일 때 더 겁이 납니다. 인간은 불확실한 것 앞에 초조하고 불안하기 마련입니다.

　창문을 – 이중 창문을 닫아걸어도 수상한 소리는 여전합니다.

만물 우러러 보는
태양도
질 때는 고개 숙여
저리도
　 —「찬란하건만 너는 어찌」

　태양을 숭배하는 사상은 인류의 모든 문명에서 발견되고 있습니다. 그리스 문화, 이집트 신화, 아프리카 신화, 켈트 신화, 잉카 신화, 아즈텍 신화, 메소포타미아 신화, 폴리네시아 신화, 힌두교, 불교, 일본은 물론, 한국도 환인, 일월성신과 천지신명, 천부경, 연오랑과 세오녀에서 태양신을 숭배한 흔적을 찾아볼 수가 있습니다. 인간의 삶 그리고 사람들의 목숨에 찰싹, 밀착해 있는 것이 태양입니다. 태양이 세상을 움직입니다. 물리적으로 말이지요. 이런

막강한 힘을 가진 태양도 자기 자신을 낮춥니다. 하루에 한 번씩이나요. 그리고 자기 자신을 낮추는 장엄 예절을 할 때 하늘은 붉고, 검게 빛이 납니다. 찬란하기만 하지요. 이렇게 태양도 자기 자신을 낮추건만 인간은 하루에 한 번은커녕, 살날이 그리 많이 남아 있지 않았는데도 낮출 줄 모릅니다.

그러니 인간의 삶은 장엄하기는커녕   초라하기만 합니다.
낮추지 않으면 초라해 보인다는 것   -   진리입니다.

새소리만 들린다
바람결만 보이고
  ―「삶의 깊은 맛만 느끼고 살아가니」

ㅎㄹㅁㅎ ㅒㅎㄱㅌ ㅁ시ㄴ ㅓ거ㅜ ㅎㅈㅌ ㅂㅁㅉㄱㅌㄴ. 설마 TV에서 나오는 시끄러운 세상의 돌아가는 소리로 시작하는 실수는 하지 않으시겠지요. 나이 그렇게 누렇게 들었으면서 말이지요.

ㅇㅏㅎㅁ쏴 ㅇㄹㅇㅣㅅㅅ ㅇㅆㅇㅆㅌ ㅇㅠㅌ ㅇㅅㅣㄴㅇㅅ. 설마 신문 위에 뒹구는 그 어질거리는 세상살이 보는 것으로 시작하는 오류는 범하지 않으시겠지요. 살아갈 날이 그리 많지 않으면서 말이지요.

귀에 들리는 것은 새소리 바람 소리 - 눈에 보이는 것은 꽃과 나무들 그것만 보이며 - 그것만 들리며

이렇게 살아가야 하는 것

삶의 숙성된 깊은 맛만 느끼고 살아가는 것   -   진리입니다.

☼ --- 새벽에 일어나니 태양 자신도 추운지 아직 기어 올라오지 않습니다. 아침 달 희미해지며, 해 팔을 잡아끌어 간신히 하루 해가 어기적어기적 시작됩니다. 밖이 제법 환해져서―갑갑한 마음을 더

130

욱 답답하게 하는 커튼 자락을 '휘익' 젖히니 한 줄기 빛이 좁기만 한
서재의 방을 동강 두 조각 내어줍니다.

　　　　제일 먼저 눈에 들어오는 것　　　　그것은 먼지입니다.

갑갑하였던 커튼 젖히니
어두운 줄 알았던 밖에서
한 줄기 빛 소리 내며
좁은 방 두 조각 낸다

먼지
얼마 만에 보는 먼지인가
얼마 만에 보는 나인가
　－「먼지 그리고 나」

현란하게　　제멋대로　　꼼지락거리며 방을 가득 채운 먼지들.
오글오글대며　잠시도 쉬지 않고　오르락내리락하는 그 먼지들.

　　　그 먼지 하나　　　　바로 나
나를 먼지로 보는 사람은 더 이상 먼지가 아니지요.
자기를 빛으로 보는 사람이 바로 먼지 그 자체입니다.

날개 없는데
날아 다닌다
눈이 없는데
찾아 다니고
　－「먼지는 천사처럼」

하늘도 얼어버린 날
마음 끝자락 녹이려 커튼 밀어젖히니
반 줄기 햇빛 나를 반쪽 낸다
반쪽에 부유해 다니는 수많은 먼지
이들은 날아다니는데
이들보다 많은 마음에 박힌 먼지들

누가 불태워 주랴
누가 뽑아내 주랴
　-「누가는 당신」

먼지 안 앉는 곳 어디 있으랴
돈 다발 속에도
명함 함 속에도
칼집 그 속에도
먼지는 뽀얗게 들어간다

먼지 안 들어가는 곳 어디 있는가
말하는 입 속에도
보는 두 눈 속에도
숨 쉬는 콧속에도
먼지 오물오물 들어간다
　-「삶이 먼지이거늘」

먼지 털이개가 있었다
자기는 먼지 안 묻고 먼지만 털으려는

인간 한 마리가 있었다
자기 오물 안 물고 어찌 어찌해 보려는
　―「세상 깨끗이 안 되는 이유」

자기가 먼지임을 아는 이는 행복하다
하늘나라가 너희 것이니

돈다발 먼지임을 아는 이는 행복하다
세상 이치 보는 것이니

권세가 먼지임을 보는 이도 행복하다
자유 누리게 될 터이니
　―「진복 삼단(眞福三端)」

끈질기게 쫓아오는
검은 손톱 긴긴 그림자

언 발걸음 빨리하면
그럴수록 더욱 가까이

오히려 멈춰본다
뒤돌아 노려본다

사라지는 그림자
　―「빛이 없어 그림자 아니던가」

인간이 사람으로도 불리는 것은 누구나 "꿈틀대는 그림자'를 갖고 있기 때문입니다. 남을 혐오하고 멸시할 때 흔히 쓰는 말이 있지요.

"저 인간"　　　　　　　사람 - 인격 = 인간

이런 공식이 성립될 정도로 인간이란 단어가 요즈음에는 기피 혐오가 될 정도로 인간의 격은 많이 추락되었습니다. 신뢰 상실이지요.　　　　　　인간에게 드리워진 그림자

이 그림자에 시달리는 사람이 얼마나 많습니까….

가는 곳마다 - 있는 시간마다 - 과거로

　그 쓰라린 지난 시간으로, 한쪽 팔을 강제로 끌고 들어가는

　　　　　　　그 그림자.

피하고 싶어 도망가면 갈수록 더욱 빠르게 밀착하여 쫓아오는

　　　　　　　그 그림자.

그림자를 피하는 방법은 -　　　그림자를 인정하는 것입니다.

나의 흑 역사 과거를, 나의 당연한

　　　누구라도 있는 그 흠집의 작은 구석 하나 정도로 말이지요.

뻔뻔할 정도로 그림자를 끌어안아 보는….

어떻습니까?　　　　뻔뻔에서 내가 살아날 수만 있다면

뻔뻔해지는 그것이 얼마나 멋있습니까?

평생을 새 가슴으로 살아온 사람한테는 말입니다.

그렇게 쫓아오는 그림자를 향하여 뻔뻔한 자세로 노려보면

　　　평생 없어지지 않을 것 같던 그 그림자가 흐릿해집니다.

스스로 빛이 없어서 - 그림자 아닙니까?

자기가 빛도 없는 주제에 - 왜 쫓아다닌답니까?

◑

사람들 마음이 꽁꽁 얼어가는 것이 보입니다.

확실히 몸하고 마음하고는 하나입니다.

손끝도 얼어가고　　　　　　발끝도 귀 끝도

사랑도 얼어버리는 겨울
눈물 땅 치다가 얼어버려

그 위로 싸라기 눈 덮어
그대로 하늘로 부양하여
　－「반짝이는 별 되었다지」

몸의 먼 변방부터 얼고, 차츰 중심부 심장까지 얼어 옵니다. 그래
서　사람이 얼게 되니　　사랑도 얼게 되고
　사랑이 얼게 되니　　눈물 땅으로 떨어져 언 땅을 푹푹 파
이게 합니다. 가슴 아프게　땅을 친 눈물은 땅을 친 후 튀어 오르
다 그대로 얼어버립니다. 하늘에서는 3등급, 을, 싸라기눈이 싸－하
게 내려와서 언 눈물을 감싸 줍니다. 을의 사정은 을이 알아주지요.

　　을에게는 을이 진정한 친구　입니다.

　　눈물은 더 이상 눈물이 아닙니다.
　　싸라기 눈 친구가 감싸 주니까요.
　이 잔인한 땅 위에 을로 살아간다는 지독한 서러움이, 이 혹독한
땅이 싫어서
　　하늘로 날아 올라가더니
　　반짝이는 별이 되었습니다.

땅위의 것들 모두가 얼고 말았으니
하늘을 쳐다볼 수밖에요.
별을 우러러볼 수밖에요.

촛불은 방안에 바람. 아주 미미한 바람도 없는데 흔들립니다. 살아간다는 것이 '어두움 속 한발 한발 디디고 걷기'이기에 그런가요. 그대 마음속 동굴같이 길기만 하고, 어둡기만 하고, 알기가 힘들어- 이 나의 빛- 이렇게 작을 수밖에 없는 촛불 같은 빛 갖고는 안 된다는 것입니까.

촛불 켜고 두 손 모으고 기도하는 모습을 보면 경건하기만 하지요.

그 진지한 정성을 보아서라도 그 경건한 기도를 드리는 곳의 사람들은 진실하였으면 좋겠습니다.

I.
어두움 딛는 발걸음이라
그렇게 흔들리니
그대 깊기만 한 동굴이라
이 희미한 빛이
　　-「촛불 갖고는 안 된다」

II
누가 그대 앞에 손을 모으나
자기 그림자도 흔들리는데

누가 그대 앞에 무릎 꿇는가
매캐한 냄새만 풍기는데
　　-「마음속 불을 믿으라」

그곳의 사람들이
먼저 흔들리고

그곳 앞 나선 사람들이
먼저 매캐한 냄새를 풍기고 다닌다면
그곳에 무릎 꿇은 이들은 어디로 가야 하나요?
더 갈 데도 없는데 말이지요.

III
빛인데

나중 보면
그 자리에

　　굳어진 하얀 눈물만 가득하네
　—「촛불 앞 합장」

빛이라고 믿어. - 어둠을 저만치 물리칠 거라고 믿어
그 작지만   - 흔들리지만
믿고 그 앞에 뜨거운 합장을 하며 울고 있는데
자세히 보니   - 그 불빛마저도
나하고 똑같이 나약하게 눈물을 흘리고 있습니다.
가득히 말이지요.　　나보다 더 걸쭉한 뜨거운 눈물로,

IV
그래

누가 그대 마음 그다지
달구다 굳혔길래

눈물마저 흐르다 그렇게
뭉치게 굳어가나
　－「촛불마저 검은 밤 하얗게 운다」

누가 울고 있습니다. **나도 울기에 벅찬데** 말이지요.
마음을 얼마나 얼게 만들었으면 눈물까지 흐르다 겹겹이 굳어져
간단 말입니까.　　웁니다. - 검은 밤 하얗게 웁니다.

V
흔들리려거든 왜 빛 되었니
그림자마저 흔들리면서

합장한 손 속 무얼 더 빼앗아
눈물마저도 굳히려거든
　－「왜 촛불 되었니」

그렇게 쉽게 흔들리는 모습 보이려면
흔들리다가 중심 잡은 척하다가 이내 또 흔들리려면
당신 - 그 잘난 그림자마저도 흔들리면서

덜덜 떨며 굳게 잡은 손속에서 무엇을 더 빼앗아 갈 것이 있다고
아직 빛인 척하는지요.
가련한 이들 눈물마저 굳히려고 빛인 척하는지요.

VI.
그래 훅 꺼지렴

그렇게 바람 앞
부들거리려면

그래 이젠 그만
너 꺼질까 봐서
조바심 않고
당당히 어둠속
나서려 하나니
그래 훅 꺼지렴
　　－「간당거리는 촛불이여」

내가 믿고 있는 당신이 그렇게 '후르르' 흔들거릴 거면
마지막으로 지푸라기 잡는 심정으로 매달렸는데
당신이 그렇게 - 훅 - 꺼지다니요. 그래요. 꺼질 것은 꺼지겠지요.
그래요.　　　　　　　　　꺼지려면 '훅 훅' 꺼지시구려.
　이제 그대에게 등을 보이고　　　이제라도
당당하게　　　용감하게　　　씩씩하게
　　　　　　　　　어둠 속에 나서렵니다.

VII
괜찮다 괜찮아
잠시 흔들렸어도

어떨 땐 꺼져도
심지만 서 있어
다시 불 붙이게

정말로 괜찮다
잠시 꺼졌더라도
　　―「까짓 것 괜찮다」

사람은 누구나 압니다. 인생이라는 것이
그 자체가 흔들리려고 태어나는 것이라고요.
문제는 그것을 나중에야 깨닫게 된다는 것입니다.
부끄러웠던 일들로　　　낙심하였었던 일로　　억울했던 순간으로
나의 삶이　　　　　　　나의 인격이　　　　　　나의 인성이
후욱 - 꺼졌었더라도　　괜찮습니다.
까짓것 인생 별거 있습니까.　　　남들도 다 그렇게 살아왔습니다.
그러니 - 절벽에, 낭떠러지에, 강물 바닷물 다리 위에 서지 마십
시오.
그러니 - 약 봉투 만지작거리지 마십시오.
그 수치심 - 남들이 나를 어떻게 생각할까.
그 낙오감 - 어떻게 이것을 헤쳐 나아가야만 할까.
　　　　　　그 수치심, 낙오감　　　개도 안 물어 갑니다.
죽는 대신에　죽을 각오로　뻔뻔하게　용감하게
심지에 불을 다시 붙여 보십시오. 살 만합니다.
그래도 이렇게 꺼지면 붙이고 또 꺼지면 치지직 - 질기고 질기게
붙여가면서 살아가는 것이 바로 삶입니다.

괜찮습니다.

　　　　　이 세상에는 그것만 존재한다
　　　　　　너도 그것이고

나도 그것이다
이 일들도 그것
다른 일도 그것
　　　－「그까짓 것 세상」

까짓것
그까짓 것 괜찮습니다.

그대의 인격이 알고 싶은가
그대 어떤 사람으로 아는가
　　－「초심함량」

그 사람을 알고 싶으면
남이 나를 진정 알려면
　　－「초심지속도」

사람들은 말합니다. 내가 박사고, 부자고, 힘세고, 권력 있고.
　　　등등 – 이렇게 등을 보이는 것이지요. 앞이 아니고.
사람들은 말합니다. 그 사람이 어떤 사람인지. 어느 정도 사람인
지.　　　등등 – 등에 오래전부터 난 뾰루지 같은 소리. 안 보
이니.　사람들은 나를 이런 사람으로 알고 있다고. 잘 났다고.
　　　등등. 등에 손이 닿지를 않아서 오래된 때 같은 소리.

나를 평가하고 남을 아는 데의 기준은 하나.
초심 – 초심을 얼마나 현재 함유하고 있나.
　　그 초심을 얼마나 오래 유지하며 살 사람인가.

☞　초심암량이 바로 그 사람의 인격입니다.

사람들 앞 제일 어려운 일
사람들 제일 실수 많은 것

이것 하나로 삶 바뀌는 것
사람을 제대로 못 보는 것
　　　―「초심 하나만 보시라」

● 촛불 온도는 1,400C입니다. 숯불 온도가 300C, 가스레인지
불은 660C, 모닥불은 1,300C, 용암은 1,200C 정도이니, 촛불 끝의
온도가 얼마나 따가울 정도로 뜨거운지 짐작이 갑니다.

초심은 이렇게 뜨거운 온도.

촛불 뜨겁기 일천 사백 도
가스레인지 불 두 배 정도

초심의 뜨겁기 일천사백
초 하나보다 못한 이들만
　―「초심 없는 이는 다 가시라」

뜨겁기만 하던 초심
훅 바람 한 줄기에 꺼진다
영원할 것 같던 초심
바람 불지도 않는데 꺼지니
　　　―「초심 공개 수배」

캄캄한 세상에 누굴 믿을까
대낮에는 뜨거운 사람만 있다가
오늘 가기도 전 모두 식어버리니

침침한 삶속에 무엇 믿을까
간신히 빛 한 줄기 같아 잡았더니
오래전부터 썩어온 동아줄이라
　　　　―「언제나 초심성자」

왜 이리 지구별 비틀거릴까
왜 이다지도 믿을 이 없을까
　　　　―「초심이 없다는 것은」

처음의 파란 '초심' 중간과정의 초심을 유지하는 '열심'
끝까지 초심으로 마무리하는 '뒷심'을 가진 사람들이
　　교육하고　　　정치를 하며　　　신앙 선두에
이런 사람들이 많을수록 그 수에 비례하여
　　　　　　'행복 사회/국가'가 되는 것입니다.
그런데 실제는 어떻습니까? 얼마나 초심을 유지하는 사회일까요?
사회 기본/기초 단위인 가정을 예로 들어 보겠습니다. 가정에 검
은 그림자가 드리워진 지는 오래되었지요. 하루에 300쌍의 부부가
이혼하는 사회. 아시아에서 이혼율 1등 사회. 이런 사회를 항상 가깝
게 경험하고 있는 젊은이들은 결혼을 당연히 두려워하게 됩니다. 미
래의 초석인 결혼을 두려워하는 사회. 사회 기본의 가정이 이러니,
사회 곳곳에 두려움이 안개처럼 자욱합니다.　　　**서로 믿을 수가**
　　　　없는 사회. 왜 이런 사회 분위기가 되었을까요?

초심 실종 사회
초심 중요성 불인지 사회

초심불망(初心不忘)/초심을 잊지 말라. 이것 하나만 가슴에 깊이 문신하고 살아가도 이 세상 삶 -

그리 팍팍하지도 뻑뻑하지도 않습니다.

초지일관(初志一貫)/처음 세운 뜻을 한결같이 하라. 이런 가훈으로 자라난 아이들이 많아진다면-

그래도 세상은 미래희망이 있게 됩니다.

인간 - 초심 = 벌레

라는 것을 사회기초윤리개념으로 교육하고 또 교육하고 또 실천 모범하여야 정치도 살고, 종교도, 사회도 살아나게 됩니다.

초심이 실종되어 믿음이 사라진 정치, 종교, 사회에 무슨 희망이 있을까요? 사람이 일생을 살아가면서 '사람을 제대로 보는 눈'만이라도 있다면, 사람의 삶은 지금보다도 훨씬 수월할 것입니다.

인간을 잘못 보아서 사람들은

이런저런 다양한 곤경에 빠지고요.

배우자를 잘못 선택하여 평생 고생하지요.

여기까지는 처음부터는 악의를 가지지 않았지만, 시간이 지나면서 상대방이 초심을 잃고 변질/변화되면서 내가 입는 피해들입니다.

그런데, 이런 것에 의한 피해도 심각한데, 이보다 더 무서운 것은 의도적으로 속이려는 '사기꾼의 접근'까지 더해집니다. 얼굴이 '번지르르르'하고 목소리도 부드럽고 옷도 잘 입고,

신뢰가 가게 하면 깜빡 속는 사람이 얼마나 많습니까.

낚시꾼은 미끼를 쓸 때 당연히 물고기가 좋아하는 것을 씁니다.

인간이 좋아하는 것은 피부도 좋고 얼굴에서 광채가 나며 말끔한 외모에 목소리가 안정적인 것을 좋아하지요. 스펙을 따지고요. 그리

144

고 자기에게 선물, 맛있는 것을 사주는 것을 좋아합니다.

그대를 낚아채어 그대의 알맹이를 뽑아 먹으려는 사기꾼들은 그대가 좋아하는 것을 먼저 알아채어 그것을 그대에게 떡밥으로 무상 제공하지요.

여기에다가 그대가 돈을 좋아한다면, 용돈이나 뇌물의 낚시 바늘을
　　　　　　　명예를 선호한다면, 칭찬이나 연출연결의 낚시 바늘을
　　　　　　　이성을 밝힌다면, 미남이나 미인의 낚시 바늘을 씁니다.
미끼를 문 물고기나 사람이나 그 신세는 마찬가지이게 됩니다.

사람이 다른 이에게 바라는 것이 있으면 그것은 낚시 바늘의 미끼가 됩니다. 　　　　　　　사람을 대할 때

1. 무엇을 바라지 말고, 내가 무엇을 오히려 해 주면서

2. 그 사람이 초심을 얼마나 유지하는가를 오랫동안 지켜보는 것이 그 사람을 판단하는 기준이 되어야 합니다.

자기를 과대 포장하는 인간이나 사기꾼들은 인내가 부족합니다. 왜냐하면, 1. 초심을 오래 지켜보는 그대 말고도 다른 물고기/인간은 널려 있고 2. 그대를 속이려거나, 겉과 속이 다른 인간들은 원래 인간 인성의 기본 중에 하나인 참을성이 없기 때문입니다.

　소중한 것에게 가까이 다가가
　말을 건네본다
　외면했던 것들에 다시 다가가
　두 손 내민다
　어리석음으로 멀리 하였던 것
　다시 다가보지만
　　ㅡ「이미 오래 전에」
　　　　　　　라는 참담함

무엇이 중요하고
　　　　무엇이 안/덜/조금 중요한지를 모르고 사람들은 살아갑
니다.
거꾸로 살아가지요.

"이런 말씀 드려서 죄송합니다."
"몇 달 못 사실 것 같습니다."라는 말을 듣거나

"죄송합니다. 그분이 그만⋯.""큰일났어요. 그것이 그만⋯"이라며
소중한 것들이, 소중한 이들이 나의 곁을 떠나게 되면

그때서야 내가 외면하여서 시들하여졌던
　　　　꽃들이, 나무들이, 산과 강 그리고 바다들이
뒷짐 지어서 안 보이던, 아내가, 남편이, 아이들이, 친구들이 보이
게 됩니다.
더 늦기 전에
아니 어리석음으로 그만 놓쳐 버렸던 그것들은 어쩔 수 없다 하
더라도

　　　　이제 남은 얼마 안 남은 그들에게
　　말을 건네고, 　　두 손을 내밀며, 　　다가가야 합니다.
더 늦기 전에, 정말 더 늦기 전에.
　　　그러나 어쩌지요? 이미

오래전에
모두 다 사라진 뒤이네요.

누가 발을 걸었다
넘어졌다

누가 멱살 잡았다
끌려갔다

누가 뒷통수쳤다
밟혀졌다
　　─「내 그림자가 그리 하였다」

아무 생각 없이　　아무 방비 없이 걸어가고 있는데　　누가 갑자기
뒤통수를 세게, 된통 쳤습니다. 넘어졌지요. 그리고는 밟혔습니다.
　뒤통수를 친 그놈에게　　　　　질근질근 밟히기까지 한 것입니다.
　아주 가깝다고 생각한 친구가 갑자기　나의 멱살을 잡았습니다. 힘
이 센 그 친구는 목을 죄어 왔지요.　숨을 쉴 수가 없어서, '캑캑 캑
캑'거려도　그 친구는 멱살을 놓아주지 않았습니다.
　가뜩이나 세상이 울퉁거려 조심스럽게
　　　　　한발, 또 한발, 두발 걸어가고 있는데
누가 일부러 나의 발을 걸어 넘어트렸습니다.
　　　　　쓰러졌지요. 아팠습니다.
　바지를 걷어붙이고 자세히 보니 다리에서 피가 나고 있었습니다.
　어제 넘어져 아직 딱지도 앉지 않은 그 상처 위에 또였습니다.

그것은 - 그놈은 바로 내 그림자이었습니다.

나를 넘어트리고, 멱살 잡고
　뒤통수 치는　그놈은 바로　나였던 것입니다.

상처 주지 마세요
이젠 말이지요
받을 만큼 받았거든요

상처 이젠 그만요
이쯤 되서는요
잘 아물지도 않는데
  ―「노인들 흉터 자국은 오래간다」

                잡아 뜯지 마시라
                열렬히 아물고 있는 상처딱지

                생각 절대 마시라
                간신히 그런대로 잊혀지는데
                  ―「생각은 상처 딱지 뜯는 것」

상처는 몸이 손해를 입거나, 부서진 자국을 말합니다.

  상처는 마음이 부스러지거나 손해를 입은 자국이기도 하고요.
  그 자국은 흉터라고 불립니다. 몸에 가해지는 상처의 종류는 많
습니다. 날카로운 물체에 의하여 찔리는 상처는 자상, 베이는 것은
창상, 베어져 잘려 나가는 절단상, 살덩이가 찢겨나가는 열창상, 속
살이나 뼈까지 보일 정도를 찢기는 상처는 열상, 가벼운 상처인 찰
과상, 맞아 생긴 타박상, 부위가 터진 파열상, 뼈가 부러지는 골절
상, 눌려서 생기는 좌상, 조직이 얼어붙는 동상, 불에 입는 화상,
감염에 따르는 등창, 뇌에 가해지는 뇌상, 이빨이 깨지는 파상, 내

장 쪽에 입는 내상, 총 등에 입는 총상 -   많기도 하지요?
　　이 상처 중에 겪으신 것이 얼마나 되시나요?
　　이 중 하나라도 잘못되면 목숨이 위태하게 되는데
　　살아 있다는 것만으로 대단한 것이긴 합니다.
　상처를 입은 후, **용안 일을 겪었다는 증표로 흉터** 가 생깁니다.
　이 흉터는 땀샘, 피지샘, 모공이 손상되어 있기에 탄력섬유가 부족해 쪼그라들고 당기는 증상이지요.

**　　　마음도 상처받으면 쪼그라들고 당기지요.**

**　　　그래서 몸과 마음은 하나.**

**　　　흉터는 시간이 지나면 옅어집니다.**

　상처의 유형, 회복 과정, 건강 상태, 유전적 요인, 나이, 삶의 환경 등에 차이가 나기는 하지요. 어쨌거나 시간이 많이 흐르면
**　　　흉터는 거의 눈에 띄지 않게 됩니다.**

　마음의 상처도 그렇게 되는 것이 자연의 이치입니다.
　그런데 마음이 여린 이들 그리고 노인들 흉터 자국은 잘 지워지지 않고 오래 갑니다.　　그러니 남들한테, 자기 스스로 상처받지 않도록 조심해야 합니다.

　　　　　　태초 등으로 숨 쉬며 하늘 날던
　　　　　　큰 회색 고래가

　　　　　　바로 내 앞에서 무지개 만든다
　　　　　　등 긴 날숨으로
　　　　　　　－「득도한다는 것은」
　　　　　　　　（채널 아일랜드 회색고래）

회색 고래 등 위 무지개 핀다
긴 숨 하나로
하늘엔 가냘픈 빛만 있는데도
그 숨 하나로
　　―「깨달음 그리고 무지개」

깨닫는다는 것
얼마나 가슴 벅찬 기쁨인가
열반 든다는 것
지금 죽어도 여한이 없다는
　　―「회색 고래 등으로 무지개 만든다는 것」

깨닫는다는 것은 무엇이냐
스승이 물었다
제자들의 답은 많기도 했다
가까이 보고서도
　―「그리 쉬운 열반 드는 길을」

　아무리 보여주고, 가르치고 하여도 받아들이는 제자들이 제대로 못 깨달아 알아채지 못하면 아무 소용이 없지요.
　예수의 제자들도 그 많은 기적을 목격하고 주옥같은 가르침을 듣고도 예수 십자가 앞에서 모두 도망갔습니다. 믿음이 산산조각이 난 것이지요. 부처의 제자들도 마찬가지입니다. 부처의 진정한 가르침을 제대로 알아채질 못합니다. 그러니 그 당연히 수행하는 방법이 많기만 합니다. 설법도 많기도 하고요. 경전은 또 얼마나 두껍습니까. 그만큼 깨닫고 열반에 드는 길을 쉽지 않은 것 같지요.

그런데 참으로 깨달음에 이르면 탄식이 먼저 나옵니다.

'아 - 이리도 쉬운 것을 - ' 하고요.

경전, 성서 그리고 이에 따른 수많은 부속서들 속에 들어있는 엄청난 글자들 앞, 수행자들은 '크나큰 태산'을 마주하고 있는 기분입니다. 그들 종주의 가르침이 어려워 그것을 깨달으려면 각고의 노력과 고생을 하는 것이 당연한 것으로 압니다.

사실은 그렇지 않은데 말이지요.

불가에서는 우리는 생로병사(生老病死), 애별리고(愛別離苦), 구부득고(求不得苦), 원증회고(怨憎會苦), 오음성고(五陰盛苦)의 세상에서 어렵게 살아가는데 이는 '탐진치(貪瞋痴)'에 기인한다고 봅니다. 즉 모든 생물/존재는 무상성(無常性)이 있고, 인생은 사고팔고(四苦八苦)의 고통의 길 위에 있는 것인데, 이를 극복하려는 올바른 깨달음과 수행이 필연적이라는 것이지요. 그렇지 못해 번민/번뇌 그리고 탐진치 삼독의 구렁에서 빠져나오지 못하고 있고요. 이 탐진치에서 벗어나는 길이 바로 열반에 드는 길이라고 합니다.

이 가르침이 맞던, 아니면

탐진의 경우가 되면, 어리석음으로 이어지니, 여기에서 치는 제외되어야 하고, 오히려 1. 와나고 2. 급하며, 3. 탐욕과 4. 교만하고 5. 집착할 때 모든 고난의 씨앗이 되니 이 '5 심정'에서 벗어나는 것이 열반에 드는 길이라는 주장이 맞던 자기가 보기에 자기 수행에 적절한 것을 수행의 기반으로 삼으면 되지요.

이런 5 심정에서 벗어나 항상 평온한 상태에 이르는 열반에 들면 어떤 기분일까요? 마치 내가 탄 배 바로 앞에서 고래가 등으로 숨을 길게 '푸우 -' 쉬는데 그 뿜는 물줄기가 가냘픈 햇빛 사이로 무지개가 찬란하게 피어나는 것을 보는 기분입니다. 이 경험을 직접 하였습니다. 20년 넘은 황홀한 기억이 아직도 생생하기만 하지요.

고래 등에서 공기 물이 뿜어 나오는 것도 희한한데

그 물이 무지개가 되는 것을 보는 것은 완전 감탄입니다.

회색 고래들은 알래스카 베링해에서 멕시코 바하까지 태평양 연안을 따라 왕복합니다. 그 거리는 5,000마일 정도에 이르고요. 8,000킬로가 넘는 길이입니다. 서울·부산 거리의 25배 정도 되는 거리이지요. 따스한 멕시코 바하에서 새끼를 낳고 봄이 되면 알래스카로 돌아가는 길목 중의 하나인 채널 아일랜드에서 목격하였습니다.

미국에는 세계에서 제일 먼저 지정된 옐로스톤 국립공원(Yellowstone National Park; 1872년 지정)을 필두로 63개의 국립공원이 있습니다. 미국에서 해양국립공원은 2개인데 동쪽 플로리다주 비스케인 국립공원(Biscayne National Park) 그리고 서쪽 채널 아일랜드입니다. 채널 아일랜드 안에는 숙박시설이나 매점, 식당이 전혀 없지요. 자연생태계가 갈라파고스처럼 스스로 진화해 잘 보존되고 있는 지역으로 유명합니다. 이런 자연 명소에 고래가 새끼 고래를 데리고 가는 모습은 그야말로 가슴에서 축포가 '슈웅 슈웅 팡팡' 터지는 장관입니다. 배보다 큰 고래가 바로 옆에서 유영하면서 등으로 무지개를 만드는 것을 본다는 것은 행운이지요.

득도를 안다는 것도 행운　　이기는 합니다.

여기도 걸린 채로
저기도 걸린 채로

자기에게 걸린지도 모르고
마냥 바쁘기만 한 현대인들
―「올가미」

152

올가미라는 것을 알면 그것이 올가미일까
보이지 않게 목매어 움직일수록 졸라오는
  ―「지금 그대 목은 어디에 내어 주고 있을까」

올가미는 올무라고도 합니다. 노끈, 밧줄, 철삿줄 등을 고리 모양
으로 만들어서 동물의 몸을 특히 목을 옥죄게 하는 장치이지요. 여
기에 걸리면 동물은 당연히 벗어나려고 발버둥을 치게 됩니다. 그러
면 그럴수록 더 죄어지게 되어 있고요.
  걸린 부분은 조여짐으로 피가 통하지 않아 괴사하거나 부상하여
움직이지 못하게 되어 포획되기 마련입니다.

아차
걸렸다 올가미
빠져 나오려 움직일수록
조여와 마지막 숨까지 꺼지는
  ―「그대는 왜 또 그 근처에」

올가미의 종류는 많습니다. 그리고 올가미는 보이지 않습니다. 올
가미 앞에는 내가 좋아하는 유인 먹이가 있었습니다. 내가 잘 다니
는 그 길목에.

매일 본다   매일 본다
여름엔 늦게   매일 변하여 다른모습
겨울엔 일찍   시커면 구름 만나야 아름다운
          저녁노을
  ―「구름 타는 노인」

강한 햇볕이 싫어서 - 따스할 것 같지만 따스하지 않았던 햇볕이 싫어서 햇볕이 짐을 주섬주섬 쌀 즈음에 밖을 나섭니다. 매일 - 하루도 빠지지 않고 - 해는 여름에 늦게까지 지지 않습니다. 겨울에는 점점 일찍 어둠 속으로 풍덩 빠지지요. 그래서 여름보다는 겨울이 좋습니다. 빨리 노을을 볼 수가 있기 때문입니다. 바닷가 노을은 하루도 똑같은 적이 없습니다.

붉은 노을은 당연이 구름이 많이 드리웠을 때 장관입니다.

구름 낀 삶을 - 많은 구름이 낀 생을 산 노인은

구름 타고 붉은 노을 너머로 해와 같이 찬란하게 지고 있습니다.

구름도 사르는 노을 앞에 서면
자신에게 물어볼 말 하나 있다

그 동안 돈 얼마나 모아 놓았느냐
세상이 얼마나 그대 알아 주느냐

그런 먼지 말고 양심에 물어 볼
그렇다 아니다라고만 답해야 할
　　－「나는 지금 행복한가」

바다 밑으로 자기 몸을 던져 식어 버리면서도, 근처 구름까지 살라 버리는 심술궂은 태양 앞에 뒷짐을 짓고 서서 보면 석양은 어떤 모습으로도 아름답습니다. 석양 앞에 이런저런 묵상을 하게 되지만, 지금 여기의 나에게 매일 하는 질문이 항상 있습니다.

지난 날, 내가 얼마나 성공적으로 살아왔는가? 얼마나 공부를 열심히 해서 좋은 성적을 얻어서 좋은 학교들을 졸업했는가? 나의 이

름 석 자를 얼마나 많은 사람이 알아주는가? 이런 티끌 같은 것들은
이제 노을 앞에 서서 하는 질문이 못 됩니다. 질문이 너무 길기도 하
고, 질문 자체가 지적 수준 미달 질문이기 때문입니다.

　질문도 간단하고, 답도 그렇다 아니다 단 답으로 진실로 묻고 답
해야 할 준엄한 　　　　**자기 삶에 대안 평가.**

　"나는 지금 여기에 행복안가?"

　"그렇다." 아니면 "아니다."

　만약 "아니다."라면 그대는 잘못 살고 있으며

　　　　　　　　잘못 마무리하고 있으며

　　　　　　　참으로 불쌍한 존재이기도 합니다.

툭
한번 눌러 영혼 빨려 들어간다
사각네모 속으로

툭
두 번 눌러 마음 졸여 줄어든다
파란 빛 속으로
　　―「그런 걸 왜 봐야 하지」

　아무 생각 없이 무심코 하는 작은 행동 하나로 내 마음과 영혼이 사
그라지는 것이 있습니다. 네모난 곳으로 '쑤―욱' 빨려 들어가서, 돌
돌 말려 부스러지고 마는 것. TV. Cellular Phone, Computer 3종
Set입니다. 눈을 해치는 파란 빛을 내뿜는 네모난 괴물들.

　독한 마음을 갖지 않으면, 이 문명의 첨단에 선 괴물을 멀리하기
가 쉽지 않지요. 시력 해악도 문제지만, 여기서 나오는 Contents의

질이 더 큰 문제입니다.

여기서 나오는 내용들을 냉철한 마음으로 물어보아야 합니다.

"내가 왜 이런 걸 봐야 하지?"

이것이 나를 기쁘게 하고 삶에 도움이 되는지.

"내가 왜 이딴 걸 봐주어야 하지?"

이런 것을 봐주어야 할 정도로 내가 멍청한 영혼의 소유자인지.

네모난 것을 '툭' 틀 때마다

이 질문을 하고 안 하고의 차이는, 삶의 질에 엄청난 차이를 가져옵니다.

무너진다 무너진다
두 손 모아 올려 본 곳
부서진다 부서진다
한 모퉁이부터 차례로

떨어진다 떨어진다
가까운데부터 서서히
가루된다 가루된다
하늘 까맣게 무너진다

— 「Sky fall」

이 세상에 기가 찬 일이 어디 하나 둘입니까?

남편, 아내, 자식, 부모, 친구, 친지를 잃는 것부터 친구의 배신, 각종 사기, 물난리, 지진, 화재, 폭풍, 주가 폭락, 부동산 파동,

피해지지 않는 수많은 병들. 사고들, 팬데믹 상황.

기가 차도 딱 기가 찬 일은 나를 살려 달라고, 나를 구해 달라며 두 손을 모으고 무릎을 꿇고 간청을 했는데 간절한 눈길 향한 그곳이,

그냥 속절없이 무너지는 것을 보는 것입니다. 그 표현을 우리는 "하늘이 무너진다."라고 하지요. - 하늘 무너짐. Sky fall, 천붕(天崩).

천붕(天崩)의 붕(崩)은 뫼 산(山)과, 무리 조개더미가 꾀어진 모습의 붕(朋)이 합혜져 만들어진 단어입니다. 친구들이 놀며 조개더미를 산 같이 쌓았습니다. 오랜 시간을 정성스럽게 쌓아 올린 이 조개더미가 갑자기 산사태를 방불하게 무너집니다. 엄청난 소리와 함께.

이 모습이 천붕입니다. 하늘이 이렇게 무너지고, 땅이 갈라지는 모습은 천붕지탁(天崩地坼)이지요. 하늘이 허물어지면, 땅 멀리 도망가야 하는데 이 땅마저 그만 '우르르' 탁(坼) 터지고 갈라집니다. 사람이 살면서 천붕지탁 모습을 한두 번 목격하는 것이 아닙니다. 그렇게 하늘은 가까운 구석부터 부스러져 가루 되어 떨어지고 있음에도 우리는 그래도 하늘 향해 손을 모을 수밖에 없는 존재인가요?

그것이 인간의 숙명이라 믿는다면   손을 모아야지요.
그것은 아니다 라고 믿는다면,   손을 놓아야지요.
손을 놓는다고 잘못된 것 아니고
손을 모은다고 잘못된 것 아니니
손 놓고 뒷짐 진다 비난 말고
맨날 두 손 모은다 조롱 말고

이 세상에는 세 부류의 인간이 살아간다
매일 자기에게 기적 일어난다며 감사하는
기적 같은 것 없다는 싸한 눈빛 빛내는
기적을 기저귀와 혼동하는 외계 침입자
—「기적」

기적(奇蹟;Miracle)은 과학이나 자연법칙에 의하여 설명되지 않는 불가사의한 사건이나 사람을 말하지요. 인간의 경험적 사실로는 이해가 불가한 사건이 되겠습니다. '기적이' 비슷하게 들리는 발음에는 '기저귀'가 있습니다.

기저귀는 마리온 도노반(Marion Donovan)이 1946년 비닐 샤워 커튼을 찢어서 기저귀 겉을 만들고(후에 낙하산 천으로 개량), 섬유 기저귀에 썼던 옷핀 대신 플라스틱 똑딱단추를 달고. 내부는 흡수가 잘 되는 종이를 사용하였습니다. 최초 일회용 기저귀의 최초 탄생 장면입니다. 인간이 태어나서, 그리고 병들거나 임종이 멀지 않게 되면, 기저귀를 차야 합니다. 인간의 시작과 끝은 기저귀와 함께하는 셈입니다.

> 하필이면 이 험한 지구별에 태어났다며
> 태어나자마자 발악적으로 울어대며 차기 시작하고
> 이제 이렇게 찌르는 고통으로 가느냐며
> 석양 검은 빛과 함께 신음 고생하며 차다가 끝나는
> ─「기저귀는 알파요 오메가」

이 지구별에는 70억 명의 사람들이 발을 땅에 붙이고 살아갑니다. 이 사람들을 〈행복과 기적에 연관한 척도〉로 분류를 한다 치면, 세 부류로 나눌 수 있습니다.

첫째는, 행복은 '감사라는 토양에서 피어나는 꽃'이라는 것을 아는 정도가 아니고, 항상 행동으로 보여주는 감사가 습관이 된 사람들입니다. 하루를, 그리고 자기 주위의 모든 것을 기적으로 느끼며 살아가는 도사들이지요.

언제나 감사를 하니, 마음속에서 피어오르는 가벼운 미소가

그 사람 자체입니다.

둘째는, 자기/자기 하는 것만 자기에게 맞는다는 사람들입니다. 나, 우리 같은 울타리를 열심히 치는 것을 좋아합니다. 기적 같은 것은 없다고 단정을 짓고 살아가지요. 당연히 시선은 한 군데에 고정되어 있고요. 행복은 무엇을 소유하는 것이라며, 자기 나름대로 '어떤 것의 가치가 최고'라는 신념이 확고합니다. 돈, 명예, 권력, 쾌락을 얻기 위해서는 치열하게 싸우는 '쟁취'를 하여야 한다면서, '결코 종전이 없을 전쟁'을 스스로 만들어 가면서 자기를 옭아매는, 자학 행위를 하다가 일생을 마칩니다. '내가 심은 만큼만 거둔다.'라며 기적은 절대로 믿지 않습니다.

마지막으로, 이 세상 사람이 아닌 사람같이 살아가는 사람들입니다.

기적을 똥, 오줌 처리하는 기저귀와 혼동하던가, 당연히 알면서도 '쓱' 헷갈리는 척하면서 살아가는 부류이지요. 오늘은 '이것이 최상'이다. 그랬다가, 내일은 '이것이 최악'이라며 살아갑니다. 철학이나 신념이 없어서 종을 잡을 수가 없지요. 주위의 사람들이 이 사람 때문에 모두 힘들어합니다. 하는 것마다, 실패하기 일쑤이고요. 이러니, 자기 나름대로 자기 합리화를 위하여, 이상한 생각의 패러다임을 정해 놓고는

무엇이 중요하고 무엇이 덜 중요안지

를 구분 안 하고, 마구 섞어서 요지부동(搖之不動)합니다.

자기 안에 항상 남/남의 일이 들어와서 자기를 조정합니다. 결국 자기는 주체가 아닌 객체이니, 이들에게는 '자기가 자기 삶'을 사는 것이 기적입니다.

이들에게 기적은 일어나지 않습니다.
그런데, 여기서 중요한 점은
첫째 부류가 둘째나 셋째 부류에 손가락질하면 안 되고
둘째 부류가 첫째나 셋째 부류에 삿대질한다면 안 되고
셋째 부류가 첫째나 둘째 부류에 코웃음 치면 안 된다는
것입니다.   첫째는 첫째 부류로 살다가 가면 되고
둘째는 둘째 부류로 살다 죽으면 되며
셋째는 셋째 부류로 있다, 한 줌 재로
지구별에서 사라지면 됩니다.
이렇게 간단한 삶의 법칙/ 질서를 지키지 않으니

세상만사, 인간 삶이 '시끌시끌, 부글부글'한 것이지요.
이나저나, By the way, 이 시시한 글을 지금 읽으시는 당신께서는
어떤 부류이신가요?

이 나무 보라
옹이 없는 나무
금테나무

저 나무 보라
옹이가 몇 개냐
흙테나무
　－「옹이 없는 게 나무냐」

옹이는 아픔 상처의 생생한 최고 흑역사
그 훈장 없이 어찌 나무다운 나무가 될까
　－「삶 전쟁 속 무명용사로 사라지는」

얼마나 쓰렸겠느냐
쑤셨겠느냐
아렸겠느냐
아찔했느냐
얼마나 으스러지고
타들어가고
경련이 일고
매웠겠느냐

그런 것도 모자라
비틀리다가
—「나무 옹이 그리고 내 옹이」

고목이 훈장 달고 서 있다
온갖 겨울 전쟁 바람전쟁
벌레전쟁 도끼전쟁 이겨낸
—「옹이」

내 깊은 속 옹이 하나 있다
이 지경 나이 꿈 단골침입자
잔 고목 쓰러질 나이쯤 되어
삶 좌표 된 휘장이라 하리니
—「옹이 휘장」

나무를 사르네
마음을 사르네

시꺼먼 재 돼 가는데

옹이가 타는가
꺼지지 못하는
홀로 살아남는 불꽃
　―「옹이가 꺼질 때까지」

옹이에 붙은 불꽃 꺼질 때까지
불장난은 끝나는 것이 아니려나
지푸라기 같은 나이라고 방심을
끝까지 불구덩이 속 타다 가는
　―「너의 마음 속 옹이는 무엇인가」

옹이. 나무 옹이.

옹이는 나무가 벼락을 맞거나, 무엇에 맞아 부러지던지, 새들이 쪼아서 난 상처에 균이 들어가서 썩어지고, 그 상태로 성장해서 만들어진 부분입니다. 나무를 불에 넣어 보면, 제일 오래 타는 것이 옹이이지요. 다른 나무 부분에 붙은 불은 이미 꺼져 재가 되어 버렸는데 옹이에 붙은 불은 **홀로 남아 나무의 아팠던 삶을** 불길로 토해 냅니다.

옹이에 붙은 불이 꺼져야, 드디어 불이 꺼지는 것입니다. 이 옹이를 보고 있으면 생각나는 말들이 있지요.

설상가상(雪上加霜) ― 눈이 엄청나게 내려 춥고 꼼짝 못 하겠는데, 그 많은 눈 위에 또 서리가 쏟아져서 눈은 돌덩이처럼 됩니다. 눈 위는 서리와 함께 미끈거려서 모두 옴짝달싹 못합니다.

병상첨병(病上添病) ― 병원에서도 고개를 가로로 짓는 어려운 큰 병을 앓고 있어 병자는 거의 실신 상태이고, 간호하는 식구들도 기진맥진입니다. 그런데 이 와중에 병원에 돌아다니는 수퍼 박테리아에 온 가족이 감염이 되어 사경을 헤매고 있습니다. 금상첨화(錦上添花 ; 비단 위에 꽃을 더한다)의 반대말이지요.

계속해서 좋지 않은 일이 일어날 때 많이 쓰는 표현으로, '마디에 옹이' '엎친 데 덮친다.' '재수 없는 놈은 뒤로 자빠져도 코가 깨진다.' 와 같은 말이 있지요. 어려운 일이 연거푸 계속해서 일어나는 기막힌 표현들입니다. 이런 상황을 몇 번이나 겪어 보셨나요?

기억을 되돌아보는 순간 식은땀이 또 솟아오르는.

너무 슬퍼하지 마세요. 어쨌든 찬란히 불살라지는 삶입니다. 그리고 '다 지나도 보면, 추억이야.'라는 말은 하지도 마세요.

그런 말을 하는 사람들은 마음 깊은 곳에
옹이다운 옹이가 없는   수퍼 갑이거나
기억 상실 상태입니다.

나이테 보고 있으면 현기증 습격한다
그 혹독한 겨울
그 살벌한 여름
겨우 한 바퀴 만들고

나이테는 그냥 나무의 외마디 기록
잘려 나가 버려
옹이 되어 가고
그렇게 또 한 바퀴
  ―「나이테라 부르지 마라 나무 난중일기를」

한 바퀴 핏자국
두 바퀴 멍 자국
그렇게 몇 줄 세면
아득한 어지러움이

나이테는 세는 것이 아니다
-「나무도 나도」

나무가 싹둑하게 잘려 나가면 나무 테가 보입니다.
사람도 마음이 쓱 잘려 나가면 나이테가 보이고요.
사람에게 나이테란 무엇일까요?
마음에 새겨진 시꺼먼 흑역사이겠지요.
금수저, 갑질하는 인간들은 모릅니다. 사람에게 나이테가 무엇을
말하는지 - 금수저, 갑질 인간들은 나무 테를 보면 땔감의 질 정도로
봅니다. 사람의 나이테를 볼 때도 그 정도 수준으로 보고요.
이러니, 갑질하는 인간. 금수저들이랑 무슨 말이 통하겠습니까.

나무가 잘려 나간 자리
그것도 예리하게 싹둑 잘린 자리에는
어지러움이 비틀거린다

한 바퀴 돌아 어질
두 바퀴 돌아 아찔

내가 잘려 나갔던 자리
더군다나 잔인하게 팍 잘렸던 자리
토악질 엄습 비틀한다

164

오십 년 살아 어질
칠십 년 살아 아찔
　―「나무 테와 나이테」

끝 섬뜩한 송곳으로 둘이 찔렸다
갑은 창으로 찔렸다며 단말마 곡성을
을은 바늘로 찔렸다며 그러려니 하니

을이 파도를 잘 탈까
갑이 바람을 잘 탈까
　―「시시한 질문」

극심한 고통에서 지르는 비명을 '단말마(斷)(末魔)'라고 하지요.
'Marman'은 산스크리트어로 급소를 뜻하는데 이 소리를 그대
로 표현한 한자가 말마입니다. 말마를 끊는다는 것인데, 급소를 베
이니 그 고통이 얼마나 극심하겠습니까. 이 극심한 고통이 바로 단
말마이지요. 창으로 갑자기 '푹' 찔려서 벌건 피가 '콸콸콸' 쏟아지
는 것까지 보니, 그 정도 이상의 고통이 단말마가 되겠습니다. 통증
은 우리가 모두 예외 없이, 속옷을 입고 있듯이 항상 같이하며 그 고
통의 해결은 매우 위중한 사항인데도 고통의 뿌리/근원을 잘못 이
해하고 있지요.

　　몸에서 느끼는 통증은
　　　마음에서 느끼는 통증하고의 상관관계
　　　　　　　로 접근하여야 합니다.
　마음에서 기인하는 통증을 무시하고 접근하는 통증 측정과 통증
치료는 매우 비합리적/비과학적인 방법입니다.

성자가 있었다
바람 없어도 긴 머리 날려가며
항상 초월한 엷은 미소 날리는

성인이 있었다
자기 방에 사람 뼈 모형 세워
드디어 날개 돋고 바람 가른
 ㅡ「해골에서 답을 건지다」

사발로 물을 마시는 대신
매일 해골에 담아 마시면

사람이 해골로 될까
아니면 성자가 될까
 ㅡ「원효가 되어볼까」

이 세상 어지럽게도 많은 의문에 대하여, 시원한 답을 주는 곳은
어딜까요? 교회가 될 수도 있고, 사찰, 사원이 될 수도 있습니다. 철
학, 과학, 인문, 역사에서 답을 찾으신 분들도 있겠습니다.
　　시원한 답을 갖고 사는 사람은 자유롭지요.

　　　　신념이 있으니 삶에 자신이 있습니다

어디에 집착하지도 않고, 탐욕도 없고요. 화를 내거나 급하거나 교
만하거나 하지 않으니 딱 성자입니다. 성인이고요.
　성자가 되는 방법은 각자 다 다를 것입니다. 자기 스스로 찾아 깨

166

달은 것만이 진정으로 자기 것이 되는 것이고 이것이 바로, 도의 길이기 때문입니다. 자기 책상이나 침대 바로 옆에 사람 전신 뼈 모형을 두면 안 보려고 해도 안 볼 수가 없겠지요.

그것을 보면 자기가 보입니다.

그 뼈를 보면 남도 자세히 보이고요.

자기와 남이 상세히 보이면 세상이 보입니다.

성자는 자기, 남, 세상을 제대로 보는 현자입니다.

밤에 마신
타는 갈증 끄는 청량수 한 사발
아침 보니
부서진 해골 담긴 썩은 물이었네

원효거사 그것 하나로
　―「그대는 어느 하나에서 답을」

원효대사(元曉大師; 본인이 지은 별명은, 소성거사 - 小姓居士)가 의상대사(義湘大師; 속명은 김일지)하고 당나라에 유학 가는 도중에 동굴에서 하루 기거하게 되는데, 밤중에 목이 말라 주변을 더듬거리다가 바가지에 담긴 물을 시원하게 마십니다. 그런데 아침에 해가 떠서 그 바가지를 보니, 그것이 해골이었습니다. '지난밤에는 시원했던 물이 오늘은 나를 역 구역질 나게 하는구나.'라며 〈화엄경〉의 핵심 사상 (일체유심조; 一切唯心造)를 확실히 깨닫게 됩니다.

여기까지가 많은 사람이 아는 일체유심조와 원효대사의 이야기입니다. 하지만, 사실은 그렇지 않지요. 30권으로 되어 있는 송고승전

(송고승전; 宋高僧傳)의 제4권 '의상전'에 의하면, '원효와 의상은 날이 저물어 동굴에서 자게 된다. 잠을 잘 잤는데, 아침에 일어나 보니 그곳은 동굴이 아니고 사람 뼈가 뒹구는 무덤이었다. 이런 것을 알고도 하루 더 그 무덤에서 하루를 더 자니, 밤에 귀신 꿈으로 엄청난 고통을 받았다.'라고 기록이 되어 있습니다. 원효는 이때, 일체유심조(마음이 인식 대상을 결정할 뿐)을 깨닫고는 유명한 시를 남기게 되지요.

심생즉종종법생(心生則種種法生) 심멸즉감분불이(心滅則龕墳不二)

마음이 생기면 일체의 현상이 나타나고

마음이 고요하면 동굴과 무덤은 다르지 않구나.

이런 역사적인 사실이나, Exiting한 설화로 전해지는 해골물 이야기나 모두가 감동적이기만 합니다. 둘 중에 어떤 이야기가 더

내 마음에 깊이 박여 오래 가느냐 를 선택하여

그것을 믿고 그 믿음을 생활화하시면 됩니다.

이렇듯, 이 세상에는 많은 주장, 설들이 있습니다. 그중에, 나에게 유익하고 효력 있는 것들을 골라낼 수 있는

옥석(玉石) 고르는 안목이 바로 지에 입니다.

하나의 사건, 하나의 생각, 하나의 행동, 한 사람에 의하여 사람은 바뀔 수 있습니다. 땅이 하늘이 되고 하늘이 바다가 되는 순간입니다. **세상을 깨닫게 됩니다.**

사실, 깨달음을 얻는 것은 이렇게 간단합니다.

사람들은 행복과 불행은 삶의 조건, 환경, 사람의 영향력에 의하여 좌우된다고 믿고 주위의 조건, 환경, 사람에 매달려 이들을 좀 더 좋게 하려고 밤, 낮으로 그리고 꿈속에서조차 집착합니다. 하지만 아무리 주위 사람, 환경, 조건의 격을 높여 보아도 행복하여지지는 않습니다. 그저 기분이 조금 UP되었다가 얼마 안 있어, Down되고 말

지요. 지속성이 없는 것입니다.

행복은 지속성이 전제되어야 합니다.
행복은 마음에서 자기가 알아차리는 것이고요.

그 누구도, 그 어떤 조건이나 환경도 내 마음을 점령하지 않고는 나를 행복하게 하거나 불행하게 만들 수는 없는 것입니다.

남이 보아서 참으로 불행한 사건임에도 불구하고 평정한 마음을 유지하거나 다른 이들이 보기에 행복한 환경임에도 불구하고 불안한 마음을 견지하는 사람은

주위에 얼마든지 볼 수가 있습니다.

그것을 보지 못하는 자들도 있고요.

동물들 수준에서 머물다 가는 인간들이 되겠지요.

구름
얼어붙은 구름
그마저 금세 사라지더군요

그렇게 오래 위에 머물며
이런저런 모양 현혹시킨
　　―「그마저 사라지더군요」

앞은 물론이고, 옆도 그렇고 혹시나, 뒤를 돌아보아도 갑갑할 때는, 고개가 자동으로 올라갑니다. 하늘을 보는 것이지요.

하늘을 보니, 구름이 왕관 모양도 하고 있었던 것 같기도 하고, 돈다발 모양으로도 잠시 있었던 것 같습니다. 억지로 그렇게 생겼다고 확대해석하여 갖다 붙여 보면 말이지요. 그 구름이 - 겨울이니

깐 그마저 얼어붙어 하늘에 그대로 이어줄 것 같았는데, 그 모양들도 결국은 사라지더군요. 그러기 전에 이미 내가 사라졌는지도 모르겠고요.

이 세상에 도대체 남아 있을 것이 무엇인가

남아 있을 필요가 있는가

첫눈 내리신다
이 배신 땅 위에

복사뼈까지는 내리려나
탐욕의 발목들 덮어주려

기왕이면 가슴까지 쏟아 주렴
허무밖에 없는 마음 묻어주려
　－「첫눈」

겨울입니다. 첫눈을 보러 일부러 비행기를 타야 하는 곳에 사니, 분명 사람 살 곳이 못 되는 곳에 살고 있습니다. 이미 첫눈이 와 버렸을 그곳에 가서, 눈을 보면 그 눈은 나에게 첫눈입니다. 주위에 보면,

온통 검정 배신만이 난무하는 세상에　숨을 쉬기가 힘들어 하얀 눈을 보아야만, '후우-' 그나마 숨을 몰아쉴 수가 있습니다. 눈이 펑펑 왔으면 합니다.

발목까지 - 탐욕으로 바쁜 사람들의 발목 잡으려. 엄청 쏟아졌으면 좋겠습니다. 가슴까지 - 구멍 숭숭난 현대인들 가슴 묻혀 버리게.

꽃이 피었다네
투명 얼음 꽃

네 마음 얼었는데
왜 꽃이 피었을까
　－「첫눈이 내리다니」

이 세상에 그대와 나밖에 없었습니다.　　아담과 하와처럼.
그런데 그대는 배반하였지요.　　꽁꽁 얼어버린 마음으로.
그런데 왜 이다지 투명하지 않은 세태에
　왜 깨끗한 하얀 꽃이 피나요.　왜 하얀 눈이 내리나요.

　　　첫눈 왔다
　　　그늘 가득한
　　　　－「첫눈에도 그늘 있다」

그래
너하고 나하고 모두 기다리던
첫눈

그래
너하고 나같이 그늘 드리워진
첫눈
　－「첫눈에도 그늘 있거늘」

서설이라고 하지요. 서설(瑞雪)은 복스럽고 좋은 징조를 갖고 내리는 길한 눈을 말합니다. 첫눈을 대할 때 사람들은 서설이라며 기뻐하고 자기의 소원을 빌기도 합니다.

첫눈. - 　원죄 없는 눈이라고 하고 싶습니다. 마냥 순수한.
　　그런데 아시나요? 첫눈에도 그늘이 있다는 것을.
　　　그러니　그이에게 그늘 없기를 바라지 마세요.
　　　그러니　**나에게도 그늘 없기를 바라지 마시고요.**

첫눈 세상 덮어 하얀 소복한 들판
네 발걸음 함부로 내딛지 마시라

그 자국 보고 누구 쫓아올까 두렵다
　　―「그대는 어떻게 걸어오셨는가」

하얀 첫눈 쌓인 들판에 네 발자국 남기지 말라
그것 보고 누가 따라오고 또 여럿 따라오다가
너 떨어진 아득 낭떠러지에서 헛디디게 되리니
　　―「함부로 길 만들지 마라」

첫눈 쌓여 하얀 들판 위
네 발자국 찍지 말라
시작 아이 마무리 노인들
작은 기쁨마저 앗으려
　　―「잔인한 발자국 언제까지」

하얀 눈 쌓인 것만 보면 자기 발자국을 내려는 사람들이 있습니다.
발자국이 찍힌 들판은　　금세 완상에서 지저분으로　　바뀌는 것

172

을 알면서도.   발자국으로 휘저어 놓지만 않았어도
                작은 아이들의 눈동자에도
                병든 노인들의 마지막 길에도
                상심한 이들의 가슴 속에도
                        기쁨의 하얀 들판으로 남아 있었을 것을.
왜 그들은 그들
마음 같은, 짐승 발 같은 발자국을 마구 찍어 대는지.
왜 그들은 그대들
검은 발자국이 더러운 길을 만들어 가는 것을 모르고 있는지.

수증기 따스한 인연 만나면
                비가 되고
            찬 인연 만나면
                눈 되듯이
        ―「사람 인연 그렇게 엄중하다」

혹독한 겨울이란 인연 만나
땅은 몇 달을 얼어버리며
돌덩이 땅 봄이란 인연 만나
다시 꽃들을 피우게 되듯
        ―「사람 인연도 그러하다」

인연을 사람과의 관계(人緣)로 알고 있는 분이 많으십니다. 하지만, 이 사람과의 관계는 이 우주의 수많은 인연(因緣) 의 작은 한 부분일 뿐입니다. 인연(因緣)은 인(因 ; 결과를 만들기 위한 내적이면서도 직접적 원인)과 연(緣; 인을 돕는 외적이면서도 간접적 원인)의 합성어입니다. 원인을 뜻하는 불교 용어이지요. 꽃나무를 예를 들면, 꽃 씨앗은 '인'입니다. 직접적인 원인이기 때문이고요. 꽃나무의 생장을 돕는 물, 햇빛, 온도, 양분, 공기 같은 것들은 '연'이 됩니다. 간접적인 원인이기 때문입니다.

고타마 싯타르타는 이 '인연'에서 불교의 근본 사상을 창출합니다. '세상 존재하는 모든 것은 인연으로 생겨나고, 인연으로 소멸한다.'라는 연기(緣起)의 이법을 펼치는 것이지요. 잡아함경 제12권 제298경(법설의설경; 法說義說經) 그리고 연기경(緣起經)에서 연기법(緣起法)의 법(法; 연기법)과 의(義; 정의/차별)에 대한 설명이 있습니다.

이중에 법을 살펴보면, 법은 연(緣)과 기(起)를 뜻하는데,

연(緣)은 '이것이 있으면 저것이 있다.'(此有故彼有)를 의미하고, 기(起)는 '이것이 일어나면 저것이 일어난다'(此起故彼起)를 의미하지요. 즉, 인과 관계적 과정이 되겠습니다.

기(起)는 이 과정을 통해 걱정(愁), 괴로움(苦), 근심(憂), 한탄((歎), 번뇌(惱)가 일어나는 것을 일컫습니다.

불가에서는 인연을 열두 가지 인과 관계로 설명합니다. 십이인연/유지(十二因緣: 十二有支)라고 합니다. 무명(無明)부터 노사(老死)까지 구분하지요. 끊임없이 이어지는 과거, 현재, 미래의 원인과 결과의 삼세인과(三世因果) 또는 삼세양중인과(三世兩重因果)로 십이연기를 해석해 보면

1. 무명(無明); 미(迷)의 근본인 무지(無知)입니다. 팔정도(八正道)의 정견(正見) 반대이고요.

2. 행(行); 과거의 선악업(善惡業)을 뜻하며, 삼업(三業)을 말합니다. 몸으로 행하는 신행(身行), 말로 행하는 어행(語行), 마음으로 행하는 의행(意行)이지요. 이 행으로 된 경험은 소멸하는 것이 아니고

습관력의 힘으로 여력을 남기게 되어 성격, 인격, 지능 등으로 보전되고, 노출됩니다.

3. 식(識); 인식주관, 인식 작용을 말합니다. 과거의 업에 의하여 영향을 받는, 수태의 입태(入胎), 배 속에 있을 때의 재태(在胎), 출산 후의 출태(出胎)로 나뉘고요.

4. 명색(名色); 태내(胎內)에서의 몸과 마음을 뜻하며, 식의 대상 육경(六境 : 色/聲/香/味/觸/法)을 말합니다.

5. 육처(六處); 감각과 지각의 능력인 눈·귀·코·혀·몸의 오근(五根)과 의근(意)이 완성되는 상태를 뜻합니다.

6. 촉(觸); 육근(六根)·육경(六境)·육식(六識)의 융합으로 감각과 지각이 인식조건을 만드는 것입니다.

7. 수(受); 5살에서 14살, 좋고 나쁨을 느끼는 상태. 즉 고락(苦樂), 불고불락(不苦不樂) 상태의 감수이며 과거의 무명과 진에(瞋恚) 성격도 포함됩니다.

8. 애(愛); 14세 이후의 갈애, 괴로움의 사람이나 사건, 물건은 기피하고 언제나 즐거움을 주는 사람, 일, 물건을 추구하는 근본적인 욕망입니다.

9. 취(取); 자기가 원하는 것을 생각하는 애에서 실질적인 행동으로 옮기는 것입니다. 집착하여서, 몸과 마음 그리고 말로써 나쁜 행동을 합니다.

10. 유(有); 애와 취가 습관이 되어서 미래의 결과를 만드는 결과입니다.

11. 생(生); 미래의 결과가 탄생하는 것을 뜻합니다. 유정의 과거 경험의 여력으로 체질, 지능, 성격을 지니고 태어나고, 그 소질을 바탕으로 새로운 경험이 생겨서 새로운 생이 생기는 그것을 말합니다.

12. 노사(老死); 태어난 후 늙고 죽는 괴로움이 생기는 것이며 일체

의 고통과 고뇌가 노사로 표현되는 것을 뜻합니다. 연기법(緣起法), 인과법칙(因果法則), 인과법(因果法), 인연법(因緣法) 은 불교의 근본 사상입니다. 사람의 존재와 사람의 삶에 대한 해답이라고 하지요.

동감합니다. 진리이고요. 신뢰가 갑니다.

그러나

세계 5억 명의 불교인이 갖고 있는 이 교리에 대하여, 자기의 종교만 옳다고 주장하는 23억 명의 기독교, 18억 명의 이슬람교, 11억 명의 힌두교, 교인들 그리고 12억명의 무종교자들은 어떻게 생각할까요? 또 기독교 교리에 대하여, 세계 불교, 이슬람교, 힌두교, 무신론자들의 생각은? 또, 이슬람 교리에 대하여, 세계 불교, 기독교. 힌두교, 불가지론자들의 생각은? 또, 힌두교 교리에 대하여, 세계 불고, 기독교, 이슬람교, 세속주의자들의 생각은?

기독교 교리를 열심히 공부하면, 기독교 교리는 진리입니다. 공감되고요, 신뢰가 갑니다. 이슬람 교리를 심도 있게 보면, 이슬람교는 진리입니다. 신뢰도 가고, 공감도 됩니다. 힌두교 교리 내용들을 살펴보면 나름대로 진리가 보입니다. 이해되고, 일리도 있습니다.

이게 뭐임? 하시는 분이 많으시겠네요.

진리(眞理; 참된 이치,truth, Veritas)는 참이고, 절대적이고, 보편적이며 영원하게 엄중합니다. 진리는 하나입니다. 이것도 진짜고 저것도 진짜이면 이것이 진리가 될 수 없고, 저것도 진리가 될 수 없다고 해왔습니다. 그래서 특히, 종교에서는 진리는 하나. '자기 종단 교리만 옳다.'가 진리입니다.   다른 것은 다 틀리다는 것이지요.

수학, 과학 분야에서는 진리가 하나입니다.   하지만, 종교 분야에서는 진리가 여럿이라는 것이 진리 그 자체입니다.오래 전에, Fantasy Theater에서 2011 제65회 토니상(미국 연극·뮤지컬 부문 최고 권위)에서 최우수작품·감독·대본·오리지널 작곡, 여우 조연·무대장치·조명사운드디자인·오케스트레이션상 등의 9개 상을 휩쓴 뮤지컬 'The Book of Mormon'을 보았습니다. 당시, Ticket을 구하기 힘들 정도로 인기가 있는 뮤지컬이라, 어렵게 표를 구하여 일행들과 함께 관람하였습니다.

잘 만들어진 음악과 배우들의 멋진 연기를 보면서 관람 내내 웃고 손뼉을 치면서 즐겁게 지냈습니다. 볼 당시는 재미가 있어서 정신이 없었는데, 공연이 끝나서 극장에 불이 켜지고 사람들이 우르르 나오면서, 갑자기 기분이 '싸아 - '하여졌습니다.

"내가 무슨 짓을 한 거지?"   "내가 잠시 미쳤었나?"

얼굴이 화끈거렸습니다. 뮤지컬의 내용은 예수 그리스도 후기성도 교회(The Church of Jesus Christ of Latter-day Saints, LDS), 몰몬교에 대한 풍자와 조롱이 곳곳에 넘쳐납니다.

"종교를 비하하는 내용에 즐겁게 웃었다니…."

아직도, 내 깊은 속의 진정한 나는 그 정도의 인간밖에 안 되었단 말인가! 이런 반성과 함께, 집으로 돌아오는 내내, 머릿속이 헝클어져 뒤죽박죽되었습니다.

1. 저렇듯 남의 종교를 조롱하는 것도 '표현의 자유'로 보장을 받는구나.

2. 예술의 힘이, 종교에 미치는 영향은 어디까지가 될 수 있을까?

3. 르네상스의 배경과 전개.

4. 나도 마음이 이리 불편한데 모르몬교도들은 오죽할까?

이런 생각들로 머릿속은 매우 심각한 혼란 상황이 전개되고 있었습니다. 그런데 정작, 모르몬교에서는 이 신성모독과 외설적 표현의 '심각한 위협'에 대하여 어떻게 대응했을까요? 반대 시위, 집회, 소송을 하지 않았습니다. '이 공연은 하루, 저녁 동안만 관객을 즐겁게 해 주겠지만, 모르몬경은 경전으로서 사람들을 예수 그리스도에게 더 가까워질 수 있도록 하여 그들의 삶을 영원히 바꿀 것입니다.'라는 공식 입장을 내는 것도 모자라, 공연 팸플릿에 원 도서도 읽어보세요(If you're going to see the musical, you should also read the book)라며, '책을 읽었습니다' '책은 언제나 더 좋다'라고 광고하였습니다.   뮤지컬을 보러 간다면 책도 읽어야 한다.

얼마나 현명한 대응입니까!

이런 대응이 왜 현명하기도 하며, 권장할 만하고 타 종교에 모범이 되는지, 기독교 차원에서만 고찰해 보겠습니다.

한국의 개신교 분파는 120개가 넘습니다. 이 많은 분파는

1. 자기네만 옳고 남들은 틀리다.

2. 자기네가 다른 분파보다 이런저런 분야에서 더 우수하다.

　라고 주장해야 분파 설립이 가능하였을 것입니다.

그래서 자기네 설립 권위(= 주춧돌)를 세우기 위해서 다음과 같은 작업을 합니다.

성서는 두껍습니다. 구약과 신약의 내용이 방대하지요. 이 내용 중에 자기네 분파에 유리한 것만 뽑아내어 '짜깁기 교리 설립'을 합니다. 얼마든지 가능하고 쉬운 일입니다. 예를 들면, 선교가 제일이라는 성서 구절들을 강조하면, 그 교단은 선교 이외에 다른 성서의 가르침은 뒷전으로 처지게 되고, 성서 공부가 강조되면 다른 내용들은 등한시되는 것이지요. 성서를 고치고 삭제, 첨가하는 것도 마다하지 않고요. 이렇게 자기 교단 분파를 설립하고, 교단 발전을 위하여서는 '꾸준히 일관되게 자기네 교단의 교리'를 강조하고 '교단 교리를 따라야만 구원'된다는 교육이 세뇌될 지경으로 하여야 합니다.

예를 또 들겠습니다. 한 가정에 부모는 가톨릭이고, 아들은 개신교이며, 딸은 여호와의 증인입니다. 가톨릭에서는 조상제사를 허용하니, 구정, 추석, 제사 때마다 조상들을 위하여 연도를 합니다. 그

러나 교리가 이를 허락하지 않는 아들과 딸은 참석하지 않습니다.

교리가 먼저라고 교단에서 교육받았기 때문입니다.

성서에서 조상들 공경을 우상숭배 정도로 하는 구절들을 강조받았기 때문이고요. 성서에는 부모들 공경이 얼마나 중요한지에 대한 구절들은 뒷전으로 밀렸습니다. 매번 중요 절기에 모이지 못하는 이 가정은 어떻게 될까요? 이 가정의 부모들 마음은 얼마나 아플까요?

교리가 사랑을 짓누르고 있습니다.

성서의 기본 사상은 사랑인데 말이지요.

사랑이 없으면 정말 아무것도 아닙니다.

당연이 교단 교리도 아무것도 아니라는 것입니다.

한 가정에서 사랑이 먼저 실천되도록, 교단들은 자기네 밥그릇 타령을 자제할 때가 훨씬 넘었습니다.

사랑을 못 하고 사람들이 죽어 가고 있지 않습니까!

각 교단은 자기네만 진리라고 하지 말아야 합니다. 자기네만 우수하다고도 하지 말아야 합니다. 그렇게 해야만 밥그릇이 커진다는 것은 유치한 발상입니다.

사랑하십시오. 진정으로 사랑하면 밥그릇은 더 커집니다.

'이 주장도 맞고, 저 주장도 맞다.

그래 너도 진리이고 그도 진리이다.' 라고 해야 인류 사회 기초단위 가정도 살고, 국가도 살고, 세계가 평화롭습니다.

종교 분야에서만큼은 진리가 하나가 절대로 아니라고 선포하여야 합니다.

종교 장전(章典) 선포!

1. 세계 종교는 모두 진리이다.
2. 세계 종교의 신은 모두 위대하다.

따라서 세계인들은

1. 나의 종교만 옳고 남의 종교는 틀린다고 하지 않는다.
2. 나의 종교 교리가 다른 종교 교리보다 우수하다 하지 않는다.
3. 종교장전선포 내용을 종단교리 주요 내용으로 신도들에게 지속 교육한다, 라고 가톨릭, 개신교, 불교, 이슬람교, 힌두교종단 대표들이 모여서 세계평화 종교 장전 선포식을 각 종단의 발상지를 돌아가면서 주최하고 선포하여 각 종단의 신자들이 이 장전을 따르도록 하여야 합니다. 좀, 아니면 제법 유치한 발상인가요?

Alexa, Play Imagine by John Lennon!

이 늦겨울 시멘트 길 위
어디 달려 있던 낙엽 하나

끝까지 못된 바람 가락에
드르륵 끌리기에 주워 보니
 ─「나이더라」

단풍이 떨어지고 탈색되어 누렇게 되어간 지는 꽤 되었습니다. 그런데 어디에서 끝까지 나무 끝자락에 붙어 있다가 떨어져 '현대 도시의 상징 시멘트 길' 위에 아주 늦게 떨어진 낙엽 하나가 있습니다. 바람이 그렇게 했겠지요. 바람이 끌고 다닙니다. 소리가 '드르르륵' 합니다. 낙엽 입장에서는 그 소리만큼 아프겠지요.

노인이 산책하다가 이 모습을 보고는 억지로 허리를 굽혀서 이 낙엽을 주워 봅니다. 주워서 자세히 보니, 자기입니다. 평생 찌든 현대 문명에 ─ 떨어져서도 아직도 끌려다니고 있는 자기.

잔혹한 동군 칼질 쫓겨   새까맣게 터진 땅 위
부스러지다 만 지푸라기   내동댕이쳐지는데
    ―「나, 낙엽 나뒹구네」

겨울 동군(冬軍) 떼가 하얀 군화 발 질러대며
날카로운 칼질을 휘두르고 악을 쓰며 달려드니
그 혹독한 바람마저도 쫓기고 또 쫓긴다

이 도망길에 누가 안 넘어가고 견뎌내겠는가
도시의 땅은 모두 까맣게 갈라진 지 오래되었고
부서져 지푸라기 된 낙엽 하나 길 위 구르네
    ―「내가 구르네」

반 밖에 없던 어설픈 바람막이 사라지고
아스팔트마저 얼어 갈라진 잔인한 길 위
어디서 날려 왔나 부서지다 만 낙엽 하나
마저 으스러트려지는가 동군 발길질 밑
    ―「나를 보네」

도시에 산다는 것은 저주다
겨울에 살아 있다는 것도 저주고
간신히 기대었던 그대마저도
부서진 지푸라기 된 것도 저주다
빨강 펜으로 내 이름 써대도
숨 쉬어지는 것 처절한 저주이니
    ―「살아있다는 것이 저주다」

살아 있다는 것이 너무도 괴로워서, 숨 쉬는 것 자체가 저주가 아닐까?

내가 나 자신에게 저주를 퍼붓느라, 내 이름을 빨강 펜으로 굵게 매일 써 보고 4자, 13자 골라서 이메일 주소, 비밀번호 해 보아도, 아무런 소용없이 아침에 눈이 떠지고, 들숨이 들이쉬어지고, 날숨이 뿜어져 나가는 것. 이것이 저주에 걸린 것 아니고 무엇이겠는가?

> 핏물보다 진한 빨강 펜으로
> 이름 석 자를 매일 진하게 써보고
> 4자 13자 조합만 골라 모아
> 이 메일 주소 비밀 번호 써보아도
>
> 하얀 밤에 깜장 두 눈 저절로 떠지고
> 날숨 들숨 검 콧구멍 속 들락거리는
> ─「이것이 저주」

이렇게 생각하며 고뇌하고 부르르 떠는 날이 누구에게나 옵니다.   저주(詛呪; curse)는 사람에게 불행 또는 큰 재앙이 덮치기를 바라며 하는 행위입니다. 오죽하면 내가 살아가는 것이 저주가 걸린 것이 아닐까? 라고 생각하겠습니까!

바람막이 같지도 않은 엉성한 것에 몸을 조금이라도 가려 숨을 몰아쉬고 있는데, 그 바람막이가 칼날을 휘두르는 동군의 악랄한 진군으로 쫓긴 바람에   '휙 ─' 날아가 버렸습니다.

바람막이가 날아가면서 입고 있던 옷가지를 낚아채고 날아가 버렸으니, 그만 알몸이 되어 버립니다. 얼어버린 온몸의 살갗은 얼어버린 도시의 길처럼 갈라져 가는데, 그때 지푸라기 하나가 굴러갑니다. 혹독한 바람에 찢기어 반도 못 남은 그 낙엽 지푸라기를 보니 그 모습이 바로 화자의 모습입니다. 사람은 죽습니다. 어떻게 죽나요?

자기의 장기를 병원에 갈 때마다

조금씩 '야금 야금' 아니면 '쏙' 떼어 주다가

그렇게 수술대에도 못 누워보고

갑자기 '훅' 하며 지푸라기처럼 쓰려져서

세상 모래알처럼 많은 사고로

신체의 일부분 또는 여러 부분에서 피를 쏟아내다가

어떤 병균 매개체에 노출되어서

몸 깊숙한 그곳까지 바이러스들에게 점령당하다가

하늘과 땅이 뒤집히는 변고들로

불에 타고, 물에 잠기고, 땅속 갇히고, 질식하다가

더 이상 믿을 곳 희망이 없어서

그냥 온몸에서 모든 기운이 빠져 시름시름 앓다가

착하게 열심히 살아왔는데 왜 이런 일을 당할까? 오열하다가 보면

내가 저주에 걸린 것은 아닐까? 라며 자멸하게 됩니다.

사람이 막다른 골목/ 낭떠러지에 서면

1. 망연자실합니다. 이게 사실인가? 꿈인가?

이럴 수가. 뭐가 잘못된 것일 거야. 그럴 리가 없어.

2. 이렇게 만든 사람/일/장소를 원망합니다.

아 – 그놈을 믿다니. 아 – 그곳이 사탄이었어.

아 – 그 일은 정말 나쁜….

3. 다른 방법은 없는지 다시 살펴봅니다.

여기서 다시 돌이키는 방법은 무엇일까?

4. 더 이상 선택은 없다는 것을 받아들입니다.

그래. 내 팔자야. 다 내가 잘못한 거지.

좀 더 일찍 알아야 했는데

5. 우울하다가 나중에는 모든 것을 포기하게 됩니다.
　　　　아 – 삶이라는 것은 이런 그거밖에 안 되는데
　　　　왜 그렇게 살아왔을까? 아 – 그래, 이 정도에서 그만
했으면 해.　　　 -　　 대개 이런 단계를 거치게 되지요.　　 이런
수순을 누구나 꼭 거치게 된다는 것을 절실히 아는 것은
　　　　　　지금의 연재를 다르게 살 수 있는 결정적 실마리 가 됩니다.

　　폭풍 폭설 속 그 험한 산 올라 한 마리 잡고
　　깊고 깊은 심해 허우적대다 한 마리 또 잡아
　　오래 간직하려 집 새장에 가두어 둔 너

　　새야 새야 파랑새 넌 푸른색 군복 입었구나
　　어서 바삐 날아가 버려야 하는 민중 탄압자여
　　청포장사 어찌하랴 다시 앉겠다는 거냐
　　　　 -「파랑새 넌 도대체 뭐냐」

　　파랑새(L'Oiseau bleu)는 벨기에 극작가인 모리스 폴리도르 마
리 베르나르 마테를링크(Count Maurice Polydore Marie Ber-
nard Maeterlinck)의 희곡으로 1908년 스타니슬랍스키가 연출하
여 많은 사람에게 감명을 준 작품입니다.
　　남동생 틸틸(Tyltyl)과 여동생 미틸(Mytyl) 남매가 꿈속에서 과거
와 미래의 나라 등지에서 파랑새를 찾으러 다녔지만 결국은 못 찾
고, 집에 와 보니 집 새장에 있었다는 내용으로, 우리가 찾는 행복은
바로 지금 우리 곁에 있다는 교훈을 주는 동화극이지요. 여기에 기
인하여 파랑새는 행복의 상징이 되어 왔고요.
　　인간들의 실제 생활은 어떻습니까?

이 파랑새는 잡는 대상 입니다.

잡아서 가두어 제 것이 되어야 하는 목표 이지요.

새를 잡기 위하여, 높은 산이 끝없이 전개된 산맥을 오르고 또 오릅니다. 간신히 파랑새 한 마리를 잡아서 집, 새장에 가둡니다. 하루도 자세히 못 보고 그 다음 날, 또 깊고 깊은 바닷속을 죽을힘을 다하여 물고기로 변장한 파랑새 한 마리를 또 잡습니다. 이렇게 하여서 새장에 파랑새 두 마리를 가두어 둡니다.

그 파랑새가 '돈'과 '명예'이던, '권력'과 '갑질'이던.

그 파랑새를 며칠을 두고 자세히 보니, 자기가 찾던 파랑새가 아닙니다. 파랑새는 나에게 영원한 평온을 주지 못하고,

오히려 도망갈까 봐 전전긍긍하는 감시의 대상 임을 알게 됩니다.

누가 움쳐갈까 봐 노심초사 걱정의 대상 임도 알게 되고요.

이제야 후회의 큰 파도가 엄습하네요.

왜 이런 것을 구하려 고생만 했을까?

모든 것을 희생만 하여 왔을까?

내가 고작 이따위 것을 얻으려고 그 많은 것을 외면하였단 말인가?

이제는 새장 문을 활짝 열어두고 파랑새를 내가 쫓으려고 합니다. 그런데 이 파랑새가 날아가지 않고 날아가는 척하다가는 다시 나에게 돌아와 내 머리에, 내 어깨에 앉으려고 합니다.

1. 새야새야 파랑새야 녹두밭에 앉지마라/녹두꽃이 떨어지면 청포장사 울고간다.

2. 새야새야 파랑새야 전주고부 녹두새야/어서바삐 날아가라 댓잎솔잎 푸르다고/봄철인줄 알지마라 백설분분 휘날리면/먹을 것이 없어진다.

3. 새야새야 파랑새야 녹두남게 앉지마라/녹두꽃이 떨어지면 청포장사 울고간다/새는새는 남게자고 쥐는쥐는 궁게자고/우리같은

아이들은 엄마품에 잠을자고/어제왔든 새각시는 신랑품에 잠을자고/뒷집에 할마시는 영감품에 잠을자고.

1894년 동학 농민 운동(동학농민혁명; 東學農民革命, 갑오농민운동; 甲午農民運動, 갑오농민전쟁; 甲午農民戰爭) 당시, 녹두장군 전봉준이 파란 제복의 일본군에 맞서 싸웁니다. 이때 농민운동을 지지하던 민중들이 자연스럽게 지어서 널리 불렀던 노래이지요. 파랑새는 푸른 군복의 일본군, 녹두꽃은 녹두장군인 전봉준(全琫準), 녹두밭은 동학 농민군, 그리고 청포 장수는 백성을 상징하고요. 이처럼 우리 한민족에게 파랑새는 배척의 상징이었습니다.

6막 10장 몽상극(夢想劇)인 파랑새의 상징과는 동떨어진 기피 대상의 파랑새. 거의 같은 세대(1894년 & 1918년)에 서양에서는 파랑새를 행복의 Icon으로, 조선에서는 원수의 Icon이었습니다.

그럼, 진정한 파랑새의 Identity는 무엇이 되나요?
파랑새는 그냥 파랑새일 뿐입니다.
행복은 그냥 어디에다가 비유하기에는 너무 엄중하고요.
원수도 그냥 지금 당장 미워하는 대상에 지나지 않습니다.
원수나 적이 영원한 배척의 대상이 되지 못함은
역사라는 spotlight 가 선명히 비춰줍니다.
멀리 갈 것도 없이, 근대/현대에 들어와서 미국과 일본 그리고 독일은 2차 대전 때 최대 적국이었습니다. 그러나 50년도 못 되어, 세계 최고의 우방국이 되었지요. 역시 2차 대전 때 미국과 동지였던 러시아와 중국도 10년도 못 되어, 최대의 적국으로 남게 됩니다. 한국은 과거의 전쟁 원수 역사의 흔적을 지워버리고, 중국, 러시아와 아슬아슬한 줄다리기를 하고는 있지만 그런대로 경제협력국 관계를 유지하고 있고요. 1975년 4월 30일에 사이공 함락으로 끝난 베트

남전은 어떻습니까? 한국군은 총 31만 2천 8백 53명이 참전하였습니다. 귀중하기만 한국군의 전사자는 4천 9백 51명이나 됩니다. 이런 적국이 30년도 지나지 않아 '사위의 나라'라는 말까지 나올 정도로 최우방국이 되었습니다. 서로에게 총과 칼을 겨누고 죽이고 또 죽이는 원수도 이렇게 아무렇지 않게 서로 잘 협력하고 서로 사랑하며 지냅니다. 그런데 따지고 보면 별것도 아닌 일에 50년 넘게 원수처럼 지내는 인간들이 얼마나 많습니까?

원수에 대한 이해를 잘못하면

평생 대못을 가슴에 몇 개씩 박고 살다 죽어 가듯이

행복에 대해 정확한 이해를 하지 못하면

새는 이렇게 **모오안 대상**

애매안 대상 에 포함됩니다.

크리스천들이여
세계 모든 크리스천들이여
만나면 찬미예수님 샬롬 하지 말고
나마스떼(Namaste) 합시다

불자들이여
세계 모든 불자들이여
만나서 성불하십시오 하는 대신에
나마스떼(Namaste) 합시다

무슬림들이여
세계 모든 무슬림들이여
만나서 앗살람 알라이쿰 하는 대신

나마스떼(Namaste) 합시다

당신이 믿는 신도 존경합니다
나마스떼
이 인사 하나만으로
세계평화는 이루어지는데
—「나마스떼 합시다」

불자들이 서로 만나면, 합장하고 인사를 합니다. '성불하십시오' '불자(佛子)'라는 뜻은 부처의 제자, 부처의 자식이라는 뜻이지요. 이 불자들에게 '부처님 되심(成佛)'은 궁극적 목표입니다. 성불(부처님 되십시오)하시라는 인사에는 누구나 부처님이 될 수 있다는 평등과 자비의 사상이 담겨 있습니다. 축복의 인사입니다. 하지만, 다른 종교에 대한 존경의 뜻은 없습니다.

크리스천들은 인사를 '찬미 예수님' '평화를 빕니다.' 하던가 'God bless you!' 합니다. 히브리어 '샬롬(Shalom)도 많이 씁니다. 아멘, 할렐루야와 함께 3대 축복의 말이지요.

샬롬의 원래 뜻은 '온전하다'입니다. 그러나 평화, 화목, 평강, 정의 등의 의미로 다양하게 쓰이지요. 신약시대에는 '샬롬'과 함께 헬라어 '에이레네(평화)'가 인사말로 이용되었습니다.

이스라엘 사람들이 자연스럽게 쓰는 인사말이 전 세계 크리스천 사이에 인사말로 자리를 잡은 셈입니다. 기독교인들이 비는 '평화'는 당연히 야훼, 여호와, 예수와 연관된 평화입니다.

신약은 인정하지 않고, 구약의 내용만 성서로 인정하는 무슬림들은 아랍어로 '당신에게 평화가 깃들기를'이라는 뜻을 가진 앗살람 알라이쿰(아랍어: السلام عليكم)합니다. 이를 줄여서 '살라암' 하기도 하고요. 여기서 앞에 '앗'은 아랍어 정관사이지요. 이슬람 창시 전에는 단순 '평화를 바라던 인사; 살람 알라이쿰(평화가 당신에게 있기를)'가 아랍어 정관사로 인하여 '알라가 주는 그 평안'이라는 뜻이 된 것입니다. 코란에 '인사를 받으면 그 인사말로 답을 하거나 더 나은 인사로 대답하라'라고 되어 있어서 인사를 받은 사람은 답례로 '와 알라이쿰 앗살람"(당신에게도 알라의 평안이 있기를)' 또는 '와알라이쿰 앗살람 와라흐마툴 라히 와바라카투후(당신에게도 알라의 평안과 자비와 축복이 있기를)'이라고 하지요.

모두 자기가 섬기는 God이 중심이 되어 있습니다. 따라서, 다른 종교인들에 대한 배려나 존경심 같은 것은 없게 됩니다.

그럼, 세계 여러 가지 모든 종교인을 인정하고 존경까지 하는 인사말은 어떤 것이 있을까요?

나마스떼(Namaste)입니다. 산스크리트어인 나마스떼는 네팔과 인도에서 광범하게 쓰이는 인사말이지요. 만났을 때, 그리고 헤어질 때도 씁니다. 나마스떼(테)(Namaste)는 Namah(존중 : 자세를 낮게 한다. 머리를 낮춘다,')와 Aste(당신에게)의 합성어입니다. 이렇게 '그대에게 고개를 숙여 인사합니다.' '당신을 존중, 존경합니다.' 라는 의미도 있지만,

'당신이 믿는 신도 존경합니다.' 라는 깊은 뜻도 갖고 있습니다.

나마스떼의 동작은 '자신의 영혼이 다른 이의 영혼과 함께 있다는 것에 대한 감사.'의 하트 차크라((heart chakra)에 신성이 있다고 믿는 표현이고요. 종교적인 관점에서 본다면, 이보다 더 거룩한 축복의 인사가 어디 또 있을까요? 더 비폭력적이고 포용적인 인사가 더 자비롭고 사랑스러운 인사가 어디 또 있을까요?

당신이 믿는 신을 인정하고 존경합니다. 그러니 나는 당신을 존경합니다. 당신이 나와 달리, 히잡(حِجَاب / Ḥijāb)이나, 가사(袈裟:

काषाय kāṣāya, 카사야) 또는 수단(Roman cassock)을 입고 있어도, 나는 당신을 존경하고 사랑합니다. 당신이 무슨 경전을 읽고 믿으며 어떻게 행동하던, 나는 당신에게 두 손을 모아 당신의 신성에 순응합니다.   어디에 폭력이 있습니까?

　　　　　　자기 신만이 유일하며, 우월하다는 교만이 있습니까?
　내가 믿는 신만이 유일하다는 유일사상/오만 사상 때문에 얼마나 큰 희생이 있었습니까? 그리고 역사적으로, 그 폭력적 사상으로 어떤 해결책이 있기나 했었나요?

　내가 믿는 Bible 또는 경전에서
　　　　　자기 종단 존립, 종속, 번영에 필요한 구절만 강조한
　　　　　　　종단 교리의 폭력에 밀린
　　　　야웨 여호와 아도나이 예수 알라의 인류구원 사랑 메시지.
　　　　부처의 수련에 따른 자기 구원과 지혜 자비의 가르침.

　역사가 무엇인지요?
　인간의 변천과 흥망의 과정 즉 살아온 기록입니다.
　인류가 살아온 삶의 기록들은, 종교의 분쟁으로 서로 죽이고, 약탈하고, 겁탈하며, 잔인한 짓은 골라서 한 증거를 보여주고 있습니다.

　　　　　　　내 종교도 중요하지만
　　　　　　당신 종교는 더 중요합니다. – 나마스떼
　유엔의 공식인사는　　　　　나마스떼 합시다.
　올림픽, 세계 선수권 대회(世界選手權大會: World Champion-ship), 월드컵의 공식인사도　　나마스떼 합시다.
　각 종교예식 전에 먼저,　　　나마스떼! 하고　각자 종교예식을 거행합시다. 이것만 실천해도 인류의 분쟁은 막을 수 있습니다.
　　　　　　　피의 역사를 되풀이하지 않을 수 있습니다.
　　　　　　　사람들 사이에 신뢰를 회복할 수가 있습니다.

190

이렇게 하지 않으면, 앞으로 2천 년도 지나온 2천 년과 다를 바 없을 것인데, 얼마나 우리 인류가 어리석으면, 그 많은 희생을 겪고도 해결책에 대하여 고개를 외면할까요? 종단의 자기 밥그릇 수호! 조금도 양보하지 않는 종단의 오만/아집!

어떻게 해야 합니까?

혁명!

풀뿌리 혁명! GR grassroots revolution

종단의 소수 지배계급이 아무리 획책해가며 자르고, 뽑고, 제초제를 뿌리고 뿌려도 절대로 굴하지 않고 질기게

종주의 사랑/ 지예/ 자비 의 가르침을 따르는 역명!

인간에게서 아예 고개 까맣게 멀리 멀리 돌리려 할 때
마지막으로 그 들이 두 손 모으고 기도하는 것을 보라
무릎 꿇고 머리 조아리고 손깍지 끼어 간절히 간구하는

어떤 이는 돌로 만든 불상 앞에서
또 어떤 이는 나무 십자가 앞에서
또 어떤 이는 텅 빈 공간 엎드려

59개 묵주 그들의 표정을 보라
108개 단주 저들 간절한 진실을
　　―「인간 가장 순수한 모습」

불 붙여 쇠 조각 남의 심장 박으려

손 끝 힘주기 전

날카로운 칼끝으로 남 폐 찍으려고

팔 휘두르기 전
―「전쟁하기 전 그들 기도하는 모습 보라」

인간이 무서워질 때가 있습니다. 가까운 사람들, 믿었던 사람들, 따르던 사람들이 나를 배신하고 나에게 결정적으로 피해를 줬을 때.

그것도 이런 경우를 한 번이 아니고, 여러 번 당하게 되면, 인간이 무섭습니다. 이 세상에서 제일 사납고 매정한 맹수로 보이는 것이지요. 이렇게 되면, 당연히 인간에 대한 기대를 접는 것은 물론이고, 인간을 서서히 멀리하게 됩니다.

이럴 때는 마지막 수단으로, 사람들이 기도하는 모습을 보시지요.

이 세상에서 인간에게서 가장 아름다운 모습은 기도하는 모습에서 찾을 수 있습니다. 어떤 사람들은 인간이 '열심히 몰두하며 일하는 모습' '노래하는 모습' '웃는 모습' '땀 흘리는 모습' '사랑하는 모습' 등에서 아름다운 모습을 본다고 하지요. 다 맞는 말입니다. 그러나, 사람이 자기를 완전히 내려놓고, 무릎을 꿇고, 머리 푹 ― 조아리고, 머리를 손으로 감아가며, 눈물 콧물 흘리면서, 두 손 가지런히 모으고, 두 깍지 끼고, 간절히 온 정성을 다하여 자기가 믿는 신에게 기도하는 모습은 이 세상 인간에게서 가장 아름다운 모습이기에 의심이 없습니다. 그 두 손에 감겨있는 *묵주(默珠, rosarium)가 59개이던, 단주(短珠)가 108개이던, 그것을 구별하는 것은 그리 중요하지 않고요.   이 순수한 얼굴로 서로 대하면 됩니다.

이 진실한 얼굴로 시작하면 다시 사람을 믿을 수 있습니다.

종교 갈등으로 인한 전쟁을 막을 수 있습니다.

* 로사리오(묵주)는 로사리우스(Rosarius)에서 왔습니다. 장미 화관을 뜻하지요.

십자가로 시작하여서, 다섯 마디로 되어 있는 환(環)을, 기도할 때마다 하나하나 돌려가면서 묵주기도를 하지요.

불가에서 쓰는 염주는 108과입니다. 이 숫자는 우선, 인간의 번뇌 108개를 끊어 버리고, 108삼매(三昧; 산스크리트어 samadhi의 한자식 표기 - 다른 데에 정신이 전혀 가지 않는 일심〈一心〉 즉, 선〈禪〉의 경지)를 증득(證得; 바른 지혜로 진리를 깨달아 道를 얻음; adhigama)하는 것을 뜻합니다.

아낙네들이 빨리 지금 지났으면 하는 소리 나는 동네 시냇물에 독한 삶의 덕게가 달라붙은 한 달 넘은 하얀 무명옷 패대기친다 옷 주름 못지않은 우악스러운 흔적 잔득한 손으로 문질러 버리다 그것도 성 차지 않는가 부러트린 나무 몽둥이 방망이질 끝 없네
　　　―「한풀이 빨래」

요즈음 세대들의 뇌세포에는 '가물가물 잡혔다가 안 잡혔다가 하는 것'들이 많습니다. 옛 세대들이 살아온 발자취, 기억, 역사, 정서 같은 것들이지요. 그리고 '지지지 직' '모지?' 하며 전혀 안 잡히는 것들도 제법 있고요. 　　　그중의 하나가 다듬이입니다.

60~70년 전만 해도 흔하게 보던 모습인데 반세기 이후에 태어난 사람들은 아마도 민속촌에나 가야 볼 수 있는 것이지요.

당시의 옷감은 주로 무명이었습니다. 무명은 목화(木花) 열매에서 뽑아내어 낸 실(면사; 綿絲)로 짠 옷감이지요. 성균관 대사성을 지낸 문익점(文益漸)이 고려 공민왕 13년인 1363년에 원나라 사신으로 갔다가 붓두껍 속에 목화 씨앗 3개를 숨겨 고려로 들여왔습니다. 그후, 정쟁에 밀려 파직되면서 고향에 내려가게 되었고, 장인 정천익의 목화 재배 도움을 받아 목화를 전국에 퍼트렸습니다. 어느 토질에서나 농사가 잘되었기에 쉽게 보급이 되었고요.

문익점 손자 이름은 원래 문영(文英)인데 목화 실을 이용하여 처음 베를 짠 인물입니다. 그래서, 이 베는 처음에는 '문영베'로 불렸으며, 이 말이 전달되는 과정에서 변함을 거쳐 '무명베'가 되었지요. 그리고 실을 뽑는 '물레'는 문익점의 다른 손자 문래(文萊)가 처음 만들어, 이름이 문레가 되면서 변형되었습니다.

무명옷은 촘촘하여 따스하고 옷감도 부드러워서 당시 백성들에게 사랑받았습니다. 여름에는 시원하여, 사계절 내내 옷감으로 사용되었고요. 겨울에는 무명을 두 겹으로 하여 그 사이에 목화솜을 넣어 누빈, 두꺼운 옷을 만들어 입었지요.

그런데 이 옷감은 때와 주름이 항상 하였습니다.

절대 녹록지 않은 아낙네의 삶처럼 말이지요.

여인들은 깨끗한 개울물에 빨아도 때가 잘 빠지지를 않아서

절대 변하지 않는 현실 같은 돌멩이 위에 얹어 놓고, 팔이 떨어져라 몽둥이질 쳐 때를 빼내어야 했습니다. 그렇게 해도,

주름은 그대로였고요.

사람 사는 모습처럼 말이지요.

이 주름을 펴는 것이 다듬이질입니다. 다듬질이라고도 하는데, 주로 이 무명옷을 빨래 후에 마지막 손질하는 과정이었습니다.

주로 화강암이고, 때로는 대리석이나 납석이 재료인, 네 군데 짧은 다리가 받치는 다듬잇돌 위에, 세탁된 옷가지나 이불들을 놓기 전에 물을 입으로 뿜거나 손으로 적시어 반듯하게 접은 다음 보자기에 싸서 올려놓습니다. 보자기에 싸는 이유는 옷감을 보호하기 위해서였고요. 이 옷감을 나무로 만든, 두 개가 한 쌍인 '다듬잇방망이'로 두들기기 시작합니다. 처음에는 왼손으로 몇 번을 두들깁니다. '딱, 따닥' 몸풀기라고나 할까요. 그러다가 오른손까지 합세하면서 두 손으로 장단을 맞추어 두들기기 시작하지요. 두 사람이 하는 방법도 자

주 이용되었습니다. 두 사람이 마주 앉아서 두들기는 것이지요. 이때도 장단이 잘 유지되는 그 가락이 있었습니다. 리듬이지요. 화음이기도 하고요. 다듬이질을 위하여 마주 앉은 두 사람은 한 집안에서 서로 껄끄러운 존재일 수 있었던 세대입니다. 싫지만 같이 살 수밖에 없었던 그 세태의 모습. 남편 잃고 외아들만 있는 시어머니와 마주 앉은 며느리. 그 두 사람은 서로 눈을 마주치기도 싫고, 말도 하기 싫습니다. 줏대 없는 아들 때문에 서로 아침에 날카로운 눈총과 침묵의 방패로 한 차례 전쟁을 치른 두 사람은 할 수 없이 밤에 둘이 마주 앉습니다.

딱 딱 - 왼손으로 장단을 맞추고 오른손으로 따닥따닥
시어머니 두 손 방망이질 그사이를 부딪치지 않게 조심스럽게
며느리의 한쪽 방망이가 슬쩍 들어오니 딱 다닥 딱 다 닥
공간을 확보했으니 나머지 한쪽 방망이도 아까보다는 자신이 있게
들어와 줍니다. 딱 딱 따 다 닥 딱 닥 닥
이들은 빨랫감을 갈아 가면서, 점점 장단이 맞추어집니다.
딱 다 닥 닥 딱 다 닥 닥
두들기는 목적으로 만들어진 방망이 4개가 좁은 다듬잇돌 위에서 정신없이 마구 난무(亂舞)를 추는데 서로 부딪히지를 않습니다.
서로 조심하는 것입니다.
이 딱 다 닥 닥 다듬이 소리는 옛날부터, 글 읽는 소리, 아이 울음 소리와 함께 3대 듣기 좋은 소리 삼희성(三喜聲)이라고 하였지요. 다듬이 소리에 깊은 화합의 뜻과 근면, 검소, 안정, 평화 등 다양한 철학이 스며들어 있기 때문입니다. 다듬이질 하기 전에는 옷감에 풀을 먹이지요. 이렇게 되면 풀이 옷에 묻어서 바람도 막아주고, 풀이 묻는 부분은 매끈하여 져서 때가 덜 타고, 세탁할 때는 먹였던 풀이 같이 떨어지면서 때가 잘 떨어지기도 하였습니다. 이렇게 다듬이질을

장단에 맞추어야 하다가 보면 옷과 이불감의 주름이 펴지면서 **방망이를 든 두 사람에 끼었던 주름** 도 펴져 갔습니다.

고된 하루를 마감하는 다듬이질을 끝내고, 밥을 하러 새벽에 일어나면, 두 사람 사이에 있었던, 묘한 분위기는 말끔하게 정리가 되는 것이지요.

> 두들기자
> 　　　장단 잘 맞추어
> 패버리자
> 　　　리듬 잘 타면서
>
> 펴져라 지긋지긋한 주름
> 윤나라 눌러앉은 구김들
> 　　ㅡ「다듬이질과 삶」

다듬이질을 잃은 신세대는 주름을 펴지 못합니다.

어느 정도 방망이로 두들긴 후에는 옷감을 펼쳤다 접기를 반복하게 되는데 이렇게 되면 옷감의 주름이 펴진 것은 물론이고 옷감에서 윤기가 나기 시작했고요.

> 서릿발 날이 깊어지면
> 더 요란해지는 또 닥 또 닥
> 마주 앉은 이 무표정
> 장단 다르나 화음 또 닥닥닥
> 한탄조 육자배기 타령
> 펴져라 인생 찢어져라 운명
> 　　ㅡ「다듬이질」

구겨진 삶과 온갖 구김살 앉은 하루하루 일과에서 벗어나는 길은
방망이 들어 두들기는 것입니다. 과거 미래로 휘둘리는 나를.

그렇다고, 마구 두들기기만 하면 안 되지요.
장단 리듬을 적절히 하면서요.

살아있는 것 모두 꽁꽁 얼어버린 날
살아있어서 서러웠던 몸뚱어리 하나
팔랑거려 을씨년스러운 종이꽃 들려
버려지려고 쿨렁 쿨렁 끌려 나간다

북망산천이 머다더니 내 집앞이 북망일세
너허 너허 너화너 너이가지 넘자 너화 너
이제 가면 언제 오나 오실 날이나 일러 주오
에헤 에헤에에 너화 넘자 너화 너 - - -

상여 가락 구성지면 무엇하나
들리는 것 하나 없고
갑자기 쏟아지는 진눈깨비는
누굴 보라 내려치는가
　－「그 상여도 없이 바로 불구덩이」

'옛날에는 -'이라고 표현하기가 슬픈 풍습 중의 하나가 상례 때 쓰
는 상여입니다. 상례를 당하여 시신을 운반하는 기구를 상여(喪輿)
라고 하지요. 혼백을 운반하는 것은 영여(靈輿)라고 따로 나누기도
하지만 이 모두를 상여라고 합니다.

옛날 어렸을 때 고향에서는 가끔 내지는, 자주 보는 모습이었습니다. 이 상여를 메고 가는 상여꾼(향도꾼 또는 상두꾼)은 만가(輓歌), 회심곡(回心曲), 향두가(香頭歌), 향도가, 옥설개, 설소리, 행상소리로 불리는 구슬픈 노래를 불렀습니다. '메기는소리'와 '받는소리'를 번갈아 가면서 말이지요.

목소리가 구성지고 큰 사람이 앞에서 종을 치면서 앞소리를 메겼었습니다. '북망산천이 머다더니 내 집 앞이 북망일세', '이제 가면 언제 오나 오실 날이나 일러 주오.'라고 하면, 상여를 멘 상여꾼들이 '너허 너허 너화너 너이가지 넘자 너화 너' '에헤 에헤에에 너화 넘자 너화 너' 하고 뒷소리를 받아 노랫말로 한발 한발 묘지를 향하여, 관이 든 상여를 옮겨 나갔지요.

죽은 혼이 집을 떠나기가 서러움을 표현하는 서창(序唱)소리, 상여를 움직이며 부르는 소리인 행상(行喪)소리, 묘지인 산에 올라가면서 부르는 자진상여소리, 관을 묻고 땅을 다지면서 부르는 달구소리로 나뉘는 이 상여소리는 유(儒)·불(佛)·선(仙)적인 내용이 모두 인용되어 많은 가사를 넣었습니다.

이런 풍습은 고인이 된 사람의 넋을 위로하고 큰 슬픔에 휩싸인 유족들의 마음을 다독이는 데 큰 힘이 되었습니다.

죽음을 무겁고 심각하게 받아들이는 사회 분위기.

사람이 죽게 되면 시신은 풍장(風葬 : 땅 위에 버림), 매장(埋葬 : 땅속에 묻거나 돌로 덮음), 수장(水葬 : 물속에 버림), 화장(火葬 : 불에 태움)으로 처리됩니다. 이 구분을 역사적으로 보면, 사회관습 그리고 종교의 가르침에 따라 구분이 되었었지요. 현대에 들어와서는 주로 매장과 화장을 하였으나 최근에는 주로 화장을 주로 하고 있습니다. 한국은 한 해 약 31만 명이 사망합니다. 그중에 약 90% 정도가 화장하고 있고요. 화장이 주가 된 이유는 장지에 대한 자손들의 관리 문제 그리고 묘지 부족 문제 같은 현실적인 선택이었습니다. 이러한 어쩔 수 없는 선택에 따라 장례문화가 화장으로 확고하게 자리를 잡았지만,

그대 이제가면 다시 돌아오지 못해
너허 너허 너화너 너이가지 넘자 너화 너
그대 평생 고단하게도 살아왔다네
너허 너허 너화너 너이가지 넘자 너화 너
그대 이제가면 다시 돌아오지 못해
너허 너허 너화너 너이가지 넘자 너화 너
그대 몸 묶여서 어딜 가려 하시는가
너허 너허 너화너 너이가지 넘자 너화 너
그대 덮힌 꽃은 향기없는 종이 꽃들
너허 너허 너화너 너이가지 넘자 너화 너
그대 위 내리는 싸래기도 춥지 않네
너허 너허 너화너 너이가지 넘자 너화 너
요령소리 상여소리도 듣지 못하는군
너허 너허 너화너 너이가지 넘자 너화 너
자네 몸 썩어가는 냄새도 모르는가
너허 너허 너화너 너이가지 넘자 너화 너
너 묻고 돌아서며 모두 곧 웃으리
너허 너허 너화너 너이가지 넘자 너화 너
죽기 전 하고 싶은 것 하지 그랬나
너허 너허 너화너 너이가지 넘자 너화 너
—「이제 가면 언제 오나」

Fact는 예전처럼

　죽음을 무겁게 심각하게 받아들이는 사회 분위기가 아니고 가볍고 당연하게 받아들이는 사회 문화가 되었다는 것입니다. 여기에 '죽음을 묵상하며 사는 사회 분위기 조성'은 우리 삶을 좀 더 진지하고 행복하게 사는 기본이 됩니다.

지구별 잘난 척 하는 재미로 사는 바보 동물은
땅 위 살며 두 배도 넘게 넓은 바다 위 사는 듯 살아간다
백 미터도 넘는 파도가 겹겹이 덮치는 그 위에
가련한 배 띄어 종 횡 상 하 날름대는 현기증 모르는 척
　　　　　　―「알고 보면 자초한 파도 위에서」

배 운항.

배의 운항은, 수평인 종축 주위의 회전 진동(Rolling), 수평인 횡측 주위의 진동(Pitching), 연직축 주위의 회전운동(Yawing) 같은 회전 운동과, 연직축을 따라 상하동요(Heaving), 횡축따라 좌우동요(Swaying), 종축따라 전후동요(Surging) 같은 직선운동을 받는 배를, 파도와 바람의 높고 낮음 그리고 방향에 따라 균형을 맞추면서 하여야 합니다. 이 균형을 잘못 맞추게 되면, 갑판 침수, 선저노출(선체 바닥이 노출됨), 슬레밍(Slamming; 선저노출로 입수되고 파면의 충격력 작용) 같은 위험이 닥치게 되고요. 심하면 선체가 뒤틀리는 현상까지 오게 되지요.

빌지 킬(Bilge Keel), 핀 스태빌라이저(Fin Stabilizer), 질량 이동형 장치(Moving weight stabilizer), 감요 탱크(Anti-Rolling Tank), 러더 스태빌라이저(Rudder Roll Stabilizer) 같은 안정화 장치를 개발하여서 배를 안전하게 운항하고는 있습니다.

지구 해양의 면적은 3억 6,105만km² 면적에, 13억 7,030만km³의 바닷물 부피, 평균 4,117m의 깊이(최대 깊이는 11,034m)인 바다는 지구 표면의 70.8%를 차지하고 있지요. 과학자들은 지구에 최초로 생명이 탄생한 곳은 바다라고 보고 있습니다. 플랑크톤, 해조류, 파충류, 갑각류, 어류, 포유류가 살고 있지요.

인류가 바다를 잘 아는 것 같지만, 해양학자들이 탐사를 그렇게 오랜 시간 해왔음에도 불구하고, 우리가 바다를 아는 것은 바다의 약 10% 미만이라고 합니다.   얼마나 큰 미지의 세계입니까.

육지에 있는 높은 산들이 바다에도 있고요. 해저에서 화산이 폭발하고, 쓰나미, 폭풍, 해진, 계절풍도 있습니다. 월력 같은 힘으로 발생하는 파도는 몇백 미터 되는 것들이 관측되기도 합니다. 최고의 파도 높이 기록은 520m로서, 1958년 7월, 알래스카의 리투야 만(Lituya Bay)에서 발생했습니다. 그 규모가 얼마나 무시무시한지 상상이 안 될 정도이지요.

인류는 배의 중력보다 물이 떠받치는 부력이 큰 것을 이용해 길이 400m, 폭 59m(배를 수직으로 세우면 롯데타워; 555m와 비교) 정도 되는 쇳덩이 배에 2만 1,500개 정도의 컨테이너(길이 6.1m·폭 2.44m·높이 2.6m)를 싣고 운항합니다.

배가 파도의 꼭대기, 파정(波頂, Crest)에 중심이 걸치면, 파도의 부력에 의해 배의 허리 중심이 위로 휘어지게 되면서, 배의 선수와 선미는 돼지의 등 모양처럼 구부러지게 됩니다. 이를 호깅(Hogging)이라고 하고요. 반대로 배가 파도의 아래 부분, 파저(波底)에 배의 중심이 걸치면 선수와 선미는 각각 위로 올라가게 되면서 배의 중심 허리는 축 늘어진 상태 새깅(Sagging)이 됩니다.

작고 큰 산 같은 파도가 상하, 좌우, 전후 동요를 시키는데 배는 호깅과 새깅이 잘 적정하게 작용하도록 만들어지지요. 이 호깅과 새깅 현상을 잘 유지 못하게 되면 배는 파손되게 되고요.

사람 사는 것이 항해에 비교되기는 오래되었습니다. 바다의 어마어마한 파도를 헤치고 나아가야 하는 배와 세상의 파도, 그 무서운 세파를 정면으로, 측면으로, 때로는 후진하며 돌파해 나가는 사람들의 살아가는 모습이 서로 닮았기 때문입니다.

다만 배와 사람이 다른 점은

배는 여러 파도 극복 장치가 되어 있는데

인간은 그런 첨단 장치가 없다는 것이지요.

인간이 세파에 휘둘리는 것을 보면

아주 작은 돛만을 단, 돛단배가 휘청대는 모습입니다.

거기다가 돛도 잘 다룰 수 있는 기술도 없는, 그저 위태위태한 형태.

삶의 풍랑을 잘 헤쳐 나가는 '호깅'과 '새깅'은 어떤 것일까요?

유연성 입니다. 강약, 고저, 어떠한 경우도 받아들이는 유연성.

파도에 어떤 대책도 없이, 정면으로 대항을 하게 되면 배가 두 조각이 나듯이　　　　　　　　나의 삶도 난파되어 침몰하게 됩니다.

파도는 규칙적이지 않습니다.

삶의 파도도 마찬가지이고요. 그런데

인생의 파도 대부분은 내가 만들어 자초한 것이기 마련이기에

현명한 사람은 파도의 파고와 빈도를 자기가 감당할 수준으로

제어가 가능합니다.

커튼이 콜록 펄럭인다
창문을 닫아야 하는가
마음을 잠궈야 하는가
 ―「바람 들어오는 것을 모르니」

바람은 형태가 없다
그저 나무 흔들리고
커튼 펄럭임 보고서
 ―「마음에 바람 들어오는 것은 어찌」

오감으로 무엇을 잘 못 느끼는 나이가 되면, 바람이 들어와도 잘 모르게 됩니다. 그 바람 속에 날카로운 차디찬 칼날이 들어 있기 전에는 말이지요. 바람이 자기 몸속에, 정신 속에 깊숙이 들어오는 것을 방치하게 되면, 삶의 궤도에서 벗어나게 되지요. 그것은 건강에 직접 영향을 끼쳐 삶의 질을 파괴하게 됩니다. 그런 바람이 집 밖에서 횡행하는 것을 아는 것은 나무를 쳐다보면 됩니다.
　　바람결에 따라 휘둘리는 나뭇가지와 이파리들.
　　집 안으로 들어와서 횡포를 부리려 하는 것은 커튼을 보면 되고요.
　　바람 세기와 방향 따라 콜록대는 커튼자락.
　　　자기 마음 창 앞에 커튼을 하나　달아두시지요.

　　　　　꽃무늬 짙은 커튼 하나 달아두자
　　　　　수시로 무엇 드나드는 마음 창에
　콜록대는 바람이 불면 닫고
　화려한 빛 들면 살짝 여는
　　―「마음 창에는 커튼을」

맑은 유리 같은 마음 창에 커튼이 없으면 누가 밖에서 수시로 내
마음에 들어오기도 하고, 들여다보기도 합니다.

찬바람이 들어오는지도 모르고요.

너무 뜨거운 햇빛 들어 열 내기도 하고요.

커튼이 있으면 언제나 마음이 평온할 수 있습니다.

절대 고독의 경지에 이를 수도

차지도 덥지도 않고 쾌적하게 되고요.

한자가 누구에게는 한자

누구에게는 석자

늘었다가 줄었다 하는 자

그것 무엇인가

─「자를 들이댄다는 것은」

사람들이 스스로 아는 것, 더욱더 많이 하는 것이 있습니다.

자를 들이대기

사람을, 일을, 생각을 앞에 두고, 자를 들이댑니다.

긴가, 짧은가

자는 길이를 재는 도구이지요. 선을 그을 때도 쓰기는 하는데, 자
의 기본 목적은 길이를 재는 데에 있습니다. 자에는 금속제, 목제가
주를 이루고요. 대나무를 이용한 죽제(竹製), 두꺼운 섬유를 사용한
포제(布製)도 있으며 길이가 긴 자를 접어서 쓰는 접자(折尺), 긴 물
건을 측정하는 데 쓰는 돌돌 말리는 줄자(卷尺)가 있습니다. 산업의
특수 목적에 의하여 고안된 다양한 자들도 있고요. 학생들이 많이
쓰는 자는 30cm짜리 자를 비롯하여 삼각자, 반원형 자이었던 기억
이 나네요. 플라스틱이나 나무로 되어 있었습니다.

이 자는 Ruler입니다. 지배하다(rule)와 같은 어원이지요. 지배자(ruler)는 왕이었기 때문에, 자를 같은 단어로 쓴다는 것은 그만큼 '자의 권위'를 뜻합니다.　　　　언제나 절대적 권위의 자
　　　　　　　　누가 보아도 수긍되어야 하는 자

　이 자가 만약, 같은 길이를 두고　누구에게는 1이고, 누구에게는 3이 되며, 또 누구에게는 10이라고 한다면 이 자는 더 이상 자가 아니게 됩니다. 이럴 경우
　　　　누구도 신뢰 안 하는 자의 결과
　　　　아무도 믿지 않는 척도의 자　　　가 되고 맙니다.
이런 '엉터리 자''수시로 눈금이 변하는 자'가 있습니다.

　　1눈금 이었다가 금새 3눈금
　　스스로 늘어졌다가 줄어졌다가

　　이런 자를 수시로
　　사람에 갖다 대는
　　　─「그 결과 그대는」

　바로 인간들의 '자기 잣대'입니다. 자는 남과 내가 모두 인정하고 왕도 인정할 정도로 모든 이들에게 인정받으며, 변하지 않는 눈금을 가진 자이어야 합니다. 그런데 이 자가 '자기만의 눈금'을 갖고 있고, 또 이 눈금을 가진 자가 수시로 늘었다가 줄였다가 한다면 이 자로 잰 것의 결과는 '신뢰 상실'이 되지요. 신뢰할 수가 없는 결과를 갖고 판단하니 얼마나 실수가 많겠습니까.
　　　　사람을 보고 나만의 잣대　　를 들이대고
　　　　일과 생각을 두고 또 그 잣대　를 들이미니

그대여
이럴 때는 눈금이 촘촘한 자를
저럴 때는 눈금이 넓찍한 자를
갖다 대는 그대여
그대의
머리 둘레부터 재 보시라
입이 촘촘 넓찍한 그대여
　　—「자는 그대를 위해서 있으니」

　　어제도 비틀, 오늘도 비틀, 그러니 당연히 내일도 비틀

드르르륵 텅
관 닫히기 전에
후두두두 둑
흙 덮이기 전에

남이 원하는 삶이 아닌 내가 원하는 삶을
내일 하느라 소홀했던 가족과 많은 시간을
남 눈치 안보고 내 감정 마음껏 표현하고
과거 미래로 현재 휘둘리게 했던 것 피하며
내 마음 모두 터놓는 친한 친구 더 만나며
　—「관 뚜껑 닫히기 전에
　　불구덩이 들어가기 전에」

남이 내가 입던 옷 홀랑 벗기고 수의 강제로 입히기 전
　　　　남이 원하는 삶이 아닌 내가 원하는 삶을

남의 직업적 악력으로 내 발 팔 꽁꽁 묶어 버리기 전
                              내일 하느라 소홀했던 가족과
많은 시간을
  대량 제작된 관 뚜껑이 드르르륵 하다가 쾅 닫히기 전
                              남 눈치 안보고 내 감정 마
음껏 표현하고
  팔백도 불꽃 튀는 화장로 안에서 내 몸 숯덩이 되기 전
                              과거 미래로 현재 휘둘리게
했던 것 피하며
  조금씩 울어주다가 곧 모두들 웃으며 나를 싹 잊기 전
                              내 마음 모두 터놓는 선한 사
람 더 만나며
    ―「후회 덜 하는 삶이란」

  그대
  그렇게 아꼈던 눈동자
  아름다운 것을 보아 왔던 더럽고 아니꼬운 것을 보아왔던
  그대
  그렇게 소중했던 귀
  시끄러운 세상 소리 들어왔던 아름다운 자연소리 들어왔던
  그대
  그렇게 예쁘다던 입
  좋은 말을 하여왔던 남 험담하고 모함하고 욕을 하여왔던
  그대
  그렇게 잘랐다던 코
  고약하고 뒤집어지는 냄새 맡아왔던 향기로운 향 맡아왔던

그대
그렇게 영특한 머리
선하게 썼던 남을 속이고 교활하며 교만하게 사용을 했던
그대
그렇게 보살피던 몸
몸에 좋다는 것만 먹고 매일 힘들게 운동을 열심히 했던

팔백도 불길에 숯덩이 되고 있고
벌레가 그대 구석구석 파고 들고
　　ㅡ「그렇게 되기 전에」

내가 만약 지금
내가 원하는 삶이 아니고 남이 원하는 삶을 살고 있다면
내가 만약 지금
내일 하느라 내 가족과 시간을 많이 못 갖고 소홀하다면
내가 만약 지금
여기 저기 남 눈치 보면서 내 감정 늘 숨겨 살고 있다면
내가 만약 지금
과거 미래 끌고 다니는 것에게 휘둘려 현재에 못 있다면
내가 만약 지금
마음 없는 인간들 만나느라 친한 사람과 시간 못 한다면
　　ㅡ「내 관 뚜껑이 잘 닫힐까」

그대 관 뚜껑 닫히기 전 막심하게 후회할
그것을 아직도 하고 있는 자들은 불행하다
　　ㅡ「그것 아는 자는 이미 천국에서 사니」

사람들이 죽기 전에 후회하는 것들이 어디 하나 둘이겠습니까!
　그것이 무엇이 될까 를 항상 마음에 품고 있는 사람은
　　　　　　　　　분명 행복한 사람입니다.
왜냐하면 그 사람은 적어도 그 막심한 후회를 하지 않기, 위해
　항상 깨어 있을 것 이기 때문입니다.

깊숙하게 푸른 하늘 보며
미소를 짓는데
가깝게 검은 구름 덮치며
가소롭다 하네
　―「헛되다 하네」

하늘 님 멋진 그림 솜씨들에
그대 고개 올려 손 모으는가

그 황홀 구름 모습은
언제나 얼마 안 있어

비가 되었다가
눈이 되었다가
　―「결국 나에게 스며드는 것」

땅의 것들이 시시해 보이거나
땅의 것들이 야속해 보이거나
땅의 것들이 지저분해 보이면
　―「하늘을 본다 하늘을 본다」

하늘을 쳐다보며 손 모으거나
하늘 올려보며 눈물 흘리거나
하늘 우러르며 미소를 지으면
　　　　　　　　구름 몰려든다 덮쳐온다
　-「먹구름 원숭이 그려오네」

원숭이는 인간과 가장 많이 닮은 동물입니다. 인간의 유전자
하고 96% 정도가 같습니다. 생물 분류학 기준 '종(種)-속
(屬)-과(科)-목(目)-강(網)-문(門)-계(界)'에 따르면 고릴라, 침팬지,
오랑우탄은 사람과(科)에 속합니다.

　이중 침팬지는 인간하고의 DNA 유사성이 98.8% 정도이고요.
약 600만 년 전 인간과 침팬지가 진화과정에서 갈라졌다고 과
학자들은 보고 있습니다. 인간과 닮다 보니, 원숭이는 영특하고 재
주가 많으며 변화무쌍한 수호신의 상징이었습니다. 반대로 인간의
어두운 면인 잔꾀, 어리석음, 미숙함, 성급함의 상징이 되기도 했고
요.

　인간들은 살아가면서 주위의 사람이나 일들이 지저분해 보이고,
시시해 보이며, 야속해 보이면 하늘을 쳐다봅니다. 맑고 푸른 하늘
을 보면 마음이 조금은 편안해지면서 미소를 짓게 되지요. 그러나 그
미소는 오래 가지 못하기 마련입니다.

　그 넓은 하늘에 그렇게나 큰 먹구름이 금세 몰려옵니다. 그 먹구름
은 여러 모양을 하고 있지요. 칼, 화살, 총, 대포 모양을 하면서 실제
로 불을 뿜기도 합니다. 또 어떤 때는 여러 동물의 형태를 하기도 하

지요. 원숭이 모양을 한 구름이, 하늘을 쳐다보고 있는 인간을 조롱하듯이 보고 야릇한 미소를 짓습니다. 그 먹구름 원숭이는 비가 되었다가, 눈이 되었다가 땅에 내려와 다시 수증기로 하늘에 오르다가 하는 변화무쌍한 모습을 보입니다.

비 속에는 눈이 살아있다
눈이 떨어져 얼어도 비는 살아있고
비는 살려지어 하늘로 올라 구름이 되고
한쪽 먹구름 속에는 따스한 비가 살아간다
비는 시도록 하얀 구름이고 시커먼 구름이고
그 속에는 하얀 사람 검은 사람 누런 사람이 있으니
　　－「비는 눈이고 구름이고 사람이다」

구름이 비고, 빗줄기가 눈이며, 눈이 아지랑이이고, 아지랑이가 먹구름인데 어찌 사람이 되어서 황인종, 흑인종, 백인종으로 절대적으로 나누어 벽을 쌓는지요! 어찌 사람들이 모여서 진보, 보수로 나뉘고, 동서남북, 세대 갈등, 젠더 갈등, 국경으로 쪼개어지는지요!
　　　　원숭이같이 변화무쌍한 세상처럼 보이지만
　　　모두 같은 사람이고 모두 같은 구름/눈/비/아지랑이입니다.

맹수들 배곯는 소리 난무하는 숲에서
아직도 도망 나오지 못한 잔설(殘雪)들
깨끗한 것끼리 그리 껴안고 있어서
순백의 전설(傳說)을 만들려고 하는가
　　－「잔설은 녹지 않는다」

저 들판에 흐드러지게 피어나는 봄꽃들 보고도
꽃 사이를 유혹의 몸짓으로 나는 나비들 보고도
부러진 나무들 아래에
그저 아직 녹지 않아
　─「잔설(殘雪)」

아직 숨 막는 하얀 가면을 벗을 수가 없다
강제로 부러져야 했던 그 순간 입은 흰 상처

저렇게 완벽해 보이는 들녘의 들꽃들 속
현혹 난무하는 잔인한 봄이 무슨 소용인가
　─「잔설(殘雪)은 영원히」

　　　　녹으면 지저분해진다며
　　　　숲속 깊이 도망 다니다
　　　　전설 되었다지
　　　　모두 소멸 흡수되어도
　　　　그 이라도 이마 차갑다
　　　　전설 되었다지
　　　　　─「잔설은 전설 되었다지」

겨울이 깊어갈수록 잔설 생각이 납니다.

　겨울이 무거워질수록 겨울은 얼마 안 가 곧 가벼워진다는 것이지
요. 그 매서운 겨울이 야위어서 가벼워지면 봄이 온다는 것이고요.
　봄의 춤사위가 야금야금 사뿐사뿐 커질수록, 겨우내 쌓이기만 했
던 깊은 숲속의 눈들도 할 수 없이 녹아야만 하지만, 아직까지는 겨

울의 울타리 안입니다.

　저 아래 동네에는 꽃들이 만발하건만, 높은 산 부러진 나무들이 모여 사는 곳에는 나무들 밑에 아직도 눈이 얼어 있습니다.
　　　　잔설은 전설입니다.

　　　　꽃 달력 한 장 올린 지 얼마 안 되어
　　　　또 한 장 넘겨보았더니 또 꽃들 만발
　　　　저 코요테들에 쫓겨 숨어 들어간 숲속
　　　　아직도 잔설 속 전설로만 살아가야 할
　　　　　－「잔설 속 전설」

　달력 그림들은 곧 모두 노랗고 빨갛게 화려하게 물든 모습이 되겠지만, 아직도 이 세상 깊숙한 곳에 홀로 깨끗하고 하얀 채로 남아 있습니다.　　　　잔설 같은 사람이 많았으면　좋겠습니다.　　그들이 이 지구별의 유일한 희망이고 전설이 될 것이기 때문입니다.

　그 이가 사라지니까
　　내가　살아지더라
　그 일이 사라지니까
　　네가　살아지더라
　　－「사라지는 만큼 살아지더라」

　사람이 지금 살고 있다는 것은 하나를 가지고 있다는 것입니다. 인간의 머릿속은 찰나라는 시간에 하나만을 보유할 수가 있습니다.
　　　　두뇌는 절대로 동시에 하나 이상을 생각 못합니다.
　하나가 자리를 차지하고 있으면 다른 하나 그리고 하나 이상은 결

213

코 들어가지를 못하는 것이 골의 구조입니다. 하나를 비운 자리에만 다른 하나가 들어 올 수가 있습니다. 그러면 소중한 하나를 머리에 넣고 있기 위해서 지금 내 머릿속에 있는 것을 비워내야 하는데 바로 무엇을 넣어야 하는지 무엇을 비워내야 하는지를 아는 것 이 도의 기본입니다.

내 머릿속에서 사라지는 것이 있어야 나의 생명을 살리는 생명수가 들어옵니다. **하나를 버려야 하나를 얻을 수 있습니다.**
얻은 하나에 집중하고
미련 없이 쫓아낸 하나를 잊어버릴 때 하늘은 열립니다.

듬성듬성
조각 안 맞추어져
머릿속 이미지 잡히지 않는다

띄엄띄엄
연결고리 끊어져
말을 한마디도 할 수가 없다
　　─「배신 그리고….」

추운 겨울에 믿었던 사람에게 배신당하면 머리가 그림을 잡지를 못합니다. 이미지 캡처가 안 되는 것입니다. 필름이 듬성듬성 구석구석 빠지면서 돌아가니, 이것이 무슨 그림인지 알 수가 없습니다. 사람인 것은 맞는데, 이것이 누구인지, 내가 아는 사람인지 잘 모르게 됩니다. **정신착란이라고 안다면, 너무 비참해집니다.**
이런 기가 막힌 상황, 절대적으로 다른 방법이 떠오르지 않는 경우 앞에서, 무슨 말을 하기는 해야 조그마한 실마리라도 찾아서 풀어 볼

터인데, 말이 띄엄띄엄해서 문장이 되지를 못합니다. 주어, 목적어, 보어 이런 형태가 파괴되어서, 그저 짐승의 울부짖는 소리인지도 모르겠습니다. **언어 상실증이라 안다면 너무 가혹합니다.**

      사람의 배신   사회의 배신

           에 대하여…. 그다음 말은 생각이 나질 않습니다.

      몸이 얼어버린 계절

      맘이 붙어버린 겨울…. 그 다음 글은 써지지 않습니다.

무릎에서 경련 나도 두 손 더 꽉 쥐는 그에게
기도는 비는 게 아닙니다
기도는 비우는 것이지요

엎디어 이젠 지쳐서 흐느끼지도 못하는 그에게
기도 구걸하는 게 아니고
내가 해결하겠다 선포하고

지금 이것 믿기지 않는다며 머리 감싸는 그에게
기도는 불만 토로 아니고
없는 것도 감사해야 하는
   —「당신이 그 처지를 알기나 하고 그렇게」

  강론이나 설교를 잘한다는 분들이 말하는 내용을 일부러 들어 보려고 노력했던 때가 있었습니다. 학생들 가르치는 데 도움이 될 것 같아서였습니다. 그분들의 명성은 한마디로 '어떤 희망을 주는 말의 힘'이라고 볼 수가 있었지요. 다시 말해, 긍정적 사고가 지금의 비 긍정적 상황을 변화시킨다는 것이 '가운데 토막' 정도로 볼 수가 있었습니다. 저도 학생들에게 이렇게 밝은 측만 강조하면서 임했는데, 나이가 들어갈수록 이런 방향에 의문이 서서히 가더니, 어느 순간 '아 – 이러면 안 되겠다.'라는 확신이 들었습니다.

비워야 한다.　　　　　☞ 더 비울 게 있기나 합니까.

내 스스로 해결해야 한다.　☞ 손가락 하나도 들기 힘들고 숨 쉬는 것도 벅찬데　　　　무엇을 해 보라는 것인지요. 무조건

감사해야 한다.　☞ 이 절벽 처참한 상황에서 감사하라니요.

기도는 신과의 커뮤니케이션이지요. 대화입니다. 상대방은 아무 응답이나 관심이 없는데, 나 혼자 말을 하면서 의사를 전달하면 그것은 대화가 아닙니다.

기도는, 불평/불만하는 것이 아니고/구걸하는 것도 아니지요. 무조건 이루어지니 감사해라. 걱정도 하지 말아라 하는 것도 아니고요. 기도에 임하는 절박한 상황을 정확히 이해 ☞ 접근하지 못하면
기도는 일방적인 외침에 불과하게 됩니다.
신으로부터의 응답은 들을 수도 없고
주위 사람으로부터 공감은커녕, 반감까지 불러오게 됩니다.

단절의 담벼락 꽃 그림
겨울에도 꽃 피어있다

그 앞 지나는 노인 맘
꽃 진지 그리 오래건만
　－「담벼락 꽃과 노인」

담벼락 꽃들은 지겹게 질기다
향기도 없는 것들이

겨울에도 피어있는 배짱이란
그래도 아름답다고
　　ー「꽃은 담벼락에서도 피어야」

해 움직이면 따라 움직이고
해 짧아지면 시커먼 주검인
해바라기꽃

길고 긴 동네 서리 낀 담장
아직도 활짝 웃고 피어 있는
해바라기꽃
　　ー「나의 해바라기꽃은」

단절과 경계의 담벼락
찰날 달린 서리들 텐트 쳤다
꽃잎도 씨앗도 아직 인
해바라기 꽃들 선명한 위로
　　ー「그래도 꽃 담장」

기나긴 담벼락에 꽃 피어 있다
얼지 않은 것 없는 절망 계절에

질기게 살아온 여인 갈라진 입술
억지로 올리며 셀카 찍어 보는데
　　ー「담벼락 꽃에서 향기나다」

담벼락 꽃 보면 간지럽다
눈을 어디에 두어야 할지
　　　　　　　향기가 안 난다고 하는가
　　　　　　　담벼락 꽃은 길기만 하다
　　－「꽃담은 길기만 하다」

낯선 흰서리로 도배된 시멘트 담장
긴 캠퍼스 위 해바라기 꽃 만발이다
　　　　　　　낙엽이란 낙엽은 모두 먼지 되었건만
　　　　　　　해 사라져도 꿈쩍 안 하고 활짝이라
　　－「당신 마음속 해바라기」

이글거리는 태양을 안고 살았지
태양의 화가
노란색 조각 캠퍼스 깊이 새기며
해바라기 화가
어렸을 때 일제히 희망만 보면서
한 곳만 보고 기쁨으로 노래하면서

왜 지글거리는 절망만 품었나
절망의 화가
하늘도 별빛도 마음도 소용돌이
무엇 말하나
작은 캠퍼스에 어찌 다 담으리
그림 속 변해가는 지구별 빛들
　　－「고흐 무엇을 자르려 하나」

태양의 화가
뜨거운 열정으로 붓질한다
설렘 기쁨 희망의 노랑 물감 풀어서
격정의 태양 해바라기꽃 그려나가나
절망의 화가
화실 큰 해바라기 못 채워
조각 같은 입체감 빛 서서히 잃더니
듣는 것 사는 것 모두 헛되다 자르고
　　―「빛바랜 고흐의 노란색」

벌판에 일렬로 서서
일제히 한쪽만 응시하고 있는
해바라기꽃들

시골집들 긴 담장
고흐 손길 갇혀 잎들 씨앗들
모두 시들었고
　　―「보고 웃는 이는 누군가」

고흐 거친 숨결 여기까지

해 바라보지 못하는 해바라기들 이파리 씨앗 시든 채
허름한 시골 담장 그려져 일제히 어느 한 곳 보고 있네
　　―「절망만 보네」

해바라기꽃 하면 생각나는 것이 두 가지입니다. 빈센트 반 고흐

(Vincent van Gogh)와 이탈리아 토스카나 주(Regione Toscana) 지요. 고흐는 '태양의 화가'로 불릴 정도로 노란색의 해바라기 그림을 많이 그렸습니다. 남은 해바라기 작품만 12개가 됩니다. 고흐가 1년간 살던 프랑스의 아를에서는 해바라기 씨 기름을 위한 해바라기를 많이 재배하였습니다. 제일 흔하던 꽃이기도 하였지만, 고흐는 해바라기의 강한 생명력과 생장 과정을 지켜보며 해바라기를 사랑하였을 것입니다. 헤바라기(Sunflower/Helianthus)는, 어렸을 때는 태양을 바라보며 자랍니다. 많은 식물이 그러하지만, 특히 어린 해바라기들은 일렬로 줄을 맞추어 서서 태양이 움직이는 대로 따라, 고개를 같은 곳을 향하면서 성장합니다. 그 모습을 지켜보고 있노라면, '해바라기하고 태양은 DNA가 몇 퍼센트나 같을까?' 하는 경이로운 생각까지 듭니다.

한국에서는 관상용으로 많이 기르지만, 유럽에서는 기름을 얻기 위해 많이 재배하지요. 미국에서는 2천~3천 년 전부터 인디언들이 식량으로 해바라기를 재배하였고, 이것이 콜럼버스의 미국 발견으로, 1510년에 미국에서 스페인으로 건너가 유럽에 퍼졌습니다.

토스카나 지역에 8월경에 가 보면, 그 넓은 벌판을 해바라기들이 노란 융단을 깔아 놓듯이, 활짝 피고 서 있는 장관을 볼 수가 있습니다. 이 모습을 작은 화폭에 담아서 파는 거리의 화가는, 사람이 많은 토스카나 지역 어디에서든 잘 볼 수가 있고요. 이 화가들은 아마도 해바라기를 그리며, 고흐를 문득 문득 생각하였을 것입니다.

토스카나 지역은 피사 대성당, 피렌체 역사 중심지구, 시에나 역사 중심지구, 산 지미냐노 역사 중심지구, 피엔차 역사 중심지구, 오르챠 계곡(Val d'Orcia : 발 도르챠), 메디치 가문의 빌라와 정원, 이상 총 7개의 유네스코 세계문화 유산을 갖고 있을 정도로 세계적으로 유명한 문화관광 지역입니다. 특히, 유럽 사람들은 이곳에 장기 투숙하면서 휴가를 즐기지요. 토스카나는 역사적으로도 유명하지만, 와이너리로도 명성이 있습니다. 끼안띠(chianti), 몬탈치노(Montalcino), 몬떼풀치아노(Montepulciano), 비온디 싼티(biondi santi) 같은 최상의 와인들이 이곳에서 생산됩니다.

고흐가 만약 토스카나 지역에서 그림을 그렸다면, 좀 더 작품 활동을 오래 할 수 있지 않았을까? 그토록 비극적인 길로는 가지 않았을까? 하는 안타까운 생각을 하게 하는 지역이기도 하고요.

그 고흐의 강렬한 붓의 해바라기를 고국에서 본 적이 있습니다. 서리가 온 세상을 희게 덮어 버리고 시침 뚝 떼는 모습이 하나도 이상하지 않은 시기. 새벽에, 산을 향하여 가는 시골길을 서서히 걸으며 돌아서는데, 시골집들의 담장들 모두가 꽃단장하고 있었습니다. 개나리, 장미, 무궁화 등 철따라 다르게 피는 꽃들이 모두 벽에 그려져 있었지요. 그중에 해바라기꽃들이 만발한 담장도 있었고요. 고흐의 해바라기 그림에 감명받은 화가가 고흐를 생각하며 그렸다는 것을 금세 알아차릴 수 있었습니다. 　겨울에 꽃들이 활짝 피어 있습니다.

담벼락에서도 향기가 날까? 벽에 그려진 꽃들 입장에서는 얼마나 서러울까? 지고 싶어도 질 수가 없으니.

　　　산언저리 동네 담벼락
　　　장미꽃 한창 활짝 피었다　　　활짝 활짝
　　　땅덩어리 하얀 날 덮었는데

　　　노랑나비 언제 오려나
　　　작년 온 벌 언제 오려나　　　붕붕 붕붕
　　　빨간 장미 향기 그윽한가
　　　　－「12월 꽃담 장미」

시골 담벼락 그려진 꽃들은 서럽다
몇 년째 이파리 꽃잎 지고 싶어도
까맣게 씨앗 맺고 사라지고 싶어도
언 계절에도 억지웃음 짓고 있어야
　　　　—「꽃담 그림은 서럽다」

누가 담벼락의 꽃들인가
누가 담벼락의 주인이고

누가 담벼락 그림 그렸나
언제 그림들 지워지려나
　　　　—「누가 갑이고 누가 을인가」

　산행을 마치고 내려오며 늦은 점심, 국시 한 그릇으로 지친 몸을
쉬게 하고는 다시 그 꽃담으로 오게 되었습니다. 나이를 가늠하기
어렵게 얼굴에 회칠을 두껍게 한 여인이, 서리가 사라진 그 꽃, 담 앞
에서 홀로 셀카를 찍고 있습니다.
　'저런 빨강색도 있구나' 할 정도의 짙은 색으로 입술을 칠한 입이
활짝 웃고 있습니다.

서릿발 아직 남은 담벼락
꽃이 피었네 꽃이

세상 모든 이파리 꽃들이
먼지 된 지 오래인데
　　　　—「퍼져라 향기 퍼져라 인생」

겨울 시골 꽃담에 해바라기
피었네 활짝 피었네
그 앞에 진하고 진한 화장
셀카 찍는 여인이여
퍼져라 향기 퍼져라 여생
　　　ㅡ「겨울 해바라기 꽃담」

봄인데도 못 피웠던 장미
12월에 만발하네
여름인데도 이파리 없더니
겨울에 활짝이네　　　　징글 벨 징글 벨

시골 담장 그려진 장미들
향기가 나려는가
셀카찍는 립스틱 진한 여인
활짝 웃어본다네　　　　징글 벨 징글 벨
　　　ㅡ「크리스마스 꽃담 장미」

저 여인의 삶도 활짝 피었으면 좋겠습니다.
여생이라도
꽃담에 그려진 꽃처럼　　　오래도록.

삼가 진정성의 명복을 비나이다
사람들 눈동자 속 사라진
삼가 정의 진실 명복을 비나이다
불의 뻔뻔함에 목숨 다한

삼가 공정 객관성 명복 비나이다
자기들만 옳다 해 버려진
　─「삼가 우리에게 조의를 표합니다」

　천주교에서는 매년 죽은 모든 이를 기억하는 축일이 있습니다. 11
월 2일, 위령의 날(慰靈의 날 : Commemoration of All the Faith-
ful Departed)입니다.

　사람이 죽는 것을 그냥 죽었다 내지는 사망했다 하면 고인에 대한
예의가 아니기 때문에, 이런 표현 보다는 운명, 작고, 타계, 별세(別
世) 같은 단어를 사용합니다. 존경받을 만한 사람에게는 서거(逝去)
라고 하고요.

　가톨릭에서는 선종(善終)이라는 말을 씁니다. '선하게 살다가 복되
게 생을 마쳤다'는 뜻 선생복종(善生福終)의 준말이고요.

　불교에서는 입적(入寂), 열반(涅槃), 멸도(滅度), 입연(入宴), 입멸
(入滅), 입열반(入涅槃), 적화(寂化), 입정(入定) 같은 다양한 단어를
선택합니다. 개신교에서는 소천(召天; 하늘이 부름)이라고 하지요.
영어에서는 'pass away'를 제일 많이 쓰는데 동양권의 죽음 표시보
다 간단해 보이긴 하지만 표현에서만 다를 뿐 동서양 모두 죽음을 심
각 엄중하게 받아들이기는 마찬가지입니다.

　사람의 죽음은 막중하여서 '죽음 앞에 모두 조심'스러워 합니다.
망자 영전에 조의를 표하는 방법도 신중하기만 하지요.

　"삼가 조의를 표합니다…. 얼마나 비통/애통하십니까…. 뭐라 드
릴 말씀이 없습니다…. 상심이 크시겠습니다…. 참으로 슬프시겠습
니다…." 라며 말끝을 제대로 맺지 못하는 것이 대부분입니다.

　가까운 정을 나누던 사람이 생명을 다하게 되면 매우 슬픕니다.

　이것에 못지 않게 슬픈 것이 있습니다.

지성을 갖춘 사람이면 누구나 동감하는 슬픔이지요.
참으로 믿을 사람이 없다는 것.
없다는 것은 죽었다는 것 이기도 합니다.

　마음을 모두 열고 눈동자의 반짝임을 나눌 사람이 주위에, 하나 둘
사라지더니 드디어 모두 전멸되고 마는 사회.

　　　　　언제나 깜장 밤 고개만 들면
　　　　　반짝반짝

　　　　　쏟아져 흐를 것 같던 별 반짝임
　　　　　다 어딜 갔을까

　　　　　아무리 여기 저기 돌아보아도
　　　　　반짝반짝

　　　　　눈동자 반짝이는 사람 없다네
　　　　　다 어딜 갔을까

　　　　　　　　　하늘과 땅은 하나
　　　　　　　　　눈빛과 별빛 하나
　　　　　－「반짝 반짝」

　누가 보아도 보편타당성이 있으며 객관적으로 보아도 모두 수긍
이 될 만한 사실이, 서서히 사라지다가 그냥 팍! 죽어 버린 사회. 모
두가 입만 열고 귀는 닫아 버리고 있는 사회. 그래서 뿔 달린 주관들
이 갑질을 마구 휘두르는 사회.

신은 진흙을 빚어
귀를 두 개 만들고
입을 하나 만들었다
인간은 첨단기술로
입을 넓은 두 개로
귀를 한 개로 바꿔
―「세상이 이 지경에」

　인간들의 마음속 양심이 말라비틀어져 재가 되고 말아, 뻔뻔한 사람들이 번쩍거리고 활보하니, 불의가 창궐하고 정의는 역사책에서나 찾아보아야 할 정도의 사회.

정의/진실/공정/객관성/진정성
영전에 삼가 조의를 표합니다.

　　　　　　같이 양심 죽어 가신 우리 모두의 명복을 빕니다.

가시나무 가시가 내 손으로 옮겨오며
까만 피를 뿜어대지만
그 뾰족 가시로 수의를 지어야만 한다
비명으로 삶 지어왔기에
―「가시 수의」

　　　　　헐렁하게 편한 옷을 입는 날이 온단다
　　　　　그리도 빠듯하게 살더니
　　　　　공기 잘 통하는 옷 걸치는 날이 온단다

그렇게 갑갑하게 살더니
마지막 한 벌 남이 입혀주는 날 온단다
뻣뻣하게 이미 굳어져 간
―「수의 입는 날 온단다」

수의(壽衣)는 죽은 사람에게 입히는 옷이지요.

수의는 헐렁합니다.

평생을 넉넉하지 않게 빠듯하게 살아 온 영혼에 마지막 배려 때문일 것입니다.　　　수의는 통풍이 잘 됩니다.

인생 내내 그저 가슴 답답한 일만을 겪어 온 고인에 대한 예우 때문일 것입니다.

수의는 삼베, 인견, 한지, 인견, 면 같은 것으로 만들어지지요. 평생을 힘겹게 산 고인을 위하여 자손들이 한 벌 마지막 선사하는 것이 바로 이 수의인데, 이 수의를 자기 자신이 스스로 마련해 보는 것도 좋습니다. 어떤 옷을 입고 이 세상을 하직할지를 자신이 죽기 전에 한 벌 마련하여 두고, 가끔 입어 보는 것이지요.

도 닦는 데 도움이 됩니다.

이렇게 이야기하면, 분명 프리미엄 수의 또는 황금 수의 같은 것을 생각하는 분도 있을 터인데 이런 분한테 딱 어울리는 것은 '가시 수의'입니다.

차를 마시네
언 마음 언 손 끝자락 따사하게 하는

차를 마시네
따를 때 작은 계곡 낙수 소리를 내는

차를 마시네
내 속에 내가 홀로 가부좌 튼 시간에

차를 마시네
점점 비워져 가다 결국 모두 사라지는
　ー「내가 나를 마시네」

　　　　　　　　　　　　　　　　누가 물었다
　　　왜 차를 마시냐고　　나도 물었다
　　　왜 차 안 마시냐고
　　　ー「우문현답」

차물 올려놓고 나를 올려놓네
향기로운 차 떫은 삶 섞어서

불을 올려보네 나를 집어넣고
찬 세파 인심에 얼어버리고 만

가두어졌던 계곡물 낙수소리
찻잔에 쏟아진 후 합장하는가

잔에서 소용돌이 몰아치는데
마음은 거꾸로 잠잠해지고

한 모금의 감촉은 첫 입맞춤

비워갈수록 채워지는 찻잔이
　―「차도(茶道)」

햇차 우리는 동안 나를 우려 보네
기다리는 동안도 사라지는 것들

찻잎들과 내가 어지럽게 붙로서
일어났다가 다시 가라앉아 보네

세상 떫은맛을 우리고 끓이고
내려 보아서 이리 달기만 한가
　―「떫지 않은 햇차」

　날씨가 차서 추운 건지, 사람들 마음을 보니 내 마음조차 차가워
져서 추운 건지 잘 모르겠는 날이 며칠째 지속되고 있습니다. 이럴
때는 차를 더욱 자주 마십니다. 차를 많이 마시면 밤에 잠이 안 와
도 마십니다. 어차피, 이런 세상에서 밤에 잠 안 오기는 마찬가지이
니까요.

　차를 마시면 손의 변방, 끝자락이 따스해집니다. 너무 많은
　일을 하여 뼈마디 마디가 다양하게 이상하여 오는데도, 손
에 일을 시켜야 식사라도 할 수 있다는 것이 손가락들에서 미안하
기만 합니다. 손은 찹니다. 찬물에 담그고 있을 일이 많기 때문이겠
지요. 잠시라도 그것도 손끝이라도 따스하게 해주려고 뜨거운 차를
마십니다. 손끝이 따스해지면 사람인심, 세상 세태에 얼었던 마음도
조금은 녹아 가기에 차를 마십니다.

　차를 마실 때는, 혼자 마시는 것이 좋습니다. 여럿이 마시며 떠들
다가 보면, 차를 잔에 따를 때 나는, 낙수 소리에 집중할 수가 없습

니다. 도심에서는 계곡의 물소리를 들을 수가 없지요. 그렇지만, 차를 끓인 용기에서 찻잔으로 떨어지는 찻물의 소리는 어찌도 그렇게 작은 계곡에서 떨어지는 물소리 같은지요. 그 소리를 들을 때는 희열까지 느끼게 됩니다.

차를 마실 때는 내가 마시지 않습니다. 내 속에 있는 내가, 차의 따사로움과 향기 그리고 차의 고유한 맛을 마시게 됩니다. 그러면, 내 안에 진정한 내가 서서히 우러나게 되지요. 그러면 당연히 내가 확연하게 보이게 되기 때문에 가부좌를 틀지 않았더라도, 그 시간을 음미하느라, 매우 조용한 시간에 차와 마주합니다.

차를 마시면, 시간이 갈수록 찻잔에 담긴 차가 줄어갑니다. 그 줄어가는 차와 나의 마음을 같이 하다가 보면, 어느 순간에 찻잔의 차는 하나도 안 남게 되고, 동시에 내 속이 결국 텅 빔을 느끼게 되지요.

**결국 차를 마시는 것은
내가 나를 마시게 되는 것입니다.**

아궁이 같은 사람 있었다 전해진다
며칠 허기에 따스한 밥 먹게 하는
윗목 아랫목 골고루 따스하게 한
은은하게 훈훈한 구들장을 만드는
백색 영혼 굴뚝 연기로 손짓하는
　　ー「태고 전설에」

겨울에는, 차가운 겨울에는
　　　　살벌한 겨울에는 구들장이, 아궁이가 그립습니다.
겨울에는, 어두운 겨울에는

까칠한 겨울에는 구들장, 아궁이 같은 옛사람이 눈물이 나게 그립습니다.

삶은 무언가요

아이가 물었다

보자기를 싸고 있던 차에 들은 질문이라 귀찮기도 해 삶은 보자기라 아무렇게나 대답해 놓고 멍하니 생각해 보니

삶은 정말 그렇게 무엇인가를 끊임없이 집어넣고 매듭을 묶었다가 그걸 꺼내려고 다시 풀었다의 도돌이표이고

지금은 탱탱하게 잡아매 두었던 것들도
어차피 모두 풀어 꺼내어 느슨해지리니

너무 꽉 쥘 것이 무엇이던가
마구 담아둘 것 또 무엇인가
　　－「삶은 보자기」

보(褓)는 네모난 천입니다.

어떤 것을 덮을 때도 쓰지만, 대개는 물건들을 쌀 때 씁니다. 작은 크기의 사각형 보를 보자기라고 하지요. 한국 민족에게 보자기는 매우 친숙한 천입니다. 특히 여인들에게 요긴한 헝겊이었고요. 물건과 음식을 나르기 위해서 동원되는 것은 언제나 보자기였으니까요. 여인들에게 친숙하다 보니 보자기에 수를 놓아(수보; 繡褓) 선물을 포장하는 데 많이 사용하였지요. 이것이 발전하다가 보니 어느 정도의 문화 예술 경지에까지 이르게 되었고요.

가난한 초등학교 시절에는 아이들이 책과 도시락을 이 보자기에 싸서 등하교하였습니다. 거의 모든 학생이 보자기를 가방같이 갖고

다녔지요. 보자기에 책을 둘둘 말아서 어깨에 가로질러 질끈 매어 사용했습니다. 그러다가, 중학교에 들어가면 학교 이름과 로고가 새겨진 책가방을 들고 다녔고요.

짐을 보자기로 싸면 '보따리'라고 했습니다.

이 보따리 짐에 귀하게 여기는 것을 담게 되면, 보자기 묶음을 단단히 꽉- 힘주어서 하게 되지요. 어떤 때는 보안상, 그 매듭의 방향과 매듭 숫자를 표시해 두기도 했었습니다. 어디에다가 귀하게 숨겨둘 장소도 변변하게 없었고- 사실은 별로 값이 비싸거나, 중요한 것이 없었던 가난한 시절 이야기입니다.

꽉 매듭지어진 보자기는 맬 때도 힘들지만
풀 때는 손가락 끝에 온 힘을 다해야 겨우 풀 수가 있었습니다.

묶으면 묶는 만큼 내가 묶이게 됩니다.
풀어내면 푸는 만큼 나도 풀리게 되고요.

그러니 곰곰이 생각하여 묶인 것을 찾아내고　　　그것을 풀어내는 것　　　그 보자기 안에 평온이 들어 있습니다.

힘내라 힘내
그 말에 더 힘도 진도 빠지고
용기 내 용기
그 말에 마지막 용기 사라지고
할 수 있어
그 말에 아무것도 할 수 없고
　－「함부로 그렇게」

인간들이 함부로 말하는 것이 어디 하나 둘인가요.

그 '툭 –' 뱉어 버리는 한 마디가 더 고통을 주는 것이 어디 하나 둘 인가요. 힘은커녕 진도 빠져서 완전 고갈되어, 눈도 10% 간신히 뜨 고 있는데   '아자 아자 힘내'

혀가 돌돌 말리고 침도 말라 뻑뻑하여서, 아가미로 숨을 억지로 쉬 고 있는데   '용기 내 용기, 조금만 더'

귀에서 '삐 –' 소리가 그치질 않아서, 소리가 띄엄띄엄 들리고 있는 데   '너는 할 수 있어 해내고야 말 거야'

합니다. 그럼 정말 절벽에서 떨어지는 기분입니다. 그렇게 내 귀에 대고 '힘내' 하는 사람은 현재 '힘 있는 사람'입니다. 지금 힘이 넘쳐 나거나, 용기도 충전하고, 일을 잘해 낼 형편이 되어 있는 사람입니 다. 그런 사람이 '완전 고갈'된 나에게 하는 말은 마이동풍(馬耳東風) + 우이독경(牛耳讀經) + 대우탄금(對牛彈琴)은 물론이고, 몰아쉬는 숨 쉬는 마지막 힘마저 빼앗아 가는 무개념 행동이 될 수 있습니다. 그저 곁에서 아무 말 없이, 같이 아파해주고, 가벼운 눈물이라도 보 여주는 것이 '사람 된 기본적인 도리'입니다.

들숨은 있었는데 날숨이
심장 뛰었었는데 다시는

쿰(kum!) 소리도 없는데
새벽 되면 정신 돌아오니
 ―「노인은 매일 부활한다」

늦은 밤 드러누워 들이마신 숨
새벽에 내쉬어진다는 것은   얼마나 놀라운 일인가

잠들기 전에 움직임 느낀 심장
아침에 다시 뛰어 준다는 것   얼마나 다행스러운가
언젠가 모르게 정신이 나갔는데
다음 날 눈 떠진다는 것은   얼마나 감사한 일인가
　-「노인 아침마다 부활하다」

노인들은 특히, 겨울에 죽음을 경험합니다. 그것도 매일.

늦은 밤 자기 전에 들어가는 숨…. 그 이후로는 기억이 나지 않습니다.　　뛰어 주었던 심장…. 그 이후로 이것도 기억이 안 나고요.

새벽에 누가 모질게 정신 들게 합니다. '쿰(kum!)'

쿰은 히브리어로 '세우라' '일어나라'의 뜻이 있지요. 성서에 나옵니다. '일어나라'라는 소리도 없는데, 정신이 듭니다. 그때 제일 먼저 생각나는 것은　　**부활했구나**

아들만 넷인 집안에 위 두 형이 모두 그리 늙지 않은 나이에, 모두 밤에 자는 중에 소천 하셨습니다. 이런 가족력 때문에, 자기 전 침대 위에서 '나도 오늘 밤 어찌 될지 모른다.'라는 생각을 하게 되지요. 그리고는 잠자리에 들면, 꿈을 꿀 때 이외는, 아무것도 모르는 상태가 됩니다.　자기 전에 숨을 들이쉰 것 같기는 한데, 그 다음은 모르고./ 심장 박동이 있기는 했었는데. 그 다음은 모르고.

가사(假死:suspended animation) 상황이 되는 것이지요.

겉은 멀쩡해 보이나 실제로는 죽은 상태의 상황.

가사에서 새벽 화들짝 정신 돌아오면
먼저 작은 가슴에 두 손 올려본다
죽은 자의 심장이 뛰고
기절에서 쩨한 아침 허걱 눈 떠지면

코에 둘째손가락 조용히 대 본다
어제 시체에서 숨기운이
— 「새벽마다 부활」

새벽에 정신이 들면, 고개를 슬쩍 창가 쪽으로 돌려 봅니다. 창밖이 아직도 어둡기만 하지만 그래도 새벽이라는 것을 알 수가 있습니다. 아침이 멀지 않은 것도 알고요. 그럼 제일 먼저 생각나는 것이.

아 - 부활했구나. 죽었다가 살아났어.

이 찬란한 오늘 하루를 어찌 죽아알까.　　합니다.

이렇게 하루하루가 부활이요, 생명이면 어떻게 될까요? 모든 것이 소중하고 사랑스럽습니다. 모두 용서가 되고요. 아무것에도 집착이 되지 않습니다. 이렇게

도를 닦는 아침의 시작은 부활이고
하루의 마지막 밤도, 도 닦으며 마무리합니다.

공짜로 받는다는 것은 얼마나 즐거운 일인가
전혀 기대하지 않았는데
덤으로 더 주어진다는 것 얼마나 기쁜 일인가
어제도 오늘도 매일 매일
— 「새벽에 하루가 주어진다는 것은」

머리에 별로 숱이 없습니다. '나이가 들어서 그러쥐 모 -' 보다는 '공짜를 좋아해서 그렇지.'가 더 좋습니다. '공짜'는 글씨 모양도 좋고 발음도 듣기가 좋습니다. 공짜는 어떤 대가나 반대급부 없이 그냥 나에게 주어지는 것이지요. 돈을 주고 사지 않는 것도 되고요.

'공짜 좋아하면 대머리가 된다.' '공짜라면 양잿물이라도 먹는다'

라는 말이 있는 것을 보면, '공짜는 좋아하면 안 된다. 이 세상에 공짜가 어디 갔는가. 공짜라고 좋아하면 큰 뒤탈이 있다.'라는 뜻이 내포되어 있다고 하겠습니다. 누가 연락하여서, '공짜 공연 입장권'이 생겼는데 안 갈래? 하면 얼마나 기분이 좋은지요. 돈이 없는 것도 아니고, 시간이 없는 것도 아닌데, 그저 공짜라면 일단 기분은 UP됩니다. 공짜가 어떤 미끼로 쓰이지만 않는다면 말이지요. 모르는 사람이 아니고, 지인이 제안하는 공짜는

나를 배려해서 사랑이 내장된 배려 이기도 합니다.

공짜와는 다른 의미이지만 공짜와 비슷한 기분을 주는 것이 있지요. **덤과 에누리입니다.**

덤은 무엇을 살 때 추가로 더 주는 것이지요. 한국 식품점에 갔더니, '증정품'이라고 하더군요. '서비스'라고도 하는데 이는 서비스의 본래의 뜻과는 다르게 잘못된 표현입니다.

에누리는 값을 깎는 일이지요. 에누리는 일본말 비스끄르하지만, 순 한국말이고요. 일단 - 덤으로 더 받던가, 에누리로 하여 내가 더 이익을 취하면 기분이 좋아집니다.

인생을 돌아보면, 손해 보았던 일투성이이고, 당하는 일로 '죽 - 죽 -' 도배되어 있었기에 그런가? 아주 작은 덤, 에누리, 공짜는 마음을 위로하여 주기에 충분한 '시시''소소' '수수'한 일이 되곤 합니다.

시시, 수수, 소소 아지 않은 것은 행복 함량이 떨어지는 일 입니다.

소소, 수수, 시시하여 보이지만 절대적으로 중요한 것이 있습니다.

하루를 공짜, 덤으로 받는 일

어제의 고단함을 에누리하여 오늘 새로 하루 받는 일

매일 새벽마다 공짜로 따끈따끈하게 배달되는 공짜 오늘 하루를 얼마나 **'공짜나 덤'으로 받아들여서**

즐겁게 사느냐가 여생의 질을 가늠합니다.

하얗지 않은 곳 없는 그 계절
얼지 않은 것 전혀 없는 곳에

눈 위 손 바닥만한 새 발자국
무엇에 쫓겨 황급히 떠났을까

이곳에도 봄이 오면 녹으려나
저 마음까지 얼어버렸을 흔적
　　―「옐로스톤 새 발자국」

　옐로우 스톤 국립공원은 지구가 살아 '퍼덕 퍼덕' '푸우 푸우' 숨쉬고 있는 것을 몸으로 느끼기에 좋은 곳입니다. 옐로스톤 국립공원(Yellowstone National Park)은 1872년에 세계 최초로 국립공원으로 지정되었습니다. 미국 최대의 국립공원이기도 합니다. 유황 성분이 포함된 물에 바위가 누렇게 되어서 옐로스톤이라는 이름이 붙여졌지요. 온천이 만여 개나 있고요. 펄펄 끓는 지하수를 하늘 높이 뿜어대는 간헐천(間歇泉―가이저 : Geyser)도 장관입니다. 가이저 중에 올드페이스풀(Old Faithful : 뿜어내는 간격에 믿음이 간다 하여서 Faithful이라 하였습니다.)은 하루 65~90분 간격으로 하루 17~21회, 약 8,400갤런의 엄청난 온천수를 4분 동안이나 40에서 60미터까지 높게 뿜어내지요.
　아이슬란드의 간헐천 게이시르(Geysir)도, 뉴질랜드 북섬의 포후투 간헐천(Pohutu Geyser)도 그 규모가 대단하긴 하지요. 일본의 간헐천들은 소규모들이고요.

옐로우스톤의 넓이는 한국의 충청남도 땅 정도 됩니다. 지구 간헐천의 2/3 정도인 300개 정도의 간헐천이 있는데, 이것들을 천천히 돌아보면, 마치 지구의 속을 들여다보는 것 같아 진기합니다.

지구는 부글거린다
불덩이 뜨겁게
그 얇은 껍질 위에 아슬아슬 사는 인간
용암보다 더 뜨겁게
속 부글부글 끓이며 살아가는데
―「옐로우스톤에 가보면 인간이 보인다」

간헐천도 좋지만 옐로우 스톤의 장관은 역시 '원시 자연'의 모습입니다. 야생동물과 야생식물의 보고이지요. 특히 철 따라 피는 야생 꽃들은 장관을 이룹니다. 이 야생화를 보러, 자주 가는 편인데, 꽃을 보러 봄에 가면 눈이 오기도 하지요. 고산지대이기 때문입니다. 숙소에서 나와 보니 밤새 눈이 이 세상 모든 것을 덮어 버렸습니다.
세상 꼴 보기 싫은 신이 그랬나 봅니다.
손 뒷짐 지고 눈 구경을 하고 있는데, 새 발자국이 있었습니다. 그 발자국은 벌써 꽁꽁 얼어 있었고요. 새 발자국은 어느 정도 가다가 끊어져 버렸는데, 아마 무엇에 놀라서 황급히 날개를 폈나 봅니다.
사람도 무엇에 놀라면 황급이 도망갈 날개라도 있으면 좋으련만

언 땅에 날개짐승 발자국
봄 와도 사라지지 않는가
―「그의 발자국은 녹지 않는다」
겨울에 하나둘 얼어가는 자연을 보면, 절대로 녹지 않을 것 같습니

238

다. 이대로 꽁꽁 언 채로 영원한 설국 세상일 것 같습니다. 하지만, 세상의 모든 것은 바뀝니다. 그것도 빠르게.

사람의 인심이 제일 속이 바뀌고요.

제자리에 오래 있는 것이 별로 없지요

세상은 쉽게 바뀌어도 내 가슴 깊숙이 남긴 그의 자국은 절대 쉽지 않게 질기게 언 채로 남아 나를 옭아매고 있습니다.

언 눈 위에 각인된 자유의 상징인 저 이름 모를 새만이라도 언제나 자유롭기를. **봄이 더 깊숙해지면, 저 놀란 자국도 녹아서 스르르 하늘로 승천알 텐데 – 인간에게는 여름이 깊어져도 가슴속 깊은 멍들은 절대로 녹지를 않습니다.**

오락가락 뚝 떨어진 겨울날씨
날선 누런 풀잎 가슴 베이고
마음 유리창엔 성에꽃 피었네
　　－「겨울 성에꽃 향기」

모든 것이 얼어 준 동토 새벽에
밖 내다보니 앞 안 보이게 온통 꽃이 피었다

보이지 않는다는 것은 무엇일까
진한 하얀 향기 온몸 아름답게 감싸 안는가
　　－「방 유리 성에꽃」

이 잔인한 땅 혹독한 겨울에도
꽃이 피었다
손 갈라지게 혹한일수록 찬란히

차 유리 위에
식은 지 오래된 몸속에서 뿜어진
가는 입김이
꽃 한 송이 간신히 지워 보지만
그 아무것도

－「마음 창 성에꽃」

굴곡이 대세인 손대면 쩍 달라붙는 꽃
입김 절실히 뿜어도 지우지지 않는 꽃
향기 1도 없는 섬뜩한 칼날 선연한 꽃
　　　　　그래도 가까이 보면 아름다운
－「그대 성에꽃」

　겨울 여행 중에 꽃을 본다는 것은 얼마나 아름다운 일인지요. 남가
주에서는 일 년 내내 볼 수가 없기에 일부러 비행기를 타고 북쪽으
로 가서 꽃 마중합니다. 아침에 숙소에서 커튼을 열면 하얀 꽃들이
시야를 가득 메웁니다. 밖을 볼 수가 없습니다.
　　차라리 험한 밖이 보이지 않는다는 것은 얼마나 다행인가.
　이 세상에 얼지 않은 것은 하나도 없는 이 동토에 찬란한 흰 꽃들
이 만발하여 밖이 보이지 않습니다. 성에꽃입니다.　세상 밖과 나
를 차단하여 주는. 성에꽃은 가까이 가서 보아야 꽃으로 보입니다.

　　　　　꽃이 있다
　　　　　　　가까이 가서 보아야 예뻐지는 꽃
　　　　　꽃이 있다
　　　　　　　너무 가까이 하면 곧 사라지는 꽃
　　　　　－「그대는 성에꽃」

섬뜩한 칼날들 엉키면 아름다운가
그냥 그리도 얼어버리면 찬란한가

차라리 세상에 이런 꽃들이 되어
스르르 녹지 않고 영원한 향기가
　　－「우리 성에꽃 되어」

　성에꽃은 가까이 가서 보면 참으로 아름답습니다. 그러나 너무 가까이 가서 내 정화되지 않은 입김이 덮어 버리면 그냥 꽃잎이 스르르 녹아 버리고 말지요. 문명의 방 열기가 방 유리창으로 엄습하기 시작해도 스르르 녹아 버립니다. 빙하시대의 하얀 향기도 함께 말이지요.

**　　마치　그대와 같습니다.**
**　　너무 가까이하면 태고의 설레임 향기가 사라지고 마는** 당신.

기대었던 이가 사라지어
나도 촛불 끄름처럼 사라지리

해바라기 해가 사라지니
그냥 부스러지는 재가 되리니

이렇게 나도 그이 따라
바스러지고 사라지려 했건만
　　－「살아지더라」

하늘 한 구석 부스러지는 죽음 앞에
땅 위에 있어 무엇 하나 땅속 따라가지
아무 것 안 보이고 전혀 안 들리더니

그럭저럭 살아지더라
그러더니 살고 싶더라

나중엔 그렇게 나중엔
열심히 살고 있더라
　　―「살아지더라에 기대어」

간신히라도 붙들었던 버팀목
썩은 고목처럼 사그라지자
금세 공중 산화될 것처럼

그런데 살아지더라

언제라도 영원히 항상 있겠지
빛이 부스러지면 없어지는
그림자보다 더욱 질기게

그런데 사라지더라
　　―「그 사람 사라지더라 내가 살아지더라」

　자기에게 제일 가까운 이는 사라지게 되어 있습니다. 언젠가는 갑
자기.　　　　　그가 죽던지　　　　　내가 죽던지

내가 죽으면 감각이 모두 정지 소멸하고 마니, 감정이 없겠지요. 그러나 내가 죽은 것이 아니고 누구보다도 제일 사랑하는 그 사람이 죽어 버리고 말면, 그 주검 앞에 충격이 너무 심하여 망연자실(茫然自失; 아득할 망, 그러할 연, 스스로 자, 잃을 실)하게 됩니다. 혼자 감당하기 어려운 기가 막히는 일을 당하여, 아득하게 정신을 잃고 충격적으로 정신이 나간 상태가 되는 것이지요.

"차라리 따라 죽어 버리고 말까. 이렇게 혼자 살아서 무엇해. 조금 더 혼자 산다고 무슨 의미가 있어. 이 세상 모든 것 다 필요 없어. 이 세상 혼자 남아 숨 쉬는 것조차 죄스러워. 아 너무 가슴이 메어지네. 따라서 같이 죽어 버리면 편해지려나." 이런 참담하기만 한 감정에 휩싸였던 사람들 대부분이 시간이 얼마 지나면 하는 말이 있지요.

살아지더라.

세상 모진 비바람과 번갯불에 시달리며 견디었던 것은 오로지 내 곁에서 죽은 듯이 '버팀목'이 되어 주었던 그 사람 때문이었는데, 그 단단해 보이던 버팀목이 썩은 고목처럼 쓰러져 버리면 나는 어떻게 되나요! 벼랑 끝에서 몸서리치며 짐승의 목소리로 영원히 당신을 잊지 않고 항상 같이 마음속에서 같이 살 것이라던 울부짖음도 시간이 서서히 지나니   그의 모습이

사라지더라.

그리고 나는

살아지더라.

그 '꾸역꾸역'이라는 표현이 어울릴 정도의 '살아지더라.'라는 시간이 어느 정도 또 지나주게 되면 하는 말에 밀려납니다.

살고 싶더라.

그리고 이런 '살고 싶더라.'에 매달려 어느 정도의 시간이 무심하게 지나게 되면 자신도 모르게 대체되는 문장이 또 있고요.

열심이 기를 쓰고 살고 있더라.

거의 모든 사람이 이런 길을 가게 될 터이니, 지금 망연자실 앞에 계신 분들은 너무   **깊은 슬픔에 너무 오래 휩싸여** 계시지 않았으면 합니다.

너의 발걸음에 자신이 없거든
쌓여있는 눈 위 발자국 내지 말라
혹시 누구라도 길인 줄 알고
따라오다가 낭떠러지 떨어지리니
　　─「함부로 발자국 내지 마시라」

앞에 선 사람들이 너무 많다
이 세상에는
입 열 개인 인간 너무 많다
이 세상에는
　　─「괴물들이 너무 많다 이 세상에는」

앞에 서서 마이크 들고 떠드는 사람의 마음을 깊이 들여다보면, 오글오글하는 정체불명의 것들이 살고 있습니다. 그 괴물들이 그 인간을 앞에 나서게 하고, 입이 열 개라도 모자라게 떠들고 다니게 만듭니다. 그것도 돌아다니면서.

괴물에 조정되는 것은 괴물입니다.

괴물이 갑질하고 판을 치는 세상.

그 괴물들이 하얀 눈이 소복이 쌓인 평야에 발자국을 '꾸욱꾸욱' 찍어가며 앞으로 나가고 있습니다. 그것도 선명하게.

지나가던 선한 사람들이 그것이 길인 줄 알고 따라갑니다. 한 사람이 따라가면 또 따른 사람이 따라갑니다. 이렇게 계속 발자국이 나 버리면 완전히 길이 되어 버리지요.

　　　　그 길을 따라 간 끝은 낭떠러지　입니다.

　　바로 앞선 사람이 떨어져서 안 보이니 그냥 떨어지고 마는 낭 떠러지.　처음 발자국 낸 괴물은 어떻게 되었냐고요?

 그들의 전유물 -　낙하산 타고 도망갔습니다. 이미.

산뜻한 파란 하늘에 눈은 오지 않는다
까만색 하양 섞인 칙칙한 회색 하늘에
　-「눈은 회색 하늘에만 내리건만」

하늘에서 동화로 내려오는 천사보다
하얀 함박눈은
시리도록 파란 하늘에서 내려오는가
　-「검정 하양 섞인 회색 찬미」

　산뜻한 파란 하늘색에는 깔끔한 하양 색이 잘 어울릴 것입니다.
　하늘에서 내려오시는 눈송이를 보면 '거룩하시다.'라는 생각까지
들고요.

　　　　그런데

　그 거룩함의 눈은 깜장과 하양의 중간색에서 강림합니다. 깨끗해 보이기만 한 하양 눈은 칙칙하고 꺼림칙한 회색의 하늘에서 사뿐사 뿐 쏟아지는 것이지요. 그러니 좌파 우파　좌익 우익　진보 보수 하양 깜장 하지 마시지요.　회색의 하늘에서만 우리는 함박눈처럼 아름다울 수 있습니다.

하얀 눈이 하얀 이빨 드러내고
달려든다 달려든다

배신과 사기의 세상 덮으려고
몰려든다 몰려든다
　－「제발 덮어다오 덮어다오 첫눈이여」

　쏟아지는 눈을 보려 두 눈을 올려보면 회색 하늘에서 눈이 달려듭
니다. 곱고 얌전한 모습이 아니고, 몰려들고 또 몰려드는 세상일 같
이 달려듭니다. 계속 자세히 보고 있으면, 눈에 하얀 송곳 이빨들이
달려 있습니다. 온갖 사기와 배반으로 꿈틀거리고 꼼지락거리는 그
것들을 모두 하얀 날이 박히게 하여 흰 땅에 그냥 '푹 - '
　묻어 버리려　　　　첫눈은 달려듭니다.
　　　　　　　　　몰려듭니다.　　　　　　　그 첫눈이
　녹지 않고 영원하였으면 얼마나 좋겠습니까! 그런데 Fact는 녹습
니다. 그래서 또 여기저기서 꿈틀거리는 것들이 보입니다.

눈은 가볍다
너도 가볍다

하얗고 까만

눈은 무겁다
너도 무겁다
　－「가볍고도 무거운 삶」

246

함박눈이 무겁다
싸라기 눈도 무겁다
　　ー「네 마음이 무겁다」

눈은 가볍습니다. 그러니 날립니다.
눈은 무겁습니다. 그러니 땅에 내립니다.
함박눈이던 싸라기눈이던 그것을 보는 사람의 마음에 따라서
　　　눈이 무거운 하양일 수도 있고
　　　　가벼운 깜장색일 수도 있습니다.

눈이 내린다
하얀 첫눈이
왜 내려올까
저 아름다움
　ー「눈은 녹으려 내려온다」

　사랑은 어떤 모습일까요? 참고 기다리고 친절하며, 시기하지 않고
뽐내지 않으며 교만하지 않은 모습이지요. 무례하지 않고 자기 이익
을 추구하지 않으며 성을 내지 않고 앙심을 품지 않고요. 불의에 기
뻐하지 않고 진실을 두고 함께 기뻐하며 모든 것을 덮어 주고 모든
것을 믿으며 모든 것을 바라고 모든 것을 견디어 내는 모습이지요.
이것을 종합하여 시각화 Visualize하면
　　　　상대방을 위하여 내가 녹는 모양입니다.
　눈이 녹으려 저 높은 곳에서 아름다움으로 내려오는 모습입니다.
　　　사랑은 눈이 녹으려 내려오는 모습 과 같습니다.

하얀 눈 날린다
함박눈이다
가볍게 내린다
밟히려고
　ー「눈은 밟히려고 내린다」

　　　　저 까마득히 먼 하느님 곁 떠나
　　　　휘몰아 감아치는 바람들 건너
　　　　뾰족한 산등성이 힘들게 돌다가
　　　　저 순백의 함박눈이 내려오신다
　　　　ー「우리 발에 밟히려」

겨울.

크 리스마스 시즌에 눈이 내립니다. 예수님처럼.

　　예수는 눈처럼 녹기 위해, 눈처럼 발에 밟히기 위해 태어납니다. 아기 예수는 악취 진동하는 마구간에서 태어났지요.

　　예수 제자들은 냄새나는 곳에 얼씬도 하지 않습니다.

　　청년 예수의 손은 거칠기만 했습니다. 목공 일하느라.

　　예수 제자들 손은 모두 보들보들하기만 합니다. 말만 하느라.

　함박눈은 사람들 발에 밟히려 내립니다. 사람들 더러운 발에 짓밟히려 그 먼 하늘을 건너고 건너 내려왔습니다. 예수도 그랬습니다. 사람들에게 밟히려 내려왔습니다. 세상이 평화로워지려면 서로서로 밟혀야 한다는 거룩한 가르침. 예수 제자들은 누가 밟으려 하면, 집단으로 똘똘 뭉쳐 상대를 밟아 버립니다. 죽어 버릴 때까지. 아작을 내어 버립니다. 다시는 꿈틀거리지 않도록 말이지요.

예수는 평생 가난하였습니다. 가난한 사람들하고만 지냈습니다. 예수의 제자들은 가난하지 않습니다. 더 크고 더 높은 교회를 추구하며 평생 부유하게 살아갑니다. 제자들은 가난한 사람들보다는, 돈과 권력 있는 사람들을 좋아하고 어울립니다. 예수님은 창녀와 나병 환자 손잡고 그들과 지냈습니다. 예수 제자들은 병든 자와 함께 하지 않고, 창녀에게 돌을 던져 댑니다. 예수님은 물 위를 걷고, 기적으로 많은 병들 고치고, 풍랑을 가라앉히고, 귀신을 쫓으며 제자들 더러운 발을 씻겨 주었습니다. 믿음 있으면 예수와 같은 일을 할 수 있다 했는데, 제자들은 예수와 같은 일은커녕 예수와 비슷한 일도 못합니다. 믿음이 없기 때문입니다. 물 위를 걷지도 못하고 어떤 기적도 못 행합니다. 성 목요일에만 대강대강 신자들 발 '살짝 스윽' 닦아 주고는 나머지 364일 동안 신자들보고 자기들 발 깨끗이 닦으라고 합니다. 제자들이 하는 일이라고는 그저 행동이 따르지 않는 입놀림 밖에는 없고 예수 이름을 파는 상인에 불과합니다. 믿음이 있으면, 성령의 은사를 받아서 사랑, 기쁨, 평화, 인내, 친절, 착함, 신용, 온유, 절제의 행동을 보여야 하는데 이런 모습은 실종 신고한지 '정말 – 오래' 되었습니다. 예수가 그렇게나 당부한 자선은 그저 자기네 배부르고 남은 것으로 생색내기 하는 데에 그치고 있습니다.

성내지 말라, 그와 화해하라. 남의 아내를 탐내지도 말라. 간음하지 말라. 거짓 맹세하지 말라. 보복하지 말라. 자선은 숨어 있게 하라. 기도를 수다 떨 듯이 하지 말라. 단식할 때 침통한 표정을 짓지 말라. 보물을 땅에 쌓지 말라. 두 주인을 섬기지 말라. 걱정하지 말라. 남을 심판하지 말라. 거룩한 것을 욕되게 하지 말라. 네가 원하는 것을 남에게 해주라. 좁은 문으로 들어가라. 열매로 그들을 알아보라. 하느님의 뜻을 행하라. 모래 위에 집을 짓지 말라. 제자가 스승보다 높지 않다. 어떤 죄를 짓고 신성모독을 해도, 인자를 거슬러

말을 하는 사람도 모두 다 용서받을 것이다. 하늘에 계신 내 아버지의 뜻을 받들어 행하는 그런 사람이 내 형제요, 자매요, 어머니이다. 입에서 나오는 것이야말로 사람을 더럽힌다. 자신을 버리고 제 십자가를 지고 나를 따라야 한다. 제 목숨을 잃으면 무슨 소용이 있겠느냐? 사람이 제 목숨을 무엇과 바꿀 수 있겠느냐? 너희가 회개하여 어린이처럼 되지 않으면, 결코 하늘나라에 들어가지 못한다. 이 작은 이들 가운데 하나라도 업신여기지 않도록 주의하여라. 길을 잃지 않은 아흔아홉 마리보다 그 한 마리를 두고···. 일곱 번이 아니라 일흔일곱 번까지라도 용서해야 한다. 자기 형제를 마음으로부터 용서하지 않으면···. 하느님께서 맺어 주신 것을 사람이 갈라놓아서는 안 된다. 어린이들을 그냥 놓아두어라. 나에게 오는 것을 막지 말라. 네가 완전한 사람이 되려거든, 가서 너의 재산을 팔아 가난한 이들에게 주어라. 누가 네 오른뺨을 치거든 다른 뺨마저 돌려대어라. 네 속옷을 가지려는 자에게는 겉옷까지 내주어라. 천 걸음을 가자고 강요하거든, 그와 함께 이천 걸음을 가주어라. 달라는 자에게 주고 꾸려는 자를 물리치지 마라. 원수를 사랑하여라. 너희가 자기를 사랑하는 이들만 사랑한다면 무슨 상을 받겠느냐? 너희도 완전한 사람이 되어야 한다.

교회의 사제, 목사는 이와 같은 예수님의 명령을 **얼마나 지키고 있는지 스스로에게 양심적으로 성찰해 보아야** 합니다. 몇 개나 따르고 있나요? 몇 %나 지키고 있나요?

첫째가 꼴찌 되고 꼴찌가 첫째 되는 이들이 많을 것이다. 섬김을 받으러 온 것이 아니라 섬기러 왔고, 또 많은 이들의 몸값으로 자기 목숨을 바치러 왔다. '내 집은 기도의 집이라 불릴 것이다.'라고 기록되어 있다. 그런데 너희는 이곳을 '강도들의 소굴'로 만드는구나. 세리와 창녀들이 너희보다 먼저 하느님의 나라에 들어간다. 황제의 것은 황제에게 돌려주고, 하느님의 것은 하느님께 돌려 드려라. 네 마음을 다하고 네 목숨을 다하고 네 정신을 다하여 주 너의 하느님을 사랑해야 한다. 네 이웃을 너 자신처럼 사랑해야 한다.

이러한 예수님의 말도 **역시 따르지 않고 있고요.**

그들은 말만 하고 실행하지는 않는다. 또 그들은 무겁고 힘겨운 짐을 묶어 다른 사람들 어깨에 올려놓고, 자기들은 그것을 나르는 일에 손가락 하나 까딱하려고 하지 않는다.

이런 이들을 예수님은 **이렇게 꾸짖습니다.**

이 세상 누구도 아버지라고 부르지 마라. 너희가 개종자 한 사람을 얻으려고 바다와 뭍을 돌아다니다가 한 사람이 생기면, 너희보다 갑절이나 못된 지옥의 자식으로 만들어 버리기 때문이다. 겉은 다른 사람들에게 의인으로 보이지만, 속은 위선과 불법으로 가득하다. 내가 진실로 너희에게 말한다. 너희가 내 형제들인 이 가장 작은 이들 가운데 한 사람에게 해 준 것이 바로 나에게 해 준 것이다. 너희는 내가 굶주렸을 때 먹을 것을 주지 않았고, 내가 목말랐을 때 마실 것을 주지 않았으며, 내가 나그네였을 때에 따뜻이 맞아들이지 않았다. 또 내가 헐벗었을 때 입을 것을 주지 않았고, 내가 병들었을 때와 감옥에 있을 때 돌보아 주지 않았다.

정말 교회의 **성직자들은 진정으로 회개하여야** 합니다.

내 이름으로 마귀들을 쫓아내고 새로운 언어들을 말하며, 손으로 뱀을 집어 들고 독을 마셔도 아무런 해도 입지 않으며, 또 병자들에게 손을 얹으면 병이 나을 것이다. 바울이 몸에 지니던 손수건이나 앞치마를 병든 사람 위에 얹기만 해도 병이 낫고 귀신이 쫓겨 나갔습니다. 너희가 믿음을 가지고 의심하지 않으면, 이 무화과나무에 일어난 일을 할 수 있을 뿐만 아니라, 이 산더러 '들려서 저 바다에 빠져라.' 하여도 그대로 이루어질 것이다. 너희 믿음이 적어서이다. 믿는 이에게는 모든 것이 가능하다. 그리고 너희가 기도할 때 믿고 청하는 것은 무엇이든지 다 받을 것이다.

이런 **믿음의 증거를 보이는 책이** 있나요.

예수님으로부터 지속해서 손가락질받고, 요한에게서 독사의 자식들아! 이라는 말까지 들었던 이들은 바리새파 사람과 사두개파 사람들 그리고 율법 학자들이었습니다. 바리새인(고대 그리스어: 파리사이오스; 분리된 자라는 뜻)은 유대교 분파 중의 하나인데 모세 율법을 비롯한, 유대인 율법을 가장 엄격하게 지키는 것은 물론이고 입으로 전해지는 구전, 전통까지 지키려는 사람들을 일컬었습니다. 사두개인은 모세오경만을 인정하며 사법, 정치, 경제, 종교에 큰 세력으로 자리매김한 집단을 말합니다. 바리새인보다는 현세주의적이어서 바리새인이 인정하는 부활, 천사, 영의 존재를 인정하지 않았지요. 사제들과 목사들은 일 년 내내 이 바리사이와 사두가이, 율법 학자들을 성서 구절을 인용하면서 지탄합니다.

왜 자기네들 스스로를 이렇게나 모를까요?

자기네들이 하는 행동을 자세히 분석하여 보면, 정확히 바리사이와 사두가이, 율법학자 같은 Patten과 Category 안에 있습니다. 일단은 타 종교를 배척하고 자의적인 성경해석을 하여야 자기 분파를 유지할 수가 있습니다. 밥그릇의 철통 수호이지요. 전체 종교를 보면, 천주교, 원불교, 천도교, 유교는 분파가 없습니다. 불교의 분파는 480여 개고요. 개신교는 370여 개입니다.

분파가 자꾸 늘어나는 이유가 있지요.

자기가 집단의 우두머리가 되고 싶은 탐욕 입니다..

자기만의 집단, 밥그릇이 있어야 이 밥그릇을 프랜차이즈로 멀리많이 뻗어나갈 수 있기 때문이고요. 예수님은 남을 섬기려 오셨습니다. 남을 위해 녹고, 다른 이들의 발에 밟히러 오십니다. 그런데 예수를 팔아먹는 상인들은 새로운 신상을 개발하여 선량한 사람들을 유혹합니다. 현대의 첨단 마케팅 수법을 동원하고 피라미드 조직을 하여서 다른 종교분파를 공격합니다. 구약과 신약의 많은 구절 중에 자기 **마케팅에 필요안 부분만 골라 짜깁기** 하여 현란한 혀를 놀리며 목소리 높이고 손을 들어 사람들을 흥분의 도가니로 몰아 넣습니다. 성서의 구절은 참으로 많고도 많으니, 얼마든지 자기가 **오너 프렌차이즈로서 새로운 교회 분파 설립이 가능**합니다. 굳이 자기 자신을 재림 예수라고 하지 않아도 말이지요.

목사, 사제들은

일 년에 한 번이라도, 이 추운 크리스마스 시절에 시골 마구간에 가서 적어도 일주일 정도는 그 짐승들의 똥내를 맡아 보길 권합니다. 당신들이 모시는 아기 예수님은 거기서 시작하셨습니다. 눈이 올 때마다, 하얀 눈이 올 때마다, 하늘을 쳐다보십시오. 그 하늘에서 당신들을 내려다보고 계시는 예수님이 있음을 잊지 마시지요. 당신들처럼, 남을 섬기기는커녕 밟고, 남을 위해 녹기는커녕 남들을 녹여 버리고, 세상의 모든 아픔과 죄를 하얗게 덮어 버리기는커녕, 남을 단죄하느라 세상을 온통 지저분하게 갈아엎어 버리고 있습니다.

사제, 목사들은

하느님을 무서워하지 않습니다. 모든 지혜의 근본은 하느님을 두려워함에서 나오는데 이들은 하느님을 겁내 하지 않습니다. 하느님이 이들을 내려다보고 있다는 것을 진정으로 믿는다면 죄를 짓지 않겠지요. 그리고 자기들의 임무를 소홀히 하지도 않을 것입니다.

하느님에 대한 진정한 믿음이 없으므로 이들은 죄를 짓습니다. 그리고 하느님의 진정한 가르침에 어긋나는 교회 운영을 아무렇지도 않게 하고 있습니다. 하느님이 그들을 단죄하지 않는다는 무서운 확신이 있기 때문입니다.

하늘에서 눈이 내립니다. 밟으려고   녹으려고

하늘에서 예수님 내려오십니다. 밟으시려고   녹으시려고

Merry Christmas

    Gloria in excelsis Deo. (하늘 높은 데서는 하느님께 영광)

    Et in terra pax hominibus bonae voluntatis.

    (그리고 땅에서는 주님께서 사랑하시는 사람들에게 평화)

    Christe eleison.   Kyrie eleison.

    (주여 우리를 불쌍히 여기소서)

    (그리스도님 자비를 베푸소서)

그런 나이가 되면

사람이 꽃으로 보이고

세상이 숲으로 보였으면

그런 나이가 되면

갑자기 죽어도 이상하지 않고

언제 없어져도 안타깝지 않고

그런 나이가 되면

   ―「그런 나이가 되면」

그런 나이가 되어도

손 움켜쥐어 있고

멈추지 아니하고

그런 나이가 되어도
눈빛 수상하고
말끝 두려우니 　　　　순식간에 숨 끊겨도
　　　　　　　　　　전혀 안타깝지 않은

　　－「그 나이가 되어도」

"그 사람이 죽었다네 –"라는 소리를 누구에게 들어도 그 누구도
안타깝지 않게 느끼는 나이가 있지요.

"아 – 아무개가 죽었지 뭐야 –"라는 소리를 전해 들으면 거의 모
든 사람이 탄식하며 안타까워하는 나이가 있고요.

한국은 일 년에 32만 명 정도가 죽음을 맞이합니다. 젊은이도 한
창 나이에 죽습니다. 20~29세 사이에 1,000명당, 2.5명, 30~39세
는 5명 정도가 죽는 것으로 되어 있지요. 60~69세까지는 1,000명
당, 40명, 70~79세까지는 71명 그리고 80~89세까지는 약 100명
정도가 매년 죽는다는 통계입니다. 사망률 그래프를 보면 60대 중
후반까지는 완만한 상향 곡선을 보이다가 70대부터는 로켓이 하늘
오르듯(skyrocketing) 가파르게 높아지는 모습을 보입니다.

누가 죽었다는 소리를 들으면, 안타깝다는 생각이 잘 안 드는 나
이가 있습니다. 그 나이 또래에 많은 사람이 죽어가기 때문입니다.
그런데 그런 나이에도 그 인간의 손은 아직도 탐욕으로 펴지지 않고
있으며 눈에서는 레이저 광선이 나오는 인간들이 주위에 보입니다.

그렇게 잘난 척하더니 –

그 돈 무덤에 가지고 갔대?

맨날 거짓말, 사기만 치더니 –

평생을 자기밖에 모르더니 –

사람이 죽어서 안타깝기는커녕 이런 핀잔을 듣는다면

그 인간은 사람으로서 산 것이 아닙니다.

짐승 야수로 산 동물일 뿐입니다. 벌레이기도 하고요.

오늘 아침에는 멀쩡하다가
점심나절에도 말짱하다가
덜컥 저녁에 죽어버려도

하나도 이상하지 않고
절대 안타깝지가 않은
그 나이에도

넥타이 매고 다니는 이가 있다
그 이상하지 않은
그 안타깝지 않은
그 나이에도
　　ㅡ「목에 맨 것이 무엇이냐」

알록달록
달랑달랑
목 졸라 매어진 헝겊 쪼가리

가늘거나
두껍거나
삶 매듭지거나 풀어버리거나
　　ㅡ「목에 무엇이 매어져 있는지도 모르는」
　　　(넥타이 매는 사람은 바로 나)

목에 맨 긴 헝겊쪼가리
예쁘라고 매었을까

18번 다른 조임 넥타이
자면서도 그대로인
　　－「목 조이는 것이 무엇인지도」

싹뚝

잘라 날려 버리자
저 푸른 하늘 높이
저 휘릭 바람결에
　　－「숨 죄는 넥타이」

　어제까지만 해도 사람들과 만나 술 마시며, 정치가 어떻고 종교가
어떠니 하며 걸쭉한 목소리를 높이던 사람이 오늘 점심때 갑자기 죽
고 맙니다. 그 소식을 서로들 전해 들으면서 사람들의 초기 반응은
놀람과 안 되었다는 잠시의 인사성 발언 정도입니다. 하지만 이어서
나오는 반응은 "왜 그 사람은 그렇게 그동안 그것에 목을 매고 집착
하였을까?"입니다. 그는 유난히 그곳, 그것에 집요하게 매달려서 스
스로 자기를 가두고 많은 사람과 갈등을 겪어 왔었지요. 10년이 넘
은 시간입니다. 유명했던 사람이라 많은 사람이 그 사람의 주검을 뒷
말로 수군거렸지만, 사실은 말을 퍼트리는 사람들도 알고 보면 어떤
단체나 사람에게, 목을 맨 사람들이기 마련입니다.
　　　　　자기가 자신을 모르는 것　이지요.
　남자들은 자기와 자기 가족을 먹고 살리기 위해서 매일 넥타이를 목에 꽉 조여 매고 나섭니다. 먹고 사느라 목을 졸라맨 넥타이 부대라는 말도 있지요. 그렇게 생업에 목을 맨 것도 모자라 종교나 정치. 사상, 이념에 넥타이를 매는 사람들이 참으로 많습니다.

저 큰 콘크리트 덩어리에서
목맨 사람들 와 - 쏟아진다
무늬도 섬뜩한 줄무늬 일색

어디에서든 스스로 목 죄어
꿈에서도 풀어 헤치지 못해
가냘픈 산소로만 살아가는
　　　　　　　－「넥타이 그리고 남자 운명」

　　2008년 5월부터 2012년까지 Spike에서 방송된 '천 번의 죽는 방법; 1000 Ways to Die'이라는 프로그램이 있었습니다. 사실에 근거하여서 사람들의 정상, 비정상적인 죽음을 재구성하고 그 죽음에 관한 과학적 고찰을 전문가가 이야기하는 방송이었습니다. 〈사람이 저렇게도 죽을 수 있구나〉라고 탄식을 낼 정도로 사람들은 우매하고 허무하게 순식간에 생명을 잃어버리는 것이 놀라웠습니다. 인간이 얼마나 비지성적, 비이성적이 동물인가가 적나라하게 표현된 섬뜩한 방송이었지요.
　　넥타이를 매는 방법은 18가지(18 Ways to Tie A Necktie)입니다. 목을 매는 방법이 18가지인 셈입니다. 자기 자신이 어떤 이념, 정치, 사상, 종교에 목을 매어서 스스로 자기의 생명을 조르고 있는지를 모르는 사람이 거의이지요. 이것이 실감이 잘 안 되시나요? 그럼 넥타이를 매었던 그 목 주변을 두 손으로 자기 목에 지그시 압박을 위험하지 않을 정도로 잠시 가해 보시지요. 숨이 막히고 가슴이 갑갑하여 오지요? 생명이 위험한 것입니다. 넥타이를 맨다는 것은 바로 이러한 감각입니다.

그 생생한 감각을 못 느끼니, 목이 조여 있는 줄도 모릅니다.

어느 곳, 어디, 누구에 목을 매고 산다는 것은 바로 넥타이를 맨다는 것. - 영화에서, 남자가 목을 꽉 조이는 자기의 넥타이를 푸는 장면을 보면 넥타이는 손으로 쥐고 목을 가로 세로 마구 흔들면서 현실을 부정하는 듯, 모든 것이 귀찮은 듯 넥타이를 풀어 내동댕이칩니다. 스트레스와 일에 억눌린 자기가 불쌍해서 자기의 자유를 찾으려 발버둥 치는 모습이지요.

넥타이를 매는 방법은 18가지입니다. 푸는 방법도 18가지이고요. 맨 사람은 바로 나 자신입니다. 푸는 사람도 바로 나 자신이고요. 무엇에 내가 묶여 있는지조차 모르면, 알고 싶어하지 않으면 평생 넥타이 매고 살게 됩니다. 어쩌면 관 속에서도요. 정상적인 죽음으로 보이지만 사실은 '1000 Ways to Die' 중 하나 입니다.

그런 날이 있다
누구에게나
　　　　하루에도 몇 번 부르던 그가
　　　　아무 대답도 해주지 않는 날

그런 날이 온다
아주 갑자기
　　　　항상 하던 목소리 아무리 불러도
　　　　어디에도 찾을 수 없는 그 날
　－「섬뜩한 그런 날이 꼭 온다니」

한 살 된 아이가 겨우 첫걸음 떼고 문기둥 한쪽 붙잡고 자기 엄마가 사라진 곳을 뚫어져라 쳐다보면서, 아는 단어 하나 외치며 마구 울어 댑니다. "엄마, 엄마" 언제나 곁에서 자기를 먹여주고 재워주고 지켜주고 기저귀 갈아 주었던 엄마가 아픈 것입니다. 아기는 자기의 엄마가 아픈 것을 아는지 그렇게나 서럽게 울어 댑니다. 그래도 아무 대답도 돌아오지 않습니다.

평생을 같이하던 부부는 서로 이름을 부릅니다. 부르는 이름의 형태는 다 다릅니다. 이름을 부르기도 하고, 세례명을 부르기도 하며, 애칭을 쓰기도 합니다. 사람이 살면서 제일 많이 부르는 이름일 것입니다. 아침에 일어나서 당연하게 이 이름을 부릅니다. "여보, 여보." 아무 대답이 없습니다. 이곳저곳을 찾아 다녀보니, 그 이름은 집안 구석진 곳에 피를 흘리며 쓰러져 있습니다.

남편이 출장을 갔습니다. 또는 여행을 갔습니다. 그런데 아무 연락이 없습니다. 아무리 전화하고, 카톡을 하고 하여도 답신이 없습니다. 며칠이나 지나서 경찰한테서 전화 한 통이 옵니다. 매우 나쁜 소식입니다. 다시는 그이의 목소리를 들을 수 없습니다.

부모의 경우, 자식의 경우, 손자들 조부모 그리고 친구도 이런 비슷한 일이 일어납니다. 이러한 일들은 참으로 참담하기만 한 일입니다. 인간으로 태어나서 이런 일이 제일 불행한 일일 것입니다.

아무리 목을 놓고 통곡하면서 〈그 사람의 이름을 불러 보아도〉 그 사람은 아무 대답도 하여 주지 않습니다. 항상 곁에 가까이 있어서, 언제나 나와 할 사람이라고 생각하면서

아무렇지도 않게 하루하루를 살아가지만, 그 사람은 **아무렇지도 않게 나에게 아무 대답도 하여 주지 않는 날.** 그날은 반드시 나에게 찾아옵니다.

무시무시하고 잔인한 그 날
그 시꺼먼 날은 찾아간다
누구에게나

아무렇지도 않은 그 목소리
다시는 들을 수 없는 날
찾아 든다
　　─「아무렇지도 않은 날은 없다」

있을 때
없어진 때처럼
　　─「인간다운 매우 인간다운」

　사람들은 인간관계로 나락으로 떨어지는 경험하면서 하는 표현들
이 있지요. "꾸역꾸역 살아간다." "구차하게 살고 있지." "요즘 구질
구질하게 살아있어." "이렇게 너덜거리며 살아야 하나?"

　　　　아침에 눈 떠지자마자 듣는
　　　　그 목소리가 들리지 않는다
　　　　오늘부터

　　　　밤늦게 고단한 머리 누일 때
　　　　곁 있던 시선 보이지 않는다
　　　　어제부터
　　　　　─「그런 기분으로 매일」

〈엄청난 상실을 겪고도, 생명이라고 붙어 있으니 억지로 숨 쉬고 있다〉라는 취지의 말들입니다.

가장 가까운 나의 곁에 있는 사람들은 반드시 떠납니다. 사라집니다. 영원히. 다시는 내 앞에 나타나지 않습니다.   떠나고서 땅을 치며 후회하지 말고

있을 때   그 사람이 없어진 것처럼

그렇게만 살면 그곳이 바로 천국이고 극락   입니다.

꾸역꾸역
어제도

꿈틀꿈틀
오늘도

구질구질
내일도
　―「이것을 보지 않으면」

　＊
뜨겁게 달구어졌던 TV
꺼보면 검은 화면에 비친
그대의 모습

아무렇지도 않게 지나다
동네 가게 유리창에 비친
비참한 모습

뿌옇지만
명확하게
　　　－「이 모습을 보지 못하면 계속」

자기가 자신을 아는 것
그것도 정확히 아는 것
－「동물과 인간의 틈새」

지금 멀쩡하게 양복 입고 잘 화장하고 다니지요
나름 열심히 노력하면서 잘 지내면서 살고 있고
종일 짹깍 소리 쫓겨 묻혀도 하루 잘 넘기고요
주위에 항상 많은 사람들이 곁에 머물러 주고요
라고 한다 해도

어쩌지요 실제도 내면을 들여다보면 말이지요
억지로 할 수 없이 꾸역꾸역 살아가는 것이고
습관적으로 멍청하게 꿈틀꿈틀 꼼지락거리고
그저 한심하게 구질구질하게 연명하고 있는 것

그거 아니라고
　　　－「자신이 있게 말 할 수 있는가 물으라」

　〈엄청난 상실을 겪고도, 생명이라고 붙어 있으니 억지로 숨 쉬고
있다〉라는 취지의 말들입니다.
　사람들은 인간관계로 나락으로 떨어지는 경험하면서 하는 표현들
이 있지요. "꾸역꾸역 살아간다." "구차하게 살고 있지." "요즘 구질

구질하게 살아있어." " 이렇게 너덜거리며 살아야 하나?"
이 모습을 볼수 있는 자 만 이 – 앞으로는
구질 구질, 꾸역 꾸역, 너덜너덜, 꿈틀 꿈틀
하며 살지 않게 됩니다.

혼자라서 외로울까
혼자라서 자유롭고

홀로라서 불행한가
홀가분해 행복하며
　—「외로움이라는 용 길들이기」

크리스마스 시즌입니다. 연말이기도 해서 사람들은 바쁩니다. 그동안 소원했던 사람들도 만나고, 자주 만났던 사람들도 모두 〈연말 회계 정산〉하듯이 만나려 합니다. 이런저런 모임에 다들 분주한데 외로움을 느끼는 사람이 있지요. 소외감이라는 〈불 뿜는 용〉이 내 속 깊은 곳에 있다고 믿는 사람. 용은 크리스마스에도, 추석, 설날에도, 그리고 여름휴가 때도 나타나 불을 뿜어 자기를 괴롭힌다고 하소연합니다. **있지도 않은 용이고 불이고**

그렇습니다. 외로움은 있는 것 같지만, 존재하지 않습니다. 그저 내가 스스로 내 마음을 일궈 만들어 내는 나의 창조물입니다. 즉, 내가 외로움의 마음을 일으키지 않으면 실제로 그런 환경이나 처지에 내가 빠져 있는 것이 아니지요.

사람은 원래 혼자입니다.

우리는 흔히 인간을 '사회적 동물'이라고 단정을 짓습니다. 유명 철학자 아리스토텔레스가 그렇게 말했으니 반론이나 의심하지 않고 그냥 '인간은 그렇다.'라고 합니다. 역사적으로 많은 철학과 논리, 이념, 사상, 종교의 주장이 있습니다. 그 주장들의 요점을 한마디로 줄여보면 〈그들의 종교, 사상, 이념, 논리가 진리〉라는 것입니다. 그 주장이 하나라도 맞았다면, 지금의 지구는 '주장된 진리'에 의하여 평화로운 유토피아여야 맞습니다. 오랜 역사가 이미 흘렀기 때문에 그 주장만이 진리라는 것을 증명하기에 충분한 시간이 지나기도 했습니다.

〰〰

용암처럼 '부글부글'끓고 있지요. '바로 이것이다'라고 주장하는 것만 있지, 실제로 세계 모든 사람이 공통으로 '그래 바로 그것이야'라고 하는 것이 없기에 사람들은 혼돈의 굴레에서 벗어나지 못하고 있는 것입니다.　　　　　　**바로 이것이다.**

　라고 증명이 된다는 뜻은 다른 것들은 이것이 아니고, '그 다른 것들'로는 해결이 절대로 안 된다는 것이 되겠지요.그럼 '다른 것들과 해결이 되지 않는 문제가 엉켜서 난무'하는, 우리가 사는 디스토피아(dystopia 또는 anti-utopia)에서 우리는 어떻게 해야 할까요?

　먼저 우리가 알고 있는 모두를, 하나하나 빼놓지 말고 의심해 보아야 합니다. 그리고는　**의심에 대하여 질문하여 그 해답을 찾아야**

　길을 더 이상 헤매지 않고 유토피아를 향한 발걸음을 할 수가 있습니다. 우리가 의심하여 보지 않고 맹신하였던 그것 중에 몇 개만 예를 들어 보겠습니다. 과거 철학자의 말들은, 틀린 것이 하나 둘이 아닙니다.

　아리스토텔레스는 인간을 '정치적 동물(zōon politikon)'이라고 불렀지, 사회적 동물이라고 하지 않았습니다. 로마제국 네로 황제의 스승, 루키우스 안나이우스 세네카(Lucius Annaeus Seneca)가 아리스토텔레스의 그리스어(희랍어 : 希臘語) 저서를 라틴어(Lingua Latīna)로 번역하면서 자기 마음대로 '사회적 동물'로 바꾸어 버렸습니다. 그 이후에 인류는 호모 사피엔스(Homo sapiens) 사진 위에 'Social Animal' 명패를 붙여 놓고 인간은 '혼자 살 수 없다.'라고 정의해 버립니다.

동양에서도 사람 인자의 어원을 실제와는 다르게, '혼자 살 수 없어서 서로 의지하는 존재의 모습을 형상한 것'이라고 그럴싸하게 포장하였습니다.

이쯤 되니, 사람들은 정말 인간은 혼자 살면 불행하고 사회적으로 살면 행복하다는 고정관념에서 벗어나지를 못하게 되는 것이지요.

아리스토텔레스 주장, 원문대로 인간이 정치적 동물이라고 한다고해도 문제가 있습니다. 인간이 다른 동물하고 달리, 토론하며 의사결정을 하는 것은 맞지만 이것으로 인간을 정의하는데는 매우 부족하고 설득력이 떨어집니다. 그저 다른 동물하고 다른 점중의 하나일 뿐이지요. 인간은 이렇게 누구의 말을 그저 믿고 따르는 면이 있습니다. 어리석은 것이지요. 그래서, 오히려 **인간은 어리석은 존재**라고 해야 인간에 대한 정의에 다가가는 기본자세가 될 것입니다.

인간의 정의는 <**어리석으면서도 자기가 현명한 줄 아는 복잡하고 간교한 존재**>입니다. 획일적으로 '무엇이다.'라고 하기엔, 너무 복잡합니다. 인간은 동물과 달리, 안과 밖이 다르지요. 다른 사람들 마음속에 무엇이 들어 있는지 알 수가 없는 것은 물론이고 내 마음속이 어떻게 생겼는지 자기 자신도 모릅니다.

하루에도 몇 번씩 사람이 변합니다. 정의하려면 딱 그 모습이어야 하는데, 수시로 변하니, 정체된 그의 모습은 없게 되어서 정의를 내릴 수가 없습니다. 카멜레온은 겉만 변하지요. 인간은 겉은 물론이고, 속은 더욱 자주 바뀝니다.

수시로 사방 360도 돌아가는 두 눈
　　자기 몸의 두 배나 현란하게 긴 혀
　　겉과 속이 다른 일곱 가지 색 가진
　　　─「인간과 카멜레온 DNA Match」

　변하는 것도 모자라 자기를 속이고 남도 속여 가며 살아갑니다. 자기한테만이라도 정직하면 좋은데 자기 스스로 제일 정직하지 못합니다. **세상에서 제일 자기를 많이 속이는 자기가 바로 자신입니다.** 자기는 분명 C라는 현실에 있는데, 자신이 만들어 낸 허구의 상상 속 자기 A를 진정한 자기라고 믿고 행동합니다. 극심한 경쟁과 스트레스의 현대사회라는 환경 속에서 이러한 자기 속임은 더욱 두드러지고 보편화하고 있지요. 이런 자기 속임은 현대인의 무의식에 깊이 박혀서 하나의 현대 문명이 되고 말았습니다. **인간다움의 기본인 죄책감이 인간들 정수리를 빠져나간 지는 오래되었으니** 마음 놓고 자기 자신을 속이고 그 속인 자신은 거꾸로 자기를 또 속이는 굴레에서 벗어나지를 못합니다.

　　　신화 날개 달고 등으로 숨 내쉰 후
　　　인간 정수리에서 꾸준히 빠져나가
　　　지금은 매우 소멸하여 버리고 만
　　　그래서 눈빛에서 별빛 사라지고 만
　　　　─「죄책감 그리고 양심」

　그쯤 되니, 자기가 자신을 당당하고 뻔뻔하게 속이고 그 〈속임의 세계〉를 진실 그리고 진리로 착각까지 하게 됩니다. 부와 권력 그리고 명성만이 가치를 갖고 사람의 진실/진정한 가치가 휴지 조각으로 길거리에 '휘 휘 - ' 나뒹구는 현대사회에서는, 거짓이라도 좋으니 인기와 신분 상승 그리고 돈으로 계산된 성과로 사람이 평가되는 것을 당연히 여기기까지 합니다.

> 횡 - 미세먼지 범벅 바람에
> 드르륵 - 길거리 굴러다니는
> 꾸겨진 것들 억지로 주워보니
> ─「진정성과 양심」

　이 지경이 되니, 속이는 자가 자기도 모르면서(또는 안다고 착각하면서) 남을 가르치고, Lead하려고 하지요. 자기의 길을 모르는 이들이 앞에 나서 길을 가르칩니다. 이들의 손가락이 가리키는 곳으로 가는 사람들은 비틀거리게 되고요. 비틀거리는 것에 더하여, 대부분 사람은 거꾸로 살아갑니다. 이렇게 하면 분명 행복한데도 그 반대로 행동하면서 행복하기를 바라지요. 인간은 무엇을 채워야 행복하다며 끊임없이 채우려 노력합니다. 태어나서 죽을 때까지 이런 Pattern을 유지하지요. 먹고, 사고, 가지려고 공부하고 일하는 모습은 결국은 채우려고 하는 것입니다. 조금 더 조금 더 채우려 낮은 물론이고, 밤을 낮같이 생활합니다.

　동물들은 낮에 돌아다니고, 밤에 쉽니다. 야행성 동물은 반대로 하지요. 인간만이 이 구분이 없게 밤낮으로 일하고, 사람들을 만나고 또 만나고 또 만납니다. 그래야 마음이 외롭지 않고 경쟁에서 뒤처지지 않으며 그런 삶의 Pattern을 잘 유지하여야 미래에 평온할 것이라고 믿습니다. 그 만나는 사람들을 통하여 끊임없이 상처받으면서, 그곳에서 입은 멍 자국이 선명한데도 또 그곳들을 기웃거립니다. 많고 넓은 인맥의 그물 속이 내가 있을 곳이며 이 그물이 나를 보호해 줄 것이라고 막연히 기대합니다. 그렇게 살아야 외로움도 없다고 의심 한 번 안 해보고 맹신하며(모든 면에서 이 맹신이 문제의 핵심입니다.) 살아갑니다.

외로움.

'외로움'이라고 불리는 것은 '안개'와 같습니다. 안 걷힐 것 같은 짙은 안개가 닥쳐도 조금 있으면 사라지듯, 외로움이라고 불리는 그 기분은 사라집니다. 외로움을 문제라고 생각하는 것이 문제지, '내가 지금 외로움이라고 느끼는 감정은 누구나 다 다른 형태로라도 갖는 것이다'라고 아무렇지도 않게 **외로움에 관하여 관심을 두지 않아 버리면 그 감정은 자라지 않고** 사그라집니다.

사람의 뇌를 들여다보면 '좌클릭'하고 있기 마련입니다. 긍정적인 방향보다는 부정적인 쪽으로 보는 것이 익숙하지요. 왜냐하면, 인류는 많은 고난을 겪으면서 진화하였기 때문에 고통과 불행에 대비하려는 기본걱정을 깔고 살아갑니다.

그리고 비교합니다. 더 많이 소유하여야 미래가 안전하다는 DNA가 돌돌 말려서 머릿속을 누비고 있어서, 끊임없이 다른 사람 그리고 남의 소유를 나의 그것과 비교합니다. 이 과정에서 '상대적 박탈감'이라는 뿌리를 가진 외로움이 옵니다.

그러니 이 외로움이라는 Mechanism을 이해하고, 껄끄러운 기분 같은 외로움을 피하려면 '비교의 굴레'에서 벗어나려는 성찰과 수행을 끊임없이 하여야 하지요. 현대인들이 외로움이라고 현재 말하고 있는 것은 두 가지로 보아야 합니다.

〈선택한 홀로〉 그리고 〈소외된 홀로〉

사람이 사회에서 생활하려면 거미줄 같은 Network가 필요하긴 합니다. 자기가 생업을 하는 그 분야의 연결망입니다. 이 Net는 자기 스스로 필요하고, 감당할 수 있는 정도만 만들어 나가면 됩니다.

많으면 많을수록 좋은 줄 알고 많은 모임, 많은 사람을 벅차게 만나는 것은 Net의 질 저하를 가지고 올 수 있습니다. 소수의 질 높은 Net에 시간과 노력을 기울이는 것이 효율적이지요. 이런 Net는 필요로 참여하였으니, 언제든지 그 망에서 나와 선택적으로 나 홀로 있을 수 있습니다. 이러한 것은 그다지 외롭지 않습니다. 다시 돌아갈 수 있으니까요. 이것이 선택한 홀로입니다.

소외된 홀로는 자기 자신의 의지에 상관없이 타의나 환경에 의하여 내가 축출되어, 홀로 된 경우입니다. 이 경우는 내가 버려졌고, 열외가 되었다는 사실과 나의 의사와는 정반대에서 일어난 사건이라는 데에서 절망감을 안겨 줍니다.

하지만, 이러한 경우의 외로움에도 그리 괴로워할 필요는 없지요. 어느 단체에 속해 있고 어떤 일로 바쁘게 사회생활을 한다고 하여도 사람들은 외로운 기분을 수시로 느끼기 마련입니다. 왜냐하면 그 바쁜 사회생활 자체가 〈진정성이 없는 일과 인연〉이기 때문입니다. 그러니, 나만 축출되었다고 해도 외로운 것이 아니라는 것이지요. 의미 없는 인연이기도 하고요.

사람들은 더 이상 진실하지 않습니다. 인간의 문명은 이미 실패했고 그 실패에서 벗어날 희망이 보이지 않기에 사람들은 아무 곳에서도 진정으로 평온하지 않습니다.

현대 문명이라는 것이 〈물질적 탐욕 추구〉 그 자체이기에 정치, 경제, 사회, 문화 그리고 종교까지도 오로지 이 물질적 만족을 위하여 모든 Focus가 맞추어져 있습니다. 그래서 돈이 지배하는 현대사회에 쳐진 온갖

그물 (Net)은 덫(Trap)이기도 합니다.

거미줄이 끈적거리는 덫인 것처럼

거미도 아닌 것이 거미같이 산다
거미보다 더 많은 줄 치고
그 줄에 스스로 걸려들어
끈적거림에 허우적거리며
— 「거미변종 인간」

인간의 문명이 실패한 지는 오래되었습니다. 실패한 줄도 모르고 개선할 의지는 안 보이고 개악으로 치닫고 있습니다. 개악으로 가는 것을 막을 유일한 희망은 종교계인데 종교의 지도자들이 개악의 맨 앞에서 '깃발을 휘날리며' 서 있으니 개선의 희망은 접어야 합니다.

결코 인간의 탐욕을 만족하게 할 수 없는 구조로 되어 있는 것이 우주입니다. 그런데도 〈물질적 만족〉에만 골몰하는 인류는 남의 것 심지어는 자연을 탈취하는데도 전력을 경주하고 있지요. 자연을 상대로 파괴하고 죽이는 몹쓸 짓을 거듭하다 보니, 파괴가 인간의 DNA로 자리를 잡게 되었고, 아름다움을 알아보는 안목이 상실되어서, 사람 삶의 질도 그만큼이나 거칠고 피폐해졌습니다.

물질적으로 풍부해진 것만큼 인간의 삶은 붕괴했지요. 18세기 제1차 산업혁명 후로 인간이 추구해온 문명은 '무한경쟁, 무한 탐욕, 무한상실'의 막장까지 와 있게 되었습니다.

Product로 측정되는 삶의 질에서 무엇을 찾을 수 있을까요? GDP GNP의 P는 물질입니다.

상실감은 이질감을 낳고 이질감은 투쟁감을 부추깁니다.

경쟁에서 전쟁으로
배려보단 선점으로

패자 밟고 승자끼리
승자 밟혀 나락으로
— 「현대인의 길」

세계 기후는 재앙 – 참혹함, 그 자체로 바뀐 지 오래되었습니다. 심각한 기후변화로 재해는 물론이고, 식량과 물은 부족한데 개발을 경쟁/전쟁하듯이 계속하니, 세계 곳곳 과밀의 도시 모습은 미래를 더욱 불길하고 암울하게 합니다.

전쟁의 속살은 경쟁입니다. 지구 푸른 별의 못 가지고 덜 가진 이들에게 베풀기보다는, 그들 주위 자원까지 선점하려는 선진국의 탐욕으로, 자연과 가까이 살아온 사람들은 벼랑으로 몰리고 있고요. 전쟁수준의 탐욕 경쟁이 지속되고 있습니다.

신분 상승을 조금이라도 하여 같은 부류끼리 살면 풍요하고 안전하리라고 믿는 어리석은 사람들은 어떨까요? 그들도 결국은 그들 사이의 경쟁으로 그들 무리의 발에 밟혀 나락으로 떨어지고 맙니다. 서로 서로가 가진 것을 비교하는 현대 문명의 DNA 나선 구조 때문입니다. **이런 사회에서 진정성이 어디 있습니까?**

사람들이 서로 만나서 웃고는 있어도 진정성이 없고

진정성 속에 진실한 사람을 찾기도 어렵고

자기 자신도 진실한 인간이질 못한 것을 자기가 모릅니다.

곁에 누가 있어도 그가 진실하지 않다면 그 사람은 있으나 마나입니다. 이런 사람이 많으면 무엇합니까? 진실하지 못한 행동과 진정성 없는 말이 난무하는 곳에서 시간을 소비하다가 그곳을 떠나 보면, 외로움이 엄습합니다. '허 –'한 기분이 들지요. 인간들은, 이 '외롭지 않은 허상 외로움'에 중독이 되어서 또 진정성 없는 곳, 사람들을 찾는 늪에서 벗어나질 못하게 되는 것이지요.

그러니 현대인들은 모두 외로움을 느낍니다.

그것을 못 느낀다면, 사고가 부족한 인간이지요.

자기 자신이 진정성이 없으니 남도 진정성이 없다고 단정합니다.

남들이 진정성이 없으니 그들에 대한 경계를 풀지 못합니다.

결국 완전이 못 믿는 것이지요.

믿을 사람 하나 없으니 외롭습니다.

어차피, 현대인은 현대 문명에 발을 담그고 사는 한 그리고 그 환경을 벗어나지 못하는 한, 모두가 하나하나 외롭기는 마찬가지입니다. **그러니 외로워하지 마시지요.**

진정성/진실성 없는 사람과 장소를 떠나 있다고 외로운 것이 아닙니다.   인간은 사회적 동물이 아닙니다.

아리스토텔레스의 말을 부정하여서 이런 깨달음에 이르렀다면,

이렇게 깊은 의심을 일으키고 부정하여서, 하나의 진리를 알아챘다면.   **Why Not?**   이런 식으로 모든 사상, 이념, 철학, 종교, 학문을 의심해 보아야 합니다.   의심 안 하면 나의 삶은 어제, 지금과 똑같아집니다. 죽을 때까지 – 쭉 –

나무 창살 무늬가 예술인가
세월의 덕목 역력히 보이니

그대에게서는 어떤 모습이
  ―「사찰 나무 창살 그리고 그대」

사찰에 가면 나무 창살의 무늬가 그야말로 예술입니다. 몇백 년 전에 둔탁한 칼로 정성스럽게 나무에 무늬를 새기고, 심오한 색을 입히는 장인의 손길이 보입니다. 그리고 그 많은 사연을 수백 천년을

지켜보아 갈라지고, 퇴색된 창들.

스님과 도반(道伴)들의 조용한 대화가 창호지를 흔들며 창틀을 파르르 떨게 했을 것입니다. 얼음 먹은 찬바람이 법당에 조금은 덜 스며 들도록 창틀은 온 힘을 다해서 냉기를 막아내었겠지요.

이 창틀이 있었기에 이 사찰은 지금까지 존재하였을 것입니다. 창살을 보고 있노라면 그야말로 '찬란한 예술 그 자체.'라는 생각이 듭니다.　　　　노인도 세월의 흔적이 보입니다.　　　다른 이들이 보고 나의 삶에 대해 '예술'이라고 해 줄 리가 없지 싶어　등줄기가 시큰해 옵니다.　　**나무 창살보다 못한 삶** 이면 어쩐답니까.

두 자로 쓰고
석 자로 읽히는
심각한 단어 있다
　－「노인/생존자」

그대여
아직 풋 자가 어울리는 그대여
그대가
함부로 어쩌면 무심코 부르는
노인들

잘못된 참으로 잘못된 언어
　－「생존자로 불러다오」

그대들은
우리 볼 때 찡그리고

274

통계에도
하나로 뭉뚱그려 묶고

우습게
　-「생존자들은 그저 아무것에서나 웃기에」

우리는 Survivor
로 불려야 한다

간신히 살아남은
　-「노인이 아니고」

　어르신, 시니어, 실버는 '노인'을 지칭하는 단어입니다. 완곡한 표현이 되겠지요. 노인네, 노친네, 노땅, 할배/할매는 비하성 표현이고요. 험한 표현의 으뜸은 꼰대가 되겠지요. 틀딱이라는 표현도 씁니다. 노인들의 '틀니'와 틀니가 서로 부딪치는 소리 '딱딱'의 합성어입니다. 뒤에 벌레 '충'을 붙여서 '틀니딱딱충'이라고도 하고요. 일본사람들은 노인 비하 표현을 노골적으로, 해롭다고 해(害) 자를 사용하여 '老害(로-가이)'라고도 합니다. 섬뜩한 표현이지요.
　세상이 변하고 있습니다. 태어나는 쌍둥이 사이에서도 먼저 태어난 아이와 그 아이의 발뒤꿈치를 붙잡고 나오는 아이 간에 세대 차이가 난다고 농담할 정도이지요.
　일정 시기에 태어나는 연령대가, 소속된 사회를 살아가면서 또래들과 공유한 삶이 그 연령대끼리 느끼는 유대감이 됩니다. 다른 연령대에서는 이해가 안 되는 문화로 정립되고요.
　여기다가 현대에 들어와서 인터넷에 기반을 둔 정보통신 기술 발

달의 속도감이 세대 간의 제너레이션 갭(Generation Gap)을 점점 더 벌어지게 하고 있습니다. 그래서 세대 간의 격차가 벌어지고 있는 것을 '당연한 척' 받아들일 수밖에 없지요.

그러나 너무 '확 확' 소리까지 내가면서 노골적으로 변하는 모습을 보면, 새벽 속에서 쓴물이 올라오는 기분이 듭니다.

'예전에는 어쩌구' 하는 자체가 늙었다는 명백한 선언 정도가 되겠지만, 요즈음 제법 많은 젊은이가 노인들을 보는 시선은 '노인'이 아니고, '꼰대'임이 분명합니다.

한국을 여행하면서 종종 목격하는 장면이 있습니다. '노인과 젊은이의 충돌'입니다. 공공장소 특히, 전철이나 버스에서 이 두 계층의 알력이 보입니다. 정치에서도 세대 간의 충돌이 보이기도 하고요. 일 년에 한 번 한국에 나가는 여행자의 눈에도 이렇게 보이는 것을 보면, 심각한 사회문제라는 생각이 듭니다. 세대 갈등은 그냥 방치할 문제가 아니지요. 적극적으로 Issue화하고, 서로 대화하고 문제점을 파악하여 그 해결책을 학문적으로 정립하여 공론화하고, 합리적 해결 방안이 실천되도록 하여야 '건전한 사회' '화가 없는 국가'됩니다. 노인들은 젊은이들의 고단함과 고뇌를 인정하고 격려하는 분위기 - 젊은이들은 노인들이 젊었을 때 지금 자기네들처럼 고생한 것을 인정하는 분위기가 되어야 하는데, 그렇지를 못하지요. 사회적, 국가적 병리 현상이 명백한데, 이것을 해결하려는 가시적인 노력이 보이지를 않습니다. 이런 상황에서 노인들은 서서히 사라지고 있습니다.

노인들은 생존자입니다.
살벌한 생존전쟁터에서 간신히 억지로 살아남은 생존자
생존자들마저 내몰리는 사회는 건전한 국가가 아닙니다.

■

청년들에게 사순절 그리고 11월 위령성월에 피정을 지도할 당시에 제일 기억에 남는 것은 '죽음 체험'입니다. 청년들에게 가르치고는 그 자료들을 아직도 보관하면서 생각날 때마다 그 체험을 혼자 스스로 상상해 보고 있습니다. 그중에 'Highlight'는 관 속에 들어가 이동하는 것입니다. 깊은 묵상과 죽은 사람을 위한 짧은 '연도'를 바친 뒤에, 한 사람씩, 번갈아 가며 죽음 체험을 하는 것이지요.

마지막 잎새   쿵
떨어지면 관 뚜껑 열어본다

차디찬 첫눈   슥
밀려오기 전 관 속 누워본다
    ―「덤으로 얻게 되는 삶 앞에」

나무로 잘 짜인 관 뚜껑을 엽니다. 그리고 그 속에 누워봅니다. 뚜껑이 닫히게 되면 모든 빛은 차단이 되지요. 관 뚜껑을 내리치는 둔탁한 망치 소리(관을 봉합하는 소리). 그리고는 나머지 청년들이 관을 약간의 거리를 운반하고 내려놓으면서 땅에 묻히는 체험을 하도록 합니다. 이런 체험을 하도록 하고, 저도 참여하였었는데, 그때의 감동을 적어놓은 일기의 내용하고, 지금 느끼는 내용하고는 차이가 크게 있습니다.

지금은 관에 직접 들어가 보지 않고 묵상만으로도 관에 들어가 있는 감각이 생생하게 재현이 되지요. 그 섬뜩하고 절실한 느낌.

죽음의 쓰디쓴 잔에 입술을 축이다 보면
오히려 지금의 삶이 산뜻하게 달콤해집니다.
    부활했기 때문 입니다.
    삶을 공짜로 받았기 때문 이고요.

이민 생활에서 죽음을 양손의 손가락이 모자랄 정도로 진하게 경험하였습니다. **죽음의 비릿하고 쓴맛을 간을 여러 번 본 셈** 입니다. 그러니, 지금의 삶이 부활이고 덤, 공짜이고요.

생명을 공짜로 받고, 죽음에서 부활안다면

삶의 숙제와 의문이 모두 풀립니다.

인간이 가진 모든 문제는 결국 죽음이 쥐고 있지요.

매일 죽는 사람들이 있습니다.

고통과 번민으로 괴로운 삶을 종일 억지로 살아가는 사람들입니다. 세상 살아가는 것이 절대로 녹록지 않으니, 당연하다고 여길 수도 있습니다. 하지만, 그 힘든 삶을 어떻게 바라보며 살아가느냐가, 삶의 질을 가늠합니다.

하루하루 매일 똑같이 괴로운 삶을 사는 사람은

좀비의 삶입니다. 시체가 움직이는 좀비.

하루하루 힘들어 죽은 것 같은 삶을 살더라도

다음 날은 또 살아나는 사람들도 있습니다. 부활하는 사람들.

좀비 같이 살아갈까

부활 매일 하며 살아갈까

하루에 얼마나 자주 과거를 돌아보시는지요? 과거의 보이는 것들은 무엇입니까? 즐겁고 아름다웠던 기억은 기분을 좋게 합니다. 그러나 지난날의 좋지 않았던 기억은 사람들을 괴롭히지요. 그 찝찝한 기억을 그만하면 너무나 좋겠는데, 할수록 더욱 또렷해지고 그 질척하고 껄끄러운 기억 구렁텅이에서 벗어나기는커녕 꿈속에서까지 단골 절찬 상영프로그램으로 돌리고 또 돌립니다. 그런 꿈을 꾸고 나면, 온몸에는 그 더러운 영상이 지나간 흔적인 끈적한 땀이 흥건하기 마련입니다.

고개 돌려
뒤를 돌아
보이는 것　　　　후회 덩어리
　　　　　　　　고통 쓰레기
　　　　　　　　슬픔 찌꺼기
　　　　　　　　아픔 응어리
　　　　　　　　억울함 기억

하지만 모두 거품
　걷히는 안개
　떠도는 먼지
두 손에 안 잡히는
　ㅡ「실체 없는 과거 서성이기」

　우선, 그 꿈속의 장면들을 나의 지휘소인 두뇌에 명확하게 알려 주
고 정리하여야 합니다. 그 장면들로 정말 괴롭다면, 이를 글로 쓰면
서 정리하면 효과가 있습니다. 깊은 상처가 주는 감정을 써 보면, 그
것이 실체가 없다는 것으로 결론이 나게 마련이지요.

없는데 왜 있다고 합니까?
실체가 아닌데 믿는 이유는?

　행복했던 기억을 자주 하는 것도 도움이 됩니다. 즐거웠던 그 사
람, 그 장소, 그때로 자주 돌아가서 내 뇌의 작동 방향을 돌려놓는
것입니다. 과거의 기억이 현재에 영향을 주고 있으면 당연히 지금은
미래의 내 두뇌 회로를 조정하게 됩니다.
　　과거에 얽매일수록 미래도 불안하게 되어 있습니다.

왜냐하면 현재도 과거 때문에 불행하기 때문입니다

나라는 비행기의 조종간을 과거에 내주면 내줄수록

추락의 위험은 커집니다.

비행기의 조종 장치는 승강키와 도움날개를 움직이는 조종간, 방향키를 움직이는 페달(Foot bar) 그리고 엔진 출력 및 회전속도를 Control 하는 엔진스로틀로 되어 있습니다. 제일 중요한 조종간을 면허도 없고, 경험도 많지 않은 사람에게 내어주면 당연히 비행기는 곤두박질칠 밖에요. 과거에서 어슬렁거릴 때마다 조종간을 과거에 내어주는 것입니다.　　　기분이 추락하는 이유가 여기 있지요.

인간의 두뇌가 과거의 나쁜 기억을 자꾸 재생하는 이유는

　　　　1. 자기 보호　　　　2. 욕구불만 해소

과거의 실수를 미래에도 되풀이하지 않으려는 자기 보호 기제 작용과 욕구불만 해소 때문입니다. 칙칙한 과거에 대하여 마음이 인정할 수가 없어서, 과거와는 다른 좋은 상황을 원하면서 욕구불만이 생기게 되고 이러한 성향이 패턴으로 교착되어, 계속되는 것입니다.

과거를 바꾸려는 것은 욕심입니다.

또한, 과거를 자꾸 되뇌는 것은, 그 나쁜 기억을 점점 강해지기만 하도록 해서 이를 멈추는 방법을 조속히 생각해야 하지요.

그 방법은 **'애부 분석'** 을 하는 것입니다. 머릿속 기억 스위치가 그 과거에 Switch on 되지 않도록 하여야 하고, 예리한 분석을 하여야 합니다.

그 과거는 이미 사라져 버린 것, 별거 아니다. 지금은 괜찮다.

라고 실체를 파악한 다음 그때의 이미지가 흐릿해질 때까지 노력하여야 합니다. 멸상/명상과 깊은 묵상을 통하여 '도 닦는 일'을 꾸준히 하면 좋아집니다.

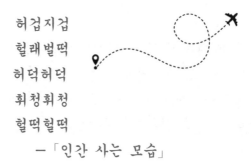

허겁지겁

헐래벌떡

허덕허덕

휘청휘청

헐떡헐떡

　－「인간 사는 모습」

귀뚜라미 소리같이
자기에게 솔직하기

피니시 라인 지나서
허겁지겁 뛰지 않기

인간들 다 뛰어가는
그 반대로 돌아서기

뛰어난 이 되는 것
일찌감치 포기하기
　－「이것만 해도 숨쉬기가」

　사람들은 자기에게 솔직하지 않습니다.
　인생 경기가 끝났는데도 '허덕 허덕' '허겁지겁' 사방팔방으로 뛰어다닙니다. 후반전도 끝났고, 연장전도 끝났는데 말이지요. 인간들이 뛰어가는 것은 한 곳입니다. 그 한 곳을 향하여 그 많은 인간이 덤벼드니, 그 과정이 어떻습니까? 그리고 그 한 곳에는 '사람이 찾는 행복'은 있지도 않은데, 그저 남들이 덤벼드니까, 자기도 그냥 덤벼듭니다.

뛰어나게 산다는 것이 무엇일까요? 그저 고단하게 산다는 것입니다. 튀려고 하지 말고, 평범하게 사는 것이 잘 사는 것이고, 현명하게 한평생 행복하게 사는 유일한 방법인데 '그럴 리가 없다.'로 일관하며 서서히 삶을 허무하게 살아갑니다.

알까? 모를까? 는 심각한 화두입니다.

모르면서 아는 척. 알면서도 모르는 척하면서 사는 것이 한둘이 아니지만, 이것이 인간의 죽음과 연결이 되는 화두일 때는 삶의 질을 결정하는 중요한 요소가 됩니다. 죽음을 아는 것. 그것도 대강 아는 것이 아니고 제대로 정확히 아는 것.

시체를 매주 수십 구 만지는 사람이 있다. 매일 숫자도 으스스한 섭씨 4.4도 이하 싸늘 온도의 냉장고에서 시체를 꺼내어 포름알데히드를 쿡 쑤욱 주입하고 뭉크의 '절규' 얼굴 벌어진 입을 접착제로 붙여 버리고 남의 얼굴 도화지 삼아 마네킹 그림 화장한다. 몸을 만지는 손길은 마치 고깃덩어리 만지듯. 그리곤 굳어 버린 시체에 억지로 옷 입힌다. 달궈진 레토르트에 그날 매상을 집어넣고 고기가 다 타길 두 시간 기다린다. 화장장 굴뚝으로 시체 업보만큼의 연기가 앞 시체 연기와 같이 들러붙다가 날아간다. 타다 남은 뼈. 그걸 모아서 넣어 부숴 버리는 기계 소리. 위아래 옆 없이 섞여지는 뼈와 마음을 값 매겨진 통에 담아 통곡과 몸까지 떠는 오열 앞에 항상 하던 연출된 표정으로 넘겨준다. 돌아선다. 다음 시체가 기다리니까. 다음 울부짖음이 부르니까. 이런 사람도 자기도 그렇게 되는 줄
　　―「알까 모를까」

이   **죽음이 반드시 나에게 온다는 것과**

그 시간은 바로 지금이 될 수도 있다는 것을 안다는 것만으로도

성자와 악마의 삶으로 구분됩니다.

백세시대라고 모두가 백세까지 사는 것은 아님은, 주위에 평균수명을 못 채우고 떠나는 이가 훨씬 많음이 증명해 주는 데도 공감 못합니다. 그리고 젊다고 모두 오래 사는 것은 아니라는 것까지도 통계가 말해주는 데도 실감하지 못하지요.

항상 자기는 아닐 것이라는 자위행위를 수시로 합니다.

자기 곁에 숨소리 뜨겁던 그 사람 주검 앞에서까지도.

어리석은 인간 부류는.

하나의 울부짖음이 상업적으로 계산된 시간에 밀려서 쫓겨나 가면, 다른 통곡들이 준비하였다가 정해진 대로 일제히 소리를 토해냅니다. 그것도 얼마 안 되어 또 뒤 예약 몸부림에 밀려 나가는 컨베이어 시스템의 장례식장. 그 많은 시체를 만지면서 장의사가 자기도 갑자기 죽을 것이라고 느낄까요? 장의사는 살 만큼 살아온 사람들의 시체만 만지는 것이 아닙니다. 자기 또래의 시체들. 자기보다도 훨씬 어린 시체들의 몸뚱이와 뼈를 만지며 자기의 죽음을 느낄까요?

느낀다면 그이는 성자입니다.

그렇지만 장의사가 성자라는 이야기는 별로 없습니다.

그만큼 사람들은 자기 죽음을 잘 알고 싶어도 하지 않고 멀리하려고만 합니다.   **이 세상에는 두 종류의 인간이 있지요.**

행복한 사람 Vs. 불행한 사람

자기가 죽을 거라는 사실을 심각히 각오하고 사는 사람 Vs. 죽음은 남들의 일이고 자기는 죽으리라는 것을 무시해 버리는 인간.

죽음을 항상 의식하는 사람은 하루를 사는 태도가 다릅니다.

눈 뜨는 것도 다르고, 숨소리도 다르지요.

오늘을 심각하고 절실하게 살아야 자기 생명을

건질 수 있습니다.   진실한 구원을 얻을 수 있습니다.

하루를 매우 신중하게 사는 사람에게 과거와 미래를 왔다 갔다 하
는 사각이 있을까요? 미래와 과거에 휘휘 휘둘리며 허둥지둥 허겁지
겁 사는 사람들은 바로 자기의 죽음을 생각하지 못하고 사는 사람들
입니다.   지예의 알파는 죽음의 그림자를 입고 사는 것
                지예의 오메가는 그 죽음의 지예로
                불타는 의지의 삶을 하루하루 사는 것

누런 노인에게 아프다는 것은
죽음을 잔 보는 것이다
비탈 나이 되어 수술대 누웠다
일어난다는 것은 부활
    ―「노인의 죽음과 부활」

나이가 절벽에 선 이에게
중요한 것은 둘도 아니고
살아남아야 한다는 하나
    ―「그 이외에 중요한 것은 없다는 명제」

젊었을 때는 못 느끼던 격한 감정을 느낄 때가 있습니다.
    나이가 누렇게 퇴색되어 버린 노인에게는. ―   아플 때입니다.
    나이가 들어서 아프면, '아 ― 이것이 죽음의 맛이겠구나.'라는 격
동의 감각이 휘감아 몰아칩니다. 처음 며칠은 '죽음의 간'을 보는
날들이지만 이 시간이 길어지면 그만 '아 ― 이렇게 가는 것이구나.'
라는 확신까지 다가오게 됩니다. 이런 과정을 거쳐 차디찬 수술대
에 누워서 '마취약 들어갑니다.'라는 소리를 들으면 모든 감각이 문
을 닫게 되지요. 그러다가 괴상한 기분 속에 감각이 어른거리면 제

일 먼저 느끼는 것이 '아 – 죽지 않았구나. 살아내었구나.'라는 안도감이 차분히 감싸 줍니다.

부활이구나.
살아남는 것 이외
중요한 것은 정말 1도 없구나.
삐 – 전반전 끝
삐 – 후반전 끝
삐 – 연장전 끝
삐 – 페널티 킥
―「노인 여생이란」

그대는 어디에 서 있는가
스파이크 축구화 신고
전반 후반전 연장전인지
일대일 페널티 킥인지

아니면 이미 끝나 적막감
―「그대 앞 골키퍼는 무엇인가」

2022년 월드컵 경기 전 경기를 거의 하나도 빠지지 않고 볼 수 있었습니다. 경기의 시차가 좋았기 때문이지요. 고국이 16강에 오르는 경기를 보면서 얼마나 가슴이 벅차고 뜨거웠는지 모릅니다. 더 말할 수 없는 감동에 휘감기는 자부심 그 자체였고요. 나이가 들수록 더 모국에 대한 애국심이 깊어만 가는가 봅니다.

16강부터는 연장전이 치러지고 연장전에서도 승부가 정해지지 않으면, 페널티 킥으로 우승국을 선정하게 되지요.

전후반 90분, 연장전 30분을 전속력을 다하여 뛴 선수들은 기진 맥진이기 마련입니다. 모든 스포츠 중에 선수들이 제일 힘든 것이 축구이기 때문에 관중들은 더 열광하는지도 모르겠습니다. 다른 종목들은 쉬는 시간, 교체선수, 선수 보호 장비들이 축구 선수들보다 더 수월하게 되어 있지요. 하지만 축구 경기는 보는 관중까지도 전후 연장전 잠시 쉴 때 말고는 한눈을 팔 수가 없게 되어 있습니다. 축구를 학창 시절에라도 조금 해 본 사람은 선수가 얼마나 힘든지 가늠이 되고요.

　이렇게 전력을 다하여 연장전을 마치고 이제 페널티 킥으로 승부를 가려야 합니다. 월드컵 결승전도 그렇게 결정되었지요. 아르헨티나와 프랑스.
　속으로 아르헨티나가 이기기를 응원하였습니다. 국민 40%가 빈곤에 허덕이고, 일 년 인플레이션이 100%인 나라. 메시의 마지막 경기는 이 나라에 큰 희망이고 위로였습니다. 일대일로 서 있는 키커와 골키퍼. 마치 노인과 여생이 서 있는 것 같았습니다.

초집중의 시간.
　신중하게, 현명하게, 실수 없이 — 임해야 합니다.
노인들은 — 여생을 말이지요.

사는 게 뭐 있나요
올가미 쓰고 여기 저기 끌려 다니는 거지요
그런데 그거 알아요
누군 스스로 벗고 누군 스스로 매어 끌리고
　—「올가미」

올가미들은 알록달록 예쁘다
정신 혼미하게 향기까지 있고

훅 - 그럴싸한 것 올가미다
숨 끊어낼 때까지 풀리지 않을
─「올가미 정체」

올가미는 누가 만들까
올가미는 누가 씌울까
─「올가미 장인 당신」

살면 살수록 사람들은 느끼게 됩니다.
올가미에 걸리지 않고 살아가기가 쉽지 않다는 것을.　　　그런데
　　　사실은, 올가미는 - 자기가 올가미 근처로 가서요.
　　　　　　자기가 쓰는 경우가 대부분입니다.

　매월 돈을 내다가 때가 되면 쓰던 방 원래대로 해 놓고 몸
만 나와야 하는 것을　　　　　월세라 한다
　매월 이런저런 페이먼트 하다가 때가 되면 모든 것 그냥 놓
아두고 몸만 남는 삶은　　　　월세 삶이고
　　─「누구나 월세인데 무슨」

　자기 것이 어디 있습니까? 등기가 자기 이름으로 되어 있으면, 그
것이 내 것인가요? 전세가 어디 있고요? 다 월세 인생입니다. 원래
인생이 월세이지요.
　사람마다 다 다르지만, 누구나 매월 내야 하는 Payment가 있습니
다. 집, 차 Loan Payment부터, 재산세, 각종 보험, 전기, 물, 가스,
카드 Payment가 나란히 나란히 줄을 서서 기다립니다.

집의 등기가 자기 이름으로 되어 있던 남이 이름으로 되어 있던 누구나 이렇게 매월 또박또박 돈을 내다가 어떻게 될까요?

인간은 죽습니다. 죽으면 다 놓아두고 빈 몸으로 나와야 합니다. 현재 전국적으로 집 없는 사람 비율이 40% 정도. 10가구 중 4가구는 '내 집'이 없는 세입자라고 하지요. 지금 내가 사는 집이 월세이면 얼마나 철학적 완성 생활 방식입니까?

어차피, 사람 사는 것은 누구나 월세 삶이니까요.

이왕 이런 상황이라면, 세금 많이 걷어서 언제나 최고 부자인 정부가, 그동안 세금을 열심히 내온 국민에게 감사하며, 돌려주는 차원에서 월세 작은 아파트 많이 만들어 짓고, 작은 아파트 여러 개 가진 사람에게서 아파트를 사들여 이를 완전 저렴한 월세로 전부 전환하여 국민 40% 집 없는 세대의 서러움을 없게 하면 어떨까요?

자랑스러운   세계 모범 일등 평등 복지 국가 대안민국

사냥가자 사냥가자
고무줄 총으로
사냥접자 사냥접자
파랑새잡이를

있지도 않은 파랑새
잊힌 나무총으로
―「행복한 참새잡이」

나무를 보면 가지가 나뉘는 부분이 있지요. Y 모양입니다. 이 나무에 탄력성이 좋은 고무줄(옛날에는 빨아 쓰는 기저귀에 들어가는 통 고무줄이 많이 쓰였습니다.)을 걸고 고무줄 끝에는 가죽을 달아서 돌을 걸어 튕겨 나가게 하여, 돌로 새를 잡거나 무엇을 겨냥하여

맞히는 놀이를 하였던 것이 새총입니다. '탕' 소리가 나지 않지요. 리스트 로켓(wrist rocket), 캐터펄트(catapult), 슬링샷(Slingshot), 빈 슈터(bean shooter)로 불리는 새총입니다.

　사람들은 파랑새를 찾습니다. 현대인의 행복 추구 현상인 파랑새 증후군 은 1911년 노벨문학상을 받은 벨기에 모리스 마테를링크(Maurice Maeterlin ck) 작가의 '파랑새' 동화에서 유래되었습니다. 이야기의 시작은 크리스마스 이브에 틸틸·미틸 남매의 집입니다. 남매는 행복의 상징인 파랑새를 찾아서 추억의 나라, 밤의 궁전, 숲과 묘지, 행복의 궁전, 미래의 나라 등을 찾아가지만 그곳을 빠져나오면 구했던 파랑새는 죽고 맙니다. 행복 모험을 마치고 집으로 돌아온 이 남매는 그동안 그렇게나 허름했던 자기 집과 가족이 근사해 보입니다. 더군다나 방에서 키우던 펫 비둘기가 파란색 깃털을 가지며 파랑새로 변해 있었고요.

　이 동화 이후에 행복의 상징은 파랑새가 되었습니다. 동화의 주제처럼 이 파랑새를 잡는 것은 과거나 미래에서는 불가능합니다. 그래서 이 파랑새를 잡는다는 것은 미래에 있지도 않은 파랑새, 과거에 잊힌 파랑새가 아니지요. 또한,

연재에도 없는 것이니 파랑새는 아예 없습니다.

　그러니 파랑새 잡으러 새총 들고 여기저기 돌아다녀 보았자, 헛걸음입니다.

없는 것을 어찌 잡는단 말입니까.

연재 내 곁에 있는 참새 아니면 비들기가 바로 행복 그 자체 입니다.

> 분노라는 불쏘시개에 불 놓고
> 격정 번뇌라는 장작 쑤셔 넣어
> 휘어 감는 바람 몸 맡겨 보면

죽기 전 잿더미 따스한 온기가
　　—「아궁이 속에서 시작하라」

　어렸을 때는 식사 때마다 아궁이에 불이 들어가던 생각이 납니다. 추운 겨울에는 그 아궁이 앞에서 쪼그리고 앉아서 이글거리던 불꽃들을 보면서 무섭다는 생각도 했었고요. 아궁이 속에서는 모든 것이 불타올랐습니다. 종이도, 나뭇가지도, 쌀겨까지도.
　처음에는 불쏘시개에 불을 붙여서 작은 나뭇가지가 먼저 불타오르게 하고 그 위에 굵은 나뭇가지를 올려놓지요. 그리고 나서는, 부엌문으로 들어오는 바람에 아궁이 불길을 맡깁니다.
　　　아궁이 저 불길 속에 모든 것을 처넣었으면
　　　미움도 원망도 그리움도 희망까지도 모두 모두
　　모든 것이 살라 재 되어 그저 흙이 되어 버리니
　　아궁이 저 깊은 속에는 무엇이 있을까.

　구들장 같은 사람
　있기나 하나

　내민 손 건넨 마음
　알 수가 없고

　　　구들처럼 따스한 이
　　　어디 있나요

　　　서서히 더워지지만
　　　오래 가는
　　—「구들장 찾습니다」

290

아랫목 윗목 모두 골고루 따스하기만
그런 나라
훅 달아오르다 확 식어 버리지 않는
그런 사람
　　─「구들장 같은 나라
　　　　구들장 같은 사람」

　'구들장'은 방바닥을 만드는 얇고 넓은 돌을 말하지요. 구들은 '구운 돌'의 뜻이고요. 한반도의 신석기 시대 이전부터 널리 사용된 것으로 되어 있습니다. 겨울의 추위는 물론이고, 더운 여름에는 시원하게 하여 주지요. 구들장은 한 번의 화력으로 취사와 난방을 동시에 할 수 있는 고효율의 자연 난방방식입니다. 구들장은 '운모' '화강암' 두 종류이고요. 두 종류 모두 절연의 기능을 갖고 있어서 아궁이를 통과하여 들어오는 뜨거운 불의 열기를 천천히 전달하였습니다. '운모'는 양반들의 집에서 사용하는 비싼 돌이고, '화강암'은 운모보다는 약간 질이 떨어지는 돌로서 서민들의 집에 사용되었고요.

　나이가 들면서 느끼는 것이 지구 역사상 이보다 더 좋은 난방방식이 있나 싶어질 정도입니다. 전기나 천연가스로 쉽게 집을 따뜻하게 하고 지내기는 하지만, 나이가 들수록 온돌이 그리워집니다. 온몸이 꽁꽁 언 겨울에 구들장 아랫목에 군고구마를 묻어두고 먹던 그 시절이 점점 아른거리기 때문이겠지요.

　인간관계들을 가만히 보면 처음에는 전반적으로 '훅'합니다. 정이 많기도 하고, 친절하기 때문이기도 합니다. 그런데 '자기 삶에 영양가가 떨어지는 인간'으로 판단이 되면 정이고, 친절이고, 의리고, 모두 '확' 내동댕이 + 패대기 처분하고 맙니다.

　'누구시더라?' '제가 바빠서, 그만' '다음에 언제 한번 봐요.' 등으로 종말을 선언하지요. 그리고는 또 '훅'을 찾아서 두리번두리번 두 눈을 굴려 댑니다.

　정말 구들장 같이 은은히 따스한 사람이 그립습니다.
　　　　　구들장 같이 언제나 뜨끈한 나라가 그립습니다.
구들장 같은 나라가 되면 당연히 국민은
구들장 같은 사람들이 되지요.

구들장 같은 나라/사외/국민

작은 구멍에 실을 넣는데
잘 안들어간다
바늘 가는 데 실 간다 했는데

이제라도 자유롭고 싶은데
잘 되질 않는다
외로움 없이 자유를 바라니
　－「바늘 그리고 자유」
　　　(자유의 그림자 외로움)

　'바늘 가는 데 실 간다'라는 말은 아주 서로 친밀하여서 언제나 같이한다는 뜻이지요. 요즘 젊은 청년들은 이 말에 대하여 별로 실감이 안 날 것입니다. 그러나 나이가 딱 정점을 치고 꺾어진 지 꽤 된 사람들은 이 속담이 가슴에 와닿습니다.
　옛날에는 바느질이 일상생활이었지요. 해어진 겉옷은 물론이고, 겉에서 보이지 않는 속옷은 언제나 바느질하여 더 이상 바느질할 수가 없을 정도까지 손질해서 꿰매어 입었습니다. 양말도 마찬가지였고요. 그래서 바늘과 실은 의식주의 맨 앞에 있는 친밀한 도구 중의 하나였습니다. 예전에는 안 그랬는데 요즈음 바늘은 귀가 작습니다. 그래서 그 속으로 실을 집어넣기가 쉽지 않지요. 시력이 저하되어서 그런 것도 있습니다. 바늘은 실이 넣어져야 역할을 할 수 있습니다. 바늘은 실이 없으면 주된 이유가 없는 것이지요.

인간은 누구나 자유롭게 살고 싶어합니다. 그런데 이것이 잘되지 않지요. 자유롭기 위해서는

'어느 무엇, 누구에게서도 걸림' 이 없어야 합니다.

그러려면 사회적으로는 어디에도 소속하지 않아야 하겠지요. 어디에도 소속되지 않으면 누가 나를 거는 일도, 사람도 없게 됩니다. 그런데 이렇게 되면, 그림자처럼 따라오는 것이 있습니다.

'외로움'

외로움은 자유로움의 희미한 그림자인데

이 외로움에서조차 자유롭지 않으면 진정한 자유가 아니지요.

홀로 있어서 당당하고 충만한 사람은 곁에 다른 사람이 있을 때도 충만합니다. 하지만 다른 사람이 있어야만 행복한 사람은 '외로움이라는 칼을 자유라는 칼집'에 넣을 수가 없습니다. 그래서 자기 스스로 외로움의 날카로운 칼에 수시로 베이고 피 흘리게 되는 것입니다.

홀로 자유 충만이 바로 자유입니다.

☞ 바늘과 실과 같은.

넌 빨갱이야
그럼 나도 빨갱이고
넌 파랭이야
당근 나도 파랭이네

너는 틀렸어 나도 틀린 것처럼
　－「빨갱이와 파랭이」

　사람들은 '삿대질하라고 손가락이 있는 줄' 압니다. 손가락 입장
에서는 억울하기 짝이 없지요. 손가락은 인간에게 참으로 많은 것을
하여 줍니다. 그 많은 것으로 만족하면 좋겠는데, 딱 그만큼만 이용
했으면 아름다울 텐데, 다른 사람을 향하여 "너는 틀렸어." "너의 생
각은 너무 빨게/파래" 이렇게 하는 데 쓰입니다.
남에게 빨강다고 손가락질하는 사람은 빨갛습니다
파랑다고 삿대질을 하는 사람도 파랗습니다.
내가 남에게 틀렸다고 알 때마다 나의 틀림은 더욱 커집니다.
　내가 남에게 빨갛다고 할 때마다 나의 정수리에서는 빨간 뿔이 솟
습니다.

딸각
전원 끄는 소리
피식
신경 끄는 소리
　－「이 소리 생명 소리」

　　환합니다. 어지럽습니다. 정도가 지나칩니다.
　너무 화려해 보이는 현대 문명의 바닥을 보면 전기가 흐르지요. 전
기가 흐르기 때문에 모든 현대 발명품들이 돌아갑니다. 팽팽 돌아들
가고 있으니 정신이 어질거립니다. 달팽이관이 쉴 시간이 조금도 없
습니다.　안식의 소리는 어디서 올까요?
　　　딸각. － 전기를 끄고
　　　피식. － 신경을 끊고

294

이 두 개만 끄면 '화 – 악' 평화와 안식이

    그야말로

    바야흐로 엄습합니다.

달동네 응달 드리운 눈

너마저 녹는 것 더디니

　 ―「응달진 삶」

　달동네라는 말은 동네가 높은 지대에 있어서 달을 가깝게 보면서 사는 곳이라는 뜻도 있고요. 달세(월세의 부산사투리) 내는 집들이 많다고 해서 붙여진 이름이기도 합니다. 도시 산지대에 달동네 집들이 들어서 있어서 달동네는 언덕을 올라가야 하지요. 추운 겨울에 눈이 오면 길이 미끄러워서 언덕 올라가기가 쉽지 않습니다. 눈이 오면 바로바로 치워야 해서 주민들이 합심하여서 눈을 치웁니다. 눈을 치운다는 것이, 그저 사람 다니는 부분에 쌓인 눈을 구석진 곳으로 몰아 놓는 것인데 이 눈들이 응달에 있게 되면, 양지에 있던 눈들은 모두 녹아 버렸는데도 아직도 쌓여 있기 마련이지요.

　그 눈을 보노라면 "A ㅏ - " 소리가 저절로 나옵니다.

　　응달에 쌓인 눈은 응달진 삶처럼 늦게 녹는가.

　마음에 구석진 곳에 쌓은 지저분한 눈덩이도 그처럼 녹아야만 하는가? 절대로 그렇지 않습니다.

　　결코 그렇게 되도록 내버려 둘 수도 없고요.

　시야에 들어오는 눈으로 보면 양지가 있고, 응달이 있습니다. 그렇지만 가시권에서 벗어나는 진정한 세상의 실체는 그렇지 않습니다. 마찬가지로 마음속에도 양지와 응달이 따로 정해지어 존재하지 않습니다.　　**그저 내 마음에 따라 응달이 되었다가,**

　　양지가 되었다가 할 뿐입니다.

고개를 들어서 동네를 드나들어야 하니 저절로 매일 달을 운치 있게 보게 되는 달동네. 다른 곳에는 다 녹아 버렸는데 아직도 기개 높게 하얗게 얼어있는 눈덩이들.

마음에 따라, 그곳에 최고의 행복들이 숨 쉬고 있습니다.

하늘마저 얼어 터진 공간에
새들 떼를 지어 날아가는데
중간 날던 새 갑자기 홀로
반대로 돌아 힘찬 날개 깃
　　―「거꾸로 행복혁명 날개 깃」

몹시 추운 겨울날 하늘을 쳐다봅니다. 하늘도 얼어붙어 버려 여기저기 균열이 가 있어서 을씨년스럽기를 더하고 있습니다. 그 하늘을 쳐다보고 있는 두 늙은 눈동자에 무엇이 보입니다. 너무 높아서 잘 안 보입니다. 어떤 종류의 새들인지.

왼쪽에서 오른쪽으로 하늘을 가로지르는 새들의 숫자가 대충 보아도 서른은 넘어 보입니다. 서서히 움직이는 것으로 보아 큰 새들입니다. 그런데 갑자기 그 새 무리 중에 중간에 있던 새 한 마리가 '휘잉' 날아가는 방향을 틀어 버립니다. 무리에서 떨어져 나온 것입니다.

엉뚱한 항로를 택하여 홀로 날아가는 그 새 한 마리

다른 새들보다 더 힘차게 다른 방향으로 떠나 버리는 힘찬 날개 깃. 숨이 턱턱 막히다가 화악 뚫리는 기분. 만세를 불러주었습니다.

　　'횟팅 -' 하고요.

진정한 행복과 자유를 찾아 떠나는 용기의
그에게 손을 힘차게 흔들어 주었습니다.

하늘에서 저런 것 떨어질 때도 있네
천둥 벼락 장대 빗줄기만 있는 줄

하얀 함박 눈송이들 내게 안겨 줄 때
그래 조금은 더 살아도 될 것 같은
　　ㅡ「그래 조금은 더 살아 볼까」

하늘에서 함박눈 내리는 것
보고 있으면 눈은 맑아지는데
　　ㅡ「하얀 눈 속 함몰된 마음」

함박눈님 쏟아진다
조용히 해라 좀

어둠 찢는 가로등 불빛
환희로 강림하는
　　ㅡ「함박눈 쏟아진다
　　　좀 조용히 해라」

　눈 내리는 것을 보고 싶어, 일 년에 한 번은 멀리 북쪽으로 올라갑니다. 일기 예보를 보아가며 함박눈 내릴 때까지 기다리다가, 드디어 눈이 오면 환호성을 동물의 소리로 지르게 되지요.
　눈이 오는 모습을 보면 참으로 경이롭습니다. 대낮에 내려오시는 눈도 환희이지만, 깜깜한 밤중에 강림하여 주시는 눈님이 땅에 거의 내려올 때쯤- 추워서 덜덜 떠는 가로등의 불빛에 비치는 눈님의 자태들은 그야말로 Fantastic이지요. 땅에 쌓여 가는 눈은 또 어떻습

니까? 다 덮어 버립니다. 　　　**번득이는 눈빛들**
달팽이관 파괴하는 소음들
허공에 맴돌고 마는 단말마의 비명들까지

　원망스러운 하늘을 가득히 메우고 달려드는 하얀 솜사탕들을 올려다보고 있으면, 일 년 동안 세상 사람들, 세상일들에 당하여 검게 된 마음이 하얗게 됩니다.

　　　　늙은 두 눈동자도 맑아지고요.
　　　눈도 맑아지고 마음도 하얗게 되었으니
　　　　조금은 더 살아 볼 마음이 듭니다.

그것은 들려질까
하늘에
그것만은

기도는 아니라도
마지막
비명만은
　　　－「단말마라도 들어 주소서」

　'단말마(斷末摩)는 자른다는 뜻의 단(斷)과 산스크리트어 '마르만(Marman)' 발음의 '말마(末摩)' 합성어입니다. '말마'는 급소를 뜻하고요. 즉 급소를 자르는 고통의 비명을 의미합니다. 당연히 이 비명은 즉사의 소리가 됩니다.
　검은 하늘에 축복으로 내려오는 밤눈을 보고 있으면, 하느님이 계시기는 하다는 믿음이 들기는 합니다. 그렇게 무릎이 해지도록, 허리가 끊어져 나가도록 절하고 기도하여도 대답이 없기는 했지만요.

나의 간절한 소리는 전달이 된 것일까요? 전달은 되었는데 안 들어 주시는 것인지? 들어줄 만하지 않아 안 들어 주시는 것이니 이 험한 상황에서 '그냥 그대로 죽으라.'라는 뜻이신지? 아니면, 중간에 내 기도를 낚아채 가는 3자가 존재하는 것인지?

기도의 응답은 없습니다.　　　　　　그럼

저의 마지막　**단말마 비명만이라도**　전달이 될까요?

☆일 없으면

☆에서 왔고

　ㅡ「온통☆ 天地」

시인이 카톡으로 연락이 왔습니다. '별일 없이 지내느냐'고요. 위와 같이 답해 주었습니다. 하늘과 땅 사이에서 숨을 쉬고 있는 한, 그리고 별에서 낙하산 타고 '툭' 떨어져서 온 생명체가 아닌 한, 온통 별 의 별 일 많은 별 천지에 살아가는 것이 인생입니다.

그래서　　**충격적인 일로 머리를 '빠박' 맞으면**

별이 반짝 반짝 보이지 않습니까.

얼음 땅 위 엎디어

얼어버린 두 손 떨며

하늘 향해 빌었는데

얼음 알갱이 우박

그걸 날려버리는 바람

한숨마저 날려버려

　ㅡ「풍비박산도 곧 날아간다」

오죽하면 따스한 바닥도 아니고 어름 바닥에 엎디어서 꽁꽁 언 손으로 간절히 간청하였겠습니까? 빌고 또 빌고 또 빌었습니다. 하늘을 향해.

그런데 하늘은 응답으로 얼음 알갱이들을 쏟아 부어 줍니다. 눈물도 다 얼어버리고 무엇이라고 말을 하고 싶은데, 신음의 말이 입 밖으로 나오는 즉시 얼어버립니다. 이런 상황에 매몰찬 바람까지 몰아칩니다. 얼마나 바람이 세면 얼음 알갱이들끼리 붙어 버린 그 우박 덩어리들을 날려 버리겠습니까?

이런 풍비박산 상황에서 견딜 수 있는 사람이 몇이나 될까요?.
풍지박산, 풍지박살났다고 쓰는 표현은 잘못되었지요.
바람 풍, 날 비, 우박 박, 흩을 산(風飛雹散)이니, 우박을 산산이 날려 버릴 정도의 바람이란 뜻이지요. 풍비박산 상황에서도

그래도 살아남아야 합니다.
살아 보니, 제법 오래 살아 보니
그런 바람도 얼마 못 가더군요.

거울아 거울아
나는 미소 짓는단다
거울아 거울아
나 마냥 행복하단다
― 「대답하기 싫어 금이 가 버린 거울」

'긍정적 사고'를 강조하면서 사람들에게 채찍질을 가하는 인간은 참으로 여기저기 많습니다. 어떠한 상황인지도 모르고 무조건 '웃으라.' '기뻐하라.' 하지요.

거울을 보면서 '신데렐라의 마녀 거울'을 보듯이, '거울아 거울아 나는 기쁘단다.' 하면 '사실은 자기가 지금 기쁠 일이 없다는 것.'이고요. '거울아 거울아 나는 매우 행복한 사람이란다.'라고 주문을 외우면 '지금 불행에서 벗어나려고 안간힘을 바락 – 바락 쓴다.'라는 것이지요.

거울 입장에서는 이상하고 딱하겠지요.

딱 ! 보아도 우울한데 '미소 짓고'

쓱 ! 보아도 불행한데 '행복하다.' 하니

거울은 그만 쫘악 – 금이 가고 싶을 것입니다.

> 나 – 고통 받기 싫어
> 살기 싫다는 이야기구먼
> 나 – 실패 절대 안 해
> 성공하지 않겠다 이거지
> 나 – 생각 틀리지 않아
> 바보라고 고백을 하는군
> ―「바보 민국」

언제나 자기 생각과 주장이 옳다고 하는 인간이 대부분이지요. 그래서 이 세상은   바보공화국입니다.

나는 절대로 실패하지 않을 것이야. 실패 없이 성공적으로 쭈 – 욱 살아 갈 거야.   패배자 사회입니다.

나의 사전에 고난이라고는 없어. 고통 없이 항상 평온하고 행복하게 룰루 랄라야.   자위 마약 천국이지요.

나의 생각은 때때로 + 언제나 틀립니다.

살아가는 것이 실패 + 낭패 그 자체입니다.

거의 누구나 고난들 + 고통 그것들을 줄여가는 것이 삶   이지,

고통과 고난 없이 사는 것 그것은 사기 아니면 수퍼 갑질 인간들의
마약 파티 자위 이야기, 둘 중에 하나입니다.

크리스가 물었다
인생이 무엇이냐고

성자는 숨이 차서 힘들어하면서도 단호하게 말했다

별거 아니야
별거 아닌데 그 정도 했으니 수시로 고마워하면서 살아

그리고는 들이쉰 숨을 내뱉지 못하였다
　　　ㅡ「성자 유언」

사는 것이 팍팍한 John이 물었습니다. 자기가 보기에 말하는 한
마디 한 마디, 걷는 발걸음 하나 둘, 그리고 행동 모두가 성스럽게 보
여 성자라고 확신한 그 사람에게 말이지요.
그 성자가 나이가 백 살이 가까운 상태에서 거동이 심상치 않아서,
죽음을 가까이 하고 있는 것을 직감한 쟌은 인생의 마지막 교훈을
얻기 위해서 질문을 던집니다. 남은 여생만이라도 퍽퍽한 지난날과
같지 않은 삶을 살고 싶었기 때문입니다.
"인생이 무엇입니까?"
대단한 답을 기대하였건만, 대답은 간단하였습니다.
"인생? 그거 별거 아냐. 별것 없어.
별거 없는데 자꾸 별것 있을 것이라고 생각하며 사니까 삶이 고단하지.
별것 없는 삶에서 이 정도면 괜찮은 거 아냐? 그러면 되었지. 그러
니까, 그냥 그 상태를 고맙게 생각하면서 살아."

인생? 별거 아니고, 별거 없습니다.
별거 있다고 다그치는 사람과 장소
다 - 약 파는 겁니다. -   쭤약.

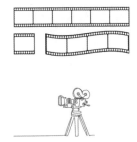

목 죄는 그 너덜 테이프
또 지지직 돌아간다
그 장면 두 손 쥐어본다
안 잡히는 그 그림자
— 「실체가 없는 먼지일 뿐」

억울하고, 슬프고, 아픈 기억들은 '지겨운 테이프 재생'입니다. 틀어지고 또 틀어지는 그 지긋지긋한 잔상들.

그러나, 그 장면들을 손으로 꼬옥 쥐어보면, 잡히지를 않습니다. 그림자이기 때문이고 거품, 먼지, 허상이기 때문입니다.

실체는 없다
정체는 허구

존재하지 않는 것에 내가 찔리고 눌리고 찢기고 피를 흘리는 그야말로 '우끼는 짬짜면 현상'이 일어나고 있는 것입니다.

나에게 날아오는 바윗덩어리도 가짜고, 칼, 창, 총알, 대포알, 지뢰 파편도 다 가짜입니다.

우는 것으로 안 될 때
통곡하는 것으로만 되지 않을 때
사람들은 가슴을 친다
쿵쿵

큰 소리 나게
쿵쿵
심장 찢어지게
─「배를 쳐야 살아남는다
　　　배짱으로」

그런 슬픔이 있다
눈에서 눈물 나는 것으로도 안 되고
말 못하는 동물처럼 꺼이꺼이 울어도 안 되며
울다가 울다가 아무소리가 나오지 않게 헉헉 우는

그런 슬픔이 있다
옆에 누가 있어도 전혀 보이지 않고
앞에서 뭐라 뭐라 해도 조금도 들리지 않으며
가슴 텅텅 치고 쥐어짜도 더욱 점점 슬퍼만 지는
　─「그런 슬픔 있다」

가슴아 무너져라
쾅쾅
마음 꺼져버려라
쿵쿵
　─「이런 슬픔 앞 무슨 말이」

　　　　　　아무리 쾅쾅 쳐봐도 부서지지 않고
　　　　　　그렇게 쥐어짜 봐도 그대로인 가슴
　　　　　　　─「눈물은 이미 고갈된 아픔」

사람은 마음이 슬플 때 눈물을 흘립니다. 그래도 그 슬픔이 계속되면 소리를 내어서 울기 시작하지요. 목이 쉬도록 목을 놓아 '꺼이 꺼이' 동물 소리 내어 보는 것은 가장 순수한 절규일 것입니다. 모든 가식을 내려놓고 주위에 누가 있던, 누가 어떤 말을 하던 그런 것은 1도 중요하지 않습니다.   그냥 **인간의 가장 순수안 바닥 동물로 돌아가 동물의 아픈 소리** 를 내는 것입니다.

꺼이 꺼이 컥컥 우는 것은 인간의 소리가 아니지요. 가장 사랑하는 사람. 오로지 믿었던 사람을 다시는 보지도 만지지도 못하는 기가 막힌 상황에 오열하는 동물의 소리.

이런 소리 곁에 어떤 독경도, 성가도, 종소리도 안 들립니다. 이쯤 되면 가슴을 치게 됩니다. 오른손으로 치다가, 그것도 모자라 왼손으로도 가슴을 칩니다. 소리가 쾅쾅거리게 짓이겨댑니다. 가슴아, 무너지라고. 가슴이 꺼지라고. 그리고는 가슴을 쥐어짭니다. 쥐어짜다가 아무것도 안 남게 짜고 또 짭니다.

무너지고 부스러지라고 쥐어짜고 탕탕 쳐댑니다.

가슴이 하나도 안 남게   마음이 하나도 안 남게
사랑이 하나도 안 남게
미음도 하나도 안 남게

불길 잡으려고
불 지르고
욕심 끊으려다
탐욕 일고
급한 일 끄려
다급하니
—「불이야 또 불이야」

305

사람 관계도 그렇고 일 처리도 그렇고, 불같은 상황이 있습니다. 이럴 때는 차분히 불을 진화하여야 하는데 급한 마음에 화급하게 일을 처리합니다. 그러면 당연히 불은 더 커지지요.

마음속 욕심을 줄이려는 것도 그렇습니다.

급아게 욕심을 줄이려는 것도 탐욕입니다.

몸도 어리고, 마음도 어리던 시절에 모든 악의 근원인 욕심을 끊으려고 조바심을 내었던 적이 있습니다. 빨리 이 욕심이 없어지지 않는 것을 속상해 했었지요. 어리석게도 불나는 것을 더 큰불로 끄려고 했던 것입니다.

마음속에서 불이 나고 있는데 기름을 부은 격입니다.

욕심은 '욕심이 얼마나 사악한지를 절실하게 깨달을 때까지 수련'을 하다 보면

서서히 자연적으로 욕심이 없어지는 것을,

욕심 없기에 안달하다 보면

도에 이르기는커녕 오히려 다른 욕심을 하나 더 키우게 됩니다.

겨울에는 유난히 불이 많습니다. 산을 태우고, 집을 태우고, 삶의 터전이 잿가루가 되는 안타까운 일이 흔하게 일어나는 계절이지요. 그러니

마음속 불길도 조심하여야 압니다.

살아보니
꿈같았네
그러니
꿈깨시게
—「묘비명」

왜 그리 오래전에 묘를 사 놓았는지 기억이 가물+깜빡거립니다. 40세도 안 되어서 묏자리를 사 두었습니다. 천주교 신자이니, 교회에서 운영하는 공동묘지입니다. 이곳은 한국과 달리 묏자리가 다닥다닥 붙어 있습니다. 묘비는 누워있고요. 이렇다 보니 조심한다고 하며 걸어서 묘비는 피해도, 시신이 누운 부분을 마구 밟고 다녀야 자기가 원하는 그곳으로 이동할 수 있습니다. 죽었으니 무엇을 알까 하지만, 그래도 사자에 대한 예의가 아닌 것은 분명합니다. 또한, 내가 죽으면 내 위를 '아는 사람, 모르는 사람' 마구 밟고 다닌다고 생각하게 되면 기분이 잠시라도 찜찜 + 꿀꿀해집니다.

묘지는 묘지 터 내의 성당 그리고 성인 동상에 가까운 묘지 자리일수록 값이 더 비쌌다고 기억이 됩니다. 비쌀수록 천당에 빨리 간다거나, 천당과 가깝다고 생각들 하는 것 같습니다. 시신이 담기는 관도 값이 다르고, 묘비의 돌도 값이 천차만별입니다. 성서의 기본 사상하고는 먼 개념이지요.

묘비명(epitaph)는 사자를 기리는 짧은 문구입니다. 그리스어 낱말(에피타피오스)에서 왔습니다. 죽은 이의 이름, 세례명, 탄생일과 사망일을 비롯하여 사진을 넣기도 하고 후손들이 사자를 기념하는 간단한 말을 적어 넣습니다.

묘비명으로 이름이 잘 알려진 것은, 극작가 조지 버나드 쇼(1856~1950)의 '우물쭈물하다가 내 이렇게 될 줄 알았지'가 있는데 이것은 (오래 버티고 살다 보면 이렇게 될 줄 알았다 : I knew if stayed around long enough, something like this would happen.)라고 원문에 가깝게 해석하는 것이 더 좋을 것 같네요. 이 이외에 「나는 걸레」라는 시로 유명한 중광 스님(괜히 왔다 간다), 프리드리히 니체(명령한다. 자라투스트라를 버리고 그대 자신을 발견할 것을), 기 드 모파상(모든 걸 갖고자 했지만, 결국 아무것도 갖지 못했

307

다), 스탕달(살았다. 썼다. 사랑했다.)가 잘 알려져 있습니다.

청년들 앞에 사순절 피정을 이끌면서

(죽음 체험) 프로그램을 해 왔었습니다. 자기의 죽음을 자기가 보는 것이지요. 청년들임에도 불구하고, 이 예식에 모두 숙연하기만 합니다. 유서를 쓰고, 관에 들어가 보고 – 관 뚜껑이 닫히고, 관이 이동됩니다. 미리, 연도(煉禱)라는 돌아가신 분을 위한 위령기도를 단체로 하였고요. 청년들이 유서를 쓰는 동안, 저는 저를 위한, 묘비명을 써 보곤 했지요. 그중에서 제일 마음에 들어서 실제로 묘비에 쓰고 싶은 내용은

살아보니　꿈 같았네

(그러니) 꿈 깨시게

입니다.　꿈을 꾸어 보면 꿈의 내용이 참으로 황당하기만 합니다. 어떠한 연결고리도 없는데 꿈속에서 '뻔뻔하게 잘도 전개'됩니다. 삶도 곰곰이 생각해 보면 '이런저런 꿈을 찾아 불나방같이 덤벼드는 모습'이 황당하기 짝이 없고요. 그래서 꿈을 깨지 않으면 나의 인생은 꿈 같이 황당무계(荒唐無稽)하게 됩니다.

그러니 꿈 깨시지요.

당하는 사람
맞이하는 이
엄청난 차이
　ㅡ「죽음」

　　　죽음은 이웃
　　　　죽음은 친구
　　　　　죽음은 손님
　　　ㅡ「갑자기 찾아오는」

죽음은 다 남의 일
나에게는 상관없는
―「주위를 보고 통계를 보고」

한국은 일 년에 32만 명 정도 죽습니다. 미국은 대한민국의 약 10배 정도인 2,900,000명 정도 죽고요. 전세계적으로는 연간 약 5천 900만 명이 죽음을 당합니다. 실시간으로 오늘, 세계인구 사망자 수를 알려주는 Site가 있지요. 그 숫자가 "파르르륵" 가파르게 움직이는 것을 보신 적이 있으신지요? 하루 125,000명 정도가 죽음을 당합니다.

철학자 아리스토텔레스는 "세상에서 가장 끔찍한 것은 죽음이다. 죽음은 곧 끝이기 때문이다."라고 했습니다. 죽음은 아무 Notice도 안 주고, 갑자기 방문하는 손님, 이웃, 친구, 친지같이 찾아와서 나의 끝을 알립니다.

죽음은 다 남의 일이고 나와 전혀 상관없는 일 같지만, '늙거나 젊거나 건강하거나 아프거나, 돈이 많거나 적거나 유명하거나 말거나' 하는, 인간이 갖고 있는 어떤 조건과도 상관없이 닥칩니다.

죽음을 당하는 사람이 있고   죽음을 맞이하는 사람이 있지요.

죽음을 당하는 사람의 마지막은 소란합니다. 갑자기 당했기 때문입니다. 준비가 안 되어 있는 것이지요. 그래서 상업적이고 세속적인 회사들에, 자기의 죽음을 먹잇감처럼 던져 주게 됩니다.

하지만 '맞이하는 사람'은 자연스럽습니다. 조용하고 주위 사람들을 평화롭게 만듭니다. 남은 사람들에게 자기의 마지막으로, 감동까지 줄 수가 있습니다. 품위와 격이 있는 죽음이 되는 것이지요.

법정 스님의 다비식(茶毘式)이 기억됩니다. 그분은 자기의 죽음을 자신의 글처럼 '맑고 향기롭게' 준비하셨고, '무소유'를 끝까지 보여

주셨습니다. 온갖 종교인들이 당연시하는 화려한 종교예식과 관도 마다하셨지요. 그냥 평소 입으시던 옷 입으시고 나무에 눕혀 헝겊 하나 덮고 다비식 불길에 임하셨습니다.

아리스토텔레스, 그대의 말은 틀렸습니다.

죽는다는 것이 그렇게 끔찍하지도 않고

죽음이 끝인 인간이 있고

죽음이 끝이 아닌 사람도 있습니다.

자다 벌떡 일어나 안 열리는 문 급히 열어본다
문 안 열리고 창호지만 찢어지고 손까지 아프다
갑자기 작은 방망이 열 배도 넘는 몽둥이 타작이
한밤중 들이닥쳐 몸 다친 곳 골라가며 작렬해
 ―「홍두깨 타작 봉창 뜯기 금메달 국가」

옛날 한옥에는 봉창이 있습니다. 봉창(封窓)은 창살에 창호지를 발라서 문 모양을 했지만 열 수 없도록 만든 창이지요. 그냥 보온이나 채광 또는 보기 좋게 하려 만든 문 모양입니다. 이런 문을 열리는 문일줄 알고 확 열게 되면, 창호지도 찢어지고, 세게 열면 창살도 망가지고 손도 다치게 됩니다. 이런 상황이 '아닌 밤중에 봉창 뜯는다.' 라고 표현되지요. 홍두깨는 다듬잇돌 대신에 쓰는 나무이니, 다듬잇 방망이보다 열 배 정도 큽니다. 나무 재질도 단단하기만 하고요. 이 것을 들고 갑자기 남의 집을 침입하는 상황을 이야기할 때 '아닌 밤중에 홍두깨'라고 합니다.

이 두 상황은 모두 황당한 사건에 놀라서 자다가 갑자기 비몽사몽 간에 당하는 일들입니다. 한 마디로 마른날에 벼락 맞는, 기가 막힐 일에 처할 때 쓰는 표현이지요.

310

한국 사람들은 이런 생날벼락을 평생에 몇 번씩은 맞기 때문에 이런 상황이 익숙하기까지 합니다. 내가 직접 당하든 내 가족, 친지, 친구가 당하는 것을 수시로 직간접으로 목격하면서 살아갑니다.

벼락의 내부는 각종 사고와 병 그리고 〈사기〉로 되어 있습니다.

특히 사기는 놀라울 정도로 횡행하는 것이 한국의 현실입니다.

지난 약 10년간 살인은 30%, 강도는 1/6로 줄었다고 합니다. 절도도 반 정도 줄었고요. CCTV 발달 때문이라고 합니다. 그러나 사기 발생 건수는 OECD 37개 외원국 중 1위 입니다. 국민 100명 중 1명은 당하는 비율이라고 하고요. 사기를 당하는 사람의 분포는 경제적으로 부유한 사람보다는, 궁핍하면서도 약하고 힘든 상황에 있는 사람이 많이 당하는 것으로 되어 있지요.

남의 말을 잘 믿는 사람, 탐욕, 욕정에 취약한 사람도 사기의 Target이 된다고 합니다. 사회의 경험이 부족한 청년, 특정 분야에 실질적 경험 없이 사업을 하려는 퇴직자들도 타겟이라고 하지요.

범죄를 저지르는 사람들의 인식도 무섭습니다. 특히, "10억을 준다면 범죄를 저지르고 1년 동안 감옥살이를 하겠는가?" 라는 질문에 10대들은 40% 정도, 특히 고등학생은 55% 정도가 "Yes." 하였습니다. 한국 미래의 예측은 청소년을 통하여 할 수 있지요. 미래는 이들이 책임을 지게 됩니다. 이 청소년들이 각종 범죄, 사기에 대하여 이렇게 생각하고 있으니, 얼마나 참담한 일입니까.

돈의 가치와 인간의 존엄성
돈을 모으는 것에 대한 실망감
신뢰감을 주지 못하는 사회
미래에 대한 자신감 상실
이런 생각들이 차가운 겨울바람에 돌돌 말려 몰려듭니다.

둥근 빨간 약 두 알
기다란 파란 약 셋
노란 캡슐 약 하나
독한 바이러스 처방 칵테일

두 손 꼭 모아 봐도
무릎 꿇어 통곡해도
하늘까지 무너지는
지독한 삶의 고통 처방전
　ー「칵테일 처방」

　의료계에는 여러 약을 조합한 칵테일 처방이 있습니다. HIV(후천
성면역결핍증) 같은 치료가 어려운 병 대처 또는 치료 효과를 높이
기 위하여 여러 가지 약을 섞어 처방하는 것이지요. 칵테일이란 말
은 멕시코에서 시작되었습니다.
　멕시코 유카탄 반도(Península de Yucatán)의 캄페체(Campeche)
에서 술을 스트레이트로만 마시던 영국 선원들에게 원주민 아이가
나뭇가지 껍질을 이용하여 만든 믹스 드링크를 제공한 데서 유래되
었다고 합니다. 아이는 이 드링크의 이름을 묻는 선원들에게 말을
잘 못 알아듣고, 나뭇가지 이름 꼴라 데 가요(Cola de Gallo : 수탉
꼬리)라고 했습니다. 선원들은 아이 말을 따라서 이 드링크를 수탉
꼬리(Tail of Cock)라고 부르기 시작하다가 나중에는 칵테일이라
고 바꿔 부르게 되었다고 하지요.
　칵테일은 베이스가 되는 술에다가 기호에 따라서 수많은 술이나
시럽, 탄산음료, 주스, 비터스를 넣고 과일, 소금, 우유, 꿀, 후추들
을 섞어서 만들어 냅니다.

칵테일의 종류를 들여다보고 있노라면, 사람의 입맛이 이렇게 다양하기도 하고 까다롭기도 하며, 현란하게 맛 욕심이 많기도 하다는 기분이 듭니다.

인간의 욕망이 모인 입의 탐욕을 달래기 위하여 이렇게 많은 재료가 섞여야 하는 것처럼, 인간의 욕망으로 생긴 병을 고치는 데는 한 두 개의 약으로는 치료 효과가 없기에, 빨간색, 파란색, 노란색을 입은 길거나, 둥글거나, 캡슐인 약들을 섞어서 칵테일 처방하게 됩니다.

그런데, 인간 몸의 욕망보다 더 큰 마음의 탐욕을 고치는 데는 어떤 처방을 해야 할까요? 어떻게 하여 마음을 다스릴 수 있을까요?

기도, 멸상, 명상, 묵상, 수행, 선정, TM(Transcendental Meditation : 초험적 명상), 최면술, 운동 등이 있고요. 숫자세기, 식사, 수면, 설거지, 걷기 같은 일상생활을 하면서 수행하는 '행선'도 마음을 진정시키는 데 효과가 있지요.

그러나, 이것들 어느 하나 갖고 고민과 불안에서 벗어나지 못하는 중증 군에 있는 분들은 역시 '칵테일 처방'으로 치료하여야 합니다.

경험적으로, 자기에게 맞는 여러 방법을 동시다발적으로 적시 적소에 수시로 적용하여야 끈질기게 따라다니는 불안과 고통에서 벗어날 수가 있습니다.

검음을
차가움을
어설픔을 깨는 가부좌

모은 손
꼰 두발
풀어주는 순간 순간

 ―「삶 속 부처 ; 행선(行禪)」

　명상을 하는 자세는 네 가지가 있습니다. 결가부좌, 반가부좌, 금강좌, 정좌(영웅좌)이지요. 부처는 이 중에 가장 편안하면서도 깨달음에 도움이 된다며 결가부좌만을 하였습니다.

　가부좌(跏趺坐)는 결가부좌(結跏趺坐)의 약어입니다. 요가에서는 파드마사나라고 하고요. 불가에서는 연꽃의 상징인 연화좌(蓮花坐)라고도 하지요. 양반다리라고 불리기도 하였습니다. 결가부좌에서 좌우 중 한쪽 발을 좌우의 한쪽 허벅지 위에 놓으면 반가좌(半跏坐)가 됩니다. 결가부좌 자세는 아리안(Aryan)족 인도인에 잘 맞게 되어 있는 자세입니다. 다리가 길고 키도 커야 이 자세가 편안하다는 것이지요. 이 가부좌 자세를 키가 작고 다리가 비교적 짧은 한국인이 하게 되면, 몸에 무리가 갑니다. 물론, 오래 하면이라는 전제가 붙지만요. 노승들이 골반에 무리를 주어서 말년에 고생하는 이유가 여기에 있습니다. 다른 운동과 병행을 하면서 이 자세를 취해야 몸에 지장이 없지요.

　명상 초기에 집중하기가 쉽지 않으니, 동작과 호흡을 같이 할 수 있는 가부좌를 하게 됩니다. 조금 수련이 진행되어 몸에 익게 되면, 호흡하는 것만으로도 명상에 들 수 있고, 고수가 되면 가부좌를 틀지 않아도 곧바로 명상으로 몰입하게 됩니다.

　　즉, **행선(行禪)의 경지에** 들게 되는 것이지요.

일상생활 삶 속에 내가 스스로 부처가 되는 방법은
'행선의 무아경 몰입' 에 달려 있습니다.

지난 날
불구덩이

오는 날
살 어름
　─「과거와 미래 속살」

　과거에 일어났던 일. 누가 한 말, 내가 한 말. 누가 한 행동, 나의 행
동을 계속 생각하는 사람이 있지요. 불구덩이에 자기를 처넣는 어리
석은 사람입니다.　　**과거에 자주 가 있는 사람은 화가 많은 인간**　　일
수밖에 없습니다.　　과거에 기쁜 일을 떠올리기보다는, 화나는 일
을 기억해 내니까요. 미래에 일어날 일. 어떤 일이 닥칠지. 누가 나
에게 어떻게 할지. 내가 남에게 어떤 식으로 대할지 끊임없이 생각
하는 사람. 살얼음판을 걷는 사람입니다.
　　미래에 자주 가 있는 사람은 불안감　　이 팽배한 사람이지요.
결론은 ─ 진리는　　항상 간단명료합니다.
그래서 ─ 행복은　　바로 지금 여기입니다.
이것을 모르는 사람이 없지요. 이것을 실천 생활화 하는 사람도
별로 없고요. ─ 현재에 있기 위하여 정진하고 또 정진

아가미로 숨 쉬나
두 콧구멍으로 안 되고
입 크게 벌려도 안 되어

입 크게 벌려지어
귀 밑 찢어지어 너플대는

아가미라도 달려 있다면
— 「나는 아가미로 숨쉬는」

숨이 안 쉬어질 정도로 괴로워하신 적이 있나요.

숨이 들어오고 나가는 것이 안 되어 가슴이 먹먹하고 이러다가 심장이 정지되는 것은 아니냐는 기분을 느껴 보셨나요.

앞도 뒤도 옆도 다 기가 막힐 일만 있을 때는, 숨이 쉬어지질 않습니다.   코는 하나도 아니고 둘이나 구멍이 있고

입은 콧구멍 두 개를 합친 그것보다 큰데도.

숨이 들어오지도 않고, 나가 주지도 않습니다.

그럴 땐, 아가미가 있었던 것 같습니다.

아가미는 어류의 폐와 같은 기능을 하지요. 물이 아가미로 들어오는 동안 물속의 산소가 모세혈관으로 들어갔다가 나오면서 이산화탄소가 물로 배출되게 됩니다. 이러한 순환과정이 신속히 진행되어야 생명을 유지하기 때문에 물고기는 끊임없이 물을 삼켜야 하는 것이고요.

숨을 쉬지도 못하는데 아직 살아 있는 것을 보면, 나에겐 분명 아가미가 있습니다.

너무도 무서워 물속으로 잠수를 탔지요.

그 물속에서도 살아남았던 것을 보면. – 아가미가.

뒤에서 도깨비 쫓아오고
앞에는 늑대가 막아서면
아가미 돋는다

위에서 돌들이 떨어지고

옆에서 찰들이 날아오면
잠수타다 보니
　ー「진화를 못하는 그대에게」

아침부터 번개 쳤는데
밤 아직까지 그대로

종종 두발 아직도인
잠수 타지를 못하는
　ー「아가미가 돋지 못해 도태될 그대에게」

잠수는 아가미로 숨 쉬는 고 진화 생물
하늘에서 화산 불 매일 쏟아져 도망친
　ー「잠수 진화 생물 잠수 타자 타자」

틈틈이 짬짬이
잠수타자 타자
아가미 숨쉬며
　ー「잠수와 행복의 함수관계」

　한국에 계신 수녀님께서 휴가 중에 긴 글과 함께 아침 바다를 한참 찍은 동영상을 보내 주셨습니다.　전략 -
　뚜벅이로 바다를 가려면 버스를 한참 기다려야 하는데 시간이 너무 길어 길을 나서지 않을까 싶기도 하지만 우선 길을 나서면 그 모든 수고로움을 감내하길 잘 했다 싶고 - 시간이 흐를수록 내 자신에 대하여 선물을 해야 하겠다고 '수고했다'
　바람은 차지만 유난히 맑은 날 새벽에 별이 보였다고요.

저는 '즉석 1분 시'로 아래와 같이 답변을 드렸습니다.

바람에 찰날이
　　　　시퍼렇지만
오랜만에 나선
　　　　뚜벅이 걸음

새벽인데도
기다려준 별

맑구나
하늘이 내 마음이
―「그래서 길 위」

▲

왜 여행을 떠나는가
왜 맨날 길 위에 있는가
고개를 피사의 사탑 각도로 물어온다
많은 사람들이

왜 거기에 머무는가
왜 그대 떠나지 않는가
고개를 5.5도로 하고 미소로 답한다
진리 길에서
　―「길을 벗어난 그대에게(피사의 사탑 5.5도)」

건드리면 안 되는 것이 있다
가까이 가도 위험한 것
사람마다 이것 하나 둘 있다
폭발하도록 되어 있는
　―「뇌관」

　　　　　나는 빨간 도화선
　　　　　당신은 노란 전기
　　　누군 쉽게 터지고
　　　누구는 안 터지니
　　　　　―「뇌관 파악 먼저」

　❝뇌관을 건드렸군.❞이라는 말이 있지요. 뇌관은 폭발물을 터지
게 하는 장치입니다. 뇌관은 전기식, 비전기식, 전기 비전기 겸
용으로 나누어집니다. 전기뇌관은 전기를 전달하면 폭발하게 되어
있고요. 비전기식은 뇌관에 도화선을 연결하여 불을 붙여 폭발하게
합니다. 요사이는 휴대폰을 이용하여 지구 정반대편 먼 곳에서도
원격으로 뇌관을 폭발시킬 수 있습니다. 폭발물은 안 터져야 할 때
는 절대로 안전하여야 합니다. 특히 보관할 때 안전하여야 하고요.
　무색액체 폭발물 니트로글리세린(Nitroglycerin)은 노벨(Alfred
Bernhard Nobel)이 발명한 것으로 많이 알고 있는데, 사실이 아닙
니다. 이탈리아의 아스카니오 소브레로(Ascanio Sobrero)가 1847
년에 처음 합성하였는데, 너무 민감하여 잘 폭발하는 바람에 많은
사상자를 내어서 상용화가 되지를 못했지요. 19년 뒤 이를 개선한
것이 바로 노벨입니다. 니트로글리세린을 조류일종인 규조 껍질 화
석 퇴적물(퇴적암)인 규조토(硅藻土, diatomite, diatomaceous

earth)에 니트로글리세린을 삼투시켜 다이너마이트를 만들어 폭발물을 안전 보관할 수 있게 한 것이지요.

노벨은 토목, 건설, 광산 등에서 많이 사용되는 다이너마이트 이외에도 1888년에 다이너마이트보다 강력한 사람 살상용 폭탄 발리스타이트(Ballistite)를 만들었습니다. 폭발물이 사람을 죽이는 무기에 사용되기 시작한 것입니다.

이런 폭약들은 목표물을 향하여 발사할 때나, 목표물에 날아갈 때까지 안전하여야 해서 폭발물들은 발전하면서 점점 둔감해졌습니다. 이 둔감성을 필요할 때 제대로 터지게 하는 것이 바로 '기폭장치의 발전사' 라로 하겠습니다. 즉 뇌관의 발전사이지요.

사람마다 다른 뇌관이 있습니다.
나에게는 어떤 뇌관이 있는가를 깨달아야 합니다.
이것을 모르면, 수시로 이 뇌관을 건드려 폭발합니다.
나는 이것을 건드려도 아무 문제가 없는데
어떤 이는 바로 폭발합니다. 뇌관이 다르기 때문입니다.
나의 뇌관, 다른 이의 뇌관을 아는 것.
나와 다른 이에 대한 기본 덕목입니다.

절여진 바람에
마지막 단풍이

잎새 흔들리나
바람 흔들리나
　―「흔들거리는 것은
　　　　바로 그대」

늦가을 초겨울 바닷바람은 소금에 절여지기도 하고, 사람들의 마음을 졸여 절여 지기도 해서 짭니다. 그 쓸 정도로 짠 바람이 주홍빛 감나무의 마지막 단풍 잎새를 흔들어댑니다.

이때 바람이 흔들리고 있습니까? 아니면, 이파리가 흔들리고 있습니까? "이리저리 방향이 우왕좌왕하는 바람이, 흔들리게 불고 있는거지."   라고 하거나

" 무슨 소리야? 지금 잎새가 흔들거리고 있는 게 안 보여?"
라고 하시겠네요.   그렇지만,

흔들리는 것도

흔들어 대는 것도

내 마음.

이것을 모르면 절대로 해결 안 납니다.

그저 잎새가 되어 흔들리고, 바람도 되어 휘둘리며
비틀거릴 수밖에 없지요.

겨울입니다. 싸늘함이 가슴 속 깊숙이 찌르고 들어오는 시린 겨울입니다. 이 시기에 뒤늦게나마 '마음의 메커니즘'을 깨닫는다는 것은 '생명의 명치에 해당'되는 것이지요.

메타노이아 (Metanoia)

메타노이아는 헬라어 (명사 메타노이아, 동사 메타노에오)입니다. 메타(meta : 뒤늦게나마, 뒤에, 넘어서, 사후) 와 노에오'(noeo; 생각, 마음)의 변형어 노이아의 합성어이고요. 기독교에서는 회개, 후회의 뜻으로 자주 쓰입니다.

젊었을 때는 알지 못한 것이라도, 뒤늦기는 했어도 이제라도 깨달아야 합니다. 마음의 고삐를 쥐어 틀고 마음의 방향을 반대로 돌려야 합니다.

마음속 자기만의 '내적 공간'을 마련하고 그곳을 '완벽한 행복 Paradise 공간'으로 건설하고 치장하여 보시지요. 그리고 그곳에 틈나는 대로 자주 들려 보는 습관을 만들어 보십시오. 그 공간은 누구보다도 안락하고 부족한 것이 없는 곳으로 만들어야 합니다. 반짝이는 것을 좋아하는 분들은 온갖 귀중한 보석으로, 자연을 좋아하시는 분들은, 온갖 향기로운 꽃, 나무들로, 첨단 과학을 좋아하시는 분들은 그 공간 자체가 우주 비행선 또는 바닷속 큰 잠수함 등으로 만들어 그 내부는 온갖 AI, 컴퓨터들을 탑재하여 보시고요. 종교를 가지신 분들은 그 공간에, 예수님, 부처님, 알라신들을 모시고 여러 성인과 함께하면 좋습니다.

그 공간으로 내 마음이 항상 향하도록,

습관을 만드는 것이 바로 '도 닦는 것' 입니다.

그곳에 있을 때에는   이 세상에 부러울 것이 없습니다

돈도, 명예도, 권력도, 이곳에 있는 나보다는 절대적으로 부족한 것 들이 됩니다.

내 마음이 있는 곳이 바로 내가 사는 곳입니다.

왼쪽에는 들어온 것들이
빼곡히 들어선다
오른쪽에 나가는 것들이
차례로 다가서고

차변과 대변
그것을 빼면
이것을 옮겨
대변과 차변
　 ―「매일 밤 결산해야 할 행복

대차대조표 손익계산서」

고등학교에 다닐 때 학교에서는 수학 이외에 상업수학이라는 것을 배웠습니다. 부기, 주산 같은 과목도 3년 내내 교육받았고요. 대학교, 대학원에서도 이와 비슷한 과목들은 계속되었습니다. 마케팅 같은 과목들도 알고 보면, 결국은 왼쪽 차변에 얼마나 많은 금액을 존재하게 하느냐의 방법 실천적 과목이고, 인사관리도 그렇습니다. 가능한, 오른쪽 대변에 숫자를 줄이기 위한 여러 방법이 제시되고 Case Study도 하고 그러지요. 어떠한 기업의 상황을 제시하고 이 기업진단을 하게 하는 작업도 많이 하였습니다. 이 과정에서 빠질 수 없는 것은 기업의 재무제표이고요. 자그마한 사업을 하면서도, 이 차변과 대변은 필수입니다. 오늘 얼마를 팔았는가? 오늘 들어간 재료, 인건비, 각종 비용을 제외하면 수익은 얼마인가?

그런데 기업보다, 사업보다 더 중요한 자기 하루 생활에 '행복 제표'를 매일 밤 뽑는 사람이 얼마나 될까요? 그것을 보지 않는 사람은 내일도 역시 자기의 하루가 어떤 하루였었는지 알 수가 없겠지요.

행복한 하루였는지?
참담한 하루였는지?

자기 위해 밤을 억지로 환하게 만드는 전등을 끄면
숨을 가늘게 하고
숨을 길게 하며
　　　　　행복제표 심호흡 후 뽑아본다
　　　　　달빛이 저리 선명한 아래에서

　　　　　차변에 사랑, 평화, 기쁨, 명상, 감사
　　　　　대변에 미움, 화남, 급함, 탐욕, 집착

323

오늘은 얼마나 남았는가
곰곰이 계산을 해 보는가
—「행복제표」

오늘 하루의 차변에는 어떤 것들이 들어갔었나?
사랑, 평화, 기쁨, 명상, 감사 이런 것들이 얼마나 들어갔었나?
오늘 하루의 대변에는 어떤 항목들이 얼만큼씩 들어갔었나?
미움, 화남, 급함, 탐욕, 집착 등이 얼만큼의 크기였었나?
더하고 빼 보세요. 얼마나 순익이 났는지?

행복의 용량이 얼마나 되는지?   그러면
내일 어떤 장사를 해야 할지 그 Plan이 나오게 됩니다.   Plan이
없으면, 마냥 밑지던 장사/삶을 그대로 쭈- 욱 하시겠네요.

기독교인들이 기도하며 쳐다보는 곳은 하늘
불교인들이 쳐다보는 곳도 하늘
이슬람 교인들이 올려다 보는 곳 역시 하늘

그 똑같은 한 공간, 하늘에 야훼, 석가모니, 알라께서 생존해 계십
니다. 그러니, 하늘에서 서로들 이웃이십니다.

조금만 고개 올려 하늘 보라
그곳 누가 계신지

예수님도 부처님도 알라신도
계신 곳 하늘나라

그곳 서로 하시는 일 같은데
너희 누구 따르려
　　─「스승 안 하는 일만 골라 하는」

　　　　종일 무엇하실까요?
그분들은 분명코 사랑이시고 자비이며, 인자/자애 그 자체이신 분
들인데 얼마나 서로들 사랑하시겠습니까.　　　그러니
이젠 그분들 하시는 일 좀 따라서 합시다.　　이젠 그만
서로 그분들이 하시지 않는
미움, 비방, 전쟁 그런 것 이젠 그만합시다.

이제 제발
스승님들 하시는 일만 따라서 합시다.

이마 이게 왜 있을까　　　　─ 서늘하라고
눈 이건 왜　　　　　　　　─ 부드러운 눈길 주라고
코 이건　　　　　　　　　　─ 기나긴 날 숨 쉬라고
입　　　　　　　　　　　　　─ 미소 지으라고
귀　　　　　　　　　　　　　─ 그저 잘 듣기만 하라고
허리　　　　　　　　　　　　─ 숙이고 또 숙이라고
손　　　　　　　　　　　　　─ 베풀고 안아 주라고
발　　　　　　　　　　　　　─ 낮은 곳을 향하라고
　　─「노인에겐 이게 왜 있을까」

노인에게는　　　그것도 여생만 남은　　　더군다나 여생도 달랑
만 남은 노인에게 꼭 필요한 몸 사용 설명서입니다.

젊었었을 때 이마 – 뜨거웠지요.

그러나 노인의 이마가 뜨거우면 어지럽습니다.

생각을 줄이세요. 생각을 없애세요.

머리에 아무것도 없으면, 이마에 서늘한 바람이 스치게 됩니다.

항상 이마 주위가 차갑고 하얀 구름이 머무르게 됩니다.

젊었었을 때 눈동자 – 이글이글 불타올랐었습니다.

그러나 노인의 눈동자가 이글거리면 추합니다.

건강에도 안 좋고요.

눈동자에서 힘을 빼세요. 한결 기분이 좋아집니다.

젊었을 때 콧구멍 – 숨이 거칠었습니다. 급히 들이마시고 급히 내쉬며   그러나 노인의 숨길이 거칠면 빨리 죽게 됩니다.

숨을 깊이 오래 길게 들이마시면 편도체 활동이 오래 갑니다. 편도체(扁桃體; Amygdala)는 뇌의 아몬드 모양을 하고 있지요. 공포나 불안 감정의 기억과 학습에 결정적 역할을 합니다. 이 부위가 활성화되면, 당연히 불안 공포감이 줄어들고, 그 반대면 공포, 불안감을 제어하지 못하게 됩니다. 그래서 숨소리를 Control 하는 것은 행복과 밀접한 관계가 있지요.

들이쉬는 숨까지 알아차리기에 벅차면

내쉬는 숨만이라도 항상 알아차리세요.

맥박수가 떨어지게 됩니다.

높은 혈압은 낮추어 주고, 낮은 혈압은 높여 줍니다.

젊었을 때 입 모양 – 왜 그렇게 크게 벌리고 목소리가 높았었나 민망합니다.   이제 노인의 입은 닫혀야 하고요.

지혜의 말을 할 때만 열려고 하여야 합니다.

입가는 살짝 미소만 지으세요.

눈동자 힘 빼고 미소만 지어도, 간단하게 금세 행복해집니다.

젊었을 때 두 귀 - 돈과 명예 권력이 있는 곳 소리만 잘 들렸었습니다.   하지만 노인은 말이지요. 바람 소리, 구름 소리. 마지막 단풍 떨어지는 소리 …. 이렇게 자연의 소리, 부드러운 음악 소리만 들어도 그렇게 시간이 많이 남지 않았음을 절실히 느껴야 합니다.

젊었을 때 허리 - 빳빳했었습니다. 당연히 도도했었고요.

그렇지만 노인은 누구에게나 허리를 굽혀 자신을 더 낮추어야

간신히 같이 살아남아 준 가족 모두가 편하고, 이웃도

특히 나 자신도 편합니다.

젊었을 때 두 손 - 그저 움켜쥐고는 절대 놓지 않았던 것들만 있습니다.   그러나 노인은 이제는 그저 놓았으면 합니다. 잡았던 것들

잡혔던 것들

어쩌다가 손에 들어오는 것들

모두 모두 놓아주어야 합니다.

젊었었을 때 발길 - 높은 곳, 강한 곳을 향하여 위로 위로

빠르게 빠르게 향했었지요.

이제 노인이 되어서는 마냥 낮은 곳으로만 발길을 돌려야 합니다.

내가 가진 재산   내가 가진 작은 탈렌트

이것들을 나누어 주어야 합니다. 열심히 열심히.

숨길 싸늘하게 되기 전까지 말이지요.

이것들이   **노인 몸 사용 Manual** 의 α **요** Ω 입니다.

눈물 흐르는 것은

땅을 치기 위함이고

통곡 높아진 것은

하늘 치기 위함이나

　─「땅도 하늘도 원래 대답이 없으니」

눈물

포유류의 눈은 언제나 눈물로 덮여있어서 눈의 표면과 각질을 촉촉한 상태로 유지하게 하지요. 그래야 눈이 박테리아 감염이나 이물질로부터 보호받게 됩니다. 눈물은 무친, 리포칼린, 락토페린, 리소자임, 락크리틴 등의 단백질 그리고 지질염분으로 구성되어 있고요.

사람이 하루 동안 흘리는 눈물의 양은 0.75~1.1그램 정도 됩니다. 이런 설명으로 눈물이 어떤 것인지 알 것 같다고 하는 사람이 있다면 그 사람은 눈물을 흘리지 않는 싸한 사람이지 아닐까 하는 생각이 듭니다.

눈물은
고통스러움이 몸을 뚫고 나와서
땅을 치려고 떨어지는 것입니다.
그리고
통곡하는 것은 나를 버리려 하는
하늘을 찔러보려는 발버둥이고요.
　─「좀 울어본 사람은 다 안다」

그런데 그러면 뭐 합니까?　　절체절명으로 보이는 벼랑에서
땅은 그저 '맨땅에 헤딩하라' 씨익 웃으며 싸늘한 바람으로
하늘은 벼락, 천둥으로 '대답 같지 않은 대답'을 하기만 하였는데요.　대답을 들었다고 하는 분도 계시더군요. 그리고 그 대답으로 모든 문제가 싸─악 해결되었다고요.

주로 종교적인 말을 잘하시는 분들인데, 시인은 할 말이 없습니다.

기가 막힌 해결책이 전혀 안 보이는 상황에서 허우적거리는 분들을 아시나요?　　　　　　그분들 중에 나도 한 사람이지요.

그냥 그 분하고
나 자신하고

진정으로 같이 울어 주는 일 밖에는 아무것도 할 수가 없는
하얀 안개꽃 같은 사람들.

◑ 어딘지 기억이 잘 나지 않지만, 부탁받고 기고하였던 내용 중
이민자에 관한 내용 3가지입니다. 한, 10년 정도는 된 글 같습니다.

I. 남가주 이름 긴 바닷가 동굴 앞
　　거기에 가면 탁한 거품 문 파도
　　이리 저리 끌고 다니는
　　둥근 자갈돌들이 있다

태고의 높은 기상과
순수한 꿈이 하늘을
찌르는 뾰족한 모습

그렇게 오랜 시간을
바다로도 못 나가고
산으로도 가지 못하게

잠시도 쉬지 못하고
깊은 사색도 못하게
서로들 부대끼도록
　　ㅡ「모두 빤질거리는 노마드」

'미국 남가주 엘에이' 하면….

열은 안개 같이 떠오르는 생각 중에 하나는 한국에 비해 촌스러운 거리 모습을 아직도 간직하고 있는 한인 타운이다. 미국으로 이민을 오며 어느 정도 겁을 안 먹어도 되는 곳이기도 하다. 이 엘에이 한인 타운에서 한국인 자부심 어깨에 잔뜩 들게 한 현대자동차를 타고 사십분 정도, 110번 프리웨이를 타다가, 한국 남한 땅의 네 배인 캘리포니아 서부 해안을 동서로 잇는 1번 해안 도로로 갈아타고 이십 분을 더 달리다 보면 팔로스버디스라는 긴 이름의 바닷가가 나온다. 이 이름에는 p,l,v,r 등이 들어가 있어, 신경 써서 입술 조이고 혀 힘 빼서 굴려 말을 해도 정확한 발음이 잘 안되며 스페인어로 푸른 나무들이란 뜻의 이름도 외기가 쉽지 않다.

사람들 마음처럼 단 하루도 같은 모습을 하지 않고 매일 변하는 모습을 보이는 카타리나 섬을 앞에 두고 있고, 진주만, 캐리비안의 해적 같은 할리우드의 굵직한 영화를 찍은 곳으로도 이름이 났다. 1976년 한국 정부가 미국 독립 200주년을 기념해 선물한 우정의 종각과, 결혼식을 올리려면 1년 이상을 대기해야만 한다는 곳, 드라마 '올인' 촬영지인, 유리교회 웨이페어러스 채플이 가까운 곳에 있다. 또한 밤에는 차가운 해풍을 피해서 모닥불 모양의 가스 불을 피워주고 있는 스타벅스가 있는데, 바다 전경이 좋아서 고국의 젊은 관광객들이 알음알음 찾아오고 있다. 이곳은 한국 사람 특유의 '소문 뻥 튀겨 퍼트리기' 덕분에 한국인들 사이에서만 '세계에서 최고로 경관이 좋은 스타벅스'로 알려져, 항상 한국 손님들이 끊이지 않는 장소가 된 곳이다. 바다하면 떠오르는 것이 해안인데 이 해안가에는, 부글거리는 바닷물 파도 자락이 다른 해안처럼 모래를 이끌고 다니는 대신에 북쪽 사람들이 잘 쓰는 말처럼 '통 크게' 자갈을 굴리고 다닌다.

이 파도의 정체는 무엇일까
　　가냘픈 배 뒤집어 삼키고
　　모래알 대신 자갈돌 우르르
　　천둥소리로 몰아 감아 치는
　　　　ㅡ「마음 속 몽돌 해안파도」

　　종일 세상을 달구던 태양이 "오늘은 이쯤 했으니 인제 그만 사람들을 그슬릴까."하며 바다 저편 너머로 들어갈 즈음에, 얼굴 한쪽이 검게 기운 노인이 이 팔로스 버디스 자갈해안을 거닐며 중얼거려 본다.
　　"태평양 자락 시작하는 거기에 가면 탁하게 뒤틀려 거품 문 파도가 이리저리 끌고 다니는 둥근 자갈돌들 있다. 태고의 높은 기상 순수한 꿈, 하늘 가리켰던 뾰족한 모습 돌들. 끌려다니며 그렇게 오랜 시간을 파란 고국 바다로도 못 나가고, 누런 이국 산으로도 못 오르며… 하루 사십팔 시간, 잠시도 쉬지 못하고 서로들 부대끼면서… 반질반질 점점 작아지면서, "자갈자갈." 어떤 재갈에 물려 다니는가, "재갈재갈."

　　　　자갈 자갈 몽돌해변
　　　　거품 문 파도에 질질 끌려
　　　　뾰족했던 산으로도 못가고
　　　　모래 되어서 바다로도 못 가
　　　　재갈 재갈 재갈 물려
　　　　　　ㅡ「그대는 몽돌 해변 자갈」

　　노인 중얼거림처럼 처음에는 당연히 돌 모양이 이렇지 않았을 것이다. 원래의 큰 바위 모습에서 이런저런 모습으로 부서는 졌지만 그

331

래도 모양은 당당한 바윗돌이었을 것이다. 산과 하늘을 향해 뾰족하고 여러 모양, 여러 색이었다. 그런데 이런저런 이유로, 어떻게 하다가 보니 바닷가로 떠밀려 나온 이 바윗돌들은 파도. 바로 그 잠시도 쉬지 않는, 가시 두른 바람에 의해 만들어지는 파도에 휘둘려… 바다로 나가지도 못하고 산으로도 다시 돌아가지도 못하며, 그 자리에서 끊임없이 거품 문 파도에 끌려서 동료 돌들과 부딪힌다.

부딪혀 깎여 나갈 때마다 그 소리 요란하기도 하다. 검푸른 파도가 손끝에 매서운 하얀 채찍을 들고 '철석 철석' 칠 때마다 자갈들이 우르르 몰려다니며 '자갈자갈' 비슷비슷한 크기로 '빤질빤질' 같은 모양이 되어 가는 모습을 보며 노인은 그 속에서 이민자들의 속살 모습을 들여다보기 시작했다.

대개 높은 학력과 자부심이 있던 이민자들이 갑자기 이런저런 거품 물고 달려드는 이민 세파에 이리저리 끌려다니며 맑은 자아와 녹색 꿈들을 깎고 또 깎아 내려놓는 모습.

스스로 하루 스물네 시간을 사십팔 시간으로 엿가락처럼 늘리고 늘려 일하며, 가족을 부양하느라 밤낮으로 비슷비슷한 모습으로 서로 아프게 부대끼며 반질거리는 모습. 이민자의 삶을 하나하나 살펴보면 어제가 오늘이고 내일이 그제인, 거의 비슷한 삶의 형태를 지니고 있다. 이민 사회에서는 요일 구분이 없다. 어찌 보면 개가 짖는 소리 같은 그저 '월월월월월월' 그리고 일이다.

> 월 월 월 월 월 월 월
> 개 짖는 소리 아니다
> 일주일 매일 같은 날
> 개보다 못한 하루를
> ─「정신 줄 놓으면」

월요일부터 토요일까지 새벽에 일어나 밤늦게까지 숨 몰아쉬며 일하고, 쉬는 일요일 하루마저 교회에 가서 종일 봉사 같지 않은 봉사하다가 기진맥진하여 돌아오는 모습. 노인 그 자신도 연휴 때마저 교회에서 각종 수양회를 여니, 교인들, 성직자들 눈치 보느라 여행은커녕 하루도 못 쉬고 그곳에 따라다녔었다.

노인 귀에는 '자갈자갈' 소리가 '재갈 재갈'로도 들렸나 보다.

재갈이란 소리를 내지 못하도록 사람의 입에 물리는 물건이다. 말을 다루기 위해 말의 입에 가로 물리는, 쇠붙이이기도 하고…

한끝에 고삐가 달려 있어 말의 의사와는 상관없이 그 고삐를 쥔 자의 뜻에 따라 말은 끌려다녀야 한다.

노인은 재갈 생각을 더 하다가 피식 웃으며 다시 중얼거린다.

"그러고 보니 올해가 말의 해이군. 나의 입에도 보이지 않는 이런 재갈이 물려 나의 뜻과는 상관없이 평생을 다른 자들에게… 결국은 거품에 모두 쓸려나가고 말 것들을 모으느라고… 끌려다니고 있었단 말인가."　　　　　자기 자신이 말.

늙어 기운이 빠지고, 의사의 겁나는 선고까지 들어 더 이상 일도 할 수 없고, 아무도 관심 가져 주지 않는 용도 폐기만을 기다리는 말 한 마리라는 생각… 노인은 이런 생각에까지 깊게 이르자 그 자리에서 주저앉는다. 자기의 진정한 모습을 이제야 보았다고 느낀 것인가.

노인은 노인 생각대로 정말 한 마리 말. 이렇게 저렇게 생긴 당근 몇 조각에 끌려 단 하루도 못 쉬고 여기저기에 끌려다니며 일만 하다가, 자기가 누구인지 또 무엇을 진정으로 하고 싶었는지도 모르고 살다가, 결국 벼랑에 도달한 한 마리 말.

서울대학 병원 통계대로 한국보다 훨씬 암에 많이 걸리는 이민자 말 중 한 마리. 금세 눈물이 툭 하고 떨어질 것 같은 선한 말 눈동자를 하고 김포에서 태평양을 건너와, 삼십여 년을 경주 말처럼 곁눈 가리고 달려오다가 자기가 도착한 그 태평양 절벽에 다시 서 있는 그 말 한 마리.

그 이상도 이하도 아닌 그냥 말 한 마리였다.

그 말에게 누가 그토록 오랜 시간 채근 채찍질을 제일 많이 하였을까. 채찍에 살 묻어나 아직 마르지도 않았는데 또 채찍을 휘두른 것은 바로 그 스스로가 아닌가. 어떤 꽃이 봄에 피고 지는지, 어떤 향기가 제일 그윽하던지, 여름에 어떤 새가 제일 높이 날며 노래를 부르는지, 가을 단풍 마지막 잎사귀는 언제 떨어졌었는지, 두 시간만 가면 볼 수 있는 빅 베어 산 속의 눈은 얼마나 따스한지를 모르는 것은, 순전히 노인이 자기 자신 자신을 모르고 자기가 어디로 가고 있었는지도 몰랐던 어리석음 때문 아닌가.

노인이 자기 자신의 진정한 속살을 점점 더 깊숙이 들여다보자 마음속 깊이 먹먹하게 평생을 일던 걸쭉한 검푸른 파도가 처음으로 잠잠해진다.

사람이 사람답기 위해서, 자기 자신을 아는 것은 파도를 잠재울 정도로 이렇게 중요한 것인가. 그것을 모르기 때문에 항상 불안하고 초조함이 그림자로 따라다니고 평생을 진정한 평화와 행복이 무엇인지 모르고 살아가지 않는가.

노인은 이제 더 이상 말이 아니다. '자갈자갈' 소리를 들을 수 있었고 무엇에 휩쓸려 '자갈'로 살았는지 볼 수 있었으며 입에 물린 '재갈'이 무엇인지도 알았기에… 가시 돋은 바람 앞 촛불 같은 남은 삶이라도 더 이상 병든 늙은 말이 아니다. 자기가 말인 줄 아는 사람은 더 이상 말이 아니고 자기가 말인 줄 모르는 사람은 죽은 후에도 동물 그 자체 말로서 남는다.

시간이 어떻게 이렇게 되었을까. 급속히 하강하던 태양. 그마저 사라진 어둑해진 자갈해안 위로 멋진 날개를 가진 펠리컨 떼가 고적하기만 한 그믐달 향하여 날아간다.

벼랑에 선 노인의 어깨 밑으로 하얀 날개가 돋기 시작한다. 아마도 노인도 저 웅장한 날갯짓을 하는 펠리컨들을 따라 날아오르려나 보다.

‖ 원숭이는 안경을 쓰지 않는다.

"너는 왜 안경을 쓰지 않니?" "언제까지 버티나 두고 보자." 고등학교 동기들에게 툭하면 듣는 핀잔 중의 하나이다. 한 달에 한 번 만나는 동기들 모임에서, 남은 인생은 평생 안 하던 것 하면서 살자고 의견을 모은 후부터는 미국 사람들이 많이 붐비는 소문난 식당을 찾아다니는데, 이런 식당들은 분위기 잡느라 실내조명을 어둡게 해두어 메뉴가 잘 보이지 않는다. 친구들은 웨이터가 메뉴를 갖다주면 모두 주머니에서 나이 같지 않게 반짝거리는 돋보기를 여기저기서 꺼내어 귀에다 걸기에 바쁘다. 나는 이 돋보기가 아예 없다. 아직은 눈이 좋아서가 아니다. 안 보이니 늘 옆에 앉은 동기가 시키는 것과 같은 음식을 시켜 먹는다. 의리가 있어서 그러는 것처럼 말이다.

왜 안경이 없을까? 무엇을 걸치는 것이 불편할까 아니면 잘 안 보이면 그냥 대강 보고 사는 것이 더 불편할까? 사이를 그저 왔다 갔다 하기 때문인 것 같기도 하고 아닌 것 같기도 하다.

동기들 모임 전날마다 번번이 잠을 설치는 것을 보면 분명 나의 가슴속에는 새가 파닥파닥 사나 보다. 그것도 허연 털도 얼마 안 남은   참새 한 마리.

그 넓은 태평양을 달랑 천 달러 들고 건너와 삼십 년 넘게 항상 마음을 졸이고 살아왔으니 몸에 있는 털은 모두 허연 색으로 탈색하였고, 그 오랜 시간 동안을 마음속이 항상 시끄러웠던 것을 보면 잠시도 쉬지 않고 지저귀는 새는 참새가 맞다. 가슴속에 참새가 살고 있으니 당연히 좁은 새가슴 소유자이다. 새가슴의 눈에는 물체가 언제나 두세 겹으로 보이고 어떤 때는 네다섯 겹까지 보이니, 살아가는 것이 여간 조심스럽지 않다. 차는 거의 앞만 보고 운전을 하는 편이다. 빨강 신호등에 가속페달을 밟은 적도 서너 번 있고, 파랑 신호등에 멍청하게 있다가 뒤에서 신경질 범벅된 자동차 경적 세례를 수도 없이 받았기 때문이다. 파랗게 젊었을 때처럼 주위의 풍경을 본다든지, 옆에 어떤 차가 지나가는지 그 안에 어떤 사람들이 탔는지를 본다는 것은 엄두도 못 내고 운전대에 얹어 놓은 두 손은 무덤관 속까지 운전대를 빼내어 갖고 갈 의지를 확실히 한 듯 힘을 꽉 주고 운전한다.

새가슴은 다니는 길만 다닌다. 조금만 벗어나면 어떻게 될 것 같은 막연한 불안감이 불쑥 찾아오기 때문이다. 그 불안감은, 평생을 집과 조그만 가게를 오고 가는 것 이외는 하지 않았기에 신경 근육이 그렇게 참새 모양으로 자리 잡아서 일어나는 것이다.

이 참새에게 궁금한 일이 생겼다. 이민 생활 내내 궁금한 것이 별로 없을 정도로 같은 일만 하고 살아왔던 노인에게 이제는 이 궁금증이 몸의 간지럼처럼 다가와 긁지 않고는 견딜 수가 없게 되었다. 피부가, 살아온 길과 같이 건조하여지기 시작하여 가려운 곳은 꼭 긁어야 하는데 긁을 때마다 피부가 벗겨지고 피까지 나도 긁지 않고는 못 견딘다. 이 가려움증이 곧 궁금증으로 생각되기 시작한 것은 제법 한참 되었다.

매일 운영하는 업소에서 집으로 오가는 길 중간 쇼핑센터 주차장에 토요일마다 모이는 사람들. 이 사람들이 궁금하였다. 이 가려운 궁금증을 해결하고 싶어 사람들이 모이는 그 날 점심때, 참새 노인은 멀리 길거리에 차를 세워두고 평생 덜렁거렸던 두 팔을 뒤로 깍지 끼고 어슬렁거리며 가 본다.　　파머스 마켓이다.

농부들이 농사지은 것을 가지고 와서 텐트를 치고 직접 파는 정겨운 마켓. 과일, 채소, 꽃 등을 파는데, 일반 슈퍼마켓에서 다 구할 수 있는 토마토, 오이, 당근, 호박, 양파 같은 것들이지만 이 파머스 마켓 자판에만 뉘어 놓으면 사람들은 마치 지금 당장 밭에서 뽑은 것으로 상상하며 기쁜 마음으로 한 아름씩 사 간다.

　이렇게 파머스 마켓을 알게 되고는, 그곳에 자판을 펴는 농부들의 '정직한 얼굴'을 보면서 파머스 마켓의 단골이 되었다. 이러다 보니, 어디 여행을 가서도 파머스 마켓이 있으면 꼭 들러 구경하게 되었다.

　캐나다 갔을 때, 그곳에도 이런 마켓이 있어서 돌아보다가 한 노인이 펼쳐 놓은 텐트에 들어가게 되었다. 가지를 파는 농부였는데, 들어가서 안을 하나 둘 구경하다가 한 곳에 눈이 고정된다. 보라색 빛이 반짝거리는 가지 옆 한쪽 구석에 자기 집안에서 쓰지 않는 잡동사니를 팔려고 진열해 놓았는데, 골동품 수준의 자명종 시계 옆의 작은 종 하나를 발견한 것이다.

　가까이 가서 보니 이 쇠종 위에는 원숭이 세 마리가 나란히 있다. 원숭이를 보며 노인의 머리에 아득하게 노래 하나가 떠오른다. 생각만 해도 가슴이 뽀송뽀송해지는, 어렸을 때 불렀던 그 노래.

　"원숭이 엉덩이는 빨개, 빨가면 사과, 사과는 맛있어, 맛있으면 바나나, 바나나는 길어, 길으면 기차, 기차는 빨라, 빠르면 비행기, 비행기는 높아, 높으면 백두산… 동해물과 백두산이" 하며 애국가 첫 구절까지 속으로 소곤소곤 불러 본다. 이 원숭이 세 마리는 모두 두 손으로 신체를 가리고 있는데, 한 마리는 눈을 가리고 있고, 다른 두 원숭이는 귀, 입을 가리고 있다.

안 보고, 안 듣고, 말하지 않는다.

　노인이 자세히 종을 들여다보는 것을 보고는, 중국인같이 보이는 농부가 다정하게 어눌한 영어로 말을 걸어온다. 이럴 때는, 혀를 굴려 가며 잘난 척하면 상대방에게 미안할 것 같아 역시, 어눌하게 대답해야 한다. 이제 서로 공통분모를 찾았으니 두 노인은 금세 친근감으로 주름진 두 입가에 미소를 피우며 텐트 안을 환하게 밝히며 담소를 나눈다. 농부가 먼저 "하나가 더 있다오." 한다. "하나 더?" "흠 - 그게 뭘까?"

농부는 아무 말 없이, 흙 때가 손톱에 잔뜩 낀 주름진 두 손을 가슴에 십자로 얹는다. 노인은 금세 그 뜻을 알아챈다. 노인은 농부와 같이 두 손을 가슴에 얹고는 거기에 더하여 몸을 좌우로 흔들어 본다.

"세상일에 상관하지 않는다."

"누가 뭐라고 해도, 누가 밀고 잡아끌어도 상관하지 않는다."

평생 땅에서 땀을 흘리면서 자연으로 살아 온 이 노인 농부는 '어떤 고등교육'도 받은 것이 없지만, '어떤 학위 취득자' '어떤 종단의 수도자'보다도 더 현명하고 행복한 사람이었다.

뱅뱅 꼬리를 물고 물리는 원숭이 노래를 속으로 불러본데다가 원숭이 종까지 누런 종이에 둘둘 말아 사놓고 나니, 옛날 이민해 오기 전 초등학교 때 몇 년에 한 번씩 가보던 창경원이 생각난다. 우리 속에서 잔재주나 부리며 던져주는 먹이를 받아먹던 그 원숭이. 이 원숭이와 닮은 인간이 '뒤죽에다가 박죽'인 이 땅 위에서, 오랜 가뭄 동네 개울처럼 얕은 지능이 발달하여가며 제일 많이 한 질문이 무엇일까?

아마 '나는 누구인가?' 그리고 '너희들은 또 누구인가'하는 의문이 아닐까.

'나 자신을 아는 것' 과 함께 '나에게 정말 소중한 것은 무엇인가'를 알려고 끊임없이 노력하였던 것은 인간 스스로 자기 삶의 질을 높이기 위함이었을 것이다.

인간에게 소중한 것이 어디 하나 둘이겠는가. 그중에서도 모든 사람들은 행복을 중요시하며 살아가는데 그 행복의 중앙에는 '자유'라는 녹색 단어. '자유롭게 살고 싶다.'라는 파란 문장이 자리를 잡고 있다. 자유라는 말만 떠올려도 마음이 먹먹하여지는 사람이 있다면, 분명 그가 자유롭지 않기 때문이다.

이민자들 마음 한구석이 항상 갑갑한 것은 자기를 스스로 속박하며 만들어 놓은 철창에 들어가 그 속에서 철창이 녹슬 때까지 이리저리 날뛰며 살기 때문 아닐까. 길길이 뛰기만 하는 시련의 파도를 타고 살아온 이민자들은 자기 스스로 철창을 만들어 살았어야 했다.

파도 앞에 자기를 더 드러내 빠지기보다는 철창 속에 가두는 것이 안전하다고 생각하였기 때문이다.

하지만 그 철창도 사실, 한 구석은 열려 있었다. 가끔이라도 열린 철창 한구석으로 빠져나와 나비들이 꽃 옮겨 다니는 것을 보았어야 했고, 단풍이 차례로 물드는 것을 보았어야 했다.

이제 이민자 노인들은 다가온 인생 초겨울의 마지막 잎사귀마저 떨어지기 전에 이 녹슨 철창에서 나와야 한다. 철창에서는 누가 꺼내 주는 것이 아니다. 자기 스스로 걸어 나오는 것이다.

이 세상에 소중한 것들은 보이지 않는다. 어차피 뿌연 세상을 대강 보려 안경을 쓰지 않으면 오히려 이 소중한 것들이 보인다. 이 소중한 것들을 찾아 떠나야 한다. 종소리 들으면서, 안 보고 안 듣고 말 삼가고 세상일에 상관하지 않은 채, 작은 배낭 하나 메고 더 이상 뒤 돌아보지 말고 떠나야 한다. 하얀 사람이 되어서 하얗지 못하게 삶을 마감한다면 얼마나 슬픈 일이 될 것인가.

아침 일어나며
두 손으로 입 막아 본다
정오 두 손으로
귀 막으며 물어 본다 입 아직도 막고 있는지
저녁 어두워지면

귀, 입 막은 채로 두 눈을 가려 지그시 눌러 본다
잠자리 누우면서
　　오늘도 어제처럼 가슴에 손을 가로 놓고 세상일 관심
끊었는지 물어본다
　─「원숭이로 돌아가지 않기 위하여」

　...〈 아래는 비슷한 내용으로 다른 곳에 기고한 내용입니다.〉
　가슴에 뜨거운 눈물이 '훅-' 하고 들어왔을 때부터 여행을 떠나기 시작했습니다. 험하기 이를 데 없이 살아 준 나의 너덜너덜 몸과 나달나달 마음에 조금이나마 보상한다는 차원이었지요.
　여행지에서의 감격은 얼마 안 지나 잊히는 것이 인간의 짧은 기억이기에, 현지에서의 사진도 많이 찍어 남기려 노력하지만, 그때 그곳에서의 감동하기 위해, 여행 다니기에 불편하지 않고 그리 비싸지 않은 작은 기념품을 사서 모으기 시작한 때였습니다.

　　　　　그 기념품은 종입니다.
　종은 악기의 한 종류이지요. 중국에서는 기원전 1000년 전부터 악기의 일부로 쓰였다고 하네요.
　천주교에서는 기원후 6세기 때가 되어서나 종을 쓰기 시작했답니다. 가톨릭 종교 예식에서는 미사 때마다 이 종을 타종하여, 성찬 전례를 합니다. 성탄이나 부활 대미사에서는 이 타종행사가 길게 진행되어 장엄함을 표출하지요. 위로 가며 좁아지고 아래가 넓은 지금의 종 모양은 13세기 정도에 쓰이기 시작했고요.
　불교에서는 범종을 사용하는데 범(梵)이 뜻하는 것은 진리 또는 하늘이라는 뜻입니다. 즉, 진리의 소리 그리고 하늘, 자연의 소리를 내는 것이 범종이지요. 중생 모두가 이 범종의 소리를 들을 때 번뇌가 사그라지고, 사라진 그 자리에 지혜가 생겨나서 지옥 같은 이 세상의 삶의 길을 벗어나고, 이 기운이 지옥의 중생까지 구원한다는 의미로 타종행사를 하게 됩니다.

종소리를 듣고 있으면
인생 똥 치는 것이 무엇인지 보입니다.

이런 종교적/철학적 깊은 의미도 있고 해서 마음을 맑게 울려주는 종을 사서 모으기 시작했고요. 여행지마다 다른 모습을 하는 종들은 그 지방의 특성을 잘 나타내어 줍니다. 알래스카 종은 에스키모 아이가 두꺼운 방한복을 입고 있는 모습이 종 손잡이를 대신합니다. 카리브해안가의 나라들과 중미 지역은 주로 흑인들, 열대어, 아열대 새들이 장식하고 있고요. 남미는 주로 재질이 구리철로 되어 있고 소목에 매다는 종들이 많습니다.

동, 서, 북유럽 그리고 발칸반도는 각 나라 관광지의 대표 즉, 성, 철 기사, 탑, 교회 모습 등이고요. 터키는 낙타 뼈로 만든 종도 있지요. 중국 일본 그리고 동남아시아 지역은 불교의 범종 모습이거나 지역 모습을 축소하여 만든 종들입니다. 미국은 역사가 짧은 나라이니, 그 지역의 특성을 나타내는 종이 대부분입니다. 이 중에 특이한 것은 미국 칸츄리뮤직이 발전된 곳을 연결하는 도시들 종인데 음악 악기, 가로등에 기대어 술 마시는 모습 등 어느 곳에서도 볼 수 없는 독특한 모습을 하고 있습니다.

달랑 배낭 속에, 깨지지 않도록 잘 보호하여 하나 둘 가지고 온 종이 530개가 넘었는데 그 중에 제일 아끼는 종은 캐나다 밴쿠버 파머스 마켓 야시장에서 찾은 종입니다. 종 위에 원숭이가 세 마리가 있지요. 한 마리는 눈을 가리고, 또 한 마리는 귀를 막고 있고요. 나머지 한 마리는 입을 막고 있습니다.

일본어의 재미난 언어상 의미가 있는 것이 있습니다. ' - 하지 않는다.'와 원숭이의 ' - 원숭이'의 표기가 '~ざる'로 같이 쓰이고 있

지요. 2가지 의미를 한 가지로 발음을 하는 것입니다.

눈을 가리고 있는 원숭이는 '見ざる : 보지 않는다.' 귀를 가리고 있는 원숭이는 '聞かざる : 듣지 않는다.', 입을 가리고 있는 원숭이는 '言わざる : 말하지 않는다.'이고요.

이 세 원숭이는 삼불원(三不猿) 또는 삼원(三猿)이라고 합니다. 이 삼불원은 많은 현자가 나름대로 자기식대로 강조하였습니다. 공자(孔子)는 예(禮)가 아니면 듣지도 보지도 말하지도 말라 했고, 장자(莊子)는 덕(德)아니면 보지도 듣지도 말하지도 말라 했지요. 마하트마 간디도 이 삼불원을 사랑하였는데, 힌두교 극단주의자 나투람 고드세의 총에 맞아 사망한 그의 유품 중에는 삼불원 조각이 있었습니다. 일본의 사찰에서도 이 삼불원 조각을 쉽게 볼 수 있지만, 한국의 사찰에서도 이 삼원의 모습은 많이 목격됩니다. 어떤 절인지 기억은 잘 안 나지만, 이 삼원 이외에 한 마리가 더 있는데 두 손을 버쩍 들고 있는 원숭이이었습니다. 아마도 '볼 가치가 없는 것을 보지 않고, 쓸데없는 것을 듣지 않으며, 허튼 말을 하지 않으면 이렇게 기쁘다.'라는 뜻일 것입니다.

그런데 이 **네 마리는 다섯 마리가 되어야** 합니다.

삼원사상이 99%에 머물러 도에 이르지 못하는 것은 바로 1%가 부족하기 때문입니다. 끓는 물이 1도가 부족하여서 수증기가 못 되어 하늘에 오르지 못하는 것과 마찬가지입니다.

마지막으로 한 마리는 가슴에 손을 얹은 원숭이이어야 합니다. 네 번째 원숭이는 'し猿 : 하지 않는다.'가 되는 것이지요. 그래야 다섯 번째 원숭이가 '만세'를 부르게 됩니다.

현대인들은 너무 많이 보고 있습니다. 과도하게 듣고, 말하며, 여기저기 관여하고 살고 있습니다.

오감에 과부하가 걸리고 있는데

오감에 들어오는 쓰레기 정보를 감당하지 못하는 뇌가
더 이상 못 견디겠다고 아우성쳐도 계속 무시하면
스트레스로 인한 여러 가지 병이 칵테일로 몸을 침범하게 됩니다.
지금 현대인의 모습을 하는 내가, 적절하게 입, 귀, 눈 잘 안 가리고, 가슴에 X로 손 얹지 못한다면,

다시 원숭이로 돌아갈 수도 있습니다.

진화가 아니고 퇴화로의 외귀

III   사막 달팽이는 비맛을 안다.

"사막에 내리는 비의 맛은 어떤 것일까?"

비가 오지 않아서 사막이 된 것이라는 사람도 있고, 사막이니 비가 오지 않는다는 사람도 있지만, 그 사람들 모두 사막에 대하여 잘 모르며 당연히 사막의 비 맛을 알 수가 없다. 사막을 구경해 본 적은 있을지언정 서걱거리는 사막에서 오랜 시간을 살아보지 않았기 때문이다.

사막 비 맛을 제대로 아는 사람은, 사막 폭풍 때문에 바로 앞도 보지 못했던 경험이 수도 없이 많은 사람, 모래알을 밥알과 함께 먹는 노마드.

미국 남가주에 사는 이민 유목민들이다.

남가주의 도시들은 모래사막과 암석사막이 같이 있어 더 황량한 느낌을 주는 전형적인 사막 위에 세워졌다. 사막은 일반적으로 연평균 강수량이 250mm 이하인 지역을 사막이라고 하는데 우기가 있는 덕분에 사막에도 생물이 힘들게 살아가기는 한다. 오아시스 안 보이는 막막한 이민 생활에서도 가끔은 안개처럼 해결책이 보일 듯 말듯 생의 의욕을 불러일으키듯 말이다.

떨기나무라는 게 있다
사막 그것도 바람에 굴려 다니는
시들고 순식간 타 버리고 마는

연약한 이민자들 있다
새벽이슬 같은 것에 목 태우면서
온몸 웅크려 살아가다 사라지는
　　　―「떨기나무」

　사막에 모진 바람이 불면 사막 떨기나무가 굴러다닌다. 이 나무들은 뿌리가 물기를 찾다가 결국 포기한 후에, 나무 전체가 뽑혀 먼지와 함께 뒹구는 가시덤불이 된 것들이다. 가냘픈 목을 점점 늘려가며, 오래 기다리던 영주권과 삶의 터전을 얻지 못해 재기 의욕 뿌리까지 뽑혀 나뒹구는 신세가 되고 만 실패한 이민자들같이 말이다.

　사막 도시에 비가 오면, 노인의 허름한 집 뒤뜰 여린 꽃 이파리 위로, 어디 있다가 나오는 것인지 느리게 기어 다니는 생물이 보인다.

　　　　　　달팽이

　달처럼 둥글고 팽이처럼 생긴 달팽이는 시력이 남아 있지 않아 눈으로 볼 수가 없으니 뿔로 명암을 구별한다. 달팽이는 첫사랑에게 보낸 얇은 편지 종이처럼 아슬아슬 연약한 집을 갖고 다닌다. 얇은 집이라도 지고 다니는 달팽이는 그래도 듬직해 보이는데 집도 없이 느릿하게 움직이는 알몸뚱이 민달팽이는 한없이 처량해 보이기만 한다. 눈도 안 보이고 온몸이 햇빛에 노출된 민달팽이를 보고 있노라면, 온몸이 아려온다.　　　　왜일까.

　아마도 달랑 천 달러를 가슴에 알 품듯이 품고 삼십여 년 전 사막 땅으로 이민해 왔던 한 이민자를 보는 것 같기 때문이다. 삼십 년 전

젊은 청년이었던 이 사막의 유목민은 남들보다 재주가 없어 달팽이처럼 천천히 움직이다 보니 남들보다 항상 처지게 살아왔다. 하지만 다른 이들처럼 약삭빠른 눈이 없어 모든 사물을 천천히 보다 보니 오히려 사물을 정확히 보는 능력이 생기게는 되었다. 그러다 보니, 시도 때도 없이 사람들을 덮치며 괴롭히는 바람도 해부한 후 그 속내를 들여다볼 정도가 되어, 바람은 언제 부는지, 바람은 누구를 잘 괴롭히는지를 알게 되었다. 달팽이처럼 낮은 자세로 천천히 가슴으로 세상을 보다 보면 누런 매연 절은 안개에 가려 보이지 않던 것들이 서서히 보인다.

　　　　그렇게 살자
　　　가냘픈 집 한 채 등에 지고
　　　마음만은 단단히

　　　　그렇게 살자
　　　사막 모래 세상 모진 바람 위
　　　더듬더듬 천천히
　　　　ㅡ「단단히 그리고 천천히
　　　　　사막 달팽이처럼」

　　　　달팽이 노인이 사막을 뛰어간다
　　　전속력으로
　　　머리 내 뿌리를 세우고 달려간다
　　　곤두세우고
　　　바삭 부서지고 말 집 한 칸 지고
　　　맴맴 그 자리
　　　　ㅡ「사막 노인과 달팽이」

살짝 누르면 부서질 그게 집임
　그것도 전속력이라고 질주임
　　그걸로 무얼 박겠다 하는 거임
　─「나는 달팽이임?」

　　　　　　무심코 네 손으로 만지지 말라
　　　　　장난이 집 부순다
　　　　허투루 지나가다 건드리지 말라
　　　　온몸 웅크려진다
　　　　　그냥 느리다고 손가락질 말라
　　　　　전속 달리고 있으니
　　　　　　　─「나는 달팽이 족」

오아시스에서 멀리 멀리 도망가는
집 없는 민달팽이 한 마리
따가운 모래 위 배 깔고 전속으로
무엇이 그리 처절하다고
　　─「이제라도 민달팽이」

　　　　　　천년바위 서로 부딪혀 가루 된
　　　　　사막 모래 위
전속력 달리고 있는 달팽이　　　가로막지 마시라
　　　　　백년 얼어와 속까지 갈라진
　　　　　혹한 얼음 위
배 까지 깔고 기는 달팽이　　　채찍질 마시라
　　　　　　─「제발 그러지 마시라」

그래 그렇게 감당할 수만 있게
아팠으면 좋겠다
그래 그렇게 견딜 수만 있도록
가난하면 좋겠고
그래 그렇게 간신히 버틸 정도로
괴로웠으면 좋겠다

그래 그렇게 억지로라도 서 있게
고단했으면 좋겠다
　　―「그렇게 연꽃 물방울처럼」

　사람 사는 것이 고통과 가난과 병마 그리고 고단함의 범벅이지요.
사람이 마지막 죽으면서 얼굴이 평안하여지는 것은 아마도 '이 험한
세상 꼴 더 이상 겪지 않아도 된다.'라는 안도감일 것입니다.

　　　　그래요 아플 수 있지요
　　　　그래도 견딜 만 하게만 아팠으면 좋겠습니다.
　　　　그래요 가난 할 수 있지요
　　　　하지만 감당할 수만 있을 정도면 좋겠습니다.

　　　　그래요 고단할 수 있지요
　　　　그러나 억지로라도 서 있게 되면 좋겠습니다.
　　　　그래요 괴로울 수 있지요
　　　　그렇지만 버틸 정도라도 돼 준다면 좋겠습니다.
　　　　　―「제발 그 정도면 좋겠습니다」

그런데,

　　삶이라는 것이 견딜 수 없도록 몸이 아프게 되어 있습니다.

　　감당이 전혀 안 될 정도로 가난하게 되고요.

　　서 있지 못 할 정도로 엄청 – 고단, 피곤합니다.

　　더 이상 버티기 힘들게 괴로움만 가득합니다.

어떻게 해야 합니까?

연꽃잎처럼 살면 견딜 만하게 살 수 있습니다.

　　자기가 부담 없이 견딜 만안 그 선 을 지켜보시지요.

　　연꽃잎이 빗물을 받다가 '도르르르' 내어주는 그 선.

비빔밥만 먹은 시인 있었다
하루 세끼 일 년 내내
질리는 것이 당연한데

고난 병치레 가난 배신 등
이걸 잘 비벼 먹어야
시가 나온다고 하면서
　　－「비빔밥 시인」

　고난, 병치레, 가난, 배신, 실패 이런 맛을 모르고 사람의 삶이 있기나 할까요. 그러니 차라리 그것들을 모두 한데 모아 비벼보시지요. 오히려 모든 것을 포기하고 마음이라도 '멍 –'하니, 비우게 됩니다. 　　**견딜 수 없는 것들은 일단 비벼서 즐겨 보시지요.**

　　때로는, 맛이 있는 것을 느끼게도 된답니다.

　인간

　징한 그 인간에게서 밖으로 배출되는 것이

어디 하나 둘인가 그 중에 제일 가증스러운 것 - 말 - 글
사람
끔찍한 그 사람 그 자체에서 유일하게 진실을 타내 주는 것
어두운 곳에서도 한결같은 것 하나   - 행동
   - 「배설물 창고 속 빛 한 줄기」

사람의 몸에서 나가는 것들을 보면 저절로 고개가 땅을 향합니다.
열심히 정성스럽게 매일 예쁘게 꾸미고 화장하고 다녀도, 가끔은
스스로 자기의 배설물을 돌아보시지요.

자기 수양에 기가 막힌 묵상 자료   가 됩니다.
겸손하게 되어 마음이 평안하여   집니다.

        똥이 나를 구한다
        부처 나를 못 구하는데

        내 똥 보고 냄새 맡으면
        저절로 나 보이니
          - 「똥이 나를 구한다」

자기의 몸에서 나가는 것을 자세히 살펴보는 묵상을 하여 보시지
요. 우리 인간은   누구나, 그야말로 누구나
          아무리 거룩한 척해도
          아무리 예쁜 척하여도
          아무리 깨끗한 척해도
          아무리 점잖은 척해도

온갖 더러운 오물의 오줌, 똥, 땀, 냄새를 잠시도 쉬지 않고 만들어
내고 몸 밖으로 내어 버립니다.

이런 자신을 보고 있노라면, 정말 남 앞에 나서고 싶지 않습니다.

그런데 이런　　**인간의 배설물보다 더 더러운 것**　　이 있지요.

사람들이 잠시도 쉬지 않고 배출해 대는

　　　　　　　　　　　　　　말 그리고 글　　입니다.

몸에는 온갖 더러운 오물이 담겨 있고

머릿속에는 더 끔찍한 오물이 가득히 담겨 있으면서도

말과 글을 통하여 자신이 깨끗한 척, 거룩한 척하며 남을 가르치
려고까지 하며 가증스럽게 살아가는 사람이 얼마나 많습니까. 사람
의 됨됨이를 나타내는 것은 말과 글하고는 전혀 상관이 없습니다.

　　　한 사람의 가치는 컴컴한 데서도

　　　한결같은 고귀한 행동의 습관에 달려 있습니다.

　　수시로 훅 들어오는 이런 문제들도 결국은 하나

　　　　　　　　하나를 해결하는 것도 하나

　　　─「하나 신(神)」

나를 배배 꼬이게 '훅 - ' 들어오는 문제들이 어디 하나 둘입니까.

하루에도 몇 개. 어떤 사람에게는 이런 문제들이 십 단위로 올라
갑니다. 문제들의 해결책이 안 보여 그 문제들은 난해한 부호로 보
입니다. 하지만 그 모든 문제의 실체는 나의 마음에서 일어나는 하
나의 현상.

눈동자에 들어오는 여러 빛이 Lens를 거쳐 망막에 맺히고 Image
를 맺듯이 마음에 들어오는 여러 생각들은 마음 Lens를 통과하여 생
기게 됩니다. 아니꼽고 더러운 것들을 안 보는 하나의 방법은

눈을 감으면 됩니다.

메스껍고 치사한 것들을 가만히 분석하다 보면 이 모든 문제는 결국은 나의 마음이 일으키는 하나.   단 하나의 마음 현상입니다.

따라서 이런 아더매치의 세상 일들이 나의 마음을 괴롭히지 못하도록 하는 방법. 그 단 하나의 방법도 그저 하나입니다.

하나의 문제에   **하나의 해결 방법**

이렇게 여러 가지인 것 같은 것을 하나로 몰아 놓으면 문제 해결이 쉬워집니다.

우선 하나로 묶인 하나의 문제를 해결하는 방법은

마음을 닫아 버리는 것   입니다.

그 괴롭히는 일들에서.

그 휘둘리게 하는 사람들에게서.

◑

주체를 못 하는 사람들이 있지요.

남 앞에, 조금 높은 강단에 올라, 목소리 증폭 장치 마이크 잡으려 사람은 동물입니다.

그저 손톱과 발톱을 주기적으로 잘라 주는 짐승.

그대가 고귀하다고 말을 할 때

그대가 지성인이라고 글을 쓸 때

가끔은

그대가 지도자라며 앞에 나설 때

그대 성스럽다고 마이크 잡을 때

가끔은

두 손 두 발로 엎디어 기어보라

날카로운 발 손톱 가진 짐승으로

그래도 계속해서 똑같이 하는 너를 보거든
가끔이 아니고 자주 집에서 기어다녀 보라
　ㅡ「가끔이거나 자주이거나 짐승」

　그 손톱과 발톱은 왜 자라나요.
　다른 이, 다른 동물을 할퀴거나, 잡는 데, 먹어치우는 데 힘이 되라고 자랍니다.
　사람 많은 곳에서 목소리 높이려는 저급한 욕망이 꿈틀거릴 때는
　자기 손과 발에서 날카롭게 번득이는 그 무기를 보시기도 하고
　때로는 아니면 종종 두 발이 아니고 손도 이용하여서 네 발로 기어다녀 보시지요.
　　　　　　내가 짐승이지 뭐 별거인가.
　　　　　　　　라는 자각이 확실히 든답니다.

　◑ 사람 살아가는 것
　현명하게 살아가고 어리석게 살아가는 것이 종이 한 장 차이 정도 됩니다.
　　　별거 아니지만, 그것이 별것이 되는 것　이 세상 삶이기도 하고요.
　아침 해가 서서히 세상 달구려고 올라올 무렵 일어나, 제일 먼저 무엇을 하는가가 그 사람의 인생의 Quality를 결정합니다.
　아침에 눈이 떠지면, 처음으로 살아 있음에 감사부터 하시지요.
　아침에 눈이 떠지지 않는 사람이 얼마나 많습니까.

아침 눈 저절로 떠지거든
제일 먼저 감사하라
살아 있음을

숨을 먼저 길게 고르고는
선을 굵게 그리고는
안과 밖 구별

관심 안과 관심 밖에 둘 것
다짐하고 또 다짐하며
나이 값답게
　－「관심 밖과 관심 안」

　살아 있으니, 다음으로는 오늘 숨을 어떻게 쉬고 살아갈 것인가에
대한 다짐을 하여 봅니다. 멸상을 생활화하는 하루의 시작은 역시
하루의 Quality를 결정합니다. 마지막으로 자리에서 일어나기 전에
마음으로 굵은 동그라미
　　　　　　　　＊ 선을 그어 봅니다.
　　그 선 안에 오늘 관심을 둘 것을 넣어 보시고요.
　나머지 것들은 정말 모든 나머지는 모두 관심 밖에 두어서
　　나의 관심 안에 절대로 들어오지 못하게 하여야
사람의 Quality가 결정적으로 올라가게 됩니다.
　＊ 선 같고 잘 안 되시면, 울타리. 높은 울타리를 치는 것도 좋습
니다. 울타리 안에 내가 관심 있는 사람들, 내가 관심 있는 일들을
넣어두시고 그 이외의 모든 사람, 일들은 모두 울타리 밖 관심 없는
곳에 놓아두는 수련을 꾸준히 하다 보면, 저절로 몸이 부양되는 것
을 느끼게 됩니다.　이 세 가지를 지키느냐 못 지키며 살아가느냐가
　　　　　　　　그대의 인격을 결정합니다.
　나의 관심 안에 있는 소중한 가족, 친구, 이웃에 집중하여 그들과
더 Quality 있는 관계 즉 사랑의 관계를 이어 나갈 수 있고요.

나의 관심 안에 있는 내가 하여야 할 소중하고도, 보람된 일에 집중할 수 있으므로 그 일이 창조적이고, 효율적으로 되면서 눈앞에 일의 성과가 바로바로 보이게 됩니다.

이러한, **마음 운련을 하다가 보면, 심근(心筋). 튼튼한 심근이 생겨**서 더욱 더 인간 관계 그리고 일의 성과가 보임으로

〈사는 것이 이렇게 즐거운 것이구나〉 라는 것을 느끼게 됩니다.

행복이지요.

진복(眞福) 이고요.

거울 산산이 깨지는 소리
새벽에서 새벽으로
이 집에서 저 집으로

자기 못 보는 인간들마다
남들 보기 바쁘고
남 말하기 분주해
　─「자기를 못 보는 이유」

거울을 보면 자기를 볼 수가 있습니다.

대 다수 사람들은 아침에 자리에서 일어나서 제일 먼저 화장실에 갑니다. 봄에서 내보내야 할 것들을 내어 버린 뒤에는 거울을 보지요. 그냥 봅니다. 무엇을 보는지, 왜 보는지 그냥 습관적으로 봅니다. 보는 것이 아무 의미가 없는 듯, 보기는 보는데 건성으로 보면서도 봅니다. 거울을 보면 자기를 볼 수가 있어야 하는데 거울을 보면서도 자기를 못 보니 거울이 있을 필요가 없어서, 아침마다 이 집에서 저 집에서 거울들이 스스로 깨어져 나가고 있습니다.　존재가

치가 상실되었음을 한탄하면서 깨어져 나갑니다.   산산조각으로.

　사람은 　　　**왜 자기 자신을 못 보고**

　　　　　　　　자기 자신을 모를까요.

　여러 가지 이유가 있겠지만, 제일 큰 이유는

　　　　남들 보느라 바쁘고

　　　　남 말아는데 머리의 Capacity를 꽉꽉 소비하면서 살기 때문입
니다.

　남들 생각, 남에 관한 이야기를 줄이면 줄일수록 거기에 비례하
여서 깨진 거울들 조각들은 다시 붙어가며 자기 자신을 온전히 비
춰 줍니다.

　훅
　후욱 바람 가르는 소리
　몸 속 곳곳 가르는

　슉
　슈육 빛 갈라내는 소리
　마음 휘젓고 다니는
　　　―「염장 지른다는 것에 대하여」

　사람이 사람의 마음을 참으로 아프게 할 때의 표현이 어디 제대
로 있을까요.

　아무리 말이나 글로 표현해도 외마디 지를 만큼의 고통과 신음을
제대로 표현하여 주는 단어나 문장은 존재하질 않습니다. 그래도 억
지로 찾아보자 치면 "염장 지른다."라는 표현이 있기는 합니다.

　염통은 심장을 뜻하는 말이지요. 이 심장과 장(臟)을 찌르고 꽂아

버린다는 뜻이 있기도 하고 〈소금에 절여 저장함(鹽藏)〉의 염장에 지르다를 붙여서, 상처가 나서 너무 고통스러운데 그 위에 소금을 붙여 아픔을 더 준다는 뜻이 있기도 합니다. 사람 산다는 것이 쉽지 않은 것이 나는 가만히 있는데, 누가 아니면 어느 것이 나의 속을 뒤집어놓습니다. 나의 마음 그리고 나의 몸속을 헤집고 다니며 괴롭히는 것이지요. 그것도 잠시도 쉬질 않고. 번갈아 가면서

　　어떻게 하여야 이 염장 지르는 인간들

　　　　　　　　연장 써가며 칼질해 대는 사건들

　　에서 벗어날 수가 있을까요?　　소리를 만들어 보시지요.

　　나를 괴롭히는 인간이 나의 몸으로 들어올 때 〈욱〉 소리를 내어 보십시오. 연장 칼들이 들어오는 것이 보이고 들립니다.

　　나를 피곤하게 만드는 일들이 내 마음으로 들어올 때 〈슉〉 소리도 내 보시고요. 염장 지르는 것이 들리고 보입니다.

　　　　　　소리 멸상(滅想)　입니다.

　　보이면　막을　수　있습니다.

　　　　　　끊어낼　수가　있습니다.

　　안　보이면　당할　수밖에　없습니다.

　　　　　　벗어날　수가　없습니다.

　　　　－「해　보지도　않고　비틀비틀」

하루 240시간

인간들이 퍼붓는 뽀얀 먼지 온몸에 쌓여 어깨가 만근

시들게 까만 밤 그나마 보호막에 들어와

주름 가득한 자그만 손에 그래도 잡혀주는 샤워 꼭지

힘 빠져나간 간신 힘에 쏟아져 주는 세상 같지 않은
맑은 물줄기

빠져서 나가 준다
씻겨져 없어져 준다
사라져 준다
하루 480시간
온갖 같지도 않은 말들과 시선에 강제로 잡혀주는 꼴들
어제 찢어나간 마음 아직 아물지 않은
그 가련한 마음에 소금과 모래를 뿌리고 또 뿌린다
알렉사 한마디 하와이안 음악은 5초 안에 마음을
감싸 퍼지며

파라다이스로
구름 위로 뉘어주고
참 힐링으로
　　― 「샤워와 뮤직」

사람이 왜 고달플까요?
　　왜 괴롭고 힘이 그렇게나 들고 사는 게 지겨울까요?
　이유가 어찌 한둘이겠습니까마는, 뭐니 뭐니 해도 으뜸은 인간 때문입니다.　　　　　　인간이 사람을 고통스럽게 합니다.
　이렇게 인간에게 들볶이는 하루는 24시간이 아니고, 240시간 같이 느껴지는 하루가 됩니다. 밤늦게까지 인간들하고 섞여서 빨래 기계 속 때 찌들은 빨래처럼 서로 엉키다가 간신히 살아남아서 집에 돌아올 때쯤이면, 누구나 어깨가 내 어깨가 아니게 '뻐쩍지근' 무겁습니다. 세상 먼지가 온몸에 쌓여서, 특히 어깨에 많이 쌓여서 그렇습니다. 세상이 만만치 않아서 내 손에 잡혀주는 것이 별로 없지만, 살아남아 집에 귀환하여 돌아와서 내 손에 만만하게 잡혀 주는 것은 샤워 꼭지가 유일하지요.

그 유일한 것이 몸뚱어리를 살려 줍니다. 오래되어 뻑뻑하여졌지만, 그래도 아직까지는 늙은 손힘으로도 돌아가 줍니다. 뜨거운 물과 차가운 물을 적당히 섞어 몸에 달라붙어 떨어지지 않으려고 안간힘을 쓰는 먼지와 때를 시원하게 씻어 주고 벗겨 주어 시궁창 밖으로 몰아내어 줍니다. 몸은 이렇게 씻어낼 수가 있는데 마음은 어떻게 씻어내야 하나요.

몸은 아루가 240시간처럼 느껴지지만, 마음은 그 두 배 480시간으로 느껴질 정도로 녹초입니다. 어제 마음을 다치게 한 그 많은 말들과 눈의 망막에 잡힌 그 험한 꼴들로 마음은 너덜너덜, 거덜났습니다. 그 거덜에 소금과 모래를 칵테일하여서 뿌려 주는 세상의 진상들 앞에 마음은 마음이 아닌 걸레 상태가 되고 맙니다.

마음을 씻는 방법에는 여러 가지가 있습니다.

사람마다 효과 측면에서 다소 차이가 있기는 하지만 마음이라는 것이 감사하게도/너무나 축복다운 것이 　　　**3초 안에**

빨리 바꿀 수도 있고 그 짧은 시간 내에도 힐링되는 특성이 있습니다.

마음 샤워의 한 가지는 음악입니다.

한 줄기 음악으로도 푹푹 찌는 여름날 깊은 산 계곡에서 쏟아지는 폭포 물줄기로 샤워하는 효과를 낼 수도 있고, 집에서 하는 간단한 샤워 같은 효과를 볼 수도 있습니다. 예전에는 마음을 추스르기 위해서 음악을 들으려면 번거롭기만 하여 준비하느라 더 피곤하던 시절이 있었습니다. 그러나 지금은 얼마나 편리합니까.

'알렉사,' '헤이 시리.'

Coaster Ride, My Little Grass Shack, You Ku'uipo, Fish and Poi, Better Together, Hi'ilawe, Kawaipunahele, Beyond the Reef, Honolulu City Lights, Henehene Kou 'Aka, Mele Kalikimaka 등이 귀에 익숙합니다.

　* 칸쵸네(canzone)

　이탈리아의 칸쵸네(canzone)는 원래 큰 소리로 노래를 좋아하는 이탈리아 대중들 사이에서 불리던 민요를 시작으로, 전국 곳곳에서 열리는 노래 경연대회(칸초네 페스티벌) 축제를 통하여 발전되었습니다.

　'O Sole Mio(나의 태양), Casa Bianca(하얀 집), Non Ho L'eta'(나이도 어린데), La Novia(신부), Marzo 1943(1943년 4월 3일생), Quando M'innamoro(사랑의 꽃이 필 때), Cuore Matto(첫사랑), L'immensita'(눈물속에 피는 꽃), In Une Fiore(꽃의 속삭임), Se Piangi Se Ridi(그대에게 눈물과 미소를), Non Ti Scordari Di Mi(물망초), Zingara(집시), Canzone Per Te(그대에게 바치는 노래), E Se Qualcuno Si Innamorera' Di Mi(안개 낀 밤의 데이트), Io Che Non Vivo Senza Te(이 가슴의 설레임을), Quando Quando Quando(언제가 될지 말해주세요), Il Mondo(한없는 세상), I Giorni Dell' Arcobareno(무지개 같은 나날들), Romantica(아름다운 아가씨), Una Lacrima Sul Viso(뺨에 흐르는 눈물) 같은 유명한 곡들이 많지요.

　* 레게(Reggae)

　1960년대 후반 무렵 자메이카의 록스테디(Rocksteady; 대중음악)와 스카(Ska; 민속음악 '멘토'를 기반으로 재즈와 리듬 앤드 블루스가 혼합됨)가 발전한 형태인 레게(Reggae) 가사는 주로 가난한 자메이카 사람들의 고뇌와 종교 및 사회 관심에 관한 내용이지요. 원주민들이 캐리 비 안 장르였던 칼립소(Calypso)를 외국 관광객을 위하여 연주해 오면서 '관광객에게 맞는 음악'으로 변질하였습니다. 이 레게 리듬을 비틀스가 Ob-La-Di, Ob-La-Da에 삽입하면서 더 유명해지기 시작하였고요.

* 마리아치(Mariachi- Música Ranchera or Ranchero)

멕시코 음악인 마리아치는 라틴 아메리카의 음악 중 특이한 모습을 보이고 있습니다. 라틴 아메리카 음악은 동양음악, 서양음악과는 완전히 다른 음색을 가진 민족음악의 특성이 있지요. 그들 특유의 낙천성과 예술을 사랑하는 민족성이 잘 나타나 있습니다. 마리아치는 멕시코 음악을 지칭하기도 하지만, 멕시코 음악 밴드를 지칭할 때 더 잘 쓰입니다. 차로(charro) 복장을 변형한 화려한 의상을 입고 현악기를 주로 하여 관악기로는 유일하게 트럼펫이 참여하지요. 악사들이 노래를 직접 노래를 부릅니다. 미국에서 듣는 마리아치하고 멕시코에서 듣는 마리아치하고는 분위기가 사뭇 다릅니다. 악사들은 죽기 전까지 이 마리아치에 참여하고 있고요.

이 외에도 많은 민족음악이 있습니다. 어떤 음악이든 자기의 정신을 안정시키고 그 상태를 지속해서 유지하는 데 도움이 된다면, 자주 이 음악들과 가까이하여야 합니다. 물론, 한 장르에만 고집하지 않았으면 합니다.

클래식을 좋아하여 클래식을 좋아하지 않는 사람들에게 눈꼬리를 약간 낮추는 인간들은 클래식을 진정으로 모르는 사람들입니다.

음악은 치유합니다.
음악과 멀리 있는 인간은 사람이 아닙니다.
음악과 자연을 가까이하시지요.
삶의 질을 결정하는.

저승이 이승보다 좋을까
이승이 저승보다 좋을까
저승이 더 좋으니 한번 가면 다시 안 오지
개똥밭에 굴러도 이승이 더 좋지 전분세락
―「삶의 질 갈림길 위에」

▶ 전분세락(轉糞世樂)은 '아무리 천하고 고생스럽게 살더라도 죽는 것보다 사는 것이 낫다.'라는 뜻이지요. '개똥밭에 굴러도 이승이 더 좋지'와 같은 말입니다.

서양에서는 이런 상황을 오디세우스 이야기로 표현합니다.
오디세우스(Odysseus)는 고대 그리스의 현명한 영웅이지요. 오디세이아(Odyssey)는 여행/여정이라는 뜻으로 쓰이는데, 오디세우스가 주인공인 서사시입니다.
9권부터 12권까지가 오디세우스의 모험 이야기로서
트로이아 전쟁의 최고 영웅인 아킬레우스의 혼백을 만나는 장면이 나옵니다. 아킬레우스는 죽어서도 하데스의 세계에서 강력한 영웅의 위풍당당한 모습을 보입니다. 그러나 그런 상황은 그에게 허무하기만 하였죠. 그래서 이렇게 말을 합니다. '모든 죽은 이들 사이에서 왕 노릇을 하는 것보다 날품팔이 농사꾼이 되어 다른 양반 밑에서 종살이하는 게 차라리 낫다.'
▶'이렇게 고통스럽게 사느니 차라리 죽는 데 낫겠다.' '이렇게 사는 게 사람이냐, 이럴 바에는 빨리 천국으로 가서 모든 걱정 없이 기쁘게 살겠다.'
어떤 말이 맞을까요? OECD 국가에서 자살률 연속 1위 통계의 범주에서 고통을 받는 분들일지라도, '이승이 그래도 낫지' 하는 분

도 있고,

남들이 겉으로 보기에는 부러워해도 속으로는 '이렇게 살면 뭐 할까 – 저승이 훨씬 더 편안하겠지' 하는 분들도 있습니다.

이승(乘)과 저승(乘)의 비교는
순전이 개인 선호성향입니다.

그러니, 이승과 저승 비교로 종교를 들먹이면서 서로 공격은 하지 않았으면 합니다. 왜냐하면, 자기들이 생각하는 저승도 각자 다 다른 모습이기 때문입니다.

이런 타 종교 공격 문제를 '자기 생활의 우선순위' 앞에 놓아두는 분들 참으로 많습니다. 이런 성향은 자기 삶과 남의 삶의 질을 저하할 수 있다는 것을 깨닫는 것도 인류평화와 인류 진화에 도움이 된답니다.

◑ 진보 성향의 CNN News하고 보수 성향의 Fox News를 비교하여 보면

'흠 – 저래서들 싸움을 부추기는구나.'라고 단번에 알 수가 있습니다.

> 할일 없다 싶어 간만에
> CNN 에 쿡 –
> 왈 왈 왈 왈
>
> 어이쿠 여전하네 하면서
> Fox News 쿡 –
> 월 월 월 월
>
> 여전히 컹컹 멍멍 세상
> —「아직도 그리고 언제나 개싸움 세상」

객관적인 같은 사항을 놓고- 화를 부추겨서 시청률을 오르게 하려는 언론의 Business 정체성으로 - 보수 성향의 인간이 진보 성향의 해석을 보던가. 아니면 그 반대의 경우에도

　　1. 일단 화가 나게 되어 있습니다.

　　2. 자기의 주장이 휘거나, 꺾여지지 않고 더 공고해집니다.

이렇다 보니, 양 진영에서는 그들의 콘크리트 지지층을 더 결집하려고 상대방을 자극하는데 눈에 핏줄을 세우며 골몰하지요.

산책하다가 보면, 개들은 다른 개를 보는 순간 달려가려고 하기도 하고, 짖기도 합니다. 짖을 때는 맹렬하게 짖지요. 개 주인이 목줄을 풀어주기만 하면 무슨 일이 일어날지도 모릅니다.

우악스럽고 매우 시끄럽다는 것을 그들도 모르고
　　　　　　　　개들도 모릅니다.
추잡스럽고 매우 경멸스러운 것을 우좌파 리더도 모르고
　　　　　　따르는 이들도 모릅니다.

개과는 스스로를 절대로 알 수가 없나 봅니다.
　-「개가 개인 줄 알 리가 있나」

■지금은 그렇지 않지만 예전에는 강을 도보로 건너갈 일이 종종 있었습니다. 무슨 일이 있어서이기도 하고, 겨울에는 꽁꽁 언 얼음 위를 몇 번쯤은 썰매도 타고 걸어도 보고 하여야 겨울 같았기 때문입니다. 한창 겨울이 차갑게 독이 올라 있을 때는 강이 꽝꽝 얼어붙어서 강의 얼음이 깨어질 염려는 없었지요. 하지만, 겨울이 시작해서 얼마 되지 않았을 때라든지 해빙기에는 이 얼음이 제대로 얼어 있어서 강 위에 발을 디뎌도 되는지 불안했었습니다.

땅 하얗게 언 길
미끄럽다
하늘길마저 얼어
더 미끄러워

하늘 땅 접힌 강
어름 길 열렸기에
한 발 디뎌본다 두 발 또
열 발까지는 괜찮았는데
혹시 하는 그 다음 발에

강 길도
땅 길도
하늘 길도
마음 길도
쓰개지고
－「미끌미끌 살얼음 삶」

이 안전도 검사는 항상 얼음 위에 돌을 던져 보는 것이었습니다. 처음에는 작은 돌을 던져 보아서 어름이 깨지지 않으면, 자기가 들기에 제법 무거운 돌을 찾아서 강에 던져 보았습니다.

돌을 던져 보면 소리가 납니다. 돌이 튕겨 나오며 팽팽한 긴장된 소리를 내면 안전한 것이고 퍽 하는 소리가 나면서 돌이 어름에 박혀 버리면 결빙이 덜 되거나 해빙이 진행 중이어서 위험한 것이지요.

평상시에 하던 일이 막히는 것은 땅길이 얼어붙어 버리는 것.

하늘에 기대어 기도해 보지만 그것도 답이 없어 보이면 하늘길도 얼어 버리는 것. 그렇게 하늘과 땅이 서로 같이 얼어붙은 곳이 강 길인데 이마저 꽁꽁 얼어 붙었습니다. 다른 길/방도가 없어 강 길에 발을 한발 두발 디뎌서 나가 봅니다. 지금까지는 괜찮은 것 같아서 그런대로 가고 있는데 갑자기 '찌지직' 불길한 소리가 발밑에서 납니다. 어름이 쪼개지는 소리입니다.

가슴이 덜컹하며 머리가 아찔합니다. '어쩌지 어쩌지 – 더 깨지면 나 죽는데 – 어 – 돌아서 나가야지' 하며 뒤를 돌아다보니, 한참이나 와서 강의 중간에 발을 붙이고 있습니다. 돌아갈 수도 앞으로 갈 수도 없는 상황에 발은 미끄럽고 어름은 점점 깨져 나갑니다. 곧 어름이 크게 꺼지면서 나는 얼음, 물속으로 빠져서 들어갑니다.

어쩌면 이렇게 사람 사는 모습하고 똑같은지요. 몸서리쳐지게 닮았는지요. 사람 산다는 것이 이렇게 살얼음판 위를 미끌미끌하며 걸어가는 것 같습니다.

칼 하나 품고 살자
날 시퍼렇게 선 제법 긴 칼

조금 방심만 해도
살 베어내고 피 솟게 하는
　―「살아남기 위해서」

사람은 이런저런 모양으로 칼을 품고 살아갑니다.
어떤 사람은 이 칼을 다른 사람에게만 쓰고
또 어떤 사람은 칼날을 자기에게만 향하게 하고 살아가지요.
거의 모든 사람은 칼을 가지고 남을 해치며 살아갑니다. 말의 칼.
눈빛의 칼. 몸짓의 칼. 글의 칼. 갑질의 칼. 오만/교만의 칼.
하지만, 소수의 사람은 칼을 자기 자신에게만 쓰면서 삽니다.
옛날에는 자신의 소신을 지키기 위한 자결용 또는 정절을 지키기 위한 은장도 같은 단도를 갖고 다녔습니다. 수치를 당하느니 차라리 목숨을 내놓겠다는 각오 실천용입니다. 목숨을 버리면서까지 지키려 했던 그 꼿꼿한 정신. 정신은 마음이지요. 마음을 지키는 일은 목숨보다도 더 소중하기만 합니다. 가만히 정신줄을 놓고 망상의 대해에서 '어푸어푸 허우적'거리다가도, 칼날을 보면 정신이 확 돌아오게 됩니다. 그만큼 칼날은 매섭고 위협적이기 때문이지요.

칼날이 시퍼렇게 선 칼 한 자루를 항상 쥐고 있다는 생각으로 살아간다는 것은 참으로 정신 바짝 차린 삶을 영위하게 해 줍니다.

상상으로 칼날을 손으로 자주 만져 가면서 그 예리함을 느끼게 되면, 다른 망상이 마음으로 들어올 틈이 없게 됩니다. 칼날에서 다른 곳으로 정신이 가 버리면 바로 내 손이 찢어지고 피가 솟아오르게 되는데 어찌 한눈을 팔겠습니까.

칼에 대안 멸상이 습관화 하게 되면
자기 자신이 구름을 타고 있음을 느끼게 됩니다.

그게 뭐라고
그리 힘 꽉 주어 움켜쥐었었을까
그게 뭐라고
까짓것 그것
지나고 보니 개털인데 그걸 보배로
까짓것 그걸
　　　―「오매 - 그게 뭐라고.」

지금 그대 꼭 안고 있는 것
내려놓는 순간
그대는 알게 된다

어 – 왜 이걸 내가 여태까지

시방 그대 꼭 쥐고 있는 것
떨어트리는 그때
그대는 탄식한다
아 – 이 정도로 어리석었나
　－「내려놓아야 느끼게 되는」

자기가 지금 무엇을 그렇게 소중하게 움켜쥐고/꼭 안고 있고/ 등에 지고 있고/머리에 이고 있는지 인간들은 잘 모릅니다.
그걸 내려 보아야만 알게 됩니다.
내려놓으면 '안숨'부터 나오지요.
'후-' 이게 뭐라고 이걸 이렇게 오랫동안 ㅠㅠ

◑　겨울입니다. 사람 마음이 얼어 버리고 얼마 안 남은 한 해도 얼어 버리고, 성에가 가득히 온 세상을 뻑뻑하고 차게 하는 겨울이지요. 추운 겨울 밖에서 말을 하면, 하얀 입김이 '후 – 욱' 모락모락 피어납니다. **나의 숨이 보이는 순간**

차가운 겨울은
하얀 입김 나오는 겨울에는
숨을 유난히 길게 길게 해본다

겨울 만이라도
시야 얼어 버렸지만 보이는
숨 하얗게 길게 길게 바라본다
　　　　살아있는 사람이기 위해
　－「짧은 숨 못 보는 그대」

평상시에는 내가 어떻게 숨을 쉬는지 '경지의 수련'이 되어 있지 않으면, 알아차리기가 쉽지 않지요. 그러나 하얀 입김이 시각으로 감지가 되면, 명확히 나의 호흡을 볼 수가 있습니다. -   이 좋은 기회를 놓치면 안 됩니다.

들숨과 날숨의 행간   들숨과 날숨의 행간
행복과 불행의 행간   그 공간에 사는 이
평온과 불안의 행간   그 밖 서성이는 이
―「우주 생성의 행간」 ―「지자(智者)와 우자(愚者)의 행간」

하얀 뭉게뭉게 하얀 입김이 좋다
모든 것 하얗게 얼어버린 겨울에는
길고 가늘게 내쉬는 숨길 보이는
―「생명 숨길 보이는 겨울이 좋다」

사람이 날숨으로 내뿜는 '이산화탄소'는 차가운 공기를 접하게 되면, 작은 물방울로 변합니다. 수증기로 응결이 되는 것이지요. 온도가 높으면 공기가 갖는 수증기량이 많아지고, 차가운 온도에서는 수증기가 적은 양의 수증기만을 간직하기 때문에 수증기로 존재치 못하는 것들이 물방울로 보여지게 되어 하얀 김이 되는 것입니다.

호흡은 생명의 알파입니다. 생명의 시작이지요.
이 기본부터 잘 못 하는 것이 바로 '어리석은 인간 호모사피엔스' 입니다. 식물분류학의 기초를 닦은 칼 폰 린네(Carl von Linné)가 1758년에 '슬기로운 사람'이라는 뜻으로 인간을 라틴어로 호모사피엔스(Homo sapiens)라고 명명하였지만, 잘못된 표기입니다.

370

숨 하나 제대로 못 쉬는 동물　이 어찌 슬기로울까요.

인간의 모든 장기는 산소가 있어야 작동합니다. 또한 몸속 세포들은 모두 영양소가 있어야 움직이고요. 인간은 에너지가 있어야 모든 장기와 세포가 살아갈 수가 있는데, 산소로 영양분을 산화시켜 에너지를 얻는 것이지요. 하루 내내 단 한 번도 쉬지 않고 호흡되는 공기의 양은 대개 8,000L 이상이 되는데 이 공기에 산소가 들어 있습니다. 우리 몸 폐에서는 공기 중의 산소를 받아들이고, 산소와 교환된 이산화탄소가 배출되게 되는데, CO2(二酸化炭素, carbon dioxide)는 혈액 속에서 35~45mmHg 수준의 일정 농도를 유지하면서 혈액의 산도(pH)를 조절하고, 호흡 운동을 자극하게 되고요.

잘못된 호흡은 질병을 유발하고 질병의 심각도를 더 심화하게 합니다. 반면, 제대로 된 호흡의 습관은 질병을 예방함은 물론이고 질병의 증상을 완화하고 조절하여 건강한 몸과 마음을 유지하게 하여 주지요. 이것은 과학적으로 잘 증명된 Fact입니다.

결국 호흡은 생명 유지의 기본인데 호흡을 제대로 못 하니 건강증진/생명 유지가 잘 안 되는 것이 당연합니다.

복식호흡으로 느리고 깊은 호흡을 하게 되면, 우선 교감신경계가 안정하게 됩니다. 모든 만병의 원인이라고 하는 스트레스를 유발하는 코티졸, 카테콜아민 같은 호르몬 분비를 감소시키게 되고요. 심장의 박동 수를 줄여주고 정서를 안정시키며 주위 환경 통제력에 도움을 주는 부 교감 신경계 활동을 촉진해 줍니다.

호흡을 깊게 들이마시고 천천히 내쉰다는 것은 몸 세포 곳곳에 산소가 깊숙이 가게 한다는 것입니다. 그러면 당연히 면역력이 높아지게 되고요. 몸이 이완되면서, 체지방 감소, 스트레스 완화, 고혈압 감소에도 도움을 주지요.

이렇게 중요한 호흡은 보이지 않습니다. 그러니 인간들은 호흡의 중요성을 망각하기 일쑤이고 함부로 호흡하니 마음의 건강도, 몸의 건강도 유지를 못 하게 됩니다. 몸과 마음의 건강 없이 어찌 행복할 수가 있을까요. 호흡 하나로 인간의 행복을 망치는 결과가 나오고 있는데도 이것을 자각하지 못합니다. 자각하면 당연히 이를 고치려고 노력하겠지요. 건강 유지는 인간에게 매우 민감한 사항인데도

건강 유지에 기본/기초인 호흡에는 둔감합니다.

자기의 호흡이 어떤지는 추운 겨울에 직접 목격할 수가 있습니다.

Seeing is believing.

시각은 인간 판단에 매우 중요한 요소입니다.

오감 중에서 70%를 시각이 차지하기 때문입니다.

확신을 이끌 수 있는 요소이고요.

자기의 호흡을 직접 보면 '아 – 나의 호흡이 이렇구나.'

' 아 – 내 호흡은 이렇게 짧고 거칠구나 - '라는 것에

확신을 하게 되지요.   이 확신은 나를

둔감 동물에서 민감안 사람으로   바꾸어 줍니다.

대 변혁이 되는 것이지요.

불앵아고 멍청안 동물에서 앵복아고 연명안 사람으로의 변신

대 변혁/변신 - 긴 호흡 습관의 첫걸음입니다.

긴 오흡을 아는 순간, 순식간에 이마에 차가운 바람이 스쳐 지나다니고 팔, 다리, 몸에 불덩이가 위몰아침을 느끼게 됩니다.

당연히, 모든 잡념은 사라지고,

자기가 천국, 극락에 있음을 체험하게 됩니다.

폭설에 갇히고 싶다
발목 아니고 허리까지 덮치는
전기도 물도 전화도 다 끊겨
아무도 아무것도 의미 없게

폭설에 갇히고 싶다
온 발자국 모두 지워 버리고
갈 발자국 어딘지도 모르게
순백은 증발 포기해 주려나

이제라도 폭설 묻혀
숨이 가늘어지다 끊어져도
마지막 순간이라도 뇌파진동
부드러운 눈발 묻히고 싶다
  ─「폭설에 갇히고 싶다 영원히」

내가 죽어가는 날
눈이   펑펑 왔으면 좋겠습니다
내 숨 거두는 날
눈물   펑펑 흘리며 울지 않도록
  ─「펑펑 그렇게 펑펑」

폭설에 묻히고 싶다
걸어온 길이나 갈 길이나
감쪽같이 묻어버리는
지금 힘주어 낸 발자국도

헉헉거리는 하얀 숨도 이내 사라지는
아무도 대답하여 주지 않는 그 폭설 속

하늘 올려 보면 하얗지 않고 까만
성에 낀 바람마저도 갇혀버리는
                              폭설 속
그래   이제라도
그렇게 폭설에 갇히고 싶다
  ─「폭설은 그대가 만드는 것」

폭설에 묻히고 싶다
영원히
침묵보다 조용하게 다가오는 부드러움
나의 까만 슬픔 원망 하얗게 쌓여간다

폭설에 묻히고 싶다   확실히
펑펑 쏟아지는 저 순백에 펑펑 울면서
마지막이라도 자유를 외치다가 그렇게
  ─「폭설에 묻히고 싶다」

폭설이다
나갈 길도 안 보이고
지나온 길도
폭설이다
지금 나 있는 곳도
희미해져 가

374

폭설에 모든 것
묻혀가 버리니
—「폭설에 갇히고 싶다」

때로는
아니 자주
그게 안 되면 가끔이라도

모두가 정지되어 버리는
겨울 하루
딱 하루
　—「단 하루라도 폭설에 갇히고 싶다」

◑
흠 - 당신은 1/3
돌아가셨네요
그 옆 당신은 2/5
그렇다면 나는
　—「흠 - 반만 살아계시네요」

◑
이 사람을 보면 반은 죽어 있습니다
저 사람을 보면 1/3만 살아 있고요
　　　　이게 보이니 섬뜩합니다
　　　　살아 있다는 것 사실은
　—「그대 반은 죽었네요 이미」

지금 왕성하게 살아가는 사람이 사실은 반은 죽어 있는 것이 보입니다. 반까지는 아직 안 죽었더라도, 곧 반을 넘게 죽어갈 것이 보이기도 하고요.   사람이 잘 먹고, 잘 자고, 잘 배설한다고.   온전히 살아 있는 것은 아니지요. 자기가 못 보던, 못 느끼건 한쪽 부분에서 죽어가고 있는 부분만큼은 이미 죽은 것이지요.

이게 보입니다. **이게 보여야 합니다.** 그래야 더 이상 죽어가는 부분을 막아 낼 수가 있습니다. 이런 것을 못 보게 되면, 계속 죽어가는 부분이 있습니다.

그것이 마음이던, 몸이던, 아니면 둘 다이던.

사람다운 모습, 사랑, 기쁨, 평화가 될 수도 있고요.

어 - 우 - 우우 -

- 우 - 우우 -

조그만 강아지에서

늑대의 소리가 나다니

－「그대 안 깊은 DNA는 무엇인가」

산책길에 무슨 일이 생기면, 할 수 없이 동네를 돌아야 합니다. 집 모퉁이를 '휙 - ' 돌아서 몇 집 내려가다 보면 개 짖는 소리가 들립니다. 내 발소리를 듣고 그리 악착같이 짖어댑니다. 그것도 두 마리가.

개들 목이 아플까 봐, 그 길로 잘 안 다니려고 하지요. 몇 달 지나서 '혹시, 안 짖겠지…' 하고 지나가 봅니다. 그런데 내 발소리를 듣기도 전에, 무슨 일이 있었는지

'어 - 우 - 우우 -

　　어 - 우 - 우우 - ' 합니다. 두 마리의 듀엣.

이 개 두 마리를 본 적이 있지요. 주인이 개를 산책시키려고 데리고 나오는 것을 오래 전에 본 적이 있습니다. 하나는 작은 강아지. 다른 하나는 '얘를 강아지라고 해도 되나?' 할 정도로 완전 작은 강아지. 이 작기만 한 강아지의 목에서 이런 '늑대의 서러운 울부짖음' 소리가 나오다니요.

늑대는 기원전 3만 년쯤 해서 인간이 가축화하였다고 하지요.

인간이 의도적으로 품종을 개량했습니다. 현재 세계 애견 연맹(FCI ; Fédération cynologique internationale, International Canine Federation)에 등록된 견종만 약 350종류(실제로는 이보다 약 두 배가 더 많음)가 될 정도로 다양한 모습을 하고 있지요. 이쯤 되었으면, 개는 그냥 인간에게 잘 길든 순한 개의 모습일 것 같은데, 개의 깊은 곳에서는 아직도 '늑대의 DNA'가 남아 있습니다.

현생인류가 생기기 전 구 인류(舊人類)가 생긴 것은 약 300만 년쯤 된 것으로 과학자들은 보고 있지요. 개보다 약 100배 이상이나 전쯤에 인간 조상이 생겼다는 것입니다. 이 오래된 시간 동안, 인간은 얼마나 '진화라는 틀' 안에서 변했으며, '진화의 틀 밖'에서 아직도 간직하고 있는 DNA는 무엇일까요? **폭력성, 야만성.**

인간을 볼 때, 도저히 이해가 안 되는 것들이 있기 마련입니다.

작게는 내 안에서 일어나고 있는 나와 나와의 전쟁.

상대방이 나에게 저지르는 온갖 비합리적 행동.

세계적으로는 Pandemic이 창궐하여서 엄청난 숫자의 사람들이 희생되는 절체절명의 상황이 펼쳐지고 있는데도, 그 처참한 피의 전쟁을 일으킵니다. 또 그것을 정당하다고 두둔하는 교회의 우두머리도 있습니다. UN에서는 상임이사국(Permanent members of the United Nations Security Council)들이 - 전세계 국가들이거의 찬성을 하는데도 깡패짓을 꾸준히 아무렇지도 않게 하고 있습니다.

중국, 러시아, 미국이 손드는 순간, 수 많은 선량한 사람들이 피를 쏟으며 죽어야 합니다. 야만의 선두에 선 이 3나라가 왜 세계의 리더 자리에 있어야 합니까? 이 야만의 상임이사국 제도는 당장 폐지되고 전세계 국가의 상식이 반영되는 국제전쟁방지제도가 확립되어야 하는데 이 꿈은 이 깡패 3국에 의하여 저지되고 있습니다.

전세계인들이 궐기 하여야 합니다 - UN 상임이사국 폐지

상임이사국을 제외한 새로운 UN 창립만이 해결책입니다

각지역 대표들이 모여서 창립하면 되는 간단한 일이지요.

이 Neo UN 없이는 인류의 희망은 없게 됩니다.

전쟁이 계속되는 모습을 보고 있노라면, 인간 속에 숨어있는 늑대의 꼬여진 DNA가 어지럽게 꼬여 있는 것이 3D로 다가옵니다.

- 인간을 보며 늑대로 본 지는 꽤 되긴 했습니다. 이런 폭력, 야만, 잔인성 앞에 인간인 것이 부끄러울 때가 이런 지경의 나이에도 계속되고 있으니 - 눈이 저절로 감깁니다. - 갈 때가 머지않은 게지요.

뭉크가 절규하며
소리나 지를 수 있었을까

핏빛 하늘 아래서
울렁거리는 거리에 발 딛고

미친 미라 얼굴
감싸고 있는 두 손 떨리고

썩은 검은 파도
금세 나를 덮쳐버리려는데

그 어느 누군들
소리라도 지를 수 있을까
　　ー「나의 소리 없는 절규」

다 흔들린다

　　날름대는 파도도 검게 흔들리고
　　비비 꼬인 누런 길도 흔들거리고
　　쥐어짜는 머리 감싼 손 흔들리며
　　핏빛 흐르는 노을마저 흔들흔들
　　ー「뭉크의 절규 그리고 나의 절규」

　　뭉크의 절규를 보네
　　그의 얼굴을 보네
　내 몰골을 보네
　　ー「진정한 나의 모습을 보네」

걸레 쥐어짜듯 감싼 얼굴
미라의 머리이구나

흔들거리는 저 누런 길은
내가 서 있던 거리고

진정한 하늘색 핏빛 석양
내가 추앙했던 그 곳
　　ー「뭉크의 길 그리고 내 길」

덜덜 떨지 않는 것은 하나도 없다
나 서 있는 길도 떨고
미친 내 머리도 떨고
핏빛 하늘마저 떠는데

뒤에 따라오는 두 인간
그 인간들만 떨지 않았었다 날 보며
―「뭉크와 내 곁 그 두 인간은 누구냐」

노르웨이 화가 에드바르트 뭉크(Edvard Munch)는 노르웨이 로이텐에서 태어났습니다. 아버지가 빈민가의 의사였기 때문에 자연스럽게 빈민가의 '절박한 상황'들을 보고 느끼며 살아왔습니다. 엄격한 아버지한테 맞으면서 자랐고요. 뭉크의 아버지는 정신질환으로 뭉크 나이 25살 때 죽었고 그의 어머니도 결핵으로 아버지보다 더 일찍 죽었습니다. 그의 누이도 뭉크보다 먼저 죽었고요. 병과 우울 그리고 죽음의 환경

그의 작품 절규(The Scream)는 노을이 핏빛으로 되어 있지요. 그 아래에서 고통에 얼굴을 감싸고 있는 인물을 표현하였습니다. 노르웨이 오슬로의 이케베르크 언덕에서 보이는 오슬로피오르(Oslofjord)가 배경이었고요.

그림의 왼쪽 위에는 뭉크가 연필로 작게 '미친 사람만이 그릴 수 있다(Can only have been painted by a madman)'라고 적어 넣었습니다. 본인도 정신과 치료를 받아 왔었지요.

이 그림이 많은 현대인에게 공감을 주는 것은 현대인의 삶이 그만큼 '퍽퍽'하다는 것이고, 그 감정을 가장 잘 표현한 걸작이라고 보기 때문일 것입니다.

슈퍼 갑에 계란 던지기
울트라 갑에 돌 던지기
결국 걷어차이다
약자 편에 서기만 하다
진정한 약자가 되어보니
하나 더 큰 것이

수퍼 갑 + 울트라 갑은
내 안의 나를 조정하는
무시무시한 놈이
—「뒤를 돌아보니」

이 지경의 나이에서 뒤를 돌아봅니다.

약자의 환경에서 그들을 이해한다고 생각하며 그들 편에 서 있었습니다. 학생들을 가르칠 때도, 이 점에 초점을 맞추었고요. 감사하게도 몇몇 제자들은 청년 때부터 그 나이가 되었는데도 아직 자선 사업을 나름대로 하고 있습니다.

그런데 쫓겨 온 이민 생활을 시작하면서 약자를 이해하는 수준이 아닌, '진정한 약자'가 되다 보니, 먹을 것이 없고 집에서 쫓겨나와 식구들을 데리고 거리에 나앉아야 할 위기를 두 번, 그리고 생명의 위협을 몇 번이나 미국에서 겪다가 보니, 약자를 이해한다고 생각했던 것은 나의 오만이었습니다.　　　　　그야말로,

뭉크의 절규는 나의 절규

그렇게 완존 + 쫄딱 망했는데도 재기에 재기를 할 수 있었습니다.

모순덩어리, 국제적 갑질 나라, 깡패 나라인 미국. 민주주의 실패 나라 미국.　　그래도 미국은 기회의 나라이긴 하더군요.

고난의 강에서 허우적대면서 시를 쓰게 되었지요. 시를 쓰면서 사

물과 사건 그리고 인간을 보는 눈이 달라졌습니다. 더 깊게 자세히 보게 되는 시력이 생기게 된 것이지요.

이 시력은 시력(詩力)입니다. 시의 힘! 염력(念力)이 바탕이 된 시력.

평생 나에게 갑질을 해 오던 슈퍼 갑

바로 내 속에 있는 그놈이 보입니다.

그래서 그 슈퍼/울트라 갑에게 정면으로 싸움을 걸고, 그놈을 길들이기 시작하였지요. 명색이 슈퍼/울트라인데 그놈 때려잡기가 쉽지 않았습니다. 일단 잡아야! 그 다음 길을 들일 수가 있으니, 처음에는 무조건 싸웠습니다. 힘들었지요. 그놈에게 번번이 거꾸로 패대기치기 역습을 당하기 일쑤였고요. 그러나 수련과 단련으로 훈련하고 다시 '제대로 작정하고 덤비기'를 계속하여 결국 이놈을 굴복시키고, 무릎을 꿇리고 그 등에 훌쩍 올라탔습니다. 코를 꿰 버리고 고삐를 단단히 잡았지요. 그렇게 기쁜 순간은 처음이었습니다.

이놈을 길들이는 순간

하늘이 땅이 되고 땅이 하늘이 됩니다.

결국, 시로 구원받았습니다. 시는 치유합니다.

마침내, 염력(念力) 위에 시로 치유받았습니다.

빨간 불이다

충전되지 않으면 끊긴다

노란 불이다

그래도 또 충전해 두어야

그러면서 진작

너덜거리는 마음 충전은

 —「금세 방전되는 그대」

핸드폰, 컴퓨터, 태블릿 같은 것들에 노란 불이나 빨간 불이 들어오면, 호들갑을 떨면서 충전해 둡니다. 거의 신경질 반응 수준이지요. 꺼지면 세상과의 단절이라고 생각합니다. 그러니 무슨 어떤 일보다도 제일 먼저 충전부터 해 놓고 봅니다. 그런데 진작

나달나달 노란불
거덜거덜 빨간불
마음 방전돼 가네
그래도 충전 생각
누구도 안 한다네
　　　―「수시 방전 현대인」

사람이 방전되면, 감각, 감성, 이성 이런 고귀한 것들이 증발해 버립니다. 인간이 눈을 껌벅거리며 숨을 쉬고는 있는데 '고귀성 방전 인간'은 그저 좀비 수준이지요. 야수나 다름없습니다. 거기서 나오는 Output 수준이 무엇이겠습니까? 그래서 촉촉한 감성으로 충전하여야 합니다. 노란 불 들어오기 전에 수시로.

이 책의 한 줄 글들에 감성 충전이 되시기를.

초침을 보네
쨕깍거리지 않는
스윽 겁나게 스치는
　　내 삶을 보네
　　멈춤 없이 달리는
　　휘익 지나 사라지는
　―「초침(秒針)을 보네 내 생명을 보네」

시간을 재는 시계는 시침, 분침, 초침으로 되어 있지요. 대개 시침, 분침, 초침 순으로 길게 되어 있습니다. 굵기는 시침, 분침, 초침 순서로 가늘고요. 시침이 제일 안쪽에 있고, 다음은 분침, 맨 바깥쪽에 초침이 배열되어 있습니다. 초침만 빨간색같이 눈에 '확 - ' 띄는 색으로 디자인이 된 시계가 있지요. 이 초침 끝에 야광도료를 바른 것도 있습니다.

초침(the second hand of a watch)의 움직임은 두 가지입니다.

1. 데드비트 세컨드 핸드(Deadbeat Second Hand)는 '쨱깍, 쨱깍' 1초마다, 가다가 잠시 서고, 또 가고, 잠시 서고, 또 가는 식의 움직임을 갖고 있습니다.

2. 스윕 세컨드 핸드(Sweep Second Hand)는 '스 - 으으윽 -' 가다가 그냥 가고 그렇게 가다가 시침 뚝 따고 스윽 계속 가는 움직임을 갖고 있지요.

옛날 기계식 시계는 모두 스윕 세컨드 핸드 형식이었습니다. 원조인 셈이지요. 그러다가 시계들이 기계에서 쿼츠로 대체되면서 데드비트 세컨드 핸드로 바뀌었습니다.

'째깍 째깍' 소리 생명 소멸아는 소리

옛날에는 이런 째깍 소리가 유난히 큰 시계들이 대부분이었습니다. 째깍 소리는 나의 삶이 가는 소리고, 나의 생명이 소실/소멸되는 소리이지요.

> 째깍째깍
> 하얀 초침 소리 유난히 크게 들리네
> 째깍째깍
> 생명 소멸 소실되는 무시무시한 소리
> ― 「겨울 엄중한 초침(秒針) 소리」

이 째깍 소리에 정신을 집중하다가 보면, 삶도 보이고 죽음도 보입니다. 이런 째깍 소리에도 정신이 '화 ― 악' 드는데, 이런 소리가 전혀 없이 스윕 세컨드 핸드로 움직이는 시계를 보면

추운 겨울에 밖에서 얇은 옷만 입고 있는데, 누가 갑자기 찬물을 '쫘 ― 아 ― 악' 나에게 뿌리는 것 같이 정신이 '바싹' 들고 맙니다.

실제로는 시간이 이렇게 아무 소리 없이 소멸하기 때문

Fact는 나의 삶이 이렇게 무시무시하게 소실되기 때문이고요.

손목 기계 시계가 GPS 기반의 스마트 폰, 스마트 폰 등장으로 사라질 것이라고 많은 사람이 예측하였지요. 하지만 젊은이들 중심으로 다시 손목 기계시계를 차는 것은 아이러니합니다. 물론 이런 것이 명품사치품 풍조가 바탕이 되고 있기는 하지만요.

사치품이 아니고, **명상 용품으로 손목시계가 유행하였으면** 좋겠습니다. 째깍 소리의 크기를 마음대로 조정할 수 있는 기능

초침을 빨간색 야광으로 제일 크게 하여 소리 안 나게 하는 기능을 동시에 갖춘 시계. - 째깍 소리가 크게 나는 Mode로 할 때는 시간의 엄중함을 묵상하고 - 스윕 세컨드 수동 Mode로 변경해 보면 시간의 무시무시함을 시각으로 확인하여 묵상할 수 있게 말이지요.

같은 1초 단위도 데드비트 세컨드 핸드 모드의 '쉬었다가 가는 속도감'하고 스윕 세컨드 핸드의 '쉼 없이 내리 달리는 속도감'하고는 '느끼는 감각'이 큰 차이가 나게 됨을 느끼게 됩니다.

자기가 지정한 시간마다, 사찰의 종 또는 성당의 종소리가 울리게 하여서 '일단멈춤'의 묵상 시간이 될 수 있는 기능도 있으면 좋겠네요.

 시계의 이름은 '멸상/명상/묵상 시계'.

침팬지 vs. 인간
인간 vs. 사람
사람 vs. 도사
　－「1.2% 차이」

　　　　　　　　파란 섬광 번득이는 DNA는 과학이다
　　　　　　　　틀리지 않는 과학
　　　　　　　　침팬지는 인간과 고작 1.2%만 다르다
　　　　　　　　과학으로 보자치면
　　　　　　　　　　－「볼 때마다 너는 침팬지」

당신 볼 때마다 침팬지이네요
바나나 하나 붙들고 있는
당신 잘 난 척 나무 위 재주
그대 말은 우우하하 수준
당신 걸친 것들 까만 털이고
벼룩이나 잡으려 하면서
　－「당신은 볼 때마다 침팬지네요」

　　　　　　　거북하다
　　　　　침팬지와 인간이 겨우 1.2% 다르다는 것이
　　　　　　　찜찜하다
　　　　　저 우스꽝스러움 98.8%가 나랑 닮았다는 것이
　　　　　　　－「영 찜찜하고 영 거북하다」

그래도 우기면서 살아가자

1.2% 다름 있어 사람이고
1.2% 차이 있어 도사라고
　―「빡빡 우기면 진리가」

1.2%의 다름이 모든 것을 결정한다고 그랬나
당신은
그래서 그 1.2%로 인간이 지성적 영장이라고
하는가
그럼 98.8%는 도대체 무엇인가라는 의문은
뭣인가
　―「당신은 뭐라 할 것인가」

우겨본다
빡빡
내가 어떻게 침팬지와 98.8% 같을 수가 있는가

숙여진다
쑤욱
내가 했던 어리석은 지난날의 그 많은 실수들 앞
　―「우겨지지가 않는 명제 앞에」

　침팬지 한 마리 마이크 앞
　존경하고 사랑하는 국민 여러분
　침팬지 한 마리 마이크 앞
　믿고 따르십시오 복이 따릅니다
　침팬지 한 마리 마이크 앞

합리적이고 보편타당한 어쩌구
— 「침팬지 한 마리 두 마리 그리고 또 또 또」

바나나 하나 잡고 놀다가
바나나 하나 까서 먹다가
바나나 껍질 위 미끄러져
썩은 쓰레기 더미와 함께
　 — 「침팬지 세상 인간 세상」

부정하고 싶다
아니라 하고 싶고
침팬지와 인간 1.2%만 다르다니

그럴 리가 없다
의식 안하고 싶고
어디 고귀한 사람이 원숭이하고
　 — 「그럴 리가 있다」

　　　그대여
　　　오만하기 짝이 없는 그대여
　　　그대여
　　　눈길 깔고 턱 쳐든 그대여
　　　그대여
　　　목소리 힘 빡 주는 그대여
　　　　 — 「그래 봤자 침팬지 한 마리」

그대가 자꾸 잘못 보아 넘어질 때
침팬지 두 눈을 보라
그대가 계속 잘못 들어 실수할 때
침팬지 털 귀를 보라
그대의 말실수로 사람들 등만 볼 때
침팬지 벌린 입 보라
　　　─「침팬지 하는 일이 그렇지 뭐」

그대여
그대의 눈으로 무엇이 잘 안 보일 때
그대여
그대의 두 귀로 무엇이 잘 안 들릴 때
그대여
그대의 입으로 무엇 말하는지 모를 때
　　─「그대여 침팬지여」

　　　침팬지 한 마리 보네
　　　잔재주나 넘는
　　　인간 서너 마리 보네
　　　그것도 재주라고
　　　　─「침팬지 재주 인간 재주」

　침팬지는 인간하고 DNA의 유사성이 '인용하기도 민망하게 98.8%'
나 됩니다. 심지어는 '자아'까지 있고요. 600만 년 전쯤에 인간하고
갈라졌다고 하니, 같은 과(科)입니다. 과학으로 보면, 그전에는 같은
동물이었고요.　　　침팬지가 인간　　　　　인간이 침팬지

나는 침팬지입니다
그것도 잔재주라고 부리는

나는 침팬지입니다
바나나 하나 붙잡고 노는

나는 침팬지입니다
내가 침팬지인지 모르는
　　ー「득(得) 겸손」

　논어에 자주 등장하는 제자가 있지요. 자장(子張; 짜장 아님)입니다. 자장이 공자에게 1;1 과외를 받습니다. 공자는 70세, 고희(古稀)를 넘어 원숙할 대로 원숙하고, 자장은 불과 24세 정도 되었을 때였습니다. 이생을 불러서 큰 비단 허리띠를 주며 '내가 지금부터 스승님께 물어 답 듣는 내용이 매우 중요하니, 이 허리띠에 받아 적어라.' 합니다.

　질문은 '선생님, 벼슬이 문제가 아니고 무엇보다도 인간적으로 훌륭한 지도자라는 평가를 받고 싶습니다. 어떻게 해야 합니까?'

　공자가 다섯 가지 덕으로 답합니다. '子曰 君子 惠而不費 勞而不怨 欲而不貪 泰而不驕 威而不猛.' '사람들에게 은혜를 베풀되, 낭비하지 마라. 사람들에게 일을 시키고 원망을 사지 마라. 목표 실현을 추구하라 그러나 개인적인 탐욕을 부리면 안 된다. 태연함을 잊지 말고 교만하지 마라. 위엄 있으나 사나우면 안 된다.'

　　겸손의 덕은 그릇입니다.

행운을 담을 수 있는 그릇. 작은 그릇은 작은 기회/행운을 담을 수 있고, 실력을 갖춘 사람이 큰 그릇을 갖고 있으면, 인생에 3번 온다는 그 기회가 10번도 될 수가 있습니다. 그러나 겸손은 사람이 닦아서 얻을 수 있는 덕 중에 제일 얻기가 힘듭니다. 현대 문명이 사람을 자꾸 겸손하지 못하게 하는 환경 속에 살도록 하기 때문입니다.

그렇게 힘들기 때문에 진심으로 겸손한 사람은 진흙 속에서 빛나는 보석과 같은 존재가 됩니다. 쉽지 않지만 말이지요. 그래서

겸손해야 합니다. 또 겸손해야 합니다. 그리고 다시 겸손해야 합니다. 진정으로 빛나는 실력을 수련하여 얻은 자는 진정으로 겸손할 수가 있습니다.

하늘 구름 인다
나도 저렇게 태어났었겠지

하늘 구름 진다
그래 저렇게 그냥 가는 거야
―「구름 한 쪼가리같이」

하늘을 봅니다. 인간들은.
거기에 답이 있을 것 같기에.
하늘을 보는 인간에게 하늘은 답합니다.   **너의 마음이 하늘이다.**

빗방울 하늘을 가리고 있는데
하늘 아직도 퍽퍽하게 마르고
하얀 눈송이 하늘 덮고 있는데
하늘 여전히 까맣기만 한 것은
―「마음이 그러한데 무슨」

검은 그림자 부모
그림자 아이 손 끌면서 달린다
한 손에는 달랑 봇짐 하나다

달려가는 곳 어디
아이들 그림자 사라지는 그 곳
자기 그림자 그대로이고 말
  ―「국경 넘는 이민자」

　멕시코 국경을 무단으로 넘어서 미국에 입국하는 불법 이민자 적발 수는, 2021년 통계로 약 170만 명이 된다고 합니다. 적발되지 않은 숫자가 더 많을 것이니, 대단한 인원이 미국으로 들어오고 싶어 하는 것이 현실입니다. 출신 나라별 순위는 멕시코 국적자가 약 61만 명, 온두라스 약 31만 명, 과테말라 약 28만 명, 엘살바도르 약 10만 명이지요. 천재지변과 정정 불안으로 고통을 받는 아이드, 쿠바, 베내수엘라, 브라질 출신 숫자는 약 37만 명 정도 되고요. 최근에는 중국출신숫자가 점점늘어나고 있습니다. 멕시코에서 미국으로 들어오는 길에는 노란 표시판에 까만 사람 표시를 해 놓은 '도로 주의판'이 즐비합니다. 주로 어른이 아이의 손을 잡고 뛰는 장면인데. 실제로 이런 장면은 자주 목격되지요.

　이 장면을 보고 있으면, 가슴 저 한편에서 '찌르르'하고 전율이 돕습니다. 안타까운 마음과 함께 그 옛날 미국이민 초기에 고생했던 생각이 교차하기 때문에 그렇습니다.　　　　　까만 그림자 그림.
햇빛을 찾으면 그림자는 지워지겠지요.

　실제로 중남미 지역을 다녀 보면, 30년 전에 갔을 때나 지금이나 큰 경제 발전이 되지 않은 나라들을 목격하게 됩니다. 다른 경제발전국가에 비교하여 보면 말이지요. 거기다가, 정치가 불안하고 부패가 만연하니, 국민이 견디고 견디다 못해 목숨을 걸고 월경합니다. 그것도 식구들 모두 데리고 걸어서 말이지요.

국경을 넘는데는 온갖 위험과 부담이 따라옵니다. '코요테'라고 불리는 밀입국 조직에 일인당 1만 4천 불 정도를 지불해야 하고요. 코요테는 이 중에 30% 정도를 갖고 나머지는 멕시코 국경관리들, 시날로아나 할리스코 같은 마약 범죄조직에 주고 있습니다. 이 마약조직들은 미국에 마약을 공급하는 대표적인 마약 카르텔이지요.

이 조직은 국경 근처에 있는 안전 가옥에서 이민자들을 보호하다가 북쪽으로 이동하도록 인도하고 있고요. 이 범죄 집단들에게 희생된 여성들, 이민자들에 대한 인권 보호는 아예 없는 상황입니다.

이 이민자 한 가족들의 짐은 달랑 봇짐 하나입니다.

저 봇짐 하나에는 무엇이 들어 있을까요.
제발, 행운/희망/밝은 미래가 들어 있기를.

칼사리캔닛(Kalsarikännit)은 '팬티 바람 만취'라는 뜻이지요. 홀로 집에서 팬티 한창 입고 술 먹고 곤드레만드레되는 '편안한 행복' 휘게(hygge)는 어슬어슬한 밤에 촛불 아래서 잔잔한 음악 들으며 좋은 차를 마시며 가까운 사람들과 어울리는 것, 추운 날 폭신폭신한 담요로 마음을 감싸는 느낌.

일등 핀란드의 안락 칼사리캔닛(Kalsarikännit)
이등 덴마크의 폭신 폭신한 휘게(hygge)
칠등 스웨덴의 중용 라검(lagom)

십 등 이십 등 삼십 등 사십 등 오십하고도 후반
한국에는 무엇이 있는지
— 「언제 행복하려고 하는지」

라검(lagom)은 넘치지도 않고 모자라지도 않는 '딱 그 적당한 양'
을 말하지요.

(Sustainable Development Solutions Network; SDSN)가 3
월 18일에 '세계 행복보고서'(2021 World Happiness Report)를
유엔 산하 지속가능발전해법네트워크(Sustainable Develop-
ment Solutions Network; SDSN)는 매년 세계 행복보고서 World
Happiness Report를 발표합니다. 각국의 SDS국내총생산(GDP),
건강 기대수명, 사회적 지지, 인생에서 선택의 자유, 부정부패, 관
대함 등 6개 항목을 바탕으로 행복 지수를 산출합니다. 핀란드는 연
속 5년째 '세계에서 가장 행복한 나라 1위'를 하고 있고요. 덴마크(2
위), 아이슬란드(3위)가 상위에 있습니다. 스웨텐(7위), 노르웨이(8
위) 등 북유럽 국가들이 행복 순위에서 항상 있는 것은

1. 소소, 수수, 시시한 것에서 감사와 행복을 찾는 확고한 철학관
2. 높은 수준의 복지정책
3. 평등사회에 서로에 대한 포용 문화 - 피 말리는 무한 경쟁사회
탈피 그리고 부정부패 없는, 정직한 정부/솔선수범하는 지도자로
볼 수 있습니다.

미국은 16위, 한국은 59위이지요. 미국에는 무엇이 없을까요? 한
국에는 무엇이 없고요?

국가에 철학이 부재합니다.

무한정 경쟁사회에서, 부 추구가 최고의 선으로.

그것이 얼마나 국민을 불행하게 하는지 자각 부족.

그리고 대통령 임기가 끝나면, 대통령 또는 그의 식구, 친인척, 측근이 꼭 감옥에 가야 하는 부정부패/정직하지 못한 정부.

심각한 불행 통계 상위에 항상 등재되는 데에서 탈출 시도 부재 사회 분위기.

한때. 행복 지수 1위 국가, 인구 70만의 부탄이 GDP, 기대수명 등이 조사항목에 적용되며 하위권으로 밀려난 것은, UN 조사 기관이 얼마나 '행복 철학 부재'인지를 보여 주는 쓸쓸한 증거이지요.

행복은 **'우측 감사와 좌측 철학이 같이이여 날아 갈 수 있는 날개'** 입니다. 국민은 '세계 경제 10위' '세계에서 가장 강력한 국가 6위' 타이틀에 얼마나 진심으로 기뻐할까요? 그냥 모호하고도 시큰둥하며 금세 사라지는 자긍심만 있을 뿐입니다.

경제는 그만하면 되었습니다.

방심하지 말고 이 정도를 유지하기만 하면 됩니다.

이제부터는 경제 10위를 바탕으로 세계 행복 국가 10위에 들 수 있는 정책이 먼저입니다. 국민이 행복하지 않은데 어떤 숫자가 무슨 소용입니까? **국민총생산(GNP) 이 아닌 국민총행복(GNH, Gross National Happiness) 추구** 국민 개개인의 행복보다 더 중요한 것은 아무것도 존재하지 않습니다.

어 -

이거 저번에 본 건데 (처음 보면서)
- 빨간 데자뷰

어 -

이거 처음 해 보는데 (잘 알면서도)
- 파란 자메뷰
― 「어차피 삶 전체가 보라 착각」

인간의 두뇌는 오묘하기만 합니다. 그 호두 같은 곳에서 ★의☆일을 다 저지릅니다.

그 호두알 속에서
하늘도 만들고 땅도 부순다

그 작은 쭈굴 속
천둥 바람 파도도 만들고

그 주름 속에서
꽃도 나무도 자라게 하니

★의☆일 다 일어나는 곳
바로 그곳서 털고 일어나라
ㅡ「두뇌 넘어진 그곳에서 손 짚고 일어나라」

인간의 두뇌에서는 그야말로
모든 것이 창조되고 모든 것이 소멸합니다.
그 두뇌의 작용 중에 신기한 것이 있지요. 바로 데자뷰(deja vu: 기시감)와 자메뷰(Jamais vu; 미시감)

데자뷰(기시감; 既視感)는 처음 겪는 일인데도, '어ㅡ이거, 예전에 어디서 본 것인데ㅡ''어ㅡ이거 예전에 겪었던 일을 또 겪고 있네ㅡ''어ㅡ여기 왔던 곳인데ㅡ' 하는 현상입니다. 착각이지요.

데자뷰는 '이미 보았다.'라는 의미의 프랑스어입니다. 데자뷰를 겪는 사람들은 거의 꿈에서 보았다고 하지요. 이런 경험을 하게 되면, '이상하네ㅡ' 하면서 황당해 하기 마련입니다.

프랑스의 의학자 플로랑스 아르노(Florance Arnaud)가 1900년에 이런 현상에 대하여 논의를 하였고, 에밀 보아락(Emile Boirac,)이 초능력 현상을 연구하면서 데자뷰라는 단어를 처음 쓰게 되었습니다. 데자뷰는 당연히, 무의식이나 과거의 잊어버린 경험이 표출되는 것은 아니지요. 그저 그 자체 현상을 이상하다고 느끼는 두뇌의 신경 화학적 요인 현상입니다.

자메뷰(미시감;未視感)는 데자뷰의 정 반대 현상입니다. 이미 여러 번 경험을 한 익숙한 상황이 처음 경험되는 것처럼 착각하는 것이지요. Never seen(전혀 본 적이 없는)이라는 뜻입니다.

자기에게 너무 당연히 이루어지고 있는 일이 '어 – 이건 뭐지?' '어 – 이 현상이 기억에서 사라지네'하던가 너무 익숙한 길이건만 '어 – 이 길이 어디지?' 하며 어쩔 줄 모릅니다. 심지어는 자기 방에 들어와서도 '어 – 이게 어디지?'하지요. 거울에 비치는 자기의 모습이 '어 – 누구지?' 하기도 합니다. 몽환의 경우에서 주로 일어나고요.

자메뷰는 때로는 병리현상이기도 합니다. 기억상실증이나 간질에 기인하는 경우입니다. 데자뷰를 겪고 그 경험담을 이야기하면, 주위의 반응은 여기저기서 '나도, 나도' 하기 마련입니다. 그만큼 흔하게 겪는 경험인 것을 보면, 인간 두뇌는

어디서부터가 시작이고
어디까지가 끝인 것인가

라고 하게 되지요. 그래서 인간 두뇌의 회로/작용을 아는 것이 바로 삶의 길/만물 상관관계를 아는 방법이 됩니다.

IQ 170 Virus

IQ 180 AI

IQ 100 바보

─「바보 인간 폭망」

지구멸망.

지구멸망을 이야기하면, 이에 관하여 관심을 표시하거나 동감에
한 표를 던지는 사람이 그리 많아 보이지 않습니다. 지구 온난화, 환
경오염, 생태계 파괴가 급속하게 이루어지고 있지만, 이에 대한 심
각성을 사람들이 무시하고 외면하고 있는 것과 같은 맥락이라 하겠
습니다. 생체의 존재에 타격을 받는 수준에 이른다고 하여도 지구의
생명력 창조에서 나오는 자정능력으로 언젠가는 원상복구가 될 것
이기 때문에, 지구멸망은 있을 수가 없고 어떠한 이유에서 인간만이
지구에서 사라지는 경우인 '인류 멸종'이라는 표현이, 오히려 지구
종말을 지칭할 것입니다.

지구자원의 고갈, 천체운석의 지구충돌, 대형지진과 화산폭발, 외
계인의 침공 등이 지구를 위협한다는 가설이 꾸준히 제기되고는 있
지만, 인류의 가시권에 들어오는 위협이 되지는 않고 있는 것이 사
실입니다. 그럼 인류멸망의 가능성은 사막의 신기루처럼, 아른거리
는 시각적 착란 증상에 불과한 것일까요?

그러면 얼마나 좋겠습니까.

하지만 인간은 인류 멸종/인간 폭망의 길로 재빠르게 스스로 다가
가고 있는 것이 보입니다.

생물분류학(Taxonomy : 생물학에서 지구에서 사는 생물의 계
통, 종속을 학문기준에 따라 정리 분류하는 학문)에서 보는 것은, 호
모 종의 호모 에렉투스는 약 190만 년에서 40만 년 전 사이에 살다

가 멸종되었고요. 호모 사피엔스와 가까운 호모 사피엔스 이달투도 멸종되었고, 호모 종에서 오로지 살아남은 것이 지금의 인류 호모 사피엔스(Homo sapiens : 라틴어로 현명한 남자라는 뜻)입니다.

이 호모사피엔스의 멸망.

이 멸망을 이끄는 것은 어떤 것들이 있을까요.

스티븐 호킹 같은 많은 현자가 인공지능이 인류를 위협하는 가장 위험한 기기가 될 것이라고 경고하였습니다.

기계.

기계는 완벽하지 않습니다. 오류가 있을 수 있지요. 우리가 쓰고 있는 모든 기계를 하나하나 보면, 아무리 첨단의 기술로 만들었다고 하여도 어떠한 모습으로든 고장을 일으킵니다. 이러한 고장이 단순 고장이면, 사람이 살아가는 데 그저 불편을 조금 끼칠 뿐이지만, 이것이 인간의 생활 중심에 들어온다든지, 인간 생명에 직결될 수 있는 영역에 개입하게 되면 심각한 문제가 발생하게 됩니다.

기계에 지능을 주입하여도 기계는 기계입니다. 컴퓨터에 고도의 지적 능력을 탑재하여도 역시 컴퓨터이고요. 자기가 쓰는 컴퓨터의 오류가 가끔이나마 나는 것을 보면 그 완벽치 못함을 알 수가 있지요. AI(인공지능Artificial intelligence)는 인간의 지적 능력을 갖춘 컴퓨터가 컴퓨터나 로봇에 내장된 능력을 말합니다. 이 기계 AI가 스스로 오류도 가능할뿐더러, 이 AI끼리 교류하여 인류가 예측하지 못하였던 것을 스스로 창조하고 진화시킬 수가 있기 때문에, 바로 이것이 인류에 위협이 됩니다. 알파고가 사람의 지능을 모두 이기는 것을 보고서도, 이의 심각성을 알아차리지 못하고 이의 개발에 온 인류가 골몰하는 것을 보면 등짝이 '찌르르릇'하며 오싹하기만 합니다. 인공지능 다음으로는 Virus입니다.

과거에는 병균의 전파 속도가 느렸습니다. 기껏해야 도보나 말을 통해 이동하는 것이 전부였기 때문이죠. 그러나 지금은 비행기를 타고 하루 이틀이면 전 세계에 전파됩니다. 과거와 비교할 수 없이 인구가 밀집한 대도시들이 많아졌고요. 이번 신종 코로나바이러스가 발병한 우한도 인구 1,000만의 교통 요지입니다.

인구 밀집도가 지금보다는 심하지 않던 과거의 팬데믹은 어떠했을까요?

△ 천연두(smallpox);

천연두는 인류역사상 제일 오래된 감염병입니다. 16세기 아스텍제국(Aztec Empire, Imperio azteca)과 잉카제국((Inca Empire, Inca Empire)은 이 병으로 멸망하였고요. 두창 바이러스(variola virus)에 의해 생기는 감염병이고, 고대 이집트 미라의 얼굴에서 천연두 흔적이 발견될 정도로 바이러스가 오래되었습니다. 지금은 없어졌지만 당시의 치사율은 약 30%가 넘었지요.

△ 흑사병

(黑死病, Black Death, Pestilence, Great Plague, Plague, Black Plague);

흑사병은 1346~1352년 사이에 7,500만 명 많게는 2억 명까지 사망한 것으로 추정되고 있습니다. 흑사병의 병원균은 페스트인데 유럽 총인구의 30~60%가 목숨을 잃었지요. 이렇게 편차 큰 정확한 통계도 없을 정도로 사회의 혼란은 극심하였습니다.

△ 콜레라(cholra,虎疫);

콜레라는 한국에서도 1812년 괴질(怪疾)로 불리며 유행할 정도로 오래되었습니다. 수인성 전염병이지요. 설사와 탈수증세가 생기는데 심해지면 사망하게 됩니다.

△ 스페인 독감(Spanish flu, gripe española);

스페인 독감은 1차 세계대전(1914년 7월 28일부터 1918년 11월

11일) 중인 1918년에 발병하였습니다. 군 병력 약 3,250만 명, 민간인 약 1,918만 명이 세계대전으로 사망하였는데, 이 전쟁의 엄청난 희생에다가 더하여, 팬데믹으로 2,500만 명이 더 사망하였습니다. 한국에서도 742만 명이 감염되고, 이 중 14만 명이 사망하는 희생을 당했습니다. 그 당시 조선인 인구가 약 1,700만 명이었으니, 거의 인구의 반 정도가 감염된 셈입니다. '무오년 감기'로 기록되어 있고요. 이후, 1939년 9월 초부터 1945년 9월 2일까지 제2차 세계대전(Second World War, WWII)이 일어났습니다. 전쟁 전사자가 약 2,500만 명, 민간인 사망자가 약 3천만 명 희생되었지요. 인류는 전염병 이외에 스스로 만든 큰 희생을 겪은 셈입니다.

이후, 1948년 세계보건기구(WHO)가 설립됩니다. WHO 설립 이후의 Pandemic은 홍콩 독감, 신종플루, 코로나19가 있습니다.

△ 홍콩 독감(香港毒感; Hong Kong flu);

1968년에 홍콩에서 발생한 A형의 H3N2 아형(A/H3N 2형)의 인플루엔자입니다. 1백만 명 이상이 사망하였습니다. 홍콩 독감은 인플루엔자 A 바이러스의 H3N2 균주에 의해 유발되었고, H2N2 유형의 유전자가 새로운 바이러스를 생성 복제하면서 변이가 발생하는 과정에서 H3N2가 만들어졌습니다.

△ 신종플루(Novel swine-origin influenza A(H1N1));

신종독감은 2009년 3월 멕시코에서 발병하여 미국을 통하여 전 세계로 퍼졌습니다. A형 인플루엔자 바이러스에 감염된 돼지에서 시작된 신종인플루엔자 바이러스(pandemic influenza A/H1N1 2009)에 의하여 감염되었지요. WHO에서는 전체 사망자 수가 17,583명이라고 발표하였으나, 사실은 세계에서 7천만 명에서 1억 4천만 명 정도가 감염되었고 이중 약 15만 명에서 57만 명의 사망자가 발생했다고 하는데, 통계도 제대로 없는 셈입니다.

△ 코로나바이러스감염증-19(Coronavirus disease 2019; CO-VID-19) - '코로나19'는 2019년 12월 중국 후베이성 우한시에서 유행이 보고된 사스-코로나바이러스-2(SARS-CoV-2)로 시작되어서, 변종이 계속되면서 세계적으로 '현대 인류 최대도전'이 되었습니다. 전 세계가 같은 정보를 공유하면서 인포데믹(Infordemic ; 정보감염증; information + epidemic) 현상이 되어 인류 전체가 공포 속에 살았지요.

전 세계 사망자 수가 1,500만 명이나 됩니다.

코로나바이러스는 지금이 처음이 아니지요. 사스(SARS)는 2003년에, 메르스(MERS)가 2013년에 유행되어 이번이 세 번째입니다.

휴지 서너 통 찾아 그제 긴 줄
병물 한 통 구하려 어제 긴 줄
마스크 몇 장 사려 오늘 긴 줄
테스트 하느라 또또 긴 줄들
　—「잊지 말자 신음의 그 나날들」

수천 년 종교
서로 칼질 총질 멈추게 한

파국으로 치닫던
공기혼탁 물 오염 중지시켜 버린

꿈 같이 달콤한
무상 현금 지원 기름 값 인하 이룬

매월 말 닥치던
렌트 세금 이자 우뚝 막아선

무엇이던 사 버리던
부자들 화장지 병물 못 사도록 한

뿔뿔이 흩어져 버리던
가족들 다시 하나로 묶어 버린

하루 하루 먹는 것들
얼마나 감사한지를 깨닫게 한

소소 수수 시시한 일들
얼마나 소중한지 각성시켜 버린
　－「바이러스 신」

　UN에서 그리고 나라별로 코로나바이러스의 날을 일 년에 두 번
상반기/하반기에 지정하여 기념하여야 합니다. 이 사태를 겪으면서
인류가 각성하였던 것을 Memorial Ceremony하면서 잊지 않도록
하는 것이지요.
　소비/낭비/향락 지향 생활 Pattern으로 회귀하려는 유혹을 막고
　적당/무시 위생 생활 Pattern으로 돌아가려는 성향
　야생동물 섭취/지구 온난화/자원 낭비화 성향도 막으며
　종교/국가 간 전쟁행위도 이 기회에, 종식하자는 결의를 다짐하여
야 합니다. 모든 종교는 더 이상의 오만과 아집을 버리고 창시자들
의 겸손과 가르침으로 불우한 국가/국민 구제에 All in하여야 그나
마 존재 가치를 인정받을 것입니다.

왜 이런 재앙이 벌어졌을까요?

진앙지 중국과 중국 눈치를 본 WHO의 대응 실패 그리고 트럼프의 '마스크 정치화'가 사태를 그야말로 대재앙으로 이끌었습니다. 그 많은 인명 피해가 났는데도, 중국과 미국의 지도자는 '시치미를 뚝 떼고' 아직도 건재하기만 합니다. 중국은 공산주의 절대권력 보유 국가이니, '당장 야생동물 섭취 금지'를 해서 '차기 다른 바이러스 창궐'을 막을 수 있는데도 아무 조치가 없고요.

트럼프는 '그 창피한 난리'를 치고서 물러났는데도, 아직도 차기 공화당 주자 1위니 2위니 하고 있으니, 이것만 보아도 '미국 주도 민주주의는 실패 제도'입니다. 이런 과정을 보면서, 트럼프의 콘크리트 지지층 머리가 '정말 콘크리트이구나.' 하는 확신이 가기도 합니다.

콘크리트(Concrete)는 라틴어 concretus(콘크레투스)에서 유래되었습니다. 누르다, 다지다 라는 뜻이고요.

공구리 친 저 두뇌들 속에는
무엇이 들어 있을까
정말 시멘트, 물, 모래, 자갈
잘 혼합되어 저럴까
　　－「정말 많은 콘크리트 두뇌」

콘크리트는 시멘트에 물, 모래, 자갈을 혼합하여 만들지요. 콘크리트에 들어가는 시멘트는 제일 많이 사용되는 것이 포틀랜드 시멘트 Portland cement(OPC : Ordinary Portland Cement)입니다. 주성분(석회, 알루미나, 실리카, 산화철을 함유하는 원료)을 혼합하고 여기에 석고를 첨가해서 된 분말이고요.

한국공사 현장에서 쓰는 말이 있지요. '공구리친다' 즉 콘크리트 작업을 한다는 말인데 이 공정은 콘크리트 배합(Mix proportion) - 이것을 섞음(Mixing) - 타설(Casting)하는 과정을 말합니다. 이런 순서로 하면 수화반응(Hydration)이 나면서 굳기 시작(Setting)하지요. 그리고는 딱딱하게(Hardening) 되고요. 양생(Curing)이라는 것은 콘크리트 Casting, 타설 후 균질한 Hydration, 수화반응이 나오게 하여 Hardening, 강도를 만들어 내는 과정을 말합니다.

> 잔잔한 모래
> 굵은 자갈들
> 시멘트 물 넣고 돌리다
> 잘 섞어지면 부어댄다
> 잔잔한 생각
> 굵직한 고집
> 갈라치기 넣고 돌리다
> 긴 줄 선 두뇌에 붓는데
> ─「인간들 두뇌 속 콘크리트」

인간들은 자기가 영리하다고 생각하며 살아갑니다.

온갖 자기의 어리석음으로 자기는 물론 자기와 가까운 사람들까지 고통/고난으로 고생시키면서 말이지요. 평생을 이러다가, 죽을 때도 자기가 어리석었음을 깨우치지 못하고요. 그러니 얼마나 한심하고 불쌍한 동물인지요.

자기들 두뇌에 '가면 쓴 인간들'이 콘크리트 혼합물을 교묘하게 집어 넣는데도 그것을 눈치채지 못합니다. 그렇게 두뇌가 딱딱하게 굳어가고 있는데도 더 넣으려고 긴 줄을 서서 기다리고요.

참으로 희한한 동물들
자기들 두뇌뚜껑 열고
콘크리트 부어대는데
그 긴 줄 기다리면서
머리 딱딱히 굳어지어
콘크리트 속 살아가니
―「콘크리트 인류」

of the concrete
by the concrete
for the concrete

　　콘크리트 속에서 사는
　　콘크리트 지배 하에서
　　콘크리트를 위해 사는
　―「콘크리트 두뇌 문명」

　인간의 평균 IQ는 100입니다. 1980년대 초반 뉴질랜드의 심리학자 제임스 플린(James Flynn)은 국가별 IQ 지수의 변동 추세를 연구하면서 '세대가 진행하면서 인간의 평균 IQ 증가 현상'이 있다고 1980년 초반에 주장합니다. 이 효과를 '플린 효과(Flynn Effect)'라고 하고요. 신빙성이 있다고 해온, 이 플린 효과는 '과학적으로 오류'가 있습니다.

　10대는 물론, 어른들, 노인들까지 TV와 컴퓨터에 몰입하고 있는데, IQ가 좋아진다니요? 깊이 있는 수직적 사고를 유도하는 독서에서 점점 멀어지고, 학교 성적만을 위한 수평적 교육에다가 자연과의 대화, 창의적 사고를 위한 교육이 없다시피한데, 아이들 IQ가 점점 향상된다고요? 고급 지적 분석 활동이 아닌 SNS를 통한 극히 단조로운 정보 유통에만 골몰하고, 시를 쓰거나 읽는 대신, 컴퓨터 단순 작업만을 반복하고 있는데 IQ가 올라간다니요? 콘크리트 정치에서 콘크리트 국민을 만들어 버리는데, IQ가 어찌 좋아질까요? 지금 인류는 그야말로 막장으로 전속력으로 달려가면서, 이에 대한 성찰은커녕 온갖 오류로 인류가 생존 위협에 처해 있는데도 인간 지능이 향상된다고요?

IQ가 올라간다고 생각하는 자체가 지능이 떨어진 상태라는 것을 보여 주는 증거가 되지요. 그리고 더 큰 이슈는, IQ가 좀 올라가고, 떨어지는 것을 측정하는 것이 아무 효용이 없다는 것이지요.

IQ 이외에, EQ(감성지수; Emotional Intelligence Quotient), SQ(사회성지수; Social Intelligence Quotient), MQ(도덕지수; Moral Intelligence Quotient), CQ(창조성지수; Creative Intelligence Quotient) 같은 것들이 측정되어서 이를 종합적으로 비교 분석하여야 하는데, 측정 자체에 과학성이 결여된 데다가 측정 대상인 인간이 복잡미묘한 존재이기 때문에 연구 결과를 도출하기가 당연히 난해하기만 합니다. 부인하고 싶지만, 사실인 것이

'인류는 왁실이 퇴보'하고 있다는 것입니다.

인간이 하는 짓을 하나 하나 곰곰이 묵상하여 보시지요.
자기가 자기를 죽이고 남을 죽이는 일만 골라서 하고 있습니다.
서서히 인류가 폭망의 길로 가고 있습니다. 꼭 막아야 하는데, 답답하기만 합니다.

빈구석이 있다
그이에게는
초라해진 내가 들어갈 수 있는

빈구석이 없다
그 인간들은
조그마한 틈도 내어 주지 않는
    －「빈 구석 인격」

인격이 무엇인가 죠엔이 물었다
어물어물하는 사이 마음속 빈구석이 생겼다
알아도 틀릴 수 있어 입 다물고
안다는 것 뭐 별거냐 입 다무니 빈구석 점점
   －「빈구석이 점점 넓어지나」

인간들 속 빚어진 고통들
그 빈구석 없어 그러나니
   －「빈구석」

     너의 빈구석과 나의 빈구석이 만나
     큰 빈구석이 되고
     자꾸 비어지는 마음 구석 모이다 보면
     온 마음이 비어지니

    어찌 내가 그대에게 먼저
      빈구석 내어 주지 않을까
     －「그대에게 내 빈구석을 드리리」

얼굴이 반질반질
마음은 뺀질뺀질

반짝거리기는 하지만
작은 빈구석 없으니
　　ー「언제나 그늘 그대」

여기를 보아도 반질반질한 인간.
저기를 보아도 뺀질거리는 인간들 뿐입니다.
　　절대로 빈구석을 내어 주지 않는 인간들
　　심지어는 자기 자신에게도 빈구석을 내어 주지 않지요.
현대인들에게 빈구석은 무엇일까요?

　　　기진맥진한 이들에게 쉼터
　　　뙤약볕 신기루 뒤 오아시스
　　　ー「인간에게 빈구석이란」

나의 마음속 '빈구석은 도량'입니다. 수행 장소이지요. 애를 써서
가부좌를 틀고 두 손을 모아야 하는 곳입니다. 이 도량이 없어지면,
이 빈구석이 없어지면, 내 마음 쉼터는 없게 됩니다. 당연히 다른 이
들도 내 마음속에 들어올 리가 없게 됩니다.

빈구석 보면
쿡쿡 웃음이 난다

그이에게서 보이면
그에게 정이 가고
나의 속에서 보이면
아득해져만 가는데
　　ー「무릇 빈구석 내어」

■ 퍼즐(Puzzle)의 종류는 많기도 합니다.
　가로세로 또는 십자가 모양으로 글자를 맞추는 크로스워드(crossword), 그림이 그려져 있는 다수의 퍼즐 조각을 서로 맞물려서 맞추는 직소퍼즐(Jigsaw Puzzle), 로직퍼즐(Logic Puzzle) 그리고 추상적인 퍼즐 등 다양하지요. 그 중에 퍼즐 조각을 맞추는 직소퍼즐의 조각은 많게는 백 개, 천개 단위까지 올라갑니다.

두 조각 마구 돌아다니며

머릿속 온통 재 뿌린다

그것도 버거운데 열 조각

또 헤집고 엉켜진다

이 퍼즐 조각들

맞추어야 하는데

맞추어야 하는데

—「떠오르지 않는 삶의 그림」

　사람 사는 것이 무엇일까요?

　그림 한 조각을 보면 모르고, 그 한 조각과 다른 한 조각이 만나서 맞추어지고. 또 그 곁에 돌아다니던 다른 조각들을 '덜커덕' 맞추어 보아 '제대로 된 그림'이 되는 것이 인생이지요.

자기 나름대로 그림을 그려 나가는 것이 인생

　그런데 대개의 인간은 그냥 하나의 퍼즐 조각에 몰두합니다. 그리고 그것이 무엇인지에 골몰하는데 당연히 해답이 안 나오지요.

한 사람의 주위에 돌아다니는 퍼즐 조각들

이것들을 종합적으로 덜커덕 맞추어 보면

무슨 그림인지 철커덕 알게 되는 것이 삶

사람 사는 것이 무엇일까
한 조각 두 조각 돌아다니는 문제들
무엇인지도 모르는 그 퍼즐 조각들

하나를 보면 모르고 여럿을 모아서
맞추어 보아야 전체 그림이 보이는
　　ー「인생은 퍼즐조각 맞추기」

여섯 조각도 맞추어지지 않아
어떤 그림인지 모르는데
또 열두 조각이 돌아다닌다

모르겠다 모르겠다 어찌하나
술 한 잔 젖어 들다 보니
어느 순간 덜커덕 들어맞는
　　ー「술 한 잔과 퍼즐」

　　　　빨간 한 퍼즐 조각 돌아다니다가
　　　　파란 노란 퍼즐 한 조각 헤매다가

　　　　서로 덜컥 들어맞는 순간
　　　　　ー「한 잔의 술」

　이 퍼즐이 안 맞추어져서 '문제 파악/해결'이 되지 않아, 고민에 고
민을 하고 있는데 다른 퍼즐 조각들이 '휘리릭' 던져지어 '문제가 더
욱 복잡/미묘'하게 됩니다. 어찌할 줄을 모르게 되지요. 그럴 때, 술

한 잔. 술 한 잔이 머릿속에서, 수십 개의 모습으로 돌아다니는 퍼즐을 '덜커덕' 맞추게 하기도 합니다.

> 방금 비워진 잔 밑에
> 아무것도 안 보이기에
> 빨갛게 밟힌 포도송이
> 부어서 또 비워보는데
> ─「흩어진 퍼즐이 맞추어지네」

술의 기원은 원숭이입니다.

원시 인류는 원숭이가 무엇을 나무에서 '홀짝홀짝' 마시고 '해롱해롱'대는 것을 보고 의아해합니다. 아주 기분 좋은 모습이었지요. 그렇다고 어떻게 되는 것도 아니고 시간이 지나면 멀쩡하게 돌아와서는, 잘 노는 원숭이의 모습을 보고, 이렇게 원숭이에게 해를 안 끼치면서 행복해지는 그 액체가 무엇일까를 진지하게 생각합니다.

그 액체는 과일이 떨어져서 나무나 돌에 움푹 파인 곳에 저장이 되면서 '자연 발효'된 술이었습니다. 효모가 당분을 먹고 알코올을 배출하여 과일주가 된 원숭이 술 원주(猿酒)이지요.

원숭이가 직접 담근 술은 아니지만, 원숭이의 자연 발효주.

인간 술의 기원은 그리스 신화의 디오니소스, 로마신화의 박카스 그리고 구약성서에서는 노아가 술의 시초라고 하지요.

동양에서의 최초 기록은 중국 황제 딸 의적이고요. 8000년 전 역사 유물에서 술의 모습이 발견됩니다. 한국은 고조선 시기 이전으로 보고 있습니다.

술이 되려면, 당과 효모가 필요하지요. 포도주의 포도에는 포도 껍질에 효모가 있습니다. 효모(미생물)이 포도의 약 15~25% 당분(유

기화합물)을 변화시켜 알코올과 탄산가스로 변화시킵니다. 이것이
알코올 발효이고요. 한국 주세법에서는 알코올 1% 농도 이상 음료를
술이라 합니다. 주조 방법에 따라 양조주(발효주), 증류주, 혼성주로
나누고요. 술의 종류는 참으로 많기도 한데 이것이 칵테일로 들어가
면 그 종류는 '복잡해진 머리를 더 복잡하게' 만들지요. 어떤 술은 농
도가 50도, 60도까지 되는 것이 있어서 이것에 불을 붙이면 '화 악
-' 불이 붙어 버립니다.

　예수님의 첫 기적은 술이었습니다. 40리터 이상 담을 수 있는 돌
항아리 여섯 개에 물이 담겨 있는 것을 포도주로 변화시킵니다. 포도
주의 질은 최상이었고요. 마지막 돌아가시기 전에 하신 행동도 포도
주와 연관이 있습니다. 제자들과의 최후의 만찬에서 포도주를 들어
기도한 후 '이것은 나의 피다'라고 하면서 '나를 기념하라.' 합니다.

지상에서의 기적의 시작과 기적의 마지막 부분에서도 포도주
　포도나무는 겨울에 죽어 있습니다. 몸 전체가 다 잘려져 있지요.
가지치기 작업으로 굵은 몸통만 남기고 모두 잘립니다. 그렇게 널리
퍼져 있던 가지들이 말이지요. 꽁꽁 언 땅에서 벌벌 떨며 겨울을 지
냅니다. 그리고 봄이 되면, 부활하지요. 툭 치면 부러지던 그 가지에
서 손같이 생긴 잎을 내며 손짓합니다. '나 – 부활' 하면서 말이지요.
그리고는 아주 작은 파란 알을 서서히 키워 나갑니다. 점점 색을 변
화시키고 몸집을 키워 나가면서 그 예쁜 한알 한알에 온통 '달콤함'
을 저장해 나갑니다.

발로 밟힌 삶처럼
피 토해진 일상처럼

너 서서히 흐른다
흐르며 담겨지는가
비워진 유리잔 속
　　ㅡ「핏빛 포도주와 삶」

포도나무를 보고 있으면,
포도에서 포도주가 만들어지는 것을 보고 있으면,
또 두뇌 호두알 속에 퍼즐이 '펄펄' 날아다니다가도 포도주 한 잔
마시면, 그 퍼즐이 저절로 맞추어지는 것을 보면,
　　　　　포도는　　　　　기적이구나 . 기적.
　그래서 봄, 여름, 가을, 겨울 포도원을 짰습니다. 기적의 흔적을 깊숙이
느끼려고.　　　　　　　　　　수련의 장소로.

껍데기 없는 사람 있었다
그저 달랑 알맹이만 있어

속이 훤히 들여다보이고
겉이 아예 증발하여 버린
　　ㅡ「천연보호 희귀종」

　　　　알맹이가 없다
　　　　없는 건지 안 보이는 건지

　　　　껍데기만 있다
　　　　여기를 보아도 저기를 봐도
　　　　　ㅡ「현대인은 모두 껍데기」

까 보아라 껍데기
그것이 까지나

까 보고 또 까서
알맹이 나올까
　―「까도 까도 껍데기 당신」

　　　　까면 알맹이 나온다
　　　　까는 족족

　　　　까는데도 알맹이가
　　　　안 나온다
　　　　　―「자연 이치와 반(反) 자연 이치 현대 인간」

껍데기 없는 사람 찾습니다
달랑 알맹이만 있는

두껍고 딱딱하고 가시까지
그런 것만 보여주는
　―「껍데기 민국」

　　　　그곳에 가면
　　　　그것만 있다

　　　　길거리에 나뒹굴다
　　　　바람에 휘날리다가

영혼 증발된 껍데기
—「고층 빌딩 안에는 껍데기만 있다」

껍질을 까면, 껍데기를 까면 알맹이가 나와야 하는 것이 자연법칙
입니다. 양파는 까도 까도 알맹이가 없다고 하는데, 그것은 틀린 말
이지요. 양파의 얇은 껍질을 까면 그 다음부터는 모두가 양파 알맹
이이지요.

　　　　　　양파를 까면 눈물이 난다
　　　　　　양파가 억울하다고 울기 때문이다
　　　　　　까도 까도 알맹이 없다니
　　　　　　살짝만 까도 알맹이 알맹이인데

　　　　　　우는 자 앞 같이 우는 것
　　　　　　그것이 인간 기본적 도리
　　　　　　　　—「양파 까면 눈물이」

　　흔들린다 뿌리까지
　　풀도 꽃도 나무도
　　온 힘 다하여 땅 속
　　흙 돌 잡고 버티니
　　향기도 열매까지도
　　흔들린다 뿌리까지
　　살아있는 인간들은
　　　—「안간힘 쓰는 그대」

흔들린다
풀도 나무도 사람도

흔들린다
이파리 가지 뿌리도
　　─「살아있는 것 모두 뿌리까지 흔들린다」

가시바람 달려들어
이파리 가지 흔들릴 때마다

땅 속 ^모세 뿌리들
몸부림치며 흙 돌들 불들어

떨고 또 떨었다오
일 년 내내 그리 떨었다오
　　─「살아 있는 것은 모두 떨어 가며
　　　　　　　　^모세 뿌리(毛細)」

　　　　　　그대 오늘 하얀 밤
　　　　　　그리 떨고 있는가
　　　　　　그대 창밖 나무들
　　　　　　그 나무들을 보라

　　　　　　생명원천 저 나무
　　　　　　이파리 가지 뿌리
　　　　　　한시도 쉬지 않고

보라 떨고 있음을
―「떨지 않으려는 그대에게」

춤추자
흔들흔들 활활활활
춤추자
바람 앞 촛불처럼

살아있는 것들은 어차피
모두 뿌리까지 흔들리니
―「뿌리들아 촛불처럼 춤추자」

사람에게도 뿌리가 있습니다.　마음의 뿌리.　동물이니 몸에는
뿌리가 없지만, 마음에는 보이지 않는 뿌리가 있습니다.

따져보시라
일 년 중 맑은 날이 얼마고
궂은 날들 얼마나 되는지

따져보시라
일 년 중 괜찮은 날 얼마고
고민 고통 날들 얼마인지
―「하늘 이치 따져보시라」

모세혈관 같이 몸속 구석구석 가늘게 깊숙이 퍼져 있는 뿌리. 이
뿌리가 '파르르' 떨리는 일이 얼마나 많은지요. 이렇게 떨릴 때마다,
진땀이 나고 숨소리가 거칠어지며 심장이 제대로 움직여지질 않습

니다. 머리도 여기저기서 전율이 일어나고요. 그 긴 밤 내내 '부스럭'거리며 잠 못 자는 것이 당연하지요.

　그런데　　살아 있는 것들은 모두 떨고 있습니다.
　　　　　　새벽부터 다음날 다시 새벽이 될 때까지.
　그래서　　살아 있는 그 대여. 덜덜 떨려올 때.
　　　　그러려니. '그래 살아 있으니 떨리는 것이지.' 하시지요.
　　　　촛불 하나 켜 두고 그 촛불 움직임대로 춤도 추시고요.
　그러면　　숨쉬기가 조금 편안해집니다.
　　　심장도 천천히 고르게 움직여 주고요. 잠도 잘 자게 됩니다.

　　　　　국기를 보네
　　　　　그 나라를 상징하는
　　　　　십자가와 달 그리고 별

　　　　　역사를 보네
　　　　　서로 살육 일삼은
　　　　　아직도 그 핏빛 국기에
　　　　　　　─「전 세계 국기를 꽃으로」

　한 나라의 국기를 보면, 그 나라 국민/국가의 모든 것을 또는 어느 정도 짐작할 수가 있습니다. 국기의 도안/문양/색깔은 그 나라 민족의 역사는 물론, 문화, 종교, 사상까지 나타내 주고 있기 때문입니다.
　세계에서 가장 제일 오래된 국기는 덴마크로, 1219년부터 사용되었다고 하는데, 이것은 맞지 않습니다. 부족국가가 탄생하면서부터 그들 나름대로 만들어 쓴 그 부족의 표시를 국기의 시초로 보아야 하겠지요.

국기의 모양은 크게 나누어서 삼색, 십자가, 태양, 초승달과 별 그리고 동물, 식물입니다. 기독교 국가들 즉 유럽국 국기들에는 십자가 문양 일색입니다. 십자군 원정에 유럽 연합 국가들이 동원되면서, 각국의 방패, 갑옷, 깃발에 자기 나라 표시를 위해서 십자가를 색깔로 구분하였는데 이것이 자연스럽게 그 나라의 국기가 되었습니다. 이슬람 국가의 국기들은 초승달과 별입니다. 이슬람과 모슬렘의 상징인데, 모하멧이 계시받고 동굴에서 나오면서 본 초승달과 별을 뜻하지요. 초승달은 점점 차 오르는 희망을 말하기도 하고요. 이 문양들은 오스만 제국부터 사용하기 시작하였습니다. 터키, 북부 아프리카의 튀니지, 알제리 그리고 말레이시아, 파키스탄, 싱가포르 같은 나라들이 문양 사용국입니다. 다음은 별입니다. 제일 많은 별을 사용하는 나라는 미국입니다. 미국은 주의 숫자가 바뀔 때마다 국기를 변형하였는데 그 변형 숫자가 28번이나 됩니다. 브라질 국기의 별은 27개이고요. 이 밖에 별을 쓴 나라는 중국, 베트남, 모로코, 소말리아, 솔로몬제도, 보스니아, 파푸아 뉴기니, 에디오피아, 헤르체고비나 등이지요. 별 모양이 약간 특이한 나라도 있습니다. 오스트레일리아, 뉴질랜드, 사모아 등의 남십자성 그리고 이스라엘의 다윗 상징 육각별입니다. 태양을 넣은 국가는 일본, 대만이지요. 한국도 이에 해당한다고 볼 수 있고요. 그 다음은 줄입니다. 두 줄이던 세 줄이던 줄에 색을 넣어 만든 국가들인데 약 54개국이나 됩니다. 그래서 국제무대에서 이름을 자주 올리는 나라를 제외하고는, 올림픽 개막/폐막식 때 보면 헷갈리는 국기들이지요. 줄을 세로, 가로, 대각선으로 배치하여 씁니다. 색깔은 빨강, 파랑, 초록, 노랑, 흰색, 검정을 섞어 쓰지요. 이 색에 국가 나름대로 정의, 자유, 박애, 평등, 투쟁의 피 같은 의미를 부여하고 있고요. 국기에 독수리를 넣은 국가는 멕시코, 이집트, 몰도바, 잠비아 등입니다. 사자를 넣은 나라는 스페인, 스리랑카, 크로아티아, 피지, 파라과이이지요. 말이나 소도 있습니다. 안도라, 몰타, 베네수엘라 등입니다. 국기에 월계수, 선인장, 야자나무, 고사리, 보리수, 밀 이삭, 빵 나무, 떡갈나무, 단풍잎을 넣은 나라도 있지요. 캐나다, 과테말라, 멕시코, 그레나다, 도미니카 공화국, 레바논(삼나무), 바누아트, 볼리비아, 네스엘라, 벨리즈, 스리랑카, 산마리노, 아프가니스탄, 아이티, 에리트레아, 에콰도르, 파라과이, 페루, 피지, 엘살바도르, 적도기니, 키프로스, 투르크메니스탄 등입니다.

이런 국기의 역사를 보면, 세계 각 나라들의 역사까지 자연히 보게 됩니다. 인류가 평안하게 살아 온 날은 얼마이고, 그렇지 못한 날들은 얼마나 될까요? 전쟁과 기아 그리고 전염병에 '간신히 살아남은 생존자'들이 살아가고는 있는데, 평온한 날들이 그리 많아 보이지는 않습니다.

하늘의 이치가 그러하고, 인류의 역사가 그러하니
　　　그냥 살던 대로 고통 속에서, 전쟁 속에서 살아가야만 하며
　　이런 험한 세상을 그대로 후손에게
　'옛다. 나도 그랬으니 너희들도 그렇게 살아가렴.' 해야 합니까?

세계의 국기 문양을 통일하였으면 좋겠습니다. '평화 합의의 상징'으로. 어두웠던 전쟁의 뿌리 국기에서 '화해와 희망의 상징'인 꽃으로. 무서운 동물의 모습에서 '향기 퍼지는 사랑의 상징'인 꽃으로

각 나라의 국기에 꽃을 넣어보자
서로 살육했던 역사를 덮고
이 나라 국기에는 민들레꽃으로
저 나라 국기에는 할미꽃을

올림픽 입장 때 펄럭이는 꽃문양
선수들 꽃나무 안고 들어와
올림픽 제단 앞에 꽃동산 만들어
개최 도시마다 꽃동네 이루니
　　―「세계 평화가 저절로」

　UN 본부, 모든 UN 국제기구 앞에 펄럭이는, 전 세계 모든 국가 꽃 국기들. ― 각종 국제 경기 때 입장하는 선수들은 자기 나라, 꽃, 나무들 안고 들어와서 앞에 진열하고 '식목 행사'를 꿈나무 아이들과 함께 경기장 작은 동산에서 합니다. 그 꽃나무들은 영원히 그 대회를 기념하고, 아이들은 그 '평화의 동산'에서 뛰어놀며 '미래 세계 평화'를 염원하겠지요.

　올림픽 경기장은 로마의 콜로세움 형태가 아닌, 중앙석을 개방형 동산으로 디자인하면, 자연스럽게 그 올림픽 경기장은 폐막 후, 아이들이 항상 와서 '올림픽 평화 염원'을 기념하게 됩니다. 당연히 세계 곳곳에서 미래의 주역, 어린이들이 세계 평화의 중요성을 DNA 속 깊이 되새길 것입니다. 꽃동산을 만들기 위해 입장식에 쓰이는 꽃들은, 꽃 피는 계절이 다 다르니, 꽃을 같은 시기에 피게 하는 온실과 냉실 조절이 필요할 것이고요.

생각만 해도 모두가 기쁨인
하나가 모든 것을 해결하는

러시아 국기에 백합꽃 문양이
우크라이나 국기에는 국화가

탱크에 장미꽃 그려져 있고
군대 기수 깃발에는 매화가

서로 총 대포 쏠 수 있을까
군복 가슴에 온통 꽃들인데
— 「Imagine」

UN에서 나라 숫자만큼 꽃 이름을 골라서 '제비뽑기'를 하면 됩니다. 그동안 국제사회에서 슈퍼 갑질을 하여 왔던, 유엔 안전 보장 이사회 상임이사국(permanent members of the United Nations Security Council, Permanent Five, Big Five, UNSC P5) 미국, 중국, 영국, 프랑스, 러시아는 맨 나중에 Pick을 하고요.

사람들이 별로 선호 않는 꽃들 다섯 개를 선정해서 끝에 가서, 서로 나누어 가지라고 하면 되겠지요. 경제적으로 가난한 나라들에 가장 화려한 꽃들을 먼저 뽑을 수 있게 배정을 우선으로 하고요.

성난 힘센 바람 지날 때
거기에 맞서면
무서운 속도로
빨려 들어가는
거친 물줄기 지나갈 때
거기에 맞서면
빠져나올 수
없는 속으로
— 「회오리바람과 소용돌이 속으로 스스로」

새를 보라
너희들이 자유롭고 싶다며
부러워하는 저 새들을

작은 새는 작은 가지들을   중간 새는 중간 가지들을
큰 새 자기 몸 크기 가지   날라서 보금자리 짓는다

너희보라
너희는 모두가 네 몸집보다
큰 집 사느라 골몰하며

자유롭기를
　－「새와 거꾸로 하며 자유를」

새벽 풀잎 끝
대롱대롱하는
이슬 들여다본다

둥근 그 속엔
꽃, 나무가 있다
풀 하늘도 있고
　－「나만 그 속에 없다」

참 이상도 한 일이 하나 있지
너하고 나한테는 항상 말이야

생선가게 가서 나물 찾고
곡물가게 가서 채소 찾지

참 이상한 일 하나 더 있지
너하고 나한테는 늘 말이지

산에 올라 물고기 찾고
들에 나가 그물 던지지

정말 더 이상한 일은 말이지
그러면서도 그러는 줄 모르지
  ―「어리석음 안다는 것은 이미 어리석지 않다는 것」

사랑하는 사람
가장 가까운 인연
매우 소중한 인연의 사람이
병원에서 깊은 신음을 하는 것을 곁에서 같이 느끼면

두 끼를 건너뛰고   그렇게 몇 번을 더 해도
          배가 고프기는커녕 배만 더부룩 부릅니다.

밥 두 끼 안 먹어도
그렇게 몇 번 더 해도
배고프지 않다

새벽 두 시 다섯 시까지

그렇게 며칠 깨어있어도
눈 감기지 않는다

내가 살아 있는 것인지
그와 같이 죽어 가는지
　　ㅡ「살아남는 것은 사치」

새벽 두 시 세시 네 시 다섯 시
그렇게 며칠을 잠을 못 자도
　　　　　　머리 어깨만 무겁지 잠은 오지 않습니다.
내 가슴은 그럭저럭 쉬고 있어도
　분명 꺼져 가는 생명과 함께
　나도 같이 숨을 서서히 거두어 가고 있습니다.
사람 산다는 것이 별것 아니고
사람 죽는다는 것도 별것 아니니
　　이 세상 집착할 것이 도대체 무엇입니까.

　◑이 세상에는 쓰레기 종류가 많습니다. 그중에서도 제일 냄새가 나는 것은 단연 음식쓰레기이겠지요. 음식 쓰레기는 썩어가는 냄새가 고약하기만 합니다. 쓰레기의 정체성을 느끼려고 가끔 쓰레기통에 코를 들이밀고서 썩은 냄새를 들이키면, 머리에 아찔한 현기증까지 느끼게 됩니다. 그런데, 이렇게 악취가 심한 음식 쓰레기들 보다, 더욱더 넌더리치게 악취를 풍기는 것이 있지요.

　쓰레기
　쓰레기는 왜 쓰레기가 되었을까

자기가 깨끗하다고 주장하기 때문이고
　　썩어가는 것 모르고

자기만이 거룩하다고 말하기 때문이며
　　악취 나는 것 모르며

그렇게 착각하는 것조차 모르는
　　ー「그래서 쓰레기」

　　　　　　　　　　　　쓰레기가 쓰레기라 하면
　　　　　　　　　　　　그게 쓰레기일까
　　　　　　　　　　　　썩어가는 쓰레기는 자기
　　　　　　　　　　　　쓰레기 아니라고
　　　　　　　　　　　　ー「쓰레기 충분조건」

인간쓰레기들입니다.

　사람들을 피하여 도를 닦는데 정진하지 않는 이상 주위에 〈그 사람 생각만 해도, 보기만 해도 속이 뒤집히는 인간〉이 한두 사람 정도는 있게 되며,

나의 생활 Pattern을 인지하지 못하고 깨어있지 못하게 되면

　쓰레기 인간들이 꼬리에 꼬리를 물고 내 주위에 항상 머물게 됩니다. 이 인간들이 악취를 풍기는 이유는 무엇일까요. 쓰레기들 나름대로 여러 이유가 있겠지만, 쓰레기들의 냄새의 공통적인 분모는 **자기네들이 쓰레기인 줄 모르기 때문입니다.**

　악취가 나는 곳에서 멀리하시지요.

　쓰레기들과 가까이하면 나에게서도 고약한 냄새가 납니다.

**　　　나도 같이 썩어갈 수는 없지 않습니까.**

그만 하면 되었다
내려가자 그만

높을수록 찬바람 치는
더 갈수록 공기 희박한

그 높은 디스토피아에서
　ㅡ「주제 파악」

　학교에서 선생님들이 학생들을 훈육하면서 "주제 파악해야지. 주제 파악을!"이라며 소리를 높였던 기억이 납니다. 문제가 있어 보이는 학생에게 〈자기 자신을 알라〉라는 목적으로 이런 모욕적인 말을 했겠지요.　사람이 사람을 알면 얼마나 알겠습니까.
　가르치는 사람 자신도 자기 자신을 모르고 살면서, 남을 훈계한다는 것이 어찌 보면, 나이에 상관없이 부질없는 일 일 수도 있습니다.
　나이가 들었다고, 학교를 조금 더 많이 다녔다고, 남들보다 조금 더 많은 책을 읽은 그러한 사람들이 그렇지 못한 사람에게 어떠한 현명하고도 실천할 수 있는, 당면문제에 대한 해결책을 제시한다고는 볼 수가 없습니다. 주제 파악하라며 소리치는 사람이 사실은 자기가 주제 파악을 못 하고 살 확률이 더욱 높습니다. 왜냐하면, 훈육은 당하는 학생이 어떤 상황에 부닥쳐 있는지 정확히 알지도 못하고, 인간 말살적인 막말을 하는 자체가 가르치는 자의 인격이 결함되었다는 것을 나타낼 수도 있으니까요. 인간들의 전체적인 삶을 보아도, 자기 앞길도 잘 못 보면서 사회를 이끌려는 사람이 얼마나 많습니까.
　　주위를 보시지요. 자기 주제 파악을 못 하고

　　그저 높은 곳으로 오르는 사람만 보입니다.

내려가는 사람이 별로 안 보입니다.

오르고 또 오르고

오르는 사람을 밟고 또 오르면서 그저 오르는 사람들.

그 높은 곳에는 무엇이 있습니까.

힘내라고, 적극적/긍정적 사고방식으로 - 절대 포기하지 말라는
비이성적 가르침만 난무하는 그 높은 곳에는

바람만 셉니다.　　　　　칼바람, 가시 바람만 있을 뿐이고요.
사람의 호흡을 정지시키려

산소까지 의박한 곳일 뿐　　입니다.

그렇게 숨 막히게 오르다가 결국은 숨 '헉'- 결국, 죽으러 오르시
나요.

원숭이 과가 오른다

원숭이 과 밟아가며

오르고 또 오르고 오른다

맨 꼭대기 무엇인가

산소 희박한 그곳

가시 바람만 있는 그곳

　　　　　-「숨 막혀야 멈출 곳으로 향하여」

그쯤 했으면 되었으니 인제 그만 올라가려고 하지 마시지요.

다른 이들에게 다그치기만 했던 그대도 인제 그만 내려오시고요.

　　　　　겨울 아닙니까. 겨울.　　　겨울에도 오르기만 하는
사람들만 있는 지금의 사회가 바로 안티유토피아(Antiutopia), 카
코토피아(Kakotopia/Cacotopia), 디스토피아(Dystopia)입니다.

거울 속에 나
그 반대편 속 나
또 돌아보면 바로 나
다시 반대 거울 속에 나
나나나나나나나나나나나
　—「누가 나고 누가 내가 아니냐」

　　　　'야뵤 - 아 이 아 이 얏 -'　　이 소령이 거울을 보며 무
술하며 소리치던 장면은, 당시에 유명하였던 영화에 나왔던 장면입
니다. 영화 〈사막무희〉에서 이 소령은 거울이 사방에 걸려 있는 방
에 들어가게 됩니다. 그곳에서 거울 속 이 소령은 한둘이 아니지요.
악인이 슬쩍 나왔다 들어갔다 하는데 역시 숫자가 엄청 많습니다.
　　나도 많고 적도 많습니다.　　　　　　**온돈 그 자체입니다.**

이소령 사막무희 거울 속
그가 하나 둘이 아니다
악인 수시 들락날락하는데
그도 수도 없이 많기만

누가 진짜 주인공이고
어떤 자 정말 악인인지
　—「영화뿐만 아닌 내 삶 속」

　거울과 거울이 서로 마주 보게 되면 거울 속에 비치는 내가 '주욱-'
늘어서면서 조금씩은 멀어지고 작아지지만, 그 숫자는 헤아릴 수가
없을 정도로 많아지게 됩니다.

430

거울 보라
반대편에 거울 하나 더 놓고

네가 있고
수많은 크기 네가 서성이는
　　－「네 마음속 누가 너냐」

이렇게 내가 많아지게 되면 누가 진짜 나인지 알 수가 없습니다.
　가까이 보이는 것은 선하게 보이지만 멀리 보여서 잘 안 보이는 나
는 악인일 수가 있습니다. 이렇게 내 마음속에는 내가 주체할 수가
없을 정도로 많습니다. 아침에는 천사이었다가 저녁에는 사탄으로
변하면 나는 천사입니까. 악마입니까.
　나를 하나로 만드는 수련　　그것이 바로 도사 되는 길　　입니다.

가까이
더 가까이

두 눈
더욱 크게
그래도 걸려
넘어지면서
　　－「거는 자는 결국 자신이니」

걸려 넘어집니다. 툭하면. 걸려서 넘어지고, 거는 자가 없는데도
'꽝 - ' 풀썩 넘어집니다. 넘어지면서 지면과 처음 닿는 곳은 까지게
되어 있습니다. 까진 다음에 피도 뽑히고요. 조금 있으면 시퍼렇게
멍이 들 것입니다. 보통 일주일은 불편하기만 합니다.

가끔은 뼈도 어긋나거나 '또각' 부러지고 말지요.

남이 거는 것 같지만
내가 거는 것이고
넘어지는 곳 간 자도
다름 아닌 나이니
—「맨날 넘어지는 그대에게(원수는 나)」

넘어지는 곳에 간 자도 그대이고, 그곳에서 남이 거는 것 같지만 곰곰이 묵상하여 보면 '남이 건 것이 아니고, 결국은 내가 스스로 걸려 넘어진 것입니다. 그러니 결국 나를 괴롭히는 놈은 바로 나이지요.
원수는 남이 아니라 바로 나 입니다.
나, 자신 관리가 얼마나 심각한 화두인지요.
넘어진 원인을 자꾸 밖에서 찾으니
또 넘어질 일만 줄을 서서 기다리네요.

헉헉거리며 산을 오릅니다
다들 우르르 말이지요
잠시 한눈 팔면 금세 추월
그래서 쉴 수 없지요

산꼭대기만 보면서 오르고
오르는 것만 했어요

그렇게 해서 기진맥진해서
꼭대기 올라보니 헉

별것 없이 앞 더 높은 산만
이게 벌써 네 번째니
    —「□ □ □」

   □ □ □에 무엇을 넣어 보든지, 그것은 모두 탄식입니다. 그러니
그것이 문제이지요. 이렇게 넣어보아도, 저렇게 넣어보아도 모두가
동감하는 탄식.
        이러려고 태어났나?
        이런 것이 삶인가?
        이것 말고 정말 없나? □ □ □

▨   겨울입니다. 가을도 아니고 말이지요.
가을은 새벽이나 밤에만 찬 바람이 불지만,
겨울에는 아침, 점심, 저녁, 밤, 새벽 언제나 싸늘하기만 합니다.
가죽은 물론이고, 뼛속까지 부르르 떨리게 하는 날씨/시기이지요.
        이 엄중한 시기

찬바람이지 않습니까
지금 날 스치는 게
다른 게 아니고

그럼에도 불구하고서
그렇게 다름없이
그러다가 정말
    —「찬바람 불지 않는데도」

이 정신 '바싹' 들게 하는 시기에 말이지요. 변하는 게 없다면.

지금 아주 잘 살고 있거나

현재 매우 위험한 상황이거나

푸드득 푸득

뜨거운 불

빛 향하여

눈 바로 앞

날개 타고

몸 날려도

—「불나방 현대인」

이곳에 가도 저곳에 있어도 한결같이 말하는 것이 있습니다.

빛을 향하여!

어둠을 멀리하고 빛을 가까이 쫓아다니라고 어디를 가도 이렇게 말합니다. 이것이 바로 현대문명의 중심입니다.

빛만 쫓다 보면 그림자가 안 보입니다. 어두운 곳이 보일 리가 없지요. 그래서 사람들은 두 눈을 잃어갑니다. 소중한 시력을 상실하는 것이지요. 아주 어린 아이부터 청소년들 대다수가 안경을 쓰고 있는 것을 보면 섬뜩합니다. 시력을 잃어간다는 것은 자연과 멀어진다는 것이지요. 자연과 하나가 되어 사는 에스키모인들은 5.0, 몽골인들은 3.0의 시력을 갖고 있다고 합니다. 그런데 어려서부터 눈을 혹사하는 파간광선이 레이저 식으로 쏟아지는 스마트 폰, 컴퓨터, TV에 고개를 꺾어 가까이 하는 어린이들을 보시지요. 그들이 미래 인류의 모습입니다.

자연과 점점 동 떨어져 가는 인류

인간미 점점 정 떨어져 가는 아이

사람들이 신체적인 시력을 잃는 것은 물론이고 정신적인 시력까지 잃고 있습니다. 나보다 어려운 힘들고 고통에 몸부림치는 사람들을 볼 줄을 모릅니다.

소중한 것들, 그늘을 보지 못하는 마음 시각장애인들

그러니 마음 시각장애인들끼리 부딪히는 소리가 새벽부터 한밤까지 끊이지를 않습니다. 어디를 가나 그렇습니다. 불꽃만을 쫓아다니던 앞 친구가 불 가까이하다가 몸 그슬리고, 날개도 불타는 것을 보면서도 달려드는 **불나방 연대인**

그중에 한 마리가 바로 나입니다.

× + < − ÷

— 「UT」

(Utopia)

시가 Simple 간단하지요? 그러나 주려는 메시지도, 시가 간절히 바라는 바도 Clear 명료합니다. 간절하고 긴박하기만 합니다. 군더더기가 없음은 물론이고 외마디처럼 큰소리 외침이기까지 합니다. 부호로만 써진 시입니다. 어떨 때는 많은 글 많은 말보다도 하나 또는 부호의 조합이 뜻을 더 정확히 전달할 수가 있지요.

그리스어 유토피아는 "ou topos" 없는 장소 즉 존재하지 않는 곳을 의미합니다. 토머스 모어의 소설에서 가장 이상적이고 완벽한 사회를 유토피아로 표현하면서 유토피아는 행복한 사회를 대표하는 단어가 되었습니다. 이 이상적 사회를 만들기 위하여 인류는 여러 시도를 하였습니다. 인류는 추/족장(酋族長)강권 시대를 시작으로 왕이 절대권력을 갖는 군주(君主)정치, 원시 공산주의/사회주의, 독재주의를 거쳐 지금의 자유민주주의에 이르렀습니다. 많은 시행착오를 한 셈입니다. 그러나 민주주의도 완벽하지 못함은 물론이고 이상향도 아닙니다. 그렇다고 종교가 이런 이상향의 사회를 건설하지도 못하였습니다. 종교는 절대로 서로 상대를 포용이나 용납을 못 하도록 창조되었지요. 그래서 종교창시 신들의 뜻과는 전혀 상관없이, 평화는커녕 분쟁의 원인이 되어 온 것이 인류의 역사이기도 합니다. 이렇다 보니 꽃을 상징으로 하는 히피(hippie 또는 hippy)족들이 한동안 세계문화를 점령하였던 적도 있으나 이도 한때뿐이었습니다.

그렇다면 인류는 영원히 유토피아 건설에 실패하는 것일까요. 많은 예술인이 그렇게나 노래하고 그림 그리고 글을 써서 이상향을 표현하는 것은, 그렇게나 인류가 많이 갈망하기 때문인데 참으로 이 이상향은 〈없는 장소〉가 되는 것일까요? 유토피아 건설은 어떤 국가의 모습이나 단체의 모습이어서는 안 됩니다. 이런 시도는 이미 역사적으로 시험을 많이 하여 보았으나 철저히 실패하였으니 이제는 다른 방법을 찾아야 합니다. 즉 인간 가치관이 변하여야 합니다. 계몽운동/인간개조를 통하여 사람 하나하나가 지금까지 인류가 시도하여 실패한 것의 〈거꾸로 거꾸로〉 시도를 하여야 하지요.

그동안 사람들은 그저 곱하기 × 더하기 + 에 All in하는 문명이었습니다. 그래서 불평등/불만/불안/불안전, 4기둥 오염 전쟁의 지붕 타일로 된 집에서 '헉헉' '학 – 학 -'거리며 살아왔습니다. 유토피아의 모습은 절대로 아니지요. 실패했으면 바꾸어야 합니다.

$$× + > - ÷ \quad 에서$$
$$× + < - ÷ \quad 로 \ 변화$$

－「유일한 희망이란」

빼기 – 나누기 ÷ 를 하는 문화로 대전환을 하여야 합니다.

많이 (권력, 돈, 명예) 갖은 것이 부끄럽고 냉대되고
작고 적은 것들이 아름다움의 대상이 되는
사회 분위기를 갖기 위안 문화/문명운동
대대적으로 UN 주제로 추진되어야 합니다.
시시하고, 수수하고, 소소한 것이 빛이 나고 부러움의 대상이 되어
야 합니다.   UT의 건설. 결코 불가능의 꿈이 아닙니다.

사람들 몸에 붙어서 달랑거리는 것이 있습니다. 인간이라는 동물
몸 머리, 귀, 손목, 발목, 가슴 - 심지어는 눈썹, 입술에 달려서 반짝
거리는 그것들.   액세서리입니다.

달랑 달랑
소리 아름다운 것 같지만
반짝 반짝
소중 한 것처럼 보이건만

있어도 그만
없어도 그만

그것에 목숨 걸어 비틀거리는
    -「어쩌면 모두가 액세서리」

인간은 원시시대 때부터 자기를 치장하거나, 자신의 사냥 능력을
자랑하려고 동물의 뼈, 조개, 상아, 깃털, 돌멩이 등을 다듬어서 몸에
착용하였다고 합니다. 시간이 흘러 청동기에 들어서면서 금, 은 그
리고 다른 광물에 점점 발전된 세공기술을 입혀서 치장하기 시작하
였고요. 이집트 액세서리는 상징성까지 지니었습니다. 유물들을 보

면, 뱀, 전갈들 모양이 많은데 이것은 이 동물들이 악귀들을 막아 준다고 해서 이 동물 모양의 장신구를 몸에 지니었습니다. 건강과 장수, 고난에서의 탈출, 나쁜 힘으로부터의 보호를 위해서는 다른 동물 모양을 이용하는 다양성까지 보였고요. 그럼 이렇게 오랜 역사를 지닌 액세서리가, 사람들을 환난에서 보호하는 역할을 해 주었을까요? 힘도 없고 구원도 못 해주며

과학적으로 아무 근거도 없는 것을 믿는 것은 ＊미신 입니다.

미신이기도 하고, 이런저런 여러 액세서리가 사람의 진정한 아름다움을 더욱 높여 줄 수가 있을 것인 가에도 의문이 들게 됩니다.

액세서리는 한마디로 있어도 그만 없어도 그만입니다.

오히려 액세서리에 신경을 쓰는 만큼 딱 그만큼 나의 본질은 손상되게 됩니다. 온갖 액세서리를 걸치고 다니는 사람들 사이에서 치장할 능력이 있음에도, 몸에 아무것으로도 치장하지 않은 사람을 보면

보석원석을 보는 느낌이 듭니다. 이런 사람들의 눈동자를 가만히 들여다보면, 깊은 빛을 지니고 있습니다. 없어도 되는, 이 세상의 잡다한 것들을 골라낼 수 있는 안목을 지닌 사람

이런 사람들은 행복한 사람입니다. 없어도 되는 그 많은 것들에 일일이 관여하며 숨이 거친 많은 사람.

이런 사람들은 불행한 사람들입니다.

요란한 소리를 내고

현란한 빛깔을 내는 것들에 신경 쓰는 만큼 삶은 피폐해집니다.

4 + 13 = 왕 재수
　－「그러는 그대가 바로」

죽을 사(死)가 4자라고 '퇴 퇴 퇴' 13자에 또 '툇 툇 툇' 합니다. 그러면 이 숫자 앞에 정말 나쁜 일이 일어나고, 이 숫자가 아닌, '1~3' '5~12' '14~20' 숫자 앞에는 문제가 없이 좋은 일이 있던가요?

438

서양에서는 트리스카이데커포비아(Triskaidekaphobia) 라는 것이 있지요. 13일의 금요일. 예수 최후 만찬에 13명이 있었다는 데서 유래되었습니다. 고층빌딩에는 13층 대신에 'T'(Thirteen), 12 A / 12 B로 쓰기까지 하고요. 한국의 경우는 아파트의 4동, 4호, 4단지가 없기도 하지요. 용감한 군대에서도 4사단, 4여단, 4전대, 4비행단이 없습니다. 엘리베이터의 4층 표시를 F로 하지요.

안 마디로 미신 앞에서 벌벌 기는 모습입니다.

티끌, 조금이라도 조심하려는 애달픈 모습이지요.

숫자 말고도 미신은 많습니다. '밤에 휘파람 불지 마라. 뱀 나온다. 귀신 나온다.' '빨간색으로 사람 이름 쓰는 게 아니다. 그러면 그 사람이 죽는다.' '연인에게 신발 선물하면, 신발 거꾸로 신고 다른 사람에게 가 버린다.' '닭 날개를 먹으면, 바람이 나서 달아나 버린다.' '꿈에 무엇을 보면, 횡재한다. 그래서 복권을 산다.' '사다리 밑으로 들어가면 나쁜 운이 닥친다.' 등이지요. 밤에 실컷 휘파람 불어도 뱀은 안 나오고요. 귀신도 안 나옵니다. 빨강색으로 원수 이름을 백번 써 보시지요. 원수 절대로 안 죽고요. 나만 더 그 인간 생각하느라 내 마음만 하얗게 재가 된답니다. 연인에게 예쁘고 산뜻한 신발 선물하면 고마워해서 더욱 관계가 좋아지기만 합니다. 닭 날개 안 먹으면 바람이 안 나요? 바람 날 인간들은 닭발만 먹어도 바람이 나게 되어 있고요. 사닥다리 밑에서 아무리 왔다, 갔다 해도 아무 일도 일어나지 않지요. 꿈에 돼지 보고, 똥 밟고 해도 로또는 맨날 아무 꿈도 안 꾼 사람들 차지이기만 합니다.

그럼 이런 것들만 미신일까요. 이런 것들만 미신이라고 자신하는 것도 바로 미신의 한 부분이 되므로

나의 삶에서 내가 믿는 것이 정말 과학적이고

나의 삶에 확실한 보탬이 되는 것

인가를 가끔 점검하여 보아야 나의 삶이 헛되지 않게 됩니다.

엇되게 살았다　　　는 것은 무슨 의미인가요.

　영 잘못 살았다　　는 뜻입니다.

　내 인생은 아무것도 아니라 는 살벌한 사실도 되고요.

높은 수를 읽고 사는 이가 있었다
이렇게 놓으면 다음에 어떻게 되고 또 저렇게 되고

낮은 수로 평생 살아가는 이 있었다
바로 앞 수만 보며 남 빼앗으려고만 움쳐쥐려고만
　ー「하수와 고수」

고 수(高手)는 무엇이고 하수(下手)는 무엇입니까.
　고수 하수라는 말은 일상생활에 광범위하게 쓰이고 있지만 장기, 바둑에서 제일 많이 쓰였습니다. 장기에서, 상대방 장수인 차를 내 상으로 먹을 수 있어서 좋다며 먹어 치웠더니 그것이 그만 내 상이 상대방 마에게 먹히며 외통수〈장이야〉가 되어 판이 끝나고 맙니다. 수를 잃지 않거나 잘못 읽은 경우입니다.

　　　하수이지요.

　바둑에서 상대방 흑돌을 10개 쯤 먹을 수 있다고 생각하여서 백돌을 기세 좋게 놓아가며 쫓았는데 끝에 가보니 흑 돌이 두 집이 나고 말았습니다. 흑 돌을 들어낼 수가 없어서 기분이 좋지 않은데 막상 돌아보니 내가 쫓는데만 신경을 쓰다가 내 대마가 몰살당하게 됩니다. 넓게 못 본 경우이지요.

　　　하수입니다.

　반대로 고수들은
　내 것을 내어주며 내어준 것보다 더 큰 것을 잡아먹으려 수를 읽어가면서 덫을 놓거나 전략을 써서 경기에서 이겨 나갑니다.

장기 기원은 약 4000년 전 고대 인도의 서북부(지금 파키스탄 지역)에서 성행했던 〈차투랑가chaturanga〉라 합니다. 당시 군대 구성원인 車(chariot), 馬(horses), 象(elephants), 步卒foot-soldiers)을 기본으로 하여서 가상전쟁을 고안하였습니다. 차투랑가는 6세기경 서쪽으로는 페르시아(지금의 이란 지역)을 거친 후에 7세기경 페르시아를 정복한 아라비아(Arabia)에 전해진 후에 이탈리아, 스페인, 터키 지역 및 유럽 전 지역에 퍼지고, 미주에는 체스〈서양장기〉로 발전되게 되었습니다. 동쪽으로는 버마(지금의 미얀마)를 거쳐 중국, 한국, 일본으로 전해 내려오면서 각기, 상기(象棋), 장기(將棋), 쇼우기(將棋)등, 변경된 모습으로 자리 잡게 됩니다.

바둑은 중국 전설의 요 임금과 순 임금이 아들 단주(丹朱)와 상균(商均)이 어리석음을 깨우치고 현명한 사람이 되기를 바라며 만들었다는 전설이 있습니다.

바둑을 둘 때 요령을 말하는 10가지 요결(要訣)이 전해지는데 이 위기십결(圍棋十訣)은

부득탐승(不得貪勝) : 이기려는 것에 너무 집착하면 승리할 수 없다.

입계의완(入界宜緩) : 상대방 세력에 들어갈 때는 너무 깊지 않고 완만하게 하라.

공피고아(攻彼顧我) : 상대를 공격하기 전에 나를 돌아보고 내 허점을 파악하라.

기자쟁선(棄子爭先) : 사소한 손해를 감수하고 큰 곳의 선수(先手)를 잡아라.

사소취대(捨小就大) : 큰 것과 작은 것 잘 판단하고 작은 것 버리고 큰 것 취하라.

봉위수기(逢危須棄) : 위험을 만나면 버리고 다른 곳에서 만회하여야 한다.

신물경속(愼勿輕速) : 경솔하거나 서두르지 말고 신중하여야 한다.

동수상응(動須相應) : 우군과 서로 연관되면서 잘 호응하도록 하여야 한다.

피강자보(彼強自保) : 적이 강한 곳에서는 전투를 피하면서 나부터 지켜야 한다.

세고취화(勢孤取和) : 내 세력이 고립되면 서둘러 살아남는 화평을 취하여야 한다. 입니다.

사람의 삶에도 적용이 되는 요령들입니다. 이 내용들을 요약하면 **사리 판단 실수, 미래 예측 실수, 과거 처리 실수** 를 하지 말라는 것이지요. 실제 생활에서 사람들은 '삶의 요령'이 없어서 과거에도, 지금도 많은 실수와 오류를 범하면서 비틀비틀거리며 살고 있으니, 이런 모습은 미래에도 계속될 것이고요.

나는 고수일까? 하수일까?

사람들은 자기가 고수라고 자신하지도 않고, 그렇다고 스스로가 하수라고 생각하지도 않는 사람들이 많습니다. 하지만, 자기가 남들보다 똑똑하고 영리하다고 생각하는 사람들은 많지요. 자기가 멍청하다고 느끼는 사람들은 극소수이고요.

그러니 **이 세상 사람들은 대부분이 하수** 입니다.

고수는 실수를 어쩌다가 하거나 실수를 전혀 하지 않습니다.

하수는 일상생활에 실수를 자주 하면서도 큰 실수를 종종 하고요.

주위를, 그리고 사람들을 살펴보시지요. 자세히 살펴보아야 합니다. 그런 다음에, 자기 자신을 살펴보시지요. 속속 구석구석 깊숙하게 보아야 하고요.

실수/오류의 급물살에 둥둥 떠내려갑니다. 심지어는 자기가 떠내려가는 줄도 모르면서 남에게 휩쓸려 나간다고 거꾸로 손가락질까지 하는 것을 보게 됩니다. 사람들은 자기가 상대방보다도 약고 똑똑하다고 생각합니다. 그래서 자기의 생각이 옳다며 행동하면서 살아가지요. 그렇게 삶을 영위해 나가니 당연히 실수가 나오게 되고요.

사람, 일, 믿음에 관하여 자기 과거의 실수를 하나하나 떠올려 보시지요. 그러면 자기 어리석은 정도가 매우 선명하게 3D 총천연색으로 증명이 됩니다.

고수의 삶과 하수의 삶은 어떻게 다른가요?

고수의 여생과 하수의 여생은 또 어떻게 다르게 전개되나요?

실수/실책을 덜 합니다. 그리고 올바른 선택을 잘하지요.

실수를 Minimize 최소화하면. 바로 삶의 질에서 차이가 납니다. 고수가 운영하는 회사나 단체에서 일하면 나의 삶은 저절로 고품격이 되지요. 하지만 하수가 리더가 되는 일, 정치는 나/국민 삶의 질을 저질로 만들고 조금 심하면 나/국민의 생명까지 위험하게 됨은 역사에서 얼마든지 볼 수가 있고요.

그런데도 세계뉴스를 보면 아직도 ing. 진행형으로 도돌이표입니다. 인류가 모두 너나 나나 모두 도돌이표 거기서 거기가 거기고, 요기인 짐승입니다.   여기를 보아도 휘청, 저기를 보아도 휘청, 모두가 휘청거리니   세상이 온통 어지럽기만 합니다.

겨울 바다 폭도
날 세운 바람이
파도 목 잡아 위로 끌어

허덕이는 파도
하얗게 부서지는
그 목을 마저 잘라내니
　─「바람 속성 앞 가냘픈 인간」

산만한 파도
누가 만들었을까

파도 하얀 목
누가 탁 쳐버릴까
　　－「그 바람을 그대가 만드니」

조그마한 쪽배 타고
높아가는 파도 보네

파도 하얀 거품 물고
허겁대기만 하는데

그 목마저 탁 자르는
혹독한 바람 바람
　　－「그 바람 앞 인간들」

작은 배를 타고 겨울 바다에 나갔습니다. 배가 부두를 떠나 조금 나가자마자 파도에 몹시 흔들립니다. 어지럽지요.

어지러운 것이 문제가 아니고, 배가 뒤집힐지도 모릅니다. 아니, 감이 옵니다. 분명 이 배는 뒤집힐 것이다. 그리고 이것이 나의 마지막이다.　　　　그런 와중에도 파도를 봅니다.

파도가 높으니 그 끝이 하얗게 일어나더군요. 거품을 무는 것이지요. 파도도 헉헉대는 것이었습니다. 얼마나 힘이 들고 고달프면 저렇게 거품을 물고 허우적댈까. 누가 저렇게 '헉 － 헉 －'대게 만들까?
　　　　바람이지요. 바람입니다.
　　　　파도는 그저 '을'입니다. '갑'은 바람이지요.

평생을 '을'로 살아왔습니다. '갑'에 힘겹게 대항하면서 살아왔고요. 대항하면 할수록 '상처'가 나이테처럼 어지럽게 나의 삶에 새겨져 갔습니다. '을'이 '갑'에게 대항한다고 '갑'이 달라지는 것도 아니고, '을'의 취약한 위치가 어찌 좋아지는 것도 아닌 것이 결국은 평생이 되고 말았습니다.

정치는 티 안 나게 갈라치기 **'티안갈치'** 로 일관하는 파렴치한 '위장 정의' '위장 공정'에 의하여. 종교도 '티안갈치 시즌2'로 교활하게 인류역사상 '최대 살인자 주범'으로 일관했고요. 사회는 '노골적인 갈라치기' 삶의 현장 그 자체였습니다. 이 갈라치기의 높은 파도에서 가냘프고 허접한 쪽배로 견디며 살아간다는 것은

그야말로 구역질과 토악질이 끊이지 않는 인생 항해였지요.

그래도 인생의 쇼는 진행되어야 하는 것이 마치 Queen의 The Show Must Go On 노래 같습니다.

Queen

Empty spaces, what are we living for?

Abandoned places, I guess we know the score, on and on

Does anybody know what we are looking for?

Another hero, another mindless crime

Behind the curtain, in the pantomime

Hold the line

Does anybody want to take it anymore?

The show must go on

The show must go on, yeah

Inside my heart is breaking

My makeup may be flaking

But my smile, still, stays on

Whatever happens, I'll leave it all to chance

Another heartache, another failed romance, on and on
Does anybody know what we are living for?
I guess I'm learning
I must be warmer now
I'll soon be turning, round the corner now
Outside the dawn is breaking
But inside in the dark I'm aching to be free
The show must go on
The show must go on
Inside my heart is breaking
My makeup may be flaking
But my smile, still, stays on
My soul is painted like the wings of butterflies
Fairy tales of yesterday, grow but never die
I can fly, my friends
The show must go on
The show must go on
I'll face it with a grin
I'm never giving in
On with the show
I'll top the bill
I'll overkill
I have to find the will to carry on
On with the show
Show
Show must go on, go on, go on, go on, go on, go on, go on, go on

슈퍼 갑들에게 모래알같이 많은 갑질을 당하며, 억울해해 왔지만 이 지경의 나이가 되어 보니, 진정한 갑질을 하는 자를 이제야 알게 되었습니다. 파도를 보고 깨달은 것이지요.

거친 파도의 하얀 거품이 '탁 -' 하고 목이 날아갑니다.

여기저기서 '탁' '탁' 목이 잘려 나가는 파도가 불쌍해 보였습니다.

모진 바람이 몸을 요동치니 '출렁'거립니다. 울컥하지요. 그 설움도 잠깐. 잘 갈린 칼바람이 그 하얀 목/머리털을 '싹둑' 잘라내 파도의 단말마를 끊습니다.

파도는 높아지고 싶지 않습니다.

파도는 항상 잔잔해져 있고 싶은 '을' 이었습니다.

을 나 쪽배
평생 토악질 나게 갑질하는 것
파도인 줄 알았네

나 이쯤이 되어
난파선으로 너덜거덜 나 보니
파도도 을이었네

산 같은 파도
거품을 물게 허덕거리게 만든 것
날이 선 바람이었고

파도 목 잡아
그 끝마저도 탁 탁 쳐 버리는
칼날 바람이었고

그런데 말이지
그 슈퍼 갑 바람 일으킨 자는
바로 나이었다네
― 「슈퍼 갑 바람이 나였다네」

나를 제일 괴롭히는 것은 슈퍼 갑, 정치도, 사회도, 종교도 아니었습니다. 바로 내 안에 또 하나의 내가 제일 악질 슈퍼 갑이었지요.

내가 나에게 평생을 당해 온 셈입니다. 기가 막힌 일이지요. 이보다도 더 억울한 일이 이 세상에 어디 또 있습니까. 내가 내 안의 슈퍼 갑에게 묶여서 온 생애를 노예로 산다는 것은 그야말로

천상천하유아독천(天上天下 唯我獨賤)으로 사는 것입니다.

천상천하 유아독존은 천상천하 유아독존 삼계개고 아당안지(天上天下 唯我獨尊 三界皆苦 我當安之)의 앞부분입니다. 석가모니가 어머니 마야 부인 옆구리에서 태어나서 동서남북 사방으로 일곱 걸음씩을 걸은 뒤에 하늘과 땅을 가리키면서 외쳤다는 말입니다.

'이 세상에 오직 나만이 존귀하며 삼계가 고통 속에 있으니 내가 마땅히 생로병사에서 평안케 하리라'는 의미이지요. 이렇게 내가 존귀해야 하는데, 슈퍼 갑들의 노예로 살아가니 그만 천하기 짝이 없게 되는 것이지요.

나를 구하는 것도, 나를 존귀하게 하는 자도 결국 나　입니다.

모든 게 얼어버린 겨울 산
내려오다 보니
이렇게나 많이 올라왔었나
무엇들 밟으며
― 「그리 오래 밟으며 무엇을」

더 올라갈 수가 없어　　　　올라갈 때는 몰랐지요
미끌미끌 한발 두발　　　　　내려올 때 보이더군요
내려오는 겨울 산길

　　　　　　　　　　　　　이렇게나 많이 밟아가며
이렇듯 많이 올라　　　　　올라왔다는 것이
아무것도 못 보아가며　　　－「밟아온 것들 보인다는 것」
무엇들을 밟아왔을까
－「소중한 것들 밟아가며」

겨울 산을 오릅니다. 덜덜 떨리기도 하는 데다가 칼날 같은 바람이
나를 잘게 잘라낼 것 같아서 더 이상 못 오르고 내려오기로 합니다.
　세상살이처럼 미끈거리는 산에서 내려오는데

　　　　　아니 － 이렇게나 높이/멀리 올라왔었나?
　그냥 보이는 데로 밟아가면서 옆도 안 보고 위만 바라보고 올라오
느라 정신이 나가버린 줄도 몰랐었습니다.

내려오면서 느끼면 알게 된다　　올라갈 땐 몰랐지요
네가 얼마나 멀리 왔는지　　　　내려올 때 알았고요

얼마나 높이 오르려고만 했나　　이렇게나 많이
그 많은 것들을 밟아가며　　　　올라왔었나
－「겨울 하산 길」　　　　　　　－「내려올 때 알았지요」

그런데　　　**내려오는 길은 나에게 알려 줍니다.**
　　　　　'얼마나 멀리 올라와 있었는지'를.

449

그리고 내가 한발 한발　　　소중한 무엇들을 밟아가면서
이렇게 멀리 높이 올라오고 말았는지를 보여줍니다.

길 위에 다시 선다
세상 얼마나 넓은지 금세 잊었고
사람들 참으로 좁은지 그냥 잊어

길 위 다시 걷는다
보이는 것보다 더 많은 것 있고
안 들리는 것이 더욱 소중하기에
　　―「자 이제 또 길 위에」

사람이 얼마나 좁고 넓은지
세상도 얼마나 넓고 좁은지
그것 잊었을 때

보이는 것만 해바라기처럼
안 보이는 것 그리 중한데
그것 가물거리면
　　―「무조건 길을 나서야 한다」

　봄, 여름, 가을, 겨울 아무 때나 떠나야 할 때가 있습니다. 내가 가
물거리는 눈에 잡히는 것들에만 골몰하고 있는 모습이 스스로 보일
때./들려오는 것들에, 소중한 소리를 소홀히 했음에,

　　　갑자기 화들짝 정신 들 때.

그때는 모든 것을 패대기치고
길 위에 마냥 걷고 또 걸어야　　합니다.
그래야 내가 원숭이가 아니고 사람일 수가 있습니다.

저들이 두고 온 것은 무엇일까
찾아 떠나는 것은 또 무엇이고
　　─「공항 대합실」

버스 대합실
기차 대합실
그곳에서는 볼 수 없는 공항 대합실

멀리 떠나며
오래 떠나며
저들은 무엇을 두고 무엇을 찾으려
　　─「공항 대합실 짐들에는」

버스나 기차 대합실하고는 다른 점이 있지요. 공항 대합실에는.
잘도 돌아가는 네 바퀴나 두 바퀴가 달린 짐들을 '돌돌' 돌려가며
사람들은 바쁘게도 공항을 왔다 갔다 합니다.
그들을 가만이 지켜보는 것은
나를 지켜볼 수 있는 좋은 기외　가 됩니다.
비행기를 탄다는 것은 멀리 간다는 것이고, 대개 오래 그곳에 머문
다는 것을 뜻합니다. 짐의 크기에 비례해서요. 일하러 떠나는 것이
아니라면 떠날 때는 무엇을 두고 온 것이 있습니다.
그것은 무엇입니까?

무엇이 되어야 할까요?

떠날 때는 무엇을 향하여 가는 것이지요.   그것은 무엇입니까?

무엇이 되어야 할까요?

그 무엇에 나의 삶의 Quality가   달려 있습니다.

사람들 풍선 보면
희죽 희죽 웃는다

바람 넣으면 들떠 둥실 두둥실
멀리 가고 싶어도 매어 못 가는
바람 빠지면 쭈구리 된 모습 보며
  ―「삶은 풍선」

사람들은 풍선을 보면 히죽히죽 미소를 짓습니다. 대개가 좋아하지만, 특히 어린이 그리고 남자보다는 여자들이 좋아하지요. 인생을 맑게 보기 때문이겠지요.

빨갛고 파랗고 노란 여러 색의 빵빵한 모습으로 하늘하늘하며 하늘로 달아나려고 하는데 묶여 있으니 날아가지를 못합니다.

풍선은 짐승의 내장이나 창자에 바람을 넣어서 쓰던 것으로 시작되었습니다. 그러다가 영국의 마이클 패러데이(Michael Faraday)가 1824년에 caoutchouc 두 장을 겹쳐서 그 안은 밀가루를 발라서 서로 붙지 않도록 하고, 둥글게 만든 다음 그 속에 수소를 넣은 것이 고무풍선의 시초이고요.(지금은 수소보다는 헬륨을 넣습니다.)

일 년 뒤 1825년에 토마스 핸콕(Thomas Hancock)이 파이니어 고무 제조회사(Pioneer rubber manufacture)에서 고무풍선 세트를 만들어 장난감으로 팔았지요. 이 세트는 고무 용액 병과 고무 용액응축 펌프가 한 세트인데 휴대하기도 힘들고 자기가 직접 풍선을 만들어야 해서 그리 대중화되지는 못하였습니다.

그러다가 약 20년 정도 뒤인 1847년에 영국 런던의 J.G. Ingram 이 고무를 단단하게 경화시켜 고무풍선을 발명하고 특허받게 됩니다. 쉽고 간단하게 공기를 불어 넣을 수 있게 만든 것이지요. 이것이 바로 고무풍선의 대중화가 됩니다.

부르르 부르르 서로 부딪히며
하늘 오르려 하는 오색 풍선들
줄에 묶여 어쩔 줄 모르네

그렇게 빵빵하고 예쁜 모습들
반나절도 못 가서 쭈구리 되어
땅으로 곤두박질치고 마네
―「삶도 그렇다네」

반나절도 못 가 땅에 쭈구리 될 것 알고나
저리 하늘로 솟구치려고 발버둥을 치시나
빵빵하게 탐욕으로 부풀어진 오색 풍선들
―「풍선을 보네 나를 보네」

반지르르해 보이는 오색풍선
하늘 오르려 풍선끼리 치고 박네
기다란 줄 풍선 발목 잡아끌고
얼마 안 가 쭈글거리며 내려앉네
―「풍선 그리고 인간」

고무풍선은 약 8시간이면 바람이 빠져나가게 됩니다. 이런 단점을 보완한 것이 호일 풍선인데 비닐에다가 알루미늄을 코팅하여서 만들었습니다. 이 호일 풍선은 길게는 보름 정도까지 공중에 떠 있을 수 있지요. 풍선은 모양을 예쁘게 하고, 글자나 동물 등 다채로운 모양을 만들 수 있게 되면서 각종 파티나 공연, 행사 등에 다양하게 쓰이고 있습니다. 생일, 각종 파티 등에 이 풍선이 빠지게 되면. '어 – 이 뭐지? 무언가 빠진 느낌?' 하게 될 정도가 되었습니다.

풍선은 희망과 꿈 그리고 기쁨의 상징입니다. 그래서 사람들은 풍선을 보면 미소를 '살짝' 짓게 되는가 봅니다. 그러나 이런 풍선의 좋은 모습도 바람이 솔솔 빠지게 되면, 예쁜 모습은 어디 가고 볼썽사나운 쭈구리가 됩니다. 쭈구리가 된 풍선을 다시 빵빵하게 만들기는 쉽지 않지요. 풍선을 부풀려서 바람이 빠지지 말라고 단단히 묶었던 매듭을 다시 풀기가 쉽지 않기도 하고, 일단 바람이 빠져나간 풍선은 바람을 다시 넣어도 얼마 안 가 다시 쭈구러들기 마련이기 때문입니다.

풍선을 빵빵하게 만드는 것은 바람입니다. 펌프 같은 기구로 바람을 집어넣지요. 그 매우 무서운 바람을 만들어 집어넣으니 풍선은 이제 크게 불안하여집니다.

바람을 만나면 세상 모든 것들은 떨게 되어 있습니다.

바람의 속성은 탐욕입니다. 탐욕은 바람을 일으키지요. 자꾸 높은 곳을 향하여 날아가려고 합니다. 그러나 바람 들어온 주둥이가 밧줄에 묶여 있으니 하늘로 오르려는 욕망은 그저 풍선의 '희망 사항 좌절 현실'이 되게 됩니다. 그러다가 시간이, 즉 삶의 조각들이 빠져나가게 되면, 풍선은 줄어들게 됩니다. 쭈구리가 된 풍선은 '희망이 포기'가 되고 만 사람들의 모습이기도 합니다.

작은 펌프로 바람을 일으켜서
빨간 풍선 속에 집어넣는다
바람의 속성이 잡혀있게 되고
그 모습 치는 밖 바람들로
풍선은 끊임없이 요동쳐진다

밧줄로 입이 묶여 있다가 보니
하늘로도 못 올라가 버리고
탱탱하고 반짝거리던 모습은
반나절도 못 버티고 쭈구리
희망 꿈 기쁨 상징도 쭈구리로
　　　─「풍선 그리고 사람 운명」

　그 무서운 바람이 들어왔다가 빠져나간 풍선에 그래도 희망이 남아 있습니다. 그 희망은 바로 '그래도, 그런데도, 오늘이 내 삶의 최정점'이라는 것이지요. 아침에 일어나자마자 이를 선언하고 그 선언을 목숨으로 지켜나가는 것은 나머지 여생 행복 선언 1조가 됩니다.

　나의 삶 최정점
　오늘　　　　　　내 인생의 정상
　　　　　　　　　오늘
　꼭짓점 방점도
　오늘
　　　　　　　　곰곰 생각해도
　　　　　　　　　오늘
　　　─「오늘만이 바로 유일한 봄날」

오늘이 내가 가장 젊은 날입니다.   누구에게나 청춘.
　　지금 내 나이가 어떻게 되었던 말이지요.
오늘이 내가 제일 건강한 날입니다.   많은 사람에게는.
오늘만이 나에게 따스하고 포근한 봄날입니다.
　　내일이 확실히 보장된 사람은 이 세상 아무도 없습니다.
　　갑자기 사고 날 수도 있고, 다치고 죽을 수도 있지요.
꼭 마무리할 일이 있어서   너무도 안타까운 일이 마지막으로
있어서   가기 전에 딱 하루만 있으면 원이 없겠는데.
　　그 하루 오늘이 없어서 어제 세상을 떠나고 만 사람들이 얼마나 많
습니까. 어떤 이에게는 너무도 안타까운 그 하루가 바로 오늘 하루
입니다. 내 인생이 거창한 서사시 같지만, 사실은

오늘이 빠지면 그냥 바람 빠진 쭈구리 풍선입니다.

　　쭈글 쭈글 풍선 보네
　　바람 빠진
　　그리도 탱탱했었던

　　아직 빨갛고 푸르면
　　무엇 하나
　　그렇게 사라질 것을
　　　ㅡ「자신을 모르다니」

　　저게 별이었었다네
　　저게 하트였었고
　　저게 곰돌이였다네
　　글자 과일였었고

456

그대가 빵빵했었나
그리 탱탱했었고
　ー「바람 빠진 사람들」

오늘이 꼭짓점이란 것
모른다면

오늘만이 방점이란 것
잊는다면
　ー「그대는 쭈구리 풍선」

　　　　　　　길거리 나뒹구는 풍선들
　　　　　　　바람 빠져 날지 못하는

　　　　　　　그것들 어디 쓰이게 되나
　　　　　　　쭈글거리기만 하는데
　　　　　　　ー「그래서 팽팽한 오늘만이」

　노인들이 바람 빠진 모습을 하고 있습니다. 겉모습이 바람 빠져 쭈굴 거린다고 성형을 하고 얼마 안 가 또 쭈굴어짐에도 불구하고 계속 성형을 하는 모습을 보면 '쯔쯔 - 혀가 입천장을 치며 왈츠'를 춥니다. 측은하지요.

　마음에서 바람이 빠져 쭈굴거리는 것이 문제이지 노인 겉모습에서 바람이 빠지는 것은 자연의 이치, 즉 아무렇지도 않은 것입니다.

　노인이 되어서도 **'오늘 빵빵한 하루가 내 삶의 최고 정점이라는 것'**을 모르고 사는 것이야말로 쭈구리이지요. 젊은이들도 '오늘이 내 인생의 최고의 클라이맥스'라는 것을 습관으로 마음에 새기면서 살면 '영원히 빵빵한 청년'으로 일생을 살 수가 있습니다.
침대 위에 쭈구리 풍선 몇 개 달아 놓으시지요.

하루의 묵상은 이것을 보고 시작하는 사람하고 그렇지 않는 사람
과의 차이는   그야말로 '삶의 질 차이' 그 자체   입니다.

검은 물
짓 우려 내려진 물
쓰고 시고 약간은 단 그 물

검은 삶
짓누르는 매일매일
떫고 쓰고 아주 드물게 달고
　─「커 피 한 잔 속 검 은 눈물」

들들 볶인 커피콩이
빠지직 부서지며 갈린다
그것도 모자라는가
뜨거운 물 짓눌려 거른다
이 진액 같은 인간
어디도 찾을 수가 없길래
　─「사람들은 후후거리며 커피를 매일 마신다」

뜨겁게 볶아대어
갈아보자 부셔서
걸려보자 짓눌러
　─「커 피 향 같아진 사 람」

수시로 경계 넘어오며
뒷골 당기는 그 기억들
철없던 시절 등 돌려
　　　　　모질게 태워버린 시간
　　　　커피 여과지에 뜨겁게
　　　　거르다가 보면 그래도
　─「커피 마시면 그래도 숨은 쉬어진다」

커피를 마시면 바람 맛이 난다
들들 볶고 달달 갈아대는

커피 마시면 먹구름 맛도 난다
이까지 쓰고 눈 까지 시린

커피 마시면 파도 맛까지 난다
꿈도 희망도 모두 거르는
　　─「그래도 마신다 커피
　　　　아니 그래서 마신다」

꺼먼 눈물 웅덩이 커피 속
모락거리는 김이 사라지자
거친 털 뻗친 짐승 한 마리
끔찍한 모습으로 날 보는데
　─「저게 나라니」

커피의 향이 은은하고 김도 모락모락거리고, 분위기가 어느 다른 날 못지 않게 좋기만 합니다. 한 모금 마시려고 커피 잔에 가까이하는데, 갑자기 커피잔에서 어떤 무시무시한 야수 모습이 보입니다. 나를 무섭게 째려보며 나를 잡아 송두리째 '날름'할 기세입니다. 자세히 보니 그게 바로 나라니.

            사실 보면, 나를 수시로
날로 잡아 잡수었던   그놈은 바로 나이긴 합니다.
그것을 알게 해 주는 것이 '바로 한 잔의 커피'라니.

하얀 눈이 펑펑 우는 소리 내며 쏟아진다
까만 커피 향긋 웃는 소리 내며 다가온다
　　─「나 죽기 딱 좋은 날」

커피잔에 어른거리는 것이
내가 아니고 솔잎이기를
그 오묘한 향기 속 뵈는 것
내 얼굴 말고 낙엽이기를
　　─「나 그리고 너 솔잎 위 낙엽 같기를」

커피에 설탕 넣지 마세요
어두운 쓴 맛
차가운 신 맛
울며 도망갑니다

나에게 슈거 넣지 마세요
그대 진솔함
그대 무지개
모두 도망갑니다
　　─「나에게 펌프질 마세요」

창밖에는 커피보다 따스한 눈 내리고
솔잎 위 까만 새 한 마리 날아가네
    ―「오늘도 나 죽기 딱 좋은 날이네」

조금 전까지 뜨겁기만 했던 커피
잠시 창밖 보다 싸늘해지고 말았네
    ―「커피와 정」

커피 반 잔을 마시면 그리움이 녹는다
나머지 반잔 마시면 외로움도 녹아서
    ―「커피를 마시면 내가 오로지 녹는다」

까만 커피에 하얀 눈을 넣어 휘휘 저어 겨울을 마셔 본다
회오리 휘감겨 떠오르는 향기는 눈물이 되어 다가오는데
    ―「하얀 추억 속에는 무엇이」

커피 잔은 분위기 꽝였으면
투박하고 싸구려 티 나는

커피 잔마저 그럴싸하다면
세상 겁날 게 어디 있을까
    ―「커피 환각」

                바닥난 커피잔 보네
                바닥 드러난 나 보네
                    ―「그래서 커피가 나를 마시네」

쓴 외로움에 신 그리움이
목젖 타고 내려간다
아직도 쓰라린 가슴으로
여전히 아물지 못한
—「까만 커피 한 모금이 내려간다」

고국에 가면 놀라는 것이 하나 둘이 아니지요. 그중에 하나가 수많은 커피 전문점입니다. 외국에서 들어온 커피전문점, 국내 자생 커피전문점들이 전국 어디를 가나 즐비하지요. 그만큼 수요가 많다는 것입니다. 2020년 통계로는 한국인 성인 1인당 매년 367잔의 커피를 마신다고 하지요. 성인 누구나 하루 한 잔은 마신다거나, 아주 안 마시는 사람을 대신해서 하루에 두세 잔 이상을 매일 마시는 사람이 상당수라는 것이 됩니다. 세계 평균이 161잔이니 단순 계산으로 두 배를 훨씬 넘어서 약 2, 3배나 됩니다.

커피는 볶은 커피 원두에서 나오는 짙은 향기와 함께 각성 작용이 있지요. 커피를 마시면 사람들의 시선이 깊어지면서 28g의 미소가 입가에 서서히 번지는 것이 보입니다. 28g 정도가 에스프레소의 무게이지요. 이 무게에 190g의 희석하는 물을 더 하게 되면 아메리카노가 됩니다.

커피의 맛은 오묘합니다. 그 맛에는 쓴맛과 신맛이 대표적이고요. 이 속에 단맛이 있습니다. 이 세 가지 맛 이외에 바디감, 아로마, 플레이버가 더해져서 원두의 6대 요소가 됩니다. 이 6가지 맛은 원두 생산지의 온도, 토질, 습도, 강수량, 고도 그리고 원두를 볶는 로스팅에 따라 맛의 묘미를 더하게 되지요.

인류에게 쓴맛은 '독'이고 신맛은 '상한 부패'의 상징입니다. 그런데 인류는 이 속에서 단맛을 찾아 내어서 쓴맛과 신맛을 즐깁니다.

사람 사는 것 자체가 순간순간, 쓰고 쓰고 또 쓰며,

사람들과 같이하고 있으면, 신물이 거꾸로 올라오는 신맛을 언제나 느끼게 되는데도 사람들은 일부러 쓴맛과 신맛을 더 보려 커피를 마시려고 찾아다니는 수고를 매일 매일 하지요. 사람 사는 것이

'원래 그 쓴맛과 신맛 속에 들어있는 단맛'을 찾는 것

블랙커피를 즐기는 사람들이 진정으로 커피 맛을 즐긴다고 하는데, 공감합니다. 제대로 쓴맛과 신맛 그리고 그 속에 들어있는 진한 단맛을 느끼기 때문이지요. 그런데 여기에다가 인위적으로 더 많은 단맛을 추가 하게 되면, 커피 맛이 떨어집니다.

삶은 그저 그렇게 쓴맛   인생은 별것 아닌 신맛

으로 알고, 하루하루를 그렇게 살면, 그 쓰고 신맛이 바로 삶에서 우러난 본연의 맛임을 알게 되지요. 그럼 그 속에서 진정하고 깊숙하며 우아한 단맛을 느낄 수 있고요. 그런데, 시고 쓴 맛을 피하려고 단맛을 더 첨가하여서 그 단맛에 집중하게 되다 보면 쓰고 신 맛의 오묘함의 함량을 상당한 부분 잃게 됩니다.

고국에서는 인스턴트 커피를 자주 마시는 것을 보는데, 이것은 기호의 차이이기 때문에 이것을 보고 블랙커피가 더 좋다 아니면 인스턴트 커피가 더 좋다 할 문제는 아니고요.

커피 열매는 커피 체리(coffee cherry), 또는 커피 베리(coffee berry)라고 불립니다. 작지만 체리 모양을 하고 있기 때문입니다. 앵두 같은 모습이지요. 이것을 직접 먹어보면 시큼하기도 하고 달콤하기도 합니다. 실제로는 커피하고는 무관하고요. 커피 체리를 벗기면 그 안에서 커피콩이 나옵니다. 이것은 콩은 아닙니다. 씨앗인데 모양이 콩 같이 생긴 것이지요.

커피의 원산지는 에티오피아의 고원지대입니다. 이곳에서 젊은 목동 '칼디'가 염소들이 앵두 같은 열매를 먹고 잠도 안 자고 늦게까

지 신나게 뛰어노는 것을 보고 '각성효과'가 이 열매에 있음을 알아 내었다고 하지요. 목동도 이것을 먹고는 염소하고 같이 기분 좋게 춤을 추었다고 하고요. 그 이후로 사람들은 커피나무를 재배하기 시작하였지요. 커피의 발견자가 칼디가 된 셈입니다. 이 커피 이야기를 들은 수도자들이 커피의 각성효과가 악마의 것일 것이라며 불에 집어넣어 버렸다고 하지요. 첫 번째 커피 로스팅이 탄생하는 순간이었습니다. 이 향기가 너무 그윽하여서 수도자들도 커피를 볶아서 먹게 되었다고 하고요.

술은 원숭이가 나무에 고인 과일주를 마시는 것이 시초가 되었고, 커피는 염소가 시초가 되었으니 인류가 그렇게나 즐기는 커피나 술은 모두 동물에게서 배운 셈이 되네요.

커피 품종은 에티오피아의 아라비카 커피 품종이 제일 상품으로 쳐주는데 문제는 이 품종이 병충해에 약합니다. 이를 보완하여서 품종 개량이 꾸준히 이루어져 왔고요. 이 품종 이외에 약 125종이나 되는 커피 품종이 존재하여 다양한 맛을 구현하고 있습니다.

커피는 이슬람 세력 확장 오스만 제국 때 유럽으로 퍼지게 되었습니다. 이슬람권에서는 인간이 죽음을 막으려면 지크르(dhikr : 念神)를 암송하라고 합니다. 그래야 죽음의 천사가 그의 영혼을 앗아가려고 목구멍에 들어오는 것을 막는다고 하지요. 지크르를 암송할때 졸음을 막기 위해서 커피를 많이 마십니다. 유목민은 대낮에는 뜨거워서 밤에 이동하여야 하는데, 밤에 이동할 때의 졸음을 방지하기 위한 목적으로도 커피를 선호하게 되었고요.

유럽에 커피가 퍼지기 시작한 것은 1616년 네덜란드 상인이 커피나무를 재배한 것으로 보아야 합니다. 영국에는 1650년에 첫 커피전문점이 생겼고요. 당시 물 사정이 좋지 않아서 물 대신 술을 마시는 풍조였다가 이것이 커피를 마시는 문화로 정착되게 됩니다.

1680년대의 런던의 커피전문점이 3천 개 정도 되었습니다.

인구는 50만이었으니 그 규모가 짐작이 갑니다.

이탈리아에서는 무역항 베네치아 중심으로 커피가 유행하기 시작하였고요. 프랑스는 1788년에 1,800개의 커피전문점(프랑스어 카페)가 생깁니다. 인구는 고작 60만이었을 당시였으니 그 규모를 짐작할 수가 있습니다. 1930년경에는 프렌치프레스, 에스프레소를 간편하게 만들 수 있는 모카포트가 발명되고, 이태리인들이 미국에서 에스프레소를 미국인 입맛에 맞게 한 '아메리카노'를 보급하게 되었습니다.

커피의 추출 방식은 침출식과 여과식이 있고요. 새로운 맛을 창출하기 위하여 브랜딩하여 다양한 맛을 내고 있습니다.

현대인들은 바쁩니다. 누구나 바쁘지요. 어른들도 바쁘고 아이들도 엄청 바쁩니다. 심지어는 노인들도 바쁘고요. 바쁘다는 것을 무슨 활력으로 알고 바쁨이 미덕이 된 현대사회에서 살아남으려고 사람들은 커피를 마십니다.

쫄면 뒤쳐진다는 강박감 - 자유에 대안 타오르는 갈증

으로 사람들은 커피를 마십니다. 혼자 멍하니 마시기도 하고, 여럿이 떠들면서 또 마십니다. 파이팅을 매일 외쳐야 하기 때문입니다.

이러한 커피 소비량으로 한국이 최고 수준이라니.

악마보다 검고 지옥보다 뜨거우며 키스보다 달콤하다

는 이유뿐만이 아닌 것 같아서 오늘 커피 맛은 약간 쓰네요. 바흐의 세속적 칸타타 '커피 칸타타'를 들으며 한 잔 더 만들어 보아야겠습니다.

만세 만세
두 손 높이 목 놓아 소리치자

독립 운동
스스로 얽매여 온 내 해방 위해
 ―「나의 해방은 나만이」

　　　그대여
　　　물고 또 물어라
　　　끊임없이 물어라

　　　그대여
　　　그대 해방되었나
　　　정말 해방되었나
　　　　―「수시로 물어야 할 화두」

　　　물어라
　　　물고 물고
　　　전 물었어도 다시 또

　　　물어라
　　　해방될 때까지
　　　진정 그대 해방될 때까지
　　　―「계속 물다 보면 해방되니」

내 힘겨움의 무게는
몇 Kg일까
내 몸무게의 몇 배나 될까

내가 지고 있는 짐
몇 Kg 될까
절대 벗어지지 않는 이 짐
　　－「무게를 느끼지 못하는 한 그대는」

　　　　　지고 있는 짐 몇 Kg인지
　　　　　얼마나 무거운지
　　　　　이고 있는 짐 몇 개인지
　　　　　언제부터인지도

　　　　　모르기도 하고
　　　　　알려고도 않아
　　　　　　　－「평생 누구의 노예로」

그대와 같이 있다가 보면
그게 없다

그 오랜 시간 같이 했는데
그게 없다
　　－「그대는 건더기가 없다」

휘휘 저어본다
긴 젓가락으로

아무리 저어도
걸리는 게 없다
ㅡ「그대에게서 건더기가 안 보인다」

건더기 없는 것은 가주시라
기름기만 둥둥 떠 있는

건덕지 없는 것 사라지시라
아무리 휘저어 보아도
ㅡ「건더기 없는 그곳/인간」

한국 대표 음식 중의 하나가 '국밥'입니다. 역사도 깊어서 한국인 정서에 깊이 같이하고 있지요. 국밥은 조리할 때 '토렴'을 합니다. 국밥 뚝배기에 국물을 부은 다음 그 국물을 따라내고 뜨거운 국물 붓기를 반복합니다. 이 토렴 작업은 밥과 면에 국물의 맛이 배어나 게 하고 국물도 식지 않게 하기 때문이지요.

역사에 기록된 것은 조선 초기 유순이 지은 오언고시인 십삼산도 중(十三山途中)에 탕반(湯飯) 즉, 국밥이 기록된 것이 최초이나 실제 의 역사는 이보다 훨씬 전으로 보아야 하고요.

국밥의 대표가 설렁탕, 곰탕, 콩나물국밥, 돼지국밥, 선짓국밥, 우 거지 국밥 같은 것들인데 이 국밥에서 건더기가 빠지면 어떻게 될 까요?

모든 것 꽝꽝 언 겨울
발 동동 손 호호 하며
주린 배를 움켜쥐면서
시킨 국밥이 나왔지만
아무리 휘휘 저어 보아도
긴 숟가락에 걸리는 것
아무것도 없다는 것은
―「건더기 없는 지금 내 삶과 같은 상황」

내가 지금 사는 상황 전개와 똑같은 것이지요. 그런데 거의 모든 사람이 자기가 지금 같이 하는 사람/장소/일이 건더기가 없다는 것을 모르고 산다는 데에 문제가 있습니다. 그럼 국물만 먹고 살면 되지 않느냐고요?　　　　글쎄요.

이 살벌하게 추운 세상살이에
기름 국과 소금 국만 먹어가며
얼마나 버틸 수 있을지

이제 막 눈 뜬
야생풀 밟지 마시라
날짐승도 하지 않는 짓
―「그대가 하는 짓」

칼날 세운 언 땅에
이제 막 눈 뜨고서
어쩌다 자라는 풀잎

그걸 밟는 이 있다

그대 하는 것들이
그렇다는 것 앞에
―「그대는 지금」

　　　　그대가 지금 밟은 것은
　　　　이제 막 눈뜬 풀잎
　　　그대 무심코 밟은 것은
　　　야수도 조심해 가는
　　　　　　　―「그대는 짐승」

그대 다리만 무성한 벌레
이제 막 눈뜬 풀잎 밟는
　―「버러지 그대」

　　나중에 시간이 지난 다음에 그때나 알까요?
그대가 한 일들이 그렇게 버러지 같고 그렇게 짐승이었고
　그다지 쓰레기 같았다는 것을.　　인간으로 산 것이 아니지요.
　짐승, 버러지로 산 것이고, 쓰레기이었던 것이고.

새벽 눈이 떠진다
앞에는 한 놈 두 놈
어떤 땐 세 놈이 서 있다

종일 내내 내 속
이 놈년들 번갈아
들락거리다 꿈속까지도
　―「내가 내 속에 없다」

가사 상태에서 헤매다가
아침 눈 떠지면
내 속으로 슬그머니 슥
들어오는 놈이

하나 둘 셋 넷
오랜만에 들어오는 놈도
어제 본 놈도
차례로 한동안 설쳐대니
　　　－「하루도 평온한 날 없네」

지금 내 속에 누가 있는지
보는가

내 속에 내가 있어 나인지
보는가

내 속에 남 있어 내가 없음
보는가
　　－「그대 보긴 보는가」

거의 죽은 상태로 있다가 아침에 눈을 뜨면
밤새 쫓아다니던 놈이 내 곁 아직 누워 있다
기절할 정도로 놀라 일어나니 침대 머리 앞
한 놈 두 놈 세 놈 ♀ ♂들 한 줄로 서 있다
이 원수들 종일 졸졸 졸졸 계속 쫓아다니며

먹을 때도 걸을 때도 눈 감아도 내 속으로
비집고 들어와 나 잠시도 내가 될 수 없으니
　ㅡ「나는 도대체 그놈들과 한패인가」

자기 이름을 써 보시지요. 어떤 이는 두 자, 대개는 석 자, 외국 국
적자는 여러 자가 '죽ㅡ' 쓰입니다. 그럼, 그것이 나인가요?

내가 아닌 것 같아서 그 옆에 아라비아 주민등록 숫자, Social
Security 숫자, 운전면허 번호들을 '죽ㅡ 쭉ㅡ' 써 봅니다. 이렇게
해보면 좀 더 나 같나요?

아침에 눈을 뜨면 내 곁에 누워 '비릿하게 웃고 있는 자'가 있습니
다. 어젯밤 속에 나를 쫓아다니던 그 자입니다. 게다가 침대 앞에 그
때 그 송이 서 있고, 그 뒤에는 바로 그 우이 서 있습니다. 서로 앞에
서서 내 속으로 들어오겠다고 서로 다투고 있습니다.

이런 지경이니 이놈들은 잠시도 쉬지 않고 내 안으로 들어와서 다
음 놈이 치고 들어오기까지는 '쫭' 박고 안 나갑니다. 이런 현상이 종
일 일 분도 쉬지 않고 지속이 됩니다.

내가 있기는 안가. 내가 있었기나 했었나.
내가 있기는 하려나. 기진맥진입니다.

이런 상황이 나의 정서에, 평온과 자유, 행복에 지대한 방해가 된
다는 것을 모르면 그냥 방치하게 됩니다. '그러려니ㅡ'

이렇게 되면 　'나는 그저 동물이려니ㅡ' 이렇게 살게 됩니다.

방법이 없는 것도 아닌데 왜?
'행복과 평온 그리고 자유'를 포기하며 살아가시나요?

472

주렁 주렁
귀에도 목에도
반짝일수록 어둡게 만들고

치렁 치렁
팔에도 발에도
비쌀수록 싼티나게 보이는

요상한 화장빨과 똑같은
　―「그대 ‑ (악세사리 + 화장빨) = ?」

사람이 걸어가는데 소리가 납니다. 고체끼리 부딪치며 내는 파열음. 플라스틱인 경우는 소리가 덜 나지만 그래도 반짝거리며 '달그락'거립니다. 고체보다 더 반짝거리는 것들도 있고요. 액세서리의 모습이지요. 액세서리는 사람의 귀, 목, 코, 입, 눈 즉, 얼굴의 모든 부위에 걸립니다. 몸에도 걸립니다. 팔, 다리, 몸체에는 어느 곳에나 걸립니다. 자기를 표현하는 방법의 하나지요. 화장을 하는 것과 같습니다. 아름답게 보이려 또한 남들보다 차별화를 위하여, 이런 치장을 합니다. 사람이 많은 것을 소유하면 소유할수록 사람다움에서 멀어집니다.

인간은 자꾸 비워도 저절로 이것저것 채워져서 비움이 어렵지요. **비워진 인간이 제일 아름다운데,** 아름다운 사람을 보기가 쉽지 않습니다. 보는 사람마다 탐욕과 교만이 덕지덕지 붙여져 보기 민망한데 여기에다 몸체에 자꾸 이것저것 달고 다니니 **<비워진 미인>**은 보이지 않고 액세서리 바람에 부대끼는 소리만 요란합니다. 현대문명은 한 마디로 '소란한 시끄러움'입니다.

고수 하수 이야기를 하나 더 해 보겠습니다.

이 세상에 고수가 많을까요? 하수가 많을까요? 고수라는 데 한 표 한다면 그대는 하수이고요. 내가 고수인지 하수인지 모르겠다 하면 당연히 그대는 하수가 되시겠습니다. '고수면 어떻고 하수면 어떻냐!'이시면 고수가 되시겠네요. 고수는 한 마디로 수단이 높다는 것이고 '수를 잘 읽는 이'로 보아야겠지요. 수를 잘 읽는다는 것은 상대방이 어떤 것을 가지고 어떤 식으로 나를 공격할지, 상대방 공격을 이겨내려면 나는 어떤 것을 가지고 어떤 방안으로 방어할지, 방어와 함께 상대방의 약점은 무엇이고 어디이고 어느 시점이 될지,

같은 것들을 잘 아는 것 + 장기나 바둑의 경우, 내가 이것을 주고 상대방이 먹게 하면 내가 더 큰 것을 취하게 하는 즉, 두 수 세 수 그 이상의 앞을 내다보는 것이라고 할 수도 있겠지요. 고수라는 것은 결국 수를 잘 읽는다는 것으로도 볼 수 있겠습니다. 통찰력으로 보아도 되고요. 상대방이 어떤 행동 (바둑에서는 둔 돌, 장기에서는 장기알)이 나오면, 이 의미는 무엇일까? 이것은 장차 어떤 일로 이어질 것인가? 나의 대응 방법은 어떻게 하여야 내가 피해를 크게 보지 않을까? 를 곰곰이 생각합니다. 빠른 두뇌 회전하는 소리가 '휘 – 이익' 자신에게 들릴 정도로 속도도 있어야 합니다.

이런 모습이 세상 사람들 모습에서 너무 적나라하게 보입니다. 세상 모든 사람이 고수가 되려고 낮은 물론, 밤을 하얗게 만들어 노력합니다. 사람이 무슨 말과 행동을 하면, 의심부터 하지요. 왜냐하면, 자기 자신이 많이 당했고, 주위 가까운 사람들이 당한 것을 수시로 많이 보아 왔기 때문입니다. 그래서 그렇게 눈동자를 현란하게 돌려가면서 조심하는 것 같은데도 실제로 생활하는 그것을 보면, 도돌이표 하수들입니다.

474

이상한 부호가 있다
어쩔 수가 없는지
알고도 그러는지
이 표 앞 돌아들 가는

이상한 인간들 있다
잘 안되었던 일들
못된 사람에게로
또 하고 또 돌아가는
　　　－「그대는 ▓ 도돌이표 Beast」

진정한 고수는 누구일까요?

정치가 몇 단이라는 말이 있지요. 등골에 식은땀이 '싸 - '하게 만드는 말입니다. 권모술수가 뛰어나다는 말로 들리기 때문입니다. 나라를 이끄는 정치지도자의 수준들이 이러니 정치가 맨날 도돌이표이고 국민도 덩달아 도돌이표입니다.

진정한 고수가 무엇일까요?

진정한 고수는 '진실하게 타인을 위하는 사람' 입니다. 정치하는 사람은 자기의 당이나 정권 탈환/유지를 추구한답시고, 권모술수를 쓰는 것이 아니고 오로지 국민의 이익과 평온만을 생각하고 행동하는 데 집중하고 그것에 기쁨과 재미를 느끼는 사람이어야 합니다. 선생은 학생들의 미래를, 의사는 그저 병자의 회복과 예방을, 종교인은 신자들의 평온을, 상공인은 고객의 이익만을, 농어업인들은 건강하고 안전한 먹거리 제공만 생각하고 행동하는 것이 진정한 고수들이지요. 이런 진정한 고수가 많은 사회가 복지국가입니다.

이타(利他)철학이 최고의 가치로 확고이 정립된 나라

이런 고수가 없이, 권모술수, 돈, 권력, 명예를 먼저 추구하는 얄팍한 사회의 분위기는 그야말로 하수들이 나라를 '꽈 ‑악 ‑ ' 채우고 있는 악취 하수구 속 '하수의 국가'입니다. 고수 국가의 분위기를 만드는 것은 기성세대의 책임이자 의무입니다. 이런 국가/사회 분위기가 되면, 저출산/비혼/만혼 그리고 자살왕국/비행복 국가/교통사고 일등국 같은 사회 문제들은 단번에 해결됩니다.

진정한 고수 사회를 위한 운동/교육이 먼저입니다.
그리고 그것이 바로 국가 경쟁력 제1순위가 됩니다.

지옥이 있을까
종교 책에 적힌 대로일까

천당이 있을까
누가 이것들 만들었을까

죽어야만 이곳
들어갈 수가 있게 되나
　　 ―「천당 지옥 101」

지옥은 있다
천당도 당연히 있고

협박을 하고
유혹하면 생겨난다

안 죽어서도

천당 지옥 왔다갔다
—「천당 지옥 102」

하루에 몇 번
천당 지옥 엎어진다

지옥 주소에
천당 사는 이 있고

마음 하나로
지옥 천당이 바뀌어
—「천당 지옥 103」

하수국에 사는 국민은 하수구에 사는 – 언제나 찜찜한 기분

으로 삽니다. 불행하지요. 말로만 앞세우는 민생은 뒷전이고 오로지 정권 우위/탈취/유지에만 골몰하는 정권들에 휘둘리는 국민은 불행합니다. 이런저런 힘을 과시하면서 국제사회에 횡포를 일삼는 하수 나라들에 사는 국민은 불행합니다.

하수 종교 지도자 밑에서 신앙생활을 하는 신도들은 하수도 시궁창에 사는 것처럼 불행합니다.

종교 지도자들이 신자들을 걱정합니까? 만만의 콩떡이지요. 신자들이 엄청 종교계 지도자들과 종교계를 염려하고 지도자 구원을 위하여 기도하고 있습니다. 사회를 불행하게 하는 단체의 금메달은 정치인, 은메달은 부동의 성직자/종교인이고요. 관료 공무원이 동메달입니다. 사회에 희망과 평온을 주는 것이 아니라 근심과 불행을 열심히 꾸준히 제공하시는 성직자/종교인.

종주의 거룩한 가르침 – 약자에 대한 사랑은 어디 가고 십일조 헌금 많이 내면 천당 간다고 유혹하고, 재물 안 내고 성직자 말 안 들으면 꺼지지 않는 지옥불 속으로 떨어진다며 '은근슬쩍 교묘 협박'을 일관되게 하는 종교계.　　천당은 금세 지옥이 될 수가 있고

지옥에 있으면서 천당을 사는 사람이 있고요.

천당에 있으면서도 지옥 만드는 이도 있지요.

즉, 마음 하나로 지옥과 천당이 왔다 갔다 합니다.

마이크에 대고 침 튀기며 목 핏줄을 세우고는 유치한 협박과 유혹을 앞세우니 청년들이 종교에 얼씬도 하지 않으려 합니다.

청년은 미래입니다.

미래 없는 종교의 민낯.

청년들은 유혹에 넘어가지 않고, 협박에 발 걸려 넘어지지 않습니다. 어리석은 기성 세대 사람들이 아닙니다.

　　　　　물어라

　　　　그대 지금 천당에 있는지

　　　　　물어라

　　　　지금 지옥에 살고 있는지

　　　－「지옥과 천당은 그대가 만드는 것」

천당과 지옥은 우리들 각자의 마음속에 있다고 종교 선지자들은 누누이 강조하여 왔습니다. 내가 지금 어디에 있는가를 수시로 자기에게 물어야 합니다.　　　　나는 지금 천당에 있는가

　　　　아니면 지옥에서 서성이는가

　　　한쪽 문이 쾅하고 닫히고 만다

　　　그러면 다른 쪽 문이 휙 열려준다

그 말이 맞으면 얼마나 좋을까
겁나게 갑자기 닫혀도 까짓 것 하게

그 집 문짝들은 많기도 한가 봐
그럼 문 하나 닫히어 거기 갇힌 난
　　　－「문 하나 닫히면 끝인 나는」

"When one door of happiness closes, another opens, but
often we look so long at the closed door that we do not see
the one that has opened for us."
- Helen Keller

행복의 한쪽 문이 닫히면 다른 쪽 문이 열린다. 그러나 흔히 우리
는 닫힌 문을 오랫동안 보기 때문에 우리를 위해 열려 있는 문을 보
지 못한다. - 헬렌 켈러

존경하는 미국의 작가, 교육자, 사회주의 운동가 헬렌 애덤스 켈러
(Helen Adams Keller)의 유명한 말이지요. 맞는 말이고요.

그런데 이것이 항상 맞는 말은 아닙니다. 집에 방도 많고 그 방마
다 문이 많아서 이쪽 문이 닫히면 다른 문이 열리면 문제가 심각하
지 않지요.

그러나 갑이 아니어서 단칸방이면 문은 하나이기 마련입니다.

방문 누가 갑자기 쾅 닫고
밖에서 잠가버렸다
어렵게 마련한 단칸방마저
출구가 봉쇄되었고
　　　－「출구 전략 부재」

가만히 있을 수밖에 없는 절박한 상황이지요.

아무리 소리치며 문 열어 달라고 해 보았자 아무도 문을 열어 주는 이가 없습니다. 더 기다려야 합니까? 계속 소리만 지르다가 이젠 목이 아파서 더 이상 구원 요청도 할 수가 없는 지경입니다. 이제 지쳐서 더 기다릴 수도 없습니다. 어떻게 해야 하나요?

> 그 ♀ ♂ 이 작심하고
> 내 단칸방 문을 쾅 닫아버리고
> 밖에서 못을 쳐박았다
>
> 기다리고 또 기다리다가
> 살려달라 소리치고 또 소리치다
> 소리칠 기운조차 증발돼
> ─「하나 있는 유리창 깨고 탈출」

깨어야 합니다. 내가 나가는 방법은 하나. 누구에게나 그래도 하나 있을 그 유리 창문의 유리를 '쨍그렁' 깨 버리는 것입니다.

> 남이 도와서 문을 열어줄 때를 기다리지 말고
> 내가 스스로 내 창유리를 깨야 합니다.

그 유리창은 사람마다, 사정마다 다 다르겠지요. 그 유리창은 사람일 수도 있고, 장소, 직업, 학교, 일일 수도 있습니다. 그 살짝 햇빛 들어오는 창문 유리창을 깨고 나와야 자유를 찾고 행복을 찾을 수 있습니다.

2도 떨어졌다고
그 온도에서는 내가 견딜 수 없다
몸이 금새 반응하는 나이

마음 온도 2가
떨어지고 있는데도 아무렇게나
나이 값어치는 어디가고
  ─「2도 차이」

 작년까지는 안 그랬는데 올해부터는 그런 것이 자꾸 나타나는 나이가 되었습니다. 작년까지는 밖 온도가 내려가는지 별로 관심도 없이 살았습니다. 몹시 추워지면 당연히 뉴스에서도 호들갑을 떨어 주니 그것을 보고, 옷을 더 두껍게 입어야 하나 보다의 수준이었기에 견딜 만하면, 히터도 안 틀고 초겨울을 맞아 왔습니다. 그런데 잠자리 실내 온도가 화씨 59도(섭씨 15도) 밑으로 2도만 떨어져도 아침에 일어나면 기분이 개운치가 않습니다. 올해부터요.

 불과 2도 차이인데 몸은 확연하게 반응하여 줍니다. 2도 떨어진 환경에서는 너의 건강을 지켜 줄 수 없다며 항의를 노골적으로 합니다. 피부 온도 수용체에서 뇌 시상하부에 체온이 36.5도 밑으로 떨어진다고 갑상선, 대뇌피질, 교감신경, 근육에 신호를 내려보내서 땀샘도 닫아버리고 혈관도 좁혀서 열을 높이려 합니다. 왜냐하면, 체온이 1도 정도 낮아지면 몸의 대사 작용은 12% 정도/면역력은 30%나 떨어지기 때문이지요. 심지어는 체온이 36도 아래로 내려가면 암, 알츠하이머병, 당뇨병, 골다공증 같은 병에 걸리기 쉽다는 연구 결과가 있습니다.

 이쯤 되니, 당연히 몸은 민감하게 반응하여 줍니다. 특히, 노인에게는 이런 병들에 취약하기 마련이니, 더욱 까탈스럽게 표시를 내지요. 그래서 온도가 59도 밑으로 내려가는 일기예보를 들으면, 히터를 켜고 잠자리에 들어야 다음 날 후환이 생기지 않는 나이가 되었습니다. 그런데 몸은 이렇게 몸의 온도를 유지하기 위한 반응도 있고 그런 반응에 화합하여 대처도 하여 주어서 그런대로 이 겨울을 큰 병 없이 잘 날 수가 있을 것 같은데

몸을 지배하는 마음 온도는 어떻습니까?

내 마음의 온도가 내려가면 어떤 험한 사태가 벌어지는지에 관한 연구도 없고, 그런 것에 대한 심각성을 인지하는 사람도 보이지 않습니다. 그러니 사람이 행복하지 않은 것이지요. 마음 온도가 마음이 견딜 수 있는 그 한계 밑으로 떨어지면 마음의 면역력이 30% 이상 떨어져서 각종 정신의 질환이 생기게 되며 이 정신질환은 곧바로 몸의 질환으로 직접 연관이 된다는 것은 누구나 아는 사실인데도 이를 방치하고 있습니다. 내가 어느 정도의 스트레스는 참을 수 있으나 그 정도 밑으로 떨어지면 안 된다는 자기만의 설정 기준을 잡아 놓아야 합니다. 그래서 그 한계상태에 가까워지면 나름대로의 유효한 방법을 이용하여 그 스트레스를 줄이면서 마음 온도를 높이는 노력을 즉각적으로 하여야 하고요.

연잎을 묵상하시면 됩니다. 연잎은 어느 정도의 빗물만 간직하다가 그것이 자기가 간직할 한계점을 넘으면 '또르르' 땅으로 떨어냅니다. 스트레스도 자기가 견딜 수 있는 그 한계점을 정확히 정해 놓고 그 이상의 스트레스가 오면 그냥 내려놓아야 해탈과 행복의 연꽃을 피워 낼 수가 있지요. 그렇지 않으면, 마음의 병/몸의 병 모두 안고 불행한 하루하루를 살게 됩니다.

해 오르고 몰락하는 것
달 차고는 무너지는 것
바람 왔다가 가버리고
파도 덮치다가 빠지고
봄 여름 가을 겨울 돌고

그 안 모두 휩쓸릴 뿐
그 밖에서는 아무것도
　　 ─「Scientific Happiness 과학적 행복」

사람은 해와 달, 바람과 파도, 사계절 변화 속에 나무, 꽃과 같이 살아갑니다. 자연 속에 사는 한 부속물이지요. 자연의 한 부분이고 자연을 떠나서는 인간의 존재이든 의미이든 찾을 수가 없습니다. 자연의 밖에서 찾는 것은 모두 거짓이라는 것이고요. 자연은 과학입니다. 자연은 정확히 과학적으로 생성되고 운영됐습니다.

인간이 어리석게도 자기가 생성된 Mother Nature를 파괴하는 행위를 하여서 자연의 운행에 차질이 오고 있지만, 그래도 아직도 자연은 과학적으로 설명이 가능하고 과학적 운항을 하고 있습니다.

그래서 사람의 행복도 과학적으로 접근해야 그 해결책이 명쾌하게 제시되게 됩니다. 이치로 딱 맞아떨어지는 이론과 실제로 설명이 되는 것만이 효과가 있습니다.

행복은 과학입니다.

채우는 것보다 비우는 것이 행복이라는 것은 과학이고요.

생각 많이 하는 것 보다는 생각을 없애는 것이

행복이 된다는 것도 과학입니다.

과학적으로 설명, 증명이 가능한 행복 방법론이 있는데도, 비과학적인 방법이 과학적 Approach를 지양하고 많은 사람을 지배하고 있는 현실이 안타깝습니다.

> 애들아 애들아
> 끈 떨어졌다
> 휘 휘 날려가던
> 연 끈 끊어졌다

> 여보시게 여러분
> 바람에 휘둘리던
> 당신 붙잡고 있던
> 끈 뚝 떨어졌어요

> 애들아 여러분
> 묶였던 머리채
> 풀어 비틀 비틀
> 텅 빈 하늘멀리
> ─「나 연보다 하늘 높이 훨훨」

종종 나이 어렸을 때의 고향을 생각해 봅니다. 겨울 놀이 중에 가슴을 뛰게 하는 것의 으뜸은 연날리기였지요. 연은 자기가 스스로 만들어 날렸던 가난하기만 한 시대였고요.

대나무를 얇게 잘라서 연의 뼈대를 만들고 한지에 풀을 메겨 뼈대의 앞뒤로 붙였습니다. 한지에는 여러 가지 문양을 그려 넣었었고요. 그리고는 연에 꼬리를 달았습니다. 다른 아이들보다 더 큰 꼬리를 경쟁적으로 다는 것도 재미를 더하였지요. 연이 다 만들어지면 굵은 줄로 연의 귀퉁이들을 묶은 줄을 한 군데로 모아 비율을 고려

하여 연줄에 연결하였습니다. 연줄은 끊어지지 않도록 줄에 초를 골고루 문질러서 튼튼하게 하였고요. 연 날리는 날은 바람이 제법 있는 날이어야 했습니다. 바람이 불면 동네 아이들이 집안에 잘 모셔 두었던 연들을 가지고 나와서 서로 연을 날리느라, 하늘은 여러 가지 모양에 색도 크기도 다른 연들로 가득하였지요. 모든 연에 꼬리가 달려 있어서 연이 바람에 꼬리를 흔들거리는 모습을 보면서 애들의 마음도 덩달아 하늘에서 춤을 추었었습니다. 마름모꼴의 가오리연, 네모 모양의 방패연이 주였고 간혹 이상한 모양의 연을 날리는 친구들도 있었습니다.

　연을 처음에 날릴 때는 바람 부는 방향으로 연 끈을 잡고 뛰어야 합니다. 뛰면서 조금씩 줄은 놓아주면서 연이 하늘에 뜨게 만들어야 하지요. 두 사람이 날리는 방법도 있습니다. 한 사람은 연줄이 감아져 있는 연의 얼레를 잡고 다른 한 사람은 연을 잡고 멀리 떨어져 있다가 두 사람이 신호를 하여 한 사람은 날리고 한 사람은 연끈을 당기면서 잘 조절하였습니다. 바람이 별로 없으면 연근을 잡고 달려야 했지요. 그렇게 달리면서 연이 바람을 마주하여 점점 높이 올라가면 그때부터 연 끈을 놓아주었다 당겨 주기를 조절하여야 했고요.

　연은 너무 하늘 높이 날게 되면 바람도 강하게 받게 되어 줄이 끊어지게 됩니다. 끈 떨어진 줄을 보는 아이의 마음은 까맣게 타들어 가게 되지요. 연을 놓치면 그 연을 찾으러 들판을 한참이나 헤매었고요. 그렇게 해서 간신히 어둑하기 전에 찾은 연은 시골 아이들 마음처럼 여기저기 찢어져 있기 마련이었습니다.

사람 사는 모습하고 닮은 연 날리기

연을 보네

하늘로 오르려고만 하는
바람이 셀 때 날아오르는
너무 높으면 끊어지고 마는
줄에 잡혀서 자유롭지 못한
머리채 날리고 꼬리까지 날리는
그러다 끈 떨어지면 땅 위 박살나는
―「연을 보네 그대를 보네」

특히 끈 떨어져서 기세 좋게 오르던 연이 땅으로 속절없이 곤두박질하는 모습의 연이　　　　유난히 새록새록 기억에 남습니다.

△　추운 겨울입니다. 살아 있는 것들은 모두 추워서 털을 두껍게 하지요. 사람들은 첨단 보온 옷을 몇 겹이나 껴입고도 춥다고 덜덜 떠는 시기입니다. 껴입고도 덜덜 떨어야 하는 계절에 벗는 것이 있습니다. 바람입니다. 바람은 소리도 스산하게 자기를 벗습니다.
스스스 으스스

바람이 휘리릭 옷을 벗는다
하얀 속살 드러나고
날선 뼈들 섬뜩하고

뾰족 겨울바람이 옷 벗는다

모두 부둥쳐안는데

홀로 걸친 것 없이

벗어서 아름답구나 흰 겨울

    ―「겨울 찬가」

한겨울 찬바람의 벗은 모습은 하얗게 깨끗하여 보이지만 그 속을 들여다보면 날카로운 날들이 선명합니다. 겨울바람의 속은 파괴/결빙/정지이지요. 이런 동장군 바람의 벗은 모습 앞에 자연들은 모두 엎드려 추앙 경배하며 따라 벗습니다. 푸르고 거대했던 산들도, 풍요롭던 들판도 모두 벗습니다.

벗는다는 것은 가식 없는 자기를 보여준다는 것

바람도 벗은 모습이 진정한 모습이고 자연도 벗겨진 모습이 자기의 모습입니다. 바람도 자연도 벗은 모습을 보면 당당해 보이지요. 오직 사람만 벗으면 창피해합니다. 부끄러운 부분이 드러나기 때문이겠지요. 기독교 성서에 아담과 하와가 처음 느꼈다는 그 부끄러움은 벗음에서 왔습니다. 원래 벗고 있었으나 제 3자의 개입이 있어서 부끄럽기 시작했다고 합니다. 벗는다는 것은 비움의 상징인데, 벗는 현대인들은 찾아볼 수가 없습니다. 비운 사람이 드물다는 것이지요. 너도나도 입고 또 껴입는 걸 찾아다니느라 바쁩니다. 이것 껴입다가 옆에 있는 것이 더 좋고 괜찮아 보이면 눈썹 하나 흔들리지 않고 입던 것을 내동댕이치고 새것으로 바꾸어 또다시, 입어 버립니다.

겨울만이라도 벗는 바람 앞에 인간들도 가식을 벗어내었으면

겨울이 더욱 하얗게 찬란할 것입니다.

◆ 전라의 직립 석상, 동상 앞에서 사람들이 빌고 또 빌고 있습니다. 자기 자신도 내려놓고 모든 것을 홀랑 벗고 싶다는 것을 빌지는 않겠지요. 그것을 바랄 정도의 도량이면, 그 나상 앞에 있지도 않을 것입니다.

거기에 가면 홀랑 벗은 동상 있다 *
부끄러운데 부끄럽지 않은 나상

사람들 모두 두손 모아 빌고 빈다
자신도 벗게 해달라며 비는 걸까

그냥 벗는 것이 그렇게나 힘든가
빌지 말고 그냥 벗으면 되고 말걸
　　－「나상 앞 그냥 벗다」

신으로 추앙하는 그 나상 앞에서 사람들은 나와 내 가족, 친지들이 병들지 않고, 병이 낫고, 먹고 자는 걱정이 없도록 빌었을 것이며, 조금 욕심이 더 있는 사람들은 명예나 권력이 있도록 해 달라고 빌었을 것입니다.

지금 빌고 있는 사람의 원하는 것을 모두 초월한 성자 앞에서
　성자가 초월해 버린 것들을 빌고 있으니 얼마나 딱한 일입니까.
　　성자의 제자들이 성자가 버린 것을 얻으라고 꼬드기니 －
기독교도 그렇고 불교도 마찬가지입니다. 스승들의 가르침하고는 사뭇 다른 것을 바라며, 그들은 묵주와 염주를 돌리고 있으니 그 염주와 묵주가 돌아갈 때마다 머리가 같이 돌 지경인 세상이 되고 있지 않습니까.

카필라 왕국의 왕자 싯타르타는 29세에, 자기 아들이 태어난 지 7일째 되는 날, 말을 타고 출가합니다. 허리춤의 칼로 자기의 긴 머리를 싹둑싹둑 잘라버리고 왕자의 화려한 옷을 벗어 던지고 지나가던 사냥꾼의 옷으로 갈아입습니다. 그리고는 스스로 고행합니다. 고행 중 만난 세 명의 스승에 대한 실망감으로 싯타르타는 철저한 외로움 속에서 홀로 깨우침의 길을 택합니다.

싯타르타처럼 허름한 옷은커녕 아무것도 걸치지 않은 사람들을 인도 여행 중에 보았습니다. 이들은 자이나교 수행자들입니다.

* 자이나교의 실질적 창시자인 마하비라상은 전라입니다. 당연히 부끄러울 것 같은데 전혀 부끄럽지 않은 조각 앞에 사람들은 무릎을 꿇고서 존경을 표합니다.

옷을 입는 대신 옷을 벗고
대신 하늘을 입은 사람들

신 시리게 높고 파란 하늘
바람 구름까지 입은 선지자
불생 고행 독신 해탈경지
어떤 소유도 내 속박됨을
— 「하늘을 입은 사람들(Skyclad People)」

이런 모습을 보면서 갑자기 현기증을 느꼈습니다. 충격이었지요. 벗은 저들이 부끄러워야 하는데 입고 있는 내가 어지러울 정도로 창피하였습니다. 완전한 무소유요. 부끄러움조차 거추장스러워 벗어버린 철저한 공(空)의 수행자. 인도 사람들은 이들을 공의파〈空衣波, Digambara; 하늘을 입은 사람들〉라고 하지요. 옷 대신 하늘을 입었다는 기가 막힌 시어(詩語)를 써서 칭송을 하고 있습니다.

하늘을 입었는데 더 무엇을 바랄까.

하늘은 쳐다보지도 않으면서 하늘에 계신 자신들의 신을 믿는 현대인들. 하늘은 자연입니다. 가장 자연스러운 것이 하늘을 입은 사람이고요. 하늘을 입은 사람은 봄, 여름, 가을, 겨울을 철 따라 입는 사람들이겠지요.

하늘을 입기는커녕, 오악(五惡 : 탐욕/화/급함/교만/집착)을 입고 자유롭기를, 행복하기를 바라는 어리석기만 한 인간들. 오악에서 벗어나게 해 달라고 빌지 마세요. 그것은 누구 앞에서 돈 주고 엎디어 빈다고　　　**누가 그렇게 해주는 성질의 것이 아닙니다.**

그 오악은 스스로 내가 그냥 내려놓으면 되는 겁니다. **간단하지요.**

그냥 벗어 버리세요. 빌지 말고요.

내가 가진 오악은 내가 스스로 오악을 만들었으니

당연히 내가 벗어버려야 벗어지지요.

남이 벗겨 준다고 벗겨지는 것이 아닙니다.

혹시 남이 벗겨 준다고 해도 금세 다시 입혀지게 되고요.

부끄러움을 포함한 **어떤 감정이나, 무엇을 원하는 욕구는 누르면 누**를수록 더 치밀고 올라옵니다. 욕구나 감정을 이기려고 고행을 택한다면 깨달음을 얻는데 한계에 봉착하게 되는 이유가 거기 있습니다.

그래서 결국에는 해탈에 이르지 못하게 되고요.

모든 욕구의 뿌리 속 그리고 마음에서 일어나는 모든 현상을 들여다보아야 합니다.　　　냉철하게 들여다보면, '텅 -' 비어 있습니다.

욕망으로 느껴지는 상(相)도 상(相)이 아닌 것이지요. 결국 그것은

허상이라는 것을 깨닫게 되면 당당이 벗을 수 있습니다.

* 자이나 교; 무소유(無所有), 독신주의(獨身主義), 불살생주의(不殺生主義)를 철저하게 주장하고 실천합니다.

■

　군맹무상(群盲撫象)은 여러 명의 시각장애인이 코끼리를 어루만진다는 뜻이지요. 열반경(涅槃經)에 나오는 이 내용은 자이나교에서 나온 이야기입니다. 인도의 경면왕(鏡面王)이 시각장애인을 궁궐에 모이게 하고는 코끼리 모양을 가르치려고 하였습니다. 코끼리의 상아를 만진 이는 '무와 같다' 했고, 귀를 만진 이는 '키와 같다', 머리를 만진 이는 '돌과 같다', 코를 만진 이는 '절굿공이 같다' 등으로 대답을 했지요. 자기가 만져 본 곳이 코끼리 전부인 것처럼 이야기한 것입니다. 유명한 이야기이지요. 수도자들은 이 이야기를 평생 마음에 깊이 묵상하면서 살아야 제대로 된 수행을 했다고 할 수 있습니다.

　'수도하면서 자기가 알고 있는 것이 극히 부분적일 수 있다.' 라는 것입니다. 자신이
　믿고 있는 것이 완전하다는 생각에서 해방이 되어야 합니다.
　　그래야 진정으로 나와 내가 믿는 것이 완전하게 됨　을 뼛속, DNA 나선 속에도 새겨 넣어야 내 수행이 헛되지 않게 됩니다.

　■ 종교가 타락하였다고 '끌끌' 혀를 차는 소리가 하도 많아서 세상이 '꿀꿀'하기만 합니다. 종교가 추락하는 소리가 수천 년이나 지나고 있는데 아직도 성행을 하는 것을 보면 신기한 것인지, 신의 가호가 있어서 그런지 잘 모르겠습니다.

버려라
내려 놓아라
낮은 곳으로
네 것은 아무것도 없다 - 스승 Did

너나 버려라

쥐고 또 쥐고
높은 곳으로
모은 것이 우리 것이다 - 제자 Does
　-「이래도 굴러가는 신기한」

　종교 타락에는 여러 요소가 있지만, 항상 돈과 관련이 있는 것이 큰 문제의 중심이 됩니다. 교회나 사찰, 사원에 돈이 쌓이게 되면, 그 종교는 타락의 길도 들어서게 되는 것이지요. 종교의 창시자 스승들은 청빈을 강조하고 자신도 그렇게 가난하게 평생을 살았는데, 그 제자들은 부의 축적을 신의 축복으로 가르침을 변질시켰습니다.
　돈은 욕망의 원천이지요. 욕망, 권력이 종교의 기둥들이 되고, 그 기둥에 따라서 파벌이 파생되고 이를 중심으로 〈스승들하고 전혀 상관없는 싸움〉이 생긴 것이 바로 인류의 역사입니다. 그 오랜 역사를 통하여, 많은 사람이 죽고, 다쳤는데도 아직도 정신이 번쩍 안 들고, 같은 폐단을 계속하고 있습니다. 신기하기만 합니다. 불교 신자들은 스승께서 직접 평생을 탁발했던 것. 기독교 신자들은 스승께서 철저한 무소유였음을 잘 알고 있을 터인데 교회들의 재산을 보지요. 사찰들의 엄청난 부를 보고요. 사찰과 교회에 돈이 쌓여 있어서 권력이 있고 싸움이 있는 것입니다. 당연히, 점점 사람들이 등을 돌리고 있고요. 돈은 질기고 질긴 종이 위에 죽은 사람 얼굴 그리고 여기저기 같은 숫자의 조합과 복잡한 디자인으로 되어 있습니다. 이것을 현미경으로 깊숙이 잘 들여다보면 오악이 다 담겨 있지요.

　네모난 색종이
　잘 찢어지지도 않는 질긴 종이
　죽은 사람 얼굴 하나 여러 숫자

492

인간 노예 삼아
탐욕 교만 급함 화 집착 담겨
세상권력 조직 깊은 뿌리 되고
　ー「돈 속에 무엇이」

　탐욕. 교만, 급함, 화, 집착이 똘똘 뭉쳐져서 권력으로 등극을 합니다. 그 권력을 영원히 보존하고 더 널리 하려는 조직이 당연히 따르고요. 그런 돈을 부동산에 동산에 쌓아 두고 있는 곳이 있습니다.

교회, 사찰, 사원

　그런 돈이 많은 대형교회, 대형사찰, 대형사원에 그들이 모시는 신이 있을까요? 사람들은 큰 교회, 큰 사찰, 큰 사원에 신이 더 많이 있을 것이라 생각합니다.

？요까을있 히말정 그 게실사 도신

　그러니 당신 머릿속에 돌아가고 있는 것은 죽은 사람, 죽은 숫자, 쓸데없이 복잡한 디자인 같은 생각뿐이랍니다.

세상 고민 모두 껴안고 사느라
얼굴에 굵은 주름 가득
좋은 일들이 무엇인지도 몰라
입가는 항상 아래로
무섭고 단단해 보여 모두 피해
하지만 속은 유리 약골
　ー「불도그와 노인」

영국 하면 떠오르는 인물은 왕가의 사람들 그리고 윈스턴 처칠입니다. 처칠은 2차 대전을 승리로 이끈 장본인으로만 알고 있는 사람들이 많지만, 그는 노벨문학상을 수상한 문인이기도 합니다.

얼굴이 불도그같이 생겼다고 하여서 시가를 문 불도그로 묘사되기까지 하였습니다. 불도그는 영국이 본산입니다. Bull(숫소)와 Dog(개)의 합성어인데 소를 잡기 위해 태어난 종입니다. 소와 개의 싸움을 고안한 영국인들은 소와의 싸움에 최적인 불도그를, 개량을 통하여 만들었습니다. 창조한 것이지요. 싸움용 개이니 얼굴이 사나워 보였고 행태도 거칠게 만들어졌습니다.

투견이 금지된 후에 사람들은 불도그를, 성격도 예전보다는 순해지게 하고 몸집도 작게 개량하였지요. 이 개량에 한 세기를 소비하는 과정에서 불도그의 외모인 원래의 강인한 모습은 유지하였지만, 몸의 속은 이런저런 선천적 병을 간직한 약체로 변모하는 수모를 겪게 됩니다.

이렇게 동물을 자기 입맛대로 학대하는 모습을 보면
인간의 끊임없는 욕망과 잔인하고 교활한 단면을 보게 됩니다.
불도그의 모습과 어떤 노인의 모습은 겉이나 속이 같습니다.
개 같은 삶과 개 같은 모습을 한 사람은 주위에 어렵지 않게 봅니다.

내 속엔 꽃 대신 불독 한 마리
목 매어 놓아 짖기만 하는

네 속에도 이빨 드러낸 핏불
아무나 물어버리려 하는
— 「마음속 Barking Dog」

개 짖는 소리를 가까이서 들어 보면, 인간의 귀로서는 감당이 안 됩니다. 심하면 귀속에 통증을 느낄 정도가 되기 때문에 얼른 다른 곳으로 피해야 합니다. 개가 조용해지기를 기다리기보다는 사람이 피해 주는 것이 빠르기 때문입니다. 길거리를 산책하다가도 동네 개들은 나의 조용한 발걸음 소리만 듣고도 물어뜯을 듯이 담장 넘어로 짖어 댑니다. 예쁘게 생긴 애완견들도 이런데, 싸움용으로 개량된 개들의 소리는 더욱 섬뜩하고요. 저 개가 집 밖으로 나오는 날에는 생명까지 위협받을 수가 있기도 합니다.

이런 무서운 개 한 마리가 내 마음속에 살고 있습니다. Barking Dog입니다. 조그만 일에도 습관적으로 Anger를 드러내는 개.

개가 짖는 것을 알면 그 개를 놓아두고 나와 버려야 합니다. 개를 조용히 시키려고 하지 마세요. 분노를 가라앉히려고 노력하면 할수록 그 분노의 감정은 뱅뱅 돌면서 회오리바람처럼 세력을 키워 나갑니다. 그저 짖는 개 같은 분노를 보시고, 더 이상의 감정이나 평가를 얹지 말고 그냥 그 분노의 개가 점령한 마음의 나를 떠나서 지켜보시면, 그곳에서 떠나지 못하는 내가 안쓰럽고 어리석게 보입니다. 그러면, 분노의 해결 실마리를 잡으신 것입니다.

분노는 독약이고 마음의 쓰레기입니다.

독약과 쓰레기는 남에게 주는 것이 아닙니다. 주면 몇 배로 되갚음 당합니다. 빨리 피하시지요. 짖는 분노에게서.　　　　안 피하면 물립니다.

피하는 곳은 자기가 가장 쾌적한 곳이면 됩니다.
　　　개가 조용할 때까지만 피하시면 됩니다.

나를 낮춰 보니
그대 올라가네

발 굴러 오르니
자네 내려가고

가운데 균형 있지만
이미 균열 퍼지고
　ー「시소」

　시소 (seesaw)는 가운데에 균형을 맞추고 양쪽 끝에 사람이 타서
서로 오르락 내리락하게 만든 것이지요. 어렸을 때 많이 놀던 놀이기
구입니다.　두 사람이 탈 수도 있고 한쪽에 두세 사람이 타기도 하는
데 이때는 눈대중이라도 한쪽과 다른 한쪽이 무게 균형이 되도록 하
여야 합니다. 균형이 잘 안 되면 갑자기 속도 조절이 안 되어 사람이
떨어지는 위험요인이 되기도 하고 오르내림이 원활하지가 않게 됩
니다. 웬만한 초등학교에는 이 시소가 있었기에 아이들은 이 시소를
타며 재미있어했습니다. 올라갈 때 내려갈 때 소리 지르며 좋아했지
요. 다른 놀이보다도 이 놀이를 즐겨 하였던 아이들은 이 시소 놀이
가 앞으로 펼쳐질 자기네 인생의 모습과 닮았으리라는 것은 상상도
못 했을 것입니다.　　**삶도 그렇고 기분도 그렇습니다.**
　어른이 이 세상을 살다가 보면, 기상 때부터 취침 때까지 그리고
연장전 꿈속에서도 스트레스에 시달리기 마련입니다. 남을 배려하
지 않는 사람들, 눈을 감고 귀를 막으려 해도 비집고 기필코 들어오
는 한심한 정치 뉴스, 치열한 경쟁, '진정성이라는 단어의 뜻을 모르
는 인간'들로부터 몰려드는 스트레스는 사람을 수시로 불안하게 만

듭니다.   기분이 나쁘지요.

종일 기분이 다운된다고 하소연하는 현대인들.

하지만, 불안한 감정이 지속되는 시간은, 사람에 따라 약간 다르지만 길어 보았자 3분을 넘지 못합니다. 불안하고 기분이 나쁠 때 시계로 시간을 재어 보시지요. 그 시간이 얼마나 가는지.

대체로 2, 3분을 넘지 않습니다.

불안한 감정이 들 때 2, 3분만 견디어 내면, 그 생체적인 반응이 사라지게 된다는 경험을 느껴 보시기 바랍니다. 사람들에게 기분 나쁜 감정을 유발하는 것은 인간의 왼쪽 두뇌에서 하는 작용입니다. 긍정적이고 좋은 감정을 일으키는 일은 오른쪽 두뇌에서 담당하고 있고요. 왼쪽 두뇌의 큰 기능은 언어영역이지요. 구별, 비교, 평가하는 기능도 있기에 현대인들은 당연히 온갖 부정적 기분을 항상 갖고 살게 되어 있습니다. 그래서 구별하거나 비교, 평가하지 않고 모든 것을 그대로 하나로 느끼는 오른쪽 두뇌를 활성화한다면 사람들은 더 즐거운 감정을 갖고 살게 되는 것이지요. 오른쪽 두뇌가 더 많은 작용을 하게 하는 것은 마치 시소를 타는 것처럼 간단합니다. 내려올 때 발을 구르면 올라가는 시소처럼 자기의 기분이 불안한 것을 느끼면 그저 2, 3분만 기다리셨다가 우측 뇌가 일을 할 수 있도록 평안한 사고 즉 Mind Control을 노련하게 하시면 실제로 불안한 기분은 사라진 상태임을 체험하게 됩니다. 이러한 생활을 습관화하게 되면 그것이 바로 행복한 삶 그 자체가 되고요.

죽을 쑨다
죽을 맛일 때는

팥죽 쑨다

가장 긴 겨울날

죽 끓는다
사람 변덕처럼

속 끓는다
인간 마음처럼
　—「끓는 죽 한 사발 앞에서」

사람은 몸이 아프면, 죽을 먹습니다. 병원에서도 수술 뒤에는 부드러운 죽을 환자에게 주어 원기의 불씨를 살리려고 하지요. 죽은 사람을 살리는 힐링 푸드인 셈입니다. 그런데, 사람들은 이 소중한 음식, 맛있는 음식을 나쁜 의미로 많이 쓰지요.

"오늘 시험 죽 쑤었다.""조상보다 팥죽에 마음이 가 있구나.""죽 쑤어 개 좋을 일 했네.""들어서 죽 쑨 놈은 나가서도 죽을 쑨다.""밥 빌어다가 죽을 쑤어 먹을 자식""얻은 죽에 머리가 아프구나.""죽이 끓는지 밥이 끓는지 모르겠다.""쑨 죽이 밥 될까?""밥을 죽이라고 우기는구나."

죽은 걸쭉하여서 뜨거운 죽의 아래가 차가운 죽의 위로 올라오는 것이 더딥니다. 끓여서 물의 거품보다 크게 생기는 죽 거품은 잘 터지지 않고요. 데워진 죽의 겉 표면의 거품이 잔잔하다가 갑자기 많이 생기기도 하고, 그러다가 갑자기 잠잠해지지요. 거품 꺼지는 소리도 요란하기만 합니다. 죽은 끓으면서 소리도 갑자기 나고 거품이 커지다가 잠잠해지다가를 반복하여, 종잡을 수 없게 하지요. 추운 겨울날, 참담한 일이 닥치면 몸도 얼고 마음도 꽝꽝 얼음이 되고 맙니다.

이때, 팥죽을 한 그릇 끓여 먹으면, 그래도 숨이 쉬어질 정도로 몸

498

이 잠시 녹아지지요. 마음을 추슬러서 곰곰이 지금의 어려움을 되뇌어 보면, 사람의 마음이 문제였습니다.

　　　　사람의 마음은 죽 끓는 모습과 똑같습니다.　　　　겉은 끓으면서 거품도 나는데 속은 차기도 하고, 속은 찬데 겉만 살짝 뜨겁기도 합니다.

　　　그대를 보네
　　　팥죽을 보네

　　　거품이 잔잔하다가
　　　갑자기 생기고
　　　온통 부글거리다가
　　　순간 조용하고

　　　겉은 끓는데 속은 차고
　　　속 차가운데 겉 뜨겁고
　　　　ㅡ「그대는 죽사발」

　마음이 바다처럼 넓다가도 바늘 한끝도 못 들어갈 정도로 좁아지기도 합니다. 사랑하다가도 급변하여서 원수가 되기도 하고, 훌륭해 보이는 큰 결심을 했다가도 한순간에 악마의 모습으로 둔갑하기도 합니다. 정의와 공정의 깃발을 올렸다가도 그 깃발을 코 풀이개로 써 버리는 것이 사람의 마음입니다.

　　　사람의 마음은 믿을 것이 못 되나 봅니다.　　　그래서
　　사랑도 미움도 부질없는 짓이고
　　용서도 관용도 바람 앞 촛불입니다.

◐

랩(rap) 좋아하시는 분이 많습니다. 랩은 힙합의 한 부분으로 노래와 말의 중간에 있다고 볼 수가 있습니다. 1970년 초부터 시작된 이 음악 형식이 아직도 꾸준히 유행하고 있습니다.

유행은 계속 바뀌기 마련인데, 랩의 유행이 반세기 넘게 대중들의 사랑을 받고 있는 것을 보면, 현대인들은 참으로 할 말이 많구나 하는 생각이 들게 됩니다.

(&%*(&(%#%$#$@#@!@%#%!@!$*^&)_+__^@#$!
쉼표가 없다
음악에

&%#!!#%$#^&%_)_+((+&^%!!%^_*_+)()+(*^^
소리 안 들려
음악이
  ─「랩과 마음」

랩은 비트가 빠른 음악에 자기의 일상에 일어나는 일이나 사상, 생각들을 빠르게 이야기합니다. 많은 말을 하기 때문에 자기가 하고 싶은 이야기를 충분히 대중들에게 전달하는데 큰 장점이 있다고 하겠습니다. 그런데, 이 말이 너무 빠른 것인지, 아니면 청각이 느려져서 이를 Catch 하는 능력이 떨어지는 것인지 상당 부분을 알아듣지 못합니다. 가사를 검색하여 보면, 낯이 간지럽거나 화끈거리는 내용도 있지만, 상당한 경지에 오른 가사들도 많이 있습니다. 랩을 듣다가 보면, 숨이 쉬어지지가 않을 때도 있습니다. 긴장해서 들어야 하고요. 너무 말이 많다가 보니 그 많은 말들로 하여 떠다니는 사람들의 머릿속이 들여다 보이기도 합니다.

과도하게 말을 많이 하는 사람들 앞에 있으면 그 말이 어느 순간 안 들리는 수가 있습니다. 듣고자 하는 의욕이 차단되는 것이지요. "안 되겠다. 더 듣다가는 내가 돌겠구나. 나도 저 사람처럼 되면 어쩌지." 이런 자아 방어 기능이 작동을 한다 하겠습니다.

마음도 그래야 합니다. 내 뇌 속에서 너무 많은 생각이

랩의 가사처럼 빠르게 난무하는 것을 볼 수 있어야 합니다. 쇳덩이에서 뿜어내는 총알 불덩이처럼 날아다니는 생각들이 보이면

뇌에서 작동 중단 Break을 발동하게 됩니다.

정신이상 내지는 성격파탄을 방지하기 위함이겠지요.

한 가지를 더 부언한다면 소음 관계입니다. 모든 음악이 그렇지만, 자기가 좋아하는 음악이 나오면 볼륨을 작게 하여야 좋을 수도 있고 Volume up 하여야 더 좋을 수도 있습니다. 힙합 뮤직의 랩은 빠르고 비트가 강하기 때문에 소리를 크게 하여 듣기 마련입니다.

소리는 데시벨(deci-Bel, ㏈)이란 단위로 측정을 하지요.

간신히 들리는 소리가 0㏈입니다. 냉장고 기계음은 40㏈이고요. 사람 간의 일반적인 대화 소리는 40~60㏈ 정도입니다. 집안에서 쓰는 진공청소기는 80㏈ 정도. 자동차 또는 지하철 소음은 80~90㏈입니다. 잔디 깎는 기계의 소음이 90㏈ 정도인데 소음성 난청을 유발하는 소음 정도가 바로 90㏈ 정도입니다. 록밴드 소리는 110㏈이고 인간은 120㏈부터 고통을 느끼기 시작하게 됩니다. 사람은 시끄러운 소리에 방치되면 초조감, 불안감으로 스트레스가 쌓이게 되지요.

이러한 심리 현상은 즉각적으로 혈압, 맥박, 호르몬 분비 같은 생리적 작용에 악영향을 끼치게 됩니다. 소음은 일시적 난청, 영구적 난청을 일으키는데 80㏈에서부터 청력 장애가 시작되고 90㏈에서는 난청 증상이 나타나게 됩니다. 귀의 달팽이관의 모세포는 한번 손

상이 되면 재생이 안 되기 때문에 회복할 수 없습니다.

바람 소리, 나비의 날갯짓 소리, 새들이 노래하는 소리, 시냇물 흐르는 소리, 사랑하는 사람들의 말소리, 아름다운 음악들, 고통의 소리 그리고 내가 하는 소리도 다시는 영원히 못 듣게 된다는 것.

다시 못 듣게 된다는 엄중함 앞에서도 소음 속에 담겨 있으시려는지요? 청력 손상은 우울증, 치매 등으로 연결될 수도 있어서 청력을 잃지 않도록 조심하여야 하는데 현대인들은 청력을 잃는 심각성을 알지 못합니다.

생리적 청력 손상에 못지않게 정신적 청력도 잃지 않도록 하여야 합니다. 귀로 단시간에 들어오는 매우 시끄러운 소리는 통증이 경고를 하기 때문에 피할 수도 있으나 마음에 장기간 떠도는 소음은 인지조차도 못합니다.

지금 마음에 떠오르는 Image를 보시지요. Mute로 되어 있습니다. 소리가 안 납니다. 하지만, 이 Image는 소리가 당연히 있습니다. **그 사람, 그 사건의 소음.**

그 들리지 않는 소음이 나쁜 Image와 함께 마음속에서 둥둥 부유(浮遊)하고 있지요. 그 Image와 함께 소리까지 틀어서 들어보시지요. 그 당시의 장면이 명확합니다. 그러면 당연히 그 Image에서 탈출하고 해방되는 싶은 결심이 저절로 들게 됩니다.

센 바람 거친 바람 부딪히어
꼬인다 꼬여
거친 인심 모진 사람 닥치어
꼬인다 꼬여

돌돌 꼬이다 하늘로 오르며

삼킨다 삼켜
집도 사랑도 조그만 꿈마저
삼킨다 삼켜
　―「회오리바람」

　회오리바람(whirlwind)과 토네이도는 다릅니다. 토네이도는 천둥비를 동반하는데 비해 회오리바람은 멀쩡히 해가 비치고 있는데 발생합니다. 하늘로 솟구치면서 주위를 말아서 휘말려 하늘로 오르게 하고 돌멩이 등 이물질들을 주위에 뿌리면서 움직이지요. 생긴 모습은 비슷하기만 합니다. 위험한 면에서는 토네이도가 훨씬 강력하고요. 뜨거운 공기와 찬 공기, 지표면의 작용으로 공기가 회전하게 되는데, 기둥 모양으로 이동하면서 주위를 파괴하게 되지요. 미국 동남부를 여행하다가 엄청난 크기의 토네이도를 여러 번 보았습니다. 근처에 있는 것들을 무시무시하게 모두 삼켜 버리며 돌아갑니다.

　사람 사는 모습을 보면 이 꼬이는 기둥 바람 같습니다. 서로 다른 강한 이념이나 사람들이 만나면 충돌합니다. 서로가 강하면 강할수록 타협이나 양보는 절대로 안 하게 되지요. 그러면 자신들은 물론 그 주위의 사람이나 환경이 다 꼬이게 됩니다. 자기네들의 의사와는 상관없이 이 강한 사람이나 강한 이념　**근처에 얼씬거렸다는 왕당한 이유 아니만**　으로 꼬이고 꼬입니다. 　빨리고 빨려 나가고요. 주위에 남아나는 것이 없을 지경도 됩니다. 　사랑하는 가족까지도.
　　가만히 있어도, 멀리 있어도 힘든 세상살이인데
　　충돌 현장에 가까이 있다가
　　　　위말리는 삶들을 보면 안타깝습니다.

뒤척여지는 꿈속

길 잃은 어린애
손 잡아주니 눈물이었다

무릎 꿇은 청년
어깨 손대니 눈물이었고

고개 꺾인 노인
일으켜 보니 눈물이었다

얼굴도 가슴도 몸도
모두 눈물이었다
　　－「나는 눈물이었다」

그제 꿈속에 애가 나타났습니다. 길을 잃고 헤매길래 불쌍해서 손을 잡아 주었더니 그 손이 그만 무너집니다. 손이 아니고, 눈물이었기 때문입니다. 어제 꿈속에 청년이 나타났습니다. 하는 일마다 실패하였는지 무릎을 꿇고 있길래 격려하려고 어깨에 손을 대었더니 어깨가 '물컹' 사라집니다. 눈물이었습니다. 오늘 낮잠에 노인이 나타났습니다. 고개가 푹 꺾인 노인이 있길래 가여워 일으켜 보니 온몸이, 얼굴부터 가슴다리까지 '주르르' 흘러내립니다. 눈물로.

　그 사람은 나였습니다. 그 누구의 삶은 눈물 그 자체이었습니다.

　전기를 받아서 빛을 내는 전등은 빛을 발하려고 태어났습니다. 30촉짜리 전구를 아시나요? 지금은 아예 생산을 안 합니다. 백열전구는 5%의 전기만을 빛으로 발하고 95%의 전기는 열로 낭비하였지요. 30촉은 30개의 촛불의 밝기, 60촉은 60개 촛불의 밝기에 비하였습니다. 60촉은 비싸서, 30촉만으로도 만족하는 세대에서 살았습니다.

　밝히려 태어난 것이
　스스로 반도 넘게 어둠 담아
　어슴푸레한 모습
　성자로구나 성자

　　　覺者*에서 나오는 빛
　　　금 같지 않고 은은하기만
　　　너에 빠진 그도
　　　성자로구나 성자

　－「30촉 백열등 성자」　　*각자 : 깨달은 사람

. 요즘 보기 드문 30촉. 그러나 그 시절 30촉 전구를 보면 60촉 전구와 차이가 크게 났었습니다. 30촉은 주위의 어둠을 배척하거나 몰아내지 않고 껴안으면서 주위를 은은하게 밝혀 주었지요.

　　　백열전등 30촉 같은 네가 좋다
　　　약간 어둡고 깜빡거리는
　　　LED 150w 전구 인간들만 번쩍이는
　　　이 백야 항시 동토에서는
　　　　－「나도 형광등 cool white인 6000k」

　현대의 '좀 더 밝게, 더욱 더 밝게' 경쟁하는 전구들을 보면 정이 가질 않습니다. 피하게 됩니다. 눈이 어두워서 그런 것만은 아닐 것입니다. 자기네가 '태양임네.', '발광체임네.' 하는 분이나, 그곳을 '눈이 시려서.' 쳐다볼 수가 없는 것과 마찬가지입니다.

> 30촉 백열전등 켜 보자
> 그대 백야 마음속
>
> 언제나 얼어있는 동토
> 잠시라도 밝아지게
> ―「항상 밝은 것이 어두운」

어둠을/모자람을/ 뒤처짐을 반 이상이나 끌어안고
꼭 필요한 빛만을 발하는 모습의 30촉 전구가 그립습니다.
그 전구를 사랑하던 어느 정도 어두운 사람도 그립고요.

30촉 전구도 성자요. 이를 사랑하는 사람도 성자입니다.

> 그늘을 말린다
> 빨랫방망이로 내려치다가
> 짧아지고만 해 결 누여본다

> 그늘 말려본다
> 내 그늘 꾸기 꾸기 부비다
> 차가워진 미래까지 곁에다
> ―「그늘을 말려보지만」

겨울 해는 점점 차갑게 짧아만 갑니다. 그 결핍된 햇살에 나의 그늘을 말리려 해 보지만, 잘 안 말려질 것 같습니다. 독한 양잿물을 풀어서 손으로 빡빡 문지르다가 넓적한 나무 방망이로 평평한 돌 위에 놓고 두들겨 가면서 빨래하던 옛날 동네 모습 생각나는 날입니다.

그늘에서 때가 빠졌으면 좋겠습니다. 아양게 되기야 아겠습니까. 새것 같이야 되겠습니까. 일단 빨았는데.

하지만 때를 뺏으니 깨끗하고 상쾌해졌으면 얼마나 좋을까요. 상큼해지기는 했지만, 아직도 축축한 나의 그늘을 반쯤 꾸겨진 햇빛에 말려 봅니다. 이렇게 추운 겨울 날씨에 잘 마르기야 하겠습니까마는 오늘 말리다가 다 안 말라서 내일 못 입으면, 내일 또 더 잘 말려서 모래는 감촉이 좋은 나를 입고 싶습니다.

하얀 서리 앉은 두 손
더 이상 갈라지지 않게 하소서
찬바람 물리쳐 달라고 꼭 잡은 손
그 사이 칼바람 들어오고 있나이다

반발만 뒤로 하면 절벽
꿇은 무릎 감각 없어진지 언제
마디마디 뚜둑 소리나게 잡은 손
더 이상 아무것도 할 것이 없나이다
　　－「청원 기도는 이루어지라고 있나이다」

사람은 제법 모집니다. 한 사람 한 사람 보면, 다들 보통이 아니지요. 어떠한 고난/고통이 닥치면 인간들은 호락호락 쉽게 물러나거나 포기하지 않습니다. 그것이 바로 사람의 고귀안 존엄성 바탕입니다.

그러나 아무리 발버둥 치고 자기를 닥달하여도 안 되는 일이 있는 것이 세상살이입니다. 더 이상 한 발자국이라도 물러서면 바로 낭떠러지일 때, 사람들은 무릎을 꿇고 두 손을 모읍니다.

기도하는 것이지요. - 몇십 분만 지나면, 꿇은 무릎의 아픔이 느껴지지 않습니다. 미미한 감각마저 없어진 것이지요. 이미 무릎으로 가는 신경세포는 마비되었습니다. 자기의 소원이 이루어지지 않는 시간이 흐를수록 꽉 잡은 두 손은 더 꼭 잡다가, 더욱 꽉 잡다가,

손가락 마디에서 교합 이상 신호를 보내는 데도 손을 놓을 수가 없습니다. 이것 밖에는 알 수 있는 것이 아무것도 안 남았기 때문 입니다.

고통/고난의 찬 바람을 막아 달라고 하는

그 두 손 사이로 바람이 비웃으며

비집고 돌아다니는 그 참담함이 느껴집니다.

얼마나 지났길래, 잡은 손 위로 서리까지 녹지 않고 쌓여 갈까.

기도의 두 손은 이제 깨진 얼음 조각처럼 산산조각이 나려나 보다. 나를 통하여 기도하면 모든 것이 이루어진다며 장담/호언하는 분들. - 만약 기도가 안 이루어지면 그것이 민사상 책임일까요? 형사적 책임일까요? 아무도 책임을 지거나 부끄러워하거나 안타까워하거나 하는 사람이 안 보입니다.

한 발자국 물러나면 아득한 낭떠러지
오래 꿇려진 무릎감각 있는지 없는지
꽉 잡은 두 손 더 꼭 쥐어 부서지는
뼈 조합소리까지 더해 부들거려도
─「그 두 손 사이로 까지 찬바람만 휭 ─」

기도는 왜 있습니까?

이루어지라고 있는 것일까요?

기도의 종류에는 묵상기도, 관상기도, 화살기도로 형식을 나누고, 지향에 따라서는 청원기도, 흠숭기도, 감사기도, 통회기도로 나누지요. 분류학상 지도층이나 갑질층으로 분류되는 분들은 흠숭, 감사, 통회기도를 자주 하시겠지요. 하지만, 서민층 또는 병이나 을로 분류되어 힘들게 하루하루 살아가는 서민들은 먹고 사느라 바빠서 죄지을 일이 없으니 통회기도 할 일 없고, 헉헉 숨도 몰아서 쉬느라 흠숭 기도 하기 힘들고, 받는 것이 별로 기억이 안 나니, 그저 지금 살아있는 것에 감사해야 하는데 이마저도 마음에서 우러나지 않습니다. 그러니 -　그저 두 손 '빡세게' 힘주어서 모아 청원기도에 전념하고 있는 것 아시나요.

　　오르막길 힘들더니
　　내리막길도 힘들다

　　올려 보는 것 고되더니
　　내려 봐도 고되구나

　　숨 들이쉬기 수월찮고
　　내쉬기 더 어려워서

　　옆을 둘러보았더니
　　아무도 보이지 않고
　　　-「여기가 어디인가」

　지금이야 그렇지 않지만, 조금만 더 있으면, 아니 바로 내일 아니면 모레 정도에. - 내리막길도 힘들고, 내려다보는 것도, 숨 내쉬는 것도 힘들어질 것입니다. 그때 옆을 돌아다보았을 때, 아무도 보이지 않는다면,   그곳은 이미.

눈 시리게 흰 눈 저곳 가야 하는데
눈 저리게 검은 낭떠러지 향하는

발 싣고
몸 실은
이 원수

너는 누구냐
　－「습관이라는 보드」

　　사람은 무엇으로 판단됩니까?
　이 사람은 어떤 사람이고 또 저 사람은 어떤 사람인지 판단이 안 되나요?
　사랑하는 대상 또는 어떤 사람을 사귀면서 이 사람이 어떤 사람인지 확신이 안 서시나요? 그래서, 그 사람을 선배나 친구에게 보여주며, 판단하여 달라고 하시지는 않는지요.
　이런 행동은 앞이 잘 보이지 않는 시각장애인에게 길을 물어보는 것과 같습니다. 아무리 사람에 대한 경험이 많다고 하여도, 거기서 거기 그리고 여기서 여기 정도밖에는 안 됩니다. 왜냐하면, 인간은 얼마든지 자기 자신에 몇 개의 가면을 쓸 수가 있는 교활한 면이 있는 동물이고요. 또 그렇게 진화했기에, 현대의 뻐근한 문명사회를 이루었습니다.

하얀 얼굴인 줄 알았는데
딱딱한 회색 가면이었고

회색 가면 뒤에는 또 다른 누런 가면
몇 개의 가면 벗겨야 진짜 얼굴인지
─「벗기는 사람도 모르고
　　벗겨지는 사람도 모르고」

　이런 인간을 어떠한 사람인지 정확히 판단하는 것은 매우 어려워 보입니다. 그래도 제일 확률이 높은 방법을 찾아보면
　사람을 판단하는 것은 하나.
　바로 그 사람이 어떤 습관을 지니고 있는가를 보면
　그 자체가 바로 그 사람입니다.
　나쁜 짓인 줄 알면서도 못된 행동을 계속하는 습관이 있는 사람은 바로 악인 그 자체이고요. 선한 생각을 지속해서 하고 착한 행태를 꾸준히 하여 습관이 박힌 사람은 착한 사람 그 자체입니다.
　　　　　　　말은 아무 소용 없습니다.
　사람을 판단하는 데 있어서 그가 말하는 것은 아무 판단 기준이 되지 않습니다. 그저, 그가 어떤 행동들을 반복적으로 하는지를 지켜보면 그 사람이 누구인지 보이게 됩니다.

눈을 파내었다고 그것을 보지 않게 될까
손목을 자른다고 팔이 그곳으로 안 갈까
발을 쳐낸다고 하여 다리 그곳 안 갈까
─「종이 무슨 죄인가
　　주인을 잘라내야지 주인을」

사람의 나쁜 습관은 참으로 많습니다.

자기의 몸을 꾸준히 해치는 흡연의 습관, 지나친 음주의 습관 그리고 각종 마약뿐만 아니라 어두운 곳이면 나타나는 자기만의 그 은밀하고 칙칙한 습관들.

자기의 악습 앞에서 사람들의 행동은 대개 〈자기 공격, 자기 비하, 자기 멸시〉 등을 시작으로 자기의 잘못을 다른 자기에게 덮어씌우기까지 하면서 자기를 피폐하게 만듭니다. 그런 행동으로 인하여, 자기 자신에게 주는 스트레스는 나를 다시 지속적으로 공격 보복하게 되고요.

성서 마태복음(5:29-30) 말대로 자기의 죄에 대하여, 자기의 오른손을 실제로 잘라낸 사람이 있다고 교회사에 적혀 있습니다. 몸 전체가 지옥에 빠지는 그것보다는 낫다는 내용을 따른 행동이지요. 이럴 정도로 죄에 대한 습관은 사람을 총체적으로 가루처럼 부서지게 합니다.

습관에 의하여 악행을 행하게 되었더라도, 당황하지 말고, Relax 하여야 합니다.

1. 절대로 자기 자신에게 스트레스 주면 안 됩니다. 상황 악화를 막아야 하지요.

2. 악습에는 다른 습관으로 대체하여 없애는 방법만이 효과가 강력합니다.

의지력 하나 갖고는 악습 교정에 한계가 분명히 있고요. 악습 환경에 접근을 아예 하지 않는 것도 도움은 되나 이 역시 내 의지력이 우선되어야 해서 효율에 한계가 있습니다.

하얀 겨울, 언덕에 미끈거리며 올라선 뒤, 나무판자에 꽁꽁 언 조그마한 몸을 얹고서는 눈썰매를 탔던 어릴 적 기억이 아지랑이 피어오르듯 합니다.

썰매라는 것은 눈길이 난 곳을 잘도 달려 주었습니다. 그렇게 난 눈길은 그냥 난 것이 아니지요. 한번 내려가고 두 번 내려가며 여러 번 내려갔기에 난 그야말로 그렇게 해서 생긴 길입니다.

언덕 꼭대기에 올라가기만 하면, 다른 길로 안 가고 매번 내려가는 길을 따라 나를 아래로 쏜살같지는 않더라도 그 정도 기분으로 달려 주었던 그 기억.　　　　**그 길이 바로 습관과 같습니다.**

우리의 삶 자체의 43%가 습관에 의하여 행해진다고 합니다. 다시 말해 무의식적으로 만들어진 습관의 힘으로 그냥 움직여진다는 것이지요. 아리스토텔레스는 "인간이란 반복적으로 행하는 것에 따라 판명되는 존재"라고 했고요. 마하트마 간디는 "너의 습관은 네 가치가 된다. 네 가치는 너의 운명이 된다."라고까지 했습니다.

눈 내리는 언덕에 올라서, 나는 저곳으로 가고 싶은데, 이미 습관의 길로 인하여 저곳으로 가지 못하게 되는 것이 습관의 굴레입니다. 이 굴레를 벗어나는 방법이 있습니다.

　　　　　　　'내가 스스로 '다른 눈길을 내는 것'　　입니다.

처음에는 매우 힘이 듭니다. 길이 안 나서 미끈거리지 않은 곳, 산 정상에서 썰매를 내려놓기만 해도 자연적으로 '이미 내어진 눈길로 내려가려는 힘'이 작용하기 때문이지요. 이 길로 들어서는 것을 느끼면 됩니다. 그 느낌이 들자마자, 새로운 길로 그 '거칠고 뻑뻑한 길'로 들어서서 어렵게 산 밑으로 내려와야 하지요.

힘이 들 것입니다. 그러나 감사한 것은 눈이 계속 내려 준다는 것입니다. 이것은 '시간/세월'을 의미합니다. 시간이 지나면서, 미리 길이 난 길에는 눈이 쌓이기 시작하여서 그 눈길은 뻑뻑하게 막히기 시작하고, '내가 새로 낸 길'이 반질반질하게 됩니다. 그래서 이제부터는 산꼭대기에 썰매를 내려놓으면, 내 썰매는 '새 길로 진입'하게 되는 것이지요. 자동으로 말이지요.

이것이 바로 **'습관 바꾸기 요령'**이고요. **새로운 눈길은 '새로운 줄**

은 습관' 입니다.

그 습관으로 나쁜 습관을 서서히 멀리하다가 보면, 어느새 인가, 상처 딱지가 흐물흐물하며 떨어져 나간 것 같은 악습에서 벗어난 상큼한 기분의 자기를 발견하는 시기가 반드시 찾아옵니다.

봄 내내 꽃 보러 다녔더니
나 꽃이 되더라

여름 동안 바다에 있었더니
나 바다 되었고

단풍길 오랜 밟길 하였더니
나 물들어 갔고

하얀 눈송이 속 걷기만 하니
나 하얀 이 되어
―「부러울 것 하나 없다는 것에 대하여」

봄, 여름, 가을, 겨울

일 년이 누구에게는 4계절이고 또 누구에게는 0계절이 되기도 합니다. 0계절을 사는 사람은 언제 봄이 오는지 또는 막연히 봄이 온 것 같기도 한데 여름이 온 것을 잠시 알아차리다가 밤이 그저 쌀쌀해져서 두꺼운 옷을 하나 걸친 사이에 가을은 가버리고 말았고, 덜덜 떨리는 몸이 겨울을 말하는 것 같다가 연말연시에 휘둘려 그저 겨울을 못 느끼고 살아가는 사람이지요.

4계절로 5년 살면 20이고, 10년 살면 40이 되지요.

의미 있고 풍요로운 자연 그 자체의 삶이 마흔 번이나 전개가 됩니다. 그러나 계절을 못 느끼고 0계절로 5년 살면 0이고 (5X0=0), 0으로 10년 살면 역시 0인 기막힌 삶으로 전락하여 삶이 0인 채로,

다시 말해 빵인 채로, 생명을 마감하게 됩니다.

봄, 여름, 가을, 겨울

이 사계절을 온 마음을 다하여 온몸으로 살아가야 하는 이유가 여기 있지요.　　　　**행복아여라**

사계절, 계절마다에 머무는 자들

그들은 이미 천국, 극락에 있으니.

살다 보니

열심히 살다보니

뼈가 휘어진 게 보이네

살다가

뼈 휘게 살다보니

뼈로 바람이 들어오네

흰 뼈

모두 가루 되게

　─「너무 열심히 산다는 어리석음」

겨울 그것도 뒷자락 정도 되었으니 슬쩍 뒤를 돌아보시지요.

내가 마구마구 열심히/열심히만 살아왔던 모습이 보이시나요.

그 〈열심이〉는 〈별로〉입니다.

나를 위해서는, 열심이는 정말 별로　입니다.

그 열심히에 골몰하는 동안 나의 소중한 가족 친지, 친구들 내 곁
에서　　　　**의미했었지요.**　　　　　나는 **아예 없었고요.**
대강/대충 하면서 사는 것이 진정으로 나에게 열심히 해 주는 것입
니다. 지금 뼛속까지 깊숙이 바람이 들어오고 있지 않습니까.

거기에도 나는 없었고
그날에도 나는 없었다

그저 미지근한 사이 차질까 봐 두려워
그러면 안된다 나는 그러는 네가 싫다
라고 못하고

그저 좋은게 좋은 것이라는데 이끌려
살아오며 솔직 시원하게 No 한 것이
몇 번이던가
　―「무덤에는
　　　No라고 못하고 속 삭히다 간 뼈들만」

분명 아닌 것이 있습니다. 확실히 '나는 네가 싫어' 라고 단호히 말
하고 싶은 인간이 있습니다. 그런데 그걸 머뭇머뭇 말 못하고
　분명　　 이 일은 못된 짓이고 인간 할 짓거리가 아닌데도
　　　　그일 잘못되었으니 나는 싫다고, 등을 보여야 하는데도
　　　　그저 묵묵히 그곳에 머물며 꾸역꾸역 살아갑니다.
살아오면서 몇 번이나 속 시원히 큰 소리로 야 ― 나 너 싫어. 네가
이러저러해서 싫어! 야 ― 그게 할 짓이냐. 예라 이 구데기/버러지들
아!　　　　 하며 등을 '휙' 보인 적이 있으신가요?

그러지 못한 사람들만 속앓이로 뼈마저 검게 되어 무덤에 묻혀 있습니다. 통쾌하게 NO한 사람들은 아직 살아 있거나, 천국/극락에 갔겠지요.   나쁜 인간에 대한
'손절은 삶의 노련한 기술' 중에 하나입니다.

아름다운 꽃 보면
생각나는 사람 있는가
그대는 봄이다

맛있는 음식 놓고
아른거리는 이 있는가
그대는 여름이다

수려한 산 바다 앞
피는 이름들 있는가
그대는 단풍이다

그런 적도 없었고
그런 것 관심도 없는가
그대는 겨울이다
    ―「그대는 이미 물렸다」

꽃들은 왜 필까요.
        나비도 벌도 어쩌면 사람도 부르기 위해서입니다.
맛있는 상은 왜 차려질까요.
        고운 사람, 정다운 사람― 같이 하자고 차려집니다.

단풍은 왜 물이 들까요.

　　　사랑하는 사람 손잡고 내려놓으라며 꽃보다 아름답게 물
들라고.　　숨 쉰다고 살아 있습니까.

　　　나눔. 그런데 나눔에 관심도 없는 이. 그대는 이미 생명체
가 아닙니다.

가시 잘라보라　　　　　
씨앗 보이는가
　　ㅡ「문제 속 해결책」

　　　　　　　뾰족 가시 속
　　　　　　　까만 씨앗 보는 자는 행복하다
　　　　　　　하늘과 땅의 이치를 보았으니

　　　　　　　모진 고난 속
　　　　　　　파도 무지개 보는 이 행복하다
　　　　　　　바람과 안개 속 보고 있으니
　　　　　　　　ㅡ「가시와 씨앗」

가시 속 씨앗 볼 수 있는 자.

가시는 왜 있을까요. 씨앗을 보호하기 위해서입니다.

　　　문제와 곤란 속 깊은 곳을 들여다보면

　　바로 그곳에 해결책이 숨겨져 있지요.

　　　어려움은 바로 나에게서 비롯된 것들입니다.

　　그러니 당연히, 해결책도 나의 문제와 곤란 그 속에 있습니다.

가시가 달려든다고　　　　　　　폭풍우 몰아친다고

등을 보여 도망만 다니면
해결책은 보이지 않게 됩니다.

詩를 쓸 것인가
詩가 될 것인가
－「이것만이 문제」

이것을 항상 염두에 두고 살아갑니다.
여생을 살아갑니다.
달랑 여생을 이어갑니다.
요사이 신문과 문학지에 실리는 시를 어쩌다 보게 되면 외면하게
됩니다. 우선, 지능이 모자라는 저로서는 무슨 뜻인지 모르겠고요.
다음은, 내용이 너무 길고, 운율을 전혀 찾을 수 없기 때문입니다.
어떤 시인은 자기가 써 놓고도, 무슨 뜻인지 설명을 못 하는 것
을 본 적이 있습니다.   '멘붕'을 아득하게 경험하는 순간이었지요.
현대시의 경향이라고는 하는데, 시대에 뒤떨어지는
a 시인은 그냥 현대의 경향을 따라가느니
차라리 아무도 보아주지 않더라도
짧은 시 그 자체가 되어 달랑 여생을
꽃 피우고
나비도 되고
구름하고 같이 바람에 떠밀려 다니고
지는 꽃 단풍으로 날리고
하얀 눈에 덮이면서 석양을 맞이하겠습니다.

달의 반은 어둡다

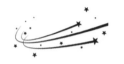

해의 반은 괴롭고
별의 반 졸고 있어
—「그대는 반쪽」

우주의 생성과정은 '극한 괴로움' '뜨거움 끼리의 격돌'입니다. 그래서 생긴 해는 아직도 극한 뜨거움 '지글지글'인 어쩌면 전부, 적어도 반은 괴롭지요. 달은 아예 한 쪽만 보입니다. 노골적으로 '자기는 어둡다'라고 하니 마음은 편할 것입니다. 해처럼 항상 밝은 척하지 않아도 되니 말이지요. 별들은 어떻습니까? 그것이 반짝이나요? 그저 햇빛을 반사하는 것이지요. 사람들이 보면서 '반짝 반짝'하니, 더군다나 예쁜 아이들이 고사리손을 살살 돌려 가면서 '반짝 반짝 작은 별'하니 할 수 없이 매일 하늘에서 반짝이는 척합니다. 그러니 피곤하지요. 많이 피곤합니다. 그래서 반은 졸고 반은 반짝입니다. 번갈아 가며 '반짝 교대'하는 셈입니다.

이렇게 우주의 모든 것은 반입니다.

반은 어둡고, 반은 환합니다.

반은 기쁘고, 반은 괴롭습니다.

반은 졸고 있고, 반만 깨어 있습니다.

그래서 내가 어둡다는 것은 내가 밝아지기 시작하였다는 것이고,

내가 괴롭다는 것은 그래도 서서히 기뻐질 수 있다는 것이며,

내가 피곤해서 졸고 있어도, 정신의 반은 그래도 깨어 있다는 것입니다. 그러니 내가

오늘 반나절 기분이 '영 – 돼지 꿀꿀'이라고 하여도

오늘 나머지 오후가 '개 피곤'하여도

오늘 꿈속에서까지 '괴롭히는 그 원수, 그 일'이 있어도.

걍 – 그러려니 하다가 보면,

확실히 그 나머지 반도 좋아지게 됩니다.

시인보다 더 기운 나무 책상 위

깎여져야만 하는 노란 연필 써져야만 하는 누렇지 않은 종이 그 옆

그것 통하여 보면 모든 것이 착하게 작아 보이는 잘록 유리통   태고 고래소리 보다가 잡혀 온 모래 알갱이들 갇혀 우르르 몰려다닌다

부스러지다 못해 자기네 하얀 뼈끼리 부딪쳐 깎이는 소리까지 갇혀버린   말간 작은 공간 속 내리꽂혀 옥죄어지며 째깍 소리 ⧗ ⧗ ⧗ ⧗ ⧗

또 뒤집어 보았자 얼마 안 간다고 노인 채찍질하는데
　　─「모래시계」

　a 시인은 일부러, 세 가지만 덩그러니 있는 작은 책상을 갖고 있습니다. 사각거리는 소리가 정겨운 노란색 연필. '꼭 채워야만 하는가. 써야만 하는가.' 하면서 끊임없이 징징대는 하얀 종이 그리고 모래시계.
　　　　분명히 모래시계는 시계의 일종입니다.
　시간을 재는 것이지요. 무슨 시간을 재는 것이며, 누구의 시간을 재는 것일까. 태초보다 먼저 생긴 모래일지도 모르는 모래들이 어쩌다 잡혀 와 말간 유리통에 갇혀서 시간을 재야만 합니다.

　뒤집힐 때만 시간을 재는 모래시계.
　쏴아 하며 쓸려 내려가는 소리마저도 갇혀 버리고만 불쌍한 모래

들.　이 모래들이 엄중한 경고를 합니다.

　　노인에게 호루라기를 불어 줍니다.

뒤집어라.

지금까지 살아온 정반대로 거꾸로 거꾸로

　　　　뒤집어야 새로운 생명의 시간이 주어진다.

모래시계를 통하여 물체를 보면 크고 넓은 것들을 작게 볼 수가 있습니다.

　세상에 커 보였던 무상한

　　　　허무한 것들을 하찮게

　　　　　　　허접스럽게 볼 수 있는 혜안을 주지요.

　언젠가는 이 아니고 어쩌면 내일은

　　　　　　　　바로 내일은 　　'뒤집을 시간도 남지 않을 수도 있다'라는 섬뜩한 채찍질을 해 줍니다.

　참⋯. 우리가 모르는

　아니⋯. 알지만, 모르는 척⋯. 하는 것.

우리 삶의 1/3을 잠으로 소비한다는 것 다들 아시지요?

　일생을 평균치 80년 정도 산다고 치며 낸 통계에 의하면, 사람들은 평균 26년 일하고요. 25년 잡니다. 삶의 64% 정도를 자고 일하는 데 쓰는 셈이지요. TV 보는 데, 10년 쓰고, 먹는 데 6년, 전화하는 데 4년 화장실에서 3년, 멍하게 있거나 화를 내는 시간이 2년이 된답니다. 스마트 폰을 하루 4시간 보는 사람이 반 정도 된다고 하니, 약 13년을 스마트 폰을 들여다보고 있다는 계산이 나옵니다.

　　　이러고도 사람입니까.

　　　인간이 지성이 있다는 것이 맞습니까.

　일생에 미소 짓는 시간은 88일이라고 합니다.

이러고도 행복한 것이 사람입니까.
행복하려고 사는 것이 인간입니다.

88일은 삶의 1%도 안 되는, 0.003% 정도 됩니다.

화장실에서 지내는 시간의 0.08%만 미소져도 행복합니다.

미소 짓는다는 것은 행복의 표현이지요. 그런데 화장실에 있는 시간의 0.1%도 안 되는 기간만 행복한가요?　　　88일….

3달도 안 되는 이 시간을 위하여 그렇게 행복 행복하며 행복 추구에 온갖 신경을 쓰고 살아가는지요. 사람들이 제일 많이 말하는 것이 행복입니다.

무슨 일을 하던 무슨 생각을 하든 결국은 행복 추구입니다

이렇게 자나 깨나 꿈속에서도 행복을 위해 살아가는데

　　실제 생각이나 행동 즉 삶의 행태는

　행복하고는 멀기만 합니다.

어떻게 하는 것이 현명한 시간의 할애가 될까요.

일하면서 미소지을 수 있어야 합니다.

그러면 일생의 26년은 행복할 수 있습니다.　그래서 학교에서 직장에서의 환경은 매우 중요하며 나 자신의 마음가짐도

공부하거나 일하면서 공부와 일을 즐길 수 있어야 합니다.

　　그래야 나의 삶도 행복하고

　공부에서도 일에서도 성공할 수가 있습니다.

자면서도 꿈속에서 행복할 수 있도록 Super Ego에 깊숙하게 성찰된 자아가 빛나고 있으면 삶의 25년을 행복할 수가 있습니다.

사람은 꿈을 꿉니다. 대다수의 포유류 동물들도 꿈을 꿉니다.

사람이 동물하고 달라지고자 한다면,

　　　　　꿈 정도는 자기 스스로 제어할 수가 있어야 하지요.

인간은 보통 1시간에서 2시간 사이에 10분에서 40분 이상의 시간의 꿈을 꿉니다. 적어도 하루에 5개 이상의 꿈을 매일 꾸는 셈이

됩니다. 이 오랜 시간의 꿈, 즉 내 생애의 26년인 잠에, 많게는 8년 정도를 차지하는 꿈을 행복한 시간으로 할 수 있는 사람은 잠의 26년 모두를 행복하게 지낼 수 있습니다. 반대로, 꿈 대부분을 악몽으로 꾸는 사람은 자기 삶의 26년을 불행하게 지내게 되는 것이지요.

일생의 10년을 소비하는 TV 보기, 먹는 데 쓰는 6년, 전화하는데 4년 화장실에서의 3년, 스마트 폰에 매달리는 13년에 대하여도, 각자 자기의 사정에 맞도록 행복 Plan을 세워야 합니다.

아무 계획 없이 시간을 소비한다는 것은

한 번뿐인 나의 삶을 탕진한다는 것

을 심각하게 자각하고 깨닫기 위해 정진하여야 합니다.

삶의 시간 활용에 대한 성찰과 '내가 사는 방식이 절대적으로 맞다'라는 '진리에 대한 자신'이 있어야

나의 삶을 다시 REFORM하게 되는 동력을 얻게 됩니다.

마무리는 어떤 매듭일까
풀어진 매듭일까 아니면 묶어둔
끝은 어떤 모습이 될까
두 손 쥐고 있을까 펴고 있을까

이제라도
자신에게
　－「한 점 거짓 없이 이제부터라도」

현대의 위대한 종교 스승들 유언들은 어떤 의미가 있을까요?
성철스님의 유언, 열반송은
생평기광남녀군(生平欺狂男女群)

미천죄업과수미(彌天罪業過須彌)

활함아비한만단(活陷阿鼻恨萬端)

일륜토홍괘벽산(一輪吐紅掛碧山)

한 평생 남녀의 무리를 속여서

하늘에 가득한 죄업이 수미산을 지나간다.

산채로 무간지옥에 떨어지니 한이 만 갈래나 되는데

태양이 붉은빛을 토하면서 푸른 산에 걸렸네.

　　　　　생전 평상시에도 '나에게 속지 말라.'

　　　　'나를 스님이라 부르지 말고 〈산중〉으로 부르라.'

　　　　한 말씀만 해달라고 찾아오는 사람들에게

　　　　'나를 보려면, 부처님께 남을 위해 3천 배를 먼저

　　　　하라. 절은 기도이니, 남을 위해 기도하다

　　　　보면 모든 것을 깨닫는다.'라고 하였습니다.

김수환 추기경님의 유작은 '바보야' 입니다.

＊다음은 한국에서 원고 청탁받고 써서 보내 준 내용입니다.

바보들의 등산대회

☞ "바보야" 87 나이에 선종한 김수환 추기경이, 85살에 자화상을 그리면서 그 밑에 쓴 글이다. 오른쪽 눈썹은 반쪽에다, 그 밑의 눈은 "알면 얼마나 아는가?"라 하고 있으며, 입은 "그동안 너무 말을 많이 했나?" 하는 듯 약간 다문 입에, "한쪽 말만 잘 들어온 것은 아닌가?" 왼쪽 귀만 쫑긋하고 있다. 처음 그리는 그림이니 일부러 그런 것은 아니겠으나, 그림도 그렇고 글씨 자체가 흐릿하게 쓰여 있어, 바보라는 표현을 잘하여 주고 있다.

이쓰사(이 글을 쓰는 사람)는 가톨릭 기계였다. 파릇 나이에는 주

일 학교 교사 20 년으로, 누렇게 시든 나이에는 꼬부라짐으로 봉사
하였다. 추기경 저서를 한 권도 빠짐없이 사서보고 그 글 밑에 줄을
좍좍 그어가며 생활의 지침으로 살아왔다.

그런데 왜 이쓰사는 이 글들을 하나도 기억 못하면서 추기경 하
면…. 오로지 이 "바보야" 만 생각이 날 수가 있을까? 이쓰사는 바보.
머리가 나쁜 바보이기 때문이다.

세상 사람들 모두가 새까맣게 산을 기어오르는 모습이 보인다. 그
앞장에 선 사람들 모두 바보이고, 그 뒤를 따르며 숨 몰아쉬는 이들
도 모두가 바보들이다.

아름답고, 행복하고, 보람되며 기쁜 것은 모두 아래에 있는데, 아
무것도 없는 높은 곳을 향하여 바보들이 등산대회를 하고 있다.

인간은 원래 이성보다는 감성이 앞서는 존재이다. 진화학적인 측
면에서 보면, 감정의 뇌가 당연히 이성의 뇌보다도 빨리, 오래 발
달하여 왔으며 내부 또는 외부로 끊임없이 받는 자극은 먼저 해마
(hippocampus), 시상앞핵(anterior thalamic nuclei), 편도체
(amygdala), 변연엽(limbic lobe), 후각신경구(olfactory bulbs)
등으로 이루어져 있고, 인간의 감정, 기억, 행동, 동기부여, 후각의
기능을 담당하는 대뇌 변연계 영역을 거쳐서 대뇌피질로 전달되어
왔다. 즉,   **인간의 생각과 행동은 이성이 아닌 감성에**
위둘려지는 뇌의 구조를 갖추고 있어서
확실한 미완성이고 영원한 미개 그 자체
일 수밖에 없는 것이다. 이런 사람의 구조로 인하여 사람과 사람은
역사적으로 집단체제를 이루기 시작하면서부터 이런저런 크고 작은
싸움을 겪으며 오늘에 이르고 있다.

바보이면서도, 반이성적인 인간 하나하나의 겉과 속이 다르고, 이
해관계가 상충하고, 생각하는 것이 다 다른 상황에서 분쟁이 일어나

는 것은 피할 수가 없는 것이다.

사람들은 이렇게 어리석기만 하건만, 모두 자기만의 악기를 가지고 열심히 무엇을 잘 표현하면서 살아간다고 착각한다. 오보에가 A(라) 음을 불고 그 음에 맞춰서 악장이 튜닝을 한 후에, 연주 들어가기 전 악장이 들려주는 라 음을 들으면서 모든 악기들이 튜닝을 하여야 하는데…

악장도 튜닝이 틀리고, 현악기, 관악기, 타악기, 건반악기 연주자들도 모두 튜닝 없이 연주를 이어간다. 곁에 있는 악기하고만이라도 음을 맞추거나, 맞지 않을 때에는 다른 악기가 소리를 낼 때 자기의 소리를 낮추든지, 멈추고 조용하여야 하는데… 아랑곳하지 않고.

심지어는, 자기 악기가 깨어진 줄도 모르고 요란한 소음을 내며 살아가니 아름다운 '화음의 삶'은 어디에서도 찾을 수가 없는 것이다.

사람들 눈길을 자세히 보시라.

깊고 온화하며 세상 이치를 아는 선한 눈동자를 찾아보기가 힘들다. 그저, 잘나고 똑똑하려고 버둥거릴수록 거꾸로 어리석어지는 인간들의 날카롭고 비릿한 눈초리들만 여기저기 흔하게 보이지 않는가.

자기가 바보라고 생각하는 사람은
더 이상 바보가 아닌데, 이런 사람들은
어디에도 잘 안 보이니 이 세상의 시끄러운
바보 오케스트라를 어떻게 한단 말인가…….

잘나고 똑똑하려고 버둥거릴수록 어리석어지는 바보들의 등반 행진을 가로막을 자…

과연, 누구인가?

매일 검은 옷 입고
수시로 무릎꿇으며
두 손 꼭 모으는 이
그들에게 물어본다

까마득한 이천여 년 전
천 한 장 못 걸친 수모
온갖 배반과 조롱 속에
뼈 갈림 피투성이 범벅

너희들의 스승 유언
얼마나 살고 있는지
  ―「모르는 것이 확실한 이들의 행렬」

사람에게서 유언은 참으로 중요하지요. 죽어가는 사람이 자손이
나 지인에게 남기는 짧고도 함축적인 말이 될 것입니다.

돈이나 명예가 있는 사람은 돈과 명예를 어떻게 나누고, 그것을 이
어 나갈 것인가를 이야기할 것이고요. 큰 가르침을 주어온 스승들은
제자들이나 믿는 이들에게 자기 가르침의 제일 중요한 부분 또는 미
처 가르치지 못했던 내용을 이야기하든가 하겠지요.

크리스천에 예수 그리스도의 유언은 그래서 중요합니다.

그런데 얼마나 기독교인들이 예수의 유언을 기억하고 따르는지
묻고 싶습니다. 마태오, 마르코 복음에서는 "엘리 엘리 레마 사박타
니?" 그리고 큰소리라고만 되어 있고요. 요한 복음에서는 "목마르
다." "다 이루어졌다."라고 되어 있습니다. 루카 복음에서는

  "아버지, 제 영을 아버지 손에 맡깁니다.' "목마르다." 이외에 사람

들을 향한 의미심장하고도 함축적인 가르침이 있지요.

바로 23장 34절의 "아버지, 저들을 용서해 주십시오.
저들은 자기들이 무슨 일을 하는지 모릅니다." 입니다.

자기 자신을 모르는 사람들

자기 스스로 무슨 일을 하고 있는지를 모르는

　　　　　　　　　대다수 사람에 대한 엄중한 경고입니다.

스승의 유언이 무엇인지도 모르는 사람들.

안다면, 그렇게 쉽게 거짓말이나 진정성 없는 행동을 할 리가 없는
사람들.　스승과 아버지의 여러 가르침을 따르기는커녕

　　　　그의 유언조차 무시해 가며 행동하는 종교인들.

이들은 자기가 무슨 일을 저지르고 있는지 모르는 사람들입니다.

자기가 무슨 일을 하고 있는지 진정 모르는 어리석은 사람들.

무슨 일을 하고 있는지 모르니 인간 본연 문제의 실마리가 풀리지
않습니다. 잘못하고 있다는 것을 안다는 것은 앞으로는 바른길로 간
다는 뜻이지만, 그것을 모른다는 그것은 앞으로도 계속 같은 실수를
반복하다가 결국은 죽을 때까지도 삶을 어떻게 살아야 한다는 것을
모르는 채로 인생을 마감한다는 것이지요.

검은 옷, 하얀 옷, 먹물 옷 입은 성직자들도 마찬가지입니다.

앞에 선 이들이 예수님의 모습을 어느 한 군데도 닮지 않고 그들
자신이 하는 행동을 잘 모르는데 어찌 예수님의 진정한 뜻이 전교되
겠습니까.　　　2000년 넘게 줄기차게

　　　이 세상에는 예서제서 온통 못 박는 소리만 들립니다.

부처의 유언은　　　'태어나는 모든 사물은 덧없으며 결국 죽는다.'

무함마드 유언은　　'알라시여, 나의 사투에 함께 하소서.'

공자의 유언은　　　'지는 꽃잎처럼 현자는 그렇게 가는구나!'

소크라테스 유언은 '크리톤, 우리는 아스클레피오스에게 수탉 한

마리를 빚졌네.   그에게 그것을 제물로 바치게'입니다.

　김수환 추기경은 　'고맙습니다. 서로 사랑하세요.' 하였습니다.
이렇게 　유언을 누가 기억안다는 것은 그 사람이 내 안에 살아 있는 것
입니다. 　겨울 그것도 석양이 저리도 검기만 합니다.
　　　　가족이 모이고 친구/친척/지인/제자들이 모인
　　　　자리에서 　　**무슨 유언을 하려 하시는지요?**

벽이다
벽
천정은 올려쳐진 벽
바닥은 누워 버린 벽

악을 써보아도
발길질해도

벽 점점 좁혀온다
익숙하면 할수록
　　ー「감옥 그리고 탈출」

　벽입니다. 앞을 보아도 벽. 뒤를 보아도 벽. 옆, 위, 아래 모두 벽입
니다. 　　**벽 = 세상 = 벽** 　이지요.
　사방팔방이 막힌 벽은 감옥입니다. 낡은 습관과 너덜대는 생활관
행의 틀/감옥 속에서 이것이 행복이려니, 이것이 평온함이려니 하는
익숙암에서 대탈출을 당장 감행하지 않으면 ー나는 그냥 무기수로 장
기 복역하다가 밖 세상 빛 구경도 못 하고 깜빵에서 〈故 아무개〉 먼
지로 사라지고 말 것이니

이게 누구의 삶인가
이건 누구의 꿈이고

언제는 내가 있었나
한번 단 한 번이라도
―「남을 위해 평생 살아온 대단한 나」

주위의 사람들이 나에게 이런 사람이기를 기대합니다.
이런 엄마, 아빠, 직장인, 종교인 ― 이런 색의 사람
이런 생각과 행동만을 하는 인간
　　　　　그 기대에 나를 때려 맞춥니다. 뚝딱 뚝딱
그렇게 살아오다 보니 나의 삶이 아니고 남이 기대하는 사람
아니 AI 기계가 되고 맙니다. 나에게서 AI 시대는 이미 태어남과
함께 하였지만　　　　　시간이 지날수록 첨단 AI가 됩니다.
죽어서도 그 모습 그대로 유지하여야 합니다.
　　　　　A ㅏ ―
참 대단합니다. 죽어서도 썩지 않을 내 기상 (氣像)

　　　한 뼘 면적에 폭풍우 인다
　　　한 뼘 용적에 쓰나미 일고

　　　깊숙하게 페인 골짜기 속
　　　긴 한숨 줄기 회색 회한 도니
　　　　―「고흐 그리고 나의 자화상은」

자화상(自畫像 : self-portrait)은 그린 이가 자기 자신을 그린 초
상화이지요.　　　　　자화상 하면 떠오르는 작품들은

사실 여부가 문제가 되는 레오나르도 다 빈치(Leonardo da Vinci) 자화상,

살바도르 달리(Salvador Dali) '구운 베이컨과 부드러운 자화상'

노먼 록웰(Norman Percevel Rockwall)의 삼중자화상

그리고 미켈란젤로의 최후의 심판 작품 속 자기의 껍데기를 그린 모습이 생각납니다. 미켈란젤로는 4년이라는 긴 기간을 시스티나 성당의 천장에 그림을 그리기 위해 누워서 지내며 고생하게 됩니다.

축축하게 젖은 석회가 마르기 전에 그 석회 위에 물감을 입혀 그리는 프레스코 기법으로 그렸는데 이 기법은 수정이 불가하여서 정신을 집중하여서 그려야 했습니다. 오죽 힘이 들었으면, 자기의 모습을 한쪽 구석에 껍데기로 표현하였을까요. 자기 껍질을 들고 있는 〈성 바르톨로메오〉의 그림을 그리면서 얼마나 참담하였는지가 그의 자화상에 잘 나타나 있습니다.

또한, 빈센트 반 고흐(Vincent van Gogh)가 프랑스 프로방스 지역 도시 아를르에서 1888년 12월 23일 크리스마스를 앞둔 추운 겨울날, 책상 위에 놓아뒀던 면도칼로 왼쪽 귀를 잘라낸 뒤에 자기의 모습을 그린 그림이 생각납니다. 고흐의 광기와 음주 그리고 폴 고갱과의 불화, 그의 동생 태오의 약혼 소식, 엄마에 대한 응석 등의 복합적인 문제가 그를 그렇게 만들었습니다.

이런 작품들을 보고, 거울에 비친 나의 얼굴을 보면, 두 장면이 오버랩(Overlap)되면서 '철커덕' 일치하는 소리가 들립니다. 사람의 얼굴은 그 사람의 일생을 말해 준다고 하는데, 얼마나 다양한 고생을 국제적으로 하였는지 '한 뼘 밖에 안되는 얼굴' 용적과 면적 안에서 쓰나미도 덮치고 폭풍우도 일어난 흔적이 또렷하기만 합니다. 한국에서는 그나마 덜하였지요. 미국과 중미 그리고 남미에서 몇 번이나 죽을 뻔한 모습이 제일 깊게 파여 있고요.

어찌 보면, 지금 살아있는 것 자체가 기적이기는 합니다.

봄인 줄은 아셨나요
여름인지도
가을인 줄 몰랐으니
당연히 겨울

그걸 모르니
철딱서니가
　　－「언제 철이 드시려나」

"너 언제 철이 들려고 그러니?" "이런 철딱서니 없이 - 츠츠츳" "철
들자 죽는구면" 이런 소리 많이 들어 보셨지요?
　　　　　　철이 든다는 것은 무엇일까요?
　어른이 되면 자동으로 철이 드는 것은 아니기 때문에 나이와는 상
관이 없고요. 사전의 뜻대로 철은 '사리를 분별하는 힘을 의미하는
말'이라고 보아도 되고, 인간이 자연 일부라는 진리 하에서는 '삶의
계절대로 사는 지혜'로 보는 것도 좋겠습니다. 주위에 보면, 분명 겨
울철의 노인인데 아직도 자기가 여름에 있는 줄 알고 '말이나 행동'
을 하는 것을 보게 됩니다. '철이 아직도 안 든 것이지요.'

　사람마다 약간의 차이는 있지만, 생체적으로 사람은 분명 봄, 여
름, 가을, 겨울이 있습니다. 이 계절에 따라서 생각과 말과 행동을
하여야 하고요.
　　　　철이 덜 들거나 안 들어서 자연을 거스르는
　　　　　　사람들을 보면 안타깝습니다.

대머리가 많아졌으면 좋겠다
공짜 좋아하다가
공기도 공짜
햇빛 빗방울
하늘 뿌려진
별들 둥근 달
이게 다 공짜

민머리가 가득했으면 좋겠다
거저 좋아하다가
들꽃도 거저
향기 꽃씨도
구름 솔바람
강가 새 보기
이게 다 거저
　　　　　－「대머리 민국 행복 공화국」

　살아가는데 진작 소중하고 아름다운 것들은 공짜입니다. 공짜 좋
아하는 사람이 많아지면 행복한 사회/나라가 되는 것입니다.

오늘은 먹구름들이 모두
산 위 걸려 가만 있네요

어디로 누구한테 몰려들
갈까 모의하고 있네요
　　　－「오늘뿐만이 아닌 일 앞에」

산을 보네
산 모양 닮아 먹은 먹구름 잔뜩 낀

구름 보네
조금도 움직이지 않고 모의를 하는

그들 보네
이젠 어디로 누굴 덮칠까 신나하는
―「구름 보네 그들 보네」

양도 만들고 꽃도 만들어서
사람들 몰려들면

바람 불러들여서
늑대로 독버섯으로 바꾸어
―「구름이 하는 일」

돈 모양 왕관 모양 쫓아가다
손으로 만져보면
푹 꺼져 버리는

올라타면 하늘을 날아가려나
가까이 하여보니
푹 꺼져 버리는
―「구름 쫓는 인간들」

조금만 바람 불어도
모양 부서져 버리는
바람 불지도 않아도
스스로 모습 변하는
　　 ―「그대는 구름이군요」

구름 같은 것 가까이 마시라
푸르던 그대도 구름 되리니
　 ―「자세히 보면 구름이 보이는데」

　바람이 좋기에 산책을 나섰습니다. 길에서 산을 올려 보니 먹구름
들이 산 위에 잔뜩 끼어서 원래의 산 모양들이 모두 변형되어 보입
니다. 먹구름이 '앙 ― ' 하고 산을 먹어 버린 것이지요.
　바람이 제법 불고 있는데도 그 먹구름들은 그대로입니다.
　그들은 지금 무슨 중요한 일을 서로 모의하고 있기 때문입니다.
　어느 곳, 누구를 덮쳐 '앙 -' 먹어 치워야 신이 날까 곰곰 음모를 꾸
미고 있습니다.　　그들의 결론은 이렇게 났습니다.
　자기네들을 지겹도록 끈질기게 쫓아다니다가 결국은 자기네를 닮
아가는 인간들을 골라서 '따끔한 먹구름'으로 덮치기로요.

구름같이 조금만 바람 불어도
형태가 무너져 버리는

그러다가 바람 불지 않아도
스스로 부서져 버리는
―「구름 쫓다가 구름같이 되는 인간들」

지금 하시는 일이 잘 안 되시나요?

지금 주위의 인간관계로 고민하시나요?

　그 일은, 그 인간들은 구름이 아닌지 냉철하게 보셔야 합니다.

구름 쫓아다니지 마시지요.　　**구름 같이 영태 없는 일생** 된답니다.

　아무리 그대가 푸르고 파릇한 사람이었다고 하여도 말이지요.

연말이다

그 연말

며칠 안 남은 이 수상한 날들 지나면

조금은 기억나게 될 그 1월 또 온단다

1년 전 살았던 그대로 한달 한달 살아가면

　　새해라는 것이 어떻게 될까

　　달랑 여생은 또 어찌 되고

　─「점점 나이 든다는 쓰나미 앞에서」

매년 12월 말이 돌아옵니다.

　향기로운 소나무를 뜨겁게 말려가는 크리스마스 트리 등불은 아직
도 빨간불 초록불로 반짝이고 있지만, 성탄절이 지나자마자, 연말의
하루하루는 무서울 정도로 빠르게 흐르기 마련입니다.

　　그 며칠 쓰다가 쓰레기 만들 것을

　　왜 그리도 번쩍거리는 불들 둘러 주었을까

　　밑등 잘라냈으니 그 아픔 통곡을

　　향기라며 낄낄대었지 평상시 항상 하듯이

　　─「크리스마스트리 같이 자르는」

보시라 저 크리스마스 트리
저 깊은 산속 숨 쉬다 잘려
도시로 머리털 질질 끌려서
식음 전폐하고 저리 서 있다
빨간색 초록색 꼬마전구들
둘둘 둘려져서 눈도 못 뜨게
그리도 번쩍거리며 어질하다

잘리지 않은 친구 나무들은
하얗고 깊은 저 깊은 산속
아직도 저리 푸르게 있건만
그렇게 계속 자라고 자라서
엄마 새들 아가 새들 모두
나무 품속에서 새근 잠들고
그 모진 바람도 쉬어 가게
—「며칠 쓰자고 밑까지 쳐 메리크리스마스」

크리스마스 일주일 뒤
불은 꺼진다
온몸 두른 온갖 장식
걷어 쳐지고
밑둥 처참히 잘리고 만
녹색 소나무
속은 금세라도 타도록
바짝 말랐다
이 집도 저 집도 집 앞

내동댕이쳐져
녹색 쓰레기차도 외면
대기하는데

며칠 동안 모진 바람
나 뒹굴고
오래 기다려 결국은
갈려지니
　—「보는 나도 크리스마스도 갈려버리네」

사람 밀등 자르는 인간 막으려
번쩍이는 오너먼트 같은 권력
반짝이는 꼬마전등 같은 재력
그것에서 벗어나라는 아기예수
　—「그 앞에 크리스마스 트리라니」

　가톨릭교회에서는 12월 25일 '주님 성탄 대축일' 이후, 약 2~3주 동안 아기 예수님 성탄절을 기념하지요. '주님 세례 축일' 전까지가 되고요. 하지만 온 세상을 들뜨게 하면서 축제의 분위기 일색이던 일반 세상의 크리스마스 기분 유효기간은 고작 일주일입니다.
　새해를 맞는 분위기에 밀리기 때문이겠지요. 이런 새로운 해를 맞이한다는 분위기에 매몰차게 내몰려 내동댕이쳐지는 것이 있습니다.　　크리스마스트리
　이 집에서도 저 집에서도 새해를 맞이하면서 크리스마스트리를 집 앞 길거리에 내어 놓습니다. 아니, 내동댕이칩니다. 향기가 좋다며, 멋있고 예쁘다고 칭송해가며 온갖 장식까지 둘러 줄 때는 언제고, 몇

주 안 되어 모든 장식을 도로 빼앗아 버리고는 새해에 새 달력에 눈길이 가자마자, 길 밖에 버립니다. 아니 패대기쳐 버립니다. 핑계는 '크고 무거워서'라고 하는 인간도 있지만, 사서 올 때는 모셔 오면서 그렇게 안 했으니 그냥 치사한 핑계일 뿐입니다.

아 – 예쁘다 멋있고
야 – 향기 죽이는데

세상 반짝이는 것은
모두 몸 둘러 주며

영원히 사랑할 것인 양
온갖 호들갑 떨더니

몇 주도 못 버티고
모든 장식 빼앗고는

길 밖에 내동댕이쳐
기계로 갈려 버리게
―「크리스마스트리/인간 인심」

웬만한 크기의 소나무들은 십 년 이상을 자란 나무들입니다. 자르지 않고 놓아 두었으면 후세들이 '가슴을 활짝 펴고 미소'를 주었을 높은 기개의 존재들. 이들이 바싹 말라서, 못된 바람에 며칠씩이나 이리저리 뒹구는 모습을 보면, 마음이 참으로 뻐근 착잡하기만 합니다. 이 소나무들은 일반 녹색 쓰레기 차들이 수거를 하지 않습니다.

특수 장비를 갖춘 차가 오래 기다린 일정 날에 와서 그 자리에서 그냥 갈아 버립니다. 요란한 굉음과 함께.

     소나무 마지막 단말마 소리도 들리지 못하도록

     돌아가는 기계의 굉음은 처참하기만 합니다.

갈리는 나무의 세포 소리는 시인의 뇌세포까지 같이 갈려 나가게 합니다.

인간 들의 인심이라는 것도 연대문명이라는 것도 그저 '크리스마스트리 운명'과 거의 같기 때문입니다.

◑ 가까운 지인들이 모이는 모임에는 거리가 멀건 안 멀건 만나 보아야 하고 그냥 아는 정도의 사람들에게도 연말연시 인사를 보내고 받느라 하루가 짧기만 하기 마련이니, 자기 자신이 제일 바싹하게 증발해 버리는 시기가 바로 연말연시이지요. 이렇게 정신 따로 몸 따로 분리되는 듯한 토네이도 분위기에 쓸려 다녀야 하는 분위기가 감싸게 되면, '작년에도 이랬었지' 하는 기억이 목을 더욱 답답하게 만듭니다.

     달력을 떼어 내네

     벽에서

     새 달력 걸어보네

     같은 벽

     나에게서

     떼어내는 것 무엇이고

     새로 다는 것 무엇인가

      —「매우 심각한 명제」

올해도 험하게 살았구나
지난 달력 들추며 솟는 소름
작년에도 그랬던 것 같고

내년 달력 같은 벽 걸며
새해에는 끔찍하지 않으려면
어떻게 해야 하나 어떻게
　　─「심각성 바로 그곳에서부터」

　아직 동물 기름 인쇄 잉크 냄새가 미소하게 역겨운 새해 달력을 걸면서 한 달 한 달의 그림을 보면서 생각해 보았습니다.
　작년 1월에는 어떻게 살았지? 그리고 2월, 3월은 또 어떻고?
　올해도 한 달 또 한 달 그렇게 작년처럼 살아가면 되는가?
　이런 질문들을 하다가 보니 나의 여생에 자신이 없어집니다.
　그냥 여생도 아니고, 허옇게 달랑거리는 '달랑 여생'에 말이지요.
　사람이 삐걱거리는 노인이 되어서　　나이 한 살 두 살 더 든다는 것은
　거대한 쓰나미 앞에 서는 것입니다.
　이 세상에 천재 자연은 폭우, 지진, 화산폭발도 무섭지만, 쓰나미가 더 겁나지요. 2011년 일본에서 발생한 지진 해일로 1만 8,400명이 목숨을 잃었습니다. 그 당시 공개된 동영상들에서 그야말로 세상의 모든 것을 순식간에 삼켜 버리는 모습을 보고 세계 사람들은 안타까움과 함께 망연자실하고 말았지요. 세계에서 지진해일이 제일 많은 하와이에서는 지진해일을 카이 에에(kai e'e)라고 일컫지만, 20세기 후반부터는 세계적으로 일본어 쓰나미(TSUNAMI)를 통용어로 쓰고 있습니다. 이 쓰나미는 일어나기 몇 분 전에 거대한 바다의 물이 빠지는 특유의 물 빠짐 현상을 나타낸다고 합니다.

파도가 일면서 넘치기 직전에 반대 방향으로 물이 빠졌다가 다시 거대한 파도가 되어서 덮치는 것이지요.　　　　전조증상.

이 무서운 전조증상을 알아채는 바닷가 주민들은 한꺼번에 바닷물이 거꾸로 거대하게 빠지면 모든 노력을 다하여 산 높은 곳으로 피한다고 합니다.　　　　　　　　전조증상.

쓰나미 뿐만이 아닙니다. 사람들이 살아가면서 절체절명의 순간이 경고증상 없이 오는 경우는 드뭅니다. 고통과 고난은 대개 내가 씨를 뿌렸거나 나의 주위에서 씨를 뿌렸거나 하여서 그 잎이나 열매가 '은근 슬쩍' 미리 보입니다.　　　　　　특히,

노인들에게는 이 전조증상들이 다양한 모습으로 닥치기 마련입니다. 건강이라든지, 인간관계 또는 주위의 급격한 환경변화 등에서 말이지요.

　　　모양은 뒤틀리고　　　　　　냄새는 고약하며

　　　내 몸 가죽색에서도 비릿한 전조증상이 나타낼 때는

내 생명을 내 삶을 절대적으로 위협하는 쓰나미가 갑자기 피할 수 없도록 닥친다는 것을 동물적 감각으로 알아채야 합니다.

그러안 낌새를 느끼면 신속이 대비/대피를 아여야 하겠지요.

뉴스에서 걸핏하면 아무 생각 없이 이야기하는 〈65세 이상 고령층〉.각종 통계에서도, 각각 잡아 주기 싫어서 한꺼번에 잡아 버리는 '싸잡이 〈65세 이상 고령층〉'이 되게 되면 그 대비는 더욱 심각하게 됩니다.　　　　한 달 한 달 사는 것이 바로 달랑 남은

　　　〈달랑 여생〉이 되는 상황에서는 말이지요.

고령층 노인들이 새해를 맞이하여서 작년하고 똑같이 하루하루 사는 것이　　　거대한 쓰나미들 앞에서

　　귀중한 생명을 위한 것인지　　　버리는 것인지 깊이

　　　성찰해 보아야 하는 한 해의 마지막 날입니다.

보시라
저 성자 겨울 나목(裸木)

지닌 것 하나 없어
칼끝 바람마저 그냥 지나치는
　―「보라 온갖 바람맞는 이들」

이파리 하나하나 떨구어 낼 때마다
나무는 자결한다
간신히 빚어낸 열매 떨쳐낼 때마다
나무 확인 자결을
　―「칼바람이 나목을 그냥 지나가는 게 아니다」

보시라
그대가 얼마나 많이 지니고 있었는지

느끼라
저 나목 벗기 전 얼마나 무거웠는지
　―「나목이 되지 않고서는」

나목 되기 전에 나무는 알았을까
얼마나 많은 이파리를 쥐고 있었는지

나무 모두 벗어버리기 전 알았을까
왜 바람 불 때마다 그리 흔들렸었는지
　―「나목 되기 전에는 알지 못하는」

보라 저 나목 가지들
어찌 저리도 당당한지를
보라 바람도 비켜가는
　　－「보라 나목가지」

향기 오르는 꽃들을 피울 땐
조용히 몸 낮추어 하늘거리고
저리 많은 이파리 거느릴 땐
길고 잔가지마저 늘어뜨리며
한 알 한 알 열매 키워갈 땐
떨어질까 숨결까지 죽이더니

저리도 길고 언 땅 건너려고
바람 더 이상 맞을 수 없기에
　　－「왜 나목이 되었을까」

그대
화려하게 꽃 피우려 쫓아가는 것
그대
열매 맺으려고 진땀 흘리던 것들
　　　　　　　　　　　때가 되면
　　　　　　　　　　한순간에
　　－「겨울 길에서는 나목만을 보며」

겨울 산을 빛내는 나목들
자기네들끼리 무슨 말 속삭일까

자기들 보는 인간 보면서
　-「가여운 것들 그리고 어리석은 것들」

겨울 산자락 나목 곁에
서성이다 보면
내 껍질이 뱀 껍질처럼 벗겨져 나간다

뜨거운 나목 같은 친구
가까이 있으면
접착제 고정된 망상들 떨어져 나가고
　-「내가 나목이 되면 주위가 나목 숲이 된다」

　　　　　아름답다
　　　　　　참으로 아름답기만 하다
그 날카로운 칼끝 바람도 비껴가는
어쩜 저리 당당한 모습들 되었을까
　-「나목 곁에는 나목들만이」

나목은 따스하다
벗기 전보다 훨씬
　-「벗어 본 나무 그리고 사람만 안다」

내려놓을 것 다 내려놓고
비울 것 모두 비워서
나목같이 되면
어찌 될까

546

－「칼날 바람도 비켜가니」

내가 가지려 바둥거리던 것들
소중하다고 하던 그 모든 것들

그게 원래 아니면 얻어 쥔 내 것이었을까
그냥 잠시 곁에 있기만 했던 것들이었을까
－「나목 어찌 저리도 당당할까」

겉옷 훌훌 벗어 내동댕이치고
속옷 날름 밀어내 걷어차 보면
－「가식 없이 당당한 나목 그리고 그대」

벌거숭이 되어 보자
겉옷 확 벗어 버리고
속옷 쓱 내려 버리고
너도 벌거숭이고
나도 벌거숭이면
누가 누구를
－「나목 숲 유토피아」

그대는 벗어 버리는 것도 소란하구나
다시 입을 것이기에

그대는 나목 앞에서도 부스럭 소린가
다시 곧 껴입겠다고
－「나목 되기가 그리 쉬운가」

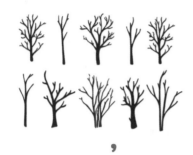

，

－「삶」　　（부제 ; 생명）

한자 시, 한자 제목의 최단 시입니다.

현대인의 팍팍한 삶에서 제일 필요한 것은 쉼이지요.

이 쉼표가 없는 상태에서는 사람과 일을 잘못 판단하기 마련입니다. 　　　　　판단 실수는 고통을 불러옵니다.

여백 없이 살아가는 생(삶)이 고달픈 이유입니다.

살고 싶으면 (삶) ; , 에 대안 깊은 성찰이 필요합니다.

두뇌 작동구조도 모르고, 자기의 삶에서 **,** 가 없는 것도

자각 못하니 삶이 점점 더 삶 같지 않아집니다.

, 는 삶의 와두입니다. ....

비틀거리는　　몹시 비틀거리는 당신을 살리는

와두 시

나

－「나」

이렇게 사는 사람은 행복합니다. 내가 누군지 잘 알기 때문입니다.

혀
　　　　　－「창」

혀는 입속의 칼이라고 하지요. 창이라 하는 것이 더 낫겠네요. 화살도.
　　　　　나
　　　　　－「너」

사랑하고 있군요. 초심을 잃지 않고 네가 내가 되고 내가 너로 끝까지.
　　　　　불
　　　　　－「물」

마음속 불을 보는 사람은 물을 찾으러 떠납니다. 불길/씨, 불쏘시개 없는.
　　　　　칼
　　　　　－「피」

칼날이 난무하지 않는 곳이 어딘가. 피 솟구치지 않는 곳은 또 어디고.
　　　　　삶
　　　　　－「!」

나의 삶에서 ?가 차지하는 비중은!!! 비중과 반비례합니다. 깨달음. 행복.
　　　　　꽃
　　　　　－「나」

내가 세상에 유일한 꽃임을 아는 사람은 행복합니다. 향기가 나네요.

　　　　　꽃
　　　　　－「너」

꽃 같은 타인을 알아볼 수 있는 이는 행복합니다. 향기가 더하네요.
　　　　　눈
　　　　　－「비」

눈 속에서 비를 볼 수 있어야 합니다. 빗물 한 방울 속 짙은 구름도요.

신

−「땅」

모든 종교 종주의 첫걸음은 땅에서 시작되었지요. 하늘 쳐다보지 마세요.　　이

−「눈」

이에는 이 눈에는 눈 이라고 해서 해결된 것은 하나도 없었습니다. 그만.　　뿔

−「너」

네가 뿔이 나 있어서 내 뿔도 솟아납니다. 뿔을 보아야 멀리 떠나 내가 삽니다.　　개

−「나」

나쁜 표현 앞뒤에 개를 붙입니다. 개는 배반하지 않지요. 개보다 못한 이들.　　빛

−「암(暗)」

인간들은 빛만 쫓아다닙니다. 어둠도 따스하게 끌어안는 빛이 되었으면.　　•

−「도(道)」

나를 괴롭히는 인간/일/환경에, 과감하게. 마침표를 찍는 것 − 도 이지요.　　X

−「0」

세상이 '틀리다 아니다'라고 하는 것들이 맞는 것이 많지요.

0

−「X」

다수가 맞는다고 말하고 느껴도, 실제로는 틀리거나 아닌 것도 많고요.　　꿈

−「깨」

사람들은 허망한 꿈속에서 평생을 헤매지요. 깨어야 합니다. 깨부
숴야.　　　　　코

　　　－「꽤」

눈/잘못 보고, 귀/잘못 듣고, 입/말로 화를 – 코는/꽤임 당하니.

　　　　　말

　　　－「불」

말 – 이것 하나만 줄이고, 덜 하면 그리고 덜 들으면 – 가슴속 열
불은.　　　쉬

　　　－「쉼」

쉬 – 조용히 좀 하세요. 걸어 다니면서 쉬 – 생각하며 쉬 –, 쉼이
찾아 줍니다.

　　　　　종

　　　－「깸」

세상 찬 바람 불 때마다 마음속 맑은 소리 내는 종 하나 달아 두세
요. 깨우침 – 깸.

　　　　　덫

　　　－「덫」

덫을 덫으로 보지 않기에 크게 다치고, 죽임당하고 – 덫은 덫으로
안 보입니다.　　　약

　　　－「독」

　　　독

　　　－「약」

자기 사상, 종교, 행동 그리고 곁의 사람이 약이 아니고 독인 줄 모
르니.　　　펜

　　　－「독」

펜 움직일 때마다 한 자씩 글이 만들어집니다. 아 타에게 독이 될

까 봐 겁이.　　시

　　　　　　ㅡ「빛」

　묵상을 깊이 할 수 있는 시를 가슴에 새기는 습관은 '세상의 빛'을 입는 것.　　돌

　　　　　　ㅡ「물」

　　　　　　　　(수적천석;水滴穿石)

　물방울이 하나둘 떨어져 바위를 뚫습니다. 수련은 그런 것.

　　　　　화

　　　　　　ㅡ「숨」

　화가 날 때는 숨을 지켜보고, 화냈을 때 올 결과를 먼저 보아야 후회 안 하지요.

　　　　　　+

　　　　　　ㅡ「-」

　　　　　　-

　　　　　　ㅡ「+」

　득이 될 줄 알고 하는 말, 행동, 인간, 일이 손해가 되기도 - 반대가 되기도. 𝄞

　　　　　　ㅡ「:)」

　나에게 맞는 음악 한 줄기가 모든 근심을 멀리하게 합니다. 놀라운 힘.

　　　　　밥

　　　　　　ㅡ「흙」

　생명을 살리는 밥이 흙에서 나오는 줄 잊고 삽니다. 마음 살리는 것도 흙.　　닭

　　　　　　ㅡ「알」

　항상 의심하세요. 닭이 먼저인가 알이 먼저인가처럼. 중요한 본질

들은?　　　　　멍

　　　　　　　―「답」

　불멍, 물멍이 아니라도 수련을 통한 멍 때리는 시간을 늘려 보세요. 답이.　　　숯

　　　　　　　―「무」

　나무는 아낌없이 줍니다. 꽃, 열매, 두 번이나 불 속에 버려져 철저한 무의 상태.　　　새

　　　　　　　―「공」

　인간, 자유 상징 새를 부러워합니다. 하늘은 공(空), 바람을 오히려 타며 길 없이.　　　복

　　　　　　　―「꿈」

　콩, 팥 안 심고 콩 나길, 팥 나길 바라는 생각/행동. 그러니 꿈속 복타령 천지.　　　주(主)

　　　　　　　―「종(僕)」

　모든 종교의 종주는 섬기는 모습 '종'을 보인 것이 '주'입니다. 그런데 왜?　　　종(鍾)

　　　　　　　―「명(明)」

　마음이 어두울 때는 종소리 함께 밝을 명자를 봅니다. 해와 달 같이 하는.　　　밤

　　　　　　　―「낮」

　어두움 속, 환함을 보고, 환함 속에서 그늘을 볼 수 있어야 제대로 보는 것.　　　솔

　　　　　　　―「침」

　어쩌다가 솔잎은 저리되었을까. 남 찌르려고 아니면 자신 찌르다가 ― 사철 저리.　　　별

　　　　　　　―「나」

이 세상 제일 반짝이는 것은 나입니다. 나를 학대하는 일 – 참으로 많지요.   재

           –「나」

까만 재를 보세요. 바람 불지 않는데도 날리는 – 그게 나랍니다.
                   떡

           –「범」

'어 – 흥' ' 떡 하나 주면 안 잡아먹지 –' 그쯤 했으니 인제 그만.
                   똥

           –「도'(道')」

매일 가까이 보시고 냄새 맡으세요. 겸손 – 그대 인품에서 향기 나게 합니다.   물

           –「도(道)」

졸졸졸 – 산에서 흐르는 물 보시고, 향기 맡으며 들어 보세요. 거기 답이   불

           –「도(道)」

활활활 – 세상은 불 속에서 시작했지요. 모든 아픔 불사르세요.
                   탕

           –「X」

미국 – 이게 나라냐. Killing field지. 자살 포함 하루 122명 총기 사망.

           승

           –「X」

한국 – 이게 나라냐. 하루 960건/1.5분당 1건의 사기 – OECD 1등. 하루 18건 몰카.   봄

           –「봄」

내가 나를 보지 못하니(나를 봄) 봄이 오지 못하고 항상 추운 겨울

속에.　　　　　　　　**탈**

　　　　　－「탈」

　인간은 탈을 쓴 존재 – 아니라고요? 탈탈 털리면 다 거기서 거깁니다.　　　　　　**잎**

　　　　　－「황(黃)」

　푸른 이파리, 엽(葉)에서 누런 낙엽을 보는 자는 행복합니다. 하늘을 입었군요.　　　　**발**

　　　　　－「손」

　　발을 손같이. 손을 발같이. 다른 이에게도 – 그대는 이미 성자입니다.　　　　　　**말**

　　　　　－「죄」

　아무리 강조해도 조금도 지나치지 않은 것이 있습니다. 입조심.

　　　　　연

　　　　　－「끈」

　하늘에 오르려는 연은 끈 때문에 오르지 못하지요. 끈 잘라지면 곤두박질.　　　　　**숲**

　　　　　－「◉」

　나무가 빼곡한 숲은 우주의 중심입니다. 중심에서 벗어난 인간은

　　　　　살

　　　　　－「쏜」

　화살은 멀리 날아갑니다. 돌아오지 않지요. 쏘아진 쏜 화살. 조심하세요.　　　　　**말**

　　　　　－「뼈」

　말에 뼈가 있다고 하지요? 틀린 말입니다. 말 속에는 뾰족한 가시가.

　　　　　♯

　　　　　－「불」

　매일 도돌이표로 맴맴 도는 것 – 내 삶이 불살라지고 있습니다.

(나)
　　　－「안」
()너
　　　－「겉」

안에 들어오세요. 그쯤 했으면 이제. 행복 겉에서 겉돌지 말고.

싸락눈이 쏟아진다
함박눈보다 포근한

가랑비가 내려온다
소낙비보다 시원한
　　－「행복 I 빈도」

일 년에 한 번 와도 좋다
삼 년에 오직 한 번이라도

세상 모두 한 달 정도
모두 덮어 버리는 함박 눈
　　－「행복 II 심도」

가랑비도 소낙비도 없는 사막
싸락눈도 함박눈도 0인 사막
　　－「찐 행복 III 바로 텅 빈 사막」

인간은 무엇을 위해 살아갈까요?

I. 생존과 번식

II. 행복

위의 I 은 인간을 순전히 동물로 보는 관점입니다.

그 이상도 그 이하도 아닌 동물.

먹고, 마시고, 배설, 휴식하는 것에 모든 것에 초점을 둠.

II는 사람으로 보는 것이지요

행복을 궁극적 목적으로 살아가는 사람.

인간을 사람으로 보아주어서 행복을 추구안다는 전제로

– 어떻게 해야 행복을 찾을 수 있을까요?

I. 행복감을 매일 일상에서 자주 느껴야 안다. – 좋은 기분을 자주 느끼는 것. 함박눈, 소낙비가 아니고 싸락눈, 가랑비 같은 것을 자주 하는 것. 즉, 잘 아는 지인들과 마음을 터 넣고 담소를 나누고 식사를 같이하고 여행과 문화생활을 즐기는 것.

같은 시시하고 수수하고 소소한 것에서 자주 행복감을 찾는 것.

II. 깊은 심도/강도 높은 행복감을 성취 추구아는 것 – 의미가 있는 성취

자기의 자존감을 깊이 느낄 수 있는 의미 또는 성과를 추구.

사회를 향한 봉사. 예술이나 학문에서의 탁월한 성과를 이룸.

함박눈, 소낙비같이 화끈한 것을 이루는 것

◑ 소소하고 수수하고 시시한 매일 일상에서 자주 빈도를 기쁨을 느끼는 것에서 만족감을 충분히 느끼는 분은 이렇게 하시면 됩니다.

왜냐하면, 이렇게도 못하시는 분이 대부분이기 때문입니다.

맑은 물 한 잔, 따스한 밥 한 술, 코로 들어오는 신선한 공기. 귓속으로 리듬을 타고 들어오는 새들의 노랫소리. – 이런 것들에 집중을 잘하면 이 세상 더 부러울 것이 없지만, 자아, 초자아의 깊고도 강한

기쁨을 위해서 정진하시는 것이 성격이나 철학에 맞으시면 그렇게 하시면 되고요. 나와 함께 살아가는 을과 병을 위해서 갑에 대한 다양한 투쟁, 사회약자와 함께 하는 봉사, 사회에의 기여, 자기가 가진 모든 것을 사회에 환원, 진리/공정/평등을 위한 연구와 참여 등에 의미를 두시는 분은 그렇게 하시면 됩니다.

'빈도에 행복이 달려 있다.' '아니다. 심도나 강도에 행복이 달려 있다.' '이렇게 단정 짓는 것은 맞지 않는다. 빈도도 중요하고 심도/강도도 중요하다.'라고 주장하시는 분은 또 그렇게 해야 하겠지요.

그러나, 빈도에 기준을 두나, 심도/강도에 기준을 두나, 아니면 두 개를 다 추구하거나 그것은 모두 자기만족입니다. 자기만족의 정체성은 유통기간 존재입니다.

무엇을 먹고, 마시고, 배설하고, 입고, 휴식하던 어떤 자기의 추구 내용을 성취하던 거기에 대한 만족감은 단기에 그칩니다.

더군다나 이런 욕구에 '조금 더, 조금 더'하고 채찍질을 당하기 마련이고요. 그 기쁨을 계속 느끼기 위해서 더 맛있는 것을 먹고, 입고, 마시고 더 배설하고 더 휴식한다고 해서, 그 기쁨끼리 서로 연결고리로 굳건히 연결되지도 못합니다. 설사, 이런 것을 추구하는 것에 목숨을 걸듯이 하여 그렇게 된다고 하여도 그것은 오히려 자신을 얽매고 속박되게 하지요.

어떤 높고 깊은 뜻을 추구한다고 하여도 그것도 결국은 자기만족에 그칠 수 있습니다. 이런 추구는 '순수성'이 핵심이 됩니다. 이 순수성이 결여되면, 그 이상 자체가 자기를 얽매는 족쇄로 돌아오기 마련이지요. 이 순수성은 이타(利他)로 볼 수가 있습니다.

이, 남의 이익을 추구하는 이타의 순수성에 교묘하게 자기의 궁극적 목적을 추구하게 되면, 결국은 이 순수성이 오염되어, 나중에는 '겉만 그럴싸하고 속은 쓰레기'로 전락/마감하게 됩니다.

이타(利他)를 100% 순수하게 추구하여서 자리(自利)를 이룰 수 있습니다. 그럴 때 이 자리로 인한 모든 이익은 다시 100% 이타(利他)로 환원시키면 그 순수성을 오래 유지할 수가 있습니다. 이것이 진정한 깊고 강한 심도 강도의 행복이고요.

이런 방법으로 행복을 추구하던, 저런 방법으로 기쁨을 추구하던, 이런 저런 방법을 병합하여서 만족을 추구하던 개인'기호/기질과 신념/철학' 입니다.

문제는 '**행복 강박 관념에서의 애방** 되어야 한다는 것입니다.

III. 마음의 평온을 양상 유지하는 경지.

'행복 감정의 초단기 유통기간' 을 깨닫고, 애탈암.

다리를 꼬고 앉아서 좌선해야만 멸상이 되는 것이 절대 아닙니다. 마음의 구조 그리고 메커니즘((mechanism)을 이해하여야 멸상이 일과성이 아닌, 나의 구조 그 자체가 되지요.

단계별 수련 방법으로 보아도 되겠습니다.

1. 일상생활에서 수수/소소/시시한 것에 더 의미를 부여하는 삶
2. 좀 더 차원 높고 깊은 이상 추구.
3. 멸상수련

어느 단계에 머문다고 해서 문제가 되거나, 실망할 상황은 절대로 아니고요. 낮은 단계가 있고 높은 단계가 있기는 하지만 명확한 차례가 있는 것은 아닙니다. 단계의 경계 거미줄에 걸려 허우적거리는 사람을 제법 보았습니다. 안타까운 일이지요.

자유롭게, 평온하게

이 세 단계. 그저 그 단계에 집중하시면 됩니다.

이 세 단계를 병합하여서 생활화하시게 되면 그 만족도는 최정점에 이르게 되고요.

A - ㅏ
ㅡ「깨달음」

?
 ― 「!」

비틀 비틀거리는 많은 사람이 보입니다.
그들 중에 몹시 흔들리는 그대도 보입니다.

 비틀거리면 어지럽습니다. 견딜 수 있을 정도면 그래도 어떻게 버티어 보겠는데 그 어지러움이 심해지면 삶을 영위하기가 힘들어지고 사고도 날 수가 있으며 병까지 들어서 생명이 위태롭게 됩니다.

 부디, 지혜로 반짝거리는 지혜서 2,100편의 시와 에세이를 수시로 이리저리 뒤적이시면서 깊은 묵상을 생활화하시고 멸상의 새로운 세상에서
　　항상 평온하시고 자유롭게 행복하시기를
　　엎디어서 기원합니다.

a 시인
낮게 엎드림

- 지혜서 -

몹시 비틀거리는 그대에게

– a 시인의 시 묵상 에세이집
ⓒa 시인, 2024

초판 1쇄 | 2024년 4월 8일

지 은 이 | a 시인
펴 낸 곳 | 시와정신
주   소 | (34445) 대전광역시 대덕구 대전로1019번길 28-7

전   화 | (042) 320-7845
전   송 | 0504-018-1010
홈페이지 | www.siwajeongsin.com
전자우편 | siwajeongsin@hanmail.net

공 급 처 | (주)북센 (031) 955-6777

ISBN 979-11-89282-64-6   04810
ISBN 979-11-89282-61-5(세트)

값 16,000원